Halbinsel Kola
Archangelsk
Uralgebirge
Jekaterinburg
Nur-Sultan (Astana)
Finnische Seenplatte
Helsinki
St. Petersburg
Tallinn
Kuibyschewer Stausee
Wolga
Moskau
Riga
Landrücken
Vilnius
Minsk
Osteuropäisches Tiefland
Kaspische Senke
rschau
Kiew
Dnjepr
Don
Dnjestr
Karpaten
Chișinău
Odessa
Asowsches Meer
Grosny
5642 m Elbrus
Sewastopol
Sotschi
Kaukasus
Kaspisches Meer
Bukarest
Walachei
Donau
Tiflis
Baku
Schwarzes Meer
Balkan
Eriwan
Sofia
Skopje
Täbris
Istanbul
Ankara
Teheran
Tigris
Euphrat
Mossul
Ägäis
Athen
Aleppo
Rhodos
Nikosia
Homs
Bagdad
Kreta
Beirut
Damaskus
Basra
Haifa

#Gesellschaftslehre – Nordrhein-Westfalen

Gesellschaftslehre für die Gesamtschule und Sekundarschule

Band 9/10

Bearbeitet von Mehmet Akyazi, Johannes Deeken, Laura Grabosch, Carsten Hinz, Nicola Huhn, Robert Löffler, Nicolai Rasky, Christin Richter, David Schäfer, Marie Schmidt, Ayla Schrödter, Veronika Simon, Teresa Tuncel, Peter Verwohlt und Christin Vogler

Zu diesem Lehrwerk sind erhältlich:

- Digitales Lehrermaterial **click & teach** Einzellizenz, Bestell-Nr. 700581
- Digitales Lehrermaterial **click & teach** Box (Karte mit Freischaltcode), ISBN 978-3-661-70058-8
- **Differenzierungsheft** 9/10, Bestell-Nr. 70050, ISBN 978-3-661-70050-2

Weitere Lizenzformen (Einzellizenz flex, Kollegiumslizenz) und Materialien unter www.ccbuchner.de.

Dieser Titel ist auch als digitale Ausgabe **click & study** unter www.ccbuchner.de erhältlich.

1. Auflage, 1. Druck 2023
Alle Drucke dieser Auflage sind, weil untereinander unverändert, nebeneinander benutzbar.

Dieses Werk folgt der reformierten Rechtschreibung und Zeichensetzung. Ausnahmen bilden Texte, bei denen künstlerische, philologische oder lizenzrechtliche Gründe einer Änderung entgegenstehen.

Die Mediencodes enthalten ausschließlich optionale Unterrichtsmaterialien. An keiner Stelle im Schülerbuch dürfen Eintragungen vorgenommen werden. Auf verschiedenen Seiten dieses Buches finden sich Verweise (Links) auf Internetadressen. Haftungshinweis: Trotz sorgfältiger inhaltlicher Kontrolle wird die Haftung für die Inhalte externer Seiten ausgeschlossen.

Redaktion: Christopher Vikuk
Layout, Satz und Illustrationen: Wildner + Designer GmbH, Fürth
Karten: Peter Palm, Berlin
Druck und Bindung: Firmengruppe Appl, aprinta Druck, Wemding

www.ccbuchner.de

ISBN 978-3-661-**70053**-3

Zur Arbeit mit dem Buch

1 **Auftaktdoppelseite und Gemeinsam aktiv:**
Jedes Kapitel beginnt mit einer Auftaktdoppelseite. Material und offene Aufgaben ermöglichen euch eine erste Annäherung an die Inhalte des neuen Kapitels. Dabei könnt ihr auch zeigen, was ihr schon über das Thema wisst. Außerdem hilft euch ein kleiner Einführungstext, einen Überblick zu bekommen. Über welches Wissen und Können ihr am Ende des Kapitels verfügt, könnt ihr ebenfalls nachlesen.
Gemeinsam aktiv: Auf den ersten zwei Seiten im Kapitel wird euch immer ein Weg vorgestellt, über den ihr weitgehend selbstständig das Kapitel bearbeiten könnt. Dazu müsst ihr euch projektartig mit den Materialien und Inhalten des Kapitels auseinandersetzen und abschließend ein Produkt dazu erstellen.

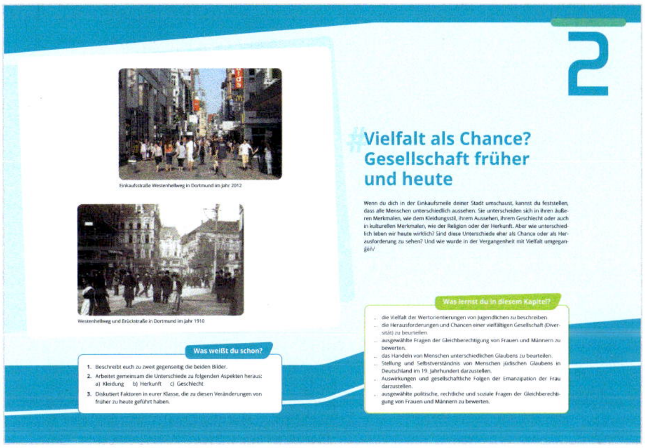

2 **Aufbau eines Unterkapitels:**
Aufgebaut sind die einzelnen Unterkapitel ganz einfach: Das Thema wird in der Überschrift und wenige Zeilen darunter erläutert. Die Materialien sind immer mit „M" gekennzeichnet und durchnummeriert. Am Ende jeder Unterrichtseinheit ist ein Aufgabenblock platziert. Die Aufgaben zeigen euch, wie ihr mit den Materialien arbeiten könnt. Natürlich lernt und arbeitet nicht jeder gleich schnell. Deswegen gibt es in der Randspalte oft Hilfen **H** oder auch Forderaufgaben **F** zu den einzelnen Aufgaben.

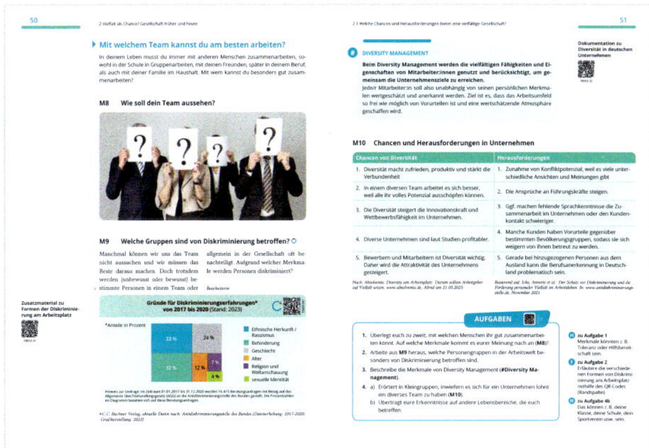

3 **Grundbegriffe und Grundwissen:**
Ausgewählte wichtige Begriffe eines Themas werden in blauen Kästen als Grundbegriffe erklärt und mit einem # gekennzeichnet: Die Kernaussage findet ihr jeweils gleich zu Anfang, ergänzt um Details, Beispiele und Fachbegriffe.
Das ebenfalls blaue Grundwissen schließt jedes Unterkapitel ab. Hier werden die wesentlichen Inhalte zusammengefasst. Ihr könnt zur Nacharbeit oder zur Vorbereitung einer mündlichen oder schriftlichen Prüfung das Wichtigste nachlesen.

4 **Methodentraining:**
Im Fach Gesellschaftslehre sollt ihr nicht einfach Fakten auswendig lernen und wiedergeben. Ihr sollt euch kritisch und selbstständig mit Problemstellungen auseinandersetzen. Mithilfe der Methoden lernt ihr Schritt für Schritt, wie ihr strukturiert und selbstständig arbeitet.

5 Abschluss eines Großkapitels:
Die Doppelseite Kompetenzcheck schließt ein Großkapitel ab. Hier könnt ihr euch selbst überprüfen und zeigen, ob ihr die erlernten Kompetenzen in einer konkreten Situation sinnvoll anwenden könnt.

Differenzierungs-material zum Schulbuch

70053-01

6 Differenzierung:
Zusätzlich zum Schulbuch finden sich im Differenzierungsheft #Gesellschaftslehre Arbeitsblätter, die das Lernen in heterogenen Gruppen vereinfachen. Das Symbol kennzeichnet im Buch, zu welchen Materialien oder Aufgaben ein Zusatzangebot zur Verfügung steht. Dies können sein:
- Texte in einfacher Sprache
- Strukturierungshilfen
- Argumentationshilfen zu Aufgaben
- Vertiefungsangebote zur Kapitelfrage
- und vieles mehr...

Mithilfe des nebenstehenden QR- bzw. Mediencodes können die jeweiligen Materialien online eingesehen, heruntergeladen und ausgedruckt werden.

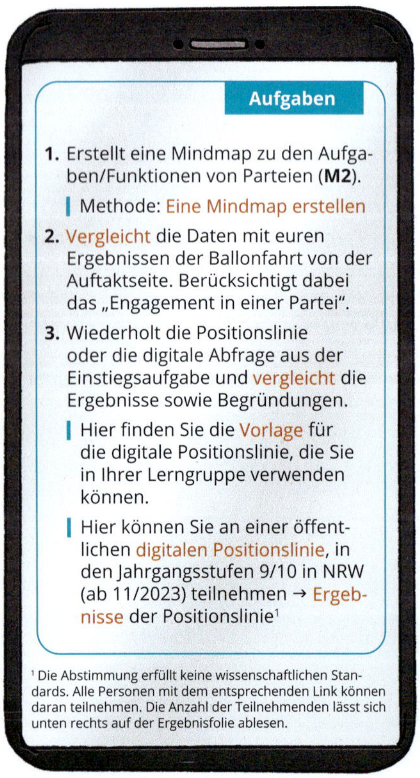

7 Digitale Aufgabenkästen:
#Gesellschaftslehre gibt allen Aufgabenkästen einen „digitalen Zwilling". Mithilfe der QR- und Mediencodes in den Kopfzeilen der Aufgabenkästen könnt ihr die jeweiligen Aufgaben digital abrufen. Diese digitalen Aufgaben sind identisch mit den jeweiligen Aufgaben im Schulbuch, bieten aber folgenden Mehrwert:
- Aufgaben aus dem Schulbuch werden um digitale, interaktive Anwendungen (z. B. Abstimmungen, Wortwolken, Rankings, ...) erweitert. Diese digitalen Anwendungen sind sowohl im Klassenraum (z. B. moderiert durch die Lehrkraft) als auch im ganzen Bundesland Nordrhein-Westfalen (moderiert durch den Verlag) möglich. Mit anderen Worten: Die digitalen interaktiven Anwendungen ermöglichen euch einen anonymen Vergleich in der Klasse – und im Bundesland.
- Operatoren- und Methodenkarten werden zu den jeweils passenden Operatoren und Methoden verlinkt. Mithilfe von digitalen Endgeräten könnt ihr wichtige Verständnis-, Strukturierungs- und Formulierungshilfen für einzelne Operatoren oder Methoden anschauen und direkt an der Aufgabe nutzen.
- Die Differenzierungsmaterialien sind hier direkt abrufbar: Formulierungshilfen, Zuordnungsaufgaben und weitere Hilfen vereinfachen die Bearbeitung von Aufgaben und Materialien.

Erklärfilm zum digitalen Aufgabenkasten

70053-03

8 UpdateCodes:
Zahlreiche Grafiken, Schaubilder und Tabellen mit dem Icon werden regelmäßig für euch aktualisiert und stehen mithilfe eines QR- und Mediencodes neben der jeweiligen Grafiküberschrift kostenfrei zum Download zur Verfügung. Die Grafiken sind wie folgt konzipiert:

- Unter der Grafiküberschrift findet sich der jeweilige Stand der Grafik-Aktualisierung, z. B. „Stand: 2023". Dieser Stand zeigt immer die letzte Datenüberprüfung an.
- Die Quellenangabe unter der Grafik informiert über den jeweiligen Datenerhebungszeitpunkt.

Lesebeispiel zur nebenstehenden Grafik: Die Daten stammen von der Antidiskriminierungsstelle des Bundes aus den Jahren 2017-2020. Die letzte Datenüberprüfung, ob es neuere Daten gibt, fand im Jahr 2023 statt.

Weitere Informationen zu den UpdateCodes findet ihr im nebenstehenden QR- und Mediencode

70053-02

Letzte Überprüfung, ob es neuere Daten gibt

73000-581

Gründe für Diskriminierungserfahrungen* von 2017 bis 2020 (Stand: 2023)

73000-581

Hinweis zur Umfrage: Im Zeitraum 01.01.2017 bis 31.12.2020 wurden 16.415 Beratungsanfragen mit Bezug auf das Allgemeine Gleichbehandlungsgesetz (AGG) an die Antidiskriminierungsstelle des Bundes gestellt. Die Prozentzahlen im Diagramm beziehen sich auf diese Beratungsanfragen.

©C.C. Buchner Verlag, aktuelle Daten nach: Antidiskriminierungsstelle des Bundes (Datenerhebung: 2017-2020; Grafikerstellung: 2023)

Datenerhebungszeitraum

9 Allgemeine Hinweise:

- Das Schulbuch bietet für jedes Kapitel weitere Zusatzmaterialien, die eine vertiefte Behandlung des jeweiligen Themenbereichs ermöglichen. Sie können auf der Verlagshomepage (www.ccbuchner.de/medien) jederzeit kosten- und werbefrei abgerufen werden.
  Mithilfe von Mediencodes könnt ihr sie entweder direkt über das Scannen des QR-Codes mit einem Smartphone/Tablet oder durch die Eingabe des jeweiligen Mediencodes in das Suchfeld der Verlagshomepage beziehen.
- Nordrhein-Westfalen hat einen sogenannten **Medienkompetenzrahmen (MKR)** erstellt. Das vorliegende Schulbuch setzt diesen Schritt für Schritt um. Das eigens entwickelte Icon MK zeigt euch an den entsprechenden Stellen im Schulbuch an, wo ihr Medienkompetenzen trainieren könnt.
  Der nebenstehende QR-Code listet alle Medienkompetenzen sortiert nach Seitenzahl auf.
- Die Reihe #Gesellschaftslehre – NRW lebt Vielfalt und Gleichheit unabhängig von Alter, Herkunft, Handicap, sexueller Orientierung, Geschlecht und individueller Identität.
  Daher wurde in der Regel auch eine geschlechtergerechte Sprache verwendet. Eine Ausnahme stellen Quellen dar, die in ihrer original-sprachlichen Form belassen wurden. Sie beziehen aber selbstverständlich alle Menschen mit ein.
- Materialien ohne Quellenangaben sind von den Autorinnen und Autoren verfasst.
- Sofern bei Materialien aus dem Internet kein Verfasserdatum ermittelt werden konnte, wird das „Abrufdatum" genannt.

Medienkompetenzen in #Gesellschaftslehre

70053-04

Inhalt

Service-Anhang

Übersicht: Gemeinsam aktiv

Übersicht: Methoden

Weitere Methoden finden sich im digitalen Aufgabenkasten und im Methodenglossar.

Aktieninhaber verfolgen die Kursbewegungen der New Yorker Börse.

Propagandapostkarte aus dem Jahr 1924: Sie zeigt zwei Politiker. Einer von ihnen, Philipp Scheidemann, versucht deutsche Soldaten an der Front hinterlistig zu erdolchen. Hinter ihm ist ein weiterer Politiker namens Matthias Erzberger und zwei auf Geldsäcken sitzende Juden.

Kinder spielen mit Geld.

Was weißt du schon?

1. Suche dir ein Bild aus und beschreibe es.
2. Suche dir nun eine:n Partner:in, der/die das gleiche Bild gewählt hat. Formuliert Fragen zu den Bildern.
3. Stellt gemeinsam Hypothesen auf zur Frage: Warum scheiterte Deutschlands erste Demokratie?

1

#Die Weimarer Republik – erfolgreich oder zum Scheitern verurteilt?

Die Anfangsjahre der Weimarer Republik waren geprägt von Krisen und politischer Unruhe. Auf der anderen Seite gab es eine Zeit des Aufschwungs. Die Menschen erlebten Höhen und Tiefen, wie bei einer Achterbahnfahrt. Die Demokratie zu schützen war nicht leicht, besonders da Demokratiekritiker immer wieder versuchten Wähler:innen für sich zu gewinnen. Dabei nutzten sie die Notsituationen und die Stimmung in der Bevölkerung aus und versuchten die Menschen beispielsweise durch Wahlplakate zu instrumentalisieren. Daher wird in diesem Kapitel der Frage nachgegangen, ob die Weimarer Republik erfolgreich oder zum Scheitern verurteilt war.

Was lernst du in diesem Kapitel?

- ... die Gründe für die Novemberrevolution zu erklären und die Auswirkungen zu erläutern.
- ... anhand der Weimarer Reichsverfassung die Elemente einer parlamentarischen Demokratie und die Befugnisse des Reichspräsidenten zu erläutern.
- ... Ereignisse, wie die Besetzung des Ruhrgebietes, die Inflation und die Folgen des Krisenjahres 1923 zu erklären.
- ... die Ursachen und die Folgen der Weltwirtschaftskrise von 1929 zu erklären.
- ... die Bestimmungen und Auswirkungen des Versailler Vertrags sowie wesentliche Belastungsfaktoren der Weimarer Republik zu erörtern.
- ... den Aufstieg der NSDAP in der Weimarer Republik zu erklären.
- ... die Handlungsspielräume und Verantwortung von Akteur:innen im Hinblick auf die Etablierung oder Aushöhlung der parlamentarischen Demokratie zu beurteilen.

Unser eigenes Museum gestalten MK

Worum geht es?

Geschichte mal anders erleben. Das soll in eurem eigenen Klassenraum möglich sein, indem ihr euren Klassenraum in ein kleines Museum verwandelt. Hierzu könnt ihr kreativ werden und unterschiedliche Medien nutzen.

Start

Geht dabei so vor:

1. Es gibt verschiedene Themenschwerpunkte, die ihr als Station bearbeitet. Ihr wählt nach Interessensschwerpunkt eine Station aus und bereitet das Produkt vor. Die Stationen sind in Kleingruppen (3-4 Schüler:innen) zu bearbeiten. Zum Abschluss stellt ihr eure Produkte in Form eines Gallery Walks vor. Ihr wählt eine/n Sprecher:in, die eure Arbeitsergebnisse erläutert und umsetzt. Für die Stationen benötigt ihr digitale Endgeräte.

2. Entscheidet euch in der Gruppe für eine Station.

Station 1: Ein Erklärvideo zur Weimarer Verfassung
Lest euch Kap. 1.1 und hier vor allem M3, M4 und #Weimarer Verfassung durch. Entscheidet nun, ob ihr ein Erklärvideo zu:
a) Die Verfassung der Weimarer Republik und ihre Schwächen oder
b) die Weimarer Verfassung und das heutige Grundgesetz der BRD im Vergleich erstellt. Schneidet für das Erklärvideo die Weimarer Verfassung in Stücke, sodass ihr die Symbole und Begriffe für das Erklärvideo nutzen könnt. Macht euch Notizen zu den einzelnen Punkten, damit ihr zum Schluss das Erklärvideo drehen könnt.

Ein Erklärvideo erstellen
70053-06

Station 2: Ein Video einer simulierten Diskussion im Reichstag erstellen
Lest euch Kapitel 1.2, M1-M4 durch. Notiert Pro- und Kontraargumente zur Fragestellung: Soll der Versailler Vertrag angenommen oder abgelehnt werden? Formuliert dann eine kurze Rede, die im Reichstag gehalten werden kann. Achtet darauf, dass ihr mit der Stimme, Gestik und Körperhaltung eure Position unterstreichen könnt. Zeichnet diese Rede dann mithilfe gängiger Software auf.

Station 3: Reportage erstellen fürs Fernsehen
Lest euch Kapitel 1.2, M5-M9 durch. Notiert euch Stichpunkte zu den Krisen im Jahr 1923. Beachtet hier die Ursachen, den Verlauf und die Folgen. Dann schlüpfen zwei Schüler:innen in die Rolle eines Reporters. Ihr schildert im Fernsehen die Ereignisse des Krisenjahres 1923 (Person 1) und die Stimmung in der Bevölkerung (Person 2). Zeichnet diese Rede dann mithilfe gängiger Software auf.

Station 4: Fotocollage mit QR-Codes

Lest Kapitel 1.2, M10-M13 durch. Notiert euch wichtige Veränderungen in den verschiedensten Bereichen des Lebens. Sucht dann gemeinsam im Internet weitere Fotos. Die Fotocollage soll das Thema „Goldenen Zwanzigern-Fluch oder Segen des Fortschritts?" haben. Erstellt zu den Bildern QR-Codes die zu kurzen Audiokommentaren von euch führen.

QR-Codes selbst erstellen

70053-07

Station 5: Einen Podcast erstellen

Lest Kapitel 1.3, M1-M4 durch und notiert euch, wie es zur Weltwirtschaftskrise kam und welche Folgen die Krise hatte. Sprecht euch ab, wer welchen teil spricht. Überlegt, ob ihr für zwischendurch Geräusche einbringen wollt. Erstellt dann einen Podcast zur Frage: Wie kam es zur Weltwirtschaftskrise 1929 und welche Folgen hatte sie für das Deutsche Reich? Mögliche Einleitung: „Heutzutage legen viele Menschen ihr Geld in Aktien an. Doch ist das sicher? Werfen wir mal einen Blick zurück in die Vergangenheit. Da sticht besonders das Jahr 1929 heraus. In diesem Jahr ereignete sich eine Weltwirtschaftskrise. Doch wie kam es dazu? Warum ereignete sich der Börsencrash? Warum wirkte sich die Krise auch auf Deutschland aus? Wir (Namen nennen) gehen heute genau diesen Fragen auf den Grund...

Methode: Einen Podcast aufnehmen

70053-08

Station 6: Ein Interview durchführen

Lest Kapitel 1.3, M5-M10 und macht euch Notizen darüber, warum die Weimarer Republik scheiterte. Erstellt zuerst einen Interviewbogen. Überlegt euch eine Einleitung für den Start in das Interview. Sammelt dann Fragen, die ihr den Erwachsenen stellen könnt. Neben anderen Fragen sollte diese Frage nicht fehlen: „Wissen Sie, warum die Weimarer Republik scheiterte?" Wertet die Ergebnisse aus und bewertet, wie viel Erwachsene über die Weimarer Republik wissen.

Methode: Ein Interview durchführen

70053-09

3

Alle Produkte sind fertig? Dann kommt nun die Ausstellung im eigenen Klassenraum in Form eines Galeriegangs. Wie ihr einen Galeriegang durchführt, könnt ihr in der Methodenkarte (QR-Code) nachlesen.

Methode: Präsentation in einem Galeriegang

70053-10

4

Nun geht ihr von Ausstellungsstück zu Ausstellungsstück und beschäftigt euch mit den Ergebnissen der anderen Gruppen. Pro Station steht die gleiche Zeit zur Verfügung. Bewertet jeweils die Austellungsstücke/Stationen (siehe Methode Galeriegang).

1.1 Der Weg in die Weimarer Republik – wie soll die Demokratie umgesetzt werden?

Ausrufung der Republik – gleich zweimal?

Im Herbst 1918 wurde deutlich, dass Deutschland den Krieg verloren hatte. Die deutsche Seekriegsleitung wollte dennoch, dass die Matrosen in Wilhelmshaven und Kiel auf ihrer Flotte in Richtung England fahren und für einen ruhmvollen Untergang kämpfen. Wie fanden das wohl die Matrosen?

Deutsches Reich oder Deutschland?
In der Wissenschaft werden beide Begriffe verwendet. Offiziell ist die Bezeichnung des deutschen Staates zwischen 1871-1945 das Deutsche Reich.

M1 Das Ende der Monarchie

Matrosenaufstand in Kiel, 5. November 1918

Die Matrosen waren kriegsmüde und verweigerten den Befehl, weil sie nicht sinnlos sterben wollten. Daraufhin wurden einige verhaftet. Das sorgte deutschlandweit auch bei anderen Matrosen und Soldaten für Entsetzen, sodass sie sich dem Aufstand anschlossen. Auch Arbeiter legten ihre Arbeit nieder und schlossen sich den Aufständen an. Der Aufstand, dem sich über eine Millionen Teilnehmer angeschlossen hatten weitete sich in ganz Deutschland zu einer Revolution aus, die heute noch als Novemberrevolution 1918 bezeichnet wird.

In vielen Städten gründeten Arbeiter und Soldaten sogenannte Arbeiter- und Soldatenräte. Sie forderten die Freilassungen von Gefangenen, das Ende des Krieges, eine bessere Versorgung und die Abdankung des Kaisers. Die Demonstrationen erreichten auch Berlin. Der Reichskanzler, Prinz Max von Baden, erklärte ohne Rücksprache den Thronverzicht von Kaiser Wilhelm II. Der Kaiser flüchtete nach Holland. Prinz Max von Baden übergab sein Amt als Reichskanzler an Friedrich Ebert. Er war Vorsitzender der SPD. Die SPD hatte viele Anhänger und wollte keine Revolution. Daher handelte Philipp Scheidemann von der SPD schnell und rief die Republik aus. Fast zeitgleich rief der Politiker, Karl Liebknecht, vom Spartakusbund eine Republik aus. Beide Personen hatten jedoch unterschiedliche Vorstellungen von einer Republik.

Bearbeiterin

Revolution
Revolution bezeichnet die radikale Veränderung der gegebenen politischen, sozialen und wirtschaftlichen Verhältnisse.

Spartakusbund
Gruppe innerhalb der Partei SPD, die sich ab 1919 abspaltete, da sie andere Vorstellungen hatten. 1919 entstand hieraus die Partei KPD (Kommunistische Partei Deutschlands).

M2 Doppelte Ausrufung der Republik

a) Philipp Scheidemann (SPD) hält am 9. November 1918 um 14 Uhr vom Balkon des Reichstages eine Rede:

Das alte Morsche ist zusammengebrochen; der Militarismus ist erledigt! Die Hohenzollern haben abgedankt! Es lebe die deutsche Republik! […] Ebert ist beauftragt worden, eine neue Regierung zusammenzustellen. Dieser Regierung werden alle sozialistischen Parteien angehören. Jetzt besteht die Aufgabe dar-

Karte über die Verbreitung der Novemberrevolution in Deutschland
70053-11

in, diesen glänzenden Sieg, diesen vollen Sieg des deutschen Volkes nicht beschmutzen zu lassen, und deshalb bitte ich Sie, sorgen Sie dafür, dass keine Störung der Sicherheit eintrete! Wir müssen stolz sein können, in alle Zukunft auf diesen Tag! Nichts darf existieren, was man uns später wird vorwerfen können! Ruhe, Ordnung und Sicherheit, das ist das, was wir jetzt gebrauchen!

Zitiert nach: Miller, Susanne / Ritter, Gerhard A. (Hg.): Die Deutsche Revolution 1918/19, Dokumente, Hamburg ² 1975, S. 77 f. (angepasst und gekürzt)

Foto von 1929, nachgestellte Szene

b) Karl Liebknecht, Mitglied des Spartakusbundes, hält am 9. November 1918 um 16 Uhr vor dem Berliner Stadtschloss eine Rede:

Der Tag der Revolution ist gekommen. Wir haben den Frieden erzwungen. Das Alte ist nicht mehr. [...] In dieser Stunde proklamieren wir die freie sozialistische Republik Deutschland. Wir grüßen unsere russischen Brüder. Durch dieses Tor wird die neue sozialistische Republik der Arbeiter und Soldaten einziehen. [...] Deutschland, die alle Stämme umfassen soll, in der es keine Knechte mehr geben wird, in der jeder ehrliche Arbeiter den ehrlichen Lohn finden wird. Die Herrschaft des Kapitalismus, der Europa in ein Leichenfeld verwandelt hat, ist gebrochen. Wir müssen alle Kräfte anspannen, um die Regierung der Arbeiter und Soldaten aufzubauen und eine neue staatliche Ordnung des Proletariats zu schaffen.

Foto von 1919

Zitiert nach: Miller, Susanne / Ritter, Gerhard A. (Hg.): Die Deutsche Revolution 1918/19, Dokumente, Hamburg ² 1975, S. 78 f. (angepasst und gekürzt)

AUFGABEN

70053-19

1. Notiere deine Vermutungen: Was ging den Matrosen durch den Kopf als sie hörten, dass sie nochmal auf See kämpfen sollen (**M1**)?
2. Erkläre, warum es in Deutschland zu einer Revolution kam (**M1**).
3. a) Lest arbeitsteilig die Reden (**M2**) und legt eine Tabelle an mit folgenden Aspekten: Ort/Zeit, Partei, Vorstellungen über die neue Republik, Absicht der Rede.
   b) Vergleicht die Reden miteinander und ergänzt die Tabelle. Unterstreiche Gemeinsamkeiten blau und Unterschiede rot.
4. Beurteile die doppelte Ausrufung der Republik (**M2**). Drohte Gefahr?

F Aufgabe
Inwiefern kann man bei der Novemberrevolution von einer Revolution sprechen? Begründe anhand der Definition.

Rätesystem oder Parlamentarische Demokratie – wer setzte sich durch?

Fest stand, dass das Kaiserreich nun beendet war. Doch die Menschen hatten unterschiedliche Vorstellungen von einer Republik. Wie sollte die Republik in Zukunft aussehen?

M3 Unterschiedliche Vorstellungen um 1918/19

Sozialistische Räterepublik	Parlamentarische Demokratie
Der Spartakusbund und Teile der USPD wollten, dass die Herrschaft über Arbeiter- und Soldatenräte nach russischem Vorbild ausgeübt wird. Sie wollten die Macht der Unternehmer (Kapitalisten) stürzen und den Firmen ihren Privatbesitz wegnehmen. Arbeiter eines Betriebes, Bewohner eines Stadtviertels sollten Vertreter in die Räte wählen. Die Vertreter des Rätesystems sahen die Gewaltenteilung als unnötig. Die Räte sollten als Regierung, Gesetzgeber und Gericht handeln.	Die SPD wollte ein politisches System, bei dem die Herrschaft durch ein Parlament ausgeübt wird. Das Parlament soll vom Volk gewählt werden. Eine gewählte Nationalversammlung sollte eine Verfassung mit Grundrechten ausarbeiten. Das gewählte Parlament spielt bei Entscheidungen eine wichtige Rolle. Ein wichtiges Merkmal ist die Gewaltenteilung. Es gibt demnach eine Exekutive (ausführende Gewalt), Legislative (gesetzgebende Gewalt) und die Judikative (richterliche Gewalt).

Bearbeiterin

Parteien, die zur Wahl der Nationalversammlung angetreten sind

70053-12

Demonstration vor dem Berliner Schloss anlässlich der Wahlen zur Nationalversammlung am 19. Januar 1919.

Die Mehrheit war für eine parlamentarische Demokratie. Doch der Spartakusbund, der am 1. Januar 1919 die neue kommunistische Partei Deutschlands gründete, gab nicht auf. Die KPD startete in Berlin einen bewaffneten Aufstand. Es gab jedoch auch Bürger oder Angehörige der kaiserlichen Armee, die wieder den Kaiser als Herrscher haben wollten. Die Regierung forderte von entlassenen Berufssoldaten, sogenannten Freikorps, Unterstützung. Der Aufstand wurde blutig beendet. Die Anführer Karl Liebknecht und Rosa Luxemburg wurden ermordet. Aufgrund der Unruhen in Berlin kam die Nationalversammlung in der Stadt Weimar zusammen, wo sie die Verfassung herausarbeiteten. Daher spricht man von der Weimarer Republik.

Bearbeiterin

Zusatzmaterial
Die Nutzung eines Wahlkompasses analysieren und reflektieren

70053-14

M4 Die Verfassung der Weimarer Republik

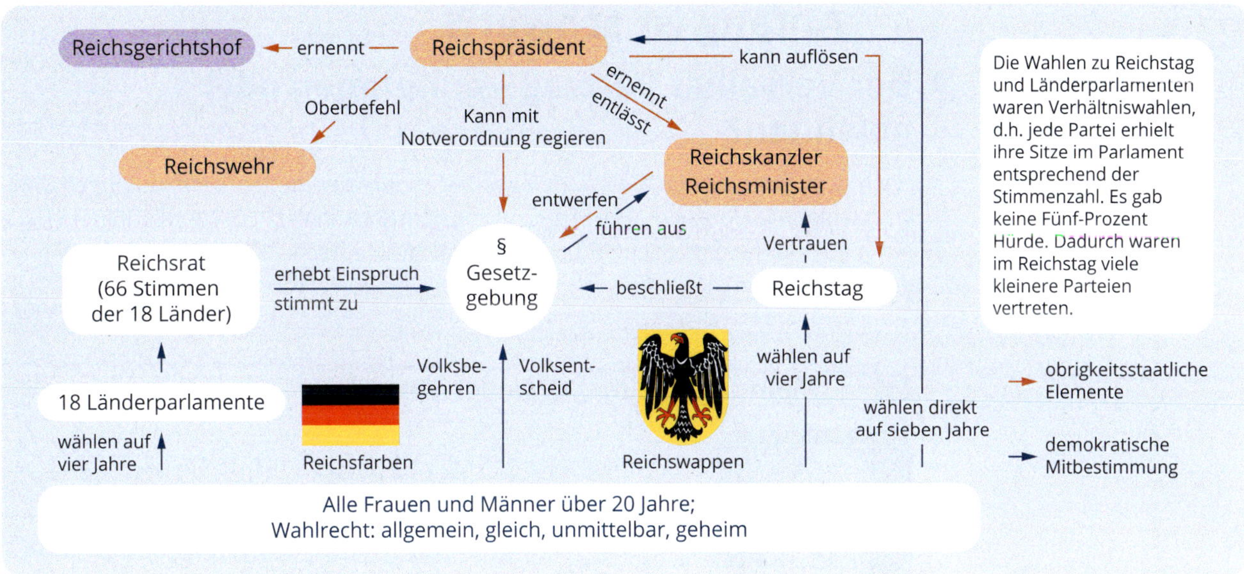

Bearbeiterin

WEIMARER VERFASSUNG

Die Nationalversammlung arbeitete in Weimar 1919 eine demokratische Verfassung für das Deutsche Reich aus. Der Reichstag tagte, so wie heute der Bundestag, in Berlin.
Zum ersten Mal hatten Frauen ein Wahlrecht und es gab festgeschriebene Grundrechte, wie die Meinungs- und Versammlungsfreiheit. Der Reichspräsident wurde direkt von den Bürger:innen gewählt. Er konnte, um die Ordnung und Sicherheit im Land wiederherzustellen, den Reichstag auflösen (**Artikel 25**). Außerdem war es dem Reichspräsident möglich Notverordnungen zu erlassen und Grundrechte für eine bestimmte Zeit außer Kraft zu setzen (**Artikel 48**). Das bedeutete,dass im Notfall neue Gesetze nicht vom Parlament, sondern vom Reichspräsidenten erlassen werden konnten.

Verfassung im Kaiserreich/heutiges politisches System in der BRD

70053-13

AUFGABEN

70053-20

1. Beschreibe das Bild und nenne die Forderungen der Menschen (**M3**).
2. Erkläre in einem Chat einer Freundin / einem Freund die Diskussion über das richtige Regierungssystem (**M3**). **MK**
3. Erläutere die Weimarer Verfassung anhand der Abbildung (**M4**).
4. a) Vergleicht zu zweit die Machtverteilung von 1919 mit der Verfassung des Kaiserreiches / der heutigen politischen Ordnung (BRD).
   b) Nimm Stellung. War die Weimarer Verfassung fortschrittlich?

H zu Aufgabe 3
Welche Aufgaben und Funktionen hatte das Volk, der Reichstag, die Reichsregierung, der Reichspräsident? Gab es eine Gewaltenteilung?

F zu Aufgabe 3
a) Erkläre, warum man beim Reichspräsidenten von einem „Ersatzkaiser" sprechen konnte.
b) Diskutiert die Nachteile von Art. 25 und 48.

1.2 Beginn der Weimarer Republik – aller Anfang ist schwer?!

Der Versailler Vertrag – annehmen oder ablehnen?

Nach dem Ende des Ersten Weltkrieges begannen die Friedensverhandlungen ohne Deutschland in Versailles. Die Siegermächte Großbritannien, USA und Frankreich hatten jedoch unterschiedliche Interessen. War die deutsche Bevölkerung mit dem Ergebnis zufrieden?

M1 Meinungen zum Versailler Vertrag

„Ich frage sie: Wer kann als […] ehrlicher vertragstreuer Mann solche Bedingungen eingehen? Welche Hand müsste nicht verdorren, die sich und uns in solche Fesseln legte? Der Vertrag ist unerträglich und unerfüllbar."

Auszug aus der Rede von Philipp Scheidemann (SPD) vor der Nationalversammlung am 12. Mai 1919 in Weimar

„Unterschreiben wir! Das ist der Vorschlag, den ich ihnen im Namen des gesamten Kabinetts machen muss. […] Einen neuen Krieg können wir nicht verantworten, selbst wenn wir Waffen hätten. Wir sind wehrlos. Wehrlos, aber nicht ehrlos."

Auszug aus der Rede von Gustav Bauer (SPD) vor der Nationalversammlung am 23. Juni 1919

M2 Welche Interessen hatten die Siegermächte?

Amerikanischer Präsident Woodrow Wilson:
- nationale Selbstbestimmung
- die Demokratie stärken und einen Völkerbund errichten, um zukünftige Kriege zu verhindern

Britischer Premierminister David Lloyd George:
- langfristig den Frieden in Europa sichern
- ein Gleichgewicht der Staaten herstellen

französischer Minister-präsident Georges Clemenceau:
- wirtschaftliche/militärische Schwächung des Deutschen Reiches
- materielle Entschädigung vom Deutschen Reich

M3 Bestimmungen des Versailler Vertrages von 1919

- Deutschland und seine Verbündeten erkennen die alleinige Kriegsschuld an (Art. 231).
- Abtretung der deutschen Kolonien an den Völkerbund
- Das Rheinland und das Saargebiet werden für 15 Jahre von Frankreich besetzt.
- Abschaffung der allgemeinen Wehrpflicht
- Deutschland zahlt Reparationen (Schadensersatz) in Höhe von 226 Milliarden Reichsmark, Rohstoffe (Kohle) und Sachwerte (Maschinen usw.).
- Beschränkung des Heeres auf 100 000 und der Marine auf 15 0000 Berufssoldaten
- 15 Prozent der Gebiete abgeben, somit 10 Prozent der Bevölkerung (ca. 6,4 Millionen Menschen)
- Verbot schwerer Waffen, U-Boote und einer Luftwaffe

?

wirtschaftlich

territorial (räumlich)

militärisch

Bearbeiterin

M4 Reaktionen auf den Versailler Vertrag

Obwohl die deutsche Regierung gegen den Versailler Vertrag war, stimmte eine Mehrheit in der Nationalversammlung für die Annahme des Versailler Vertrages. Sonst hätte ein militärisches Eingreifen der Siegermächte gedroht. Die Gegner der Weimarer Republik nutzten die Stimmung in der Bevölkerung, um gegen die neue demokratische Regierung zu hetzen. Die Deutschnationale Volkspartei (DNVP) verbreitete die Lüge, dass die deutsche Armee unbesiegbar gewesen sei. Sie gaben demokratischen Politikern die Schuld, da sie den Waffenstillstand unterzeichnet hatten. Somit hätten sie dem deutschen Heer von hinten mit einem Dolch in den Rücken gestochen. Diese sogenannte Dolchstoßlegende und die Rede vom „Schandvertrag von Versailles" waren für die neugegründete Weimarer Republik gefährlich.

Bearbeiterin

AUFGABEN

70053-21

1. Stellt Vermutungen an, welche Erwartungen Scheidemann und Bauer an die Friedensverhandlungen stellten (**M1**).
2. Erläutere die Interessen Großbritanniens, der USA und Frankreichs (**M2**).
3. Ordnet zu zweit die Bestimmungen des Versailler Vertrages den Kategorien „wirtschaftlich", „territorial" oder „militärisch" zu (**M3**).
4. a) Simuliert in der Klasse eine Debatte in der Nationalversammlung mit Befürworter:innen und Gegner:innen zur Frage: Versailler Vertrag – annehmen oder ablehnen?
   b) Vergleicht euren Standpunkt mit der Position von Scheidemann und Bauer (**M1**).
5. Erkläre die Dolchstoßlegende und bewerte sie kritisch (**M4**).

F zu Aufgabe 5
Analysiere die Propagandapostkarte auf der Auftaktseite. Wie wird die Dolchstoßlegende hier dargestellt?

Krisenjahr 1923 – welche Startschwierigkeiten hatte die neue Republik?

Der britische Botschafter D'Abernon schrieb an Silvester 1923: „Nun geht das Krisenjahr zu Ende. Die inneren und äußeren Gefahren waren so groß, daß sie Deutschlands ganze Zukunft bedrohten." Was war geschehen?

M5 Die Besetzung des Ruhrgebietes

Im Versailler Vertrag stand festgeschrieben, dass Kohle und Holz an die Siegermächte geliefert werden sollten. Das Deutsche Reich kam aber mit Materiallieferungen von Kohle und Holz in den Rückstand. Daher besetzten französische und belgische Truppen im Januar 1923 das Ruhrgebiet. Sie sollten die Abgaben und den Transport der Waren kontrollieren. Daraufhin rief die deutsche Regierung zum „passiven Widerstand" auf. Arbeiter streikten in Fabriken und Zechen wurden stillgelegt. Deutsche Beamte verweigerten die Befehle der Besatzer. Einige Radikale sprengten Brücken oder zerstörten Eisenbahnanlagen.

Bearbeiterin

„Nein! Mich zwingt Ihr nicht!", ohne Angabe des Grafikers, 1923.

M6 Inflation

Durch den Ersten Weltkrieg machte der Staat bereits hohe Schulden bei Unternehmen und Privatleuten. Durch die geforderten Entschädigungszahlungen stiegen die Schulden weiter an. Die Steuereinnahmen reichten nicht aus, um die Schulden zu decken. Auch die Ruhrbesetzung kostete dem Staat viel Geld. Die deutsche Regierung beschloss daher mehr Geldscheine zu drucken. Allerdings gab es nicht mehr Waren und Lebensmittel zu kaufen. Die Nachfrage nach Waren war höher als das Angebot, sodass die Preise für Waren immer teurer wurden. Trotzdem druckte die Reichsbank weiter mehr Papiergeld mit immer höheren Wertangaben. Die Menschen mussten mit Schubkarren tageweise ihren Lohn abholen und gaben ihr Geld schnell aus, da es nach ein paar Stunden nichts wert war. So kostete im November 1923 ein Roggenbrot 233 Milliarden Mark.

Bearbeiterin

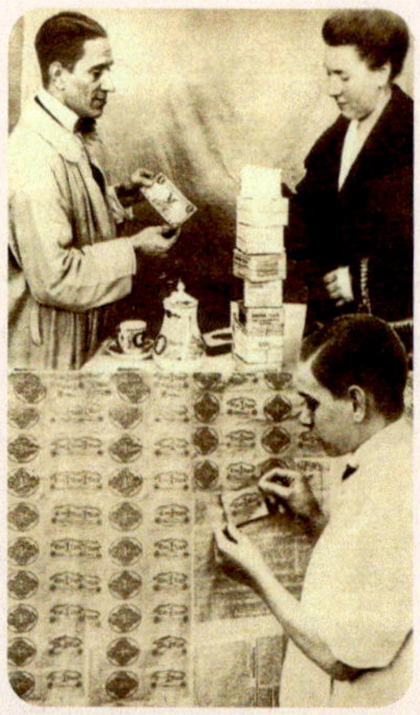

Wertloses Geld wird zum Verkleiden von Wänden genutzt.

M7 Die Währungsreform

Anstehen vor einer Ausgabestelle von Rentenmarknoten in Berlin, Nov. 1923

Durch den Streik im Ruhrgebiet war die Wirtschaft an einem Tiefpunkt. Durch die Inflation gab es Verlierer und Gewinner. Arbeiter, Angestellte und Beamte verloren ihre gesamten Ersparnisse. Gewinner waren Menschen, die Sachwerte, wie Häuser besaßen oder diejenigen, die Schulden hatten, wie der Staat, da sich der Wert der Schulden verringerte. Gustav Stresemann von der Deutschen Volkspartei wurde im September 1923 Reichskanzler. Er sorgte für ein Ende der Ruhrbesetzung. Um die Inflation zu stoppen, sollte eine Währungsreform helfen. Die alte Währung sollte durch eine neue Währung abgelöst werden. Im November konnte eine Billion Mark gegen eine Rentenmark als neue Währung eingetauscht werden. Ab dem Oktober 1924 gab es die Reichsmark.

Bearbeiterin

M8 Politische Unruhen

Während der kommunistischen Unruhen im März 1921 werden verhaftete Kommunisten abgeführt.

Zwischen 1919 und 1923 versuchten politische Gegner die Regierung zu stürzen. Adolf Hitler, Vorsitzender der rechtsradikalen Nationalsozialistischen Deutschen Arbeiterpartei (NSDAP), versuchte im Herbst 1923 gemeinsam mit dem früheren General Ludendorff die „Nationale Revolution" auszurufen. Am 9. November erklärte Hitler mit 2000 Anhängern in München die Regierung für abgesetzt. Dieser Umsturzversuch wurde jedoch von der Polizei beendet. Hitler wurde verhaftet und die Partei NSDAP verboten. Auch Politiker wurden Opfer von Gewalt. Politiker, die die Weimarer Republik stärken wollten sowie jüdische Politiker wurden ermordet.

Bearbeiterin

Erklärfilm zur Inflation

70053-16

INFLATION

Inflation bedeutet ein Preisanstieg von einigen oder allen Produkten (z. B. Lebensmittel) und Dienstleistungen (z. B. Friseur). Es wird somit für die Bürgerinnen und Bürger alles teurer.

In der Weimarer Republik ließ die Regierung immer mehr Geld drucken, um ihre Schulden zu begleichen. Jedoch gab es nicht genug Waren und Güter zu kaufen. Die Währung verlor immer mehr an Wert. Die Menschen konnten sich von dem Geld immer weniger Waren kaufen, weil die Waren immer teurer wurden.

M9 Welche Ursachen hat das Krisenjahr 1923?

Untersuchungsaspekte	Besetzung des Ruhrgebietes	Inflation	Die Währungsreform	Politische Unruhen
Notiere die Ursachen für das Ereignis/die Ereignisse.				
Erläutere, was passierte. Wie kam es zu(r) ...?				
Erkläre die Folgen.				

Bitte ins Heft!

Bearbeiterin

Gruppenpuzzle
→ digitaler Aufgabenkasten

H zu Aufgabe 2a
Wenn ihr mit **M5** arbeitet, nutzt die anschließende **Methodenseite „Politische Plakate untersuchen"**, um das Plakat zu analysieren.

F zu Aufgabe 2
a) Erkläre, warum 2023 auch von einer Inflation gesprochen wird.
b) Erläutere die Gründe für die Inflation. Nutze hierzu den Erklärfilm auf S. 221 unten.

AUFGABEN

70053-22

Führt ein Gruppenpuzzle zu den unterschiedlichen Ursachen für das Krisenjahr 1923 durch.

1. a) Seht euch in einer Stammgruppe (3-4 Personen) die Bilder an und notiert Fragen (**M5**-**M8**).
b) Stellt die Fragen im Plenum vor und notiert diese.

2. Wählt in eurer Expertengruppe (3-4 Personen) ein Thema aus (**M5**-**M8**).
a) Arbeite die wichtigsten Informationen aus deinen Materialien heraus und ergänze diese Informationen in der Tabelle (**M9**).
b) Vergleiche die Ergebnisse in deiner Expertengruppe. Ergänze gegebenenfalls deine Notizen.

3. Geht nun wieder in die Stammgruppe, sodass jedes Thema einmal vertreten ist. (**M5**-**M8**).
a) Tragt gegenseitig eure Ergebnisse vor und notiert die Ergebnisse in der Tabelle.
b) Beurteilt, wie die Einstellung derjenigen, die alle ihre Ersparnisse verloren hatten, zur Weimarer Republik war.

Politische Plakate untersuchen MK

Worum geht es?

In der Weimarer Republik spielten Plakate eine große Rolle, da es noch keine digitalen Medien gab. Es konnten nur gedruckte Medien dafür sorgen, dass sich die Menschen mit Ideen und Überzeugungen auseinandersetzten. Politische Plakate zeigen uns heute, mit welchen Themen und Problemen sich die Menschen damals beschäftigten. Darüber hinaus geben uns die Plakate Auskunft über die damaligen Ziele und Vorstellungen von Parteien. Mithilfe dieser Seite kannst du solche Plakate systematisch analysieren.

Geht dabei so vor:

1. Schritt: Beschreibe den Inhalt

Beschreibe zuerst wer der Auftraggeber des Plakates ist und den Zeitpunkt. Anschließend gehst du auf den Bildaufbau (Vorder- und Hintergrund), die Textelemente und den ersten Eindruck ein. Folgende Fragen helfen dir:
- Vom wem ist das Plakat? An wen richtet sich das Plakat?
- Was siehst du? Welche Gegenstände, Texte, Symbole sind zu erkennen?
- Wann ist das Plakat entstanden?
- Warum ist das Plakat entstanden (Anlass)?
- Wie ist dein erster Eindruck?

2. Schritt: Erkläre die Zusammenhänge

Als nächstes gehst du stärker ins Detail und erklärst den Zusammenhang zwischen Text und Bild. Diese Fragen helfen dir:
- Warum werden die Personen im Hinblick auf das Aussehen, der Körpersprache, den Gesichtszügen so dargestellt?
- Wofür stehen die Farben und Symbole? Welche Wirkung sollen sie erzielen?
- Welche Bedeutung hat der Text? Welche Argumente, Feindbilder werden genutzt?

3. Schritt: Deute und beurteile den Inhalt

Dann geht es darum, dass du dir überlegst, wie das Plakat auf den Betrachter gewirkt haben könnte. Beurteile zum Abschluss, ob die Darstellung des Plakates den damaligen Tatsachen entspricht. Nutze folgende Fragen als Hilfe:
- Welche Botschaft soll das Plakat vermitteln?
- Was möchte die Partei mit dem Plakat erreichen?
- Wie lässt sich das Plakat in den historischen Kontext einordnen?
- Entspricht die Darstellung des Plakates den Tatsachen oder ist es überspitzt?

Politisches Plakat zum „Dolchstoß“

70053-17

Die Goldenen Zwanziger – Aufschwung und Fortschritt für alle?

Kino, Party, ein guter Style und Musik gehören für dich heutzutage zum Leben dazu. Was hat das mit der Weimarer Republik zu tun? Warum sprechen wir von den „Goldenen Zwanzigern"?

Terra X Dokumentation: „Deutschland in den Goldenen Zwanzigern"

70053-18

M10 Wirtschaftlicher Aufschwung

Nach der Währungsreform verhandelte die deutsche Regierung mit den Siegermächten. Die USA lieh dem Deutschen Reich Geld in Form von Krediten. Die Wirtschaft erholte sich und den Menschen ging es besser. Die Reparationszahlungen konnten pünktlich beglichen werden. Unternehmer investierten in neue Fabriken und es wurde mehr produziert. Es wurden Produkte hergestellt, die den Menschen das Leben leichter machten, wie das Auto, die Waschmaschine und der Staubsauger. Die Fließbandarbeit sorgte dafür, dass Produkte schneller und in größeren Mengen hergestellt werden konnten. Allerdings waren die Produkte noch sehr teuer, sodass sich nur wenige Menschen diese Produkte leisten konnten. Aber das Geld war wieder etwas wert und die Menschen verdienten mehr Geld.

Fertigung von Messinstrumenten am Fließband in den Apparate-Fabriken der AEG in Berlin-Treptow

M11 Ein neues Rollenbild der Frau?

Frauenemanzipation
→ Kapitel 2.3

Frauen durften 1919 zum ersten Mal wählen. Darüber hinaus entstand durch Werbung, Filme und Romane das Bild einer modernen und selbstbewussten Frau. Sie fing an sich zu schminken, zog sich attraktiv an und rauchte. Abends besuchten sie Tanzveranstaltungen. Durch die Verluste im Ersten Weltkrieg arbeiteten mehr Frauen in verschiedenen Berufsbereichen. Sie arbeiteten als Sekretärin in Büros, in Warenhäusern, als Telefonistin oder in Fabriken. Frauen wurden selbstständig und konnten sozial aufsteigen. Allerdings war ihr Lohn geringer als bei Männern. Viele Menschen befürworteten jedoch nicht, dass Frauen arbeiteten. Der Großteil war der Meinung, dass Frauen sich um Haushalt, Kinder und Ehemann kümmern sollten. Somit blieb das alte Rollenbild bestehen.

Charleston war ein beliebter Tanzstil in den Goldenen Zwanzigern.

M10, M11: Bearbeiterin

M12 Modernes Leben in Berlin

In großen Städten, wie Berlin, änderte sich viel. Berlin war im Jahr 1925 mit 4,3 Millionen Einwohnern die drittgrößte Stadt der Welt hinter New York und London. Auf den Straßen fuhren mehr Autos. Die Menschen nahmen die Straßenbahn, um zur Arbeit oder zum Theater zu kommen. Das Kino war sehr begehrt. Zuerst gab es Stummfilme, die dann von den ersten Tonfilmen abgelöst wurden. Künstler und Maler zogen nach Berlin, um sich von der Großstadt inspirieren zu lassen. Künstler hielten ihre Eindrücke der Stadt in Bildern fest, wie zum Beispiel der Künstler Otto dix.

Bearbeiterin

„Großstadt", Gemälde des deutschen Malers Otto Dix von 1927, gestaltet als Triptychon (dreiteiliger Flügelaltar)

M13 Großstadtleben aus damaliger Sicht

a) Ein Mitglied des Jugendbundes „Adler und Falken" über die damalige Großstadt:

Die Großstadt [...] ist eine vollkommen unnatürliche Zusammenballung von Menschen, die nur möglich wurde durch Technik und das kapitalistische Wirtschaftsdenken. [...] Sie kann sich nur durch ungeheuren Verbrauch von Menschen erhalten. Dieser Menschenverschleiß ist aber nicht nur ein körperlicher, sondern in viel größerem Maße ein geistiger und seelischer.

Mohr, H.: Fronterlebnis und Großstadterlebnis. In: Der Falke 1929, Heft 8, S. 6f.

b) Der Dichter Leonard Frank (1882-1961) lebte seit 1918 meist in Berlin und schrieb:

Damals war die schöne Zeit. [...] Selbst der junge Maler hungerte nicht mehr, er malte nicht nur, er verkaufte. [...] Theater, Oper, Konzertsäle waren überfüllt. Europäische Künstler aus Paris, London, Rom, die nach Berlin kamen, waren begeistert und wollten nicht mehr fort. Die Luft in Berlin war elektrisch geladen.

Frank, Leonard: Links wo das Herz ist, München 1963, S. 113f.

AUFGABEN

70053-23

1. Führt mithilfe der Bilder in **M10-M12** ein Blitzlicht durch: Was verbindet ihr mit dem Begriff „Die Goldenen Zwanziger"?
2. Erkläre, warum es den Menschen ab 1924 wieder besser ging (**M10**).
3. Beschreibe das Rollenbild der „modernen Frau" (**M11**).
4. a) Erläutert zu zweit, welche Vor- und Nachteile das Großstadtleben aus damaliger Sicht hatte (**M12**).
   b) Arbeitet die Position des Jugendlichen und des Dichters heraus (**M13**) und vergleicht sie mit euren Vor- und Nachteilen.
5. Nimm Stellung zur Frage: Die Goldenen Zwanziger – Aufschwung und Fortschritt für alle? (**M10-M13**)

H zu Aufgabe 4
Vorteile:
- schneller von A nach B kommen durch Autos usw.

Nachteile:
- viele Autos bedeuten Lärm und unsaubere Luft

F zu Aufgabe 4
a) Begründet, ob ihr in Zukunft in einer Großstadt leben möchtet.
b) Verfasst zu zweit ein Gedicht über eine heutige Großstadt.

1.3 Ein Ende der Weimarer Republik in Sicht?

Börsencrash in den USA – auch eine Gefahr für das Deutsche Reich?

Die amerikanische Wirtschaft erlebte seit 1923 einen Aufschwung. Der deutsche wirtschaftliche Aufschwung hing mit den Krediten aus den USA zusammen. Doch wie bei einer Achterbahnfahrt folgt auf ein Hoch danach eine Talfahrt. Was hatte das für Folgen?

M1 24. Oktober 1929 – ein „Schwarzer Donnerstag"?

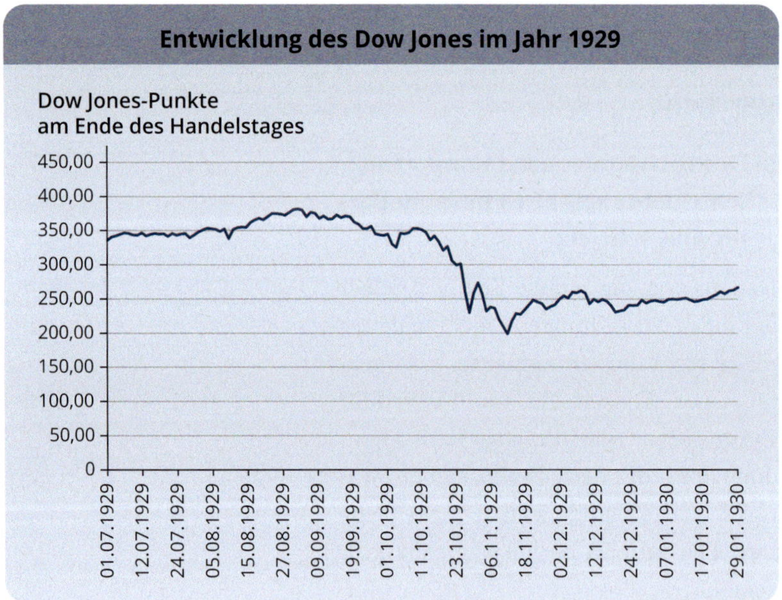

Nach: © Statista 2022

Arbeitslose stehen 1930 vor dem Arbeitsamt in Hannover an. Im Hintergrund auf der Hauswand steht der Schriftzug „Wählt Hitler".

M2 Welche Ursachen hatte die Weltwirtschaftskrise?

Vor dem großen Crash kauften viele Amerikaner Anteile von Unternehmen in Form von Aktien. Die Aktionäre wollten am Gewinn der Betriebe teilhaben. Viele Menschen in Amerika hatten Aktie, die durch Kredite finanziert wurden. Irgendwann war das Angebot an Produkten größer als die Nachfrage. Die Gewinne der Unternehmen gingen zurück. Die Menschen, die Anteile am Unternehmen gekauft hatten (Aktionäre), bekamen Angst, dass der Wert der Aktie weiter sinkt. Panik brach aus, denn jeder Aktionär wollte schnellstmöglich seine Aktien verkaufen. Folglich fielen die Aktienkurse drastisch. Am 24.10.1929 brach der New Yorker Börsenmarkt zusammen. Aufgrund der Zeitverschiebung kamen die Nachrichten in Europa erst am Freitag, den 25.10. an, sodass von einem „Schwarzen Freitag" gesprochen wird. Viele Menschen verloren in kürzester Zeit ihr Vermögen. Unternehmen gingen pleite und viele Menschen in Amerika wurden arbeitslos.

Bearbeiterin

M3 Und im Deutschen Reich?

Nach dem Börsencrash kündigten die amerikanischen Banken die Kredite an die deutschen Banken und forderten das geliehene Geld zurück. Dadurch forderten auch die deutschen Banken die Unternehmen im Reich auf, das geliehene Geld zurückzugeben. Die Unternehmen brauchten jedoch die Kredite der Bank und konnten auch das Geld nicht zurückzahlen. Es kam zum Zusammenbruch der Banken, Unternehmen gingen Pleite. Menschen wurden entlassen. Es wurden weniger Produkte gekauft, da die Arbeitslosigkeit stieg. Die Unternehmen hatten keine Aufträge mehr und die Exporte sanken. Der Staat verlor Steuereinnahmen. Es begann ein wirtschaftlicher Abwärtstrend.

Bearbeiterin

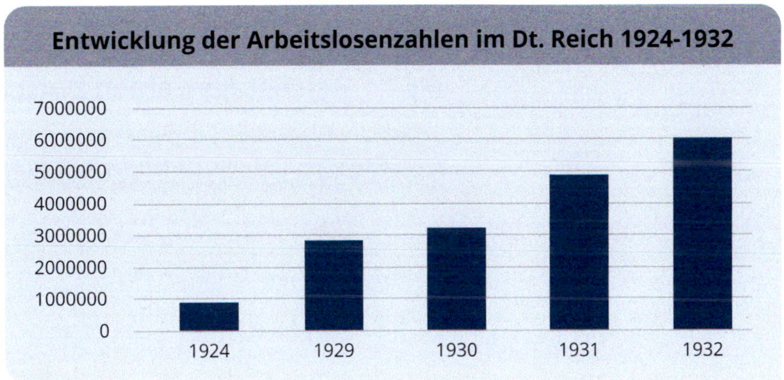

Bearbeiterin

M4 Wie war die Stimmung der Bevölkerung?

Schüler:innen einer Abschlussklasse berichten 1932 über die Berufsaussichten:

„Ich bin manchmal ganz wirr im Kopf vom vielen Vorstellen. Ich bin jeden Tag auf jede Anzeige losgewesen, aber immer war es schon besetzt."

„Ich habe eine schöne Stelle als Friseurlehrling bekommen. Das ist für mich ein großes Glück; denn in meiner Klasse haben von 60 nur 10 etwas bekommen."

Zitiert nach: Abelshauser, Werner / Faust, Anselm / Petzina, Dietmar (Hg.): Deutsche Sozialgeschichte 1914-1945. Ein historisches Lesebuch, München 1985, S. 333.

AUFGABEN

70053-24

1. Analysiert zu zweit die Materialien in **M1** und formuliert Fragen.
2. Erkläre, wie es zur Weltwirtschaftskrise kam (**M2**).
3. Bildet Kleingruppen (3-4 Schüler:innen) und wählt eine Aufgabe aus:
   a) Erstellt ein Schaubild zu den Auswirkungen der Wirtschaftskrise auf das Deutsche Reich (**M3-M4**).
   b) Analysiert die Stimmung in der Bevölkerung (**M3-M4**). Erstellt anschließend einen Radiobeitrag, der über die Auswirkungen der Weltwirtschaftskrise berichtet.
4. Diskutiert im Plenum, inwiefern Krisenzeiten, wie z. B. die Corona-Pandemie, zur Schwächung der Demokratie beitragen können. Nimm Stellung.

Inwiefern hatte die Demokratie ab 1929 keine Chance mehr?

Die hohe Arbeitslosigkeit und die Verzweiflung der Menschen sorgte für viel Frust und führte zu einer politischen Radikalisierung. Konnte die Weimarer Republik den Krisen standhalten oder war eine Ende in Sicht?

M5 Reichstagswahlen zwischen 1928 und 1933

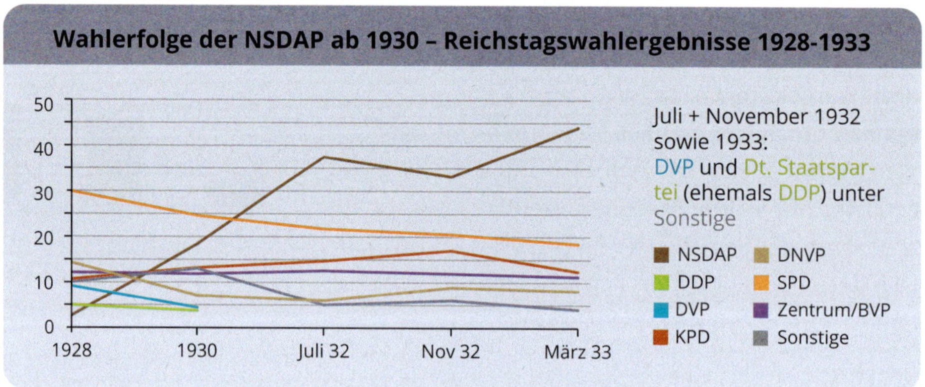

Bearbeiterin

M6 Die Demokratie wird ausgehebelt

Regime
Der Begriff wird meist zur Beschreibung von nicht demokratisch legitimierten Regierungen verwendet.

Artikel 25 der Weimarer Verfassung
Der Reichspräsident konnte den Reichstag auflösen.

Artikel 48 der Weimarer Verfassung
Der Reichspräsident konnte, um die Sicherheit und Ordnung im Reich wiederherzustellen, Grundrechte außer Kraft setzen und Gesetze durch Notverordnungen erlassen.

Bereits vor der Wirtschaftskrise kriselte es bei den demokratischen Parteien. Streitpunkte waren die Arbeitszeiten, die Höhe der Löhne und die Finanzierung der Arbeitslosenversicherung. Da kein Kompromiss gefunden wurde, löste sich am 26. März 1930 die Große Koalition aus SPD, Zentrum und den liberalen Parteien DVP und DDP auf. Der seit 1925 gewählte Reichspräsident Paul von Hindenburg, nutzte diese Chance für sich. Er war gegen die Demokratie und wollte ein autoritäres Regime. Da es im Parlament keine Mehrheit gab, ernannte Hindenburg den Wirtschaftsexperten Heinrich Brüning zum Reichskanzler. Dies war die erste Präsidialregierung, in der die parlamentarische Mehrheit keine Rolle spielte, da Gesetze mit Notverordnungen in Form des Artikels 48 der Verfassung umgesetzt werden konnten. Im Juli 1930 versuchten die Abgeordneten im Reichstag eine beschlossene Notverordnung von Brüning wieder aufzuheben. Daraufhin löste Hindenburg mit Artikel 25 den Reichstag auf und setzte Neuwahlen an.

Bearbeiterin

„Der Reichstag wird eingesargt", Fotomontage John Heartfields vom 30. August 1932. Auf dem Sarg steht „Artikel 48" – ein Verweis auf den Notverordnungsartikel der Verfassung.

M7 Die Sparpolitik Brünings und ihre Folgen

Die Sparpolitik, die Brüning verfolgte, verschärfte die Krise. Die Arbeitslosigkeit stieg weiter an und Sozialleistungen wurden gekürzt. Er wollte dem Ausland zeigen, dass das Deutsche Reich zurzeit keine Reparationszahlungen erfüllen konnte. Die Menschen waren frustriert und der Ärger auf die Republik nahm zu. Die radikalen Parteien nutzten die Not der Menschen und versuchten sie als neue Wählerinnen und Wähler auf ihre Seite zu ziehen. Die KPD versprach ein Ende der Not, wenn der Kapitalismus beseitigt worden sei. Die NSDAP versprach bessere Zeiten, neue Macht und Größe des Deutschen Reiches. Straßenkämpfe, die von der KPD und NSDAP geführt wurden, sorgten für Angst vor einem Bürgerkrieg. Die Bevölkerung sehnte sich nach Ruhe und Ordnung und einem „starken Mann". Die KPD und die NSDAP bekamen bei den Neuwahlen im September viele Wählerstimmen. Die demokratischen Parteien waren nun in der Minderheit.

Bearbeiterin

Wahlplakat der NSDAP: Reichstagswahl, November 1932

M8 Der Weg in die Diktatur

Reichskanzler Brüning wurde im Mai 1932 von Beratern Hindenburgs gestürzt. In wenigen Abständen ernannte Hindenburg zuerst den Zentrumspolitiker Franz von Papen und dann seinen eigenen Berater Kurt von Schleicher als Reichskanzler. Doch beide hatten in der Bevölkerung und im Parlament keinen Rückhalt. Hindenburg war kein Befürworter von Hitler, doch seine Berater überzeugten ihn, dass Hitler Ruhe in das Deutsche Reich bringen könnte. Man wollte ihn als Reichskanzler „zähmen" und seine Schritte genau im Auge behalten. Ein radikales Auftreten sollte durch die Einbindung als Regierungschef verhindert werden. Somit ernannte der Reichspräsident Hindenburg am 30. Januar 1933 Hitler zum Reichskanzler.

Bearbeiterin

AUFGABEN

70053-25

1. a) Wertet zu zweit das Kurvendiagramm (**M5**) aus.
   b) Stellt Vermutungen für das veränderte Wahlverhalten auf.
2. Erkläre, warum es ab 1930 zu Präsidialregierungen kam (**M6**).
3. Beschreibe und erkläre die Fotomontage von John Heartfields (**M6**).
4. Nennt zu zweit Maßnahmen und Folgen der Sparpolitik Brünings (**M7**).
5. Erkläre, wie Hitler Reichskanzler wurde (**M8**).
6. Verfasst zu zweit einen Dialog zwischen Hindenburg und einem Berater, in dem diskutiert wird, ob Hitler zum Reichskanzler ernannt werden sollte (**M8**).
7. Erstellt in einer Kleingruppe eine Mindmap mit Gründen für das Scheitern der Weimarer Republik an (**M6-M9** → siehe Folgeseite).

F zu Aufgabe 2
Erläutere den Spruch: „Der Reichstag wird eingesargt.".

H zu Aufgabe 4
Eine Person arbeitet in Stichpunkten die Maßnahmen Brünings heraus, die andere Person die Folgen der Politik Brünings.

H zu Aufgabe 6
So könntet ihr starten:
Hindenburg: „Ich bin mir nicht sicher, ob ich Hitler zum Reichskanzler ernennen sollte. Er wollte doch schon 1923 die Regierung stürzen. "
Berater: „..."

Die Weimarer Republik – (k)ein Erfolg?

Bis heute wird darüber diskutiert, wie es sein konnte, dass der erste deutsche demokratische Staat von den Gegnern der Weimarer Republik zerstört wurde. Warum zerbrach die Weimarer Republik aus Sicht von Experten?

M9 Mindmap: Gründe für das Scheitern der Weimarer Republik

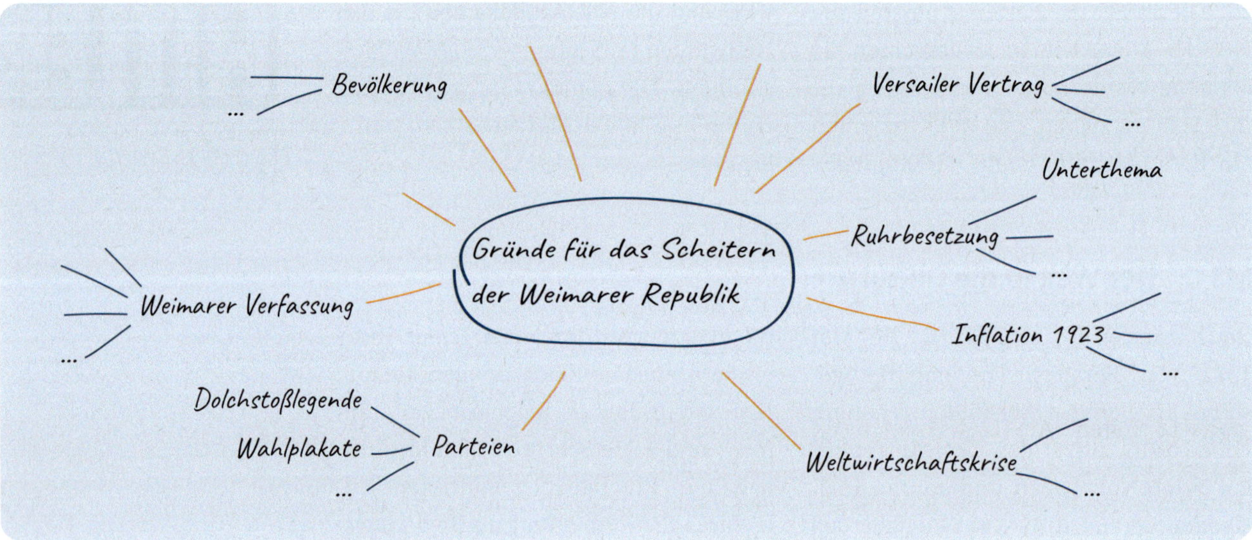

Bearbeiterin

M10 Wie ist die Meinung von Historikerinnen und Historikern?

Kontingenz
Häufigkeit bzw. Grad der Wahrscheinlichkeit des gemeinsamen Auftretens zweier Sachverhalte

a) Der Historiker Tim B. Müller sagt 2016:

Die Weimarer Republik war nach damaligen Begriffen eine stabile Demokratie. Sie hatte früher als andere auch die Frauen zu Staatsbürgern gemacht und ihnen das gleiche Wahlrecht eröffnet. Die Republik war wehrhaft und verbot immer wieder demokratiefeindliche Organisationen. Mehr begeisterte Demokraten hätten ihr zweifellos gutgetan, aber deren Zahl war auch in anderen Demokratien jener Zeit noch gering. Nein, die Weimarer Demokratie war nicht schwach. Weder war sie von Anfang an zum Scheitern verurteilt noch 1930 am Ende, als die große Koalition zerbrach und die Präsidialkabinette begannen, noch nicht einmal 1932, als mit Franz von Papen erstmals ein antidemokratischer Politiker an die Macht kam. [...] Woran Weimar gescheitert ist? Die Demokratie lässt sich nicht restlos absichern. Und besonders in der Geschichte der katastrophalen Wirtschaftskrise [ist] immer mit dem Faktor Kontingenz zu rechnen, damit, dass zur falschen Zeit die falschen Männer am falschen Ort sind.

Müller, Tim B. / Wirsching, Andreas: Hatte Weimar eine Chance?. In: ZEIT Geschichte Nr. 3/2016, 23. August 2016, www.zeit.de, 26.09.2016, gekürzt

b) Rede des Bundestagspräsidenten Prof. Dr. Norbert Lammert zu 90 Jahre(n) Weimarer Reichsverfassung:

Die Weimarer Reichsverfassung war sicher gut gemeint, aber nicht wirklich gut gelungen. Sie war zweifellos besser als die damaligen Verhältnisse, vielleicht zu gut für schwierige Zeiten – also nicht gut genug für die Verhältnisse, die sie ordnen sollte. [...] Für das Scheitern der Weimarer Republik gibt es viele Gründe, die Mängel an ihrer Verfassung gehören wohl dazu. [...] Aber es waren weder alleine die institutionellen Strukturfehler noch der Versailler Vertrag, weder die Reparationszahlungen am Anfang und die Weltwirtschaftskrise am Ende, nicht einmal das Elend einer steigenden Massenarbeitslosigkeit, gewiss nicht die versäumte Demokratisierung von Justiz und Verwaltung oder das Fehlen eines unabhängigen Verfassungsgerichtes. [...] Tatsächlich hätte die junge Republik die eine oder andere der genannten Belastungen vielleicht bewältigen können, unter der geballten Gleichzeitigkeit der Herausforderungen wie der eigenen Fehler ist sie zusammengebrochen.

Lammert, Norbert: „Gut gemeint, aber nicht wirklich gut gelungen". In: www.bundestag.de, 11.08.2009

c) Kommentar der Historikerin Ursula Büttner vom 27.04.2018:

Ein Vergleich der schweren Krisen von 1923 und 1931/32 kann bei der Beantwortung helfen. Auf dem Höhepunkt der Hyperinflation 1923 war die Lage in Deutschland eher noch gefährlicher als in der Endphase der Republik: Der Zusammenbruch der Währung hatte zu weitgehender wirtschaftlicher Lähmung geführt. Hohe Arbeitslosigkeit, schwere Nachteile für ländliche und städtische Mittelschichten bis zur Existenzvernichtung [...]. Links- und Rechtsextremisten versuchten den gewaltsamen Staatsumsturz. Aber 1923 beachtete die Reichsregierung die verzweifelte Stimmung und entschloss sich im letzten Augenblick zu einem radikalen Politikwechsel. Der sozialdemokratische Reichspräsident Friedrich Ebert sicherte diesen mit seinen Notstandsvollmachten ab; doch er setzte sie nur vorübergehend zur Überwindung der aktuellen Notsituation ein, im Sinne der Verfassung und nicht gegen sie. Sein Nachfolger Paul von Hindenburg handelte in der Weltwirtschaftskrise ab 1930 ganz anders: Er nutzte den Artikel 48 der Verfassung, um die stärkste Partei, die SPD, von der Regierung fernzuhalten und einem nur von ihm abhängigen Reichskanzler die Möglichkeit zu geben, ohne Rücksicht auf das Parlament und die wachsende Verelendung und Radikalisierung der Gesellschaft eine rigorose, krisenverschärfende Sparpolitik durchzuhalten. Das Ziel war die Revision des Versailler Vertrags und der Weimarer Verfassung. Es war eine antidemokratische Politik [...]. Strukturprobleme, Belastungen durch Krieg und Niederlage, schwere aktuelle Krisen, [...] das alles trug zur schwierigen Situation am Ende der Weimarer Republik bei. Den letzten Ausschlag, dass die Krise in die Katastrophe mündete, gaben aber konkrete politische Entscheidungen.

Büttner, Ursula: Ausgeforscht? Die Weimarer Republik als Gegenstand historischer Forschung. In: www.bpb.de, 27.04.2018

d) Der Historiker Hagen Schulze urteilt 1994:

Woran ist also Weimar gescheitert? Die Antwort ist nicht mit letzter wissenschaftlicher Präzision zu geben, aber einiges lässt sich doch ausmachen: die wichtigsten Gründe liegen auf dem Feld der Mentalitäten, der Einstellungen und des Denkens. In der Mitte des Ursachenbündels finden sich eine Bevölkerungsmehrheit, die das politische System von Weimar auf die Dauer nicht zu akzeptieren bereit war, sowie Parteien und Verbände, die sich den Anforderungen des Parlamentarismus nicht gewachsen zeigten. Die Ursachen für diese Defekte dürften überwiegend in langfristigen, aus den besonderen Bedingungen der preußisch-deutschen Geschichte zu erklärenden Zusammenhängen zu suchen sein, verstärkt durch die Entstehungsbedingungen des Weimarer Staatswesens und seiner außenpolitischen Belastungen. Die Übertragung dieser ungünstigen Gruppenmentalitäten auf das Weimarer Regierungssystem wurde durch den Wahlrechtsmodus erheblich begünstigt. Die antirepublikanischen Tendenzen in Armee, Bürokratie und Justiz waren grundsätzlich beherrschbar, eine Frage des Machtbewusstseins von Parteien und Regierung. Die gesellschaftlichen und wirtschaftlichen Rahmenbedingungen waren hauptsächlich langfristig wirksam, indem sie auf die Mentalitäten von Bevölkerung und einzelnen Gruppen einwirkten; aktuelle ökonomische Krisen verstärkten die destabilisierenden Momente, verursachten sie aber nicht. Lapidar lässt sich also schließen: Bevölkerung, Gruppen, Parteien und einzelne Verantwortliche haben das Experiment Weimar scheitern lassen, weil sie falsch dachten und deshalb falsch handelten.

Schulze, Hagen: Weimar. Deutschland 1917-1933, Berlin 1994, S. 425 f. (gekürzt)

AUFGABEN

70053-26

1. a) Ergänzt in einer Kleingruppe die Mindmap (**M9**). Welche Unterpunkte und weitere Verzweigungen könnt ihr bei den Aspekten ergänzen?
   b) Erarbeitet einen Kurzvortrag zur Frage: „Warum zerbrach die Weimarer Republik?"
2. Arbeitet arbeitsteilig die Argumente der Historiker:innen heraus, die ihrer Meinung nach zum Scheitern der Republik führten (**M10 a-c**).
3. Der Historiker Müller sagt: „Die Weimarer Demokratie war nicht schwach." Bewerte diese Aussage: Stimmst du ihm zu oder nicht? Warum?
4. Verfasse einen eigenen Kommentar zur Frage: Die Weimarer Republik – (k)ein Erfolg?

H zu Aufgabe 4
Wo war die Weimarer Republik erfolgreich und warum ist sie doch gescheitert?

WIE KAM ES ZU AUFSTIEG UND SCHEITERN DER WEIMARER REPUBLIK?

WEIMARER VERFASSUNG

Kapitel 1.1, M1-M4

Die Nationalversammlung arbeitete in Weimar 1919 eine demokratische Verfassung für das Deutsche Reich aus. Zum ersten Mal hatten Frauen ein Wahlrecht und es gab festgeschriebene Grundrechte, wie die Meinungs- und Versammlungsfreiheit. Der Reichspräsident wurde direkt von den Bürger:innen gewählt. Er konnte, um die Ordnung und Sicherheit im Land wiederherzustellen, den Reichstag auflösen (Artikel 25). Außerdem war es dem Reichspräsidenten möglich Notverordnungen zu erlassen und Grundrechte für eine bestimmte Zeit außer Kraft setzen (Artikel 48). Das bedeutete, dass neue Gesetze nicht vom Parlament, sondern vom Reichspräsidenten im Notfall erlassen werden konnten.

VERSAILLER VERTRAG

Kapitel 1.2, M1-M4

Im Schloss von Versailles wurde im Juni 1919 der Vertrag von Versailles unterzeichnet. Dadurch wurde der Erste Weltkrieg offiziell beendet. Die Bestimmungen des Vertrags legten die Siegermächte fest. So sollten Deutschland und seine Verbündeten die alleinige Kriegsschuld (Art. 231) anerkennen. Darüber hinaus musste das Deutsche Reich Reparationen zahlen als Ausgleich für die Kriegskosten der Siegermächte. Der Vertrag war für die Weimarer Republik eine Belastung, da viele Parteien und Menschen die Schuld am Krieg ablehnten. Die Gegner der Weimarer Republik sprachen von Verrat der deutschen Soldaten durch die Unterzeichner des Versailler Vertrags und verbreiteten die Dolchstoßlegende.

WELTWIRTSCHAFTSKRISE

Kapitel 1.3, M1-M4, M9-M10

Am 24.10.1929 brach der New Yorker Börsenmarkt zusammen. Die Aktien und Wertpapiere, in die viele Menschen ihr Geld anlegten, hatten keinen Wert mehr. Viele Menschen verloren in kürzester Zeit ihr Vermögen. Die Krise breitete sich auf das Deutsche Reich aus. Unternehmen gingen Pleite, viele Menschen wurden arbeitslos und die Banken konnten keine Kredite mehr vergeben.

PRÄSIDIALREGIERUNG

Kapitel 1.3, M5-M10

Bei der Präsidialregierung spielte die parlamentarische Mehrheit keine Rolle, da der Reichspräsident Hindenburg Gesetze mit Notverordnungen in Form des Artikels 48 der Verfassung umsetzte. Der Reichskanzler wurde ebenfalls ohne parlamentarische Mehrheit vom Reichspräsidenten ernannt. Wenn der Reichstag eine Notverordnung aufheben wollte, konnte der Reichspräsident den Reichstag mit Artikel 25 der Verfassung auflösen.

M1 Was für ein Chaos!

1

A Aufgrund von Unruhen in der Hauptstadt Berlin kam die Nationalversammlung 1919 in Weimar zusammen. Dort wurde die Weimarer Verfassung ausgearbeitet. Diese beinhaltete das Frauenwahlrecht und viele Grundrechte für die Menschen.

2

B Die Weltwirtschaftskrise führte zum Zusammenbruch der Wirtschaft im Deutschen Reich. Die Banken konnten keine Kredite mehr vergeben und waren zahlungsunfähig. Betriebe gingen Pleite und viele Menschen wurden arbeitslos.

3

C Gegen Ende des ersten Weltkrieges verweigerten die Matrosen einen Befehl. Es kam zu einem Matrosenaufstand. Dieser weitete sich im Reich aus. Die Menschen wollten Frieden und eine neue Staatsordnung.

D Da das deutsche Reich hohe Reparationen zahlen musste, druckte die Regierung immer mehr Geld. Allerdings war viel mehr Geld im Umlauf als Lebensmittel und andere Produkte. Folglich stiegen die Preise immer weiter.

4

Online-Quiz zum Kapitel

70053-44

M2 Wahlplakate aus dem Jahr 1932

Wahlplakat der SPD 1932

Wahlplakat der Zentrumspartei 1932

Wahlplakat der KPD 1932

Wahlplakat der Nationalsozialisten 1932

Aufgaben

1. Ordne die Bilder den passenden Textabschnitten zu (**M1**).
2. Bringe die Bilder in die zeitlich richtige Reihenfolge, indem du sie nummerierst (**M1**).
3. Untersucht arbeitsteilig die politischen Plakate (**M2**, Methode: Politische Plakate untersuchen → Kap. 1.2).
4. Bewerte aus damaliger und heutiger Sicht das Wahlverhalten der Bevölkerung.

Selbsteinschätzung

70053-47

Einkaufsstraße Westenhellweg in Dortmund im Jahr 2012

Westenhellweg und Brückstraße in Dortmund im Jahr 1910

Was weißt du schon?

1. Beschreibt euch zu zweit gegenseitig die beiden Bilder.
2. Arbeitet gemeinsam die Unterschiede zu folgenden Aspekten heraus:
   a) Kleidung b) Herkunft c) Geschlecht
3. Diskutiert Faktoren in eurer Klasse, die zu diesen Veränderungen von früher zu heute geführt haben.

2

#Vielfalt als Chance? Gesellschaft früher und heute

Wenn du dich in der Einkaufsmeile deiner Stadt umschaust, kannst du feststellen, dass alle Menschen unterschiedlich aussehen. Sie unterscheiden sich in ihren äußeren Merkmalen, wie dem Kleidungsstil, ihrem Aussehen, ihrem Geschlecht oder auch in kulturellen Merkmalen, wie der Religion oder der Herkunft. Aber wie unterschiedlich leben wir heute wirklich? Sind diese Unterschiede eher als Chance oder als Herausforderung zu sehen? Und wie wurde in der Vergangenheit mit Vielfalt umgegangen?

Was lernst du in diesem Kapitel?

- ... die Vielfalt der Wertorientierungen von Jugendlichen zu beschreiben.
- ... die Herausforderungen und Chancen einer vielfältigen Gesellschaft (Diversität) zu beurteilen.
- ... ausgewählte Fragen der Gleichberechtigung von Frauen und Männern zu bewerten.
- ... das Handeln von Menschen unterschiedlichen Glaubens zu beurteilen.
- ... Stellung und Selbstverständnis von Menschen jüdischen Glaubens in Deutschland im 19. Jahrhundert darzustellen.
- ... Auswirkungen und gesellschaftliche Folgen der Emanzipation der Frau darzustellen.
- ... ausgewählte politische, rechtliche und soziale Fragen der Gleichberechtigung von Frauen und Männern zu bewerten.

Eine Präsentation für den Diversity Tag in der Schule vorbereiten und halten

Worum geht es?

Vielfalt wird mittlerweile in Deutschland großgeschrieben. Alle Menschen sollen nicht nur die gleichen Rechte haben, sondern auch die gleichen Chancen an der Gesellschaft teilnehmen und auf dem Arbeitsmarkt erfolgreich sein zu können. Leider ist das in der Realität noch immer nicht der Fall. Daher wird einmal im Jahr der Deutsche Diversity-Tag gefeiert, um an diesem Aktionstag den Vielfaltsgedanken in die Arbeitswelt und Gesellschaft zu tragen. Informiert euch anhand dieses Kapitels über Diversität früher und heute und plant dann gemeinsam eine spannende, informative Präsentation für den Aktionstag.

Geht dabei so vor:

Start

1 Informiert euch über den Begriff „Diversität". Überlegt als Klasse, warum Vielfalt in der Arbeitswelt und in der Gesellschaft so wichtig ist. (→ Kapitel 2.1, #Diversität)

2 Bildet nun Kleingruppen und teilt euch die Themen auf, die ihr am Diversiy-Tag vorstellen möchtet:

a) Diversität heute (→ Kapitel 2.1)
b) Emanzipation von Juden im 19. Jahrhundert (→ Kapitel 2.2)
c) Emanzipation von Frauen im 20. Jahrhundert (→ Kapitel 2.3)

3 Erarbeitet nun in euren Kleingruppen das gewählte Thema. Bearbeitet dazu die Aufgaben auf den entsprechenden Buchseiten im Lerntempoduett / Think-Pair-Share. (Lerntempoduett → digitaler Aufgabenkasten auf S.100)

4 Wie möchtet ihr das Thema beim Diversity-Tag vorstellen? Entscheidet euch für eine Präsentationsform (z. B. eine PowerPoint-Präsentation, ein Podcast-Beitrag, ein Beitrag in der Schulzeitung, ein Erklärvideo, ...).

5

Entwickelt einen Zeitplan und teilt die Aufgaben auf. Erarbeitet nun die Präsentation. Denkt daran, wie ihr das Thema für die Zielgruppe besonders anschaulich und attraktiv aufbereiten könnt.

6

Stellt eure Ergebnisse am Diversity-Tag öffentlich aus und haltet ihn ggf. mit Fotos oder Filmen fest.
Alternative: Manche Schulen sind auch „Schule mit Courage – Schule ohne Rassismus“. Vielleicht könnt ihr auch im Rahmen von Aktionstagen mit diesem Thema eure Ergebnisse vorstellen.

7

Reflektiert den Aktionstag und eure Präsentationen anschließend:
- Seid ihr zufrieden mit euren Präsentationen?
- Konntet ihr das Thema verständlich vorstellen?
- Wie waren die Rückmeldungen seitens der Teilnehmer:innen / Lehrkräfte?
- Was nehmt ihr von diesem Aktionstag mit?
- Welche Rolle spielen die Themen für unser heutiges Leben?

2.1 Welche Chancen und Herausforderungen bietet eine vielfältige Gesellschaft?

Wie vielfältig sind unsere Lebenswelten?

Wir alle sehen einzigartig aus, haben unterschiedliche Wertvorstellungen und verschiedene Stärken und Schwächen. Aber wie sehr unterscheiden wir uns wirklich?

M1 Ein Beispiel von Diversität?

Alternatives Einstiegsmaterial zum Thema Vielfalt

70053-27

Miguel, 16 Jahre

Hey Leute, ich habe eine Frage an euch und würde gern eure Meinung dazu hören. Vielleicht erstmal etwas zu mir: Ich wohne mit meinen beiden Müttern in Düsseldorf und liebe sie beide sehr, auch wenn ich früher immer wieder deswegen komisch angesehen wurde, wenn ich von meinen beiden Müttern erzählt habe. Gerade im Kindergarten und in der Grundschule war es schlimm. Eine von ihnen kommt ursprünglich aus Rio de Janeiro. Deswegen kann ich nicht nur fließend deutsch, sondern auch portugiesisch sprechen. Ich bin so stolz darauf, auch wenn ich mit keinem aus meinem Freundeskreis portugiesisch sprechen kann. Aber manchmal rappe ich in dieser Sprache und lade die Videos dann im Internet hoch. In den Songtexten kann ich meine Religiosität und meine politischen Vorstellungen rauslassen und etwas Besonderes schaffen. Dort konnte ich mich auch mit meiner Familie aus Brasilien vernetzen und diesen Teil meiner Herkunft etwas kennenlernen. Manchmal habe ich aber das Gefühl, nirgendwo hin zu gehören, weil ich so anders bin.

Bearbeiterin

\# **DIVERSITÄT**

Unter Diversität wird verstanden, dass Menschen verschieden sind und diese Unterschiede eine Gesellschaft bereichern. Keiner soll aufgrund von Unterschieden benachteiligt werden, stattdessen soll jeder die gleichen Chancen (z. B. auf dem Arbeitsmarkt) haben.

Unabhängig davon, welche Hautfarbe oder welches Geschlecht man hat, wie man sich anzieht, ob man im Rollstuhl sitzt, ob man alt oder jung ist: Niemand sollte diskriminiert werden, weil er sich von anderen unterscheidet.

Die Diversität ist seit 2006 gesetzlich im Allgemeinen Gleichbehandlungsgesetz (AGG) verankert. Das Gesetz bezieht sich auf die sechs Merkmale Alter, Behinderung, ethnische Herkunft, Geschlecht, Religion/Weltanschauung und sexuelle Identität.

M2 Wie unterschiedlich sind wir wirklich?

Die beiden Wissenschaftlerinnen Gardenswartz und Rowe haben 2003 versucht, die verschiedenen Ebenen von Diversität in einem Modell festzuhalten:

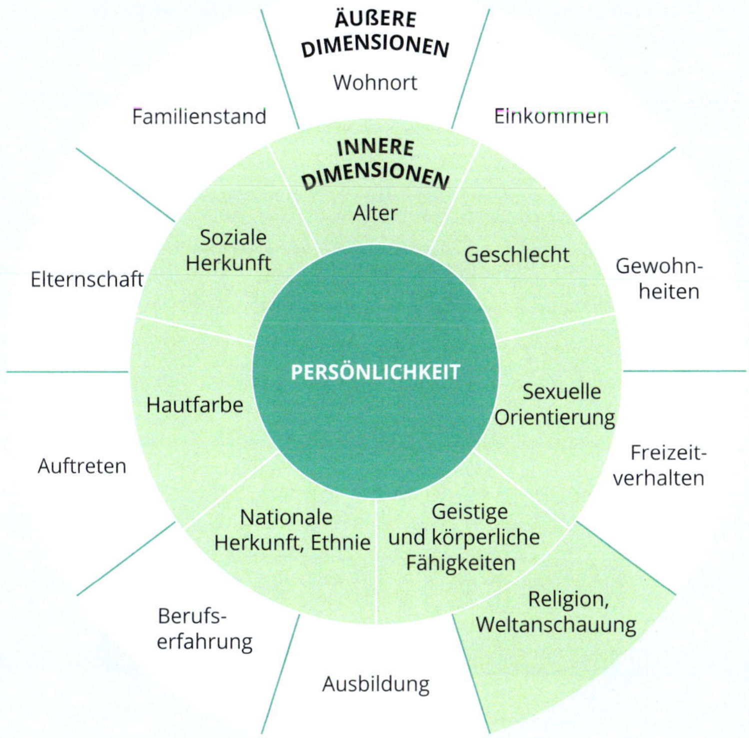

Nach: Gardenswartz, Lee, Rowe, Anita und Universität Wien

Zentrum des Modells:
Persönlichkeit

Innere Ebene:
vom Individuum relativ unveränderbar

Äußere Ebene:
vom Individuum veränderbar

AUFGABEN

70053-36

1. Sammelt als Klasse Merkmale an der Tafel in Form einer Mindmap, in denen ihr euch voneinander unterscheidet.
2. Erkläre am Beispiel von Miguel (**M1**) den Begriff Diversität.
3. a) Erstelle eine Tabelle mit drei Spalten. Notiere dir in der ersten Spalte die verschiedenen Ebenen von Diversität (**M2**).
   b) Arbeitet zu zweit die Persönlichkeitsmerkmale Miguels aus **M1** heraus und ordnet sie in der zweiten Spalte den einzelnen Ebenen aus **M2** zu.
   c) Fülle die dritte Spalte mithilfe deiner Persönlichkeitsmerkmale aus.
4. a) Vergleicht zu zweit eure Ergebnisse aus Aufgabe 3c miteinander. Was stellt ihr fest?
   b) Vergleicht eure Ergebnisse mit der Mindmap aus der 1. Aufgabe. Welche Aspekte sollten noch ergänzt werden?
5. Antworte auf Miguels Post (**M1**), indem du ihm Tipps gibst, wie er mit dem Eindruck umgehen kann „nirgendwo dazuzugehören“.

H zu Aufgabe 3
So kann deine Tabelle aussehen:

	Miguel	Ich
Innere Dimensionen		
Äußere Dimensionen		

H zu Aufgabe 4
Du musst nicht alle deine Persönlichkeitsmerkmale mit deiner Banknachbarin / deinem Banknachbarn teilen. Du kannst selbst bestimmen, welche Aspekte du teilst.

Sollte es zukünftig nur noch Unisex-Toiletten geben?

Kennst du die Situation, dass du unterwegs eine öffentliche Toilette besuchen willst und die Warteschlange der Damentoilette viel länger ist als die der Männer? Das ist ein häufiges Problem in Tankstellen, Restaurants oder Diskotheken. Aber warum gibt es nicht einfach Unisex-Toiletten für alle Menschen wie im Flugzeug?

M3 Wie könnten Gemeinschaftstoiletten aussehen?

Der Verein Deutscher Ingenieure (VDI) veröffentlichte im Sommer 2022 die „Sanitärraum-Richtlinie 6000", in der ein Vorschlag für eine Unisextoilette veröffentlicht wurde. Demnach soll es einen gemeinsamen Vorraum geben, von der aus der Toilettenraum mit raumhohen und spannsicheren Einzelkabinen zu betreten ist. Alle Geschlechter könnten gleichermaßen auf diese Toiletten gehen. In Folge dessen entstand ein Diskurs zwischen Befürwortern und Kritikern von Unisex-Toiletten.

Bearbeiterin

Erklärfilm zum Thema sexuelle Identität

70053-28

NICHT-BINÄRE GESCHLECHTSIDENTITÄT

Nicht-binäre Menschen haben eine Geschlechtsidentität, die weder ganz weiblich noch ganz männlich ist.

Nicht-Binarität ist ein Sammelbegriff für viele verschiedene Identitäten, die gemeinsam haben, dass sich die Menschen weder ganz weiblich noch ganz männlich fühlen. Für Nicht-binäre Personen wird auch der Oberbegriff „Transgender" verwendet. Die Zuordnung zu einer Geschlechtsidentität (männlich/weiblich) ist also nicht nur von bestimmten Körpermerkmalen abhängig, sondern wird auch von der Persönlichkeit und dem eigenen Geschlechtsempfinden einer Person bestimmt.

M4 Unisex-Toiletten – welche Vor- und Nachteile haben sie?

Für Frauen und Mädchen ist die Toilette mehr als nur ein Ort für die Notdurft. Toiletten bieten Mädchen und Frauen ein Schutzraum, um sich zurückziehen zu können und getrennt von Jungen oder Männern sein zu können.

Der Umbau von öffentlichen hin zu geschlechterneutralen Toiletten ist viel zu teuer. Es bedeutet mehr als nur die Schilder auszutauschen. Der gesamte Grundriss muss verändert werden.

Es gibt Menschen, die sich nicht als Frau oder Mann fühlen. Sie haben eine nicht-binäre Geschlechtsidentität. Für sie bedeutet der Gang zur Toilette jedes Mal, dass sie vor die Wahl gestellt werden, welchem Geschlecht sie sich nun näher verbunden fühlen. Aber nicht nur für non-binäre Menschen stellt der Gang zur öffentlichen Toilette ein Problem dar, sondern auch für Menschen, die aufgrund der Frisur oder des Körperbaus nicht gleich einem Geschlecht zugeordnet werden können.

Häufig gibt es vor allem in öffentlichen Toiletten für Frauen eine Wickelablage für Kleinkinder. Daher stehen gerade Väter, die mit ihren Kindern allein unterwegs sind, vor Herausforderungen.

Besonders vor Frauentoiletten entstehen häufig lange Schlangen, weil Frauen in der Regel häufiger auf Toilette müssen und der Toilettengang länger dauert.
Bearbeiterin

AUFGABEN

70053-37

1. Diskutiert in der Klasse über den Vorschlag für Gemeinschaftstoiletten (**M3**). Sollte es zukünftig nur noch solche Unisex-Toiletten geben?
2. a) Lege dir eine Tabelle mit den Spalten „Vorteile“ und „Nachteile“ zu Unisex-Toiletten an.
   b) Ordne die einzelnen Aussagen den Spalten zu (**M4**).
3. Führt in der Klasse eine Pro-Kontra-Diskussion zu der in Aufgabe 1 gestellten Frage.
4. Stimmt in der Klasse ein weiteres Mal darüber ab, ob es Unisex-Toiletten geben sollte. Nehmt im Anschluss begründet Stellung zur Ausgangsfrage.
5. a) Arbeitet zu zweit. Erörtert, welche Probleme dieser Debatte zugrunde liegen.
   b) Entwickelt Maßnahmen, um diese grundlegenden Probleme zu lösen.
   c) Stellt eure Maßnahmen in der Klasse / Gruppe vor.

H zu Aufgabe 1
Diese Diskussion kann auch als digitale Abstimmung zur Frage „Sollte es nur noch Unisex-Toiletten geben?“ erfolgen. MK

Eine Pro-Kontra-Diskussion führen
→ digitaler Aufgabenkasten

Frauen am Arbeitsmarkt: gleiche Rechte, aber auch gleiche Chancen?

Hast du schon einmal Monopoly gespielt? Bei diesem Spiel fangen alle Menschen mit den gleichen Startchancen an. Auch in Deutschland haben alle die gleichen Rechte, aber haben sie dementsprechend auch die gleichen Chancen auf dem Arbeitsmarkt, um beruflich erfolgreich sein zu können?

M5 Ein Beispiel von Diskriminierung am Arbeitsmarkt? MK

Arbeit im Wandel
→ Kap. 13

Diskriminierung
Der Begriff beschreibt im Allgemeinen die Herabwürdigung oder Benachteiligung bestimmter Personen bzw. Personengruppen aufgrund von (unreflektierten / unbewussten) Vorurteilen.

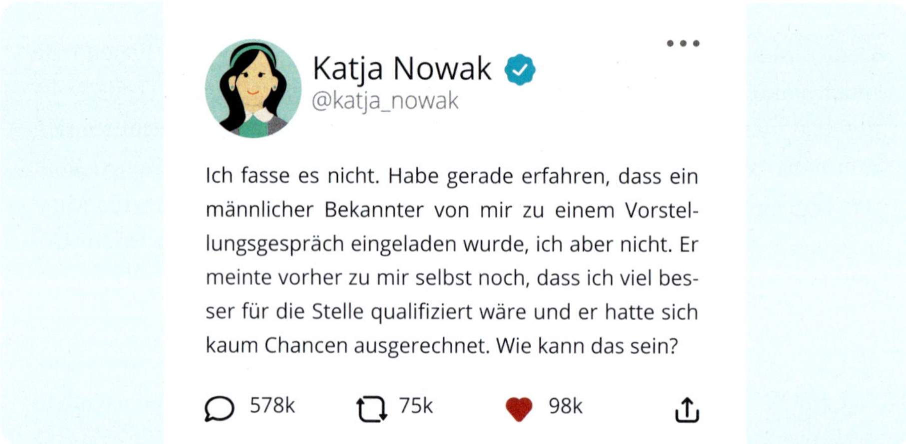

Bearbeiterin

M6 Ungleichbehandlung auf dem Arbeitsmarkt – was sagen die Zahlen?

a) Stundenverdienste von Frauen und Männern im Vergleich

Gender Pay Gap
Prozentuale Lohnlücke zwischen Männern und Frauen

Terra X Beitrag zur Gleichberechtigung im Berufsleben
70053-29

Gender Pay Gap nach Wirtschaftszweigen
70053-614

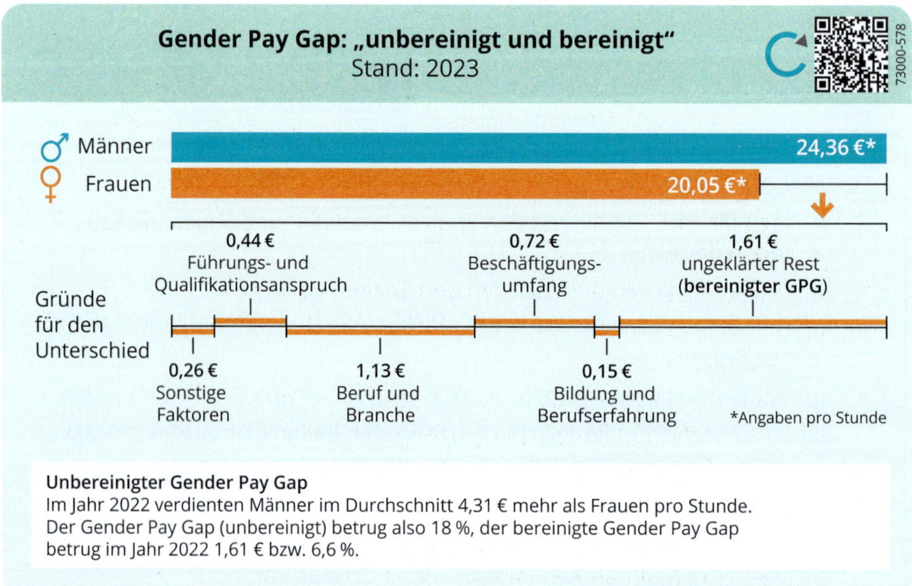

©C.C. Buchner Verlag, aktuelle Daten nach: DESTATIS (Datenerhebung: 2022; Grafikerstellung: 2023)

b) Anzahl von Frauen in den Vorständen der 200 größten deutschen Unternehmen

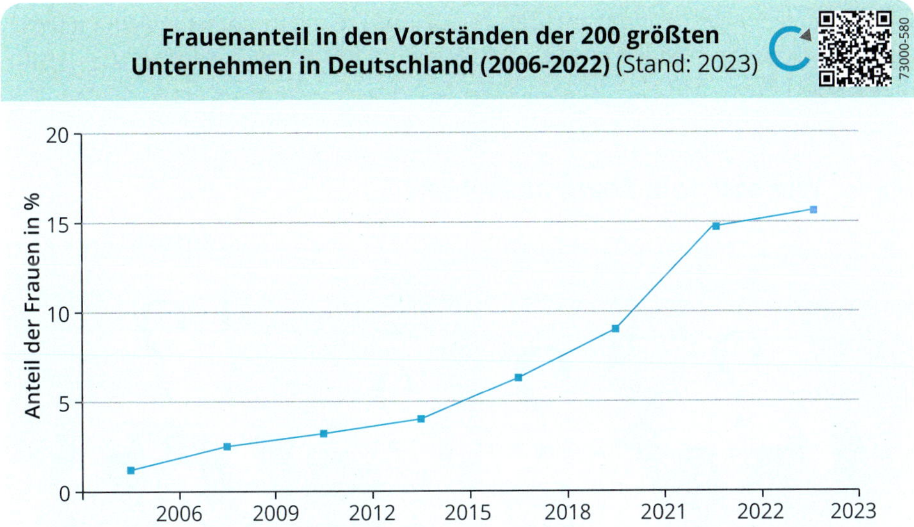

©C.C. Buchner Verlag, aktuelle Daten nach: Statista (Dateneherbung 2022; Grafikerstellung 2023)

Allgemeines Gleichbehandlungsgesetz
vom 14. August 2006, §1: Ziel des Gesetzes ist, Benachteiligungen aus Gründen der Rasse oder wegen der ethnischen Herkunft, des Geschlechts, der Religion oder Weltanschauung, einer Behinderung, des Alters oder der sexuellen Identität zu verhindern oder zu beseitigen.

M7 Diskriminierung im Beruf – folgenlos?

Diskriminierung im Beruf kann viele unterschiedliche Gesichter zeigen. Mitarbeitende können eine Ungleichbehandlung beim Thema Beförderungen und Gehalt erfahren, sie können generell aus einem Kolleg:innenkreis ausgegrenzt werden oder einfach nur abwertende Sprüche bekommen. Das wirkt sich in der Regel auch negativ auf die Stimmung in der Abteilung aus. Oft ist es in diesen Fällen so, dass Mitarbeitende ihr Potential nicht ausschöpfen oder sogar kündigen.

Bearbeiterin

Dokumentation zu Sexismus am Arbeitsplatz
70053-30

AUFGABEN 70053-38

1. a) Stelle das im Post beschriebene Problem dar (**M5**).
   b) Handelt es sich hier um Diskriminierung am Arbeitsplatz? Urteilt spontan in der Klasse.
2. Analysiert die Diagramme arbeitsteilig zu zweit.
   a) Arbeite aus **M6a** die unterschiedlichen Stundenverdienste von Männern und Frauen heraus.
   b) Arbeite aus **M6b** die Anzahl von Frauen in den Vorständen heraus.
   c) Haltet die wichtigsten Unterschiede zwischen Männern und Frauen auf dem Arbeitsmarkt gemeinsam fest.
3. Arbeite aus **M7** die Formen und Folgen von Diskriminierung heraus.
4. Entwickelt in Kleingruppen Forderungen an die Politik, um der Benachteiligung von Frauen auf dem Arbeitsmarkt entgegenzutreten.

F Die Bildungsabschlüsse von Frauen sind Statistiken zufolge meist höher als die von Männern. Trotzdem erreichen immer noch Männer häufiger Führungspositionen. Erläutere, warum das nur scheinbar ein Widerspruch ist.

Mit welchem Team kannst du am besten arbeiten?

In deinem Leben musst du immer mit anderen Menschen zusammenarbeiten, sowohl in der Schule in Gruppenarbeiten, mit deinen Freunden, später in deinem Beruf, als auch mit deiner Familie im Haushalt. Mit wem kannst du besonders gut zusammenarbeiten?

M8 Wie soll dein Team aussehen?

M9 Welche Gruppen sind von Diskriminierung betroffen?

Manchmal können wir uns das Team nicht aussuchen und wir müssen das Beste daraus machen. Doch trotzdem werden (unbewusst oder bewusst) bestimmte Personen in einem Team oder allgemein in der Gesellschaft oft benachteiligt. Aufgrund welcher Merkmale werden Personen diskriminiert?

Bearbeiterin

Zusatzmaterial zu Formen der Diskriminierung am Arbeitsplatz

70053-31

Gründe für Diskriminierungserfahrungen* von 2017 bis 2020 (Stand: 2023)

73000-58

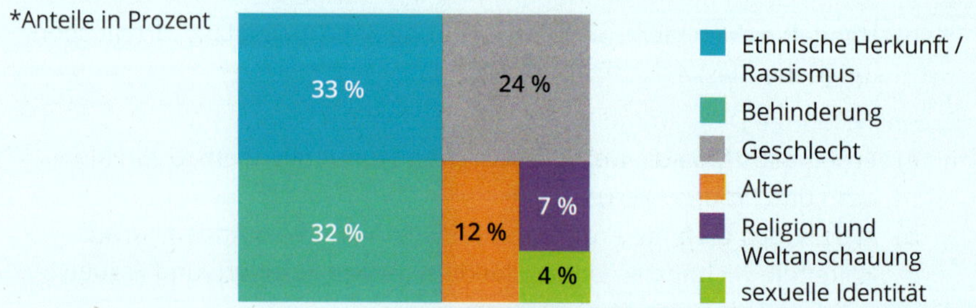

Hinweis zur Umfrage: Im Zeitraum 01.01.2017 bis 31.12.2020 wurden 16.415 Beratungsanfragen mit Bezug auf das Allgemeine Gleichbehandlungsgesetz (AGG) an die Antidiskriminierungsstelle des Bundes gestellt. Die Prozentzahlen im Diagramm beziehen sich auf diese Beratungsanfragen.

©C.C. Buchner Verlag, aktuelle Daten nach: Antidiskriminierungsstelle des Bundes (Datenerhebung: 2017-2020; Grafikerstellung: 2023)

DIVERSITY MANAGEMENT

Beim Diversity Management werden die vielfältigen Fähigkeiten und Eigenschaften von Mitarbeiter:innen genutzt und berücksichtigt, um gemeinsam die Unternehmensziele zu erreichen.
Jede/r Mitarbeiter:in soll also unabhängig von seinen persönlichen Merkmalen wertgeschätzt und anerkannt werden. Ziel ist es, dass das Arbeitsumfeld so frei wie möglich von Vorurteilen ist und eine wertschätzende Atmosphäre geschaffen wird.

Dokumentation zu Diversität in deutschen Unternehmen

70053-32

M10 Chancen und Herausforderungen in Unternehmen

Chancen von Diversität	Herausforderungen
1. Diversität macht zufrieden, produktiv und stärkt die Verbundenheit	1. Zunahme von Konfliktpotenzial, weil es viele unterschiedliche Ansichten und Meinungen gibt
2. In einem diversen Team arbeitet es sich besser, weil alle ihr volles Potenzial ausschöpfen können.	2. Die Ansprüche an Führungskräfte steigen.
3. Die Diversität steigert die Innovationskraft und Wettbewerbsfähigkeit im Unternehmen.	3. Ggf. machen fehlende Sprachkenntnisse die Zusammenarbeit im Unternehmen oder den Kundenkontakt schwieriger.
4. Diverse Unternehmen sind laut Studien profitabler.	4. Manche Kunden haben Vorurteile gegenüber bestimmten Bevölkerungsgruppen, sodass sie sich weigern von ihnen betreut zu werden.
5. Bewerbern und Mitarbeitern ist Diversität wichtig. Daher wird die Attraktivität des Unternehmens gesteigert.	5. Gerade bei hinzugezogenen Personen aus dem Ausland kann die Berufsanerkennung in Deutschland problematisch sein.

Nach: Absolventa: Diversity am Arbeitsplatz Darum sollten Arbeitgeber auf Vielfalt setzen. www.absolventa.de, Abruf am 21.03.2023

Basierend auf: Icks, Annette et al.: Der Schutz vor Diskriminierung und die Förderung personaler Vielfalt im Arbeitsleben. In: www.antidiskriminierungsstelle.de, November 2021

AUFGABEN

70053-39

1. Überlegt euch zu zweit, mit welchen Menschen ihr gut zusammenarbeiten könnt. Auf welche Merkmale kommt es eurer Meinung nach an (**M8**)?
2. Arbeite aus **M9** heraus, welche Personengruppen in der Arbeitswelt besonders von Diskriminierung betroffen sind.
3. Beschreibe die Merkmale von Diversity Management (**#Diversity Management**).
4. a) Erörtert in Kleingruppen, inwiefern es sich für ein Unternehmen lohnt ein diverses Team zu haben (**M10**).
   b) Übertragt eure Erkenntnisse auf andere Lebensbereiche, die euch betreffen.

H zu Aufgabe 1
Merkmale könnten z. B. Toleranz oder Hilfsbereitschaft sein.

F zu Aufgabe 2
Erläutere die verschiedenen Formen von Diskriminierung am Arbeitsplatz mithilfe des QR-Codes (Randspalte).

H zu Aufgabe 4b
Das können z. B. deine Klasse, deine Schule, dein Sportverein usw. sein.

2.2 Jüdinnen und Juden im 19. Jahrhundert – Bürger zweiter Klasse?

Jüdische Emanzipation im 19. Jahrhundert

Nicht nur heute werden bestimmte Bevölkerungsgruppen diskriminiert, in unserer Geschichte ist das schon häufiger passiert. Bei einer Gruppe handelt es sich um Jüdinnen und Juden. Inwiefern wurden sie im 19. Jahrhundert, also vor der Zeit des Nationalsozialismus, diskriminiert? Und wie sind sie damit umgegangen?

M1 Aufruf zur Emanzipation von Heinrich Heine

Porträt des Dichters Heinrich Heine aus dem Jahr 1905, Zeichner: Richard Pfeiffer

Was ist [...] diese große Aufgabe unserer Zeit? Es ist die Emanzipation. Nicht bloß die der Irländer, Griechen, Frankfurter Juden, Westindischen, Schwarzen und dergleichen gedrückten Volkes, sondern es ist die Emanzipation der ganzen Welt, absonderlich [insbesondere] Europas, das mündig geworden ist und sich jetzt losreißt von dem eisernen Gängelbande der Bevorrechteten, der Aristokratie.

Zitiert nach: Battenberg, Friedrich: Judenemanzipation im 18. und 19. Jahrhundert. In: www.ieg-ego.eu, 03.12.2010

M2 Auf dem Weg zur Emanzipation

Seit dem Mittelalter wurden Jüdinnen und Juden in beinahe allen europäischen Staaten ausgegrenzt und rechtlich benachteiligt. In der Regel waren sie auf den guten Willen der Herrscher angewiesen. Im Zuge der Aufklärung wurde der Ruf nach Gleichstellung immer größer. Die Französische Revolution hob 1789 die rechtliche Benachteiligung für Juden auf und setzte die Judenemanzipation in West- und Mitteleuropa langsam in Gang. In Preußen wurde die Gleichstellung der Juden bereits 1812 vollzogen, wurde beim Wiener Kongress jedoch teilweise wieder zurückgenommen. Ähnlich sah es in den anderen deutschen Staaten aus. Erst mit der Gründung des Norddeutschen Bundes im Jahr 1866 wurden die Benachteiligungen in der Verfassung gänzlich verboten. Diese Verfassung wurde fünf Jahre später im Zuge der Reichseinigung 1871 auf alle deutschen Staaten übertragen.

Bearbeiterin

Jüdische Emanzipation

70053-33

EMANZIPATION

Der Begriff beschreibt die Befreiung einer Bevölkerungsgruppe aus der Unterdrückung durch eine andere Gruppe. Das Ziel ist die gesellschaftliche Gleichberechtigung.
Er wird oft im Zusammenhang mit der Benachteiligung von Frauen genannt, aber auch bei anderen benachteiligte Gruppen wie Jüdinnen und Juden, Sinti und Roma, uvm. wird er verwendet.

M3 Moses Mendelssohn – ein Beispiel von Diskriminierung?

Moses Mendelssohn wurde 1729 in eine jüdische Familie in Dessau hineingeboren. Sein Vater förderte schon frühzeitig seine Bildung, sodass schon bald seine Hochbegabung erkannt wurde. Daher folgte er bereits mit 14 Jahren seinem Lehrer, dem Rabbiner David Fränkel 1742 nach Berlin, um sein Studium fortzuführen. Auf dem Weg dorthin musste er als Jude einen „Leibzoll" bezahlen. Er konnte auch nicht einfach nach Berlin ziehen, da die Anzahl von Jüdinnen und Juden in vielen Städten eng begrenzt wurde. Er erhielt jedoch eine Aufnahmeerlaubnis der Stadt, weil er dort eine Anstellung fand. Vor diesem Hintergrund entwickelte sich Mendelssohn als ein Verfechter für die Gleichberechtigung von jüdischen Menschen. So übersetzte er die Tora ins Deutsche, um seine Glaubensgenossen in die deutsche Kulturwelt einzuführen. Er wollte Jude und Deutscher sein dürfen. Damit startete er eine Reformbewegung innerhalb der jüdischen Bevölkerung.

Bearbeiterin

Porträt von Moses Mendelssohn (1729-1786) aus dem Jahr 1884 von Ernst Hader

M4 Was fordert Christian von Dohm?

Der deutsche Jurist und enger Bekannter von Mendelssohn, Christian von Dohm, schreibt in seinem Buch „Über die bürgerliche Verbesserung der Juden" Folgendes:

[Ich wage es] meine Ideen anzugeben, wie die Juden glücklichere und bessere Glieder der bürgerlichen Gesellschaften werden könnten: Erstens [müssten sie] vollkommen gleiche Rechte mit allen übrigen Unterthanen erhalten. Keine beschimpfende Unterschiedung müßte ferner geduldet [...] werden. [...] Neuntens: [...] Wenn man ihnen einen vollständigen Genuß der Rechte der Menschheit bewilligen will, so ist es notwendig, ihnen zu erlauben, daß sie nach [ihren religiösen] Gesetzen leben und gerichtet werden.

von Dohm, Christian Konrad Wilhelm: Über die bürgerliche Verbesserung der Juden (1781), Studienausgabe Bd. 1. Göttingen 2015, S. 60-68

AUFGABEN

70053-40

1. Diskutiert in der Klasse, was sich Heinrich Heine unter der „Emanzipation" von Jüdinnen und Juden vorstellt (**M1**).
2. Erstelle einen Zeitstrahl zur jüdischen Emanzipation (**M2**).
3. a) Arbeitet zu zweit die Schwierigkeiten für Moses Mendelssohn auf seinem Lebensweg aus **M2** und **M3** heraus.
   b) Erklärt die besondere Bedeutung Mendelssohns für die Gleichberechtigung der Jüdinnen und Juden (**M3**).
4. a) Fasse die Forderungen Christian Dohms zusammen (**M4**).
   b) Diskutiert in der Klasse, welchen Grundsätzen sich eine Gesellschaft verpflichten sollte, damit alle Menschen gleichberechtigt sind.

F Alternative/Erweiterung zum Thema: Bearbeite das interaktive Arbeitsblatt zu jüdischer Geschichte im digitalen Aufgabenkasten.

H **zu Aufgabe 4b**
Ein guter Ausgangspunkt für die Diskussion ist unser Grundgesetz bzw. die Grundrechte.

Inwiefern waren Jüdinnen und Juden gleichberechtigte Bürger im Deutschen Reich?

Es war ein anstrengender Weg für die Jüdinnen und Juden im 19. Jahrhundert für ihre Gleichberechtigung zu kämpfen. 1871 waren sie endlich am Ziel und wurden Staatsbürger. Aber war der Kampf um Gleichberechtigung wirklich schon zu Ende?

M5 Wie äußerte sich der zunehmende Antisemitismus?

In den 1920er Jahren gehörte Antisemitismus zum Alltag auf der Insel Borkum. Neben Postkarten wie dieser aus dem Jahr 1905 wurde dort regelmäßig das „Borkum-Lied" gesungen mit folgender Schlussstrophe: "Doch wer dir naht mit platten Füßen, mit Nasen krumm und Haaren kraus, der soll nicht deinen Strand genießen, der muss hinaus! Der muss hinaus!".

Am Anfang des 20. Jahrhunderts verschlechterte sich die öffentliche Meinung gegenüber der jüdischen Minderheit. Alte antijüdische Vorurteile wurden mit neuen rassistischen Vorstellungen verbunden. Aus der Sicht der Nationalisten sollte die Emanzipation und die kulturelle Anpassung von Jüdinnen und Juden wieder rückgängig gemacht werden. Sie behaupteten, dass Jüdinnen und Juden niemals Teil der deutschen Gemeinschaft werden konnten. Bald schon wurden unzählige antisemitische Flugblätter und Broschüren gedruckt, großen Widerstand aus der Bevölkerung gab es nicht. Dadurch verbreitete sich der Antisemitismus immer weiter, sodass teilweise sogar Hotels oder Erholungsorte, wie etwa Borkum, keine Juden mehr aufnahmen. Dies war ein Zeichen dafür, dass Antisemitismus im Bürgertum zunehmend salonfähig wurde.

Bearbeiterin

M6 Gab es einen gesellschaftlichen Aufstieg der jüdischen Bevölkerung?

Mit der Gründung des Deutschen Kaiserreiches 1871 hatte die jüdische Bevölkerung ihr Ziel erreicht: alle deutschen Juden bekamen uneingeschränkte Staatsbürgerrechte. Nach ihrer kulturellen Anpassung und dem Erwerb der Staatsbürgerrechte sollte in den darauffolgenden Jahrzehnten dem gesellschaftlichen Aufstieg dieser Minderheit nichts mehr im Weg stehen.

Mit dem gesellschaftlichen Aufstieg und der Öffnung aller Berufsfelder kam auch ein wirtschaftlicher Erfolg. Eine kleine Gruppe ungewöhnlich erfolgreicher Juden, zum Beispiel der Gründer der Allgemeinen Elektricitäts-Gesellschaft (AEG) Emil Rathenau oder der Reeder Albert Ballin, genossen das Wohlwollen des Deutschen Kaisers.

Bildung war eine wichtige Voraussetzung für gesellschaftlichen Aufstieg einer Gruppe – und gleichzeitig wurde im Judentum Bildung als sehr wichtig eingeschätzt. Das zeigte sich auch schnell in den Schulen: Auf preußischen Gymnasien waren Juden 1906 um das Sechsfache überrepräsentiert.

Bearbeiterin

Die jüdische Bevölkerung wuchs zwischen 1871 und 1910 von 512.000 auf 615.000.

M7 Emil Rathenau – ein Beispiel von wirtschaftlichem Aufstieg?

Emil Rathenau wurde 1838 als Sohn eines wohlhabenden jüdischen Kaufmanns in Berlin geboren. Vier Jahre erhielt er eine praktische Ausbildung in der Maschinenfabrik seines Onkels und studierte im Anschluss Polytechnikum in Hannover. Auf der Internationalen Elektrizitäts-Ausstellung in Paris 1881 lernte er die von Thomas Edison verbesserte Glühbirne kennen und gründete die „Deutsche Edison-Gesellschaft“ für angewandte Elektrizität. 1887 benannte er sie in „Allgemeine-Electricitäts-Gesellschaft“ um. Oskar von Miller, ein enger Bekannter von Rathenau, beschrieb ihn „als der Begründer der Deutschen Elektrotechnik, der weitsichtigste und größte Unternehmer der Gegenwart“.

Bearbeiterin

Porträt von Emil Rathenau, undatiert, industrieller Unternehmer, 1838 – 1915

AUFGABEN

70053-41

1. Beschreibe, wie sich das gesellschaftliche Bild der Jüdinnen und Juden im 20. Jahrhundert veränderte (**M5**).
2. Erweitere deinen Zeitstrahl zur Emanzipation der Jüdinnen und Juden aus dem vorherigen Unterkapitel (**M5**, **M6**).
3. Erläutere, wie Jüdinnen und Juden im 19. Jahrhundert gesellschaftlich (und wirtschaftlich) aufsteigen konnten (**M6**, **M7**).
4. Inwiefern waren Jüdinnen und Juden trotz des gesellschaftlichen Aufstiegs Bürger:innen zweiter Klasse? Begründe deine Meinung.

2.3 Die Emanzipation der Frau – Gleichberechtigung in allen Bereichen?

Wie kam es zur Emanzipation der Frau?

Ungefähr jeder zweite Mensch ist eine Frau. Dennoch waren Frauen bis in das 20. Jahrhundert den Männern gegenüber benachteiligt und durften politisch nicht mitentscheiden. Ein wichtiger Meilenstein auf dem Weg zur Gleichberechtigung war daher die Einführung des Frauenwahlrechts. Aber wie kam es dazu und was forderten die Frauen?

M1 Der Kampf um das Frauenwahlrecht

Plakat von Erich Maria Stadler, 1914; Der Berliner Polizeipräsident hielt die Schlagzeile für eine Beleidigung der Obrigkeit und verbot die Plakatierung.

M2 „Organisiert Euch!"

Entwicklung der rechtlichen Stellung der Frau

70053-34

Die Schriftstellerin und Frauenrechtlerin Hedwig Dohm schreibt in ihrem 1876 veröffentlichten Buch „Der Frauen Natur und Recht":

Die Frauen fordern das Stimmrecht als ihr Recht. Warum soll ich erst beweisen, dass ich ein Recht dazu haben? Ich bin ein Mensch, ich denke, ich fühle, ich bin Bürgerin des Staates, ich gehöre nicht zur Kaste der Verbrecher, ich lebe nicht von Almosen, das sind Beweise, die ich für meinen Anspruch beizubringen habe. […]

Erwachet, Deutschlands Frauen […]. Erwachet, wenn Ihr Grimm genug habt, Eure Erniedrigung zu fühlen, und Verstand genug, um die Quellen Eures Elends zu erkennen. Fordert das Stimmrecht, denn nur über das Stimmrecht geht der Weg zur Selbständigkeit und Ebenbürtigkeit, zur Freiheit und zum Glück der Frau. Ohne politische Rechte seid Ihr […] machtlos. Rafft Euch empor! Organisiert Euch!

Zitiert nach: Conrad, Anne / Michalik, Kerstin (Hg.): Quellen zur Geschichte der Frauen, Bd. 3, Stuttgart 1999, S. 318 und 325

M3 Wie erhielten die Frauen ihr Stimmrecht?

Mit der Gründung des Deutschen Reiches 1871 forderten auch immer mehr Frauen ihr Stimmrecht ein. Hunderte Aktivistinnen setzten sich für die Frauenrechte ein, teilweise sogar mithilfe gewaltsamer Demonstrationen.
Am 30. November 1918 trat in Deutschland das Reichswahlgesetz mit dem allgemeinen aktiven und passiven Wahlrecht für Frauen in Kraft. Damit konnten Frauen am 19.01.1919 zum ersten Mal in Deutschland wählen. Dieses Recht nahmen 82 Prozent der wahlberechtigten Frauen in Anspruch. Am Ende waren unter den 423 Abgeordneten 8,5 Prozent Frauen, unter anderem Marie Juchacz (SPD), die in der ersten Rede einer Parlamentarierin klarstellte, dass es eine „Selbstverständlichkeit" war: „Sie [die Regierung] hat den Frauen gegeben, was ihnen bis dahin zu Unrecht vorenthalten worden ist."

Bearbeiterin

M4 Was forderte die Frauenbewegung?

Eine konservative Gruppe innerhalb der Frauenbewegung bildete der Vaterländische Frauenverein. Er war 1866 als Kriegshilfsverein gegründet worden und hatte sich zum mitgliederstarken Wohltätigkeitsverein entwickelt. Seine bürgerlichen Mitglieder wollten helfen, aber nicht die gesellschaftliche Lage der Frauen verändern.

Die Sozialdemokraten bzw. die Sozialisten, an deren Spitze Clara Zetkin stand, forderte u. a. den Schutz der Arbeiterinnen, die Abschaffung der Kinderarbeit, mehr Mitbestimmung, das Frauenwahlrecht und – wie der Bund deutscher Frauenvereine (BDF) – gleiche Löhne für Frauen und Männer.

Die Frauenrechtlerin Louise Otto-Peters beteiligte sich schon 1865 an der Gründung des Allgemeinen Deutschen Frauenvereins (ADF), dessen Ziel es war, „alle der weiblichen Arbeit im Weg stehenden Hindernisse" auszuräumen.

Gewählte Frauen als Abgeordnete im deutschen Reichstag bzw. Bundestag

Jahr	Anzahl in %
1920	2,5%
1933	4%
1949	6,3%
1987	9%
2013	14,7%
2021	31,7%

Bearbeiterin

AUFGABEN

70053-42

1. Beschreibt zu zweit das Bild (**M1**).
2. Arbeite die Position Hedwig Dohms heraus. Wie begründet sie ihre Position (**M2**)?
3. Arbeitet zu zweit und erstellt eine Zeitleiste zur Frauenbewegung im 19. Jahrhundert. Nutzt hierzu die Informationen aus **M2-M4**.
4. a) Liste die Forderungen der Frauenbewegung auf (**M4**).
   b) Beurteile, ob die einzelnen Forderungen heutzutage erfüllt oder immer noch aktuell sind.

H zu Aufgabe 1
Legt einen Schwerpunkt auf die Körperhaltung der Person.

F zu Aufgabe 4
Analysiere die Zahlen in der Randspalte zu „gewählte Frauen im Bundestag". Leite hieraus, auch mithilfe der Diagramme in **M6**, Kap 2.1, neue Forderungen zur Verbesserung der Situation der Frauen ab.

romane, in denen es immer um Frauengeschichten ging: Das Ladenmädchen, das zum Filmstar wird, solche Aufstiegsgeschichten. Die ‚neue Frau' heißt dann nicht unbedingt, dass in den Geschichten oder in den Romanen oder den Fotografien emanzipierte Lebensentwürfe sind. Also: Die neue Frau ist zwar ledig, aber ganz schnell ist sie dann doch wiederverheiratet.

Schneider, Anette: Bild der Frau, Emanzipation. In: www.deutschlandfunkkultur.de, 28.02.2014

M9 Der Lebensentwurf der „Neuen Frau" – für alle Frauen erreichbar?

Die „Entdeckung der modernen Frau" stand im starken Widerspruch zu den eingeschränkten Handlungsspielräumen der Frauen, die weiterhin bestehen blieben. Ebenso hielt die Benachteiligung im sozialen und privaten Raum an. Der Paragraph 109 in der Weimarer Verfassung regelte zwar, dass Männer und Frauen „grundsätzlich" die dieselben staatsbürgerlichen Rechte und Pflichten erhielten, aber eben nur „grundsätzlich". Im Eherecht oder in Vermögensfragen wurde die Gleichberechtigung blockiert. Darüber hinaus muss deutlich zwischen den Lebenswelten der großstädtischen und ländlichen Frauen unterschieden werden. Großstädtische und wohlhabende hatten deutlich mehr Handlungsspielräume, wohingegen ärmere und ländliche Frauen so gut wie keine gesellschaftlichen Veränderungen spürten. Insgesamt ist also der Wandel des Frauenbildes weniger positiv gewesen als angenommen. Die traditionelle Doppelbelastung der Frauen als Hausfrau und Erwerbstätige blieb bestehen. Frauen durften erst seit 1958 ohne Erlaubnis ihres Ehemannes arbeiten gehen und hatten erst seit 1980 das gesetzliche Recht auf einen gleichen Lohn.

Bearbeiterin

AUFGABEN

70053-43

1. Vergleicht zu zweit die beiden Bilder (**M5**). Stellt die Unterschiede zwischen den Frauen dar.
2. Charakterisiere die „Neue Frau" (**M6**, **M8**).
3. a) Nenne Massenmedien, die in den Goldenen Zwanzigern besonders beliebt waren (**M7**, **M8**).
   b) Arbeite aus **M8** heraus, in welchen Medien die „Neue Frau" in Erscheinung trat.
4. Erstellt zu zweit ein Flugblatt, das über das Bild der „Neuen Frau" in den 20ern zwischen „schöner Schein" und „Realität" aufklären soll (**M6-M9**). MK
5. Vergleiche die damalige Situation der Frau mit der heutigen Situation anhand deines Vorwissens aus diesem Kapitel (→ siehe Kapitel 2.1).

H zu Aufgabe 4
Beispiel für der „schöne Schein": selbstbewusst; Beispiel für „Realität": abhängig

H zu Aufgabe 5
Achte bei dem Vergleich auf folgende Aspekte:
- rechtliche Stellung
- Handlungsspielräume in der Familie
- Berufswahl

VIELFALT – DAMALS UND HEUTE

DIVERSITÄT HEUTE

Kapitel 2.1, M1-M10

Niemand sollte diskriminiert werden, weil er oder sie sich von anderen unterscheidet. Das Prinzip der Diversität bzw. Vielfalt stellt also die Andersartigkeit von Menschen als etwas Positives für die Gesellschaft dar. Das Allgemeine Gleichbehandlungsgesetz aus dem Jahr 2006 bezieht sich auf sechs verschiedene Merkmale: Alter, Behinderung, ethnische Herkunft, Geschlecht, Religion/Weltanschauung und sexuelle Identität. Mittlerweile wird dieses Prinzip zunehmend wichtiger. Im gesellschaftlichen Bereich wird die Einhaltung der Rechte von diesen Gruppen zunehmend eingefordert, sodass zum Beispiel diskutiert wird, ob die Einrichtung von Unisex-Toiletten für alle Geschlechter gleichermaßen besser wäre.

EMANZIPATION VON JÜDINNEN UND JUDEN IM 19. JAHRHUNDERT

Kapitel 2.2, M1-M7

Seit dem Mittelalter wurden Jüdinnen und Juden in Europa diskriminiert und mussten mit Einschränkungen ihrer Lebensgestaltung zurechtkommen. Im Zuge der Aufklärung entstand die Reformbewegung und Moses Mendelssohn, ein Jude und bedeutender Vertreter dieser Bewegung, forderte die Emanzipation der Juden. Der Prozess hin zur Gleichberechtigung war jedoch ein langsamer Prozess und endete erst formal mit der Reichsgründung 1871. Trotz der rechtlichen Gleichstellung wuchs die gesellschaftliche Diskriminierung bis 1933 zunehmend und gipfelte in dem menschen- und judenverachtenden Regime des Nationalsozialismus (g siehe Kapitel 9).

EMANZIPATION VON FRAUEN IM 20. JAHRHUNDERT

Kapitel 2.3, M1-M9

Zu Beginn der Weimarer Republik 1919 erhielten Frauen das aktive und passive Wahlrecht, welches sie teilweise sogar gewaltsam eingefordert hatten. In dieser Zeit entwickelte sich auch das Bild der „Neuen Frau“, die selbstbewusst mit einem Kurzhaarschnitt, einem kurzen Kleid und Zigarette abends auf Tanzveranstaltungen ging. Trotz der „Neuen Frau“ blieb die rechtliche und gesellschaftliche Benachteiligung der Frauen bestehen. Das äußerte sich zum Beispiel darin, dass Frauen weiterhin stark eingeschränkte Handlungsmöglichkeiten hatten.

M1 Diversität heute

Der Text in der Sprechblase lautet: Zum Ziel einer gerechten Auslese lautet die Aufgabe für alle gleich: Klettert auf den Baum!

Karikatur: Hans Traxler

M2 Alles eine Frage des Rechts?

Gabriel Riesser war ein deutscher Jurist und Politiker. 1859 wurde er der erste deutsche Richter in Deutschland. Am 29. August 1848 hielt er im Frankfurter Parlament folgende Rede (Auszug):

Ich darf es als ein Werk, ich möchte sagen, als ein Wunder des Rechts und der Freiheit betrachten, daß ich befugt bin, hier die hohe Sache der Gerechtigkeit und der Gleichheit zu verteidigen, ohne zum Christentum übergegangen zu sein. Und so lebe ich denn der festen Zuversicht, daß die gute Sache bereits gesiegt hat, ungeachtet der letzten Aufwallungen des bösen Willens von wenigen Seiten her. [...]

Die Juden werden immer begeistertere und patriotischere Anhänger Deutschlands unter einem gerechten Gesetze werden. Sie werden mit und unter den Deutschen Deutsche werden. Vertrauen Sie der Macht des Rechts, der Macht des einheitlichen Gesetzes und dem großen Schicksale Deutschlands.

Höxter, Julius: Aus der Rede Gabriel Riessers im Frankfurter Parlament am 29. August 1848. Quellentexte zur jüdischen Geschichte und Literatur, hg. u. erg. von Michael Tilly, Wiesbaden 2009, S. 517

Online-Quiz zum Kapitel

70053-45

M3 Aussagen zur Frauenemanzipation im 20. Jahrhundert

a) Als die Frauen 1919 das erste Mal in Deutschland wählen durften, war der Emanzipationsprozess beendet.

b) Die Anhängerinnen der Frauenbewegung hatten sich friedlich für die Frauenrechte eingesetzt. Sie haben sich besonders in Zeitungen zu Wort gemeldet und die Gleichberechtigung gefordert.

c) Nach dem Ersten Weltkrieg hatte sich die Rolle der Frau radikal verändert. Sie trugen einen Bubi-Haarschnitt und lösten sich aus dem Rollenbild der Frau als Mutter und Ehefrau.

d) Gerade die neuen Massenmedien stellten die „Neue Frau" auf Postern und Broschüren dar. Damit zählen sie zu den Anhängern der Frauenbewegung. Kinos gab es in den Goldenen Zwanziger noch nicht.

Bearbeiterin

M4 Wie denkt ihr darüber?

a) **Mišel Matičević deutscher Schauspieler kroatischer Herkunft 1970**
„Ich kann ehrlich gesagt nicht glauben, dass wir noch immer über Vielfalt reden und die nicht schon längst Normalität ist. Ich habe bereits als Kind Erfahrungen mit Rassismus gemacht. Warum haben wir das noch immer nicht im Griff?"

Matičević, Mišel: „Wir fragen uns ständig, wohin wir gehören", im Interview mit Hannah Pilarczyk. In: www.spiegel.de, 22.08.2020

b) **Frau (18), USA**
Alle Menschen sollten gleichwertig sein. Es ist höchste Zeit: Wir müssen anders miteinander umgehen und Menschen nicht wegen ihres Geschlechts, einer Religionszugehörigkeit oder anderen Merkmalen ausgrenzen.

Bearbeiterin

Aufgaben

1. a) Analysiere die Karikatur unter besonderer Berücksichtigung der dargestellten Personen (**M1**).
   b) Erkläre, inwiefern die Personen die gleichen Chancen haben auf den Baum zu klettern.
   c) Übertrage dies auf unsere heutige Gesellschaft. Erläutere, inwiefern die Personen die gleichen Chancen haben in unserer Gesellschaft erfolgreich zu sein.
2. a) Analysiere die Rede von Riesser (**M2**).
   b) Er sagte 1848, dass die Jüdinnen und Juden der Macht des Rechts vertrauen sollen. Nimm begründet Stellung zu seiner Aussage mithilfe deines Wissens aus dem Kapitel.
3. a) Stimmst du den Aussagen in **M3** zu oder nicht? Begründe deine Antwort und korrigiere die Aussagen gegebenenfalls.
   b) Entscheidet euch zu zweit für die Aussage a) oder b) und diskutiert darüber.
4. Verfasst gemeinsam einen Post als Antwort auf die Zitate in **M4**. Macht hierbei Vorschläge zur Verbesserung der Situation diverser Gruppen in der deutschen Gesellschaft.

Selbsteinschätzung

70053-48

1 **Zahl der Rentner in Hartz IV erreicht Höchststand**

AFP. In: www.tagesspiegel.de, 08.03.2022

2 **Sozialstaat der Zukunft: Mehr Wohlstand oder mehr Ungleichheit?**

Rövekamp, Marie. In: www.tagesspiegel.de, 14.02.2019

3 **Sozialstaat wächst immer stärker**

Creutzburg, Dietrich. In: www.faz.net, 01.07.2021

4 **Sozialstaat dämpft Krisenverluste**

Beznoska, Martin. In: www.iwd.de, 10.12.2020

5 **Wohlfahrtsverband fordert Stärkung des Sozialstaats**

dpa. In: www.zeit.de, 28.09.2021

6 **Die neue Regierung muss die Finanzierungs-Zeitbombe in der Sozialversicherung entschärfen**

Specht, Frank. In: www.handelsblatt.com, 14.10.2021

7 **Deutscher Sozialstaat braucht mehr als höhere Geburten- und Zuwanderungszahlen**

Lizarazo Lopez, Martina. In: www.bertelsmann-stiftung.de, 14.03.2019

Was weißt du schon?

1. Notiere, was dir zu den Schlagzeilen einfällt, indem du zu drei Schlagzeilen deiner Wahl folgende Fragen beantwortest:
   - Welches Problem wird angesprochen oder verbirgt sich hinter der Aussage?
   - Wer ist beteiligt?
   - Welche Konsequenzen sind für die Beteiligten denkbar?
2. Vergleicht eure Ergebnisse in der Klasse.
3. Welche Fragen habt ihr zum Sozialstaat? Haltet sie auf Karten (oder einer digitalen Pinnwand) fest und beantwortet sie am Ende des Kapitels.

3

#Der Sozialstaat in Deutschland – gewappnet für die Zukunft?

In der deutschen Verfassung ist neben der Demokratie auch der Sozialstaat fest verankert. Doch wie der Sozialstaat genau gestaltet sein soll, gibt das Grundgesetz nicht vor. Darüber müssen immer wieder politische Entscheidungen getroffen werden, die – wie üblich – umstritten sind. Verschiedene gesellschaftliche Entwicklungen führen außerdem dazu, dass immer häufiger von einer „Krise des Sozialstaats" gesprochen wird. Welche Zukunft hat der Sozialstaat?

Was lernst du in diesem Kapitel?

... die Grundsätze des Sozialstaatsprinzips zu erläutern.
... die Einkommensunterschiede zwischen unterschiedlichen gesellschaftlichen Gruppen darzustellen.
... unterschiedliche Gerechtigkeitsvorstellungen zu vergleichen.
... die Säulen der sozialen Sicherung darzustellen.
... die Entwicklungen zu beschreiben, die für die sozialen Sicherungssysteme ein Problem darstellen.
... Möglichkeiten privater und betrieblicher Absicherung zu erklären.
... staatliche Finanzleistungen bei Arbeitslosigkeit zu erklären.
... das bedingungslose Grundeinkommen als sozialpolitische Maßnahme für sozialen Ausgleich zu beurteilen.

Eine Zukunftswerkstatt zum Sozialstaat durchführen

Worum geht es?

Keine/r kann sagen, wie genau sein Leben in der Zukunft aussehen wird. Aber vielleicht habt ihr ja Erwartungen und Wünsche an einen Staat, in dem ihr zukünftig leben werdet. Was soll ein solcher Staat der Zukunft leisten und wofür soll jede/r selbst verantwortlich sein? Entwerft eure eigene Vorstellung von einem Sozialstaat, in welchem ihr in Zukunft leben möchtet.

Geht dabei so vor:

Start

1 Arbeitet in Kleingruppen von drei bis fünf Schülerinnen und Schülern. Klärt zunächst nachfolgende Arbeitsaufträge schriftlich, bevor ihr mit eurer Zukunftswerkstatt beginnt.

2 Analysiert, auf welche konkreten Probleme und Herausforderungen unser Sozialstaat in der Realität reagieren muss (→ Kapitel 3.1: M2, M5-M9; Kapitel 3.3: M2, M6, M9).

3

Erklärt, auf welchen gesetzlichen Rahmenbedingungen unser Sozialstaat basiert (→ Kapitel 3.2: M2) und wie genau er aufgebaut ist (→ Kapitel 3.2: M5, M7-M10).

4

Erörtert konkrete sozialpolitische Maßnahmen, um Problemen des Sozialstaats entgegenzuwirken (→ Kapitel 3.4: M2-M3, M5-M6).

5

Ziel

Nun könnt ihr eine Zukunftswerkstatt durchführen.

Methode zur Zukunftswerkstatt

70053-49

3.1 Soziale Ungleichheit

Was bedeutet soziale Ungleichheit?

Die (un-)gleiche Verteilung von Ressourcen und Lebensbedingungen in Deutschland steht im Mittelpunkt, wenn es um die Aufgaben und Herausforderungen des Sozialstaats geht. Wie groß ist das Problem der sozialen Ungleichheit tatsächlich in Deutschland? Und: Wie viel Ungleichheit hält unsere Gesellschaft aus?

M1 Eine Unterhaltung über das Leben

Jeder ist seines Glückes Schmied. Wer sich heute wirklich anstrengt, der kann es auch zu etwas bringen.

Tatsächlich ist es so, dass die einen in unserer Gesellschaft oben sind, und die anderen sind unten und kommen bei den heutigen Verhältnissen auch nich hoch, so sehr sie sich auch anstrengen.

Florian und Sweja unterhalten sich über das Leben.

Nach: Noelle-Neumann, Elisabeth / Piel, Edgar: Allensbacher Jahrbuch VIII, München 1983

M2 Was ist soziale Ungleichheit?

Soziale Ungleichheit beschreibt den Zustand, wenn Bevölkerungsteile in einer Gesellschaft über bestimmte Ressourcen mehr oder weniger verfügen. Aufgrund dieses Zustands haben sie bessere oder schlechtere Lebens- und Verwirklichungschancen.

Die Ressourcen können materiell (z. B. Einkommen oder Vermögen) oder immateriell (z. B. Bildung oder Aufstiegschancen) sein. Der Begriff enthält keine Wertung darüber, ob die Verteilung der Ressourcen gerecht oder ungerecht ist. Auch sind soziale Ungleichheiten nicht mit individuellen, naturgegebenen oder momentanen Vor- und Nachteilen gleichzusetzen, wie z. B. bestimmte Eigenschaften einer Person oder ein Lotteriegewinn. Soziale Ungleichheit wird an der Chancengleichheit zum Beispiel für Bildung und Ausbildung ermittelt. Sie wird auch an der Einkommens- und Vermögensverteilung gemessen. Oft ist in diesem Zusammenhang von einer wachsenden Schere zwischen Arm und Reich die Rede, weil wenige Reiche immer mehr Geld haben und vielen Armen immer weniger Geld zur Verfügung steht.

Bearbeiterin

M3 Wie viel Ungleichheit ist akzeptabel?

a) Soziale Ungleichheit und soziale Herkunft

Häufiger als in vergleichbaren Industriestaaten hängt [in Deutschland] die Frage, welche Perspektiven ein Kind hat, von dessen Herkunft ab. Seine Aufstiegsmöglichkeiten sind gering. [...] Die Chance, ein Studium zu beginnen, ist für ein Kind geringqualifizierter Eltern ein Drittel so hoch wie für ein Akademikerkind. [...] Eine freie Gesellschaft muss ein gewisses Maß an Ungleichheit, die ja auch auf unterschiedliche Leistungsbereitschaft zurückgeht, aushalten. Doch dass Kinder unter ihren Möglichkeiten bleiben, nur weil sie das Pech hatten, im falschen Bett gezeugt worden zu sein, ist ein beschämender Befund.

Müller, Ann-Kathrin/Neubacher, Alexander: Die Chancenlüge. In: www.spiegel.de, 08.05.2015

b) Soziale Ungleichheit und Marktwirtschaft

Die Marktwirtschaft produziert auch soziale Ungleichheiten, weil der Erfolgreiche ja etwas von seinem Erfolg haben will und haben soll. Das liegt in der Natur der Sache, das ist so in Ordnung. Nicht in Ordnung ist es aber, wenn sich die Vermögen immer mehr zusammenballen, wenn wenige fast alles und sehr viele fast nichts haben, wenn die obersten 10 Prozent der Haushalte fast 52 Prozent des Nettovermögens halten. So ist es in Deutschland – und das ist nicht gut.

Prantl, Heribert: Wenige alles? In: www.sueddeutsche.de, 25.01.2016

materieller Wohlstand
Um den materiellen Wohlstand in einem Land zu messen, kann man die Einkommen der Haushalte heranziehen.

AUFGABEN

70053-59

1. Führt eine Positionslinie zu den in **M1** geäußerten Positionen durch.
   a) Markiert dazu zwei Punkte in eurem Klassenzimmer:

   Position 1: Wer sich anstrengt, kann es zu etwas bringen. ⟷ **Position 2:** So sehr man sich auch anstrengt, wenn man unten ist, bleibt man auch unten.

   b) Wie beurteilt ihr selbst diese Positionen? Stellt euch entsprechend zwischen diesen beiden Positionen auf.
   c) Begründet anschließend eure Positionen.
2. Erkläre mithilfe von **M2** den Zusammenhang zwischen sozialer Ungleichheit und den beiden Positionen in **M1**.
3. a) Arbeitet zu zweit aus **M3** die Aussagen der Autor:innen zur sozialen Ungleichheit in Deutschland heraus.
   b) Erläutere vor dem Hintergrund von **M3**, wieviel Ungleichheit aus deiner Perspektive gerecht ist.

H zu Aufgabe 1a
Wer der Meinung ist, Position 1 trifft zu, stellt sich dorthin. Wer sich nicht entscheiden kann, stellt sich in die Mitte. Wer eher zu Position 2 tendiert, steht vielleicht zwischen dem (gedachten) Mittelpunkt und dem (markierten) Punkt der Position 2 usw.

Soziale Gerechtigkeit trotz Ungleichheit?

Viele Menschen in Deutschland wünschen sich mehr (soziale) Gerechtigkeit. Häufig wird dabei die Frage diskutiert, wie Einkommen in den verschiedenen sozialen Schichten verteilt sein sollten. Und gibt es überhaupt „die“ Gerechtigkeit?

M4 Was ist soziale Gerechtigkeit?

Soziale Gerechtigkeit beschreibt, dass …

- **a** … man von dem Lohn für seine Arbeit auch leben kann.
- **b** … alle Kinder die gleichen Chancen auf eine gute Schulbildung haben.
- **c** … der Staat für eine Grundsicherung sorgt, damit niemand in Not gerät.
- **d** … derjenige, der mehr leistet, auch mehr verdient als derjenige, der weniger leistet.
- **e** … Familien mit Kindern vom Staat finanziell unterstützt werden.
- **f** … bei politischen Entscheidungen keine Generation bevorzugt oder benachteiligt wird.
- **g** … sich die Löhne nur nach der gearbeiteten Zeit, nicht nach der Qualifikation oder der beruflichen Stellung richten.

Nach: „Was ist gerecht? – Gerechtigkeitsbegriff und -wahrnehmung der Bürger“, Allensbacher Umfrage zur sozialen Gerechtigkeit, 2013

M5 Welche Dimensionen von Gerechtigkeit gibt es?

1

Chancengerechtigkeit bedeutet, dass Menschen, die in einem Leistungswettbewerb stehen (z. B. in der Schule oder im Berufsleben), die gleichen Chancen haben, ihre Leistungsfähigkeit zu entwickeln und Leistung zu zeigen. Es geht somit nicht um das Ergebnis, sondern um die Voraussetzungen im Leistungswettbewerb. Nach dieser Vorstellung darf z. B. kein Schüler schlechtere Chancen in der Schule haben, weil seine Eltern sich keine Nachhilfe leisten können.

2

Leistungsgerechtigkeit meint, dass es gerecht ist, wenn diejenigen, die z. B. mehr in ihrem Beruf oder in der Schule leisten, auch mehr verdienen bzw. besser benotet werden. Nach dieser Auffassung können die, die sich mehr anstrengen, auch bessere Lebensbedingungen erreichen. Dieses Konzept sieht also ungleiche Belohnungen für ungleiche Leistungen vor. Somit sollen die Leistungsbereitschaft und Motivation jedes Einzelnen gesteigert und für alle Menschen bessere Lebensbedingungen erreicht werden.

3

Bedarfsgerechtigkeit bedeutet, dass jede oder jeder in einer Gesellschaft den notwendigen Bedarf (Mindestbedarf) an Dingen, wie z. B. Essen und Kleidung, decken können soll. Nach dieser Auffassung können durch Chancen- und Leistungsgerechtigkeit der Bedarf von nicht oder weniger leistungsfähigen Personen (z. B. Alte, Kranke, Kinder etc.) nicht gedeckt werden. Die Personen, die mehr verdienen, sollen deshalb auch mehr Steuern zahlen, um einkommensschwächere Menschen zu unterstützen.

4

Verteilungsgerechtigkeit meint, dass die Güter und Lasten in einer Gesellschaft möglichst gleich verteilt werden. Die Gerechtigkeitsvorstellung zeigt sich z. B. in der Kritik an zu hohen Gehältern von Managern oder der Erwartung, dass die Gesundheitsversorgung für alle Menschen gleich gut sein müsste.

5

Hinter dem Konzept der **Generationengerechtigkeit** steckt die Forderung, dass bei der Güter- und Lastenverteilung auf die lebenden und zukünftigen Generationen Rücksicht genommen wird.

Nach: Hradil, Stefan: Soziale Ungleichheit – eine Gesellschaft rückt auseinander. In: Hradil, Stefan (Hg.): Deutsche Verhältnisse. Eine Sozialkunde. Ausgabe der Bundeszentrale für politische Bildung, Bonn 2013, S. 168

AUFGABEN

70053-60

1. In **M4** liegen verschiedene Aussagen zur sozialen Gerechtigkeit vor. Was ist soziale Gerechtigkeit für dich?
   a) Entscheide auf einer Skala von 1-7, welche Aussage zur Gerechtigkeit dir am wichtigsten (1) und welche dir am wenigsten wichtig (7) ist.

1	2	3	4	5	6	7
(wichtig)						(am wenigsten wichtig)

   b) Begründe jeweils deine Entscheidung (**M4**).
   c) Vergleicht eure Ergebnisse in der Klasse und benennt die drei Aussagen, die am häufigsten gewählt wurden.
2. Ordne den Arten sozialer Gerechtigkeit (**M5**) die Aussagen in **M4** zu.
3. Erkläre, welche Arten von Gerechtigkeit im Widerspruch zueinanderstehen.
4. Entwickelt gemeinsam eine Definition des Begriffs „(soziale) Gerechtigkeit".
5. Diskutiert folgende Frage in Kleingruppen: Wie können die Dimensionen der sozialen Gerechtigkeit eurer Meinung nach umgesetzt werden?

H zu Aufgabe 1a
Jede Zahl zwischen 1 und 7 darf nur einmal verwendet werden.

Einkommensverteilung in Deutschland – (un)gleich und (un)gerecht?

Die Schere zwischen Arm und Reich scheint immer weiter auseinanderzugehen. Diskussionen über soziale Gerechtigkeit sind daher eng verknüpft mit der ungleichen Verteilung von Einkommen. Aber ab wann wird die Ungleichheit ungerecht?

M6 Was bedeutet es arm zu sein?

„Ich habe das neueste iPhone zu Weihnachten bekommen! Und die Markenklamotten, die ich mir gewünscht habe", berichtet Lisa voller Stolz am ersten Schultag nach den Ferien.

Wenn Denis solche Berichte über Geschenke hört, wird er immer ganz traurig und wütend zugleich, weil er irgendwie nicht richtig zur Clique gehört. Schon mehrmals hat Denis im Nachhinein mitbekommen, dass sich die Clique verabredet hatte – immer ohne ihn. Whatsapp-Gruppennachrichten seiner Klassenkameraden bekommt er nicht, weil er kein Smartphone – nicht einmal ein normales Handy – besitzt. So teure Dinge, wie ein Smartphone, können sich seine Eltern aber einfach nicht leisten. Dafür schämt sich Denis.

Lisa bekommt immer die neuesten Smartphones und Markenklamotten.

Später in der Pause bekommt er zufällig mit, wie sich Lisa ihrer besten Freundin anvertraut: „Weißt du, die ganzen Klamotten, das iPhone usw. sind voll cool, aber ich bin nach der Schule und an den Wochenenden ganz oft alleine. Meine Eltern müssen immer arbeiten und haben nie Zeit für mich."

Bearbeiterin

M7 Wie ist das Einkommen in Deutschland verteilt?

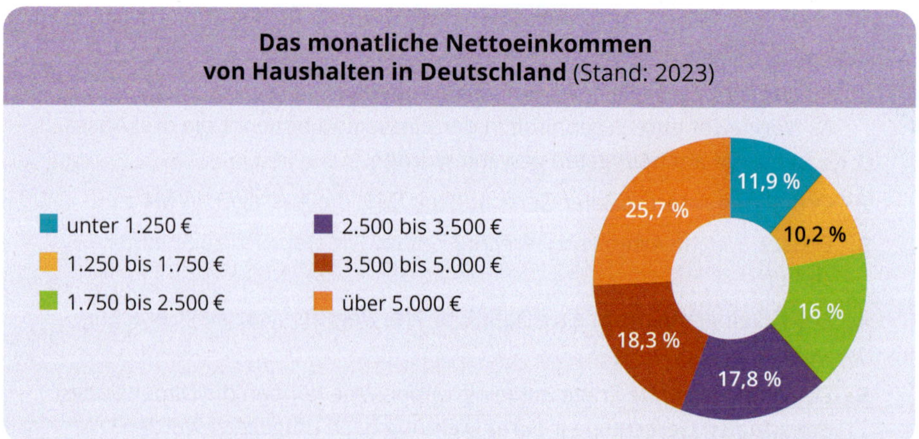

©C.C. Buchner Verlag, aktuelle Daten nach: DESTATIS (Datenerhebung: 2022; Grafikerstellung: 2023)

M8 Wer ist von Armut betroffen?

Gender Pay Gap
→ Kap. 2.1, M6

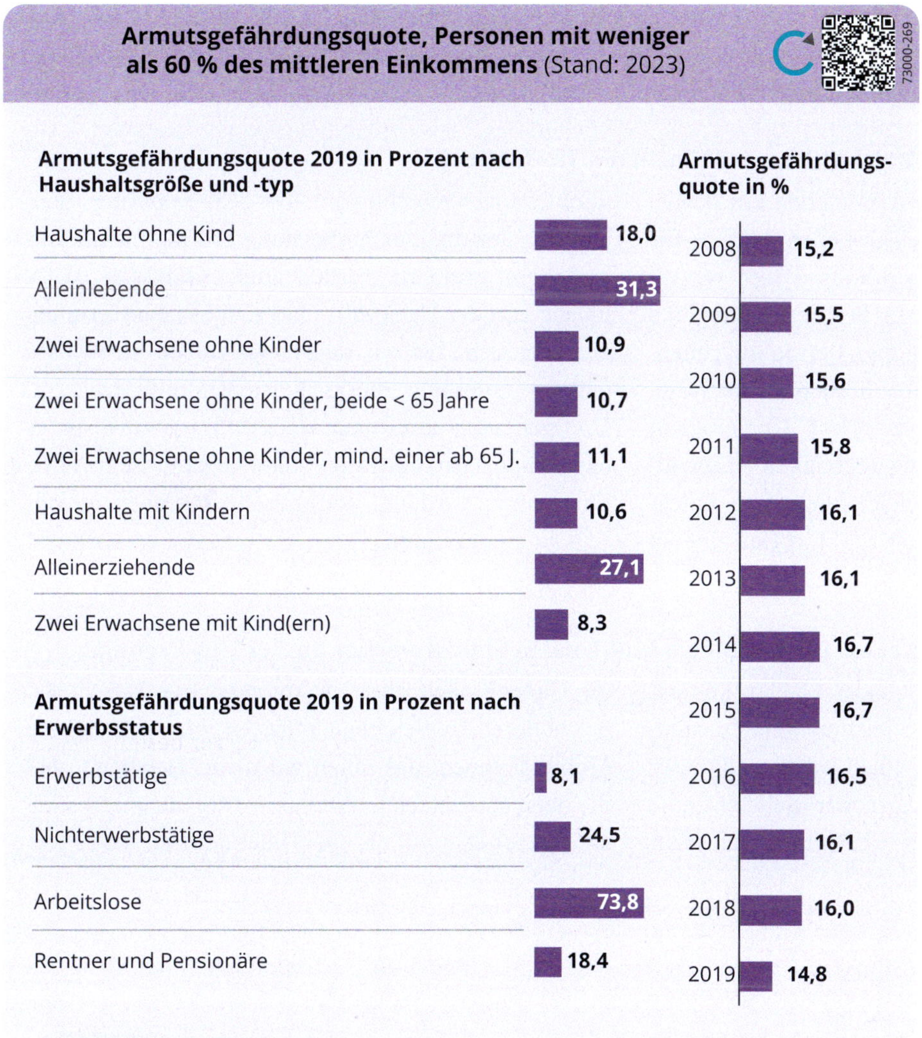

©C.C. Buchner Verlag, aktuelle Daten nach: DESTATIS Mikrozensus (Datenerhebung: 2020; Grafikerstellung: 2022)

ARMUT

Unterschieden werden absolute und relative Armut. Als absolut arm gilt laut den Vereinten Nationen (UN), wer weniger als 2,15 Dollar pro Tag zur Verfügung hat. In Deutschland kommt absolute Armut nicht vor.
Relativ arm in Deutschland ist, wer über weniger als 60 Prozent des mittleren Einkommens der Gesamtbevölkerung verfügt. Dabei wird die Armut des Einzelnen ins Verhältnis gesetzt zum durchschnittlichen Einkommen der anderen Gesellschaftsmitglieder. Man spricht deshalb von relativer Armut. Arbeitslosigkeit und Kinder stellen die größten Risikofaktoren dar. Darüber hinaus sind mehr Frauen von Armut bedroht als Männer.

M9 Ungleichheit = Ungerechtigkeit?

In der Netto-Einkommensungleichheit liegt Deutschland knapp unter dem EU-Durchschnitt. Aber ab wann wird die Ungleichheit ungerecht? Forscher geben verschiedene Antworten auf diese Frage.

a) Andreas Peichl, Volkswirtschaftler am Münchener Ifo-Institut:

Ökonomen würden sagen, wir brauchen ein gewisses Maß an Ungleichheit, weil das eben Anreize für wirtschaftlichen Wettbewerb schafft. Wenn wir einen Einheitslohn hätten, in allen Berufen, dann gibt's auch wenig Anreiz in bestimmte Berufe zu gehen. Und, da wo viel geleistet wird, braucht es auch höhere Löhne und höhere Anreize." […] „Ungleichheit ist nicht immer schädlich, Ungerechtigkeit ist schädlich. Die Frage ist also, ob Ungleichheit auch gleichbedeutend mit Ungerechtigkeit ist?" […] Das eine ist [die] Chancengerechtigkeit. Da geht es darum, dass jemand, der die gleiche Leistung erbringt, auch entsprechend entlohnt werden muss, und zwar unabhängig von der Herkunft. Und es muss eine Armutsgrenze geben. Wo wir sagen, wir wollen nicht, dass jemand unterhalb dieses Existenzminimums liegt. Und genau so kann man sagen […], irgendwo ist es nicht mehr gerechtfertigt, dass jemand sehr hohe Einkommen verdient. Warum sollte das noch gerecht sein an einem Punkt?

b) Olaf Groh Samberg, Professor für Soziologie und Ungleichheitsforscher an der Uni Bremen:

[Es gibt] die Argumentation, Ungleichheiten können dann gerecht sein, wenn sie leistungsgerecht sind. Wenn wir eine Wettbewerblichkeit haben und dieser Wettbewerb fair ist, dann haben wir vielleicht eine höhere Ungleichheit, aber die ist legitim, weil jeder die Chance nach oben zu kommen hat. Das hieße, bei höherer Ungleichheit müssten wir auch höhere Mobilität sehen, das sehen wir nicht. Das heißt, die, die oben sind, steigen seltener ab, die die unten sind, steigen seltener auf als das früher der Fall war.

Breuer, Ingeborg: Ungleichheit muss nicht gleichbedeutend mit Ungerechtigkeit sein. In: www.deutschlandfunk.de, 14.02.2019

H zu Aufgabe 2
Stellt euch bei der Auswertung folgende Fragen:
- Wie hat sich die Armutsgefährdungsquote nach Haushaltsgrößen- und -typen in Deutschland entwickelt (**M7**)?
- Über welches Nettoeinkommen verfügen wie viel Prozent der Haushalte in Deutschland (**M8**)?

AUFGABEN

70053-61

1. a) Vergleiche die Lebenssituationen von Lisa und Denis (**M6**) und erkläre, ob Lisa bzw. Denis deiner Meinung nach arm sind.
2. Wertet in Gruppenarbeit die Daten in **M7** und **M8** hinsichtlich der folgenden Fragen aus und beurteilt die Ergebnisse im Hinblick auf die Verteilung der Einkommen.
3. a) Arbeitet aus den Texten **M9a-b** die Aussagen der Forscher im Hinblick auf die Ungleichheit und Ungerechtigkeit der Einkommensverteilung heraus.
   b) Ordnet die Aussagen der Forscher den unterschiedlichen Gerechtigkeitsvorstellungen zu.
4. Nehmt auf Grundlage der Ergebnisse Stellung: Ab wann ist eine ungleiche Einkommensverteilung gerecht? Berücksichtigt dabei die verschiedenen Konzepte sozialer Gerechtigkeit.

3.2 Sozialstaat und soziale Sicherung

Wofür brauchen wir den Sozialstaat?

Der Sozialstaat soll für soziale Sicherung und einen sozialen Ausgleich innerhalb der Gesellschaft sorgen – betrifft das nicht nur wenige notleidende, alte und kranke Menschen?

M1 Warum ärgert sich Leon?

Leon ist glücklich über seinen Ausbildungsvertrag in einer Grafik- und Designagentur. Als er aber seinen Kontoauszug mit der ersten Gehaltszahlung sieht, ist er enttäuscht und auch ziemlich sauer. Statt der erwarteten 710 Euro, wurden ihm weit über 100 Euro weniger überwiesen. Nachdem er sich die Gehaltsabrechnung dazu angesehen hat, wird ihm klar: Er zahlt zwar bei dem relativ niedrigen Einkommen noch keine Lohnsteuer, dafür aber Sozialversicherungsbeiträge. Sauer ist er vor allem, weil er gar nicht selber entscheiden konnte, ob er in diese Versicherungen überhaupt einzahlen möchte. Insbesondere der Rentenversicherungsbeitrag scheint ihm sehr hoch. Damit hätte er gerne noch etwas gewartet.

Leon ärgert sich über seine erste Gehaltszahlung.

Beiträge zur Sozialversicherung
Die Beiträge zu den Sozialversicherungen (auch Sozialabgaben genannt) werden von Arbeitnehmern und Arbeitgebern zu gleichen Teilen gemeinsam getragen.

Bearbeiterin

M2 Welche Aufgaben hat der Sozialstaat?

Das in Artikel 20 des Grundgesetzes enthaltene „Sozialstaatsgebot" verpflichtet den Staat, das Ziel eines sozialen Ausgleichs bei allen staatlichen Maßnahmen zu berücksichtigen – also Sozialpolitik zu betreiben. In Verbindung mit dem Grundrecht auf ein menschenwürdiges Leben (Art. 1 GG) ergibt sich daraus ein Anspruch des Einzelnen gegenüber dem Staat, für ihn im Falle seiner – verschuldeten oder unverschuldeten – Notlage so zu sorgen, dass sein Existenzminimum gesichert ist. In Deutschland geschieht dies vor allem mithilfe folgender Leistungen: Gesetzliche Sozialversicherungen (gesetzliche Kranken-, Arbeitslosen-, Renten-, Unfall- und Pflegeversicherung) für alle abhängig Beschäftigten, steuerfinanzierte Leistungen wie Kindergeld, Elterngeld, Wohngeld, Grundsicherung für Arbeitssuchende oder Beihilfen für Ausbildung und Studium (BaföG) sowie gesetzlicher Schutz vor willkürlichen Entlassungen und Gefährdungen am Arbeitsplatz.

Bearbeiterin

Art. 1, Abs. 1 GG
Die Würde des Menschen ist unantastbar. Sie zu achten und zu schützen ist Verpflichtung aller staatlichen Gewalt.

Art. 20, Abs. 1 GG
Die Bundesrepublik Deutschland ist ein demokratischer und sozialer Bundesstaat.

Hinweis
Es handelt sich bei diesem Beispiel um den Pflegeversicherungsbeitrag eines kinderlosen Arbeitnehmers.

M3 Wie sieht Leons Gehaltsabrechnung aus?

Gehaltsabrechnung	
Vergütung brutto (monatlich)	**710,00 €**
Lohnsteuer	0,00 €
Kirchensteuer	0,00 €
Krankenversicherung (7,3 % + Arbeitnehmer + 7,3 % Arbeitgeber)	51,83 €
Rentenversicherung (9,3 % Arbeitnehmer + 9,3 % Arbeitgeber)	66,03 €
Arbeitslosenversicherung (1,3 % Arbeitnehmer + 1,3 % Arbeitgeber)	9,23 €
Pflegeversicherung (1,7 % Arbeitnehmer + 1,7 % Arbeitgeber)	12,07 €

Bearbeiterin

SOLIDARPRINZIP

Das Solidarprinzip ist ein grundlegendes Prinzip des Sozialstaats und der Sozialpolitik. Es bedeutet, dass eine Bürgerin oder ein Bürger nicht allein für sich selbst verantwortlich ist, sondern auch für die anderen Mitglieder der Gesellschaft.
In Bereichen des gesellschaftlichen Zusammenlebens, die solidarisch gestaltet sind, wird das abstrakte Prinzip konkret. Dies gilt z. B. für die Gesetzliche Krankenversicherung (GKV). Wenn Mitglieder mit einem niedrigen Erkrankungsrisiko den gleichen Beitrag zahlen müssen wie Menschen mit einem hohen Erkrankungsrisiko sind sie solidarisch miteinander verbunden. Darüber hinaus zahlen Menschen, die ein höheres Einkommen haben, auch mehr in die Versicherungen ein. Dadurch werden Einkommen umverteilt, was auch unter Solidarität zu verstehen ist.

AUFGABEN

70053-62

1. Ist es gerechtfertigt, dass Leon sich in seinem Fall **M1** ärgert? Begründe deine Meinung.
2. a) Stelle die Aufgaben und Leistungen des Sozialstaats dar (**M2**).
   b) Überlegt zu zweit und fasst zusammen, welche Regelungen und Leistungen Leon und euch selbst betreffen.
   c) Vergleicht eure Ergebnisse in der Klasse.
3. Ermittelt in Kleingruppen Leons Nettoeinkommen (**M3**).
4. Erklärt das Solidarprinzip am Beispiel von Leon.
5. Bewertet anhand der Ergebnisse, ob es gerechtfertigt ist, dass Leon sich über seine Gehaltsabrechnung ärgert.

Sorgt das Sozialversicherungssystem für sozialen Ausgleich?

Das Sozialversicherungssystem hat eine große Bedeutung als Teil der sozialen Sicherung in Deutschland. Heute „steht" es auf fünf „Säulen". Aber welche sind das genau? Und ist dieses System zukunftsfähig?

M4 Wozu ein Sozialversicherungssystem?

1

Antonia (16), Schülerin
Mit 13 Jahren bekam Antonia die Diagnose „Diabetes". Seitdem braucht sie jeden Tag Insulin. Vor zwei Wochen hatte sie einen Fahrradunfall und erlitt dadurch einen Bänderriss am Fuß. Sie musste kurz ins Krankenhaus und braucht vorübergehend eine Gehhilfe.

2

Peer (32), Grafiker
Als Folge der Corona-Pandemie musste die Kölner Veranstaltungsagentur Peer und mehr als die Hälfte ihrer Belegschaft entlassen. Er war mit seiner Familie gerade in eine neue Wohnung umgezogen und seine Tochter brauchte dringend einen Computer. Gleichzeitig ist auch noch seine Mutter beim Fensterputzen schwer gestürzt. Zum Glück kam sie mit einer ambulanten Behandlung beim Hausarzt und Physiotherapie davon.

Bearbeiterin

M5 Wie ist das Sozialversicherungssystem in Deutschland aufgebaut?

Das System der Sozialversicherungen hat in Deutschland eine lange Tradition, die zurückreicht bis in die Kaiserzeit. Damals wurden zunächst eine

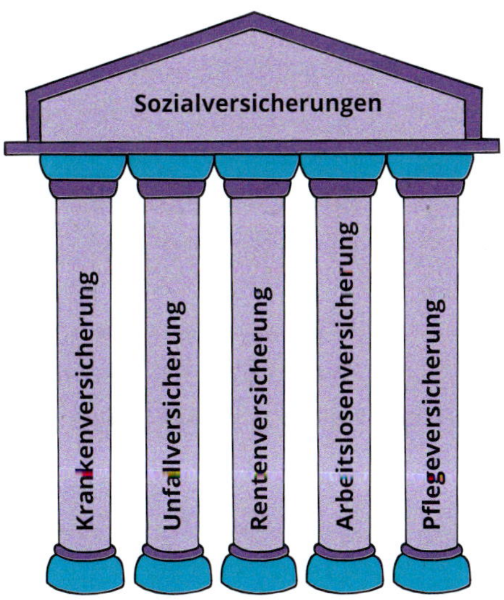

Krankenversicherung und später auch eine Unfall-, Renten- und Arbeitslosenversicherung eingeführt. Diese vier Versicherungen haben bis heute Bestand und wurden 1995 noch durch die soziale Pflegeversicherung ergänzt. Die Finanzierung der gesetzlichen Versicherungen erfolgt, mit Ausnahme der Unfallversicherung, als beitragsfinanziertes Umlagesystem: Die eingezahlten Beiträge werden als Leistungen an andere direkt wieder ausgezahlt. Für ihre Beiträge erwerben Beitragszahlerinnen und Beitragszahler einen Leistungsanspruch im Alter bzw. bei Arbeitslosigkeit, Krankheit oder Pflegebedürftigkeit.

BMWK: Neue Wege bei der Finanzierung der Sozialsicherung. In: www.bmwk.de, 25.02.2021

Erklärfilm zur gesetzlichen Sozialversicherung (4:51 Min.)

70053-51

Beitragsbemessungsgrenze
Der Betrag, bis zu dem vom sozialversicherungspflichtigen Entgelt Beiträge für die verschiedenen Bereiche der Sozialversicherung berechnet und abgeführt werden.

M6 Was ist die Rentenversicherung?

Die gesetzliche Rentenversicherung ist eine Versicherung für alle. Es gibt zwei Möglichkeiten, der gesetzlichen Rentenversicherung anzugehören: durch Pflichtversicherung oder freiwillige Versicherung. Pflichtversichert sind alle Arbeitnehmer. Die Finanzierung der Rentenversicherung hat drei Grundlagen: die Beiträge der Versicherten, die Beiträge der Arbeitgeber und den Bundeszuschuss. Der Arbeitnehmer trägt den Beitrag zur Hälfte, die andere Hälfte der Arbeitgeber. Der monatliche Beitrag für Pflichtversicherte beträgt 18,6 Prozent des Arbeitsverdienstes (höchstens jedoch bis zur Beitragsbemessungsgrenze). Die Deutsche Rentenversicherung zahlt Renten wegen verminderter Erwerbsfähigkeit, wegen Alters oder wegen Todes.

Deutsche Rentenversicherung: Unsere Sozialversicherung. 50. überarbeitete Auflage (6/2022), Berlin, S. 42f.

M7 Was ist die Grundsicherung für Arbeitsuchende?

Durch die Leistungen der Grundsicherung für Arbeitsuchende soll den Leistungsberechtigten ein Leben [in Würde ermöglicht werden]. Die Grundsicherung für Arbeitsuchende soll die Eigenverantwortung von erwerbsfähigen Leistungsberechtigten [...] stärken und dazu beitragen, dass sie ihren Lebensunterhalt unabhängig von der Grundsicherung aus eigenen Mitteln und Kräften bestreiten können. [...] [Sie] umfasst die Beratung der Arbeitsuchenden sowie Leistungen zur Beendigung oder Verringerung der Hilfebedürftigkeit insbesondere durch Eingliederung in Arbeit und Sicherung des Lebensunterhalts. [...] Der Bund trägt die Aufwendungen [...], soweit die Leistungen von der Bundesagentur für Arbeit gezahlt werden.

Deutsche Rentenversicherung: Unsere Sozialversicherung. 50. überarbeitete Auflage (6/2022), Berlin, S. 138

Eine Frau liegt mit einer starken Erkältung auf dem Sofa.

M8 Welche Aufgabe hat die Krankenversicherung?

Die Krankenversicherung als Solidargemeinschaft hat die Aufgabe, die Gesundheit der Versicherten zu erhalten, wiederherzustellen oder [...] zu bessern. [...] Alle Einwohner der Bundesrepublik Deutschland sind verpflichtet, bei einem Krankenversicherungsunternehmen [...] eine Krankheitskostenversicherung abzuschließen und aufrechtzuerhalten [...]. Die Ausgaben der gesetzlichen Krankenversicherung werden durch Beiträge und sonstige Einnahmen finanziert. [...] Bundeszuschüsse aus Steuermitteln ergänzen die Finanzierung. [...] Für Arbeitnehmer gibt es den allgemeinen Beitragssatz von 14,6 Prozent [...]. Arbeitgeber und Arbeitnehmer tragen ihn je zur Hälfte. Erhebt die Krankenkasse einen einkommensabhängigen Zusatzbeitrag [...], trägt der Arbeitnehmer und der Arbeitgeber diesen jeweils [hälftig].

Deutsche Rentenversicherung: Unsere Sozialversicherung. 50. überarbeitete Auflage (6/2022), Berlin, S. 144

M9 Welche Aufgabe hat die Unfallversicherung?

Die Unfallversicherungsträger haben für die Verhütung von Arbeitsunfällen, Berufskrankheiten und arbeitsbedingten Gesundheitsgefahren zu sorgen. Leistungen der Unfallversicherung erhalten Versicherte und ihre Hinterbliebenen nach Eintritt eines Versicherungsfalls (Arbeitsunfälle und Berufskrankheiten). Renten an Versicherte werden gezahlt, wenn die infolge des Versicherungsfalls geminderte Erwerbsfähigkeit [mindestens 20 Prozent] nicht wiederhergestellt werden kann. Beitragspflichtig sind in der Unfallversicherung nur die Unternehmer. Ihre Beiträge sind die einzige Finanzierungsgrundlage.

Nach: Deutsche Rentenversicherung: Unsere Sozialversicherung. 50. überarbeitete Auflage (6/2022), Berlin, S. 185ff.

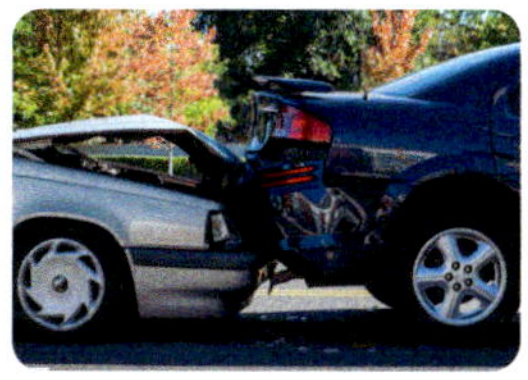

Auffahrunfall zwischen zwei Autos

M10 Welche Aufgabe hat die Pflegeversicherung?

Die Leistungen der Pflegeversicherung sollen dem Pflegebedürftigen helfen, trotz seines Hilfsbedarfs ein möglichst selbständiges und selbstbestimmtes Leben zu führen, das der Würde des Menschen entspricht. Die Hilfen sind darauf auszurichten, die körperlichen, geistigen und seelischen Kräfte der Pflegebedürftigen wiederzugewinnen oder zu erhalten. Die soziale Pflegeversicherung kennt Pflichtversicherte, Familienversicherte und Weiterversicherte. Pflichtversichert sind hauptsächlich Mitglieder der gesetzlichen Krankenversicherung; dazu gehören auch die freiwilligen Mitglieder. Die Arbeitnehmer, die auch in der Krankenversicherung versicherungspflichtig sind, und ihre Arbeitgeber tragen die Beiträge jeweils zur Hälfte, das sind 1,525 Prozent. Die Höhe der Beiträge richtet sich nach dem Beitragssatz und den beitragspflichtigen Einnahmen der Mitglieder. Der Beitragssatz beträgt 3,05 Prozent.

Nach: Deutsche Rentenversicherung: Unsere Sozialversicherung. 50. überarbeitete Auflage (6/2022), Berlin, 197f.

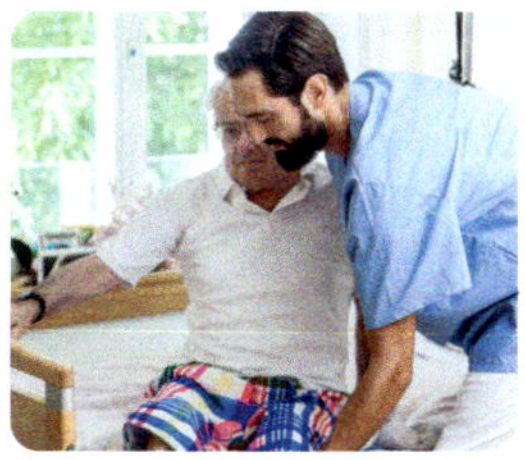

Ein Pfleger hilft einem Mann aus dem Bett.

AUFGABEN

70053-63

1. Sind die Menschen in den Fallbeispielen in **M4** auf sich alleine gestellt? Nenne dir bekannte staatliche Hilfen, die hier greifen könnten.
2. Erkläre anhand von **M4** und **M5** die Bedeutung der sozialen Sicherung für Individuum und Gesellschaft.
3. Stellt die fünf Säulen des Sozialversicherungssystems dar (**M6-M10**). Geht dazu arbeitsteilig mithilfe des Gruppenpuzzles vor. Berücksichtigt folgende Aspekte: Wer ist versichert? Was leistet die Versicherung? Wie finanziert sich die Versicherung?
4. Beurteile, ob das Sozialversicherungssystem für einen sozialen Ausgleich sorgt. Berücksichtige dabei unterschiedliche Gerechtigkeitsvorstellungen.

Gruppenpuzzle
→ digitaler Aufgabenkasten

H **zu Aufgabe 4**
Sieh dir hierzu auch nochmal **M5** in Kapitel 3.1 an.

3.3 Herausforderungen für das Sozialsystem

Demografischer Wandel – ist das Sozialversicherungssystem sicher?

Der zunehmende Finanzierungsdruck auf die Sozialversicherungen besteht nicht erst seit der Corona-Pandemie. Im Wesentlichen ist er auf die demografische Entwicklung in Deutschland zurückzuführen. Sind die Sozialsysteme vor dem Hintergrund der steigenden Belastungen zukunftsfähig?

Demografischer Wandel
Bezeichnung für die Bevölkerungsentwicklung und ihre Veränderungen in einer Gesellschaft

Video zum demografischen Wandel (3:32 Min.)

70053-52

Link zur Statistik mit Jahresvergleich des Bevölkerungswachstums

70053-53

M1 Ist die Zukunft des Sozialsystems gesichert?

Karikatur: Thomas Plaßmann, 2013

M2 Was sind Probleme für das Sozialversicherungssystem?

Da die Beitragseinnahmen von der Entwicklung der Lohnsumme der sozialversicherungspflichtig Beschäftigten abhängen, führen konjunkturelle Schwankungen wie die aktuelle Rezession [Corona-Krise] zwangsläufig zu Mindereinnahmen in allen Zweigen der Sozialversicherung. Gleichzeitig ergeben sich etwa in der gesetzlichen Arbeitslosenversicherung (ALV) Mehrausgaben aufgrund des Anstiegs von Kurzarbeit und Arbeitslosigkeit. Außerdem sind wegen der Pandemie die Gesundheitsausgaben sprunghaft angestiegen. […] Vorhandene Rücklagen der verschiedenen Versicherungszweige werden bzw. wurden zur Bewältigung der Krise abgebaut.

Reformbedarf mit Blick auf die Tragfähigkeit der Sozialversicherungen besteht nicht erst seit der Pandemie und ist im Wesentlichen auf die demografische Entwicklung in Deutschland zurückzuführen. Zusätzlich treiben der medizinisch-technische Fortschritt und steigende Personalkosten die Ausgaben für Gesundheit und Pflege in die Höhe. […] Die derzeitige Geburtenrate [in Höhe von 1,58 Kindern pro Frau (Stand: 2022)] unterhalb des sogenannten Reproduktionsniveaus (2,1 Kinder pro Frau) hat zur Folge, dass die Gesellschaft schrumpft und im Durchschnitt immer älter wird. Bei einem unveränderten Renteneintrittsalter führt diese Entwicklung dazu, dass immer mehr Rentnerinnen und Rentner von immer weniger erwerbstätigen Personen finanziert werden müssen. [...] Wegen der steigenden Lebenserwartung ist zusätzlich eine längere Inanspruchnahme der Rentenversicherungsleistungen zu erwarten. Die GRV hat also gleichzeitig mit steigenden Ausgaben und sinkenden Einnahmen zu kämpfen.

BMWK: Neue Wege bei der Finanzierung der Sozialsicherung. In: www.bmwk.de, 25.02.2021

M3 Späte Rente als Lösung?

a

Reformen könnten die ausgabensteigernden Effekte des demografischen Wandels in Angriff nehmen – insbesondere in der GRV. Diskutiert wird eine Kopplung des Renteneintrittsalters an die Lebenserwartung. Dies würde die Beitragsphase verlängern und den Leistungsbeginn hinauszögern. So könnte zumindest ein Teil der zusätzlichen Lebenserwartung zu einer längeren Erwerbstätigkeit genutzt werden [...]. Dabei müssten Ungleichheiten zwischen Berufsprofilen bedacht werden. Körperliche Anforderungen und auch das Berufseintrittsalter unterscheiden sich mitunter stark zwischen Berufsgruppen.

BMWK: Neue Wege bei der Finanzierung der Sozialsicherung. In: www.bmwk.de, 25.02.2021

b

Arbeitsminister Hubertus Heil [hält] nichts davon, die Altersgrenze bei der Rente noch weiter nach oben zu setzen. „Das Rentenalter noch weiter [...] zu erhöhen ist falsch und unfair, denn das würde eine reale Rentenkürzung für viele Menschen bedeuten, die einfach nicht so lange arbeiten können", sagte der SPD-Politiker [...]. Das gesetzliche Rentenalter von 67 Jahren ab 2031 sei im internationalen Vergleich schon sehr hoch, sagte Heil. Es noch höher zu setzen, würde zu Lasten der jüngeren Generation gehen.

Dpa: Bundesarbeitsminister Heil: Erhöhung des Rentenalters wäre falsch. In: www.zdf.de, 22.12.2022

Wie wird man Frührentner:in?
Frührentner:in kann werden, wer mindestens 63 ist und 35 Versicherungsjahre nachweisen kann. Ihre Renten werden pro Monat Renteneintritt vor dem regulären Ruhestandsalter um 0,3 Prozent gekürzt.

AUFGABEN

70053-64

1. Erkläre mithilfe deiner bisherigen Kenntnisse zur Finanzierung der Sozialversicherungen, auf welches Problem die Karikatur **M1** aufmerksam machen soll.
2. Arbeite aus **M2** Herausforderungen für die Finanzierbarkeit der Sozialversicherungen heraus.
3. Erörtert den Reformvorschlag zum Renteneintritt in **M3** im Hinblick auf die Zukunftsfähigkeit der Rentenversicherung.

H zu Aufgabe 1
Nutze zur Analyse der Karikatur die Zusatzmaterialien neben **M1**.

F Beurteile, ob unser Sozialversicherungssystem möglicherweise ein „Auslaufmodell" ist.

Minijobs – gefährden geringfügige Beschäftigungen die soziale Absicherung?

Millionen von Menschen in Deutschland arbeiten auf der Grundlage eines Minijobs. Verdient eine Person nicht mehr als 520 Euro (Stand: 2023), muss sie keine Steuern oder Sozialbeiträge zahlen. Das macht Minijobs attraktiv, aber es gibt auch negative Folgen.

M4 Erfahrungen einer Minijobberin

Sie stand ganz plötzlich vor dem Nichts. Im Lockdown im […] Dezember [2020] verlor Melanie Zobatschew aus Ulm zuerst ihren Ausbildungsplatz als Speditionskauffrau und dann ihren Minijob als Bedienung in einer Bar. „Das war nicht so einfach", erinnert sich die 20-Jährige. […] Weil sie nicht in die Arbeitslosenversicherung einzahlen, gibt es für Minijobber kein Arbeitslosengeld. Der Beitrag zur Rentenversicherung ist freiwillig.

Denzel, Thomas: Minijobber sind große Pandemie-Verlierer. In: www.tagessschau.de, 30.06.2021

M5 Wie ist man im Minijob sozial abgesichert?

Kranken- und Pflegeversicherung
Ab einem Verdienst von 520 Euro (Stand: 2023) zahlen Arbeitnehmerinnen und Arbeitnehmer in die Kranken- und Pflegeversicherung ein.

Wer langfristig als einzige Erwerbstätigkeit einen Minijob ausübt, hat im Alter nur einen sehr geringen Rentenanspruch, da der Pflichtbeitrag entsprechend der geringen Arbeitszeit sehr niedrig ist. Wer ausschließlich in Minijobs gearbeitet hat und dabei von der Rentenversicherung befreit war, hat am Ende seines Erwerbslebens keinerlei Rentenansprüche. In vielen Fällen heißt das: Minijobberinnen und Minijobber haben ein hohes Risiko für Altersarmut.

Bundesagentur für Arbeit: Minijob. In: www.arbeitsagentur.de, Abruf am 08.02.2023

M6 Lohnt sich Teilzeit? – ein Beispiel

Studie „Für wen lohnt sich Arbeit?" vom ifo Institut, 2020
In der Studie untersuchen die Volkswirte Maximilian Blömer und Andreas Peichl, welche Beschäftigungsanreize bzw. Arbeitsanreize das deutsche Abgaben-, Steuer- und Transfersystem bieten.

Nach: Blömer, Maximilian / Peichl, Andreas: Für wen lohnt sich Arbeit? Partizipationsbelastungen im deutschen Steuer-, Abgaben- und Transfersystem. In: www.bertelsmann-stiftung.de, 17.11.2020

M7 Sozialversicherungspflicht ab dem ersten Euro?

Eine Sozialversicherungspflicht ab dem ersten Euro hieße, dass auch Menschen in geringfügiger Beschäftigung Anspruch auf Arbeitslosengeld und Kurzarbeitergeld hätten. Sie würden zwar nur einen Teil des bereits geringen Gehalts beziehen, Tom Krebs [Ökonom von der Universität Mannheim] erhofft sich von der Umstellung aber eine Verbesserung über einen Umweg. „Ohne die harte Grenze bei 450 Euro ist zu erwarten, dass mehr Menschen ihre Arbeitszeit und damit ihren Verdienst erhöhen. Und dann steigen auch die Leistungen aus der Sozialversicherung."

Bleibt die Frage, ob diese Reformidee auch bei Arbeitgebern und Arbeitnehmern Gefallen findet. Gastwirt Wiezorrek jedenfalls fürchtet dann noch größere Schwierigkeiten bei der Suche nach Personal. Minijobs seien gerade deshalb für Beschäftigte attraktiv, weil es keine Abzüge vom Lohn gebe. Ökonom Krebs hält dem entgegen, dass nach seinem Modell bei einem Verdienst von 450 Euro gerade einmal 20 Euro Abgaben fällig würden.

Denzel, Thomas: Minijobber sind große Pandemie-Verlierer. In: www.tagessschau.de, 30.06.2021

520-Euro-Grenze
Mit der Erhöhung des Mindestlohns auf 12 Euro wurde die Entgeltgrenze für Minijobs auf 520 Euro erhöht. Diese gilt seit dem 1. Oktober 2022.

MINIJOB

Minijobs sind geringfügige Beschäftigungen mit höchstens 520 Euro monatlichem Arbeitsentgelt oder einem Arbeitseinsatz von maximal 70 Tagen pro Kalenderjahr.

Es gibt zwei Arten von Minijobs: Beim 520-Euro-Minijob darf das Arbeitsentgelt monatlich 520 Euro nicht übersteigen. [...] Auch für Minijobs gilt der gesetzliche Mindestlohn (2023: 12 Euro). Beim kurzfristigen Minijob (maximal 70 Tage bzw. drei Monate) kann der monatliche Verdienst schwanken. [...] Wer einen Minijob ausübt, muss keine Beiträge an die Arbeitslosenversicherung abführen [...] [und bekommt kein Arbeitslosengeld.]

Bundesagentur für Arbeit: Minijob. In: www.arbeitsagentur.de, Abruf am 18.02.2023

AUFGABEN

70053-65

1. a) Beschreibe die Erfahrungen der Minijobberin (**M4**).
   b) Diskutiert ausgehend von dem Beispiel **M4** mögliche Vor- und Nachteile von Minijobs.
2. Erkläre anhand von **M5** Auswirkungen von Minijobs auf die soziale Absicherung.
3. Analysiere die Grafik **M6** im Hinblick auf mögliche Vor- und Nachteile eines Teilzeitjobs gegenüber einem Minijob.
4. Diskutiert auf Grundlage von **M7** die Idee einer Sozialversicherungspflicht ab dem ersten Euro.

H zu Aufgabe 4
Mögliche Kriterien: individuelle Interessen, Kosten-Nutzen, Sicherheit, Stabiltät etc.
Perspektiven: Arbeitnehmer:innen, Arbeitgeber:innen, System bzw. Arbeitsmarkt, Politik

Sind private und betriebliche Vorsorge ein Muss?

„Ist die Rente von morgen noch sicher?" Diese Frage schwebt über jeder Diskussion um das Alterseinkommen. Altersarmut ist in Deutschland ein Problem. Ist die zusätzliche Altersvorsorge damit ein Muss?

M8 Gute Zukunftsaussichten?!

Karikatur: Klaus Stuttmann, 2016

M9 Altersarmut in Deutschland

Armutsgefährdungsquote der 65-Jährigen und Älteren
2021 lag die Quote bei 19,4 Prozent und die der Gesamtbevölkerung bei 15,8 Prozent.

Video zur Altersarmut (3:16 Min.)
70053-54

Löckmann ist 77 Jahre alt. Der gelernte Maschinenbauer hatte früher sein eigenes international erfolgreiches Ingenieurbüro. Doch die Firma ging pleite, Löckmann verlor all seine Rücklagen. Bis er 69 Jahre alt war, arbeitete er für eine andere Firma und zahlte insgesamt elf Jahre in die gesetzliche Rentenkasse ein. Das reicht ihm heute nicht für eine anständige Rente. [...]

Löckmann steht damit beispielhaft für viele andere, erklärt Martin Brussig, Soziologe am Institut für Arbeit und Qualifikation an der Universität Duisburg-Essen. „Altersarmut wird zunehmen, dass ist eine der wenigen Dinge, die man sicher sagen kann. Die Erwerbsverläufe sind diskontinuierlicher geworden. Niedriglohnbezahlung hat sich ausgebreitet, das Rentenniveau wird rückläufig sein. All das sind starke Gründe, warum mehr Menschen in Zukunft von Altersarmut betroffen sein werden als bislang, als es heute der Fall ist."

Krinninger, Theresa: Wenn die Rente nicht reicht. In: www.deutschlandfunk.de, 05.12.2017

M10 Was ist die betriebliche Altersvorsorge?

[D]er Arbeitgeber ist gesetzlich dazu verpflichtet, [...] [eine betriebliche Altersvorsorge] anzubieten. Er kümmert sich um alles Bürokratische und entscheidet, welcher der Durchführungswege genutzt wird. In den meisten Unternehmen wird durch Direktversicherungen oder eine Pensionskasse betrieblich vorgesorgt. [...] Das Hauptargument für die betriebliche Altersvorsorge ist die Entgeltumwandlung. Durch sie werden die Beiträge für die Altersversorgung nicht aus dem Netto-, sondern aus dem Bruttoeinkommen gezahlt. Das niedrigere Brutto führt zu weniger Steuern und Sozialabgaben etwa für die Krankenversicherung. Die Befreiung ist allerdings begrenzt. [...] Durch die Entgeltumwandlung zahlen Arbeitnehmer [jedoch] auch weniger Beiträge an die gesetzliche Rentenversicherung. Dadurch reduziert sich die spätere Rente. Die Differenz muss die betriebliche Altersvorsorge erst einmal ausgleichen. Zudem haben Sparer geringere Ansprüche beim Krankengeld, Elterngeld und Arbeitslosengeld.

Finanzen: Wie sinnvoll ist die betriebliche Altersvorsorge? In: www.finanzen.de , Abruf am 09.02.2023

Altersvorsorge: Das 3-Säulensystem

70053-55

M11 Was ist die private Altersvorsorge?

Eine zusätzliche Altersvorsorge ist mehr denn je notwendig und wird mit der Riester-Rente, der Rürup-Rente sowie der betrieblichen Altersvorsorge staatlich gefördert. Ein weiterer Baustein ist die private Altersvorsorge, bei der in Deutschland immer noch die Rentenversicherung ganz oben auf der Liste der Vorsorge-Optionen steht. Die private Rentenversicherung hat sich in der Ansparphase in den letzten Jahren deutlich gewandelt – nicht zuletzt wegen der Zinsflaute: weg vom festverzinsten Sparvertrag, hin zum flexiblen Vorsorgepaket mit Börsen-Chancen. [...] Die meisten Sparer setzen auf Rentenversicherungen, die ihr Geld in Fonds oder ETFs anlegen. Anders als bei den ersten fondsgebundenen Policen lässt sich das Verlustrisiko auf Wunsch begrenzen [...]. Die Kosten der Versicherung sind beim Abschluss der entscheidende Faktor: Je mehr Geld für die Verwaltung der Gesellschaft abgezwackt wird, umso weniger kommt beim Sparer an.

Deutsche Rentenversicherung: Ihre Vorsorge. Private Rentenversicherung. In: www.ihre-vorsorge.de, Abruf am 22.02.2023

Rechenbeispiel zur Kostenquote
Liegt die Kostenquote bei 1,8 Prozent und beträgt die Rendite vier Prozent, dann erhält der Sparer nach Abzug der Kosten 2,7 Prozent.

Rendite
Gewinn, den man mit angelegtem Geld in einem bestimmen Zeitraum macht

AUFGABEN

70053-66

1. Analysiere die Karikatur **M8** (→ Methodenglossar):Was will der Karikaturist mitteilen?
2. Stelle anhand von **M9** das Problem der Altersarmut dar.
3. Arbeitet arbeitsteilig aus **M10** und **M11** Vor- und Nachteile der betrieblichen und privaten Altersvorsorge heraus.
4. Beurteilt auf Grundlage der Ergebnisse die Notwendigkeit einer zusätzlichen Altersvorsorge, um Altersarmut entgegenzuwirken.

F zu Aufgabe 3
Führt eine Internetrecherche zu verschiedenen Möglichkeiten der betrieblichen und privaten Altersvorsorge durch. Präsentiert eure Ergebnisse in der Klasse (z. B. Mindmap). MK

3.4 Staatliche Grundsicherung

Bürgergeld als Ausdruck staatlicher Fürsorge?

Mit der Einführung des Bürgergeldes am 1. Januar 2023 wurde das System der staatlichen Grundsicherung reformiert. Ersetzt wird das Arbeitslosengeld II (Hartz IV). Aber was hat sich genau verändert? Sind die Veränderungen positiv?

M1 Wie viel braucht man zum Leben?

Hinweis
Die Kosten für Unterkunft und Heizung werden grundsätzlich in Höhe der tatsächlichen Aufwendungen erbracht, soweit sie angemessen sind. Das Jobcenter orientiert sich dabei am örtlichen Mietniveau auf dem Wohnungsmarkt.

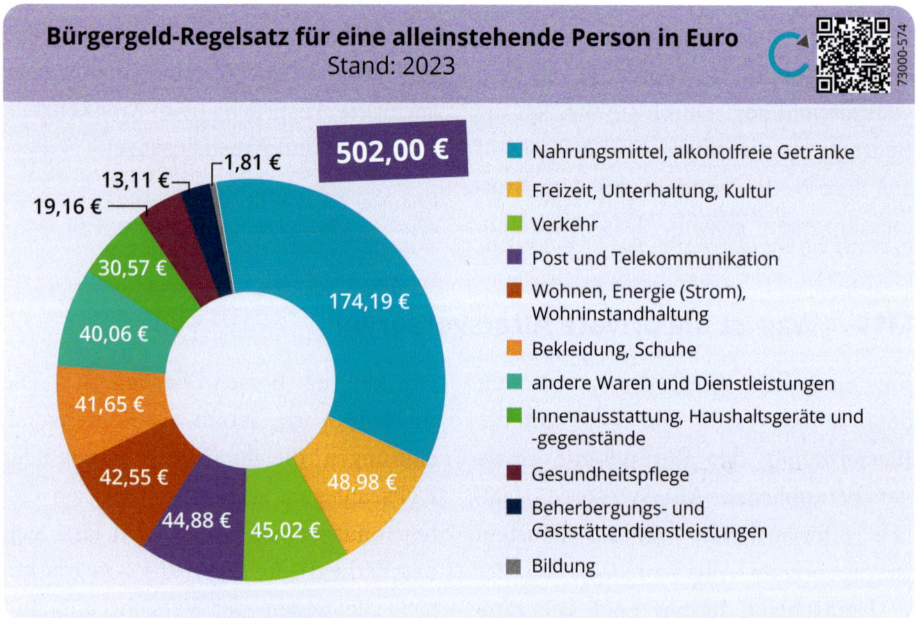

©C. C.Buchner Verlag, aktuelle Daten nach: Landeszentrale für politische Bildung Baden-Württemberg (Datenerhebung: 2023; Grafikerstellung: 2023)

M2 Was ändert sich durch das Bürgergeld?

1 Ein Jahr Karenzzeit

- Leistungsberechtigte sollen sich auf Arbeitssuche konzentrieren können
- Übernahme von Kosten für Unterkunft (in tatsächlicher Höhe) und Heizkosten (in angemessener Höhe)
- Schonvermögen bis 40.000 Euro, bei weiteren Personen in der Bedarfsgemeinschaft bis 15.000 Euro, darf behalten werden.
- Bei einem zusätzlichen Verdienst zwischen 520 und 1.000 Euro monatlich kann jetzt mehr vom Einkommen behalten werden (Anhebung der Freibeträge auf 30 %).
- Freibeträge erhöhen sich auch bei Schüler:innen, Studierenden und Auszubildenden

2 Ablösen der Eingliederungsvereinbarung durch einen „Kooperationsplan"

- Abschaffung des sogenannten Vermittlungsvorrangs in Arbeit
- Geringqualifizierte werden jetzt bei der beruflichen Weitebildung unterstützt; Der Zugang zum Arbeitsmarkt soll so erleichtert werden
- Umfassende Betreuung falls besondere Schwierigkeiten bestehen, eine Arbeit aufzunehmen

3 Sanktionen nach einem dreistufigen System

- Bei erster Pflichtverletzung wird das Bürgergeld für einen Monat um zehn Prozent gekürzt.
- Bei der zweiten wird es für zwei Monate um 20 Prozent,
- und bei der dritten für drei Monate um 30 Prozent gekürzt.
- In begründeten Einzelfällen darf eine Kürzung nicht erfolgen.

Nach: Die Bundesregierung: Mehr Chancen und mehr Respekt. Bürgergeld. In: www.bundesregierung.de, Abruf am 21.02.2023

M3 Reicht das Bürgergeld?

Reicht das Bürgergeld zukünftig also für ein Leben über dem Existenzminimum aus, ermöglicht es auch Teilhabe und deckt mehr als nur die Grundbedürfnisse ab? Unter sozialpolitischen Gesichtspunkten ist dies stark zu bezweifeln; mehr noch: es ist nahezu ausgeschlossen. Zwar ist eine Leistungserhöhung um mehr als 50 Euro für eine alleinstehende Person nicht zu vernachlässigen. Sie hilft dabei, die gestiegenen Preise für Menschen in Grundsicherung abzufedern. Jedoch macht ein Inflationsausgleich allein den Regelsatz nicht automatisch armutsfest, denn dafür hätten die Beträge bereits vorher für ein Leben über dem Existenzminimum ausreichen müssen. Das taten sie aber nicht. So sind im derzeitigen System beispielsweise für den Bereich Strom lediglich 36,44 Euro im Monat vorgesehen. Dieser Betrag reicht schon lange nicht mehr aus, um die laufenden Stromkosten zu decken. […] Seit der „Einführung von Hartz IV im Jahr 2005 ist der Regelsatz schrittweise um rund 30 Prozent gestiegen […]. Die Strompreise haben sich im selben Zeitraum jedoch um durchschnittlich 85 Prozent verteuert". Wie hoch ein armutsfester Regelsatz aussehen müsste, hat die Paritätische Forschungsstelle Anfang des Jahres ausgerechnet. Demnach müsste dieser mindestens 678 Euro betragen.

Zander, Thomas/Franke, Martin: Das neue Bürgergeld – ist es (un)möglich, Armut wirksam zu bekämpfen? In: www.wsi.de, 27.10.2022

Grafik: Bürgergeld-Sätze im Vergleich zum Vorjahr

73000-613

AUFGABEN

70053-67

1. Wie viel brauchst du zum Leben? Vergleiche jeweils deine eigenen Ausgaben mit zwei ausgewählten Bereichen im Diagramm **M1**.
2. a) Arbeite aus **M2** die Änderungen heraus, die mit der Einführung des Bürgergeldes einhergehen.
   b) Diskutiert in Kleingruppen die reformbedingten Änderungen der Grundsicherung.
3. Analysiert zu zweit die Kritik zum Bürgergeld und vergleicht eure Ergebnisse (**M3**).
4. Nehmt Stellung zu der Frage, ob das Bürgergeld ein menschenwürdiges Leben gewährleistet.

H zu Aufgabe 2b
Betrachtet die Änderungen hierzu anhand der folgenden Kriterien: Kosten, Nutzen, Menschenwürde, Interessen, Gemeinwohl, Teilhabe, Sozialstaat

Bedingungsloses Grundeinkommen – die Lösung für viele Probleme?

Im Zusammenhang mit der Kritik an Hartz IV und jetzt dem Bürgergeld wird immer wieder das bedingungslose Grundeinkommen (kurz: BGE) diskutiert. Im Kapitel erfahrt ihr, was es damit auf sich hat und welche Vor- und Nachteile es bietet.

M4 Ein Pilotprojekt in Deutschland zum bedingungslosen Grundeinkommen (BGE)

Befürworter des bedingungslosen Grundeinkommens

Video zum bedingungslosen Grundeinkommen (3:49 Min.)

70053-56

Mehr als zwei Millionen Menschen hatten sich beworben, am Ende wurden 122 ausgewählt. Sie erhalten ab dem 01.06.2021 drei Jahre lang jeden Monat 1200 Euro. Der Verlauf wird wissenschaftlich untersucht und ist Teil eines Pilotprojekts, das die Wirkung eines Bedingungslosen Grundeinkommens (BGE) untersuchen will. Die Teilnehmer mussten keine Bedürftigkeit nachweisen und dürfen während des Projekts so viel oder wenig arbeiten, wie sie wollen. Gegenüber den Geldgebern haben sie keine Verpflichtung, „außer innerhalb der drei Jahre Studienzeit sieben Online-Fragebögen auszufüllen", heißt es auf der Webseite des Projekts. [...] Das Geld stammt von rund 150.000 privaten Spendern und ist für die Empfänger nicht steuerpflichtig. [...] „Wir testen, was die Menschen machen, wenn sie drei Jahre lang eine materielle Sicherheit haben", sagt Studienleiter Jürgen Schupp vom Deutschen Institut für Wirtschaftsforschung. „Geben sie das Geld aus oder bilden sie finanzielle Rücklagen? Hören sie auf zu arbeiten oder arbeiten weniger? Werden sie sozialer und spenden mehr?"

Becker, Andreas: Pilotprojekt Grundeinkommen startet: 1200 Euro – jeden Monat, einfach so. In: www.dw.com, 31.05.2021

M5 Die Diskussion um das BGE

PRO

Philip Kovce ist Ökonom und Philosoph. Er forscht an den Universitäten Witten/Herdecke und Freiburg im Breisgau sowie am Basler Philosophicum.

Stichwort Arbeitsmoral: [...] Der Mensch ist von Natur aus kein Faultier. Im Gegenteil: Wir sind auf die freie Entfaltung unserer tatkräftigen Persönlichkeit angewiesen. Während zwangsweise Stubenhocker-Sesshaftigkeit ebenso wie unfreiwillige Arbeitsmarkthörigkeit auf die Stimmung schlägt, verspricht selbstbestimmte Tätigkeit, die ein Grundeinkommen ermöglicht, ein Hoch der Gefühle. Stichwort Finanzierung: Ein Grundeinkommen könnte einen Großteil der bisherigen über 150 Sozialleistungen samt deren kostspieliger Kontrollbürokratie ersetzen und wäre damit, je nach Modell, sogar günstiger, jedenfalls aber liberaler als der heutige Sozialstaat. Stichwort Gerechtigkeit: Warum ausgerechnet Grundeinkommen für Faule? Und warum ausgerechnet Grundeinkommen für Reiche? Darüber klagen viele, die gewohnt sind, dass Sozialleistungen nur brave Bedürftige erhalten. Sie übersehen, dass das Grundeinkommen gerade keine Sozialleistung, sondern ein verfassungsgemäßes Grundrecht ist, das das menschenwürdige Existenzminimum ausnahmslos aller gewährleistet.

Kovce, Philip: Die Zeit ist reif für das Grundeinkommen! In: www.deutschlandfunk.de, 07.04.2020

KONTRA

Prof. Dr. Christoph Butterwegge lehrt Politikwissenschaft an der Universität Köln.

Das bedingungslose Grundeinkommen soll den Armen nützen […]. Auf ungleiche Einkommens- und Vermögensverhältnisse würde mit einer Geldzahlung in gleicher Höhe reagiert […]. Außerdem stellt die Finanzierung des Grundeinkommens seine Befürworter vor ein Dilemma: Entweder erhält jeder Bürger das Grundeinkommen, unabhängig von seinen Einkommens- und Vermögensverhältnissen. In diesem Fall müssten riesige Finanzmassen bewegt werden, die das Volumen des heutigen Bundeshaushaltes […] um ein Mehrfaches übersteigen, die öffentliche Armut vermehren dürften […]. Außerdem würde sich unter Gerechtigkeitsaspekten die Frage stellen, warum selbst Milliardäre vom Staat monatlich ein von ihnen vermutlich als „Peanuts" betrachtetes Zubrot erhalten sollten, während beispielsweise Schwerstbehinderte viel mehr als den für alle Bürger einheitlichen Geldbetrag viel nötiger hätten. […] Man kann die soziale Sicherung nicht von der Erwerbsarbeit entkoppeln, […]. Allenfalls können Teile der Bevölkerung leben, ohne zu arbeiten, aber nur so lange, wie das andere (für sie) tun und den erzeugten Reichtum mit ihnen teilen. [Und:] in einer Arbeitsgesellschaft hängen Lebenszufriedenheit, sozialer Status und Selbstwertgefühl an der Berufstätigkeit.

Butterwegge, Christoph: Das bedingungslose Grundeinkommen zerstört den Wohlfahrtsstaat. In: www.bpb.de, 21.12.2015

AUFGABEN

70053-68

1. Nehmt spontan auf einer Positionslinie Stellung zu der Frage, ob das bedingungslose Grundeinkommen (BGE) in Deutschland eingeführt werden sollte (**M4**).
2. Erkläre mithilfe des Erklärfilms hinter dem QR-Code zu **M4**, was das bedingungslose Grundeinkommen (BGE) ist.
3. a) Ermittelt zu zweit aus **M5** die Pro- und Kontra-Argumente zur Einführung eines bedingungslosen Grundeinkommens.
   b) Präsentiert euch eure Ergebnisse und stellt sie in einer Tabelle gegenüber.
   c) Nehmt abschließend erneut auf einer Positionslinie Stellung zu der Frage in Aufgabe 1.

WIE SIEHT DIE ZUKUNFT DES SOZIALSTAATS AUS?

Kapitel 3.1 → M1-M3 und M6-M10

SOZIALE UNGLEICHHEIT

Unter sozialer Ungleichheit versteht man die ungleiche Verteilung von materiellen oder immateriellen Ressourcen, die in einer Gesellschaft als wichtig erachtet werden. Soziale Ungleichheit wird insbesondere an der Chancengleichheit, Einkommens- und Vermögensverteilung gemessen. In Deutschland hängen Bildungs- und Aufstiegschancen maßgeblich von der sozialen Herkunft einer Person ab. Je höher der Bildungsabschluss der Eltern, desto höher sind auch die Chancen einen hohen Bildungsabschluss zu erreichen. Weiterhin besitzen in Deutschland einige wenige Haushalte gemessen am Einkommen einen Großteil des Vermögens. Man spricht von einer wachsenden Kluft zwischen Arm und Reich. Auch verdienen Männer tendenziell mehr als Frauen (Gender Pay Gap). Besonders armutsgefährdet sind Alleinlebende, Alleinerziehende und Arbeitslose.

Kapitel 3.1, → M4, M5

SOZIALE GERECHTIGKEIT

Soziale Gerechtigkeit bezieht sich auf die Verteilung von Ressourcen, Rechten und Möglichkeiten in der Gesellschaft, die als gerecht empfunden werden. Bei der Bedarfsgerechtigkeit geht es darum, dass Menschen, die aus eigener Anstrengung heraus nicht (mehr) in der Lage sind, ihren Mindestbedarf (Essen, Kleidung etc.) zu decken, Hilfe vom Staat erhalten. Bei der Bildungsgerechtigkeit geht es um gleiche Bildungschancen für alle Kinder, unabhängig von ihrer sozialen Lage. Mit Blick auf die Generationengerechtigkeit sollen (politische) Entscheidungen so getroffen werden, dass keine Generation besonders bevorzugt oder benachteiligt wird. Zuletzt meint Leistungsgerechtigkeit, dass derjenige, der mehr leistet, auch besser verdienen soll.

Kapitel 3.2, → M1, M3, M5-M11

DIE SOZIALVERSICHERUNGEN

Grundsätzlich gilt für alle Sozialversicherungen das Solidarprinzip: Die zu versichernden Risiken werden von allen Versicherten gemeinsam getragen. Durch diesen solidarischen Ansatz wird ein Ausgleich zwischen Gesunden und Kranken, zwischen besser und weniger gut Verdienenden, zwischen Jung und Alt, zwischen Familien und Singles geschaffen. Ziel der Sozialversicherungen ist es, den Bürgerinnen und Bürgern menschenwürdige Lebensverhältnisse zu ermöglichen und sie gegen größere Lebensrisiken und im Alter abzusichern. Die Umsetzung dieses Ziels wird durch die gesetzlich geregelte Arbeitslosen-, Unfall-, Kranken- und Pflege- sowie die gesetzliche Rentenversicherung angestrebt. Die gesetzlichen Sozialversicherungen werden jedem Arbeitnehmer monatlich vom Bruttolohn abgezogen. Der Arbeitgeber zahlt zusätzlich jeden Monat einen ähnlich hohen Betrag in die Sozialversicherungen ein.

DEMOGRAFISCHER WANDEL UND ALTERSVORSORGE

← Kapitel 3.3, M1-M3, M8-M11

Eine geringe Geburtenrate und die Erhöhung der Lebenserwartung führen in Deutschland zu einer Verschiebung der Altersstruktur. Das stellt ein Problem für das den Sozialstaat dar. Für die Rente müssen immer weniger junge Menschen für mehr ältere aufkommen. Dadurch ist die Erhaltung des Lebensstandards im Alter gefährdet, da die Leistungen der gesetzlichen Rentenversicherung nicht mehr ausreichen. Das macht heute umso mehr eine umfassende Altersvorsorge notwendig. Neben der gesetzlichen gibt es Möglichkeiten in der betrieblichen und privaten Altersvorsorge. Bei der betrieblichen Altersvorsorge werden Beiträge aus dem Bruttoeinkommen bezahlt. Dadurch zahlt der Arbeitnehmer weniger Steuern und Abgaben, aber auch weniger Beiträge zur gesetzlichen Rentenversicherung. Die private Vorsorge ist freiwillig. Zum Teil wird sie staatlich gefördert.

MINIJOBS UND UNBEZAHLTE FAMILIENARBEIT

← Kapitel 3.3, M4-M7

Zur geringfügigen Beschäftigung zählen Minijobs, d. h. der monatliche Lohn überschreitet nicht die Grenze von 520 Euro (Stand: 2023) oder die Arbeitszeit im Jahr beträgt maximal drei Monate bzw. 70 Tage. Minijobber:innen sind von den Beiträgen zur Sozialversicherung befreit, d.h. sie haben auch keine Ansprüche auf die Versicherungsleistungen. Dadurch steigt das Armutsrisiko. Insbesondere Frauen leisten nach wie vor einen Großteil der unbezahlten Familienarbeit. Für Alleinerziehende und Partnerinnen und Partner, die hauptsächlich die Familienarbeit verrichten, ist es oft attraktiver, einen Minijob auszuüben, da Steuern und Sozialabgaben entfallen. Unbezahlte Familienarbeit begünstigt das Verbleiben in geringfügiger Beschäftigung, was sich in der Regel negativ auf die individuelle soziale Absicherung auswirkt.

BÜRGERGELD UND BEDINGUNGSLOSES GRUNDEINKOMMEN (BGE)

← Kapitel 3.4, M1-M7

Unter staatlicher Grundsicherung versteht man seit dem 01. Januar 2023 die als Bürgergeld bezeichnete staatliche Leistung. Es stellt als Grundsicherung den Lebensunterhalt von Personen sicher, die arbeitssuchend und/oder bedürftig sind, ihren Partner:innen und Kindern. Es beziehen Personen, die keinen Anspruch (mehr) auf Arbeitslosengeld haben. Das Bürgergeld wird aus Steuermitteln finanziert.

Das BGE ist die Idee für eine sozialpolitische Maßnahme, die aktuell in Gesellschaft und Politik diskutiert wird. Gemäß dem Konzept soll jedem Bürger und jeder Bürgerin ein bestimmter Betrag (z. B. 1000 Euro) bedingungslos gewährt werden. Dafür sollen andere Sozialleistungen wegfallen. Ziel ist, die Existenz jedes Gesellschaftsmitglieds zu sichern, Armut zu verhindern, gesellschaftliche Teilhabe zu ermöglichen und einen individuellen Rechtsanspruch ohne Prüfung der Bedürftigkeit und ohne Zwang zur Arbeit zu garantieren.

Nachdem du das Kapitel „Sozialstaat in Deutschland“ bearbeitet hast, kannst du hier das Gelernte anwenden, dein Wissen prüfen und dir ein Urteil bilden.

M1 Druck auf das Sozialversicherungssystem

Karikatur: Thomas Plaßmann

M2 Ein Glück für Bedürftige, eine Schande für den Sozialstaat

Die Tafeln sind Einkaufsorte, nein Ausgabestellen für Leute, die sich ein normales Einkaufen nicht leisten können. Dort finden sie Lebensmittel und oft auch Kleidung. [...] Viele sagen, sie hätten nie gedacht, einmal "so was" in Anspruch nehmen zu müssen. Da stehen Obdachlose neben Leuten, die sich gerade noch die Miete leisten können; da stehen Rentnerinnen und Rentner, die von ihrer Rente nicht leben können [...]. Die Tafeln gehören zu den erfolgreichsten Einrichtungen in Deutschland. Sie expandieren wie sonst nichts. Sie expandieren deshalb, weil Not und Bedürftigkeit in Deutschland expandieren. [...] Es ist [...] eine Katastrophe, dass es sie geben muss. Sie zeigen, dass die Not zurückgekehrt ist in ein reiches Land.

Prantl, Heribert: Ein Glück für Bedürftige, eine Schande für den Sozialstaat. In: www.sueddeutsche.de, 23.02.2018

Online-Quiz zum Kapitel

70053-57

M3 Wie sieht der perfekte Sozialstaat aus?

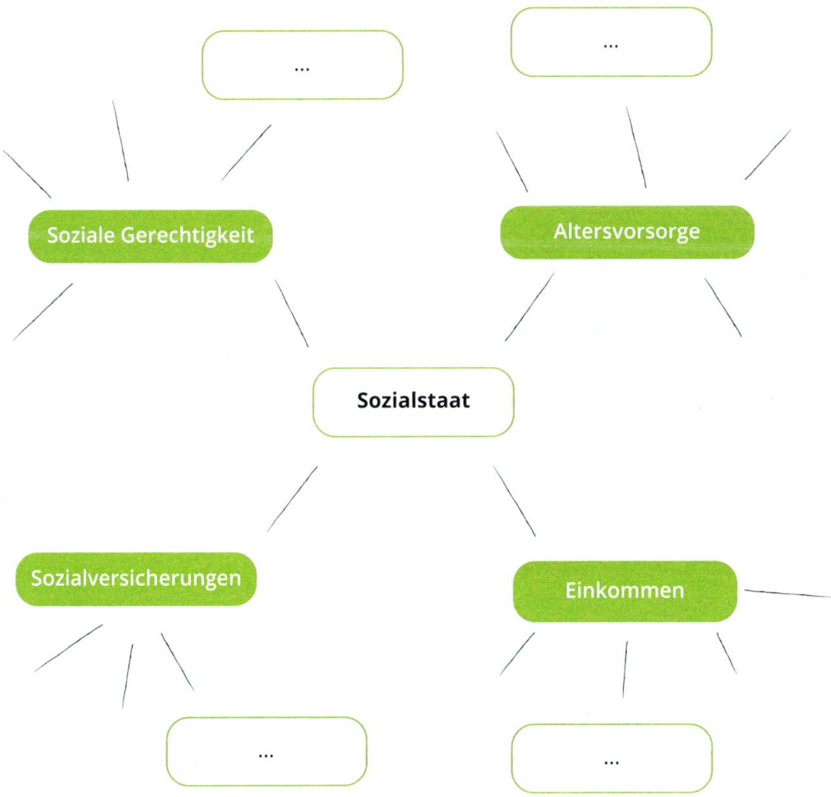

Bearbeiter

Aufgaben

1. Erläutere vor dem Hintergrund der Karikatur in **M1** die besonderen Herausforderungen, vor denen der Sozialstaat der Zukunft stehen wird.
2. Beurteile ausgehend vom Sozialstaatsgebot Artikel 20 (1) GG die Ansicht Heribert Prantls, es sei eine Schande für den Sozialstaat, dass es Tafeln gibt (**M2**).
3. a) Beschreibe ausgehend von den Überbegriffen in der Mindmap (**M3**) die aktuellen Zielsetzungen und Leistungen des Sozialstaats.
   b) Entwickle deine eigene ideale Vorstellung des Sozialstaats in diesen Bereichen (Soziale Gerechtigkeit, Altersvorsorge, Sozialversicherungen, Einkommen).

Selbsteinschätzung

70053-58

Was sind eigentlich Städte?

Stadtansicht auf die Skyline von Essen, Nordrhein-Westfalen

Ansicht auf das Zentrum von Velbert-Langenberg, Nordrhein-Westfalen

Was weißt du schon?

1. Beschreibe die Siedlungen auf den zwei Bildern.
2. Vergleiche anhand der Bilder Unterschiede und Gemeinsamkeiten dieser verschieden großen Siedlungen / Städte.
3. Was macht eine Stadt zur Stadt? Sammelt in Kleingruppen Merkmale einer Stadt.
4. Sammelt in der Klasse erste Ideen, wie sich eine Stadt gliedern lassen könnte.

4

#Die Stadt – idealer Lebensraum des Menschen oder unnatürliche Betonwüste?

Über 75 Prozent der Menschen in Deutschland leben in Städten und die städtische Bevölkerung wächst weiter stetig. Auch weltweit leben die meisten Menschen in Städten. Dadurch haben sich spezielle Stadtstrukturen entwickelt, die sich untersuchen lassen. Die vielen Menschen auf engem Raum führen aber auch zu großen Problemen, vor denen Städte stehen. Wie haben sich Städte entwickelt und wie sind diese Städte heute aufgebaut? Was bedeutet das städtische Leben für die Menschen? Wie entwickeln sich Städte in der Zukunft und wie können sie den großen Herausforderungen der Zukunft gerecht werden?

Was lernst du in diesem Kapitel?

... Merkmale von Städten zu beschreiben und in verschiedene Funktionsräume und Lebensräume von Menschen zu gliedern.

... die Stadtstrukturen auf ein Modell zu übertragen, bzw. ein eigenes Modell zur Stadtstruktur zu erstellen.

... aktuelle Stadtplanung zu verstehen und eigene Vorstellungen von der idealen Stadt zu entwickeln.

... die Gründe für extremes Stadtwachstum zu erläutern und daraus resultierende Probleme zu beurteilen.

... exemplarisch Lösungsansätze für soziale Probleme in Städten zu erörtern.

... die Globalisierung als Einflussfaktor auf Städte zu erklären.

Wir planen und gestalten eine Stadtexkursion

Worum geht es?

Städte sind der Lebensraum der meisten Menschen in Deutschland. Auch die meisten Gesamtschulen liegen in oder am Rand von Städten der verschiedensten Größen, womit ihr als Klasse auch einen direkten Bezug zu einer Stadt habt.
Jede Stadt hat eine eigene Größe und Struktur und doch gibt es Gemeinsamkeiten, die ihr am Beispiel eurer Stadt untersuchen könnt. In diesem „Gemeinsam aktiv“ untersucht ihr eure Heimatstadt und präsentiert die Ergebnisse auf einer gemeinsamen Exkursion.

Geht dabei so vor:

Start

1 Bildet Gruppen mit 3-4 Personen.

2 Verteilt in der Klasse die Themen arbeitsteilig auf die Gruppen – jede Gruppe bekommt ein anderes Thema.
Mögliche Themen:

- **Entstehungsgeschichte eurer Stadt**
  mögliche Leitfragen: In welcher Zeit war der Ursprung eurer Stadt? Wie und wann haben sich weitere Teilräume der Stadt gebildet? Gibt es noch historische Gebäude? Welche historischen Spuren lassen sich in eurer Stadt beobachten?
  (→ Grundlagen hierzu in Kapitel 4.1)

- **Stadtplanung – wie soll unsere Stadt fit für die Zukunft gemacht werden?**
  Mögliche Leitfragen: Welche Probleme hat unsere Stadt aktuell? Welche aktuellen städtebaulichen Projekte gibt es in unserer Stadt? Auf welche Teilräume beziehen sie sich? Wie sollen sie die Probleme der Stadt lösen?
  (→ Grundlagen hierzu in Kapitel 4.2, M8-M13 und Kapitel 4.3, M1-M6)

- **Funktionale Gliederung**
  mögliche Leitfragen: Welche Daseinsgrundfunktionen erfüllen einzelne Viertel / Bereiche? Welche Geschäfte, Büros und weitere Dienstleistungen finden sich zentral in der Stadt („City“)? Welche Einrichtungen / Gebäude finden sich außerhalb des Stadtzentrums auf der „grünen Wiese“? Wie sind diese aufgebaut und wie erreicht man diese?
  (→ Grundlagen hierzu in Kapitel 4.2, M1-M3 und M7)

- **Funktionale Gliederung – der Verkehr in unserer Stadt**
  mögliche Leitfragen: Welche Verkehrsmittel sind vorhanden, wie und wo verlaufen diese, welchen Stellenwert haben die einzelnen Verkehrsmittel in der Stadt? (→ Grundlagen hierzu in Kapitel 4.2, M1-M3 und M7)

- **Funktionale und soziale Gliederung – die Wohngebiete unserer Stadt**
  Mögliche Leitfragen: Wo leben die Menschen? Welche Miet- und Bodenpreise gelten wo in der Stadt? Welche Wohngebäude lassen sich wo in der Stadt finden? Welche Muster / Probleme bzgl. Wohnen lassen sich in der Stadt beobachten?
  (→ Grundlagen hierzu in Kapitel 4.2, M4-M7 und M8-M13)

- **Unsere Stadt eine Metropole?**
Besitzt unsere Stadt Merkmale einer Metropole? Welche Besonderheiten hat unsere Stadt über die eigene Region hinaus? (nur bei Großstädten) (→ Grundlagen hierzu in Kapitel 4.4, M1-M4, #Metropolisierung)

- **Modell der deutschen Stadt – Anwendung auf die eigene Stadt**
Welche Elemente muss eine Stadt modellhaft aufweisen? Wo lassen sich diese Aspekte in unserer Stadt finden? Entspricht unsere Stadt dem Modell? Gibt es Abweichungen? (→ Grundlagen hierzu in Kapitel 4.2, M7 und Methode: Ein Stadtmodell entwickeln)

3 Erarbeitet die notwendigen Inhalte zu dem Thema eurer Gruppe. Material findet ihr z. T. hier im Kapitel. Informiert euch aber auch zusätzlich bei der Verwaltung eurer Stadt: Besorgt euch dort mögliche Karten eurer Stadt, sammelt eigene Erfahrungswerte und recherchiert im Internet zu eurer Stadt.

4 Erstellt aus den recherchierten Informationen Exkursionsbeiträge, die auf der Stadtexkursion an den entsprechenden Orten vor der Gruppe präsentiert werden können.

5 Legt mithilfe von Google Maps / einem digitalen Kartendienst oder einem Stadtplan einen oder mehrere Orte in der Stadt fest, an denen ihr beispielhaft euren Exkursionsbeitrag vorstellen könnt. Versucht dabei möglichst Orte zu finden, an denen ihr ungestört eure Beiträge vorstellen könnt.

6 Legt in einer gemeinsamen Sitzung mit den anderen Gruppen eine passende Route für die Exkursion durch eure Stadt fest – eure Lehrkraft könnte diese Sitzung moderieren.

7 Präsentiert eure Ergebnisse auf der gemeinsamen Exkursion am entsprechenden Standort.

8 Erstellt in der Klasse eine gemeinsame Mappe (in digitaler oder analoger Form), in der ihr Bilder, Kartenmaterial und Informationen zu den einzelnen Stationen ablegen könnt.

4.1 Die Geschichte der Stadt – wie haben sich unsere Städte entwickelt?

Wie entstanden die Städte im Mittelalter?

Berlin, München, Düsseldorf oder Essen sind Metropolen, die heute viele Menschen auf der Suche nach Arbeit wie ein Magnet anziehen. Doch sie sind keine Erfindungen der heutigen Zeit. Der größte Teil der mitteleuropäischen Städte wurde im Mittelalter gegründet. Weshalb boomten Städte gerade im Mittelalter?

M1 Wo wurden im Mittelalter Städte gegründet?

Bearbeiter

M2 Warum entstanden die Städte?

Auch in früheren Zeiten sind die Menschen schon dorthin gegangen, wo sie Arbeit gefunden haben und Geld verdienen konnten. An unterschiedlichen Knotenpunkten des Handels sind deshalb besonders im Mittelalter viele Städte entstanden (siehe M1). Dort begegneten sich Händler aus verschiedenen Orten, tauschten ihre Waren und verabredeten sich für weitere Geschäfte an der gleichen Stelle. In kürzester Zeit kamen weitere Kaufleute hinzu. Auch Handwerker boten Waren oder Reparaturen an und errichteten Werkstätten. Ein kleiner Markt entstand und im Umkreis bauten sich die Händler und Handwerker Wohnhäuser.

Bearbeiter

M3 Wann entstanden die Städte?

Städtegründungsepochen vom Mittelalter bis zur Neuzeit

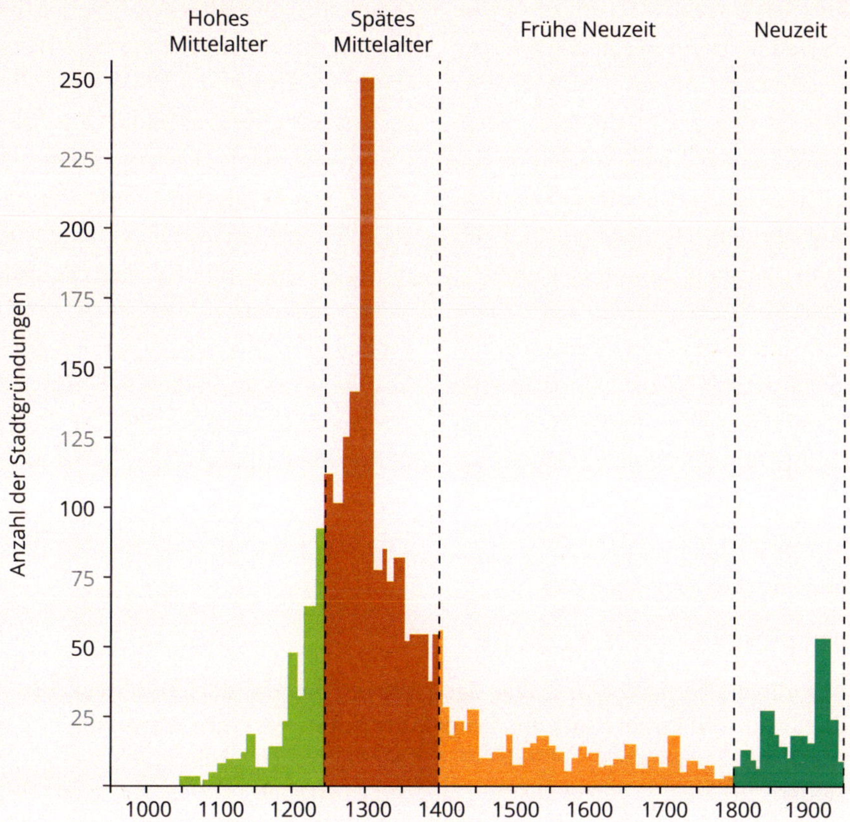

Bearbeiter

M4 Wie sah eine mittelalterliche Stadt aus?

Idealtypischer Grundriss der mittelalterlichen Stadt

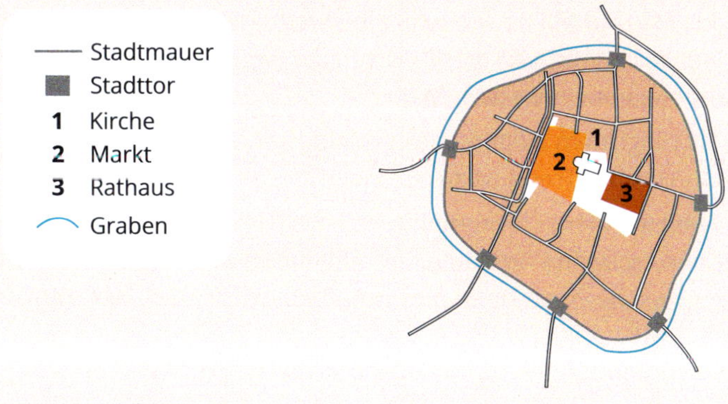

Bearbeiter

Zusatzkapitel: Woran erkennst du eine mittelalterliche Stadt?

70053-69

M5 Die Gründung eines Marktes

Dem Landesherren, dem Besitzer der Ländereien, war die Gründung eines Marktes sehr recht. Wo Flüsse keine Furten hatten, schuf er künstlich Orte der Begegnung, indem er Brücken errichtete, in deren Umfeld dann ebenfalls Menschen von beiden Ufern miteinander ins Geschäft kommen konnten. Als Eigentümer des Marktes und der Stadt, als Stadtherr, konnten er einen Teil der Markteinnahmen als Steuern für sich einfordern. Im Gegenzug bot er Sicherheit und Frieden. Er überwachte Maße und Gewichte, Preise und Münzen. Mit Stadtmauern und Soldaten beschützte der Stadtherr seine Einwohner vor ungebetenen Gästen. Der Markt brachte Land- und Stadtbevölkerung zusammen. Die Städter kauften den Bauern ihre Erzeugnisse ab und die Bauern erwarben dringend benötigte Werkzeuge oder Alltagsgegenstände. Umso mehr Waren auf dem Markt verkauft wurden, umso attraktiver wurde die Stadt als Wohnort auch für wohlhabendere Bürger. Bald produzierten die Handwerker nicht nur für den städtischen Eigenbedarf, sondern auch für den Export in angrenzende Städte und Regionen. Der Stadtherr freute sich über steigende Steuereinnahmen.

Bearbeiter

DER MARKT IM MITTELALTER

Der mittelalterliche Markt war das Zentrum des Handels. Handwerker der Stadt und Bauern aus der Umgebung boten dort ihre Waren an. Durch Münzen wurde der Handel vereinfacht und auch die Erhebung der Steuern zu Gunsten von Kirche und Stadtherrn ermöglicht. Weil Menschen aus benachbarten Ländern und Städten eigene Münzen mitbrachten, entstanden Wechselstuben, in denen man Geld umtauschen konnte.

AUFGABEN

70053-78

1. Nenne die verschiedenen Orte, an denen Städte gegründet wurden (**M1**).
2. a) Arbeite aus **M1** und **M2** heraus, wie eine Stadt im Mittelalter entstand.
   b) Erkläre, weshalb gerade an diesen Orten die Bedingungen für eine Stadtgründung gut waren (**M1**, **M2**).
3. Analysiere das Diagramm zu den unterschiedlichen Städtegründungsepochen (**M3**). Welcher Trend ist zu erkennen?
4. Arbeitet zu zweit in einem Lerntempoduett.
   a) Erläutert den typischen Aufbau einer mittelalterlichen Stadt (**M4**).
   b) Begründet, welche Funktionen dieser Aufbau erfüllte (**M2**, **M4**, **M5**).
   c) Arbeitet aus **M5** heraus, wie sich Stadtherr und Stadtbewohner:innen gegenseitig unterstützten und wozu sie sich verpflichteten.
   d) Beurteilt, ob die Vereinbarungen für beide Seiten gerecht waren.

Lerntempoduett
→ digitaler Aufgabenkasten

H zu Aufgabe 3
Sucht nach Städten, die auf „-furt“, „-burg“ oder „-brück(en)“ enden.

F Arbeite mit einer Deutschlandkarte im Atlas. Prüfe, ob Städte mit ihrem Namen einen Hinweis auf ihre Gründungsgeschichte geben.

Wie entwickelte sich die Stadt seit dem 19. Jahrhundert?

Die Industrialisierung, die in Deutschland im frühen 19. Jahrhundert einsetzte, markierte den Startpunkt für einen gravierenden Wandel der Stadt. Was war geschehen?

M6 Die Stadt Essen 1890

Stadtansicht der Stadt Essen vom Rathausturm nach Westen, im Hintergrund die rauchenden Krupp Fabriken

M7 Stadtentwicklung in Deutschland seit dem 18./19. Jahrhundert

a) Die Stadt seit der Industrialisierung

Vor der Industrialisierung arbeiteten die Menschen in Städten dort, wo sie auch wohnten. Städte hatten meist nur wenige Tausend Einwohner und waren auch räumlich sehr klein.

Durch die Industrialisierung wuchs die Einwohnerzahl vieler Städte enorm an und auch ihre Fläche vergrößerte sich. Durch eine Vielzahl neuer Erfindungen (Dampfmaschine, mechanischer Webstuhl), änderte sich die Arbeit vieler Menschen. Zahlreiche Produkte wurden nicht mehr in Handarbeit, sondern mithilfe von Maschinen hergestellt. Die Maschinen standen in Fabriken am Rande der Stadt. Arbeiten und Wohnen trennte sich immer weiter voneinander. Die Fabriken entstanden zudem entlang der neuen Eisenbahntrassen, über die die Waren schnell in andere Orte transportiert werden konnten. Die Erfindung der Dampfeisenbahn als innovatives Transportmittel für Waren und Menschen revolutionierte die Verkehrsinfrastruktur der Städte. Der Bau von Bahnhöfen außerhalb des alten Ortskerns und die Anbindung der Städte an die Eisenbahntrassen prägten das Stadtbild. Dem Ansturm an Arbeitskräften waren die Städte häufig nicht gewachsen. Es mangelte mas-

Gründerzeit
Eine Phase wirtschaftlichen Aufschwungs Mitte des 19. Jahrhunderts aufgrund des Eisenbahnbaus / der Industrialisierung. Für die neue Arbeiterschicht wurden hier zahlreiche neue Wohnungen / Viertel geschaffen.

Digitale Historische Karten der Stadt Essen

70053-70

siv an Wohnraum, was im Laufe der Zeit zu einer baulichen Verdichtung und einer Ausbreitung der Stadt über die mittelalterlichen Strukturen hinaus führte. Typische Mietskasernen entstanden, in denen die Arbeiter:innen lebten. Die fünf- bis sechsgeschossigen Wohngebäude mit kleinen Hinterhöfen prägen noch heute das Bild großer Städte.

Bearbeiter

Flächenversiegelung
Vielerorts werden in Deutschland Flächen, die vorher Wald, Graslandschaften oder Ackerland waren, für Haus- und Gewerbebau erschlossen und damit versiegelt / betoniert. Intakte Natur wird dabei weitgehend zerstört und Regenwasser kann deutlich schlechter versickern. Die Suburbanisierung hat dieses Problem verschärft.

b) Die Stadt nach dem Zweiten Weltkrieg

Der Zweite Weltkrieg brachte in vielen deutschen Städten große Zerstörungen mit sich – zunächst ging es also darum, die Städte wiederaufzubauen. Den Stadtplanern bot sich zu dieser Zeit eine einmalige Chance – sie konnten teilweise ganze Viertel neu gestalten. In vielen Städten werden die historischen, meist mittelalterlichen Strukturen nur teilweise wiederaufgebaut. Es entstanden schlichte, zu dieser Zeit moderne Bauten. Gleichzeitig wurden breite Straßen und damit viel Platz für den Autoverkehr geschaffen, der ab den 1950er Jahren mit dem wirtschaftlichen Aufschwung („Wirtschaftswunder") nochmal deutlich zunahm. Das Leitbild der „autogerechten Stadt" war der prägende Ansatz für die Stadtentwicklung. Ringstraßen wurden vielerorts um die Innenstädte / Städte herum gebaut, die heute noch genutzt werden. Das Auto als Verkehrsmittel führte zu einer weiteren Entwicklung. Ab den 1950er Jahren wanderten viele Menschen und auch Betriebe in das ländliche Umland der Städte ab, die Stadt breitete sich an seinen Rändern also in der Fläche aus. Viele Menschen wanderten von der Stadt in stadtnahe Wohnviertel bzw. das Umland aus (Suburbanisierung).

Bearbeiter

INDUSTRIALISIERUNG

Die Industrialisierung war ein langer Prozess im 18. und 19. Jahrhundert, der die Arbeits- und Lebensbedingungen der Menschen mit dem Aufkommen erster Maschinen und den Bau von Fabriken radikal veränderte. Durch Erfindungen wie den mechanischen Webstuhl und die Dampfmaschine konnte in kürzerer Zeit deutlich mehr hergestellt werden. Der Prozess wird auch als Industrielle Revolution bezeichnet.

Wirtschaftswunder
→ Kap. 10.2

SUBURBANISIERUNG

Suburbanisierung beschreibt den Prozess der Abwanderung der Wohnbevölkerung (und von Betrieben / Gewerbe) einer Stadt in das nahe gelegene Umland. Dieser Prozess begann in Deutschland ab den 1950er Jahren. Viele Menschen zog es auf die „grüne Wiese" – das Auto als Fortbewegungsmittel machte diese Entwicklung erst möglich. Man hatte mehr Platz, es gab weniger Verkehr und Lärm. Außerdem war die Natur meist nicht weit.

M8 Wie entwickelte sich die Stadt?

19. Jahrhundert	1960er, 1970er	ab 1980er
Industrielle Revolution schaffte massenhaft Arbeitsplätze in den Städten, folglich explosionsartiger Zuzug aus dem ländlichen Raum in die werdenden Städte	Massenmotorisierung und Ausbau der Verkehrsinfrastruktur (Leitbild „autogerechte Stadt") in Großstädten ermöglichte großen Teilen der Bevölkerung ein Eigenheim in der Peripherie und Pendeln in die Kernstadt für Erwerbstätigkeit	Suburbanisierung weitete sich in das städtische Umland aus, das zuvor ländlicher Raum war, Herausbildung eines Netzes an Siedlungen (ursprüngliche Kernstadt deutlich geschwächt, da sich Arbeits- sowie Versorgungsbeziehungen in das Umland verlagerten)

Nach: Marom / OttoKrüja: Urbanisierungsphasen. In: www.urban-digital.de, 02.09.2017

Förderturm der ehemaligen Zeche Zollverein in Essen, heute UNESCO Welterbe Zentrum

Berlin Alexanderplatz 1994/95. Beispiel für die autogerechte Stadt

AUFGABEN

70053-79

1. Beschreibe das Bild zur Stadt Essen 1890 (**M6**). Wie wirkt es auf dich? Was sind prägende Elemente für das Stadtbild zu dieser Zeit?
2. Führt ein Lerntempoduett durch, um mehr über die Stadtentwicklung in Deutschland zu erfahren.
   a) Erläutert den Wandel der Städte von der Industrialisierung bis in das 20. Jahrhundert (**M7**). Bezieht die Fachbegriffe mit ein (**#Industrialisierung**, **#Suburbanisierung**).
   b) Beschreibt, wie sich jeweils das Stadtbild baulich veränderte (**M7**).
   c) Erläutert die unterschiedlichen Phasen der Stadentwicklung anhand des Modells in **M8**.
3. Ist das Leitbild der „autogerechten Stadt" (**M8**) heute noch zeitgemäß? Begründe deine Antwort.

Lerntempoduett
→ digitaler Aufgabenkasten

F zu Aufgabe 2c
Erweitere das Modell in M8 um den Prozess der Reurbanisierung (siehe Kap. 4.2, **M9**).

4.2 Die moderne Stadt im stetigen Wandel

Wie lässt sich eine Stadt nach Funktionen gliedern?

Ob du in einer Kleinstadt mit 5.000 Einwohnern, einer Mittelstadt mit 50.000 Einwohnern oder einer Großstadt mit mehr als 100.000 Einwohnern lebst – jede Stadt erfüllt bestimmte Funktionen für ihre Einwohner. Was sind aber städtische Funktionen und wie lässt sich eine Stadt nach diesen Funktionen sinnvoll gliedern?

M1 Welche Funktionen besitzt eine Stadt?

a

Wohnhäuser in der Gladbecker Straße, Altenessen

b

Universitätsbibliothek Essen

c

Evonik-Gebäude in Essen

d

Niederfeldsee im Stadtteil Altendorf

e

Innenstadt einer Stadt in NRW

f

Hbf Essen

M2 Die Funktionsräume einer Stadt – wo ist was?

Die Daseinsgrundfunktionen sind wohnen, arbeiten, sich bilden, sich versorgen und sich erholen. Dazu kommen noch am Verkehr teilnehmen, in der Gemeinschaft sowie in der Umwelt leben.

Ein Raum – hier eine Stadt – sollte die (städtischen) Daseinsgrundfunktionen erfüllen. Abgeleitet werden diese von den menschlichen Grundbedürfnissen.

Die Funktionsräume einer Stadt lassen sich wiederum von den Daseinsgrundfunktionen ableiten. In einer Stadt gibt es Räume, die die Funktion des Wohnens oder des Arbeitens erfüllen ebenso wie Verkehrsflächen, Bildungseinrichtungen, Erholungs- und Freizeiträume und Versorgungseinrichtungen. Diese Funktionen lassen sich einerseits räumlich voneinander abgrenzen (z. B. Industriegebiet mit der Arbeitsfunktion und Wohngebiet mit der Wohnfunktion), andererseits gibt es auch immer Mischgebiete, wo mehrere Funktionen vorhanden sind und zum Teil bedingen sich die Funktionen auch gegenseitig. Die Verkehrsfunktion ist zum Beispiel wesentlicher Bestandteil aller Räume der Stadt.

Bearbeiter

M3 Funktionale Gliederung der Stadt Essen

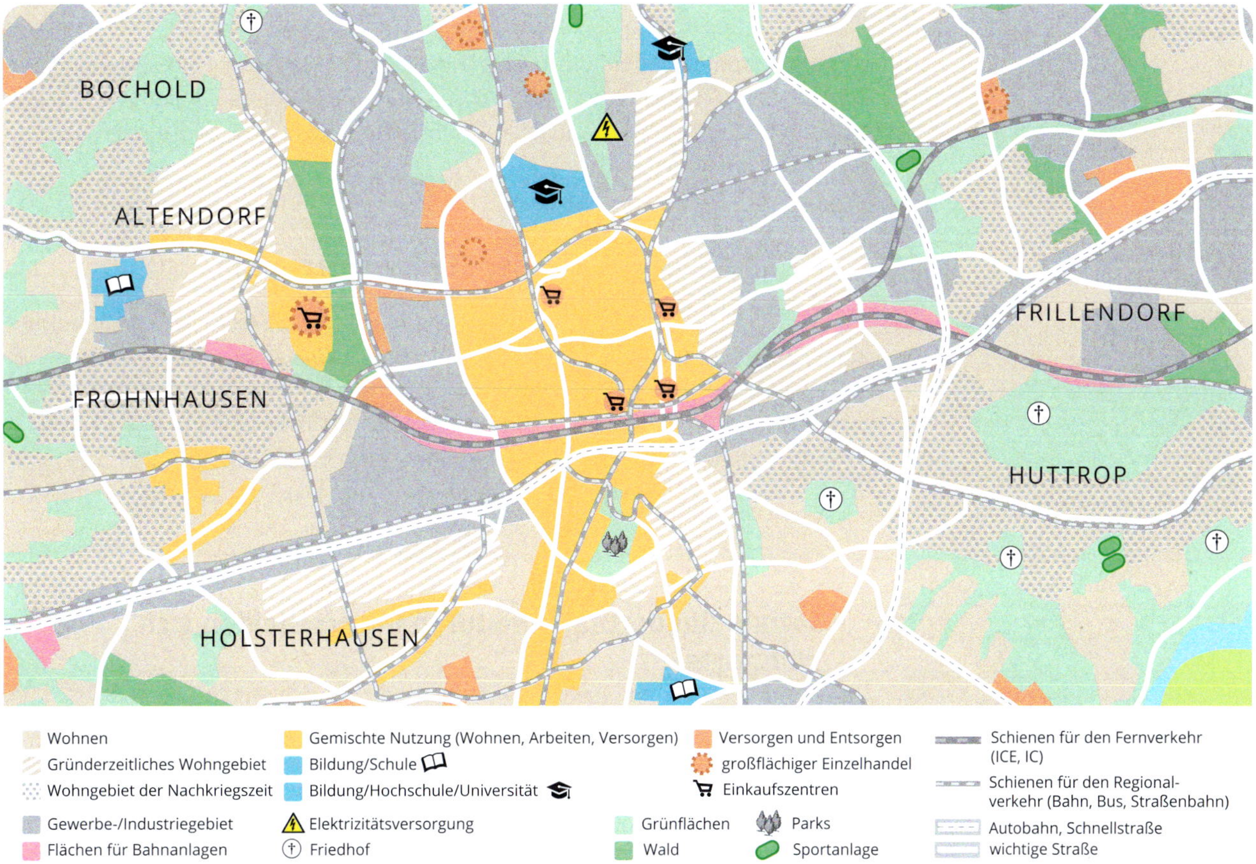

AUFGABEN

70053-80

1. Benenne die für den Menschen wichtigen Daseinsgrundfunktionen (**M2**). Nenne jeweils auch Beispiele aus deiner Stadt.
2. a) Ordnet zu zweit die Daseinsgrundfunktionen den Merkmalen auf den Bildern in **M1** begründet zu.
   b) Ordnet anschließend die Bilder auf der Karte **M3** räumlich ein und begründet eure Einordnung.
3. Arbeite mit der Karte **M3**.
   a) „Häufig erfüllt ein Raum in der Stadt mehrere Funktionen." Prüfe anhand von Beispielen in der Karte, ob und wo diese Aussage zutrifft.
   b) Begründe anhand der Karte und mithilfe der Daseinsgrundfunktionen, in welchem Teil der Stadt Essen du am liebsten wohnen würdest (**M1**-**M3**).
4. Untersuche deine Stadt auf die Verteilung der Daseinsgrundfunktionen. Überlege dir hierzu, wo in deiner Stadt du welche Daseinsgrundfunktionen nutzt.

H **zu Aufgabe 1**
Lies hierzu aufmerksam den Text **M2** durch. Es müssten 8 Daseinsgrundfunktionen sein.

H **zu Aufgabe 2**
Was erkennst du auf dem jeweiligen Bild? Beschreibe, was du siehst und überlege, was du dort machen kannst.

F Formuliere Leitsätze für die funktionale Gliederung einer Stadt.

Wie lässt sich eine Stadt nach sozialen Merkmalen gliedern?

In deutschen Städten leben die unterschiedlichsten Menschen auf engem Raum miteinander. Sie unterscheiden sich in ihrer Herkunft, Bildung, Einkommen, Schulabschluss, Wohnungsgröße und vielem mehr. Wie lassen sich Städte nach solchen sozialen Merkmalen gliedern?

M4 Soziale Gliederung einer Stadt – getrennt in Arm und Reich?

Der Kölner Soziologe Jürgen Friedrichs über die soziale Gliederung einer Stadt:

Es wird in einer Stadt immer ausgeprägte Oberschicht-Gebiete und arme Viertel geben. [...] Aber es gibt eben auch eine breite Mittelschicht, die extreme Trennungen verhindert.

Frangenberg, Helmut im Gespräch mit Friedrichs, Jürgen: „Man kann Entwicklung nicht einfach anhalten". In: www.ksta.de, 06.06.2017

M5 Soziale Gliederung – wodurch unterscheiden sich Wohnorte?

Die Wohngegend der Menschen in einer Stadt hängt häufig mit sozialen Merkmalen zusammen. Dabei haben manche sozialen Merkmale einen größeren Einfluss auf den Wohnort als andere. Zum Beispiel leben Menschen mit einem höheren Einkommen häufig außerhalb der eng bebauten Innenstädte, wo sie Naherholungsgebiete und mehr Platz für Einfamilienhäuser finden. Dagegen leben die Menschen mit den niedrigsten Einkommen entweder näher an der Innenstadt in eng mit Mehrfamilienhäusern bebauten alten Arbeitervierteln oder in Hochhäusern der sogenannten Großwohnsiedlungen im suburbanen Raum. Ein weiteres Gliederungsmerkmal kann die Herkunft sein. Migranten wählen als Wohnort häufig die Stadtviertel, in denen sie auch Menschen ihres ursprünglichen Kulturkreises kennen.

Bearbeiter

Großwohnsiedlungen
geplante Siedlungen in Deutschland aus den 1960er und 70er-Jahren (**Nachkriegszeit** → siehe auch Kap. 4.1, **M7b**), die zumeist aus großen Mehrfamilienhäusern und Hochhäusern bestehen. Das Ziel war die Schaffung von viel Wohnraum auf kleiner Fläche und dazu grundlegende Funktionen, wie z. B. Kindertagesstätten, Grundschulen, Supermärkte, Apotheken.

Segregation
→ siehe auch Kap. 4.4

SEGREGATION

Segregation bezeichnet den Prozess einer räumlichen Abgrenzung zwischen sozialen Gruppen innerhalb einer Stadt.
Die häufigste räumliche Trennung entsteht durch den sozialen Status, besonders durch das Einkommen der Menschen. Die Segregation betrifft aber auch die räumliche Abgrenzung nach ethnischer Zugehörigkeit (z. B. Chinatown oder Little Italy in US-amerikanischen Städten) oder Religionszugehörigkeit. Städte wollen besonders extreme Formen dieser Trennung möglichst vermeiden, da so Probleme in der Stadt verschärft werden können.

M6 Sozialräumliche Gliederung der Stadt Essen

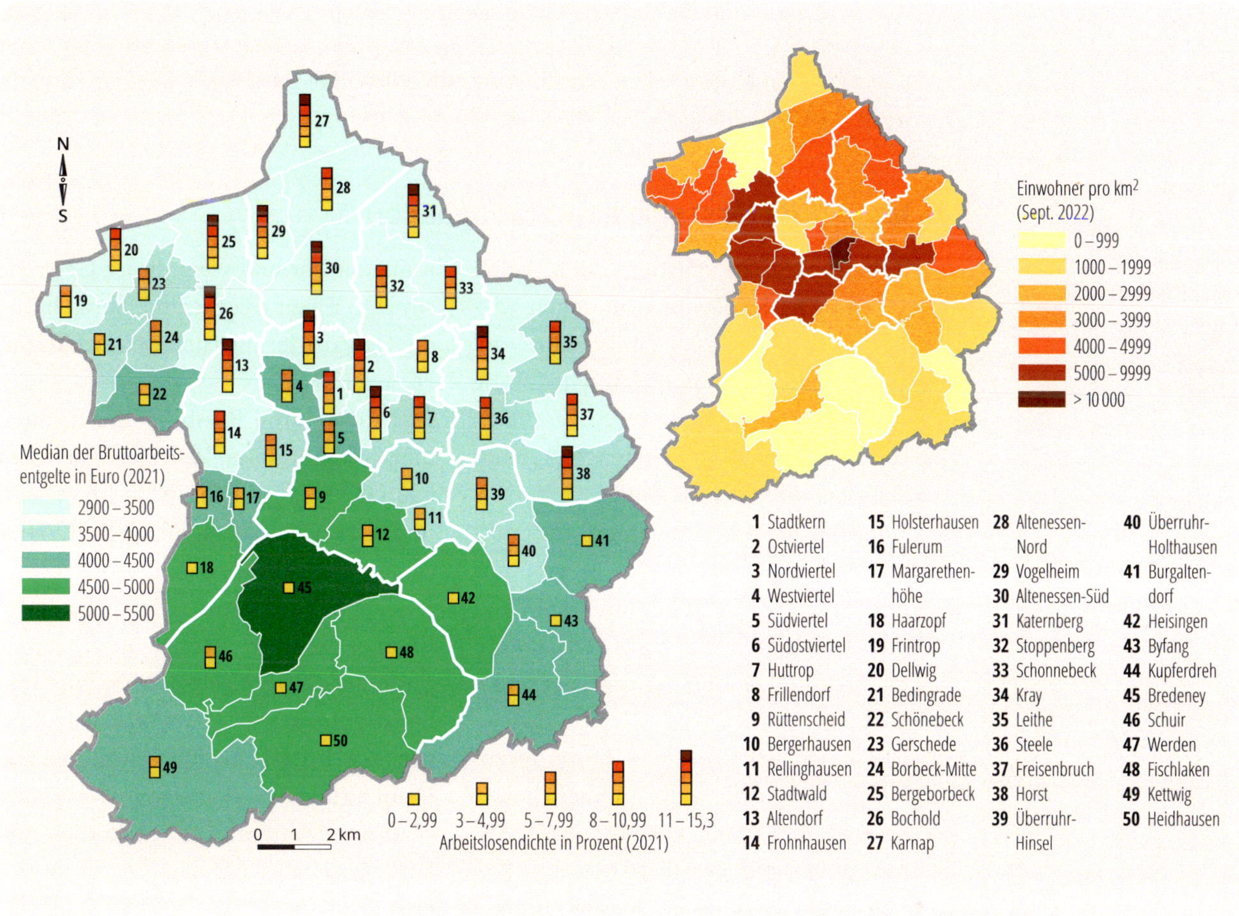

AUFGABEN

70053-81

1. a) Arbeitet zu zweit. Nennt euch bekannte Viertel eurer Stadt. Sind diese eher als „Armenviertel“ oder eher als „Reichenviertel“ anzusehen? Oder können sie keiner der beiden zugeordnet werden?
   b) Urteilt dann spontan, ob die Aussage in dem Zitat für eure Stadt eher zutrifft oder eher nicht zutrifft.
2. Arbeite soziale Gliederungsmerkmale sowohl aus **M5** als auch aus **M6** heraus, mit denen die Bevölkerungsverteilung einer Stadt untersucht werden kann.
3. a) Arbeitet zu zweit. Analysiert die soziale Gliederung der Stadt Essen anhand der Karte und erläutert sie stichpunktartig (**M6**).
   b) Formuliert anhand eurer Analyse grundsätzliche Aussagen zur sozialräumlichen Gliederung der Stadt Essen (**M6**).
   c) Urteilt abschließend erneut und begründet, ob das Zitat in **M4** für die Stadt Essen zutrifft.

H zu Aufgabe 3a
Finde dafür heraus, wo welches soziales Gliederungsmerkmal wie ausgeprägt ist.

F zu Aufgabe 3b
Formuliere verallgemeinerte Aussagen zur sozialräumlichen Gliederung einer Stadt.

F zu Aufgabe 3b
Erläutere weitere Probleme, die durch eine stark ausgeprägte Segregation in einer Stadt entstehen können (**#Segregation**).

Wie gliedert sich eine moderne Stadt?

Was sind denn nun die Gemeinsamkeiten von Städten? Lassen sich wirklich alle Städte in einem Modell darstellen? Hier sollst du erkennen, welche Merkmale einer Stadt sich verallgemeinern lassen und in einem Stadtmodell dargestellt werden können. Dazu lässt sich die Stadt in drei grobe Teilräume gliedern.

Einfaches Gliederungsmodell der deutschen Stadt

70053-71

M7 Wie lässt sich eine Stadt gliedern?

Deutsche Städte gliedern sich heute grob in drei Stadträume, in denen wiederum verschiedene Funktionen und soziale Strukturen eine Untergliederung möglich machen.

Die **City** oder auch Innenstadt einer Stadt beinhaltet die wichtigsten Versorgungsfunktionen. Dort wird fast ausschließlich gearbeitet und es gibt nur sehr wenig Wohnfläche. An ihrem Rand finden sich meistens auch der (Haupt-)Bahnhof und weitere zentrale Verkehrsflächen.

Daran schließt sich die **Übergangszone** an, in der die alten Industriegelände und die Wohngebäude der Arbeiter aus der Industrialisierung standen. Heute ist die Industrie häufig aufgegeben und die Flächen werden anders genutzt. Die Wohngebäude sind Mehrfamilienhäuser und viele dieser Gebäude sind alt. Einen Gegentrend hierzu bildet die Gentrifizierung (siehe **#Gentrifizierung** auf S.117).

Der **suburbane Raum** ist der flächenmäßig größte Raum, der diese dicht bebauten Stadtgebiete (City/Innenstadt und Übergangszone) umschließt. Hier finden sich moderne Industriegebiete, Versorgungszentren (Supermärkte, Einkaufszentren, Möbelhäuser usw.) und große Wohngebiete (Einfamilienhaussiedlungen, Großwohnsiedlungen usw.). Diese werden zum Teil von Grüngürteln, Parkanlagen, Verkehrsstrukturen und am Stadtrand auch von landwirtschaftlicher Fläche unterbrochen.

Bearbeiter

AUFGABEN

70053-82

1. Fasse die wichtigsten Merkmale der verschiedenen Stadträume knapp zusammen (**M7**).
2. Arbeitet zu zweit und entwickelt mithilfe der Methodenseite ein Modell der idealtypischen deutschen Stadt (**Methode: Ein Stadtmodell entwickeln**).
3. Prüft, inwiefern euer Modell mit dem idealtypischen Modell im QR-Code übereinstimmt.
4. Erläutert Vor- und Nachteile der Arbeit mit idealisierten Stadtmodellen.

Ein Stadtmodell entwickeln MK

Worum geht es?

Bei einem Modell handelt es sich um ein Abbild der Wirklichkeit. Damit ist im Fall eines Stadtmodells also keine Stadt gemeint, sondern der Durchschnitt möglichst aller (deutschen) Städte. Das Ziel eines Modells ist es, die wesentlichen, gemeinsamen Strukturen / Aspekte jeder Stadt (hier der deutschen Städte) sich in dem Modell wiederfinden lassen. Auch die grundsätzliche räumliche Lage dieser Strukturen sollte mit der Wirklichkeit übereinstimmen. Da die Wirklichkeit sehr komplex ist, sind Modelle häufig stark verallgemeinernd. Mithilfe dieser Methode könnt ihr selbst tätig werden und ein eigenes Stadtmodell der deutschen Stadt entwickeln.

Geht dabei so vor:

1. Schritt: Legt die Elemente eures Stadtmodells fest

a) Arbeitet die wichtigsten Strukturelemente einer Stadt aus diesem Kapitel heraus (**M2**, **M3**, **M5**, **M6** und **M7**).
b) Gliedert die Strukturelemente nach baulichen (zum Beispiel alte Baustrukturen der Altstadt, Großwohnsiedlungen), funktionalen und sozialen Merkmalen.
c) Überprüft noch einmal, ob die von euch gewählten Strukturelemente auch allgemeingültig für alle deutschen Städte sind.

2. Schritt: Entwickelt / Zeichnet das Modell

a) Zeichnet einen Entwurf für euer Modell, in welchem ihr die verschiedenen Räume der Stadt eintragt.
b) Gleicht eure Modellentwürfe miteinander ab.
c) Erläutert euch gegenseitig eure Modelldarstellung.
d) Zeichnet mithilfe dieser Erfahrungswerte ein gemeinsames Modell der deutschen Stadt.

3. Schritt: Wendet das Modell auf ein Stadtbeispiel an

a) Sucht euch eine Stadt aus, an der ihr das Modell anwenden wollt.
b) Recherchiert für diese Stadt die wesentlichen Informationen im Internet.
c) Gleicht die Strukturen der ausgewählten Stadt mit eurem Stadtmodell ab.
d) Haltet Gemeinsamkeiten und Unterschiede schriftlich fest.

Die Stadt boomt?

Menschen vom Land, aus anderen Städten oder aus anderen Ländern ziehen nach Köln, um dort zu leben. Die Stadt wächst deshalb stark an. Was sind die Folgen dieses Bevölkerungswachstums für die Stadt Köln und ihre Einwohner:innen?

M8 Bevölkerungsentwicklung und Altersstruktur der Stadt Köln

Köln ist die einwohnerstärkste Stadt und die einzige Millionenstadt deines Bundeslandes. Die Einwohnerzahlen schwanken zwar immer wieder, aber seit 1990 sind in Köln mehr als 100.000 Menschen dazu gekommen – so viele Menschen, wie in einer kleinen Großstadt leben.

Bearbeiter

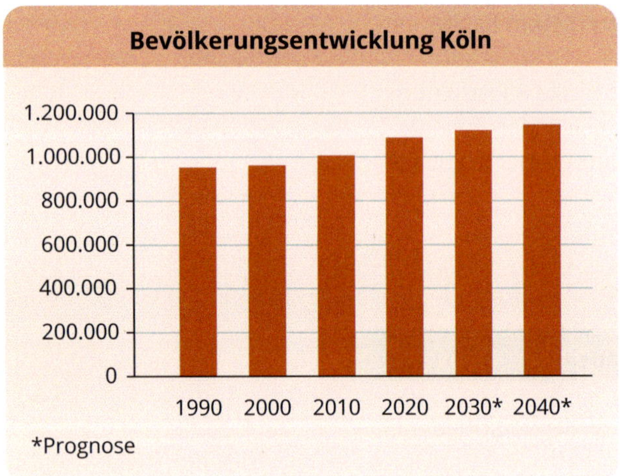

©C.C. Buchner Verlag, aktuelle Daten nach: Stadt Köln 2020

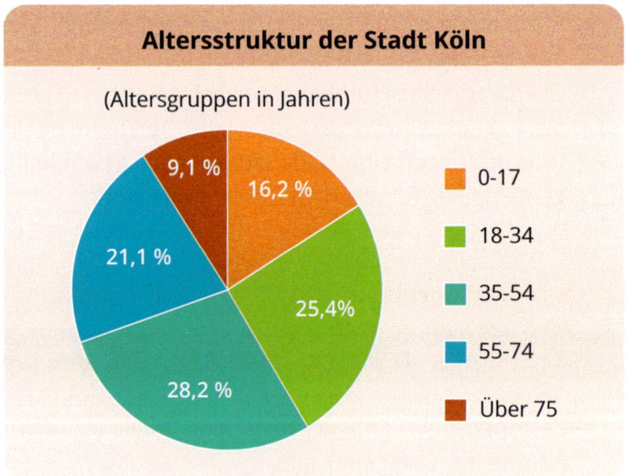

©C.C. Buchner Verlag, aktuelle Daten nach: Urbistat 2020

Reurbanisierung
Die Menschen ziehen wieder vermehrt in die Kernstadt zurück und nicht in den suburbanen Raum.

Kernstadt
die innere Stadt ohne den suburbanen Raum

Hipster
Ein Hipster wird als ein Mensch definiert, der über alles Bescheid weiß, was modern ist. Hipster haben also z. B. Modebewusstsein, interessieren sich für Politik und das Tagesgeschehen und sind häufig Vegetarier oder Veganer.

M9 Zurück in die Kernstadt!

Seit Ende der 1980er Jahre gibt es in boomenden Großstädten einen Gegentrend zur Suburbanisierung – die Reurbanisierung. Obwohl die Vororte im suburbanen Raum weiterwachsen, ziehen wieder mehr Menschen in die Kernstadt. Waren es früher hauptsächlich junge, kinderlose Einwohner (Yuppie =" young urban professional" oder DINKS = „double income, no kids" genannt), so sind es heute zunehmend auch junge Familien, die wieder in die Nähe der Innenstädte ziehen. Dieser Trend macht besonders die Kernstädte wieder attraktiver. Bevorzugte Stadtviertel sind dabei alte Arbeiterviertel mit sanierten Altbauwohnungen oder Neubauten auf ehemaligen Industriegeländen. Problematisch sind allerdings die Verdrängung der ursprünglichen, aber ärmeren Bevölkerung aus diesen Vierteln und der grundsätzliche Wohnraummangel mit extrem hohen Mietpreisen durch die stark steigenden Bevölkerungszahlen in den „Boomstädten".

Bearbeiter

M10 Köln Ehrenfeld – boomendes Szeneviertel?

Der Kölner Stadtteil Ehrenfeld hat sich in den letzten 200 Jahren stark verändert: Wo einst nur Ackerfläche zu finden war, rauchten Ende des vorletzten Jahrhunderts die Schlote namhafter Industriebetriebe [...]. In den letzten Jahrzehnten verwandelte sich das ehemalige Industrie- und Arbeiterviertel im Kölner Westen in ein begehrtes Wohngebiet mit künstlerischem und multikulturellem Charme.

NRW.BANK: Gut leben und arbeiten in Ehrenfeld. www.nrwbank.de, 26.06.2017

sanierte Altbauten aus der Gründerzeit in Köln-Ehrenfeld

Veranstaltungsort Kulturbahnhof Köln-Ehrenfeld

Neubausiedlung in Köln-Ehrenfeld

restauriertes historisches Fabrikgebäude in Köln-Ehrenfeld

GENTRIFIZIERUNG

Die Gentrifizierung ist eine Aufwertung von innerstädtischen, zentrumsnahen Wohngebieten der Industriezeit. Sie wird durch den Zuzug von Angehörigen höherer sozialer Schichten ausgelöst.

Es beginnt meist mit den sogenannten **Pionieren** (Studenten, Künstler), die nicht wohlhabend aber gebildet sind. Sie nutzen den günstigen Wohnraum der ehemaligen Arbeiterschicht. Mit der Zeit entstehen Bars, Cafés und Läden – ein „Szeneviertel" entwickelt sich. Das zieht wohlhabendere Menschen an (**Gentrifier**). Sie kaufen Wohnungen und sanieren diese. Es kommt zu einer Preissteigerung. Ein Großteil der ursprünglich ansässigen Arbeiter und „Pioniere" können sich das Wohnen im Viertel nicht mehr leisten.

Kernstadt
vgl. Modell der Stadt

AUFGABEN

70053-83

1. Analysiere die Statistiken und formuliere Aussagen zur Einwohnerentwicklung und Altersstruktur der Stadt Köln (**M8**).
2. a) Arbeitet zu zweit und erläutert mögliche Folgen der Einwohnerentwicklung für die Stadt Köln (**M9**).
   b) Vergleicht die Bilder aus **M10** mit den Informationen aus **M9**.
3. a) Nenne Merkmale der Gentrifizierung anhand der Bilder in **M10**.
   b) Erstelle ein Schaubild zur Gentrifizierung (**#Gentrifizierung**).
   c) Erläutere Probleme, die die Gentrifizierung in einer Stadt auslösen kann.

H zu Aufgabe 2b
Welche Zusammenhänge ergeben sich hier?

Die Stadt schrumpft?

Die Kleinstadt Altena am Fluss Lenne, bekannt für die Burg mit der ersten Jugendherberge Deutschlands, hatte 1970 über 32.000 Einwohner. 2021 sind es nur noch gut die Hälfte. Altena ist damit eine sogenannte Schrumpfstadt oder auch „Shrinking City". Welche Gründe hat der Bevölkerungsrückgang? Was bedeutet die sinkende Einwohnerzahl für die Stadt?

M11 Bevölkerungsentwicklung von Altena

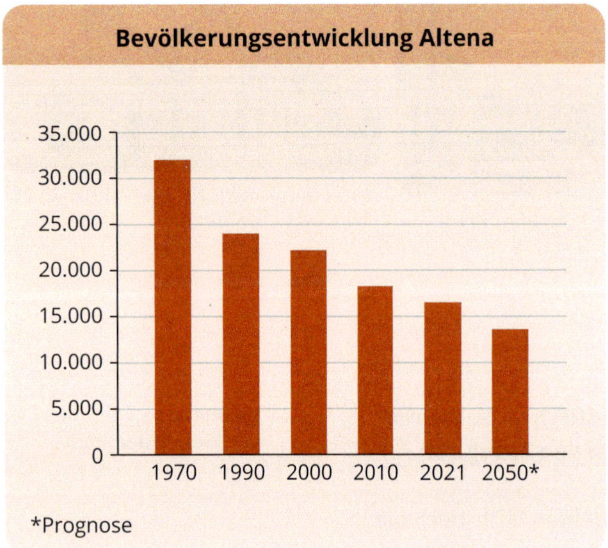

©C.C. Buchner Verlag, aktuelle Daten nach: Stadt Altena 2021

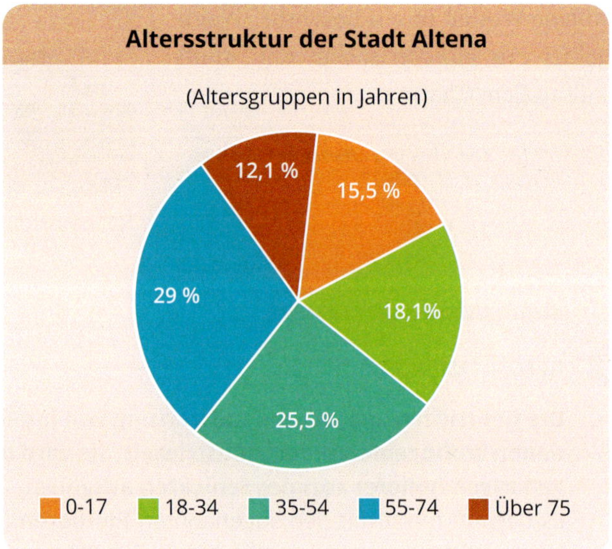

©C.C. Buchner Verlag, aktuelle Daten nach: Urbistat 2020

M12 Altena schrumpft – na und?

In Deutschland wächst der Anteil der Menschen, die in Städten leben. Es gibt aber auch Städte, die daran keinen Anteil haben und Einwohner:innen verlieren. Betroffen sind davon oft alte Industriestädte, in denen es in der heutigen Dienstleistungsgesellschaft viel weniger Arbeitsplätze gibt. In Altena sinkt die Bevölkerungszahl seit 1970. Damals arbeiteten viele Menschen in der Drahtindustrie. Diese Altindustrie ist jedoch aus Altena bis heute weitgehend verschwunden und es sind nur wenige alternative Arbeitsplätze entstanden. Dadurch sind besonders junge Menschen abgewandert. Zurück bleiben ältere Menschen, weshalb ein großer Teil der Bevölkerung heute über 65 Jahre alt ist. Junge Familien mit Kindern werden immer seltener. Die Folge ist, dass 2019 in Altena 154 Kinder geboren wurden, aber 295 Menschen gestorben sind.

Bearbeiter

Mit der Zahl der Einwohner sinken auch die Steuereinnahmen.

Öffentliche Einrichtungen (z. B. Freibäder, Kindergärten und Schulen) müssen schließen.

Die Kanalisation ist die gleiche wie vor 40 Jahren, bezahlt wird sie jedoch heute von 18.000 statt von 32.000 Einwohnern.

M13 Wo boomen und wo schrumpfen deutsche Städte?

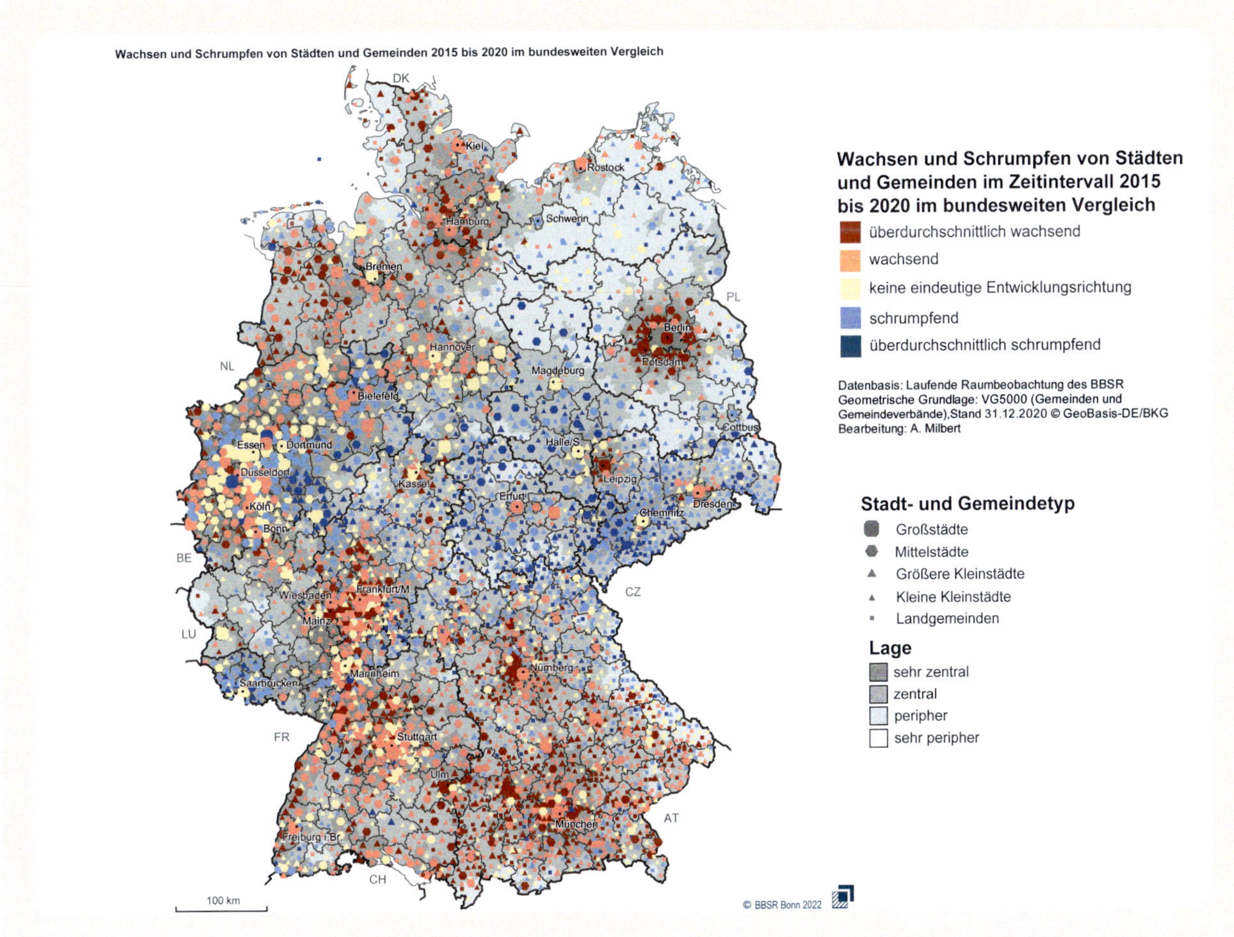

©BBSR Bonn 2022

AUFGABEN

70053-84

1. a) Analysiere das Diagramm und beschreibe die Bevölkerungsentwicklung und heutige Altersstruktur von Altena (**M11**)
   b) Vergleiche die Daten zur Bevölkerungsentwicklung von Altena mit denjenigen von Köln (**M11** und **M8**).
2. a) Arbeitet zu zweit. Erläutert die Gründe für den Bevölkerungsrückgang in Altena (**M12**).
   b) Analysiert die Karte (**M13**). Wo in Deutschland wachsen Städte und wo schrumpfen sie? Welche Verteilungsmuster sind erkennbar?
3. Diskutiert in einer Kleingruppe Auswirkungen und Probleme des Bevölkerungsrückgangs in schrumpfenden Städten sowie mögliche Lösungsvorschläge.

4.3 Wie sieht unsere Stadt der Zukunft aus?

Was ist nachhaltige Stadtentwicklung?

Was müssen die Städte für ihre Einwohner leisten? Wie lassen sich die Chancen der Digitalisierung in Städten nutzen? Wie werden die Städte fit für den Klimawandel? Die Herausforderungen und Probleme für Städte in der Zukunft sollen möglichst nachhaltig gelöst werden. Welche Lösungen kann die Stadtplanung hier anstreben?

M1 Städte – was sind die Zukunftsthemen?

„Grün gegen Klimawandel und Hitzewellen."

„Städte tun sich bei Digitalisierung unterschiedlich schwer."

„Mieten in Großstädten explodieren" – „Einfamilienhaus nicht unter 1 Mio. Euro."

„ständig Stau – Städte brauchen die Verkehrswende"
–„Das 49€-Ticket kommt!"

Bearbeiter

M2 Ansätze der nachhaltigen Stadtentwicklung

Die „nachhaltige Stadt"
Seit den 1990ern gilt das Leitbild der nachhaltigen Stadt als idealtypisch für die Planung in Städten. Dabei gilt: „Nachhaltige Stadtentwicklung kann nur gelingen, wenn die Dimensionen sozial, wirtschaftlich, ökologisch [...] so zusammenwirken, dass [die Interessen heutiger und künftiger Stadtbewohner gewahrt werden können]".
Nach: Breckner, Ingrid: Nachhaltige Stadtentwicklung. In: www.bpb.de, 09.07.2018; BBSR 2017

Bearbeiter

M3 Wie geht nachhaltiger Verkehr in NRW?

Die Nutzung der heutigen Verkehrsinfrastruktur ist nicht effizient. Autos sind im Durchschnitt bei ihrer Nutzung nur mit 1,2 Personen besetzt, der öffentliche Nahverkehr ist entweder zu voll oder zu leer, die Städte sind immer noch nicht fußgänger- und fahrradfreundlich ausgebaut und die Wege sind im Alltag zu lang. Und das obwohl 18 Prozent der gesamten CO_2- Emissionen in Deutschland vom Straßenverkehr ausgehen. Nicht nur in einzelnen Städten, sondern auch für ganz NRW gibt es Ansätze für nachhaltigeren Verkehr. Immer mehr Anbieter versuchen den Verkehr für alle zugänglich zu machen und gleichzeitig individuellen Autoverkehr zu vermeiden. Ein Beispiel ist eine Initiative des Verkehrsministerium NRW und der Verkehrsverbünde. Hier werden in einer Karte viele Ansätze für alternative individuelle Mobilität und öffentlichen Verkehr gebündelt (siehe QR-Code).

Bearbeiter

Interaktive Karte zu Verkehrsmittelangeboten in NRW

70053-72

NACHHALTIGKEIT

Nachhaltigkeit bedeutet, dass Menschen verantwortungsvoll Handeln, um die Grundlagen unseres Lebens auch für die nachfolgenden Generationen zu erhalten. Die Bereiche Soziales (sozial gemischte Wohngegend), Ökologie (Natur- und Umweltschutz) und Wirtschaft (langfristige Interessen vor kurzfristigem Profit) werden dabei zusammen gedacht.
Damit sollen in der Planung – hier in der Stadtplanung – alle Wechselwirkungen zwischen gesellschaftlichem Handeln, wirtschaftlichem Handeln und dem Naturraum berücksichtigt werden.

AUFGABEN

70053-85

1. Beschreibe die Zukunftsthemen der Städte. Erläutere Probleme und Lösungsansätze, die dahinterstecken (**M1**).
2. Erläutere das Leitbild der nachhaltigen Stadt im Zusammenhang mit dem Begriff Nachhaltigkeit (Randspalte zu **M2**, **#Nachhaltigkeit**).
3. Sortiert zu zweit die Handlungsebenen der nachhaltigen Stadtentwicklung. Verbindet hierfür Problemfelder und Lösungsvorschläge, die thematisch zusammengehören und erläutert die Zusammenhänge (**M2**).
4. Arbeitet in Kleingruppen und nutzt eure bisherige Arbeit zu **M2**, um eine Mindmap zur nachhaltigen Stadtentwicklung zu entwerfen und vor der Klasse vorzustellen.
5. Finde anhand der interaktiven Karte im QR-Code zu **M3** heraus, welche alternativen Verkehrsmittel du in deiner Stadt nutzen kannst. MK

F **zu Aufgabe 1**
Finde Beispiele für diese Probleme oder Lösungen in deiner Stadt.

H **zu Aufgabe 2**
Nenne zur Veranschaulichung der Ebenen der Nachhaltigkeit Beispiele aus deiner Stadt.

H **zu Aufgabe 3**
Der Slogan „Stadt der kurzen Wege" hängt beispielsweise mit dem Thema „Verkehrskonzepte" zusammen.

F Recherchiere weitere nachhaltige Planungsansätze deiner Stadt.

Wie leben wir in der Stadt der Zukunft?

Städtische Behördengänge, Bankgeschäfte, Einkaufen, Arbeiten – die eigene Wohnung muss kaum noch verlassen werden in einer „Smart City". Wird hierdurch das Leben nur erleichtert? Was braucht eine Stadt, um dauerhaft lebenswert zu sein?

M4 Smart City – Erleichterung durch digitales Leben?

Digital Mall „Limbecker Platz" in Essen

70053-73

Mein Alltag in der digitalen Stadt:

Morgens kocht die vernetzte Kaffeemaschine meinen ersten Kaffee zur eingestellten Zeit. Anschließend geht es für mich ins Home Office an den PC – die schnelle Internetverbindung macht es möglich, dass ich ausschließlich von zu Hause aus arbeite. In der Mittagspause kaufe ich schnell ein, natürlich im Online-Supermarkt und schlendere anschließend noch durch die „Digital Mall" – der Internetauftritt der Läden in der City. Nach der Arbeit treffe ich mich im Online-Fitnessstudio zum Sport.

M5 Ein vielversprechender Ansatz?

Die Bürgerwolke der Stadt Soest soll es den Bürger:innen ermöglichen, sich am Klimaschutz zu beteiligen. Hier eine Projektbeschreibung:

Globalstrahlung
die an der Erdoberfläche ankommende Sonnenstrahlung; Sie setzt sich aus der direkt ankommenden Sonnenstrahlung (Direktstrahlung) und der Strahlung, die durch Umwege über Wolken, Wasser- und Staubteilchen die Erdoberfläche erreicht (Diffusstrahlung).

Dashboard
eine Benutzeroberfläche auf der verschiedene Daten grafisch, also z. B. als Diagramme, dargestellt werden

Ziel des Projektes ist es, die Folgen des Klimawandels im Soester Stadtgebiet (86 km²) genauer erfassen zu können und darauf aufbauend Maßnahmen für den Umgang mit dem Klimawandel, wie bspw. ein Warnsystem für Extremwetterlagen und für urbane Hitzeinseln, entwickeln zu können.

Die insgesamt 100 Sensorboxen werden stadtweit bei Bürger*innen und öffentlichen Einrichtungen installiert und versenden [...] ihre Werte für die Temperatur, relative Luftfeuchte, Beleuchtungsstäke, UV-Intensität, Luftdruck und stellenweise auch den Niederschlag, Feinstaub und die Globalstrahlung. Auf einer Online-Karte und auf einem Dashboard sind die Messdaten der Messstationen öffentlich einsehbar. Im weiteren Projektverlauf ist die Nutzung der Messdaten für Klimamodellierungen geplant.

BürgerWolke Soest ist ein Projekt, das im Rahmen des Förderprogramms "Digitale Modellregion in NRW" umgesetzt wird. Das Projekt ist ein Konsortium, bestehend aus der Stadt Soest als Projektkoordinatorin, der Soester Stadtwerke als Netzaufbauer, den Soester Bürger*innen als Installateure und Pflege der Sensoren sowie dem Fraunhofer IOSB-INA und dem Deutschen Wetterdienst, die für die Datenverarbeitung und -auswertung zuständig sind. Die Einbettung der Daten in die regionale Datenplattform der smarten Region Südwestfalen ist ebenfalls geplant.

Urban Digital: Erfassung von Umweltdaten mit der BürgerWolke in Soest. In: www.urban-digital.de, 10.11.2020

M6 Wie wird die City „smart“?

Die Stadt der Zukunft muss nachhaltig sein. Sie muss aber auch digital sein. In der Wissenschaft wird hier von der „**Smart City**“, der „intelligenten Stadt“ gesprochen. Aber wie können Städte „smart“, also intelligent werden?

Bearbeiter

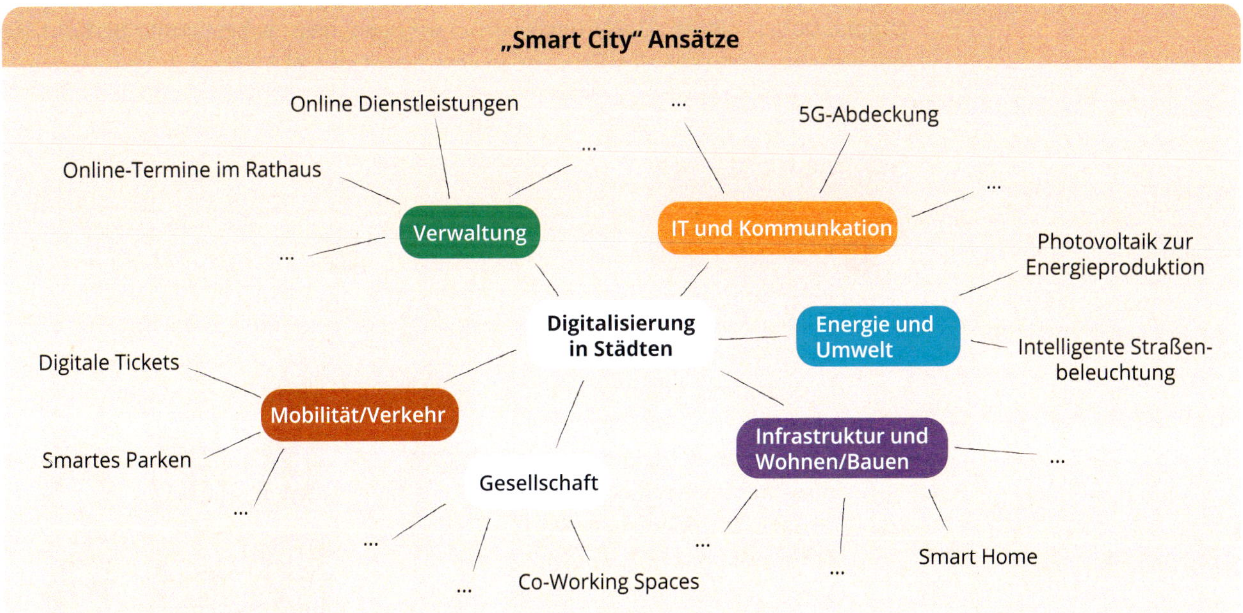

Bearbeiter

AUFGABEN

70053-86

1. a) Beschreibe, was den digitalen Alltag ausmacht (**M4**).
   b) Entspricht das deinen Vorstellungen eines (digitalen) Alltags? Begründe (**M4**).
2. a) Arbeitet zu zweit. Beschreibt das Beispiel der Stadt Soest (**M5**).
   b) Ist das Beispiel aus eurer Sicht vielversprechend auf dem Weg zu einer „Smart City“? Warum, warum nicht? Begründet (**M5**).
3. a) Arbeitet in Kleingruppen. Nennt die Bereiche, in denen Städte die Digitalisierung nutzen können (**M6**).
   b) Ergänzt weitere Beispiele zu den Bereichen in der Mindmap, auch mithilfe einer Internetrecherche (→ **digitaler Aufgabenkasten**). Wie kann die Digitalisierung die Städte verändern (leere Äste in **M6**)?
   c) Erläutert die Zusammenhänge zwischen den einzelnen Bereichen der Digitalisierung in Städten – nutzt dafür die Beispiele aus **M6** und Aufgabe 3b.
   d) Stellt eure erweiterte Mindmap in der Klasse vor.
4. Diskutiert in der Klasse die Vor- und Nachteile einer Digitalisierung von Städten. Erstellt daraus eine Übersicht, die ihr in der Klasse ausstellt.

H zu Aufgabe 3c
Ein Zusammenhang besteht beispielsweise zwischen der 5G-Abdeckung und dem smarten Parken. Hierfür ist eine gute mobile Internetverbindung Voraussetzung.

Die „Stadt der Träume" entwerfen – dein Utopia

Wie sieht Utopia für dich aus?

Hier kannst du kreativ werden und ähnlich wie bei der Modellentwicklung deine eigene Stadt planen. Allerdings bestimmt nicht der Durchschnitt der deutschen Städte deine Darstellung, sondern deine persönlichen Vorstellungen, Erfahrungen und Bedürfnisse. So erschaffst du also kein Modell einer Stadt, sondern dein persönliches Utopia. Dabei solltest du allerdings berücksichtigen, dass es bestimmte Bedürfnisse der verschiedenen sozialen Gruppen in einer Stadt gibt (**M2, Kap. 4.2**).

So geht's:

H **zu Schritt 1**
Ihr könnt eure Planskizze einer utopischen Stadt auch in Gruppen erarbeiten.

1 Entwirf deine eigene utopische Stadt. Entscheide für dich, ob du eine Kartenskizze per Tablet oder auf Papier entwirfst. Lass deinen Gedanken und Ideen freien Lauf. Die einzige Bedingung ist, dass du die Bedürfnisse der unterschiedlichen sozialen Gruppen in der Stadt berücksichtigst (**M2, Kap. 4.2**). Deine Traumstadt soll also eine „Stadt für alle" sein.

Alternative zu 1:
Du kannst dein Utopia auch als Plastisches Modell oder mithilfe einer Planungssoftware verwirklichen. Besprich dich mit der Lehrkraft, falls du lieber ein anderes Medium wählen willst

2 Erstelle parallel hierzu oder im Nachgang eine Legende zu deiner Skizze. Hier ist eine Auswahl für mögliche Symbole.

Du kannst aber natürlich auch andere Symbole verwenden.

3 Präsentiere dein Utopia zusammen mit den anderen Schüler:innen deiner Klasse in einem Galeriegang.

4 Diskutiert anschließend über eure unterschiedlichen Ansätze, die Stadt zu gestalten:

- Was fällt positiv auf?
- Was sind für euch neue Ideen?
- Was fehlt?
- Wo gibt es Unterschiede bei der Gewichtung von Funktionen?
- ...

4.4 Wie entwickeln sich Städte weltweit?

Warum wachsen die Städte weltweit?

Weltweit leben schon heute mehr Menschen in Städten als auf dem Land. Warum wachsen weltweit die Städte immer weiter? Warum zieht es die Menschen dabei vor allem in die größten Städte?

M1 Metropolen weltweit – erkennst du sie?

M2 Verstädterung und Metropolisierung – ein weltweiter Prozess?

Weltweit nimmt die Verstädterungsrate stark zu. Dieser Begriff beschreibt den Anteil der Stadtbevölkerung an der Gesamtbevölkerung. Seit 2007 leben weltweit mehr Menschen in Städten als im ländlichen Raum. 2021 lebten weltweit geschätzt 4,5 der insgesamt fast 8 Milliarden Menschen in Städten. Das sind 57 Prozent aller Menschen auf der Welt und bis 2030 sollen es schon 60 Prozent sein. Besonders Metropolregionen mit mehr als einer Millionen Einwohner:innen haben an der zunehmenden Verstädterung einen großen Anteil.

Bearbeiter

Weltbevölkerung in Miliarden nach Gebietskategorien, 1975-2050

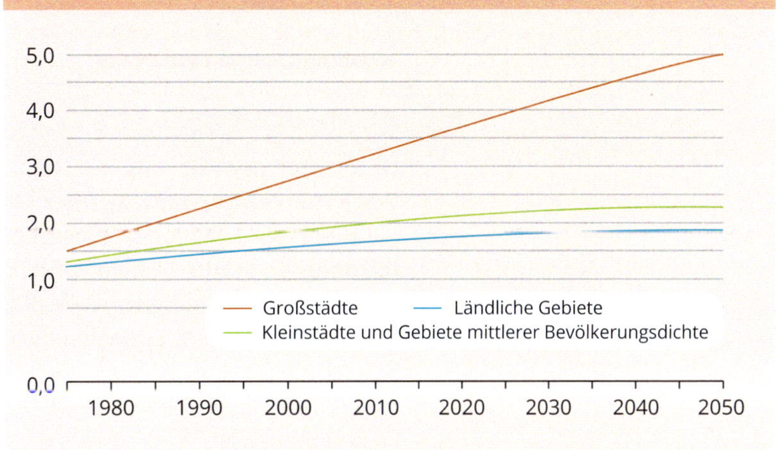

Nach: ©OECD 2020

Push Faktoren
(aus dem Englischen „to push“ = wegdrücken) sind die Gründe, die Menschen zu einer Abwanderung aus einer Region bewegen, in diesem Fall vom Land weg.

Pull Faktoren
(aus dem Englisch „to pull“ = herbeiziehen) sind die Gründe, die die Menschen zu einer Zuwanderung in eine Region, in diesem Fall in die Städte, bewegen.

M3 Weshalb haben Metropolen eine starke Anziehungskraft?

Der Prozess der Metropolisierung lässt sich mit sogenannten Push- und Pull-Faktoren erklären. Damit werden Gründe beschrieben, die bei der Migration vom Land in die großen Metropolen wirken.
In einem Interview der Online-Plattform Quantara.de erläutert der pakistanische Schriftsteller Mohsin Hamid einige dieser Faktoren in Bezug auf die Stadt Lahore:

Hamid: Als krebsartiges Gebilde würde ich die Stadt nicht bezeichnen – auch wenn es stellenweise so scheint. Denn der Krebs kann den Organismus, in dem er wütet, töten. Ob aber die Stadt den Organismus, sprich die Erde tötet, ist noch nicht erwiesen. Ich glaube ehrlich gesagt, dass die Stadt das Potential hat, den Organismus unserer Erde zu heilen. Ich bin ein großer Befürworter von Städten, aus vielerlei Gründen. Ein junger Christ etwa, der aus einer kleinen Stadt oder vom Land stammt, wird in einer Großstadt wie Lahore mehr Aufgeschlossenheit und weniger Verfolgung, überhaupt ein besseres Leben vorfinden. In Lahore beispielsweise gibt es öffentliche Busse, Radio-Stationen, Universitäten, Musikshops, Rockbands, Transvestiten, Homosexuelle, Prostituierte, Krankenhäuser, gute Schulen. In einem kleinen Dorf dagegen gibt es womöglich weder Strom noch Wasser noch eine Schule. Oft sagen die Leute beim Anblick der riesigen Slums: Oh Gott, die Stadt ist eine dystopische Hölle. Ich möchte diese Leute dann immer bitten, sich doch auch einmal auf dem Land umzusehen, von dem die Slumbewohner stammen.
Das heißt nicht, dass die Städte nicht verbessert werden müssen – das müssen sie sogar sehr! Aber das wird auch geschehen. Denn gerade in der Stadt ist es für größere Gruppen ärmerer Menschen leichter, ihr Recht einzufordern: Sie können sich politisch einmischen, sie können ihre Stimme erheben, sie können demonstrieren. All das lässt mich denken: Die Stadt ist kein Paradies, aber sicher eine enorme Verbesserung.

Kramatschek, Claudia: Diebstahl auf Kosten anderer Generationen. Interview mit dem pakistanischen Schriftsteller Mohsin Hamid. Das Interview führte Claudia Kramatschek. In: https://de.qantara.de/, 02.10.2013

METROPOLISIERUNG

Unter Metropolisierung versteht man das stetige und häufig schnelle Wachstum einer Stadt zu einer Metropole. Eine Metropole hat in der Regel mehr als 1 Millionen Einwohner und ist wesentlich bedeutender als die anderen Städte in dem Land / der Region.
Die höhere Bedeutung wird vor allem durch die bedeutenderen Funktionen der Stadt deutlich, z. B. Regierungs-, Verwaltungs-, Verkehrsfunktionen. Größere Länder haben häufig auch mehrere bedeutende Metropolen. Auch in Deutschland lassen sich mehrere Städte als Metropolen bezeichnen, z. B. Berlin und Hamburg.

M4 Metropolregionen weltweit

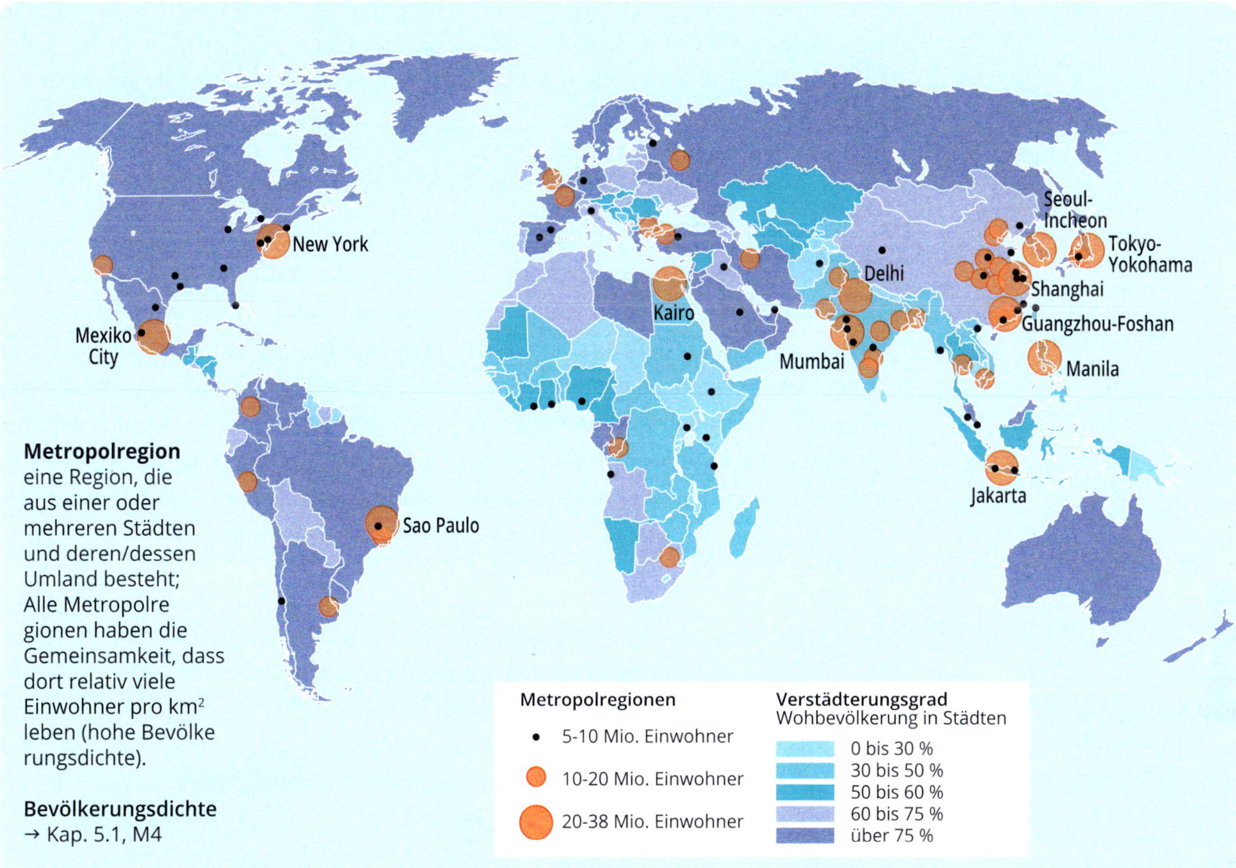

Metropolregion
eine Region, die aus einer oder mehreren Städten und deren/dessen Umland besteht; Alle Metropolre gionen haben die Gemeinsamkeit, dass dort relativ viele Einwohner pro km² leben (hohe Bevölke rungsdichte).

Bevölkerungsdichte
→ Kap. 5.1, M4

Bearbeiter

AUFGABEN

70053-87

1. Seht euch zu zweit die Bilder in **M1** an. Erkennt ihr die Metropolen anhand bekannter Bauwerke?
2. a) Analysiere die Karte in **M4** und beschreibe die Entwicklung und Verteilung der Metropolregionen weltweit.
   b) Erläutere Zusammenhänge mit der Entwicklung der Weltbevölkerung und der Verstädterungsrate (**M2**).
3. a) Arbeitet zu zweit Ursachen der Metropolisierung anhand des Interviews heraus (**M3**). Teilt die Ursachen in Push- und Pull-Faktoren ein und erstellt eine Tabelle.
   b) Push oder Pull? Ordnet folgende weitere Faktoren in eure Tabelle den Push- oder Pull-Faktoren zu und begründet eure Zuordnung: Arbeitsplatzangebot, Naturkatastrophen, Arbeitslosigkeit, Religion, Klimawandel, Sicherheit.

Die Metropolregion Rhein-Ruhr
70053-74

Wetbevölkerung
→ siehe auch Kap. 5.1

Segregation in Metropolen – Problem oder Chance?

In den Städten dieser Welt leben die Menschen häufig getrennt nach ihrem sozialen Status. Arme und reiche Menschen leben zum Beispiel in eigenen Vierteln der Stadt. Warum ist das problematisch und kann es auch eine Chance für Städte sein?

M5 Soziale Segregation durch Metropolisierung

In den Metropolen dieser Welt wächst die Bevölkerung besonders durch Zuwanderung stark an. Diese Menschen besitzen wenig und suchen in den Städten nach Arbeit und günstigem Wohnraum. Durch den starken Zustrom von Menschen gibt es aber auch eine große Konkurrenz um den Wohnraum, denn auch die schon in der Stadt lebenden Menschen mit geringem Einkommen benötigen diesen Wohnraum. So entstehen durch die neuen Zuwanderer oft neue informelle Wohnviertel auf freien Flächen zumeist am Rand der Stadt und in wenig attraktiven Gebieten. Davon setzen sich die Viertel mit der wohlhabenderen Bevölkerung ab. So entsteht in den großen Metropolen eine starke soziale Segregation.

Bearbeiter

M6 Soziale Segregation in Santiago de Chile

Der Entropy Index
Beim Entropy Index steht ein Wert von 0 für den Idealzustand. Das Einkommen ist unter der Bevölkerung gleich verteilt. Werte unter 0 stellen dar, dass es in diesen Gebieten ein weniger hohes Einkommen in Bezug zur Bevölkerung gibt. Werte über 0 zeigen, dass das Einkommen in diesen Gebieten im Vergleich überdurchschnittlich hoch ist.

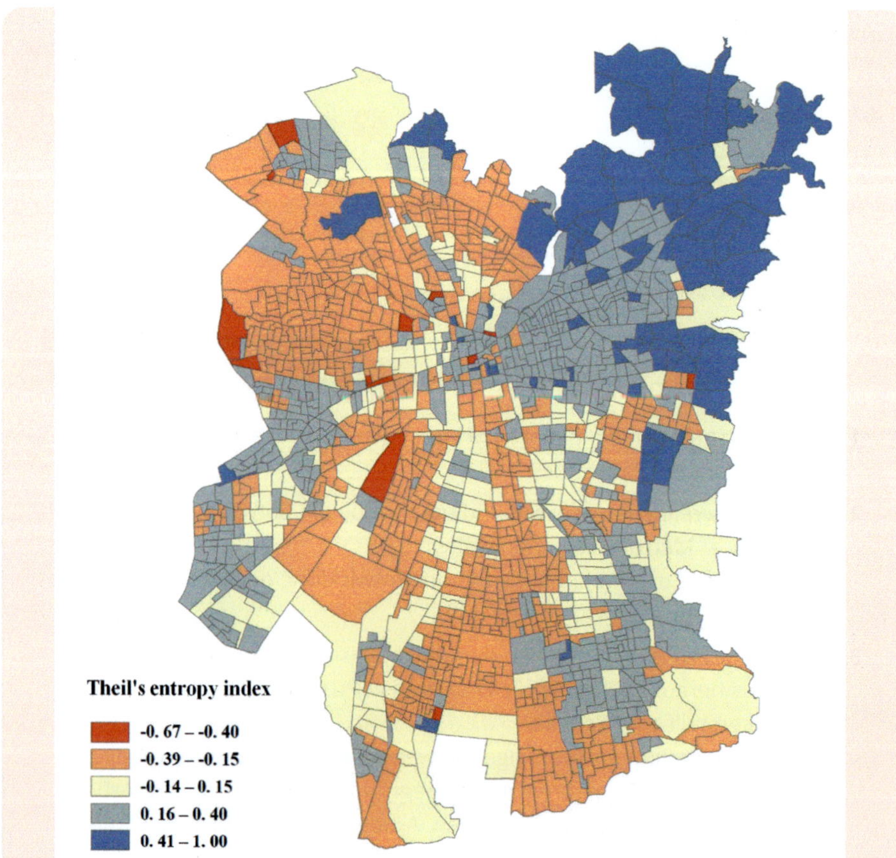

Nach: ©2022, Gabriel Otero

Übersichtskarte: Stadtviertel von Santiago de Chile

70053-90

M7 Ein Problem als Chance? Die Müllsammler von Kairo

Eine Chance der Politik besteht darin, zu sehen, wie sich begrenzte Haushaltsmittel und begrenzte Naturressourcen mit dem Überfluss an menschlichen Talenten zu einem positiven Kreislauf verbinden lassen. Ein gutes Beispiel ist das der "Müllmenschen" (Zabbaleen) in Kairo, bei dem zwei Probleme – fehlendes Einkommen und zu viel Müll – eine Lösung fanden. Indem sie den Müll trennten und ihn en gros an Mittelsmänner verkauften, verdienten sie zunächst nur wenige Cents pro Tonne; doch mithilfe diverser Verfahren zur Wiederverwertung (durch Verweben, Einschmelzen und andere Wege der Metallverarbeitung) gelang es ihnen, den Lebensunterhalt für die ganze Gemeinschaft zu sichern, den Müll weiter zu reduzieren, ihre Esel durch Lastwagen zu ersetzen (und damit weitere Festabfallstoffe einzusammeln), bessere Wohnverhältnisse für sich zu schaffen und ihre Kinder zur Schule zu schicken. Ähnlich innovative Herangehensweisen lassen sich, wenn man an der Basis sucht, in jeder Großstadt finden; zudem können sie durch die Kommunalpolitik unterstützt und dadurch aufgewertet werden, dass andere Kommunen diese Ideen aufgreifen.

Perlman, Janice: Urbanisierung, Megastädte und informelle Siedlungen. In: www.bpb.de, 05.05.2014

Arbeiter sortieren Aluminium für das Recycling in Manchiyet Nasser, Mokattem, Kairo, Ägypten. Die Zabbaleen Gemeinschaft sammelt jeden Tag 5000 Tonnen Müll. Aufnahme vom 14. Juni 2022.

AUFGABEN

70053-88

1. a) Der Begriff Segregation ist euch bereits bekannt. Definiert diesen gemeinsam in der Klasse (siehe **#Segregation in Kap. 4.2**).
   b) Sammelt in der Klasse Beispiele für Segregation in Metropolen weltweit.
2. Erläutere den Zusammenhang zwischen Metropolisierung und sozialer Segregation (**M5**).
3. a) Analysiert zu zweit die Karte **M6**. Wie verteilt sich die Bevölkerung in Santiago de Chile nach sozialem Status?
   b) Weist die soziale Segregation in Santiago de Chile anhand zweier Beispielviertel nach.
4. Ist Segregation nur ein Problem oder Teil der Lösung? Arbeitet in Kleingruppen.
   a) Nutzt das Beispiel der „Müllsammler" als Ausgangspunkt (**M7**) und sammelt weitere Ideen, wie Menschen in informellen Siedlungen ihre Situation verbessern und die Stadt lebenswerter machen können.
   b) Arbeitet Empfehlungen für die Politik aus, mit welchen Maßnahmen sie die Bewohner in informellen Siedlungen unterstützen können.

H zu Aufgabe 3b
Nutzt hierzu den QR-Code neben **M6**. Er zeigt euch eine Übersichtskarte der Viertel Santiagos. Wählt aus diesen Vierteln zwei aus und analysiert deren Grad an Segregation mithilfe von **M6**.

Global Cities – die Welt kommt nicht mit?

Jeder von euch kennt die Weltstadt New York. Aber warum ist das eigentlich so und was macht diese Stadt so besonders, dass sie als Global City bezeichnet wird? Welche Funktionen sind so bedeutend, dass sie Einfluss auf die ganze Welt hat? Und sind Städte wie New York wirklich Leuchttürme für die ganze Welt?

M8 Bekannte Symbole – kennst du sie?

M9 Wie wichtig ist New York für die Weltwirtschaft?

Globale Bedeutung der Stadt New York

Versicherungskonzerne: Prudential Financial (drittgrößter Versicherungskonzern, Konzernsitz in Newark, Teil der Metropolregion New York), MetLife (Versicherungen, sechstgrößter Versicherungskonzern weltweit)

Sitz bedeutender Nichtregierungsorganisationen:
UNO als weltweit einzige Vertretung fast aller Länder der Erde, Amnesty International USA

Börse:
weltweit mit großem Abstand die größte Börse nach Umsatzvolumen

Bankzentralen/Finanzdienstleister:
JP Morgan Chase (größter Bankkonzern der USA, fünftgrößter der Welt – zum Vergleich: die Deutsche Bank als größter deutscher Bankkonzern liegt auf Platz 22), Citigroup (Finanzdienstleister/Bankkonzern, elftgrößter der Welt), Goldman Sachs (Börsen handelsunternehmen/Bank und Finanzdienstleister 24. Platz in der Welt), American Express (Finanzdienstleister)

Flughäfen:
drei internationale Flughäfen in der Metropole mit einem Passagieraufkommen von 139,8 Mio. Passagieren 2019 und 40,7 Mio. Passagieren 2020 – zusammen wären sie 2019 weltweit auf dem 2. Rang nach Atlanta

Weitere Konzernzentralen:
Verizon (US-amerikanischer Telekommunikations konzern), Pfizer (Pharmakonzern)

Bearbeiter

GLOBAL CITY

Als Global City (Weltstadt) bezeichnet man weltweit die bedeutendsten Metropolen. Diese Städte haben durch Unternehmenszentralen der größten internationalen Firmen (Industrieunternehmen, Versicherungen und Banken), durch die bedeutendsten Börsen und die bedeutendsten Institutionen eine weltweit dominierende wirtschaftliche, politische und gesellschaftliche Stellung.

Daraus resultiert auch eine enorme Größe der Städte, allerdings müssen sie nicht die meisten Einwohner:innen weltweit haben. Durch Größe und Bedeutung sind sie auch ein Drehkreuz des internationalen Luftverkehrs und ein enormer Tourismusmagnet. Allerdings ist umstritten, welche Städte als Weltstädte gelten sollen. Als bedeutendste werden zumeist New York City, London, Paris und Tokio benannt. Die Weltwirtschaft wandelt sich jedoch schnell und viele bedeutende Metropolen holen auf.

M10 Die Metropolregion New York im internationalen Vergleich

Stadt/Land	BIP in Mrd. US-Dollar	Einwohnerzahl in Mio.
Metropolregion New York	1.501	ca. 19,8
Metropolregion Mumbai	278	ca. 15,4
Metropolregion Rhein-Ruhr	521	ca. 14
Bangladesch	357	164,7
Brasilien	1.608	212,6

Die Zahlen für die jeweiligen Städte und Länder stammen aus den Jahren 2019, 2020 und 2021.

Worldmapper Karte: Das Ungleichgewicht im Bruttoinlandsprodukt weltweit

70053-75

BIP
Bruttoinlandsprodukt; stellt die Wirtschaftskraft eines Landes in Geldwerten dar

Metropolregion
große Stadtregion, die entsteht, wenn eine Stadt über ihre Grenzen wächst und mit umliegenden Städten zusammenwächst

M11 Die Global Cities – Verstärker der Ungleichheit?

Jedes Kind kennt die Metropole New York? Wohl eher nicht. Ein großer Teil der Menschen, gerade im globalen Süden, lebt abgehängt von der Wirtschaft der weltweit vernetzten Städte im globalen Norden. Mit "globaler Süden" sind die Länder gemeint, die meist wirtschaftlich und gesellschaftlich gegenüber Ländern des Globalen Nordens benachteiligt sind. Viele Menschen profitieren kaum von der globalisierten Wirtschaft. Selbst die aufstrebenden Metropolen des globalen Südens hinken den „Top Global Cities" hinterher (siehe M12).

Bearbeiter

M12 Verteilung der Global Cities weltweit

Die Karte zeigt Global Cities nach dem Global Power City Index (GPCI). Der GPCI wird von der Forschungseinrichtung "Institute for Urban Strategies der Mori Memorial Foundation" jährlich herausgegeben. Er untersucht die Gesamtstärke von 48 bedeutenden Großstädten weltweit.

Bearbeiter

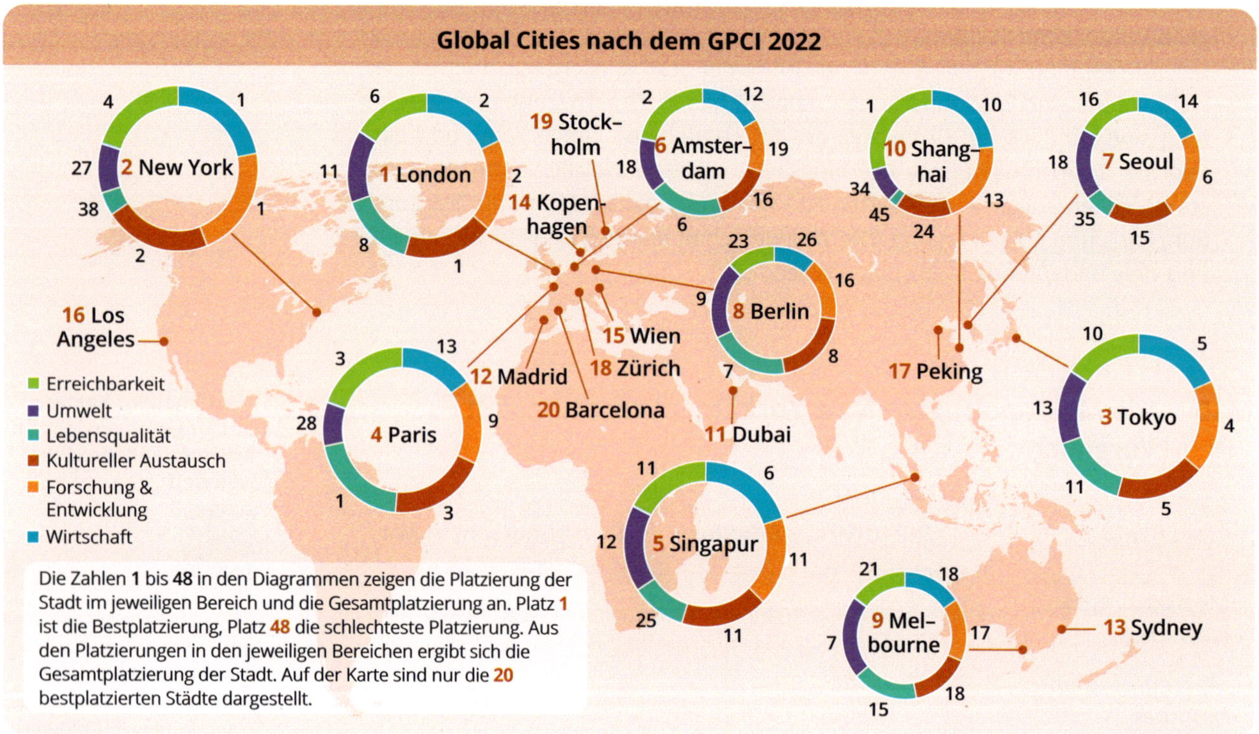

Bearbeiter

AUFGABEN

1. Beschreibe die Bilder aus **M8** – welche Bilder erkennst du?

2. a) Sammelt in einer Kleingruppe euer Vorwissen zu New York. Was verbindet ihr mit der Stadt? Haltet euer Vorwissen in einer Mindmap fest.

b) Beschreibt die wichtigsten Funktionen der Metropole New York (**M9**). Ergänzt diese Funktionen in eurer Mindmap.

c) Erläutert in eurer Kleingruppe mithilfe von **M9** und **#Global City** diese Funktionen in ihrer Bedeutung für New York und die Welt.

d) Begründet abschließend, warum New York als Weltstadt gelten kann.

3. a) Beschreibe die Verteilung der Global Cities weltweit anhand der Karte (**M12**).

b) Wähle zwei Global Cities aus der Karte aus und beschreibe, in welchen Bereichen diese besonders gut abschneiden.

c) Begründe anhand von **M10-M12**, warum ein Teil der Welt bei den Global Cities „nicht mitkommt".

F zu Aufgabe 3
Nenne die einzelnen Bereiche, die der GPCI umfasst. Beurteile: Welche der Bereiche erscheinen dir wichtiger, welche weniger wichtig?

DIE STADT ALS LEBENSRAUM DES MENSCHEN

DIE MODERNE STADT IM STÄNDIGEN WANDEL

Kapitel 4.2, M1-M13

Städte sind der Lebensraum der meisten Menschen – in Deutschland und weltweit. Der Verstädterungsgrad nimmt weiter zu und so leben immer mehr Menschen in den dicht besiedelten, städtischen Räumen. Die Städte lassen sich dabei nach Funktionen räumlich gliedern. So gibt es zum Beispiel Räume in der Stadt, die im Wesentlichen dem Wohnen dienen. Allerdings durchmischen sich in den meisten Stadträumen die Daseinsgrundfunktionen, zum Beispiel der Verkehr in reinen Wohnsiedlungen. Die Sozialstruktur einer Stadt kann ebenso zur Gliederung einer Stadt genutzt werden.

WIE SIEHT UNSERE STADT DER ZUKUNFT AUS?

Kapitel 4.3, M1-M6

Diese Frage beschäftigt viele Menschen aus Wissenschaft, Stadtplanung und Politik. Die Städte müssen sich für die Zukunft vielfältigen Herausforderungen stellen: Manche Städte wachsen, der Wohnraum ist knapp und Gentrifizierung lässt ihn noch teurer werden. Manche Städte schrumpfen dagegen auch, sie haben geringere Einnahmen, müssen für weniger Menschen planen und gleichzeitig nicht noch unattraktiver für die Bevölkerung werden. Der Verkehr in den Städten muss nachhaltiger werden, das Bauen aber auch. Gleichzeitig kämpfen viele Städte mit den Folgen des Klimawandels und sollen dann auch noch mit der Digitalisierung Schritt halten. Dazu kommen die sozialen Probleme der Segregation. Bei der Stadt der Zukunft spielen also sehr viele Faktoren eine Rolle.

Das Leitbild der nachhaltigen Stadt gilt seit über 30 Jahren. Es wird auch in Zukunft gültig sein, da es bei der Planung auf den einzelnen Raum immer individuell eingeht und die wesentlichen Aspekte der Nachhaltigkeit – ökologische, ökonomische und soziale – auch für die zukünftigen Generationen berücksichtigt.

WIE ENTWICKELN SICH STÄDTE WELTWEIT?

Kapitel 4.4, M1-M12

Weltweit ist der Trend der Verstädterung noch viel stärker als in Deutschland. In vielen Ländern wachsen besonders die großen Metropolen schnell. Die Globalisierung hat ihren Anteil an der Verstädterung durch die mediale Vernetzung vieler Menschen, die dadurch angelockt in die Städte ziehen (pull-Faktoren), um dort eine bessere Lebensperspektive zu haben. Die Folge dieses Wachstums ist in vielen Städten eine extreme Ausprägung sozialer Segregation.

Einige wenige Städte (New York, Tokio, London) haben sich durch diesen Prozess der Metropolisierung zu Global Cities entwickelt, die weltweit großen Einfluss auf die Wirtschaft haben. Viele Metropolen des Globalen Südens können mit diesem wirtschaftlichen Einfluss nicht Schritt halten – es besteht ein Ungleichgewicht.

FIT FÜR DEN TEST

Nachdem du das Kapitel zur Entwicklung und Struktur von Städten in Deutschland und weltweit bearbeitet hast, kannst du hier das Gelernte anwenden, dein Wissen prüfen und dir ein Urteil bilden.

1950: Nachkriegszeit und Teilung der Stadt in Ostberlin (Hauptstadt der DDR) und Westberlin

1961: Bau der Mauer – streng überwachte Trennung der zwei Städte

1990: Wiedervereinigung Deutschlands und auch Berlins.

M1 Berlin und Cölln – mittelalterliche Zwillingsstädte

Bearbeiter

M2 Bevölkerungsentwicklung von Berlin

Jahr	Einwohner	Jahr	Einwohner
14. Jh.	rd. 4.000	1980	3.048.759
1709	61.000	1990	3.433.695
1861	428.500	2000	3.382.169
1940	4.330.810	2010	3.460.725
1950	3.336.026	2021 (Dezember)	3 775 480
1960	3.274.016	2022 (Juni)	3.821.881

Zahlen nach: Amt für Statistik Berlin-Brandenburg

Online-Quiz zum Kapitel

70053-76

4.3 Wie sieht unsere Stadt der Zukunft aus?

Was ist nachhaltige Stadtentwicklung?

Was müssen die Städte für ihre Einwohner leisten? Wie lassen sich die Chancen der Digitalisierung in Städten nutzen? Wie werden die Städte fit für den Klimawandel? Die Herausforderungen und Probleme für Städte in der Zukunft sollen möglichst nachhaltig gelöst werden. Welche Lösungen kann die Stadtplanung hier anstreben?

M1 Städte – was sind die Zukunftsthemen?

„Grün gegen Klimawandel und Hitzewellen."

„Städte tun sich bei Digitalisierung unterschiedlich schwer."

„Mieten in Großstädten explodieren" – „Einfamilienhaus nicht unter 1 Mio. Euro."

„ständig Stau – Städte brauchen die Verkehrswende" –„Das 49€-Ticket kommt!"

Bearbeiter

M2 Ansätze der nachhaltigen Stadtentwicklung

Soziale Durchmischung
Wohnkonzepte
Ökologisches Baumaterial
Funktionale Durchmischung
Entsorgung/Recycling
Verkehrskonzepte
Kommunikation
Flächenverbrauch

Stadt der kurzen Wege
Eine Stadt für Alle
Fit für den Klimawandel
Stadt der Zukunft – Smart City

Ressourcenverbrauch
Renaturierung/Grünflächen
Soziale Gerechtigkeit
klimatische Ausgleichsflächen
Energieverbrauch
Teilhabe der Bevölkerung an Entscheidungen

Bearbeiter

Die „nachhaltige Stadt"
Seit den 1990ern gilt das Leitbild der nachhaltigen Stadt als idealtypisch für die Planung in Städten. Dabei gilt: „Nachhaltige Stadtentwicklung kann nur gelingen, wenn die Dimensionen sozial, wirtschaftlich, ökologisch [...] so zusammenwirken, dass [die Interessen heutiger und künftiger Stadtbewohner gewahrt werden können]".
Nach: Breckner, Ingrid: Nachhaltige Stadtentwicklung. In: www.bpb.de, 09.07.2018; BBSR 2017

M12 Verteilung der Global Cities weltweit

Die Karte zeigt Global Cities nach dem Global Power City Index (GPCI). Der GPCI wird von der Forschungseinrichtung "Institute for Urban Strategies der Mori Memorial Foundation" jährlich herausgegeben. Er untersucht die Gesamtstärke von 48 bedeutenden Großstädten weltweit.

Bearbeiter

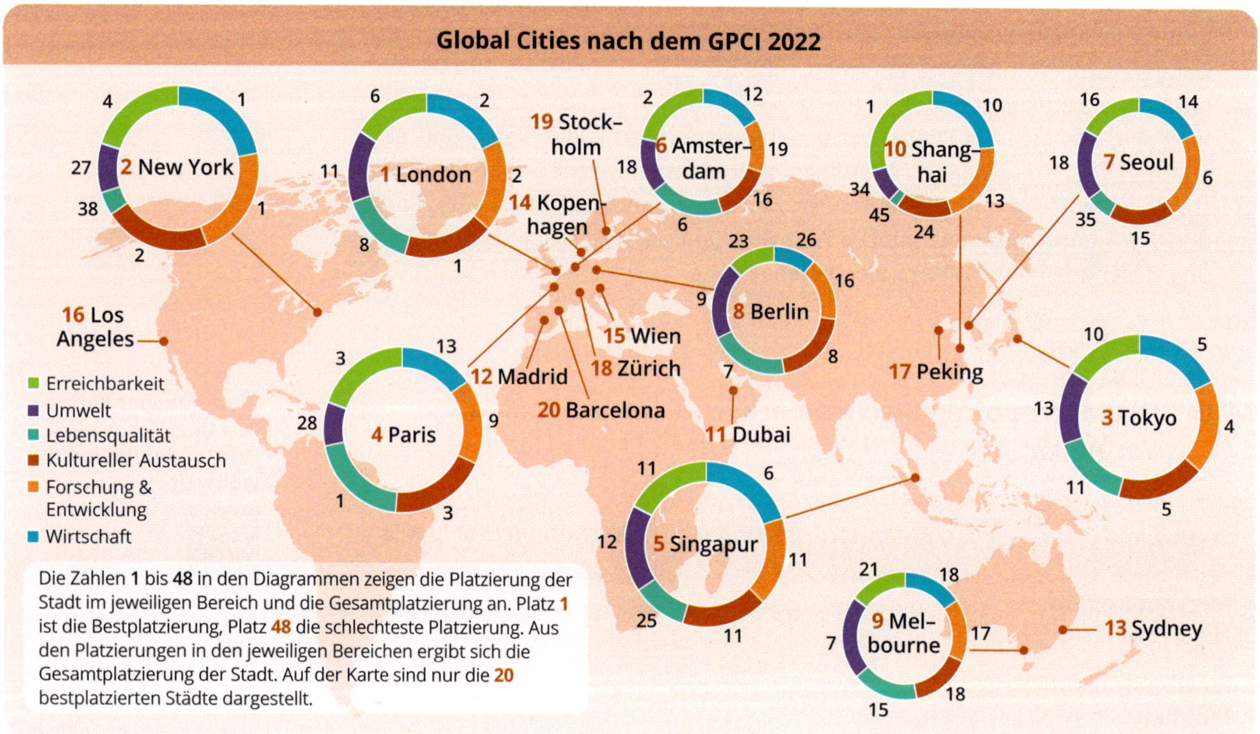

Die Zahlen **1** bis **48** in den Diagrammen zeigen die Platzierung der Stadt im jeweiligen Bereich und die Gesamtplatzierung an. Platz **1** ist die Bestplatzierung, Platz **48** die schlechteste Platzierung. Aus den Platzierungen in den jeweiligen Bereichen ergibt sich die Gesamtplatzierung der Stadt. Auf der Karte sind nur die **20** bestplatzierten Städte dargestellt.

Bearbeiter

AUFGABEN

70053-89

1. Beschreibe die Bilder aus **M8** – welche Bilder erkennst du?
2. a) Sammelt in einer Kleingruppe euer Vorwissen zu New York. Was verbindet ihr mit der Stadt? Haltet euer Vorwissen in einer Mindmap fest.
   b) Beschreibt die wichtigsten Funktionen der Metropole New York (**M9**). Ergänzt diese Funktionen in eurer Mindmap.
   c) Erläutert in eurer Kleingruppe mithilfe von **M9** und **#Global City** diese Funktionen in ihrer Bedeutung für New York und die Welt.
   d) Begründet abschließend, warum New York als Weltstadt gelten kann.
3. a) Beschreibe die Verteilung der Global Cities weltweit anhand der Karte (**M12**).
   b) Wähle zwei Global Cities aus der Karte aus und beschreibe, in welchen Bereichen diese besonders gut abschneiden.
   c) Begründe anhand von **M10-M12**, warum ein Teil der Welt bei den Global Cities „nicht mitkommt“.

F zu Aufgabe 3
Nenne die einzelnen Bereiche, die der GPCI umfasst. Beurteile: Welche der Bereiche erscheinen dir wichtiger, welche weniger wichtig?

M3 Berliner Innenstadt – funktionale Strukturen

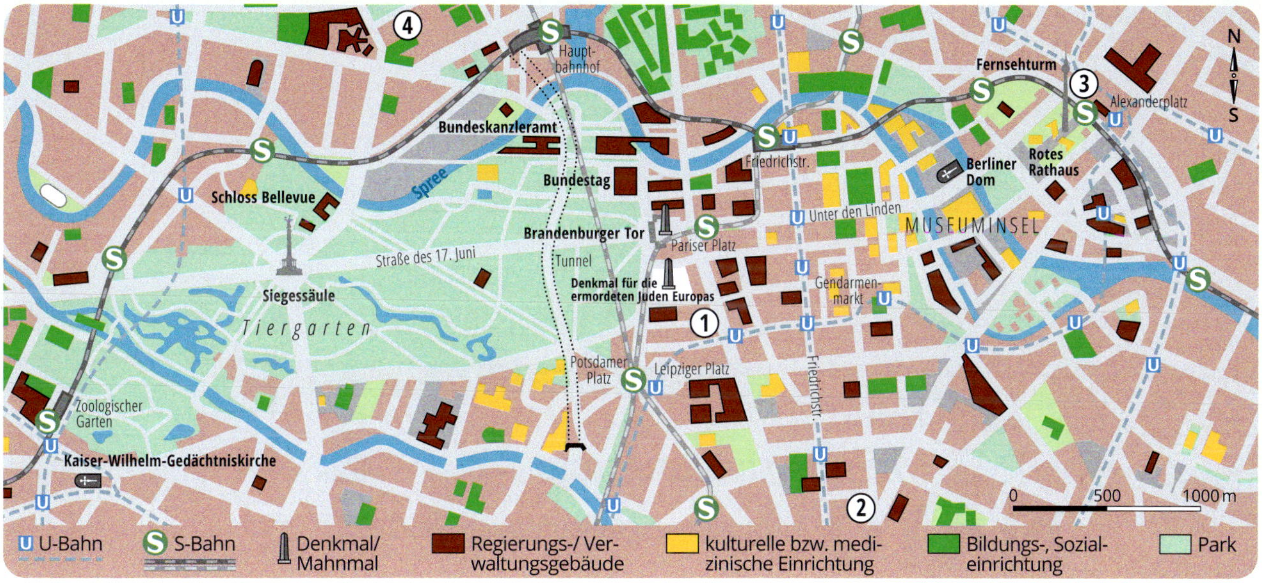

Bearbeiter

M4 Aktuelles zur Stadt Berlin

Berlin ist heute eine moderne deutsche Metropole – ständig wachsende Bevölkerung, daraus resultierende soziale Probleme, eine typische funktionale Struktur deutscher Städte, die aufgrund der besonderen Geschichte aber auch einige Besonderheiten enthält. Berlin ist auch eine europäische Metropole: Sie hat eine übergeordnete kulturelle/geschichtliche Bedeutung, entsprechenden Tourismus und große Zuwanderung auch aus dem Ausland. In Berlin finden sich allerdings keine großen Zentralen von Banken und nur wenige global bedeutende Unternehmen sind hier ansässig. Die Börse und große Banken sind in Frankfurt, außerdem sind in München einige global bedeutende Unternehmen ansässig.

Bearbeiter

Aufgaben

1. Erkläre die wesentlichen Merkmale einer mittelalterlichen Stadt und ordne sie mithilfe der Karte für Berlin zu (**M1**).
2. Stelle funktionale Strukturen der Berliner Innenstadt dar. Ordne dafür die Daseinsgrundfunktionen auf der Karte (**M3**) begründet zu.
3. a) Beschreibe die Einwohnerentwicklung Berlins (**M2**).
   b) Stelle begründet Probleme dar, die sich aus der dargestellten Bevölkerungsentwicklung für die Stadt heute ergeben.
   c) Nenne und erläutere mögliche Ansätze, um die benannten Probleme zu lösen.
4. a) Beschreibe die politische und wirtschaftliche Bedeutung Berlins für Deutschland und für Europa (**M4**).
   b) Erörtere, warum Berlin (nicht) als Global City gelten kann (**M4**).

H zu Aufgabe 3b
Nutze hierzu dein Vorwissen aus dem Kapitel und verwende Fachbegriffe.

Selbsteinschätzung

70053-77

Was weißt du schon?

1. Sammelt zu zweit erste Eindrücke zu den Begriffen in der Wortwolke. Welche Begriffe kennt ihr, welche nicht? Was verbindet ihr mit den euch bekannten Begriffen?
2. Ordnet die Begriffe nun ein: Sind die einzelnen Begriffe „eher Chance" oder „eher Herausforderung" für die globale Gesellschaft?
3. Sammelt weitere Begriffe, die Chancen und Herausforderungen auf globaler Ebene darstellen.

5

#Wir leben in einer Welt – mehr Herausforderung als Chance?

Die Globalisierung zeigt: Wir leben in einer Welt, die stärker wie je zuvor miteinander vernetzt ist. Gleichzeitig treten hierdurch Probleme und Herausforderungen in den Vordergrund, die die gesamte Weltgemeinschaft betreffen: Umweltprobleme und Klimawandel, das Ungleichgewicht zwischen den Staaten des „Globalen Südens" und des „Globalen Nordens", Fluchtbewegungen und vieles mehr. All das sind globale Herausforderungen, die ein Staat nicht alleine lösen kann. Findet die Weltgemeinschaft hierzu ausreichende Antworten? Können solche Herausforderungen auch eine Chance darstellen?

Was lernst du in diesem Kapitel?

- ... Ursachen und Auswirkungen der unterschiedlichen Bevölkerungsentwicklung und -verteilung aufzuzeigen.
- ... Maßnahmen der Bevölkerungspolitik zu beurteilen.
- ... die Grenzen der Belastbarkeit unserer Erde zu beschreiben und mögliche Lösungsansätze zu entwickeln.
- ... Entwicklungszusammenarbeit als Lösungsansatz zur Bewältigung von Ungleichheiten zwischen Staaten zu diskutieren.
- ... Ursachen, Auswirkungen und Chancen von weltweiten Migrationsströmen zu erörtern.
- ... einen aktuellen Konflikt im Nahen Osten auf der Grundlage seiner Ursachen zu beurteilen.
- ... Möglichkeiten und Grenzen der Friedenssicherung und Konfliktbewältigung durch internationale und nationale Organisationen sowie durch zivilgesellschaftliche Akteure zu beschreiben.

Eine Podiumsdiskussion führen: Große Herausforderungen im 21. Jahrhundert – wie können wir sie gemeinsam bewältigen?

Worum geht es?

Die Menschheit steht vor großen Herausforderungen: Neben dem großen Thema Klimawandel (siehe Kap. 6) sind das der hohe Ressourcenverbrauch, Umweltprobleme, Armut, Hunger, Kriege und Fluchtbewegungen. Alle diese Herausforderungen lassen sich nur auf globaler Ebene und in Zusammenarbeit zwischen vielen verschiedenen Staaten, Akteuren und Interessensgruppen lösen. Anhand dieses Gemeinsam Aktiv versetzt ihr euch in die Rolle eines Experten / einer Expertin zu diesen Themengebieten und eignet euch Expertenwissen dazu an. In einer Podiumsdiskussion wendet ihr eurer Expertenwissen an und entwickelt gemeinsam mit den anderen Expertinnen und Experten Lösungen und Ideen für die Zukunft.

Geht dabei so vor:

Start

1

Teilt eure Klasse in fünf Gruppen auf. Jede Gruppe übernimmt eine der folgenden Rollen:

- Migrations- und Bevölkerungsexperte der Universität Köln
- Menschen- und Frauenrechtsexpert:in der UNO
- Greenpeace Expert:in Ressourcen und Welternährung
- Vertreter:in der Bundeswehr
- Vertreter:in der EU/ Bundesregierung

Zusätzlich sollte es noch eine Moderation der Diskussion geben. Dies kann entweder von eurer Lehrkraft oder von einer zusätzlichen Gruppe übernommen werden.

2

Erarbeitet euer Expertenwissen

- Moderation: Überlegt euch Fragen für die unterschiedlichen Expertinnen und Experten.
  - Was tun sie für ...
  - Welchen Schwierigkeiten stehen sie gegenüber?
  - Welche spezifischen Fragen werden wem gestellt?
- Migrations- und Bevölkerungsexpert:in der Universität Köln: Erarbeitet das Material in Kap. 5.1, M1-M6 und Kap. 5.2, M1, M2 und M9-M14.
- Menschen- und Frauenrechtsexpert:in der UNO: Erarbeitet das Material in Kap. 5.2, M3-M8, Kap. 5.3, M1-M10 5.1 und Kap. 5.1, M5.
- Greenpeace-Expert:in Handel, Ressourcen und Welternährung: Erarbeitet das Material in Kap. 5.1, M7-M18 und Kap. 5.2, M12-M14.
- Vertreter:in der Bundeswehr und/oder NATO: Erarbeitet das Material in Kap. 5.3, M11-M16 und Kap. 5.2, M1-M5.
- Vertreter:in der Bundesregierung: Erarbeitet das Material in Kap. 5.2, M6-M8 sowie M12-M14 und Kap. 5.3, M14-M16.

3

Bereitet euch auf die Diskussion vor

- Fasst euer Expertenwissen so zusammen, dass ihr einen guten Überblick über euer Thema habt und Zusammenhänge versteht (z. B. als Mindmap, Cluster, o. Ä.). Erläutert euch die Zusammenhänge eures Themas gegenseitig in der Gruppe.
- Sucht aus jeder Gruppe eine Person aus, die als Expert:in an der Podiumdiskussion teilnimmt. Bestimmt eine weitere Person als Vertretung.
- Die anderen Gruppenmitglieder sollen als aktive Zuschauende die Diskussion begleiten und sich Notizen machen.

4

Führt die Podiumsdiskussion durch

- Gestaltet das Klassenzimmer so, dass eine Bühne entsteht. Auf dieser soll die Diskussion der Expertinnen und Experten stattfinden.
- Die Moderation leitet in die Podiumsdiskussion ein. Sie verweist dabei auf das Thema: „Große Herausforderungen im 21. Jahrhundert – wie können wir sie gemeinsam bewältigen?“ und merkt an, dass gemeinsame Lösungen für die Herausforderungen gefunden werden sollen.
- Jede Expertin / Jeder Experte wird um eine kurze Stellungnahme zum Thema und zu seinem Themenbereich gebeten.
- Danach wird das Thema diskutiert (unter Leitung der Moderation).
- Währen der Diskussion machen sich die Zuschauenden Notizen zu folgenden Fragen:
  - Welche Person findet sich besonders gut in ihre Rolle ein (starke Argumente, Beispiele, Eingehen auf Vorredner:innen)?
  - Welche Zusammenhänge werden zwischen den Themen der Expertinnen und Experten deutlich?
  - Welche Lösungsvorschläge zu den großen Herausforderungen sind vielversprechend, welche weniger?

5

Wertet gemeinsam die Podiumsdiskussion aus

- Die Zuschauergruppe erläutert die Ergebnisse der Diskussion.
- Gemeinsam kommentieren Zuschauende, die Moderation und die Expertinnen und Experten die gebrachten Lösungsvorschläge und machen ggf. Ergänzungen.
- Die Podiumsdiskussion als solche wird ausgewertet: Was lief gut, was nicht? Hat das Format der Podiumsdiskussion geholfen, Herausforderungen zu verstehen und gemeinsame Lösungen zu finden?

5.1 Weltbevölkerung und Ressourcenverteilung

Bevölkerungsentwicklung weltweit – überall gleich?

Die Weltbevölkerung wächst stetig, allerdings nicht überall. Die Herausforderungen für die Bevölkerung und die Gesellschaft in den Ländern des "Globalen Nordens" und denen des "Globalen Südens" sind demnach sehr unterschiedlich. Welche Herausforderungen sind das? Und welche Chancen bieten sich für diese Länder?

Bevölkerungsdichte
Die Maßeinheit zeigt das Verhältnis zwischen der Landfläche und der Bevölkerungszahl, z. B. in einem Land, an. Eine hohe Bevölkerungsdichte bedeutet, dass sehr viele Menschen auf relativ kleinem Raum wohnen.

M1 Wie ist die Weltbevölkerung verteilt?

Bevölkerungsdichte (Stand: 2022)

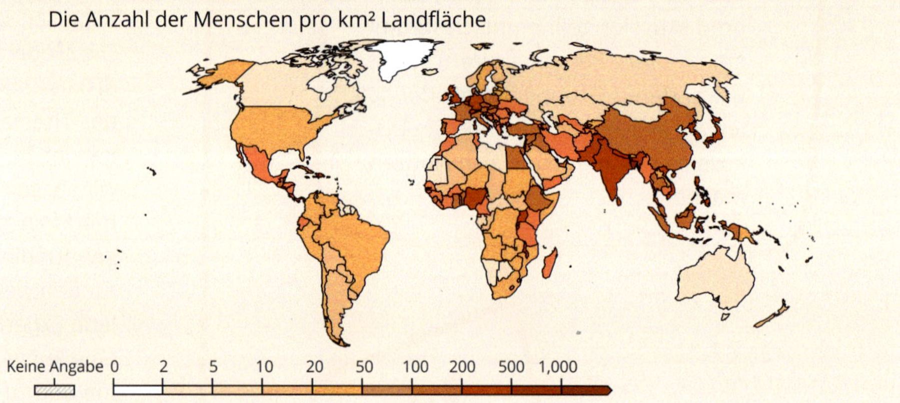

Nach: Our World In Data 2022

Bevölkerungsentwicklung
Die Bevölkerungsentwicklung beschreibt die Entwicklung der Anzahl der Menschen in einer bestimmten Region (Kontinent, Land, oder hier auch die gesamte Welt). Sie setzt sich aus der **Geburtenrate und der Sterberate** zusammen (**natürliche Bevölkerungsentwicklung**) und wird auch von der Zu- und Abwanderung (Migration) bestimmt.

M2 Wie entwickelt sich die Weltbevölkerung?

Globale Bevölkerungsentwicklung (Stand: 2019)

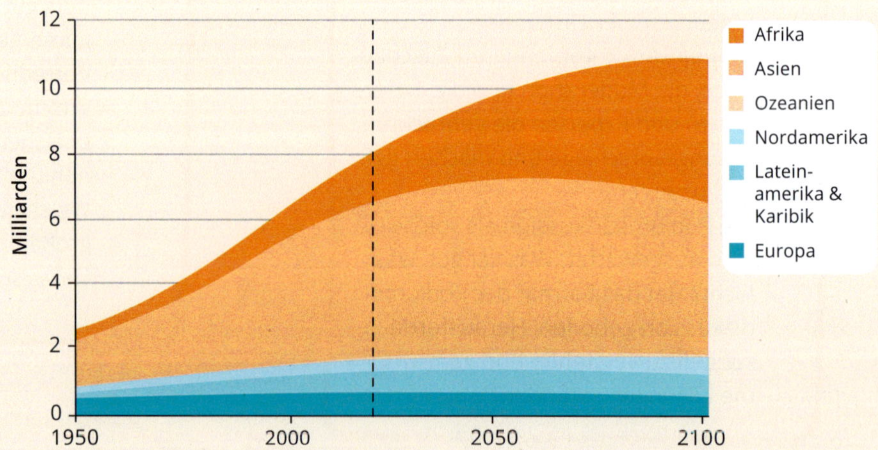

Nach: ©Bundesinstitut für Bevölkerungsforschung, Globale Bevölkerungsentwicklung. Fakten und Trends, In: www.bib.bund.de, 2021, S.17

M3 Bevölkerungswachstum im „Globalen Süden" – eine Chance?

Große Verbesserungen in den Bereichen öffentliche Gesundheit, Ernährung, Hygiene und Medizin haben dazu beigetragen, dass die Lebenserwartung der Menschen in vielen Regionen der Welt deutlich gestiegen ist. In Ländern mit Wohlstand, guten Bildungs- und Sozialsystemen und breitem Zugang zu Verhütungsmitteln entscheiden sich die meisten Paare inzwischen, nur wenige Kinder zu bekommen. [...] Doch in Ländern, in denen viele Menschen in Armut leben, gelten Kinder weiterhin als wichtige Stütze zum Überleben und zur Absicherung im Alter. Die Länder mit den höchsten Geburtenraten sind in der Regel die mit dem niedrigsten Pro-Kopf-Einkommen. Die meisten davon liegen in Afrika südlich der Sahara. Die hohen Geburtenraten haben dazu geführt, dass diese Länder heute über eine sehr junge Bevölkerung verfügen. Entsprechend gibt es sehr viele junge Menschen, die bald Familien gründen werden. Daraus entsteht eine Dynamik, die dafür sorgt, dass das Bevölkerungswachstum zunächst auch dann anhalten wird, wenn die durchschnittliche Fruchtbarkeit rasch auf ein sehr viel niedrigeres Niveau sinkt. [...] Eine junge Bevölkerung bedeutet enorme Chancen für die wirtschaftliche Entwicklung. Fällt die Fruchtbarkeitsrate, also die durchschnittliche Anzahl der Geburten pro Frau im Laufe eines Lebens, so hilft das den Ländern, eine „demografische Dividende" zu realisieren. Dies gelingt, wenn der Anteil der Menschen im arbeitsfähigen Alter zunimmt und weniger Menschen, ob alt oder jung, von ihnen abhängig sind. Doch dazu braucht es dringend weitere Verbesserungen im öffentlichen Gesundheitswesen, bei der Abwasserentsorgung, beim Zugang zu sauberem Trinkwasser und bei der Ernährung. Diese Errungenschaften verringern das Sterberisiko, insbesondere von Müttern und Kindern – eines der Ziele für nachhaltige Entwicklung (SDGs). Hinzu kommt die Notwendigkeit, den jungen Mädchen wie Jungen durch eine Schul- und Ausbildung gute Chancen auf ein selbstbestimmtes Leben zu eröffnen [...].

Kamp, Christina: 8 Milliarden Menschen: Chancen und Herausforderungen. In: www.dgvn.de, 15.11.2022

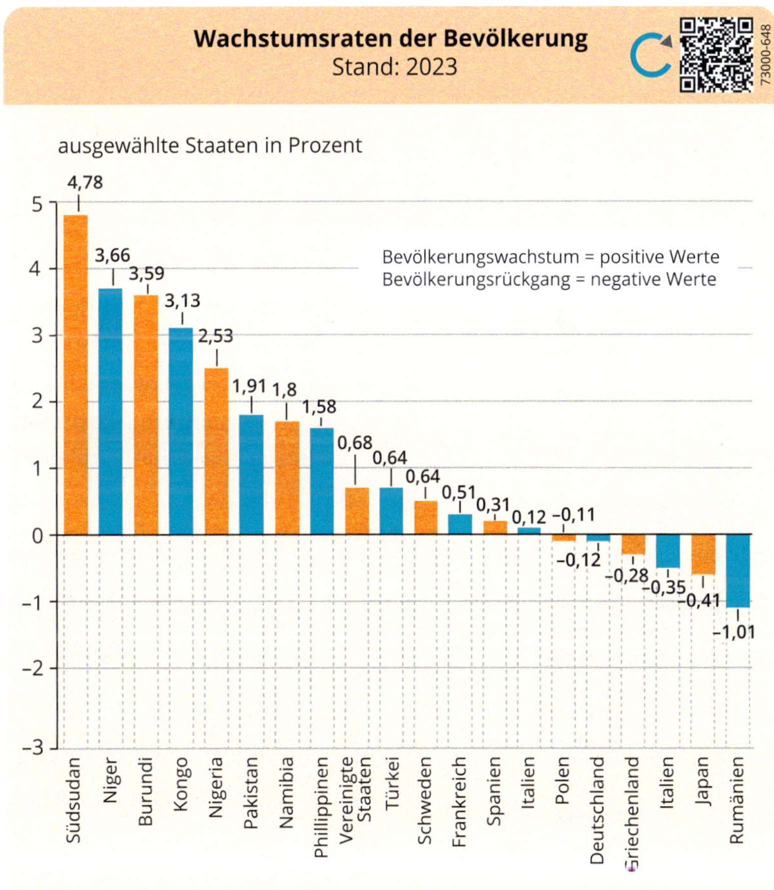

©C. C.Buchner Verlag, aktuelle Daten nach: CIA World Factbook (Datenerhebung: 2023; Grafikerstellung: 2023)

M4 Wie unterscheiden sich die Lebensbedingungen von Menschen weltweit?

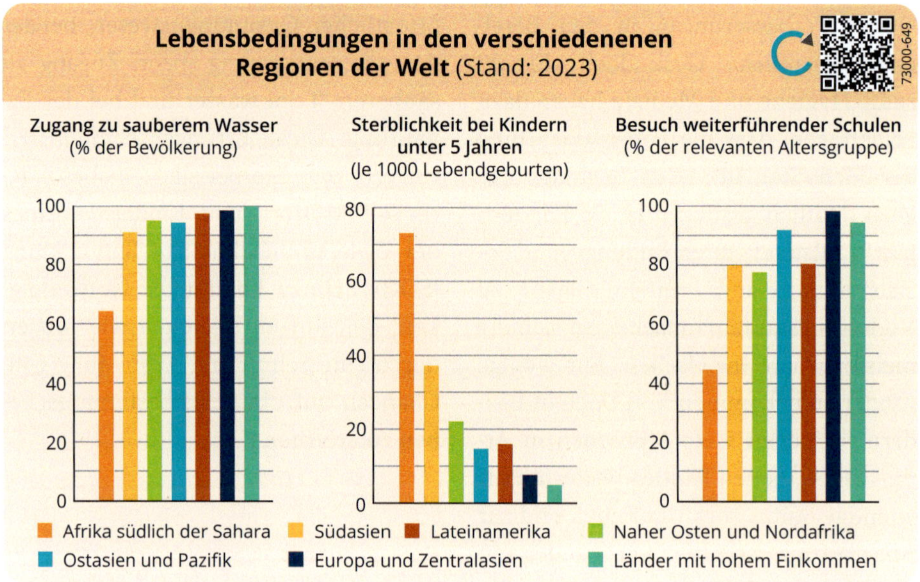

©C.C. Buchner Verlag, aktuelle Daten nach: Weltbank (Datenerhebung 2022; Grafikerstellung: 2023)

marginalisierte Gruppen
Frauen sind die größte benachteiligte Gruppe – und sie machen 50 Prozent der Weltbevölkerung aus. Benachteiligte Gruppen leiden besonders stark unter Krisen: Indigene Gruppen leiden am meisten unter Dürren und Überflutungen, LSBTIQ+ Personen und Menschen mit Behinderungen leiden am meisten in Kriegen und queere Menschen werden überdurchschnittlich oft Opfer sexualisierter Gewalt.

Nachhaltigkeitsziele / SDGs
→ Kap. 5.3, M8

M5 Gleichberechtigung der Geschlechter – ein Beitrag zur Bevölkerungspolitik

In einem Beitrag der Entwicklungsbank KfW erläutert Frau Dr. Karla Henning, was in Bezug auf die Gleichberechtigung der Geschlechter und die Frauenrechte vor allem in Ländern des „Globalen Südens" noch getan werden sollte:

- bessere Information und Aufklärung der Bevölkerung sowie insbesondere die Stärkung der Frauenrechte für eine selbstbestimmtere Positionierung in Bezug auf Familienplanung und Verhütung […]
- verbesserter Zugang zu modernen Verhütungsmitteln (zu erschwinglichen Preisen) und Wahlfreiheit in der Verhütungsmethode. In Entwicklungsländern hat jede vierte Frau, die verhüten will, keinen Zugang zu [Verhütungsmitteln]. […] Während kurzfristig die selbstbestimmte Familienplanung […] im Vordergrund steht […], geht es längerfristig auch um die breitere Stärkung der gesellschaftlichen Rolle und Rechte von Frauen.

[…] Hier stehen vor allem Maßnahmen zur Förderung der Schul- und Berufsbildung von Mädchen und eine steigende Beschäftigungsquote von Frauen, aber auch der Ausbau von sozialen Sicherungssystemen […] im Vordergrund. […] Die Förderung von selbstbestimmter Familienplanung und Gendergleichstellung sind […] eigenständige und wichtige entwicklungspolitische Ziele. Die dämpfende Wirkung, die beide auf das Bevölkerungswachstum haben, kann die Erreichung der SDGs erleichtern.

Henning, Karla: Die Förderung von Gleichberechtigung ist sinnvoller und wirksamer als aktive Bevölkerungspolitik. In: Entwicklungspolitik kompakt, KfW Development Research, www.kfw-entwicklungsbank.de, Heft Nr. 4, 07.03.2019

M6 Bevölkerungsentwicklung in Industriestaaten – Herausforderungen und Chancen

Die Bevölkerungsentwicklung in vielen Industriestaaten ist rückläufig – so auch in Deutschland. Das heißt es werden in einigen Jahren weniger Menschen dort leben. Ein Beispiel: Heute leben 84 Millionen Menschen in Deutschland – im Jahr 2050 werden es nach Schätzungen „nur" noch 79 Millionen Menschen sein. Folgende Entwicklungen tragen dazu bei: Aufgrund von medizinischem Fortschritt und einer guten Gesundheitsversorgung wird die Bevölkerung in Ländern wie Deutschland durchschnittlich immer älter, die durchschnittliche Lebenserwartung steigt. Gleichzeitig sinkt die Geburtenrate seit einigen Jahren stetig – aktuell sind es im Schnitt 1,5 Kinder je Frau in Deutschland. Das liegt vor allem am relativ hohen Bildungsniveau der Menschen im Vergleich zu anderen Staaten und einem breiten Zugang zu Verhütungsmethoden. Insgesamt kommen deshalb zu wenige Menschen nach und die Bevölkerungszahlen sind rückläufig. Das bedeutet eine hohe Belastung für die Sozialversicherungs- und Rentensysteme. Auch die Gesundheitsversorgung kommt durch eine schnell alternde Bevölkerung an ihre Grenzen. Allerdings ist Deutschland auch ein Zuwanderungsland. Durch Migration aus dem Ausland wird somit der Bevölkerungsrückgang etwas ausgeglichen, auch weil die in Deutschland lebenden Menschen mit Migrationshintergrund meist jünger sind als die Durchschnittsbevölkerung. Hierin besteht eine Chance für Staaten wie Deutschland. Expert:innen sehen in der Zuwanderung für Deutschland sogar eine Notwendigkeit. Wenn Deutschland seinen Wohlstand erhalten will und gleichzeitig die Sozialsysteme weiter funktionieren sollen, braucht das Land jedes Jahr hunderttausende Zuwanderer.

Bearbeiter

Sozialversicherungssysteme und Demografischer Wandel
→ Kap. 3.3

Migration
→ Kap. 5.2

AUFGABEN

70053-104

1. a) Analysiere die Karte zur räumlichen Verteilung der Weltbevölkerung. Welche Muster lassen sich erkennen (**M1**)?
   b) Nennt zu zweit mögliche Gründe für diese Verteilung.
2. Arbeitet in Kleingruppen zusammen und teilt euch die Materialien **M2-M6** auf. Vergleicht die Bevölkerungsentwicklung, Wachstumsraten und Lebensbedingungen in Ländern des „Globalen Nordens" (z. B. Deutschland) mit den Ländern des „Globalen Südens" (z. B. Nigeria) miteinander. Notiert hierfür jeweils Chancen und Herausforderungen für die jeweiligen Regionen in einer Tabelle.
3. „Das Wachstum Bevölkerung im „Globalen Süden" und die damit verbundenen Probleme betreffen uns in Deutschland nicht, wir haben hier doch ganz andere Probleme." Nimm kritisch Stellung zu dieser Aussage.

F zu Aufgabe 1
Sieh dir zusätzlich noch die Karte **M4** in Kap. 4.4 an, um eine genauere Aussage zur Bevölkerungsverteilung machen zu können.

H zu Aufgabe 2
Teilt euch so auf, dass ein Teil der Gruppe sich die Länder des „Globalen Nordens" ansieht und ein anderer Teil die des „Globalen Südens".

Wie können wir die Weltbevölkerung ernähren?

Essen und Ernährung sind Themen, die dich jeden Tag beschäftigen. Im Normalfall fragst du dich: Was esse ich heute zum Frühstück, zu Mittag, zum Abendessen? Doch hast du dich auch schon gefragt, wie dein Essen überhaupt angebaut oder produziert wird? Und: Ist die Art und Weise, wie wir unsere Nahrung herstellen und anbauen nachhaltig?

M7 Wie ist die aktuelle Lage laut Welthunger-Index?

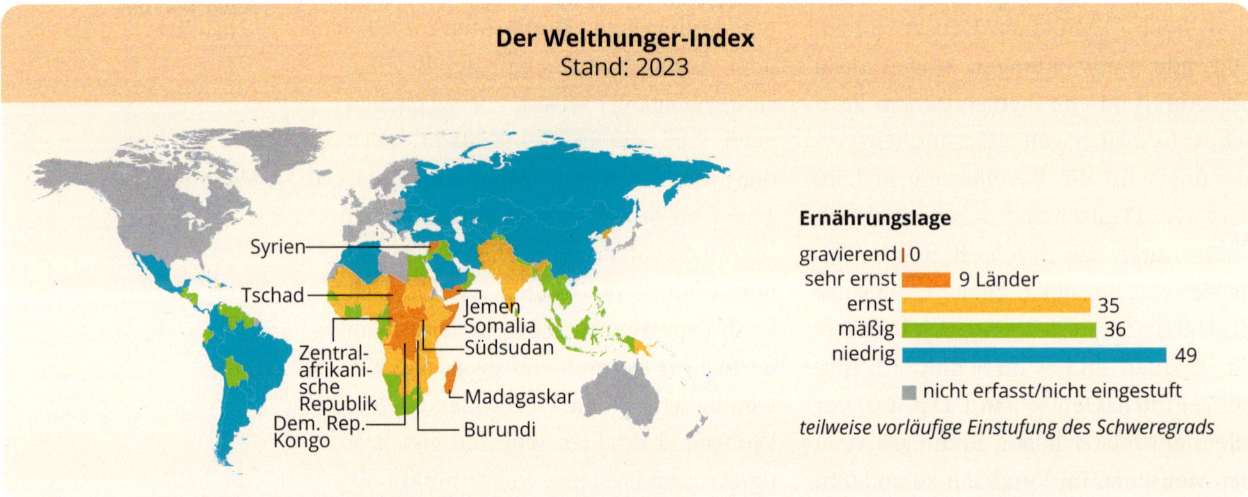

Nach: dpa 103225, Quelle: Welthungerhilfe

Laut Welthungerhilfe wird jährlich ein Drittel der weltweit zur Verfügung stehenden Lebensmittel weggeworfen. Je weniger Lebensmittel aber vorhanden sind, desto höher wird der Preis dafür. Preise, die nicht jeder Mensch zahlen kann und so hungern weltweit 735 Millionen Menschen (Stand: 2022). Aktuelle Krisen verstärken dieses Problem zusätzlich.

M8 Wie werden in Zukunft zehn Milliarden Menschen versorgt?

Allein um die zehn Milliarden Menschen zu ernähren, die bis 2050 auf der Erde leben werden, müssen etwa doppelt so viel Lebensmittel produziert werden wie heute. Das zeigen Berechnungen der Vereinten Nationen. Die Frage ist, wie (und ob) das gelingen kann. Und vor allem wie das ohne zusätzlichen Raubbau an der Natur, also etwa ohne die Umwandlung von Naturschutzflächen in Ackerland, zu schaffen ist.

So gewaltig die Aufgabe ist, die positive Nachricht ist, dass sie schon einmal gelöst wurde. […] [Bei der letzten „Grünen Revolution" schaffte man es, durch Züchtungen deutlich mehr Getreide für jeden einzelnen Menschen zu produzieren.]

Diese "Grüne Revolution" gelang nur, weil der Ertrag der wichtigsten Nahrungsmittelpflanzen pro Quadratmeter Ackerfläche immens gesteigert wurde, vor allem von Weizen, Mais und Reis. […] Auch die nächste "Grüne Revolution" wird nicht ohne Züchtungsfortschritt, also Eingriffe ins Erbgut, auskommen. Die Frage ist also nur, welche

Methoden geeignet sind. Mittels "Genome Editing", also etwa der Gen-Scheren-Methode CRISPR/Cas9, [...] können inzwischen gezielt Veränderungen an bestimmten Stellen im Erbgut herbeigeführt werden [...]. Von diesen Veränderungen erhoffen sich Forscher, dass Pflanzen mit weniger Wasser auskommen, höhere Salzkonzentrationen im Boden aushalten, widerstandsfähiger gegen Krankheiten und Schädlinge werden oder einfach größere, haltbarere Früchte hervorbringen – alles Eigenschaften, die letztlich zu höheren Erträgen führen.

[...] Genauso wichtig wird es etwa sein, die Anbaumethoden für die vielen anderen Nahrungsmittelpflanzen neben Mais, Reis und Weizen zu verbessern, etwa Maniok.

Auch neue Düngemethoden müssen entwickelt werden, sowohl um die Pflanzen zu unterstützen, aber auch, um fruchtbare Böden langfristig und nachhaltig zu pflegen.

Dernbach, Andrea/Karberg, Sascha/Knauer, Roland: Bildung, Ernährung, Umwelt: Welche Folgen das Bevölkerungswachstum hat und wie es bekämpft werden kann. In: www.tagesspiegel.de, 13.11.2019

Maniok
Maniok ist ein Strauch, der mehrere Meter hoch wachsen kann. Von der Pflanze werden allerdings nur die Wurzeln / Knollen gegessen. Maniok ähneln der Kartoffel, da sie ebenfalls viel Stärke enthalten. Ursprünglich ist die Pflanze aus Mittel-/Südamerika, wird aber mittlerweile auch in Afrika und Asien angebaut.

M9 Wie werden landwirtschaftliche Flächen genutzt?

Es sind beunruhigende Zahlen, die das Bundesumweltamt vor Kurzem in einer Studie vorgestellt hat. Pro Kopf braucht es jährlich etwa ein Drittel eines Fußballfeldes für den Anbau unserer Lebensmittel – 2.250 Quadratmeter landwirtschaftliche Fläche.

Doch diese Fläche wird nicht nur für die Nahrungsmittel selbst benötigt, sondern zu 57 Prozent für den Anbau von Futtermitteln. Also letztlich für Tiere, die uns Milchprodukte, Eier und Fleisch für den heimischen Verbrauch und für deutsche Exporte ins Ausland liefern. [...] Laut Bundesumweltamt betrug die landwirtschaftlich genutzte Fläche in Deutschland im Jahr 2016 etwa 16,7 Millionen Hektar. In den vergangenen Jahrzehnten ist die verfügbare Anbaufläche jedoch umkämpfter geworden. Denn immer mehr Boden wird für die Energiegewinnung benötigt: Zwischen 2008 und 2016 ist der Flächenverbrauch für Agrosprit und Biogas um mehr als 50 Prozent gestiegen. Die Energiegewinnung verdrängt den Anbau von Nahrung und Futtermitteln also zunehmend. Hinzu kommt, dass unsere Ernährungsgewohnheiten jährlich ohnehin mehr Fläche benötigen als vorhanden ist: etwa 18,3 Millionen statt der verfügbaren 16,7 Millionen Hektar. Deshalb ist Deutschland auf Importe von Lebens- und Futtermitteln angewiesen. Für unseren Heißhunger auf Fleisch- und Milchprodukte werden zusätzlich 11,7 Millionen Hektar landwirtschaftliche Fläche im Ausland belegt!

Rosenauer, Leonhard: Fleischkonsum der Deutschen schadet Klima und Umwelt im Ausland. In: www.bund.net, 09.02.2021

Verteilung des Getreideverbrauchs in der Europäischen Union nach Verwendungsbereichen im Jahr 2023/24

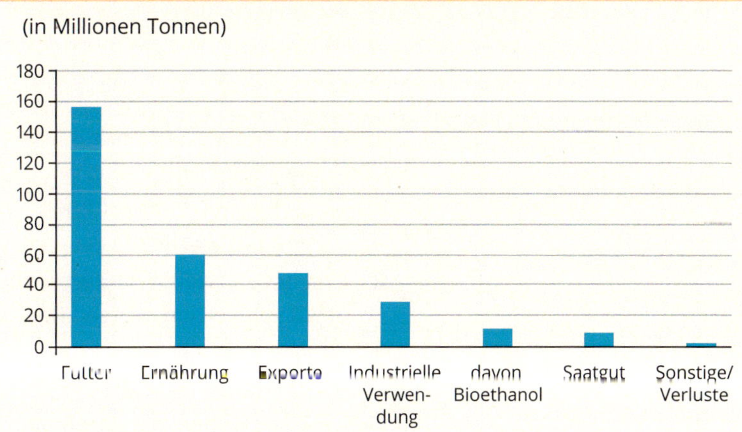

Nach: ©Statista 2023, Daten: Europäische Kommission

TRAGFÄHIGKEIT

In diesem Zusammenhang beschreibt der Begriff Tragfähigkeit, wie viele Menschen ein bestimmter Raum, z. B. ein Land, maximal ernähren kann. Die Tragfähigkeit ist abhängig von natürlichen Faktoren wie dem Klima, von den zur Verfügung stehenden Ressourcen, als auch von der technischen Entwicklung.

M10 Wie steht es mit der Tragfähigkeit unserer Erde?

Erklärfilm zum Begriff Tragfähigkeit

70053-92

Zwischen der Frage „Wie viele Menschen können wir in Zukunft auf der Erde ernähren?" und der Frage „Wie viele Menschen können nachhaltig auf der Erde leben?" ist also ein gewaltiger Unterschied:

- Bei der ersten Frage geht es vor allem darum, wie sehr wir unsere Landwirtschaft noch intensivieren und produktiver machen können.
- Die Antwort auf die zweite Frage lautet: Die Grenze für ein nachhaltiges Miteinander haben wir längst überschritten. Das wird am **Earth Overshoot Day** deutlich: Der Tag markiert den Zeitpunkt, an dem wir bereits alle Ressourcen, die wir für ein nachhaltiges Fortbestehen pro Jahr verbrauchen dürften, aufgebraucht haben. [...]

Die **Tragfähigkeit der Erde** hängt also nicht nur von der benötigten Nahrungsmittelmenge ab, sondern vor allem auch von unserem Lebensstil.

Brockhaus, Sarah: Die Tragfähigkeit der Erde: Wie viel hält unser Planet noch aus? In: www.utopia.de, 15.06.2019

Auch durch die Desertifikation (Wüstenbildung auf zuvor fruchtbarem Land) verliert die Erde Schätzungen zufolge 70.000 km² fruchtbaren Boden. Hauptursache hierfür ist das Eingreifen der Menschen in die Umwelt.

AUFGABEN

70053-105

1. a) Arbeite aus **M7** heraus, welche Länder hauptsächlich von Hunger betroffen sind.
   b) Erläutere den Zusammenhang zwischen Lebensmittelverschwendung und Hunger (**M7**).
2. Arbeitet zu zweit. Erläutert aktuelle Probleme, die in der Landwirtschaft bewältigt werden müssen (**M8**, **M9**).
3. a) Erläutere den Begriff „Tragfähigkeit" (**#Tragfähigkeit**, **M10**).
   b) Begründe, weshalb es nicht ausreicht sich die Frage zu stellen, wie viele Menschen in Zukunft auf der Erde ernährt werden können (**M10**).

Unsere Erde – an der Belastungsgrenze?

Seit einiger Zeit nutzen wir die Ressourcen der Erde in bisher nie dagewesenem Ausmaß. Welche Länder sind hier hauptsächlich verantwortlich? Und kann unsere Erde dem standhalten?

M11 Wohlstand ohne Rücksicht auf Verluste?

Die große Beschleunigung
Stand: 2023

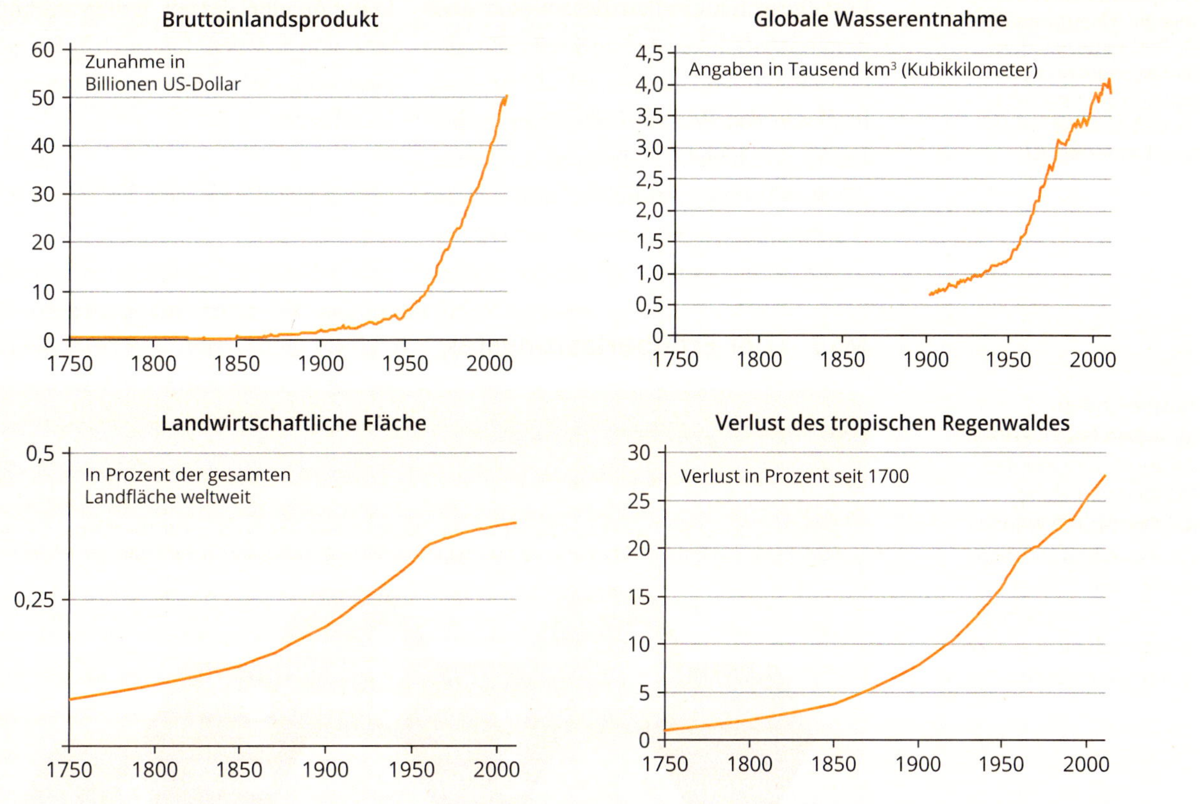

Nach: International Geosphere-Biosphere Programme (IGBP), 2015

 # DIE GROSSE BESCHLEUNIGUNG

Das Modell der „Großen Beschleunigung" (engl.: The Great Acceleration) beschreibt die rasante Zunahme menschlicher Aktivitäten auf unserem Planeten, wie z. B. die Zunahme der Energie-, Ressourcen- und Landnutzung. Es beschreibt darüber hinaus die sich hieraus ergebenden drastischen Veränderungen in unserer Umwelt: erhöhte CO_2 Konzentration in der Atmosphäre, Ozeanversauerung, Verlust Tropischer Wälder, Artensterben, usw.

Hintergrundtexte und interaktive Grafiken zur „Großen Beschleunigung"

70053-93

Die WTO – Garant für freien und fairen Handel?

Akteure und Verantwortung in der Weltwirtschaft
→ Kap. 12.2

Der freie und vor allem faire Handel zwischen allen Staaten der Erde wird unter anderem als Lösungsansatz genannt, damit auch die Länder des „Globalen Südens“ mehr Wohlstand erlangen und Armut und Hunger bekämpfen können. Funktioniert das Prinzip des freien und fairen Handels wirklich?

M15 Die EU droht den USA mit einer Klage bei der WTO

Schiedsgericht
Gericht, das von zwei Parteien bestellt wird, um einen Konflikt durch einen Schiedsspruch zu lösen, an den sich die Konfliktparteien halten müssen

Streit um die US-Förderung von E-Autos

Die EU bewertet die protektionistischen Maßnahmen der USA als diskriminierend. Denn durch die zahlreichen Subventionen für US-Unternehmen und die Steuernachlässe für die Konsument:innen beim Kauf von in den USA hergestellten E-Autos erfahren europäische Automobilhersteller erhebliche Wettbewerbsnachteile. Ihre Produkte können im Vergleich nur teurer angeboten werden. Die bewusste Bevorzugung von US-Unternehmen verärgert deshalb die EU und widerspreche teilweise deutlich den Regeln der Welthandelsorganisation. Deshalb droht die EU den USA damit, vor ein Schiedsgericht der WTO zu ziehen.

Bearbeiter

M16 Welche Prinzipien hat die WTO?

Diskriminierung
Benachteiligung oder Herabwürdigung von Gruppen oder einzelnen Personen zum Beispiel aufgrund ihrer Herkunft

Die Welthandelsorganisation (World Trade Organization) ist ein Zusammenschluss aus derzeit 164 Mitgliedsstaaten (Stand 2022). Die USA und die EU sind auch Mitglieder. Das Hauptziel der WTO ist die Umsetzung eines freien Handels zwischen den Mitgliedern, weshalb ein Abbau von Handelshemmnissen angestrebt wird.

Die Prinzipien der WTO können nur durch eine Zustimmung aller Mitglieder verändert werden:

Zoll
Eine zusätzliche Gebühr, die auf importierte Waren anfällt

Erklärfilm zu Aufgaben, Prinzipien, Zielen und Problemen der WTO
70053-94

Meistbegünstigung	Alle Handelsvorteile, die einem Mitglied zugesichert werden (z. B. Zollsenkungen), stehen auch allen anderen Mitgliedern zu
Nichtdiskriminierung	Jede Art der Diskriminierung gegenüber einem Mitglied soll ausgeschlossen werden. So dürfen z. B. keine Sonderzölle aus politischen Gründen gegenüber Mitgliedern eingeführt werden.
Inländerbehandlung	Ausländische Güter müssen genauso behandelt werden wie vergleichbare inländische.
Transparenz	Alle Mitglieder müssen über Regelungen und Beschränkungen des Außenhandels informiert werden. Geheime Abkommen sind nicht erlaubt.

Bearbeiter

M17 Wie kann die WTO Konflikte schlichten?

Das Schlichtungsverfahren der WTO sichert die Umsetzung der Regeln für den internationalen Handel zwischen den Mitgliedern. Jedes Mitglied kann eine Beschwerde einlegen, wenn es sich benachteiligt fühlt. So schaffen es auch vermeintlich schwächere Staaten, gegen Handelsriesen vorzugehen. Die Entscheidungen des Schlichtungsverfahrens sind für die beklagte Partei bindend. Falls die beklagte Partei den Empfehlungen der Schlichter nicht nachkommt, kann die klagende Partei von der WTO die Erlaubnis bekommen, Strafzölle zu verhängen. Seit Ende 2019 ist das Streitschlichtungsgremium handlungsunfähig, weil ihm Richter fehlen. Die USA blockieren die Ernennung neuer Richter, weil sie sich durch die Schiedsgerichte systematisch benachteiligt fühlen. Durch diese Handlungsunfähigkeit drohen ausufernde Handelskonflikte.

Bearbeiter

Brasilien setzt sich gegen die EU durch
Mithilfe der WTO setzte Brasilien durch, dass die EU die eigene Zuckerproduktion nicht mehr so stark schützen darf. Brasilien ist selbst Anbauort für günstiges Zuckerrohr.

M18 Brot für die Welt fordert gerechten Handel

[Die Liberalisierung des internationalen Handels durch die WTO] [...] verläuft recht einseitig, da Handelshemmnisse vorrangig für die Export-Nationen im globalen Norden fallen. Die in der WTO vertretenen Entwicklungs- und Schwellenländer fordern deshalb [...], ihnen ebenfalls den Zugang zu ausländischen Märkten durch den Abbau von Agrarsubventionen und Protektionismus in den Industriestaaten zu erleichtern. [...] Erst bei der WTO-Ministerkonferenz in Nairobi 2015 wurde die Abschaffung von Export-Subventionen beschlossen [...]. Wenn zum Beispiel der afrikanische Markt mit überschüssigem Hühnerfleisch aus Europa überflutet wird, bricht der lokale Geflügelmarkt zusammen und viele Kleinbauern verarmen. Der Ansatz der internationalen Entwicklungszusammenarbeit ist so [...] einleuchtend: Do no harm! (Richte keinen Schaden an.) [...] Denn die Liberalisierung darf nicht auf Kosten von Mensch und Umwelt gehen.

Brot für die Welt
Eine deutsche Nichtregierungsorganisation (NGO), die sich für Menschenrechte und Umweltschutz international stark macht

Brot für die Welt: Ein gerechter Welthandel kann Armut beheben. In: www.brot-fuer-die-welt.de, Abruf am 04.04.2023

AUFGABEN

70053-107

1. Beschreibe, warum die EU den USA mit einer Klage vor dem Schiedsgericht der WTO droht (**M15**).
2. a) Erkläre die Prinzipien der WTO, die für alle Mitglieder gelten (**M16**).
   b) Ermittle, gegen welche Prinzipien die USA aus Sicht der EU verstoßen (**M15**, **M16**).
3. Erläutere das Schlichtungsverfahren der WTO (**M17**).
4. Ermittle, was sich aus Sicht von Brot für die Welt im internationalen Handel ändern sollte (**M18**).
5. Diskutiert, wie die WTO den freien Handel zwischen den Mitgliedsstaaten sicherstellen kann (**M15-M18**).

F zu Aufgabe 2b
Diskutiert, ob ihr eine mögliche Klage der EU gegen die USA gerechtfertigt findet.

F zu Aufgabe 3
Erkläre, warum im internationalen Handel Regeln benötigt werden, an die sich alle Staaten halten sollten.

5.2 Migration und Flucht

Migration und Flucht – weshalb machen Menschen sich auf den Weg?

Niemand verlässt seine Heimat ohne Grund! Doch welche Gründe sind es, die bei der Entscheidung eine Rolle spielen? Werden Menschen zur Flucht gezwungen oder planen sie in freier Entscheidung ihre Zukunft in einem anderen Land?

M1 Warum ich hier bin

1

Ich bin **Yaman Fares**, **22**, und stamme aus Damaskus in Syrien. Als ich 15 war, wurde ich von einer Bombe am Arm getroffen und als mein Bruder und ich als Soldaten einberufen werden sollten, gab mein Vater uns unsere Reisepässe und ein Flugticket in die Türkei. Nach mehreren gescheiterten Versuchen haben wir das Mittelmeer in einem Schlauchboot nach Griechenland überquert, unglaublich. Ich wusste nicht, wo es hingeht. Jetzt mache ich in Düsseldorf eine Ausbildung.

2

Ich bin **Maarja Tamm**, **26** Jahre alt und in Tallin (Estland) geboren. Nach dem Bachelor (Kommerzielles Luftfahrtmanagement) habe ich einen Job in Irland angenommen und mir damit einen Traum erfüllt. Ich wollte einfach wissen, wie das Leben in einem anderen Land aussieht. Zusammen mit meinem Freund Joshua (der eine deutsche Mutter hat) bin ich nach dem Jobverlust bei meiner Airline nach Deutschland gegangen, weil wir uns hier bessere Jobmöglichkeiten erhoffen. Irgendwann will ich nach Tallin zurück.

Filmclips: Flüchtlinge und ihre Geschichte

70053-95

3

Ich heiße **Isaac Musa**, bin **24** und in Nigeria aufgewachsen. Bevor der Krieg gegen die Ukraine begann, habe ich in Charkiw Maschinenbau studiert. Was an der Uni dort an Wissen zusammengetragen wurde, zog junge Menschen aus der ganzen Welt an. Als die erste Rakete am Freiheitsplatz einschlug, bin ich über die ungarische Grenze und dann weiter nach Bonn. Wie es jetzt weitergeht, weiß ich noch nicht.

Bearbeiter

Flucht
Menschen flüchten dann, wenn sie sich in einer bedrohlichen Lebenssituation befinden. Das ist meistens der Fall, wenn im eigenen Land Krieg herrscht oder die Menschen Terror oder Diskriminierung fürchten müssen.

MIGRATION

Migration heißt ganz allgemein, dass Menschen an einen anderen Ort ziehen. Dieser Ort kann innerhalb der Grenzen eines Landes liegen oder auch in einem anderen Land.
Migration ist damit der Sammelbegriff für alle Arten von Wanderungsbewegungen. Hierunter fallen Flüchtlinge als auch freiwillige Auswander:innen.

M2 Warum verlassen Menschen ihr Heimatland?

Aus welchen Gründen verlassen Menschen ihr Herkunftsland?

Nassim: Die zentralen Gründe sind Konflikte bzw. Kriege, politische Instabilität und ökonomische Unsicherheit. Diese Gründe mischen sich fast immer. Ein Beispiel: Viele Menschen fliehen aus Afghanistan in den Iran, dort finden sie aber keine legale Arbeit. Da sie nicht zurückkönnen, machen sie sich weiter auf den Weg nach Europa.

Bedeutet das, dass viele Migrant:innen gar nicht auf direktem Wege in ein Zielland wie Deutschland kommen?

Nassim: Vor allem diejenigen, die aus ihren Ländern vor Terror, Krieg oder Verfolgung fliehen, versuchen meistens zunächst im eigenen Land oder in ein Nachbarland zu flüchten.

Hein: Das gilt auch für sogenannte „Klimageflüchtete". Die Mehrheit, die vor Überflutung oder Hurrikans flieht, bewegt sich – falls sie nicht sofort zu Todesopfern werden – nur über kurze Distanzen (mit dem Ziel, so schnell wie möglich zurückzukehren) [...].

Warum erscheint Europa für viele so attraktiv?

Nassim: Europa bzw. die EU werden nicht nur mit Wohlstand verbunden, sondern sie ist ein „Markenname" für Menschenrechte. Das ist für viele das Versprechen, auf dessen Einlösung sie setzen. Insbesondere wenn sie aus Ländern kommen, in denen europäische Staaten oder die USA mit der politischen Rhetorik für Menschenrechte und Demokratie eingegriffen haben, z. B. Afghanistan.

Bearbeiterin, nach: Migration Matters: A Migrant's View with Nassim Majidi. In: www.migrationmatters.me, Abruf am 02.10.2023; Migration Matters: Migration 101 with Hein de Haas. In: www.migrationmatters.me, Abruf am 02.10.2023

Warum fliehen Menschen?

Krieg und Gewalt

Verfolgung und Diskriminierung

Zerstörte Lebensgrundlagen

Armut und Perspektivlosigkeit

AUFGABEN

70053-108

1. Arbeitet zu zweit aus **M1** heraus, welche Gründe die Menschen hatten, ihr Land zu verlassen und begründet, ob die Entscheidung, das eigene Land zu verlassen, freiwillig oder unfreiwillig war.
2. a) Erläutere den Unterschied zwischen Migration und Flucht (**#Migration, Randspaltenerklärung zu Flucht**).
   b) Ordne den Fällen aus **M1** eine passende Definition zu.
3. a) Arbeitet zu zweit und nennt unterschiedliche Ursachen, weshalb Menschen aus ihrem Land fliehen. Erläutert diese Ursachen anhand von Beispielen aus dem Interview in **M2**.
   b) Erstellt eine Tabelle mit den Spalten „Push" und „Pull" und ordnet die jeweiligen Gründe für die Flucht aus dem Herkunftsland, als auch Gründe für die Flucht in ein bestimmtes Land / eine bestimmte Region (z. B. Deutschland, EU) richtig ein (**M2**, **M3**).
   c) Nennt weitere mögliche „Pull"-Faktoren und ordnet diese in die Tabelle ein.

H zu Aufgabe 3b
Seht euch hierzu nochmal die Definition der „Push"- und „Pull"-Faktoren in Kap. 4.4, S. 126, **M3** an.

Welche Ursachen hat der Syrienkrieg?

Einer der Kriege, der in den letzten Jahren zu massiven Vertreibungs- und Fluchtbewegungen geführt hat, ist der Syrienkrieg. Welche Ursachen hat er und gibt es eine Aussicht auf Frieden?

M3 Der Syrienkrieg in Bildern

1 Syrer demonstrieren 2021 gegen Präsident Assad und seine manipulierte Präsidentenwahl in Idlib.

2 Ein syrischer Wohnblock nach den Kämpfen

3 Kämpfer des Islamischen Staats in Raqqa, Syrien, mit schweren Waffen

4 Ein US-Schützenpanzer bei einer Offensive in Nordsyrien

5 Russische Soldaten und Waffen in Syrien, östlich von Aleppo

M4 Konfliktparteien im Syrienkrieg

Der innerstaatliche Konflikt in Syrien zwischen der syrischen Regierung unter Präsident Baschar al-Assad und verschiedenen Oppositionsgruppen dauert bis heute an [Stand Oktober 2023]. Zu den Oppositionsgruppen, die als bewaffnete Akteur:innen in den Konflikt eingetreten sind, gehören die Nationale Koalition der syrischen Revolutions- und Oppositionskräfte (NC), die u. a. die Freie Syrische Armee (FSA) und den Syrischen Nationalrat (SNC) umfasst, aber auch verschiedene islamistische Gruppen wie die al-Nusra Front (nun Dschabaht Fath asch-Scham (Front für die Eroberung der Levante)), die Islamische Front (IF) und der Islamische Staat (IS). Der Konflikt in Syrien stellt einen internationalisierten Konflikt dar, der auf beiden Seiten Verbündete umfasst. So wird die **Assad-Regierung** durch den Iran, die Hisbollah (Schiitische Organisation, die sich in eine politische Partei und eine bewaffnete Miliz mit islamistischen Positionen teilt) im Libanon, verschiedene schiitische Milizen und Russland unterstützt. Die verschiedenen **Oppositionsgruppen** erhalten bspw. Unterstützung durch Katar, Saudi-Arabien, die Vereinigte Arabischen Emirate, die Türkei und die USA.

Servicestelle Friedensbildung Baden-Württemberg: Syrien: Eine Konfliktanalyse aus friedenspädagogischer Sicht. In: www.friedensbildung-bw.de, Abruf am 04.10.2023

Zusatzkapitel: Der russische Angriffskrieg gegen die Ukraine

70053-96

M5 Welche Ursachen hat der Konflikt?

Strukturelle Ungleichheit

Forderungen nach sozioökonomischen Verbesserungen werden im Zuge des Arabischen Frühlings auch in Syrien durch die syrische Bevölkerung laut. Die [...] Liberalisierungspolitik durch das Assad-Regime seit Beginn der 2000er Jahren verstärkt die sozialen Ungleichheiten, v.a. zwischen der Stadt- und der Landbevölkerung, was wiederum viele Arbeiter:innen auf die Straßen treibt. Verstärkt wird dies durch die Korruptionsproblematik innerhalb des Assad-Regimes und den Reichtum der Machteliten. Damit verbunden sind u.a. Forderungen nach Rechtstaatlichkeit und Achtung der Menschenrechte.

Politischer Einfluss und Macht

Für die Assad-Regierung steht die Sicherung der Macht und damit die Unterdrückung und Zerschlagung der Opposition und der Protestbewegungen in der Bevölkerung im Vordergrund. Die Oppositionsgruppen haben ein erhebliches Interesse an politischer Teilhabe und Veränderung entwickelt und streben teilweise einen Regierungs- und Systemwechsel an. Anderen militärischen Gruppierungen geht es um die Sicherung ihrer Macht in einigen Teilgebieten. Auch die Beteiligung externer Akteure im Verlauf des Konflikts lässt sich durch das Streben nach regionaler Vormacht und Einflusssphären erklären.

Kulturelle Identität

Im Staats- und Sicherheitsapparat Syriens sind Alawit:innen (Religiöse Minderheit, die der schiitischen Strömung angehören, Baschar al-Assad ist ebenfalls Alawit) unter Assad überrepräsentiert, während die sunnitische Mehrheit des Landes nur gering repräsentiert wird. Die Konfessionalisierung, welche v.a. durch bestimmte externe konfessionelle Verbündete verstärkt wird, fördert die gegenseitigen Feindbilder und strahlt als Konfliktmuster entlang ethnisch-religiöser Linien (v.a. Sunniten vs. Schiiten) in die Region aus.

Servicestelle Friedensbildung Baden-Württemberg: Syrien: Eine Konfliktanalyse aus friedenspädagogischer Sicht. In: www.friedensbildung-bw.de, Abruf am 04.10.2023

Zum Weiterlesen: Friedensbemühungen im Syrienkrieg

70053-97

AUFGABEN 70053-109

1. Beschreibt die Bilder in **M3** zum Syrienkrieg in der Klasse. Was sagen sie über den Konfliktverlauf aus?
2. a) Arbeitet zu zweit und erstellt eine Mindmap zu den Konfliktparteien in Syrien (**M4**).
   b) Erläutert die Ursachen des Konflikts und begründet, wie sie miteinander verbunden sind (**M5**).
   c) Beurteilt, inwiefern es sich um einen regionalen oder einen globalen Konflikt handelt (**M4**, **M5**).
3. Finde anhand der Materialien im QR-Code zu **M5** heraus, welche Friedensbestrebungen es im Konflikt gibt und wie vielversprechend sie sind.

Herausforderung Flucht und Asyl – wie wird damit umgegangen?

Weltweit sind immer mehr Menschen auf der Flucht. Die Gründe hierfür sind vielfältig, wie du bereits erfahren hast. Woher kommen die meisten Flüchtlinge und wer nimmt sie auf? Und wie geht Deutschland mit dem Thema Flucht und Asyl um?

M6 Flucht und Vertreibung weltweit im Überblick

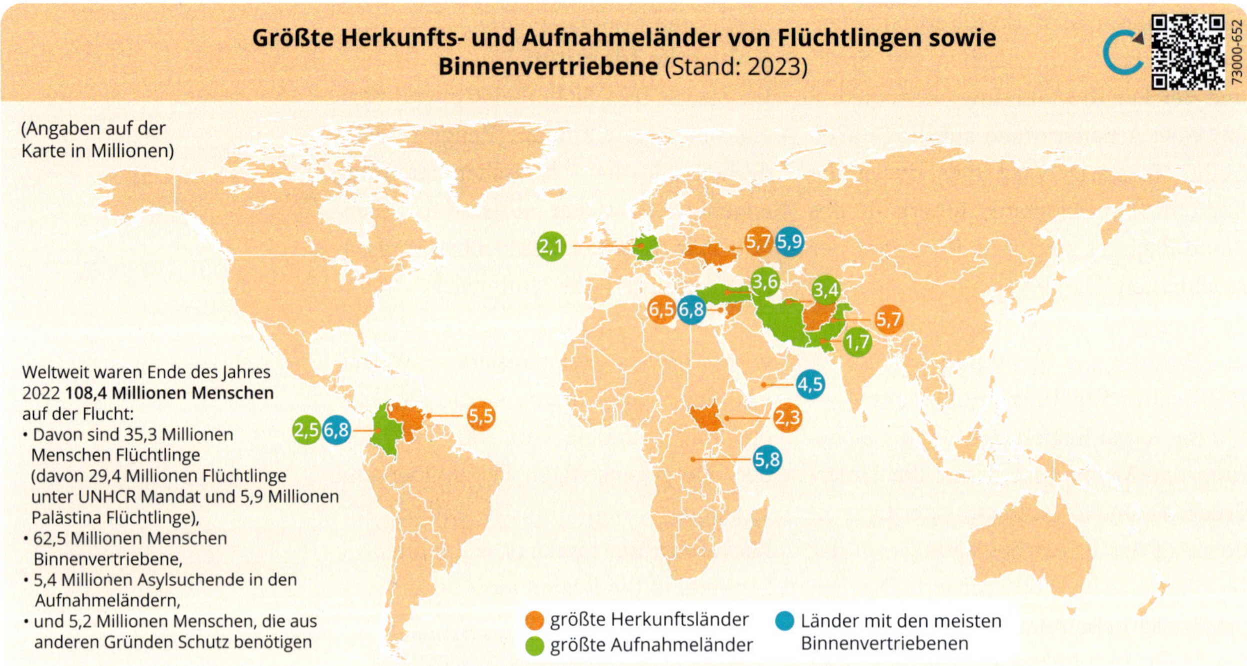

©C.C. Buchner Verlag, aktuelle Daten nach: UNO/UNHCR (Datenerhebung: 2023; Grafikerstellung: 2023)

M7 Zuwanderung nach Deutschland – Chance oder Herausforderung?

Zuwanderung
→ Kap. 5.1, M6

Asyl
Das Recht auf Asyl ist ein Grundrecht in Deutschland. Wenn Menschen vor Terror, Krieg oder Gewalt fliehen, können sie in Deutschland Asyl beantragen und dort leben und arbeiten, wenn ihr Asylantrag bewilligt wird.

Die Befürworter:innen einer starken Zuwanderung sehen zum einen die moralische Verpflichtung, Geflüchteten Schutz zu gewähren, und zum anderen weisen sie darauf hin, dass Unternehmen in Deutschland mehr Arbeitskräfte brauchen. Der Vorteil wird auch darin gesehen, dass junge Zuwanderer und Zuwanderinnen, die eine Arbeitsstelle finden, Steuern und Sozialabgaben zahlen und dadurch auch die soziale Sicherung in Deutschland (Rentenversicherung, Krankenversicherung) mit finanzieren. Kritiker:innen einer zu großen Zuwanderung weisen vor allem darauf hin, dass die Integration von Einwanderern und Einwanderinnen Kosten für soziale Unterstützung, Sprachkurse und Ausbildung verursacht. In Deutschland wird gerade darüber diskutiert, inwiefern man die Themen Arbeitszuwanderung und Schutz von geflüchteten Menschen voneinander unterscheiden kann oder muss.

Bearbeiter

M8 Fluchtziel Deutschland

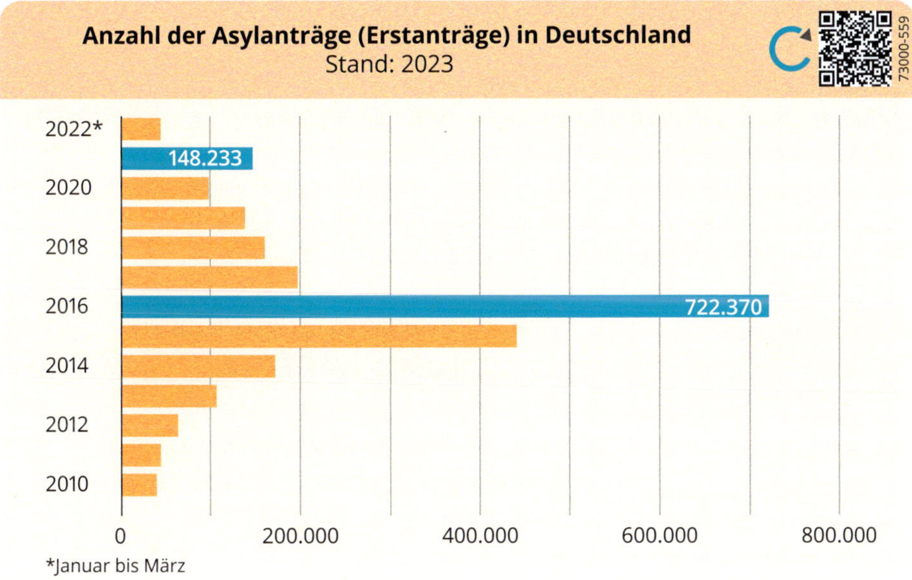

©C.C. Buchner Verlag, aktuelle Daten nach: Bundesamt für Migration und Flüchtlinge (Datenerhebung: 2022; Grafikerstellung 2023)

Weitere Diagramme zum Thema Zuwanderung:

Ausländische Bevölkerung in Deutschland

- **Anteil nach Herkunftsstaaten**

73000-557

- **Anteil nach Bundesländern**

73000-558

Schulabschlüsse nach Personen mit und ohne Migrationshintergrund

73000-561

EINWANDERUNGSLAND

Ein Einwanderungsland ist ein Land mit vielen Zugewanderten. In klassischen Einwanderungsländern wie USA, Kanada oder Brasilien ist die Einwanderung wegen Arbeitskräftemangel gezielt gefördert worden. Dort ist es also oft gesetzlich geregelt, dass Menschen unter bestimmten Bedingungen zuwandern können. Deutschland ist eines der beliebtesten Zuwanderungsländer. Immer wieder gibt es politische Konflikte um die Frage, ob die Integration Zugewanderter gut gelingt und ob die Zuwanderung nach Deutschland durch Gesetze stärker geregelt werden soll.

AUFGABEN

70053-110

1. Analysiert die Karte **M6** zu zweit: Nennt die größten Herkunfts- und Aufnahmeländer von Flüchtlingen.
2. Nenne Chancen und Herausforderungen der Zuwanderung für Deutschland (**M7**).
3. Analysiere das Diagramm zum Thema Asylanträge. Beschreibe Trends und Entwicklungen der letzten Jahre (**M8**).
4. Deutschland ist ein sogenanntes Einwanderungsland. Führt zu zweit ein Streitgespräch zwischen einem / einer Zuwanderungsgegner:in und einem / einer Befürworter:in (**M7**, **M8**).

F zu Aufgabe 1
Vergleicht die Zahlen zu den Binnenvertriebenen mit den Flüchtlingszahlen. Was fällt auf?

H zu Aufgabe 2
Nutzt hierzu sowohl die Argumente aus **M7** als auch die Informationen aus den Diagrammen (**M8**, QR-Codes).

Vom brain drain zum brain gain – wer profitiert?

Hintergrund: Die EU-Freizügigkeit

70053-98

Ein allgemeines Menschen- oder Grundrecht auf Einreise und Aufenthalt in einem anderen Staat existiert nicht. Allerdings hat die Europäische Union mit dem Grundsatz der „Freizügigkeit" als eine der Freiheiten des gemeinsamen Binnenmarktes ein solches Recht für alle EU-Bürger:innen geschaffen. Profitieren hiervon alle Länder gleichermaßen?

M9 Verschiedene Jobangebote innerhalb der EU

1 Sie suchen eine Pflegekraft für Zuhause?

Finden Sie die ideale Betreuungskraft für die 24 Stundenpflege zwischen 1.990€ und 2.990€ pro Monat!

- Transparente Kostenübernahme
- Legal
- Faire Bezahlung
- Ausschließlich Betreuungskräfte aus Rumänien und Polen
- Erstattungsmöglichkeiten durch die Pflegeversicherung

Sie möchten als Pflegekraft bei ennie Verantwortung übernehmen?

Kontakt: info@ennie.de

2 UNIVERSITÄTSKLINIK AARHUS:

MEDIZINISCHES FACHPERSONAL GESUCHT

Qualifikationsanforderung:
Promotion (PhD) | Erfahrung in der Parkinson-Forschung erwünscht

Voraussetzung:
Englisch C1-Niveau | Förderung durch EU-Programm

Bewerbung:
ausschließlich über die Webseite

Bearbeiter

M10 Was bedeuten Brain Drain, Care Drain, Care Chains ...?

1 **Brain Drain:** Ein Land (bzw. eine Region) verliert hochqualifizierte Personen durch dauerhafte Abwanderung. Dies kann einzelne oder mehrere Branchen betreffen und entsprechend unterschiedliche Auswirkungen haben.

2 **Care drain:** Abwanderung von medizinischem und pflegerischem Personal von einem Land in ein anderes, häufig mit höherer Lohnstruktur und gefördert durch Anwerbung ausländischer Arbeitskräfte.

3 **Brain Regain oder Brain Circulation:**
Hochqualifizierte Personen wandern lediglich für eine begrenzte Zeit aus und kehren dauerhaft oder temporär in ihr Herkunftsland zurück.

4 **Care chains:** Durch die Abwanderung von Betreuungskräften kommt es in den Herkunftsländern zu einem Versorgungsdefizit und die Sorgearbeit muss durch andere Personen, oft ebenfalls Migrant:innen, übernommen werden.

5 **Brain Waste:** Hochqualifizierte Personen können ihre Qualifikationen im Zielland nur unzureichend nutzen, weil sie keine Arbeit finden oder unter ihrem Qualifikationsniveau beschäftigt sind.

Kästen 1, 3, 5: Behrendt, Max/Bloem, Simone/Knoll, Julia: Auswirkungen der EU-Binnenmigration auf die Herkunftsländer. Berlin: Mensch und Buch Verlag 2021, S. 80; Kästen 2, 4: Bearbeiter

M11 Mobilität in der EU – Gewinne für alle?

Auf der einen Seite kann Abwanderung (hoch-)qualifizierter Personen zu einer Verschärfung von Ungleichheiten zwischen Herkunfts- und Zielländern beitragen. Dies ist insbesondere der Fall, wenn es an Fachkräften in bestimmten Branchen mangelt (z. B. IKT-Branche) oder die zentralen Bereiche der öffentlichen Daseinsvorsorge darstellen (z. B. das Gesundheits- und Pflegewesen). Da aber ein erheblicher Teil der EU-Zugewanderten an einem bestimmten Punkt wieder in ihre jeweiligen Herkunftsländer zurückkehrt, kann die Anwendung und Weiterentwicklung ihrer im EU-Ausland erworbenen Erfahrungen nicht nur ihnen selbst, sondern auf mittel- bis langfristige Sicht auch den Herkunftsstaaten zugutekommen. Finanzielle Vorteile für Haushalte von im EU-Ausland lebenden Unionsbürger:innen ergeben sich auch durch sogenannte Rücküberweisungen, die diese beispielsweise an Familienangehörige im Herkunftsland tätigen.

Nach: Behrendt, Max/Bloem, Simone/Knoll, Julia: Auswirkungen der EU-Binnenmigration auf die Herkunftsländer. Berlin: Mensch und Buch Verlag 2021, S. 165 [Text aus didaktischen Gründen modifiziert; Auslassungen und Ergänzungen sind nicht gekennzeichnet.]

Leben und Arbeiten im EU-Binnenmarkt
→ Kap. 11.2

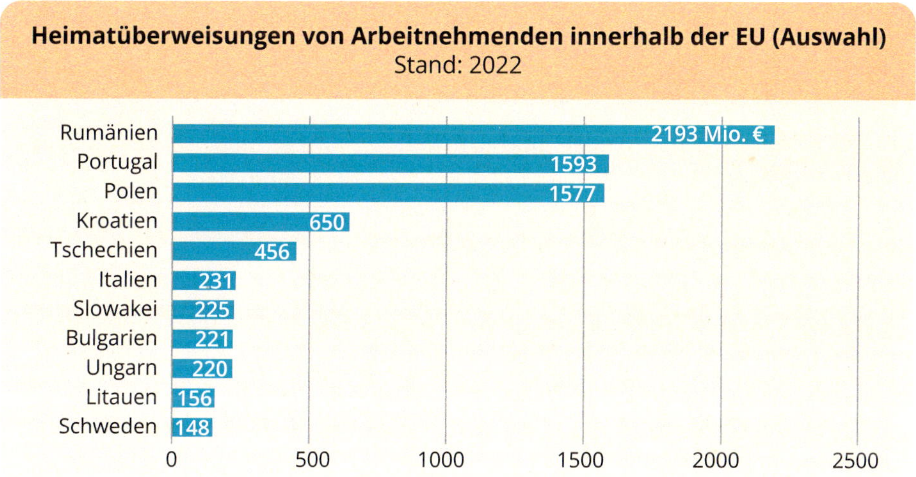

©C.C. Buchner Verlag, aktuelle Daten nach: Eurostat (Datenerhebung: 2022; Grafikerstellung 2023)

AUFGABEN

70053-111

1. Sammelt in der Klasse anhand der Anzeigen Ideen, welche Vor- und Nachteile Mobilität von EU-Bürger:innen für die Betroffenen und die Herkunfts- und Zielländer haben könnte (**M9**).
2. a) Arbeitet zu zweit und erläutert jeweils die Begriffe zum Thema Mobilität (**M10**).
   b) Findet für die jeweiligen Begriffe aussagekräftige Beispiele.
3. Begründe, welche Bereiche und Personen von der EU-Mobilität eher profitieren und welche eher nicht (**M11**).
4. Entwickelt in der Klasse Ideen, um die Probleme in den Herkunftsstaaten der Migrant:innen abzumildern.

Migrations- und Entwicklungspolitik – ein Erfolgsmodell?

Viele sogenannte Industrieländer, darunter auch Deutschland, leisten seit einigen Jahren „Entwicklungsarbeit" – und unterstützen dabei vor allem solche Länder, in denen Hunger und Armut allgegenwärtige Probleme sind. Wo und wie engagiert sich Deutschland, was hat es mit dem Begriff „Entwicklungszusammenarbeit" auf sich und hat das Ganze überhaupt den erwünschten Effekt?

M12 Felder der Entwicklungszusammenarbeit – das Beispiel Bangladesch

Klima und Energie
- Unterstützung des Ausbaus Erneuerbarer Energien mit ca 1,3 Mrd. Euro durch die EU und Deutschland
- Schaffung von widerstandsfähiger Infrastruktur (Gebäude, Straßen, etc.) gegen Naturkatastrophen

Nachhaltige Wirtschaftsentwicklung
- geplante Unterstützung Bangladeschs in der beruflichen Aus- und Fortbildung in der Textilindustrie und im Bereich der Erneuerbaren Energien
- Unterstützung bei der Durchsetzung von Arbeits-, Sozial- und Umweltstandards.

Schutz der natürlichen Lebensgrundlagen
- Unterstützung bei der Erhaltung der Ökosysteme in Bangladesch
- Förderung des Aufbaus neuer Naturschutzgebiete, z.B. in den Küsten- und Meeresgebieten.

Vertreibung und Migration
- Unterstützung der Rohingya (Flüchtlinge/islamische Minderheit in Bangladesch)
- Unterstützung der aufnehmenden Gemeinden im Bildungsbereich und im Abwassermanagement

Feministische Entwicklungspolitik
- Unterstützung von Frauen und Mädchen in allen genannten Aktionsfeldernment

Basierend auf: Deutsche Botschaft Dhaka: Bereiche der Entwicklungszusammenarbeit. In: www.dhaka.diplo.de, 14.07.2023

ENTWICKLUNGSZUSAMMENARBEIT

Eine Zusammenarbeit zwischen zwei Ländern, um einem dieser Länder bei Herausforderungen zu helfen, z.B. der Armut der Bevölkerung. Dabei wird auf ein partnerschaftliches Miteinander besonders Rücksicht genommen. Früher nannte man diese Maßnahmen auch „Entwicklungshilfe", drückte damit aber eine gewisse Überlegenheit des Geberlandes aus. Daher wird heute von Zusammenarbeit gesprochen, weil diese Maßnahmen gemeinsam mit den Menschen im betroffenen Land geplant und durchgeführt werden. Gefördert werden soll besonders die Eigenständigkeit der Staaten, ganz im Sinne von „Hilfe zur Selbsthilfe".

M13 Schwimmendes Gemüse als Lösung?

Landwirte legen schwimmende Gärten in Pirojpur, Bangladesch im Juli 2022 an.

Naharun Begum treibt die Entenschar von den überschwemmten Wiesen zurück in den Stall. Noch immer steht das Wasser hoch. Naharuns Familie lebt in einem einfachen Haus aus Wellblech im Dorf Ronshi im Nordosten Bangladeschs. „Wir haben das Haus wiederaufgebaut", erzählt die 42-Jährige. „Die Flut im vergangenen Juni hat es schwer beschädigt und all unseren Besitz fortgespült, auch unsere Reisernte." Früher verließ sich die Familie allein auf den Anbau von Reis, wie die meisten Familien in der Gegend. War die Ernte durch die wiederkehrenden Fluten oder Schädlinge verloren, blieb ihnen nichts mehr. „Wir haben gehungert", erzählt Naharun. [...] Jetzt hat sich das geändert, denn ein Projekt der Welthungerhilfe [...] zeigt den Bewohner*innen der Region Santiganj Alternativen für ihre Landwirtschaft auf. Und auch, wie sie den Folgen des Klimawandels mit stärkerer Widerstandskraft begegnen können. Zum Beispiel mit der Entenzucht. [...] „Durch den Verkauf der Enten und der Eier können wir unseren Lebensunterhalt bestreiten. Ohne dies könnten wir nicht überleben", berichtet Naharun. Jede Ente legt bis zu 150 Eier im Jahr. Einen Teil davon verzehren die Familien selbst, einen Teil verkaufen sie auf dem lokalen Markt, wo sie pro Stück umgerechnet rund 15 Cent erhalten. Das nächste Ziel ist es, die Eier in der Stadt zu verkaufen, denn dort gibt es fast das Doppelte für ein Ei. [...] Um ihre Landwirtschaft den klimatischen Bedingungen anzupassen, haben die Bewohner*innen zudem mit Unterstützung der Teams sogenannte „Climate Field Schools" angelegt. [...] Auf Gemeinschaftsfeldern bauen die Familien Gemüse an, lernen, den Anbau zu optimieren und das Wissen an andere Interessierte weiterzugeben. [...]

Oftmals stehen die Felder nach einer Flut noch lange unter Wasser und können nicht genutzt werden. Auch dafür gibt es eine Lösung - die „schwimmenden Gärten". Auf einem Bambusgestell werden Schlamm und Erde aufgehäuft und mehrere Sorten Saatgut eingebracht [...]. Das Beet schwimmt also auf dem Wasser. Auf diese Weise verlieren die Familien selbst bei Flut nicht alles, was sie angebaut haben. Sie können Gemüse ernten, sich selbst versorgen und je nachdem noch etwas auf dem Markt verkaufen. [...] „Über das Geld können die Frauen selbst entscheiden und müssen nicht ihre Männer fragen. Sie bezahlen damit zum Beispiel die Ausbildung ihrer Kinder."

Last, Juliane: Gemüse, das schwimmt und umzieht. In: Welthungerhilfe, Das Magazin 01/2023, S.16-17, www.welthungerhilfe.de

Gleichstellung der Geschlechter
Die Gleichstellung der Geschlechter ist eines der 17 Nachhaltigkeitsziele der Agenda 2030. Hierfür muss noch ein weiter Weg gegangen werden: Frauen in der Altersgruppe von 25 bis 54 Jahren haben eine Erwerbsquote von 63 Prozent – bei Männern sind es 94 Prozent. Ebenso sind aktuell, nach Angaben der UN, weltweit ca. 736 Millionen Frauen betroffen von Gewalt.

Nachhaltigkeitsziele / SDGs
→ Kap. 5.3, M8

M14 Entwicklungszusammenarbeit in der Kritik

„Wer ist eigentlich berechtigt, zu definieren, was Entwicklung ist und wie Entwicklung auszusehen hat?“, fragt etwa Aram Ziai, Professor für Entwicklungspolitik und postkoloniale Studien an der Universität Kassel.

[...] Als Maßstab für „Entwicklung“ gälten nach wie vor die die Länder des globalen Nordens, kritisiert Ziai: „Es ist eine klammheimliche Gleichsetzung einer positiven gesellschaftlichen Veränderung mit den Veränderungen, die in den sogenannten entwickelten Industrienationen in den letzten Jahrhunderten passiert sind.“

Doch wie realistisch ist das angesichts des Klimawandels? „Die sogenannten entwickelten Länder haben einen Ressourcenverbrauch, der nicht verallgemeinerbar ist“, unterstreicht Ziai. „Wenn alle sich an diesem Vorbild orientieren, ist der Planet in Windeseile ruiniert.“ [...] Wenn eine Entwicklung nach dem Vorbild des Nordens gar nicht für alle möglich ist, aber man trotzdem an dieser Vorstellung festhält, macht das den Entwicklungsbegriff für Ziai zu einem Machtinstrument, mit dem eine in kolonialer Tradition stehende Hierarchie aufrechterhalten werden kann: „Denn er impliziert, es gibt eine universelle Skala, auf der eine gute Gesellschaft gemessen werden kann. Wir definieren quasi, wie diese Skala auszusehen hat und verorten uns an der Spitze dieser Skala und sind dementsprechend in der Lage, anderen zu sagen: Wir wissen, was ihr tun müsst, um eure Gesellschaft zu verbessern.“ Ein solcher Paternalismus negiere aber die Selbstbestimmung der anderen [...].

Ziai, Aram: Wider den gut gemeinten Paternalismus. Im Gespräch mit Stephanie Rohde. In: www.deutschlandfunkkultur.de, 23.01.2022

Paternalismus
In diesem Fall eine Beziehung zwischen Staaten, in dem ein Staat sich als der fürsorgende, „väterliche“ Staat für den anderen sieht, sich dabei aber meist über die Selbstbestimmung des anderen Staates hinwegsetzt.

AUFGABEN

70053-112

1. a) Arbeitet zu zweit. Nennt Felder der Entwicklungszusammenarbeit am Beispiel Bangladesch (**M12**).
   b) Begründet, welche Hauptziele Deutschland hiermit in Bangladesch verfolgt (**M12**).
2. a) Erstellt zu zweit eine Mindmap, in der ihr darstellt, wie Vertreibung / Flucht, Hunger und fehlende Lebensgrundlagen zusammenhängen (**M12**, **M13**).
   b) Nennt Lösungsansätze, die im Beispielprojekt genannt werden und beurteilt, ob sie zur Erreichung der Nachhaltigkeitsziele (SDGs) und zur Vermeidung von Flucht / Vertreibung beitragen (**M13**).
3. Erläutere die allgemeine Kritik an der Entwicklungszusammenarbeit und beurteile, ob diese Kritik in Bezug auf die Bemühungen in Bangladesch berechtigt ist (**M14**).

H zu Aufgabe 2b
Die Nachhaltigkeitsziele findet ihr in Kap. 5.3, **M8**.

5.3 Menschenrechte und internationale Sicherheitspolitik

(Wie) Können Menschenrechte geschützt werden?

Die Frage, ob Menschenrechte geschützt werden können, beschäftigt die Menschen schon seit langem. Trotz der Anerkennung von Menschenrechten gibt es immer wieder Verletzungen. Doch wer setzt sich überhaupt für die Einhaltung der Menschenrechte ein und welche Maßnahmen können ergriffen werden, um eine bessere Umsetzung der Menschenrechte zu erreichen?

M1 Wo werden auf der Welt Menschenrechte verletzt?

Zusatzkapitel: Ein Menschenrecht – was ist das eigentlich?

70053-99

1 Vergewaltigungen und Folter: Zahlreiche Menschenrechtsverletzungen im Krieg in der Ukraine

2 Haft für jemenitischen LGBT-Aktivisten aufgrund von „Störung der öffentlichen Ordnung"

3 Ermordung einer Journalistin auf Malta wegen Bericht über Korruption und Geldwäsche

4 Missbrauch und Ausbeutung von Hausangestellten in Katar

5 Regimekritiker in China in Haft

6 Todesstrafe in 20 Staaten der Welt weiterhin legal

Bearbeiter

M2 Organisationen für Menschenrechte

Es gibt viele verschiedene Organisationen, die sich weltweit für den Schutz der Menschenrechte einsetzen. Von einigen hast du vielleicht auch schon mal gehört. Hier findest du eine Auswahl:

unicef für jedes Kind

misereor GEMEINSAM GLOBAL GERECHT

AMNESTY INTERNATIONAL

HUMAN RIGHTS WATCH

OXFAM

Grafik: Aufbau des internationalen Strafgerichtshofs

70053-100

M3 Kann der Internationale Strafgerichtshof Menschenrechte schützen?

Der Internationale Strafgerichtshof (kurz: IStGH) nahm am 1. Juli 2002 seine Arbeit auf. Das Ziel war es, unabhängig von Staaten, Kriegsverbrechende dort anzuklagen und zu verurteilen.

Am 1. Juli 2002 hatte der Internationale Strafgerichtshof, kurz IStGH, zum ersten Mal seine Arbeit aufgenommen. [...] Kriegsverbrecher sollten in Den Haag angeklagt und verurteilt werden, international unabhängig, transparent und fair. [...] Doch nur eine Handvoll Gerichtsurteile gibt es bislang, die Verurteilten stammen aus eher kleinen Ländern. Das Gericht arbeite langsam und ineffizient, wird kritisiert. Und Staaten wie die USA, Russland oder China machen gar nicht erst mit. Doch ausgerechnet der Krieg in der Ukraine könnte nun der Idee von einem internationalen Strafrecht neue Relevanz verleihen. Anders als am Internationalen Gerichtshof, an dem Staaten einen anderen Staat verklagen, richten sich die Verfahren am Internationalen Strafgerichtshof spezifisch gegen eine Person, der mindestens eine Völkerstraftat nachgewiesen werden muss [z. B. Völkermord, Kriegsverbrechen]. [...] Der Internationale Strafgerichtshof ist keine Einrichtung der UN, alle Staaten müssen gesondert beitreten. 123 haben das inzwischen getan. Von den fünf ständigen Mitgliedern des UN-Sicherheitsrates haben die USA, Russland und die Volksrepublik China den Internationalen Strafgerichtshof bisher allerdings nicht ratifiziert. Eigentlich ein großes Manko, das den Einsatz des Strafgerichtshofs aber nicht völlig verhindert.

Nach: Bädorf, Marc: Kriegsverbrecher vor Gericht – Der Internationale Strafgerichtshof in Den Haag. In: www.swr.de, 17.03.2023

M4 Amnesty fordert Staaten zur Unterstützung auf

Die Hilfsorganisation Amnesty International hat die Staatengemeinschaft aufgefordert, die Ermittlungen des Internationalen Strafgerichtshofs gegen Russland zu unterstützen. „Es ist gut, dass der internationale Strafgerichtshof nun dennoch wegen Kriegsverbrechen ermittelt", sagte der Generalsekretär von Amnesty International Deutschland, Markus N. Beeko [...]. Der völkerrechtswidrige Einmarsch russischer Truppen in der Ukraine gehe mit zahlreichen Verstößen gegen das humanitäre Völkerrecht einher und verletze die Menschenrechte von Millionen von Menschen. „Amnesty International hat dokumentiert, dass russisches Militär Wohngebiete und zivile Objekte wie Krankenhäuser oder Schulen angegriffen und dabei auch weit geächtete Streumunition eingesetzt hat", sagte Beeko [...]. „Diese Angriffe, bei denen Zivilpersonen und auch Kinder starben, bewertet Amnesty als Kriegsverbrechen, und sie sind auf das Schärfste zu verurteilen."

Nach: Mendgen, Alisha: Amnesty fordert Staaten zur Unterstützung der Ermittlungen gegen Russland auf. In: www.rnd.de, © RND RedaktionsNetzwerk Deutschland GmbH, 08.03.2022

NICHTREGIERUNGSORGANISATION

Eine Nichtregierungsorganisation (englisch: NGO – non governmental organization) ist ein nicht-staatlicher Interessenverband, der unabhängig von staatlicher Förderung arbeitet.
Ihr Ziel ist es, ihre Anliegen bekannt zu machen und darauf hinzuwirken, dass sich bestimmte Dinge in der Gesellschaft oder in der Politik verändern. Typische Themen sind z. B. der Schutz der Menschenrechte, Tierschutz, Umwelt und Natur, soziale Gerechtigkeit und Ernährung.

M5 Kritik an NGOs

Auch wenn NGOs keiner politischen Partei zuzuordnen sind und sie für sich in Anspruch nehmen, allgemeine Gesellschaftsinteressen zu vertreten, gibt es dennoch Kritik an einer zu starken Stellung der NGOs:
So können die Defizite bei der Legitimation globaler Politik nicht hinreichend durch NGOs ausgeglichen werden, da diese ebenfalls nicht demokratisch legitimiert sind. Selbst die NGOs, die sich für mehr Demokratie auf globaler Ebene einsetzen, sind nicht gewählt und damit nicht ermächtigt, im Namen des Volkes zu agieren.
Zudem sind NGOs auch intern nicht immer demokratisch strukturiert und ihre Spendenabhängigkeit kann in Widerspruch zu ihrer Glaubwürdigkeit stehen.

Bundeszentrale für politische Bildung: NGOs – Nicht-Regierungsorganisationen. In: www.bpb.de, 01.10.2017

AUFGABEN

70053-113

1. Untersuche, welche Menschenrechte in den betroffenen Ländern verletzt werden (**M1** und dazugehöriger QR-Code).
2. a) Benenne die Organisationen in **M2**. Welche kennst du bereits?
   b) Erkläre, wie die Organisationen die Menschenrechte schützen möchten (**M2**).
   c) Sammelt in der Klasse weitere Organisationen, die sich für den Schutz der Menschenrechte einsetzen.
3. a) Erläutere Chancen und Probleme des Internationalen Gerichtshofs (**M3**).
   b) Nimm zur folgenden Aussage auf einer (digitalen) Positionslinie Stellung: Kann der Internationale Strafgerichtshof Menschenrechte schützen?
4. a) Erläutere kurz in eigenen Worten, was eine NGO ist (**#Nichtregierungsorganisation**).
   b) Lies die Texte in **M4** und **M5** und erstelle anschließend eine Pro- und Kontra-Liste über den Einfluss von NGOs.
   c) Diskutiert in der Klasse: Ist die Kritik an NGOs (**M5**) berechtigt?

H zu Aufgabe 1
Sieh dir hierzu zunächst an, welche Menschenrechte es gibt. Du findest diese im Zusatzkapitel hinter dem QR-Code zu **M2**.

H zu Aufgabe 2
Nutze dazu die Internetseiten der jeweiligen Organisationen.

Welche Ziele verfolgen die Vereinten Nationen?

Die Vereinten Nationen (UN, oder auch UNO) sind eine globale Organisation mit dem Ziel, Frieden und Zusammenarbeit zwischen Nationen zu fördern. Doch welche Ziele verfolgen die Vereinten Nationen genau?

M6 Die Skulptur Non-Violence

Diese Skulptur mit dem Namen „Non-Violence" (deutsch: gewaltfrei) oder auch „The Knotted Gun" (deutsch: die verknotete Pistole) steht vor dem Hauptsitz der Vereinten Nationen in New York City.

M7 Was sind die Aufgaben und Ziele der UN?

Die Vereinten Nationen setzen sich folgende Ziele, die in der UN-Charta (Gründungsvertrag der UN aus dem Jahr 1945) niedergeschrieben sind:

1. den Weltfrieden und die internationale Sicherheit zu wahren und zu diesem Zweck wirksame Kollektivmaßnahmen zu treffen, um Bedrohungen des Friedens zu verhüten und zu beseitigen, Angriffshandlungen und andere Friedensbrüche zu unterdrücken und internationale Streitigkeiten oder Situationen, die zu einem Friedensbruch führen könnten, durch friedliche Mittel nach den Grundsätzen der Gerechtigkeit und des Völkerrechts zu bereinigen oder beizulegen;
2. freundschaftliche, auf der Achtung vor dem Grundsatz der Gleichberechtigung und Selbstbestimmung der Völker beruhende Beziehungen zwischen den Nationen zu entwickeln und andere geeignete Maßnahmen zur Festigung des Weltfriedens zu treffen;
3. eine internationale Zusammenarbeit herbeizuführen, um internationale Probleme wirtschaftlicher, sozialer, kultureller und humanitärer Art zu lösen und die Achtung vor den Menschenrechten und Grundfreiheiten für alle ohne Unterschied der Rasse, des Geschlechts, der Sprache oder der Religion zu fördern und zu festigen;
4. ein Mittelpunkt zu sein, in dem die Bemühungen der Nationen zur Verwirklichung dieser gemeinsamen Ziele aufeinander abgestimmt werden.

Charta der Vereinten Nationen, Artikel 1

M8 Wie wurden die Ziele im 21. Jahrhundert weiterentwickelt?

Im Jahr 2015 verabschiedeten die Vereinten Nationen ein Dokument mit einem Plan, der die Welt bis zum Jahr 2030 nachhaltig gestalten soll. Alle 193 Staaten der Vereinten Nationen haben sich auf diesen Plan geeinigt:

Die 17 Nachhaltigkeitsziele

VEREINTE NATIONEN

Die Vereinte Nationen (kurz UNO: United Nations Organization, UN: United Nations oder VN: Vereinte Nationen) sind ein Zusammenschluss von derzeit 193 Staaten zur Erhaltung des Friedens und der Sicherheit auf der Welt.

Vor dem Hintergrund des zweiten Weltkrieges entstand die Organisation im Jahr 1945. Handlungsgrundlage der Organisation bildete die Charta (Verfassung), die unter anderem den Verzicht auf Gewalt festlegt. Ausnahmen sind das Recht zur Selbstverteidigung oder Maßnahmen, die der Sicherheitsrat der Vereinten Nationen gegen diejenigen beschließt, die den Frieden bedrohen.

EU-Sicherheits-/Außenpolitik
→ Kap. 11.3

AUFGABEN

70053-114

1. Beschreibe die Skulptur und erkläre ihre Bedeutung (**M6**).
2. Nenne die Ziele der Vereinten Nationen (**M7**).
3. Erkläre, welchen Stellenwert die UN Charta für das internationale Zusammenleben hat (**M7**).
4. Bewerte, inwiefern das Erreichen der 17 Nachhaltigkeitsziele das Ziel des Weltfriedens unterstützt (**M8**).

F zu Aufgabe 2
Beurteile, ob die Ziele der Vereinten Nationen heute erreicht sind.

HERAUSFORDERUNGEN UND LÖSUNGSANSÄTZE IN DER "EINEN WELT"

Kapitel 5.1, M1-M6

WELTBEVÖLKERUNG UND LEBENSBEDINGUNGEN IN DER „EINEN WELT"

Die Weltbevölkerung wächst: allerdings ist dieses Wachstum heute und in den nächsten Jahren vor allem auf die Länder des „Globalen Südens" zurückzuführen. Die hiermit eingehenden hohen Wachstumsraten der Bevölkerung bringen Herausforderungen wie die Versorgung mit Trinkwasser, die Gesundheitsversorgung, Armut und Hunger mit sich. Doch eine große junge Bevölkerung, die zur Wirtschaftskraft eines Landes beitragen kann, hat für diese Länder auch Chancen. Gegensätzlich sieht es in den Ländern des „Globalen Nordens" aus: Hier überaltert in vielen Ländern die Bevölkerung. Die Renten- und Gesundheitssysteme drohen, überlastet zu werden.

Kapitel 5.1, M7-M11 und Kapitel 5.2, M13

LEBENSMITTELVERSORGUNG UND RESSOURCENVERBRAUCH

Weltweit hungern 735 Millionen Menschen (Stand: 2022). Eine Hauptursache ist die Lebensmittelverschwendung in Ländern des „Globalen Nordens". Hinzu kommt, dass landwirtschaftliche Flächen zunehmend für die Energiegewinnung und für den Anbau von Futtermitteln für die Tierhaltung genutzt werden. Weiterhin erschweren Naturkatastrophen und der Klimawandel die Anbaubedingungen in vielen Ländern. Eng verknüpft mit diesem Thema ist der Ressourcenverbrauch. Der Verbrauch von Wasser, Energie, Boden und vielen weiteren Ressourcen ist in etwa seit den 1970er Jahren weltweit rasant gestiegen (Große Beschleunigung). Dies ist hauptsächlich auf das gestiegene Einkommen und die hohe Wirtschaftstätigkeit in Ländern des „Globalen Nordens" zurückzuführen. Ein vielversprechender Lösungsansatz hierfür ist die Kreislaufwirtschaft (siehe auch Kap. 6.3).

Kapitel 5.1, M15-M18 und Kapitel 5.2, M12-M14

ENTWICKLUNGSZUSAMMENARBEIT UND WELTHANDEL

Die deutsche Bundesregierung, wie auch viele andere Staaten des „Globalen Nordens", engagiert sich weltweit, um Armut, Hunger, Folgen von Naturkatastrophen uvm. zu bekämpfen und Lösungen vor Ort anzubieten. Es wird auf eine partnerschaftliche Zusammenarbeit im Sinne von „Hilfe zur Selbsthilfe" geachtet. Trotz der guten Absichten steht die Entwicklungszusammenarbeit in der Kritik, da man den Ländern „in Not" in gewisser Weise abspricht, selbst Lösungen für drängende Probleme zu finden. Ein weiterer Hebel, um Armut und Hunger zu mindern, ist der gerechte Welthandel. Die WTO setzt sich für die Einhaltung eines freien und fairen Handels zwischen ihren Mitgliedern ein. Die WTO steht allerdings in der Kritik zunehmend handlungsunfähig zu sein oder auch negative Auswirkungen auf die Länder des „Globalen Südens" zu begünstigen.

MIGRATION WELTWEIT

Kapitel 5.2, M1-M11

Migration kann ganz unterschiedliche Ursachen haben. Die Entscheidung, sein Land zu verlassen, kann aus freien Stücken geschehen, weil Menschen einen neuen Job in einem anderen Land ausüben wollen und sich davon ggf. auch finanzielle Vorteile erhoffen. Viele Menschen müssen allerdings ihr Land aufgrund von Kriegen, Terror, Verfolgung, Naturkatastrophen und Armut/ Hunger verlassen. Hier spricht man in der Regel von Flucht und Vertreibung. Große Herkunftsländer sind beispielsweise Syrien oder die Ukraine, wo jeweils Kriege das Land beherrschen. Deutschland ist ein Einwanderungsland, hier finden viele Flüchtlinge Schutz und können Asyl beantragen. In Deutschland ist die Aufnahme von Flüchtlingen ein kontroverses Thema.

VERLETZUNG UND SCHUTZ VON MENSCHENRECHTEN

Kapitel 5.3, M1-M5

Wenn gegen Menschenrechte verstoßen wird, gibt es die Möglichkeit, gerichtlich vorzugehen. Auf internationaler Ebene gibt es dafür den Internationalen Strafgerichtshof (IStGH). Er wird bei Völkermord, schweren Kriegsverbrechen sowie Verbrechen gegen die Menschlichkeit aktiv. Er ist jedoch nur dann zuständig, wenn die jeweiligen Staaten nicht selbst in der Lage sind, gerichtlich gegen die Verbrechen vorzugehen. Darüber hinaus kämpfen weltweit auch NGOs (Non Governmental Organizations) für die Einhaltung und Umsetzung von Menschenrechten. Die Organisationen können sich speziell für eine bestimmte Bevölkerungsgruppe (UNICEF: Kinder, Terre des Femmes: Frauen) oder auch ganz allgemein für Menschenrechtsverletzungen jeglicher Art einsetzen (Human Rights Watch).

VEREINTE NATIONEN, NATO UND BUNDESWEHR

Kapitel 5.3, M6-M16

Die Vereinten Nationen (kurz: UN oder UNO) sind eine zwischenstaatliche Organisation mit dem Ziel, Frieden, Sicherheit und Zusammenarbeit zwischen den Nationen zu fördern. Jedes der fünf ständigen Mitglieder des UN-Sicherheitsrates hat ein Vetorecht, um eine Entscheidung des Rates zu blockieren. Dies kann jedoch zu Konflikten und Untätigkeit führen, wenn eine Entscheidung nicht einstimmig getroffen wird. Die NATO ist ein politisches und militärisches Bündnis, das 1949 gegründet wurde, um die Sicherheit und Verteidigung ihrer Mitglieder zu gewährleisten. Kritiker:innen argumentieren, dass die NATO ihre Rolle als Verteidigungsbündnis überschritten hat und in unklare militärische Einsätze verwickelt war. Befürworter:innen betonen jedoch die Bedeutung der NATO als Instrument zur Stärkung der Demokratie und zur Wahrung des Friedens. Die Aufgaben der Bundeswehr umfassen die Landesverteidigung, die Beteiligung an internationalen Friedensmissionen und die Hilfeleistung im Inland.. Ob die Bundeswehr einen Stellenwert in der internationalen Friedenssicherung hat, ist umstritten.

Nachdem du das Kapitel „Wir leben in einer Welt – mehr Herausforderung als Chance?“ bearbeitet hast, kannst du hier das Erlernte anwenden, dein Wissen prüfen und dir ein Urteil bilden.

M1 Welche globalen Herausforderungen gibt es?

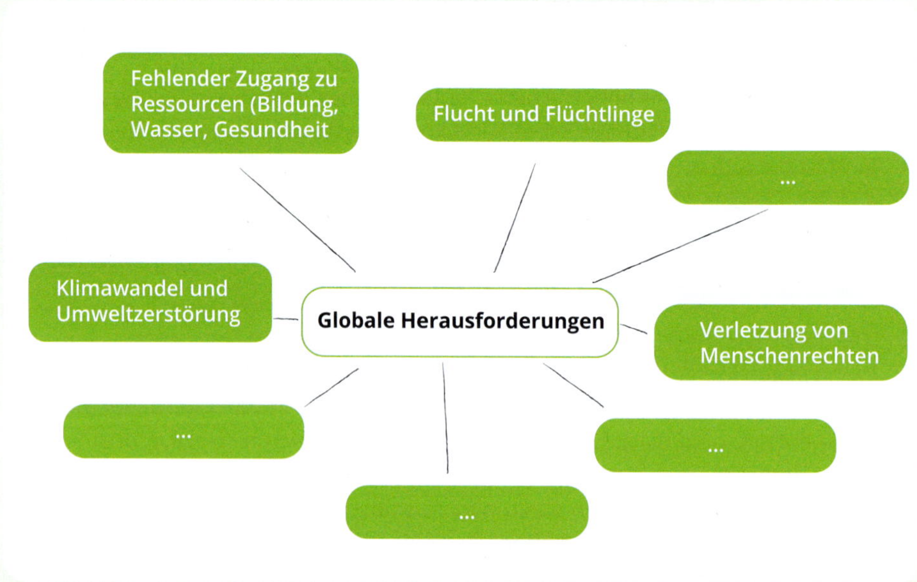

Bearbeiter

M2 Bleibt die „Eine Welt“ ein Wunschtraum?

Eine Welt, das ist ein Sehnsuchtswort. Was ist das Neue, das Überraschende an dem Begriff eine Welt? Um es zu verstehen, muss man den Blick zurückrichten. [...] Von Europa aus zählte man drei Welten. Die „Erste Welt“ waren – natürlich! - die entwickelten Länder Westeuropas, Nordamerikas und Australiens, auch oft "Industrienationen" genannt. Die "Zweite Welt" waren die kommunistischen Länder wie die damalige UdSSR die Volksrepublik China, die DDR, Nordkorea, Nordvietnam, Kuba usw. Die „Dritte Welt“ hingegen waren die blockfreien Länder, Afrika, Asien, Südamerika: Die „unterentwickelte Welt“, wie man damals sagte [...].

Und nun: Eine Welt – das hat was! [...] Eine Welt – das ist ein Hoffnungswort. Und zugleich ein Traum. Ein schöner Traum! Ein gefährlicher Traum! Denn aus diesem Traum kann man herausgerissen werden in eine bittere Wirklichkeit. Der Traum von der „einen Welt“ kann ein Wunschdenken bleiben, das dem harten Alltag nicht standhält. Wir sind leider keine „eine Welt“: weder im Einkommen, noch im Auskommen, weder in der gesundheitlichen Versorgung noch in der Bildung, weder im Verständnis von Religion noch im Verständnis von Demokratie. Nur mit viel Toleranz und Feingefühl lassen sich die Blöcke auflösen und können sich Völker und Nationen annähern.

Eberts, Gerhard: Eine Welt – nur ein Wunschtraum? In: www.dw.com, 07.09.2013

Online-Quiz zum Kapitel

70053-102

M3 Wie friedlich ist unsere Welt?

Weltfriedens-Index
Stand: 2023

73000-633

Länder und Gebiete nach dem Level der Friedlichkeit

Weniger friedlich ■ ■ ■ ■ ■ Sehr friedlich ■ Keine Daten

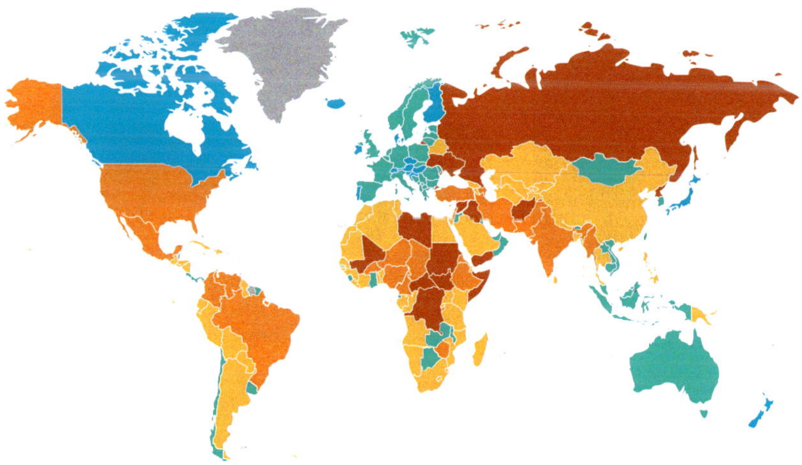

©C.C. Buchner Verlag, aktuelle Daten nach: Global Peace Index/Institute for Economics and Peace (Datenerhebung 2022; Grafikerstellung: 2023); Darstellung: Statista

Aufgaben

1. Ergänze die Mindmap in **M1** um weitere globale Herausforderungen aus dem Kapitel.
2. Gestalte eine Mindmap mit positiven Lösungsansätzen zu den genannten globalen Herausforderungen. Nutze hierzu dein Wissen aus dem Kapitel.
3. a) Erläutere, weshalb aus Sicht des Autors die „Eine Welt" nur ein Wunschtraum ist.
   b) Verfasse eine Antwort auf den Artikel in **M2**, in der du dem Autor begründet zustimmst oder nicht zustimmst.
4. Analysiere die Grafik (**M3**). Was könnte die Aussage der Grafik für den Stellenwert der Menschenrechte weltweit bedeuten?
5. Stelle Vermutungen über die Weiterentwicklung des internationalen Friedens an. Beziehe auch dein Wissen über die Chancen und Herausforderungen internationaler Organisationen und Bündnisse mit ein.

Selbsteinschätzung

70053-103

schmelzender Meeresgletscher

Solarpanele auf der grünen Wiese

Kohlekraftwerk in Deutschland

Fridays for Future Proteste am 03.03.2023 in Berlin

Was weißt du schon?

1. a) Beschreibe die Bilder. Was haben sie miteinander zu tun?
   b) Erstellt in der Klasse eine Mindmap zum Thema Klimawandel. Unterteilt eure Mindmap in Ursachen, Folgen und Lösungsansätze.
2. Arbeitet zu zweit. Nennt euch bekannte Lösungsansätze zur Bekämpfung des Klimawandels und diskutiert, ob und inwiefern diese wirksam sind.
3. Ergänzt eure Mindmap während der Bearbeitung dieses Kapitels fortlaufend.

6

#Der Klimawandel – eine (un)lösbare Herausforderung?

Die Folgen des Klimawandels nehmen sichtbar zu: Täglich erreichen uns neue Nachrichten zu Starkregen, Überschwemmungen, Dürren oder Waldbränden. Umso wichtiger ist es, dass wir jetzt etwas dagegen unternehmen und verantwortungsvoll mit den Ressourcen auf der Welt und unserer Umwelt umgehen, um den menschengemachten Klimawandel nicht weiter zu verstärken.
Was sind die Ursachen und Auswirkungen des menschengemachten Klimawandels? Was kannst du, also jeder Einzelne, aber auch die Gesellschaft und Unternehmen tun, um einen Beitrag zu mehr Klimaschutz und einer nachhaltigeren Lebensweise zu leisten?

Was lernst du in diesem Kapitel?

- ... den menschlichen Einfluss und die daraus resultierenden Folgen für das globale Klima zu erläutern.
- ... regionale Unterschiede von Klimaveränderungen zu beschreiben.
- ... Vorsorge und Schutzmaßnahmen vor Extremwetterereignissen zu erörtern.
- ... Handlungsmöglichkeiten in Klimaschutz sowie Energie- und Ressourcenschonung von Privatpersonen, Unternehmen und Politik zu beschreiben.
- ... Lösungsansätze in Bezug auf den Klimaschutz und die Energieversorgung zu beurteilen.
- ... Gütesiegel für nachhaltiges Wirtschaften zu analysieren.
- ... dein eigenes Konsumverhalten und Handeln in Bezug auf Wirtschaftlichkeit und nachhaltige Entwicklung zu bewerten.
- ... Aspekte alternativer Wirtschaftsweisen zu benennen und zu beurteilen.

Einen Runden Tisch zum Thema Klimawandel vorbereiten und durchführen

Worum geht es?

Wir alle leben gemeinsam auf einem Planeten, der auch noch für zukünftige Generationen lebenswert sein sollte. Um dies zu erreichen, steht die Menschheit vor der großen Herausforderung, den Klimawandel nicht weiter zu verstärken. Dabei gibt es viele verschiedene Interessen, sei es, weil man unterschiedlich stark betroffen ist, oder weil man verschiedenen Gruppen von Akteuren angehört. Mithilfe dieses Gemeinsam Aktiv lernt ihr verschiedene Akteure kennen, versucht euch in ihre Situation zu versetzen, vertretet ihre Interessen in einer abschließenden Diskussion, um euch am Ende auf gemeinsame Handlungsschritte zu einigen.

Geht dabei so vor:

Start

1 Erarbeitet zunächst die Grundlagen zu den Ursachen des Klimawandels zu zweit (→ Kap. 6.1, M1-M7).

2 Teilt die Klasse in verschiedene Expertengruppen ein, die die Rollen der verschiedenen Akteure einnehmen.

a) Gruppe 1: Bewohner:innen der Malediven (→ Kap. 6.1, M8-M10).
b) Gruppe 2: Bewohner:innen des Ahrtals (→ Kap. 6.1, M11-M16).
c) Gruppe 3: Expert:in für einen aktiven Klimaschutz im Alltag mit dem Schwerpunkt Ernährung (→ Kap. 6.2, M5, M7, M8).
d) Gruppe 4: Expert:in für einen aktiven Klimaschutz im Alltag mit den Schwerpunkten Mobilität und Energie (→ Kapitel 6.2, M9-M11).
e) Gruppe 5: Unternehmer:in (→ Kapitel 6.2, M12-M14, Kapitel 6.3, M4-M6).
f) Gruppe 6: Expert:in für einen nachhaltigen Alltag (→ Kapitel 6.3, M1-M6).

3 Beantwortet in euren Expertengruppen die folgenden Leitfragen:

- Welche Probleme liegen zu Grunde?
- Welche Auswirkungen haben die Probleme?
- Wie kann man den Problemen begegnen?

Eine Powerpoint-Präsentation erstellen und halten

70053-118

4

Erstellt einen aussagekräftigen Vortrag, mit dem ihr die anderen von der Dringlichkeit eures Themas überzeugen könnt. Nutzt dafür Bilder, Abbildungen, Fachbegriffe, aussagekräftige Argumente und wenn möglich Forderungen, die umgesetzt werden sollten. Es ist wichtig, dass eure Mitschüler:innen euer Anliegen gut verstehen.

5

Präsentiert euer Thema in der Klasse. Achtet auf eine verständliche Präsentationsweise. Es ist wichtig, dass sich die Zuhörer:innen Notizen zu den Interessen und möglichen Handlungsvorschlägen machen.

6

Diskutiert über die einzelnen Interessen und Handlungsvorschläge, die zu einer klimaschützenden und nachhaltigen Lebensweise führen können, nachdem alle Akteure ihr Anliegen vorgetragen haben,

7

Entwerft gemeinsam einen Aktionsplan, bei dem ihr euch auf die wichtigsten Handlungsvorschläge einigt. Haltet diese auf einem Plakat fest.

Ziel

8

Verlasst nun aktiv wieder die euch zugewiesenen Rollen und reflektiert über die euch zugewiesenen Rollen. Wie habt ihr euch in der Rolle gefühlt? War es schwierig die Rolle einzunehmen? Wenn ja, warum?

Reflexionsbogen

70053-119

6.1 Klima im Wandel – was haben wir damit zu tun?

Klimawandel – ein menschengemachtes Problem?

Die Veränderung des Klimas ist kein neues Phänomen, jedoch die Geschwindigkeit, mit der sich das Klima ändert. Diese macht es zu einer der größten weltweiten Herausforderungen des 21. Jahrhunderts. Doch warum ändert sich das Klima so schnell und was haben wir Menschen damit zu tun?

M1 Wenn wir das alles gewusst hätten …

Karikatur: Gerhard Mester, 2009

Eine Karikatur auswerten
→ Methodenglossar

M2 Wie hat sich die globale Temperatur geändert?

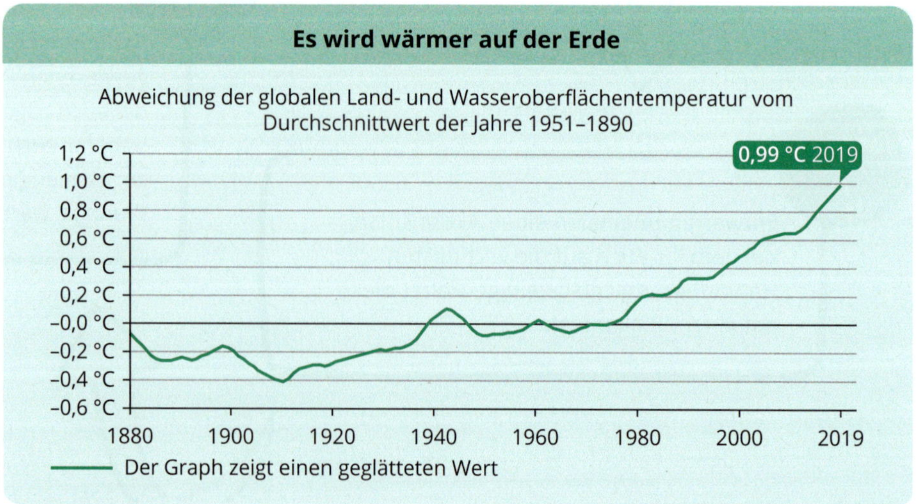

Nach: ©Statista 2020

M3 Tragen auch natürliche Ursachen zu Klimaänderungen bei?

Klimaänderungen haben nicht nur anthropogene (menschliche) Ursachen. Das Klima ist und war schon immer ständig im Wandel. Dabei haben auch natürliche Phänomene oder Gegebenheiten dazu beigetragen, dass sich das Klima verändert. Folgende Faktoren die Schwankungen der Sonnenaktivität und damit verbunden die Veränderung der Sonnenstrahlung, die Veränderung der Erdumlaufbahn um die Sonne, große Veränderungen der Erdoberfläche (z. B. nach Bildung neuer Gebirge durch Verschiebung von Lithosphärenplatten), die Verteilung von Land und Meer auf dem Globus, die Veränderungen des Verlaufs von Meeresströmungen (z. B. auch durch plattentektonische Vorgänge), die Veränderungen in der Zusammensetzung der Atmosphäre zum Beispiel durch Vulkanausbrüche oder Waldbrände oder der veränderliche Anteil der drei Aggregatzustände von Wasser bei.

Bearbeiterin

Klima
Unter dem Begriff Klima versteht man die Gesamtheit aller Wetterereignisse, die den Zustand der Atmosphäre in einem bestimmten Gebiet über einen längeren Zeitraum beschreiben.

M4 Das Treibhaus Erde

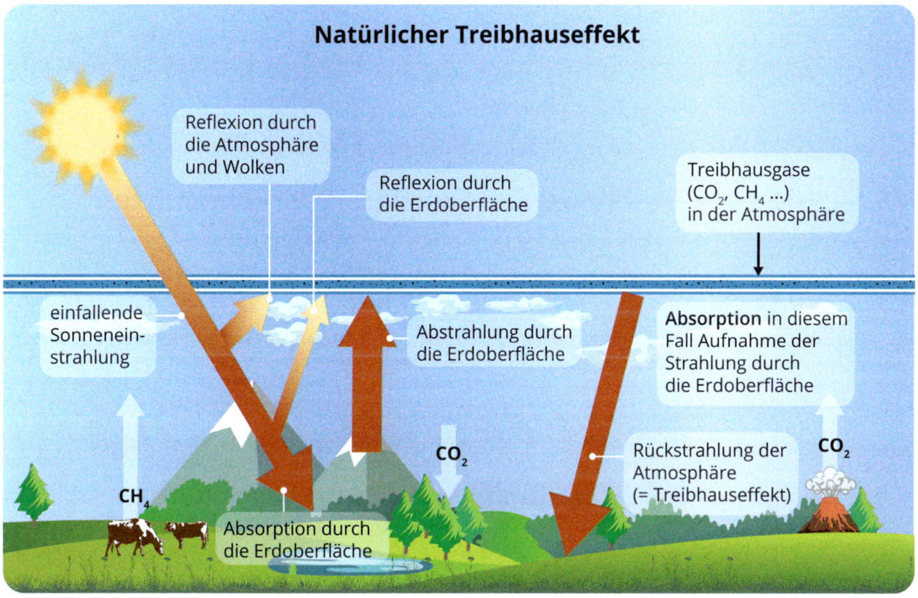

Die Größe der Pfeile gibt die Stärke des Energieflusses zur Erde bzw. von der Erde weg an.

Die Wärmestrahlung (rote Pfeile in der Grafik) entsteht, da ein Teil der Sonnenstrahlung von der Erdoberfläche absorbiert wird und damit die Erdoberfläche aufwärmt. Doch ein Großteil dieser Strahlung wird von der Erdoberfläche wieder abgegeben. Erst der natürliche Treibhauseffekt ermöglicht uns das Leben auf der Erde. Ohne die von der Atmosphäre rückgestrahlte Wärmestrahlung würde die Temperatur im Durchschnitt bei −18 °C liegen und unsere Erde somit einfrieren. Zu dem natürlichen Treibhauseffekt tragen überwiegend Wasserdampf (H_2O), Kohlendioxid (CO_2), Ozon (O_3), Lachgas (N_2O) und Methan (CH_4) bei.

Bearbeiterin

M5 Anthropogene Treibhausgase und ihre Wirkung auf das Klima

Treibhausgas	Aktuelle Konzentration in der Atmosphäre (2020)	vorindustrielle Konzentration in der Atmosphäre	Klimawirksamkeit bezogen auf 1 Molekül CO_2	Beitrag zum anthropogenen Treibhauseffekt	Anteil an den freigesetzten Treibhausgasen in Deutschland (2020)	Anthropogene Quellen
Kohlendioxid CO_2	413 ppm	278 ppm	1	66 %	87,1 %	z. B. Verbrennung fossiler Energieträger, Abholzung, Vernichtung von Mooren
Lachgas N_2O	333 ppb	270 ppb	298	6,4 %	4,6%	z. B. Landwirtschaft (Dünger)
Methan CH_4	1889 ppb	729 ppb	25	16,4 %	6,5 %	z. B. Landwirtschaft, Klärwerke, Mülldeponien, Erdgasförderung
F-Gase	504 ppt	0	100-24.000 je nach Substanz	11 %	1,7 %	chemische Industrie (z. B. Kühl- und Löschmittel, Schallschutz, Metallproduktion)

Zahlen nach: LFU Bayern und Umweltbundesamt, 2023

ppm
parts per million „Teile pro Millinen"= ein Millionstel

ppb
parts per billion („Teile pro Milliarde")

F-Gase
Fluorierte Treibhausgase, die nicht in der Natur vorkommen

M6 Wie viele Treibhausgase emittieren Verkehrsmittel?

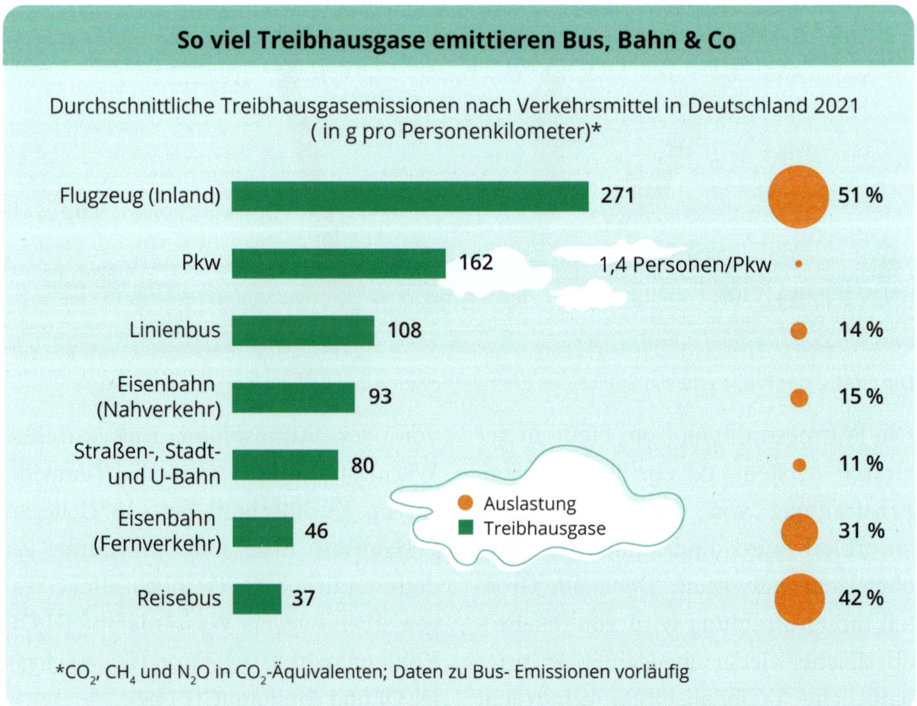

Nach: ©Statista 2021

Erklärvideo: Treibhausgase und Treibhauseffekt

70053-120

M7 Wieviel CO_2 verursachen unsere Lebensmittel?

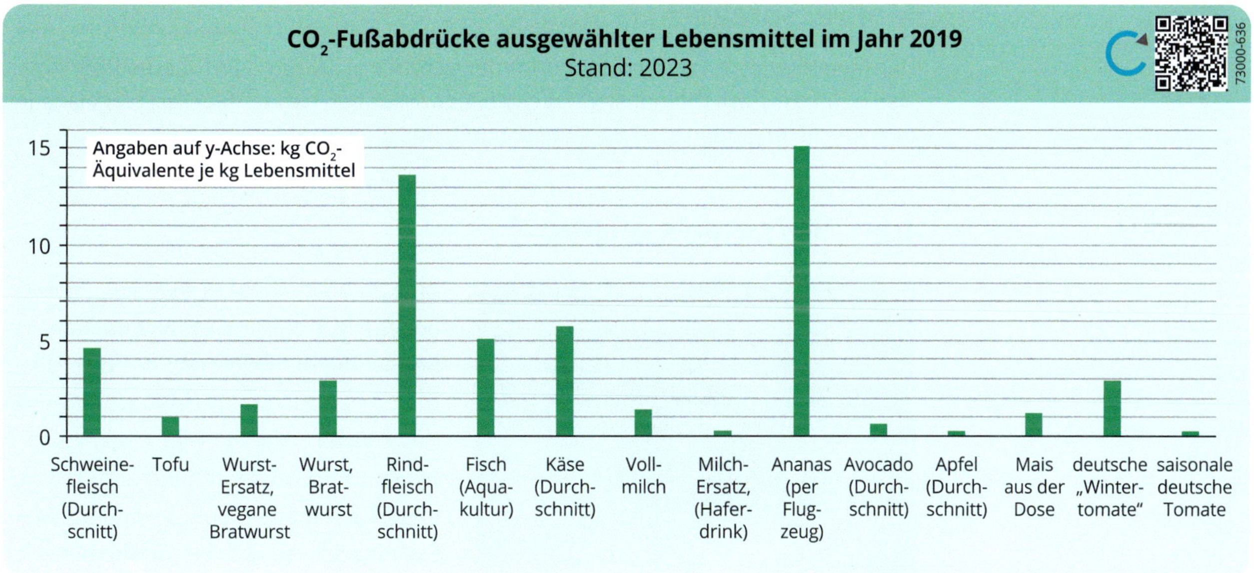

 aktuelle Daten nach: Institut für Energie- und Umweltforschung Heidelberg, IFEU (Datenerhebung 2019; Grafikerstellung 2023)

KLIMAWANDEL

Als Klimawandel bezeichnet man die Erwärmung oder Abkühlung auf der Erde über einen langen Zeitraum hinweg. Der grundlegend natürliche Prozess der Klimaerwärmung hat sich in den letzten Jahren durch menschliche Eingriffe stark beschleunigt. Die Folgen dieses menschengemachten Klimawandels zerstören zunehmend die Lebensgrundlage vieler Menschen.

AUFGABEN

70053-127

1. Werte die Karikatur in **M1** aus.
2. Erkläre, wie sich die globale Temperatur verändert hat (**M2**).
3. Findet in einem Partnerpuzzle (→ digitaler Aufgabenkasten) mehr über den natürlichen und den menschengemachten Klimawandel heraus:
   a) Werte die Materialien **M3-M4** aus und beschreibe die Ursachen des natürlichen Treibhauseffekts (**M3-M4**; **Expert:in A**).
   b) Werte die Materialien **M4-M7** aus und beschreibe die anthropogenen Ursachen des Treibhauseffekts (**M4-M7**; **Expert:in B**).
   c) Tauscht euch als Expert:innen aus. Erläutert dem/der jeweils anderen Expert:in euer Thema (siehe Methode Partnerpuzzle).
4. Kehrt zurück in euer Expert:innenteam und erstellt ein Wirkungsgefüge zum Thema „Der natürliche und menschengemachte Klimawandel“ (**M2-M7**).

Wirkungsgefüge
→ Methodenglossar

H zu Aufgabe 3a
zum Material **M4**: Die Größe der Pfeile steht in Beziehung zu der Menge der Strahlung. Vergleiche die verschiedenen Pfeile der ankommenden, absorbierten und reflektierten Strahlung miteinander.

H zu Aufgabe 3b
Sieh dir **M4** im Zusammenhang mit **M5-M7** genauer an. Was verändert sich durch anthropogene (= menschliche) Einflüsse?

Welche Auswirkungen hat der steigende Meeresspiegel?

Der Meeresspiegel hat sich schon immer verändert, warum wird dieses Phänomen also heute so stark thematisiert? Welche Auswirkungen hat der Meeresspiegelanstieg und welche Regionen sind dabei besonders betroffen?

M8 Ein fernes Szenario?

Eine Kabinettssitzung auf dem Meeresboden? Mit dieser ungewöhnlichen Aktion wollte die Regierung des Inselstaats Malediven auf eine Bedrohung aufmerksam machen, die die Menschen auf den Inseln umtreibt. Durch die Lage mit nur ungefähr einem Meter über dem Meeresspiegel könnten die Inseln noch im 21. Jahrhundert unbewohnbar werden.

Bearbeiterin

M9 Wie hat sich der Meeresspiegel verändert?

Der Anstieg des Meeresspiegels ist eine gravierende Folge des Klimawandels. Zum einen dehnt sich das Meerwasser durch die steigende Temperatur aus. Außerdem schmelzen Gletscher und Eisschilde. Diese beiden Faktoren haben einen langfristigen Anstieg des Meeresspiegels zur Folge.

Bearbeiterin

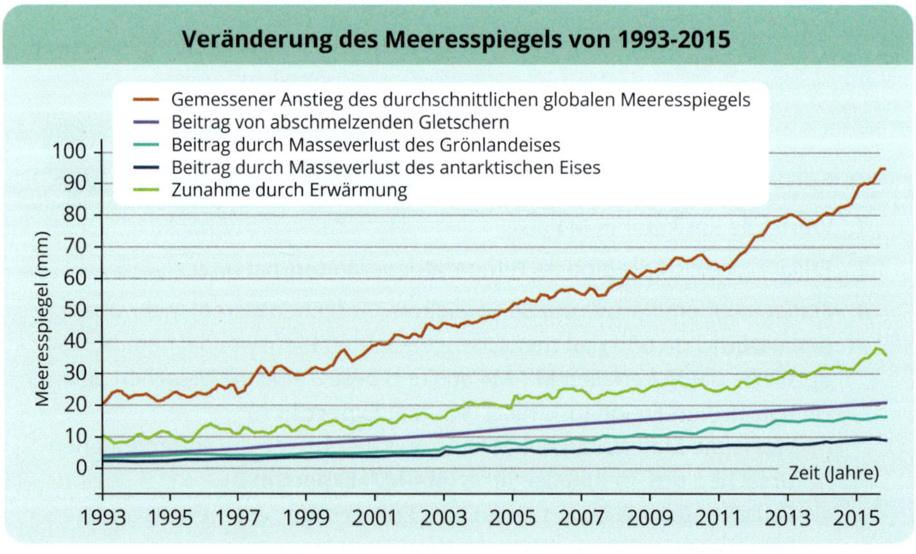

Nach: Dieng et al.: Geophysical Research Letter, Vol. 44, 2017

Das Diagramm enthält lediglich ausgewählte Beiträge, die zum gemessenen Meeresspiegelanstieg führen. Die Einzelbeiträge kommen somit nicht auf 100 % bzw. die gleichen Werte wie für den gesamten gemessenen Meeresspiegelanstieg

M10 Der Meeresspiegelanstieg – wie und wo bedroht er uns?

Die Auswirkungen des globalen Meeresspiegelanstiegs sind je nach Lage der Region/des Landes vielfältig. Durch eine zeitweilige oder eine dauerhafte Überflutung von Gebieten können ganze Landstriche unbewohnbar werden. Außerdem kann Salzwasser in das Grundwasser und in landwirtschaftliche Böden eindringen und somit kann (Anbau) Land unbrauchbar und die das Trinkwasser ganz oder teilweise nicht mehr genutzt werden. Zusätzlich können hier Konflikte in Bevölkerung, Wirtschaft und Politik verstärkt werden, da es nun weniger nutzbares Land gibt. Durch größere Hochwasserereignisse bzw. Überflutungen an den Küsten kann auch ein Großteil der Infrastruktur (Industrie und Wohnhäuser) zerstört werden. Alle diese Ereignisse können auch zu einem Abwandern des Großteils der Bevölkerung in andere Regionen/Länder führen (Klimamigration).

Bearbeiterin

Vulnerabilität
Darunter versteht man die Verwundbarkeit, welche von den gesellschaftlichen Voraussetzungen, wie z. B. Möglichkeiten der Bewältigung, Möglichkeiten der Anpassung oder der Anfälligkeit, abhängt.

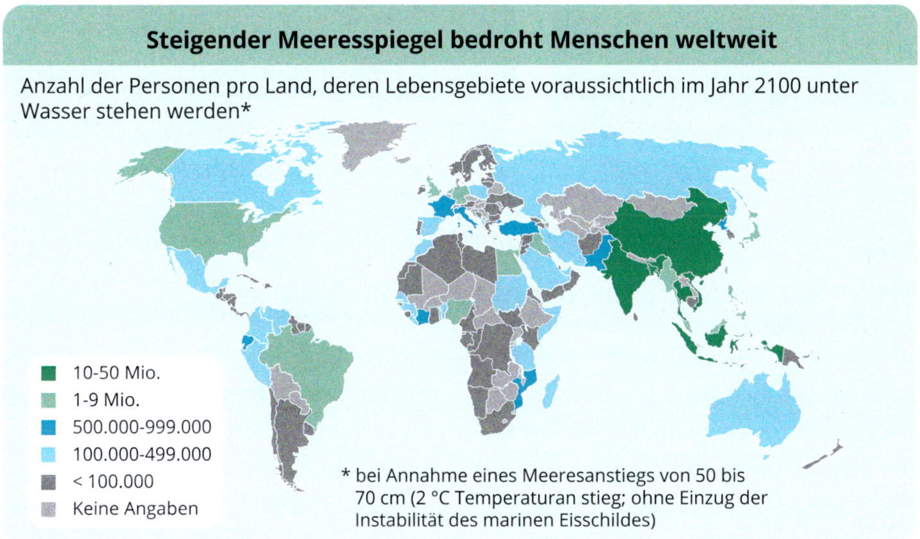

Nach: © Statista 2020

AUFGABEN

70053-128

1. Auf welches Problem soll durch die Aktion in **M8** aufmerksam gemacht werden? Sammelt in der Klasse mögliche Folgen des Problems.
2. Arbeitet zu zweit und erforscht gemeinsam die Veränderung des Meeresspiegels.
   a) Beschreibt die Veränderung des Meeresspiegels. Geht dabei auch auf die verschiedenen Einflussfaktoren und deren Entwicklung ein (**M9**).
   b) Arbeitet die Folgen des Meeresspiegelanstiegs aus **M10** heraus und erstellt dazu ein Fließdiagramm.
   c) Begründet, warum einige Regionen besonders stark betroffen sind. Geht dabei auch auf die Vulnerabilität der Region ein (**M10** mit Randspalte, Atlas).

H zu Aufgabe 2c
Nutze hierzu Karten im Atlas, bei denen du das Relief und die Bevölkerungsverteilung gut erkennen kannst.

Fließdiagramm
→ digitaler Aufgabenkasten

F Erstelle einen kurzen Steckbrief zu einem besonders gefährdeten Gebiet (Lage, naturräumliche Gegebenheiten, Gefährdungspotential, Vulnerabilität).

Klimawandel auch bei uns?

„Vom Klimawandel sind doch sowieso andere Regionen der Welt viel schwerer betroffen." Hast du das auch geglaubt? In der jüngsten Vergangenheit gab es leider einige Ereignisse, die Anderes vermuten lassen.

M11 Ist die Zukunft noch zu retten?

Extremwetterereignisse
Unter Extremwetterereignissen versteht man Wetterereignisse, die für einen bestimmten Ort oder eine bestimmte Jahreszeit außergewöhnlich sind.

Aula des Peter-Joerres-Gymnasium Ahrweiler nach dem Hochwasser

Zerstörungen durch das Hochwasser im Ahrtal, Rheinland-Pfalz

M12 Starkregenfälle – der neue Normalfall?

In mehreren Regionen Westeuropas kam es zwischen dem 12. und 15. Juli 2021 zu Starkregenfällen. Am heftigsten traf es dabei die Region um den Fluss Ahr in Rheinland-Pfalz. Dort fielen mehr als 90 Liter pro Quadratmeter an einem Tag. Zum Vergleich: Diese Regenmenge fällt meist in einem gesamten Monat, an einem normalen bis stärkeren Regentag sind es ungefähr 5-10 Liter pro Quadratmeter. Die Folge waren Überschwemmungen, die man bisher so nicht kannte. Im kleinen Ort Schuld im Ahrtal wurden beispielsweise ganze Häuser von den Fluten mitgerissen. Im gesamten Überschwemmungsgebiet in Deutschland und Belgien kamen mindestens 220 Menschen ums Leben. Was waren die Ursachen für diese extremen Regenfälle? Zunächst war es die Wetterlage: Das Tiefdruckgebiet „Bernd" verweilte lange Zeit an einem Ort, die warme Luft konnte außerdem viel Feuchtigkeit aufnehmen und es hatte die vorherigen Tage schon ergiebig geregnet. Hinzu kommt, dass das Ahrtal, ein sehr enges Flusstal mit steil abfallenden Hängen ist. Dort entwickelte sich in sehr kurzer Zeit ein reißender Strom, der alles mit sich riss. Nach diesem Ereignis beschäftigte sich auch ein Zusammenschluss von Wissenschaftler:innen in einer Studie mit dem Hochwasser. Sie fanden heraus, dass solche heftigen Regenereignisse durch den Klimawandel in Zukunft immer häufiger werden und bereits dieses Hochwasser durch die höheren Temperaturen begünstigt wurde. In der Studie fanden sie außerdem heraus, dass grundsätzlich in den nächsten Jahren immer häufiger mit solchen Hochwassern gerechnet werden muss.

Bearbeiter

M13 Wie wirkt sich der Klimawandel auf Deutschland aus?

Der Klimawandel hat bereits ganz konkrete Auswirkungen auf unsere Umwelt. Durch den Anstieg des Meeresspiegels müssen überall an der Nordsee bereits Deiche angepasst und erweitert werden. Aufgrund der höheren Temperaturen müssen andere Bäume in den Wäldern angepflanzt werden, denn nicht alle Baumarten vertragen die Hitze gleich gut. Aufgrund der höheren Zahl an Hitzetagen müssen die Krankenhäuser mehr Patienten mit Hitzschlag behandeln.

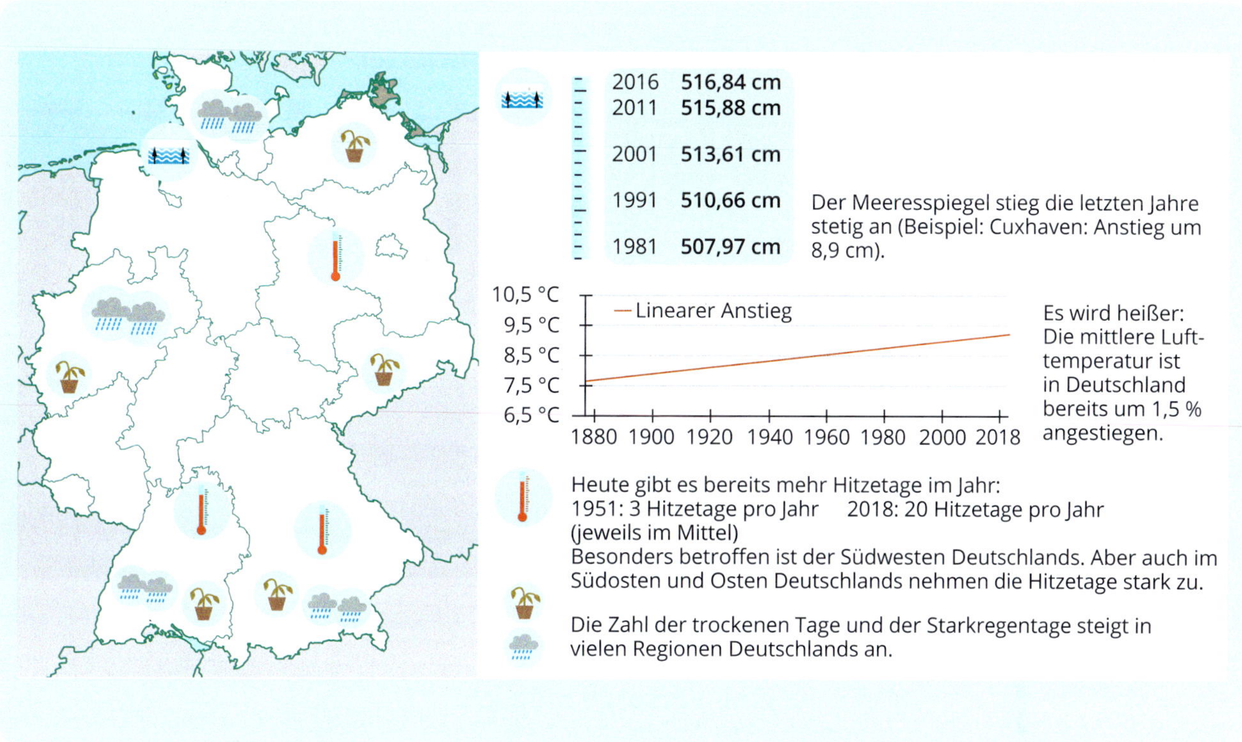

Bearbeiter, basierend auf: Umweltbundesamt, Monitoringbericht 2019

AUFGABEN

70053-129

1. Beschreibe die Bilder in **M11**. Welche Eindrücke hinterlassen sie bei dir?
2. Bereitet zu zweit eine Präsentation zum Hochwasser im Ahrtal vor.
   a) Erläutert die Ursachen und Folgen des Hochwassers (**M11**, **M12**).
   b) Recherchiert online nach dem Stand der Wiederaufbaumaßnahmen und präsentiert diesen anhand von Bild- und Textmaterial.
3. a) Arbeite aus der Grafik die bereits bestehenden Folgen des Klimawandels in Deutschland heraus (**M13**).
   b) Erkläre anhand von Beispielen, was es für die Stadt Cuxhaven bedeutet, wenn der Meeresspiegel ansteigt (**M13**).
4. Begründe, weshalb die Maßnahmen zur Anpassung an den Klimawandel an der Nordsee anders sein müssen als beispielsweise in Münster.

H zu Aufgabe 2a
Geht dabei arbeitsteilig vor und teilt euch Ursachen und Folgen untereinander auf.

F zu Aufgabe 3
Findet zu zweit weitere Beispiele, wie sich die Folgen des Klimawandels auf unseren Alltag bereits jetzt auswirken (**M13**).

H zu Aufgabe 3c
Bezieht euch dabei auf den Meeresspiegelanstieg, die Zunahme der Temperatur und Hitzetage sowie den Anstieg der trockenen und der Starkregentage.

Extremwetterereignisse – wie können wir geschützt werden?

Stürme, Hitzewellen, Dürren, Hochwasser – Extremwetterereignisse nehmen auch bei uns zu. Sie haben Stromausfälle oder die Unterbrechung der Energie- und Wasserversorgung zur Folge, legen den Verkehr lahm oder führen dazu, dass die Bevölkerung von lebensnotwendigen Dienstleitungen oder Gütern abgeschnitten wird. Können wir uns gegen solche Extremwetterereignisse und ihre Folgen schützen und wenn ja, wie?

M14 Eine Lösung gegen Extremwetter?

Gladbecker Straße in Altenessen

M15 Ist eine Vorsorge möglich?

Starkregen, Hitze, Überflutungen: Mit dem Klimawandel nimmt Extremwetter zu. Daran ließ der jüngste Bericht des Weltklimarats keinen Zweifel. [...] Architekten, der Städtetag und die Baubranche fordern nun, Städte und Infrastruktur gegen den Klimawandel zu rüsten. [...] Ein Konzept, das nicht neu sei, aber mit dem jüngsten Hochwasser an Brisanz gewonnen habe, sei die "Schwammstadt". Mit dem Prinzip einer Stadt, die Wassermassen wie ein Schwamm aufnehme und verzögert abgebe, könne man Regen speichern, anstatt ihn in Kanäle zu leiten, die bei Starkregen überlaufen. Das Konzept könnte auch zur Kühlung von Städten beitragen [...]. Bepflanzte Fassaden oder Dächer schützten vor Überhitzung und speicherten bei Starkregen Wasser. Nötig seien zudem mehr unversiegelte Böden. [...] Die klimagerechte Stadt der Zukunft müsse mit weniger Parkplätzen auskommen und stattdessen Rückhalteflächen für Verdunstungen haben. [...] Auch müsse man Flüssen mehr Raum geben. Nur ein Drittel der ehemaligen Überschwemmungsflächen an Flüssen könne heute als Rückhalteflächen bei Hochwasser geflutet werden. Helfen könnten Auen als natürliche Rückhalteräume.

Dpa: Städte müssen sich gegen Klimawandel rüsten, In: www.süddeutsche.de, 13.08.2021

M16 Gibt es Warnsysteme?

Extremwetterereignisse wie Starkregen, Stürme, Hitzewellen oder Hochwasser sind unterschiedlich gut vorhersagbar. Generell gilt dabei: Je größer, desto besser lässt sich ein solches Ereignis vorhersagen. Je nach räumlicher Ausdehnung kann man es Tage, Stunden oder auch gar nicht vorhersagen. Um ständig informiert zu bleiben, gibt es einige Warnsysteme und Vorsorge-Ratgeber:

Bundesamt für Bevölkerungs- & Katastrophenhilfe:
Die Website stellt sämtliche Warnungen und Informationen aus den Bereichen Bevölkerungsschutz, Wetter und Hochwasser bereit.

Die NINA-Warn-APP:
Die NINA-Warn-App ist eine Notfall-Informations-App des Bundes.

DWD-Wetter App:
Über die DWD-Wetter App des Deutschen Wetterdienstes können wichtige Informationen und Warnungen zur aktuellen Warn- und Wettersituation bezogen werden.

Cell Broadcast:
Dies ist eine Warnnachricht, die direkt aufs Handy geschickt wird. Das System wurde am 08.12.22 beim bundesweiten Warntag erstmals getestet.

Vorsorge – Ratgeber für den Katastrophenfall:
Über die DWD-Wetter App des Deutschen Wetterdienstes können wichtige Informationen und Warnungen zur aktuellen Warn- und Wettersituation bezogen werden.

Bearbeiterin

AUFGABEN

70053-130

1. a) Beschreibt zu zweit das Bild. Welche Maßnahme ist darauf zu erkennen (**M14**)?
   b) Urteilt spontan: Erscheint euch diese Maßnahme gegen Extremwetter und Klimawandel sinnvoll? Warum, warum nicht?
2. Führt ein Lerntempoduett durch und bearbeitet die folgenden Aufgaben:
   a) Fasse die Möglichkeiten der Vorsorge gegen Extremwetterereignisse zusammen (**M15**, **M16**).
   b) Erläutere die positiven Auswirkungen dieser Möglichkeiten.
   c) Beurteilt jetzt erneut, wie sinnvoll die „Schwammstadt" im Kampf gegen Extremwetter und Klimawandel ist (**M15**).
3. Erstellt in Kleingruppen Flyer zu Vorsorge und Warndiensten bei Extremwetterereignissen. Den Flyer könnt ihr z. B. in der Schule auslegen (**M15**, **M16**).

Lerntempoduett
→ digitaler Aufgabenkasten

F Beschäftige dich mit einem Warnsystem aus **M16** genauer und erstelle eine Infobroschüre zu dem Warnsystem.

6.2 Klimaschutz – ist unser Klima noch zu retten?

Was macht die Politik für den Klimaschutz?

Im Kampf für den Klimaschutz spielt die Politik eine wichtige Rolle. Sie kann Gesetze und Regelungen erlassen oder Unternehmen und Privatpersonen durch eine gezielte Förderung unterstützen. Tut die Politik genug für den Klimaschutz?

M1 Alles nur Wörter?

Emissionshandel
Kyoto-Protokoll
Klimaschutzgesetz
Kohleausstieg
Förderprogramme
2°C Ziel
Pfandpflicht
Energieeffizienz
Umweltbonus
Pariser Klimaabkommen
Green Deal
Energiewende
Versorgungssicherheit
Klimaneutralität
Generationengerechtigkeit
Ressourcenschutz
Stromverbrauch
Klimakonferenz
Energiesparen

Wortwolke zum Thema Klimaschutz

M2 Was tut Europa für den Klimaschutz?

Die vollständige Zeitleiste mit weiteren Infos findest du hier

70053-121

1972 Konferenz der Vereinten Nationen über die Umwelt des Menschen

1979 Weltklimakonferenz in Genf

1988 Gründung des Weltklimarates

1992 Verabschiedung der Klimarahmenkonvention

1995 UN-Klimakonferenz in Berlin (COP 1)

1997 Verabschiedung des Kyoto-Protokolls

2001 Ausstieg USA aus dem Kyoto-Protokoll

2005 Einführung des EU-Emissionshandels

2005 Kyoto-Protokoll tritt in Kraft

2010 Verabschiedung der Abkommen von Cancún

2015 Verabschiedung des Pariser Klimaabkommens

2016 Pariser Klimaabkommen tritt in Kraft

2017 Trump kündigt Austritt der USA aus Pariser Klimaabkommen an

2018 Sonderbericht des Weltklimarates

2019 Europäisches Parlament erklärt den Klimanotstand

2019 EU soll bis 2050 klimaneutral werden

2021 Europäisches Klimagesetz tritt in Kraft

2022 COP 27 in Sharm el-Sheikh

Die Zeitleiste zeigt nur einen Teil der bisherigen Ereignisse und Konferenzen. Für mehr Informationen siehe Randspalte / QR-Code.

Bearbeiterin

M3 Klimaschutz in Deutschland

1 Klimaschutzgesetz
- Im Vergleich zu 1990 sollen die Treibhausgase bis 2030 um 65 % und bis 2040 um 88 % gesenkt werden. Die Klimaneutralität soll 2045 erreicht werden.
- Natürliche Kohlenstoffspeicher sollen gestärkt werden (Wälder, Moore).

2 Brennstoffemissionshandelsgesetz
Unternehmen, die Heizöl, Erdgas, Benzin und Diesel in den Markt bringen, bezahlen ab 2021 dafür einen CO_2-Preis.

3 Kohleausstiegsgesetz
- Ausstieg aus der Kohleverstromung bis 2038
- Anpassungsgeld für ältere Beschäftigte bei Jobverlust

4 Erneuerbare-Energien-Gesetz
Bis 2030 soll der Anteil an erneuerbaren Energien von 43 % (in 2019) auf 65 % steigen.

5 Verpackungsgesetz zur Abfallvermeidung
- Ab 2022 alle Einweg-Getränkeflaschen aus Kunststoff pfandpflichtig.
- Ab 2025 müssen PET-Einweg-Getränkeflaschen mindestens 25% Recycling-Plastik enthalten.

6 Die Nationale Klimaschutzinitiative
fördert Klimaschutzprojekte in ganz Deutschland.

7 Umweltbonus
für den Kauf von Elektroautos (bis Ende 2020, danach gibt es eine geringere Förderung)

4 Klimaschutzsofortprogramm
Es werden zusätzlich 8 Mrd. € für Klimaschutzmaßnahmen in allen Sektoren bereitgestellt.

Bearbeiterin

M4 Reichen die politischen Bestrebungen aus?

In einigen Punkten [ist die deutsche Klimapolitik] durchaus fortschrittlich und anderen Ländern voraus. Aber es gibt noch viele Baustellen, und die Vergangenheit hat gezeigt, dass auch Deutschland nicht alle seine Versprechen eingehalten hat. 2021 muss es durch das Bundesverfassungsgericht zu ehrgeizigeren und konkreteren Zielen aufgefordert werden. [...] Fachleute sehen zum Beispiel voraus, dass die neue deutsche CO_2-Abgabe und der entstehende geringe Aufschlag auf die Benzinkosten zu gering sein werden, um Menschen dazu zu bringen, weniger Auto zu fahren. Der größte Kritikpunkt an der Politik ist, dass nicht genug und nicht schnell genug gehandelt wird, um die nahende Klimakatastrophe zu verhindern.

Unger, Charlotte / Oppold. Daniel: Klimaschutz als Aufgabe für Politik und Gesellschaft. In: www.bpb.de, 08.07.2021

Gruppenpuzzle
→ digitaler Aufgabenkasten

AUFGABEN

70053-131

1. Lest die Begriffe aus der Wortwolke laut vor. Von welchen dieser Begriffe habt ihr schon gehört und was bedeuten sie (**M1**)?
2. Arbeitet in einem Gruppenpuzzle und teilt die Ereignisse in **M2** auf.
   a) Recherchiert zu den einzelnen Ereignissen.
   b) Präsentiert euch die Ergebnisse gegenseitig.
3. Erläutere Chancen und Risiken der politischen Bestrebungen (**M3**, **M4**).
4. Bildet in der Klasse eine Positionslinie zu der Frage „Tut die Politik genug für den Klimaschutz?“ (**M3**, **M4**).

H zu Aufgabe 2a
Nutzt den QR-Code bei M2, um Infos zu den einzelnen Klimaverhandlungen zu bekommen.

F zu Aufgabe 4
Diskutiert die Frage im Anschluss in der Klasse.

F Hast du selbst Ideen für Gesetze, die zum Klimaschutz beitragen? Entwickle einen konkreten Vorschlag für ein Gesetz.

Klimaschutz fängt im Kleinen an – was kann jede und jeder von uns tun?

Jede/r Einzelne von uns trägt durch Treibhausgasemissionen zum Klimawandel bei. Auch wenn die Industrie einen deutlich höheren Anteil als Privathaushalte besitzt, ist es wichtig, dass jede und jeder Einzelne durch sein Konsumverhalten, seine Mobilität, seinen Stromverbrauch oder das Heizverhalten einen aktiven Beitrag zum Klimaschutz leistet. Dabei zählen auch Kleinigkeiten – wo willst du beginnen?

M5 Hauptsache Naturkost ...

Karikatur: Gerhard Mester

CO_2-Fußabdruck
Der CO_2-Fußabdruck gibt an, welche Menge an Treibhausgasen pro Person freigesetzt wird.

M6 Unser Leben auf großem Fuß?

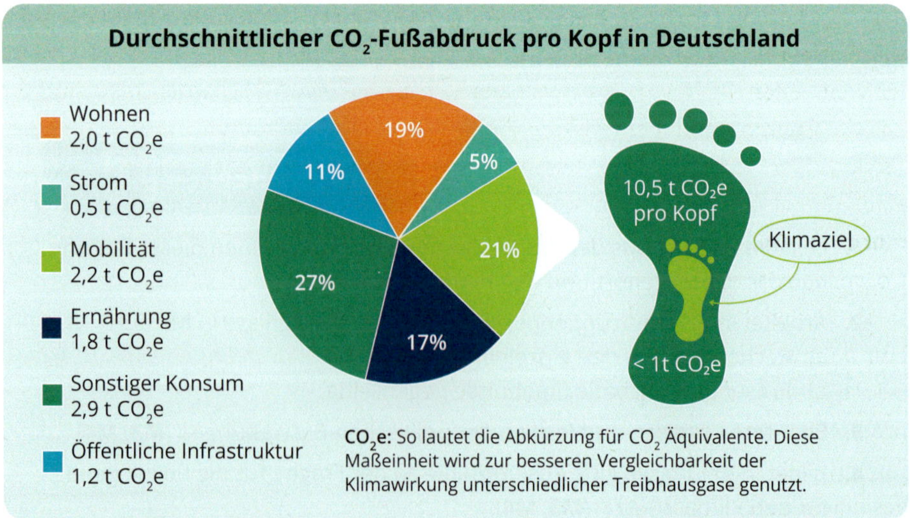

Nach: Umweltbundesamt, 2020

M7 Was hat Klimaschutz mit unserer Ernährung zu tun?

Wie in M6 deutlich wird, trägt unsere Ernährung zu 15 % zu klimaschädlichen Emissionen bei. In die Berechnungen werden dabei neben dem Anbau auch die Weiterverarbeitung, der Transport, die Lagerung und der Handel einbezogen. Durch unseren Konsum können wir somit einen Beitrag zum Klimaschutz leisten.

Bearbeiterin

Saisonkalender für Lebensmittel

70053-122

Der Weg unserer Lebensmittel und deren CO_2-Bilanz

Anbau und Ernte
↓
ggf. Verarbeitung
↓
Transport (per Schiff, Flugzeug, LKW)
↓
Verpackung
↓
Verteilung
↓
ggf. Kühlung
↓
Verkauf

- Je nach Art des Lebensmittels gibt es unterschiedliche Stationen, die dieses durchläuft, bis es im Verkauf landet. Einige davon – Anbau und Ernte, Transport und Verteilung / Verkauf sind aber bei allen Lebensmitteln gleich.
- Fast immer haben regionale Lebensmittel bei der CO_2-Bilanz einen Vorteil. Hier entfällt der lange Transport weg, der einen großen Teil der CO_2-Bilanz ausmachen. So haben regionale Äpfel aus Deutschland eine bessere Bilanz als Äpfel aus Neuseeland.
- Doch es gibt auch Ausnahmen: die deutsche „Wintertomate“, die an sich regional ist, hat eine sehr hohe CO_2-Bilanz, da sie aus dem beheizten Gewächshaus kommt.

Bearbeiterin

M8 Fleischkonsum – gibt es Alternativen?

Laut der UN-Landwirtschaftsorganisation FAO stammen 14,5 Prozent aller weltweiten Treibhausgasemissionen aus der Haltung und Verarbeitung von Tieren. Der massenhafte Fleischkonsum trägt also erheblich zur Erderwärmung bei. Mettbrötchen, Rumpsteak & Co. spielen dabei sogar eine größere Rolle als der weltweite Verkehr. Und der Hunger auf Fleisch wird stetig größer. Seit 1965 hat sich die globale Fleischproduktion von damals 84 Millionen Tonnen auf 335 Millionen Tonnen fast vervierfacht. Steigende Importzahlen registriert die FAO insbesondere für China, Japan, Mexiko und Südkorea. Der zu erwartende Anstieg der Weltbevölkerung auf neun Milliarden bis zum Jahr 2050 lässt vermuten, dass sich dieser Trend fortsetzen könnte. [...] Genau hier kommen [..] Insekten ins Spiel. Neben dem Vorteil, dass sie nicht "rülpsen" wie beispielsweise Rinder und somit kein klimaschädliches Methan produzieren, ist bei der Haltung der wechselwarmen Tiere ein deutlich geringerer Energiebedarf nötig, wird also auch weniger CO_2 freigesetzt.

Pauli, Frederike: Insekten essen und die Umwelt schonen. In: www.mdr.de, 29.05.2019

Zusatzmaterial: Wasserstoff als Mobilitätslösung?

70053-123

M9 Klimafreundlich per Fahrrad?

Das STADTRADELN ist eine Initiative, bei dem jeder mit dem Rad gefahrene Kilometer zählt. Es geht darum im Alltag so viele Strecken wie möglich mit dem Fahrrad zurückzulegen. So sollen mehr Menschen davon überzeugt werden, dauerhaft auf das Fahrrad umzusteigen und das Auto stehen zu lassen. Anmelden können sich neben Privatpersonen auch Teams aus z. B. Schulklassen. Für Schulen gibt es sogar einen eigenen Wettbewerb, das „Schulradeln". Das „Schulradeln" findet immer parallel zum „Stadtradeln" statt.

STADTRADELN
Radeln für ein gutes Klima

Aus der offiziellen Webseite „Stadtradeln": Wir glauben, man kann den Menschen viel über die Vorteile des Radfahrens erzählen. Am wirksamsten überzeugt man sie aber, wenn sie für 21 Tage einfach mal selbst aufs Rad steigen. Die Ergebnisse des Wettbewerbs zeigen, wie viele Menschen bereits mit dem Fahrrad […] einen Beitrag zum Klimaschutz leisten.

Klima-Bündnis der europäischen Städte mit indigenen Völkern der Regenwälder: Stadtradeln. In: www.stadtradeln.de, Abruf am 13.07.23

M10 Energiesparen leicht gemacht?

Seit März 2021 gibt es neue Energielabel der EU. Die Energieeffizienzlabel existieren für bestimmte Elektrogeräte und helfen Nutzer:innen den Energieverbrauch einzuschätzen. Zudem sollen sie eine Hilfe für die Kaufentscheidung energieeffizienter Geräte geben. Dabei gibt es zum einen eine farbliche Einstufung von grün bis rot, zum anderen eine Klassifizierung über die Buchstaben A bis G. Allgemein gilt: Je „grüner" und je weiter vorne im Alphabet ein Gerät eingestuft wird, desto effizienter ist es.

Bearbeiterin

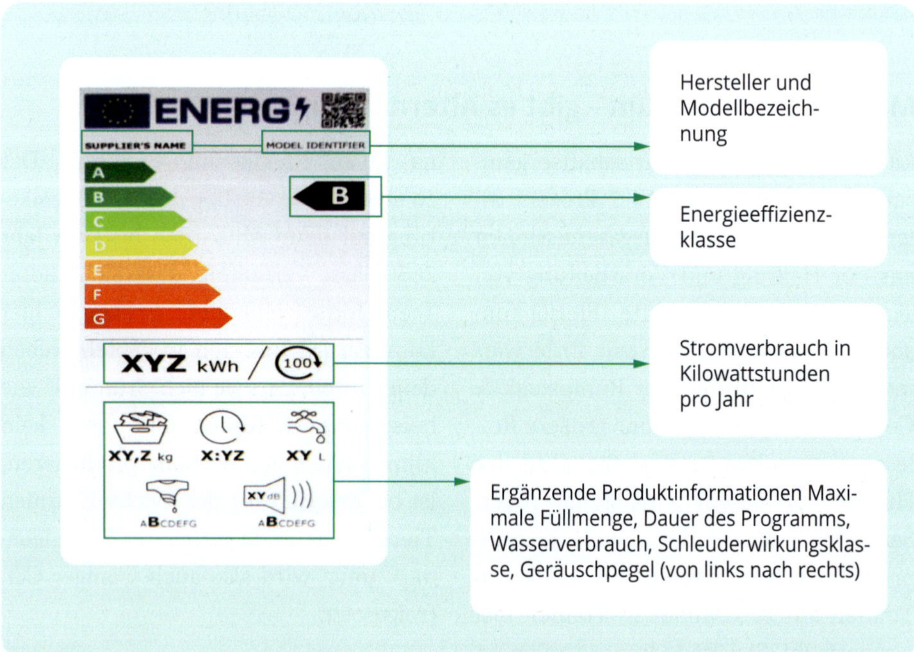

Energielabel für Waschmaschinen

M11 Stromfresser Standby-Modus?

Ja, auch im Standby-Modus wird von Geräten Strom benötigt. In einem durchschnittlichen Drei-Personen-Haushalt liegt der Verbrauch dabei ca. bei 8 Prozent des jährlichen Stromverbrauchs. Um Strom zu sparen, ist es wichtig, dass Geräte ganz ausgeschaltet werden.

Gerät	kWh pro Jahr (bei 22 Stunden Standby Dauer)	Ungefähre Kosten pro Jahr in €
Fernseher (LCD)	120	38
PC, Monitor, Drucker	80	28
Handy Ladegerät	40	13
Handy Ladegerät (neu)	2,4	0,8
Waschmaschine	24	8
Mikrowelle	20	6

Bearbeiterin

Klimaschutz beginnt im Haushalt – Klimaschutz-Tipps

70053-124

Hinweis
Neue Geräte dürfen laut EU-Verordnung (Ökodesign-Richtlinie) deutlich weniger Strom verbrauchen als ältere.

AUFGABEN

70053-132

1. Werte die Karikatur in **M5** aus.
2. a) Beschreibt zu zweit das Konzept des CO_2-Fußabdrucks (**M6**).
   b) Benennt Beispiele, die in den einzelnen Bereichen zu einem CO_2-Ausstoß führen.
   c) Berechne deinen eigenen CO_2-Fußabdruck und überlege, an welcher Stelle du CO_2 einsparen kannst.
3. Findet in einer Dreiergruppe mehr über verschiedene Möglichkeiten heraus, etwas für den Klimaschutz zu tun. Teilt euch hierzu die Themen A, B und C auf.
   a) Beschreibe, welchen Einfluss unsere Ernährung auf das Klima hat und welche Alternativen es hier gibt (**M7**, **M8**, **Thema: A**).
   b) Beschreibe, welche Alternativen es in der Mobilität gibt (**M9**, **Thema: B**).
   c) Beschreibe, welche Möglichkeiten für den Klimaschutz im Bereich des Energieverbrauchs dargestellt werden (**M10**, **M11**, **Thema: C**).
   d) Tauscht euch in eurer Gruppe über die verschiedenen Teilbereiche aus und notiert zu jedem Thema die wichtigsten Aspekte.
4. Entwirf eine Handlungsempfehlung für deine Familie oder Freunde zu der Frage: „Was können wir in unserem Alltag für den Klimaschutz tun?“ (**M7-M11**).
5. In der Mensa deiner Schule soll ein „Vegetarischer Tag“ eingeführt werden. Deine Mitschüler:innen sind strikt dagegen. Überzeuge sie mithilfe eines Infoflyers davon, dass das ein guter Plan ist.

Mein Klima-Fußabdruck: Berechne deinen CO_2-Fußabdruck

70053-125

Ist weniger mehr? Energie- und Ressourcenschonung in Unternehmen

2022 lag der Weltüberlastungstag, der Tag, an dem die Menschheit die zur Verfügung stehenden Ressourcen für ein Jahr aufgebraucht hat, am 28. Juli. Ab dort leben wir auf Kosten folgender Generationen. Was können Unternehmen für den Schutz natürlicher Ressourcen tun?

M12 Möglichkeiten über Möglichkeiten?

Unternehmensstandort

Produktentwicklung

Produktionsprozess

Produktions-Infrastruktur

M13 Passen Wirtschaft und Klimaneutralität zusammen?

Amortisationszeit
Zeit, bis zu der Ausgaben z. B. für eine neue Industrieanlage wieder getilgt, also durch Einnahmen/Erträge wieder zurückgeflossen sind

Seit 2007 werden von der dena (Deutsche Energie-Agentur GmbH) innovative und kreative Unternehmer prämiert, die sich durch Projekte und Konzepte zur Steigerung der Energieeffizienz und Senkung von Treibhausgasemissionen einsetzen. Wichtig dabei sind messbare Ergebnissen und innovative Ansätze.

Die Daimler Truck AG hat in ihrem Werk in Mannheim Maßnahmen zur Optimierung der Abwärmenutzung und der Lüftungsanlagen umgesetzt, die eine große Energieeinsparung mit sich bringen.

- Energieeffizienz:
  Energieverbrauchssenkung Schmelzofen: 13.000 MWh pro Jahr
  Lüftung: 3.495 MWh pro Jahr
- CO_2-Einsparung:
  Energieverbrauchssenkung Schmelzofen:
  2.249 Tonnen CO_2-Äquivalente pro Jahr
  Lüftung: 680 Tonnen CO_2-Äquivalente pro Jahr
- Amortisationszeit: ca. 3 Jahre

Die Josef Küpper Söhne GmbH aus Bonn hat einen neuen größeren Standort in Meckenheim errichtet. Das Gebäude [hat]etwa 1.200 m² Nutzfläche für Büro, Ausstellungsfläche und Lager [...]. Mit dem selbst erzeugten Strom [aus der Photovoltaik-Anlage] wird die Beleuchtung, die IT-Infrastruktur, alle weiteren elektrischen Geräte und auch die 5 E-Ladesäulen [...] versorgt. [...]

- Energieeffizienz: 60 MWh pro Jahr
- CO_2-Einsparung: 52 Tonnen CO_2-Äquivalente pro Jahr
- Amortisationszeit: mehr als 8 Jahre
- Übertragbarkeit: Das Projekt kann als Showcase dienen. Die Maßnahmen sind auch gut für andere Heizungstechnikbetriebe einsetzbar.

Nach: Deutsche Energie-Agentur (dena): Energy Efficiency Award. Die Preisträger 2022. Daimler Truck AG und Josef Küpper Söhne GmbH. In: www.energiyefficiencyaward.de, Abruf am 13.07.23

M14 Schuhe aus CO_2?

Der Schweizer Sportartikelanbieter On hat einen Weg gefunden, aus Kohlenstoffemissionen einen Laufschuh herzustellen.
[Das Unternehmen] hat sich zum Ziel gesetzt, dass jedes On-Produkt frei von fossilen Brennstoffen und vollständig zirkulär sein soll. CleanCloud ist das Ergebnis von fünf Jahren Arbeit […].
Die Technologie von LanzaTech fängt Kohlenmonoxid aus industriellen Quellen wie Stahlwerken ab, bevor es in die Atmosphäre gelangt. Diese Emissionen gelangen dann in einen patentierten Fermentationsprozess. Dank speziell ausgewählter und natürlich vorkommender Bakterien gärt das kohlenstoffreiche Gas auf natürliche Weise und wird in Ethanol umgewandelt. Dieser natürliche Gärungsprozess ähnelt dem der konventionellen Alkoholproduktion – zum Beispiel dem Bierbrauen.
Das Ethanol wird dann […] dehydriert, um Ethylen zu erzeugen, das dann […] zu EVA (Ethylenvinylacetat) in Form von festen Kunststoffkügelchen polymerisiert wird. Und mit diesem vielseitigen und leichten Material beginnt On, einen Hochleistungsschaumstoff für Schuhe herzustellen.

Preuss, Simone: On präsentiert ersten Schuh der Welt aus CO_2-Emissionen. In: www.fashiounited.de, 15.09.2022

AUFGABEN

70053-133

1. Beschreibt in der Klasse, an welchen Stellen es bei den verschiedenen Schritten der Produktion zu Energie- und Ressourcenverbrauch kommen kann.
2. Viele Unternehmen werben mit Energie- und Ressourcenschonung. Doch wer ist Vorreiter? Arbeitet in Kleingruppen zusammen.
   a) Beschreibt die beiden Projekte der Unternehmen, die 2022 zusammen mit anderen Unternehmen mit dem Energy Efficiency Award ausgezeichnet wurden (**M13**).
   b) Bewertet die beiden Projekte. Welches der beiden erscheint euch vielversprechender?
   c) Erstellt gemeinsam eine Mindmap zum Thema „Energie- und Ressourcenschonung in Unternehmen und Kommunen" (**M13**, **M14**).
   d) Ergänzt in der Mindmap eigene Ideen zur Energie- und Ressourcenschonung in Unternehmen oder Kommunen.
3. a) Informiere dich anhand von **M14** und im Internet (→ **digitaler Aufgabenkasten**) über die neue Technologie der Firma „On".
   b) Bewerte die neue Technologie und deren Nutzen für das Klima. Ist dieser Ansatz wegweisend für die Zukunft? Welche Alternativen gäbe es?
4. Kennst du weitere Unternehmen, die mit Energie- oder Ressourcenschonung werben? Erstelle eine Infobroschüre zum Produkt, mit dem geworben wird. MK

H zu Aufgabe 1
Beim Unternehmensstandort wäre das beispielsweise die Heizung des Gebäudes.

F zu Aufgabe 2a
Weitere Projekte findet ihr im digitalen Aufgabenkasten.

H zu Aufgabe 3b
Setze hierfür die Produktionsschritte in einem Unternehmen in Relation zum Nutzen durch die innovative Sohle.

F Oft werden alte PET-Flaschen als Recyclingmaterial zur Herstellung von Kleidung genutzt. Bewerte diese Methode des Recyclings.

6.3 Nachhaltigkeit – in unserem Leben?

(Wie) Kann ich meinen Alltag nachhaltig gestalten?

In der heutigen Zeit ist es für viele Menschen unerlässlich auf ihren Geldbeutel zu schauen. Da kommt es doch ganz gelegen, dass überall Angebote warten. Viele dieser Angebote sind weit weg von Nachhaltigkeit. Doch dabei sollten wir nicht vergessen, dass wir die Verantwortung für unseren Planeten und die Zukunft tragen. Wie kann jeder einen Betrag dazu leisten und seinen Alltag nachhaltig gestalten?

M1 Kann weniger mehr sein?

Second Hand-Kleidung

Sale in einem großen Warenkaufhaus

M2 Wie gelingt ein nachhaltiger Alltag?

Der nachhaltige Warenkorb: Ideen für einen nachhaltigen Alltag

70053-126

Bearbeiterin

NACHHALTIGER KONSUM

Nachhaltiger Konsum bedeutet, dass Verbraucherinnen und Verbraucher beim Kauf, bei der Nutzung und bei der Entsorgung von Produkten und Dienstleistungen auf die sozialen und umweltbezogenen Auswirkungen achten.

Konsum ist dann nachhaltig, wenn er „den Bedürfnissen der heutigen Generation entspricht, ohne die Möglichkeiten künftiger Generationen zu gefährden, ihre eigenen Bedürfnisse zu befriedigen" und ihren Lebensstil zu wählen.

Weltkommission für Umwelt und Entwicklung, 1987

M3 Aus Alt mach Neu?

Bestimmt hast du ein altes T-Shirt zuhause. Bastle doch eine Einkaufstasche daraus und schenke dem T-Shirt ein zweites Leben. Du benötigst: ein altes T-Shirt, Lineal, Schere, Bleistift.

So gehst du vor:

1. Schritt

Dreht das T-Shirt auf links und schneidet entlang der weißen Linien.

2. Schritt

Zeichne mit Stift und Lineal zehn Zentimeter über dem unteren Saum eine Linie ein. Schneide den Stoff von beiden Seiten vom Rand bis zur Linie in etwa ein Zentimeter breite Streifen.

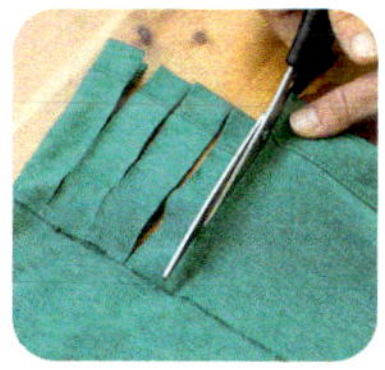

3. Schritt

Die beiden Seitennähte schneidest du so ein, dass vier Streifen daraus werden. Verknote die jeweils übereinanderliegenden Streifen mit festen Doppelknoten.

4. Schritt

Wenn alle Streifen fest verknotet sind, stülpst du das T-Shirt auf rechts, Knoten und Fransen verschwinden so im fertigen Einkaufsbeutel.

Lich, Barbara: Einkaufstasche aus einem T-Shirt nähen. In: www.geo.de, In: Geolino Nr. 1/2017 – Faulpelz

AUFGABEN

70053-134

1. a) Stimmt auf einer Positionslinie ab, welches Geschäftsmodell in **M1** nachhaltiger ist.
   b) Begründet anschließend eure Meinung.
2. Ordne die Maßnahmen für einen nachhaltigen Alltag in das Dreieck der Nachhaltigkeit ein (**M2**).
3. a) Entwirf zu den Themen aus **M2** Logos zur Veranschaulichung der Begriffe.
   b) Arbeitet zu zweit, teilt euch die Themen auf und überlegt euch zu jedem Thema zwei Beispiele.
   c) Sammelt in der Klasse die Beispiele und bewertet, welches Beispiel für euch im Alltag am einfachsten umzusetzen wäre.
4. a) Bewerte, inwieweit Upcycling ein sinnvolles Modell ist, seinen Alltag nachhaltig zu gestalten.
   b) Probiere es selbst aus und bastle etwas Neues aus einem alten T-Shirt. Orientiere dich dabei an **M3**.

H zu Aufgabe 2
Das Nachhaltigkeitsdreieck findest du im digitalen Aufgabenkasten (QR-Code). Mehrfachzuordnungen sind möglich.

Wie aussagekräftig sind Gütesiegel?

Um Kaufentscheidungen zu erleichtern, setzen mittlerweile viele Unternehmen auf die Kennzeichnung durch Gütesiegel. In einem Urwald dieser Gütesiegel kann man schnell den Überblick verlieren. Was sagen die verschiedenen Siegel über soziale oder ökologische Standards aus? Und kann man sich auf die Siegel wirklich verlassen?

M4 Ein Urwald aus Nachhaltigkeitssiegeln

Gütesiegel
Unter einem Gütesiegel versteht man eine Kennzeichnung an einem Produkt, das bestimmte Standards erfüllt (z. B. in den Bereichen Umwelt oder Soziales). Das soll Vertrauen bei Konsument:innen aufbauen und damit auch zum Kauf anregen.

GREENWASHING

Nachhaltigkeit
→ Kapitel 4

Im Bereich der Nachhaltigkeit wird oft Greenwashing (dt. „Grünwaschen“ oder „Grünfärben“) betrieben. Dabei setzen Firmen gezielt Kommunikations- oder Marketingmaßnahmen ein, um ein „grünes“ Image zu erlangen. Dabei kann es jedoch sein, dass lediglich Teile einer ökologischen Verantwortung eingehalten werden und dadurch von anderen Problembereichen abgelenkt wird.
Ein Beispiel dafür ist die Deklaration über ein Siegel für eine klimaneutrale Herstellung. Der Begriff wird von Firmen häufig genutzt, um ein Image der ökologischen Verantwortung zu schaffen. Es bedeutet jedoch nicht immer, dass für die Herstellung des speziellen Produkts weniger Treibhausgase ausgestoßen werden. Durch Ausgleichszahlungen oder Beteiligung an Projekten, die zur Reduktion von Treibhausgasen beitragen, können die Treibhausgasemissionen kompensiert werden.

M5 Wie grün ist der GRÜNE KNOPF?

Der Grüne Knopf ist ein sogenanntes „Meta-Siegel". Das heißt Textilien, die mit anderen Siegeln bereits zertifiziert sind, die für Nachhaltigkeit und soziale Standards stehen, dürfen auch einen Grünen Knopf tragen. Eine Bedingung setzt der Grüne Knopf dabei noch: Das gesamte Unternehmen, das die Textilien herstellt, muss sich der Nachhaltigkeit und sozialen Standards verpflichten, nur eine nachhaltige Linie anzubieten reicht nicht aus. Wenn in der Lieferkette eines Unternehmens Probleme bestehen, müssen sie darüber Auskunft geben. Ein Problem hierbei ist allerdings, dass die bereits bestehenden Siegel, die der Grüne Knopf anerkennt, die Sozialstandards zu unzuverlässig (z. B. nur eine einmalige Prüfung) prüfen. Weitere Kritik bezog sich unter anderem darauf, dass nur für Teile der Produktionskette eine Auskunftspflicht besteht und dass die Zahlung des Mindestlohns in vielen Ländern nicht ausreicht, um eine Familie zu ernähren. Das überarbeitete Siegel "Grüner Knopf 2.0" soll es jetzt besser machen: Es gibt verschärfte Auskunftspflichten zur Produktions- und Lieferkette und existenzsichernde Löhne sollen Schritt für Schritt, zumindest in den besonders betroffenen Ländern, eingeführt werden. Eine tatsächliche Pflicht zur Zahlung von existenzsichernden Löhnen gibt es jedoch weiterhin nicht. Ein weiteres Problem beim „Grünen Knopf": Es beteiligen sich zwar immer mehr Firmen am Siegel, z. B. Vaude, die Discounter Lidl, Aldi sowie Rewe und Tchibo. Die großen Textilfirmen wie H&M oder Peek und Cloppenburg machen allerdings bislang nicht mit.

Basierend auf: Ludermann, Bernd: Streit über den Grünen Knopf 2.0. In: www.welt-sichten.org, 29.11.2022

Grüner Knopf
Diese Standards gelten [unter anderem] beim Grünen Knopf
- Verbot gefährlicher Chemikalien
- Zahlung von [existenzsichernden Löhnen]
- Verbot von Zwangs- und Kinderarbeit

Bundesregierung: Faire Mode: Seit einem Jahr ist nachhaltige Kleidung leichter zu erkennen. In: www.bundesregierung.de, 14.09.2020

AUFGABEN

70053-135

1. Welche dieser Gütesiegel hast du schon mal gesehen? Beschreibe, von welchen Produkten du diese Siegel kennst.
2. Bringt gemeinsam Licht in den Urwald der Gütesiegel.
   a) Erstelle ein Plakat zu einem Siegel aus **M4** (**M4**, **M5**, **Recherche**).
   b) Informiert euch in einem Galeriegang über die jeweils anderen Gütesiegel.
   c) Entscheidet euch in der Klasse, welches für euch das „nachhaltigste" Siegel ist.
3. Arbeitet zu zweit. Bewertet das Siegel „Grüner Knopf" hinsichtlich der Kriterien der Nachhaltigkeit (**M5**, **digitaler Aufgabenkasten**).

H zu Aufgabe 2a
Stelle dir Fragen: Was bewirbt das Siegel? Wer gibt das Siegel heraus? Welche Standards liegen vor? Wie glaubwürdig ist das Siegel?

H zu Aufgabe 3
Bedenke alle drei Bereiche, die dafür eine Rolle spielen (Ökologie, Ökonomie, Soziales).

F Oft betreiben Unternehmen Greenwashing. Sind dir Beispiele aus deinem Alltag bekannt?

				V							
			V	E	R	T	R	A	G		
				R							
				B							
				R							
		P	L	A	N	E	N				
				U							
				C							
				H							
				E							
				R	E	C	H	T			
				I							
		E	I	N	K	A	U	F			

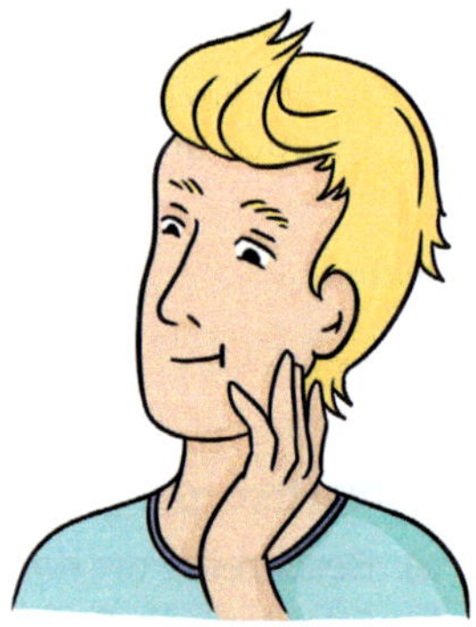

Was weißt du schon?

1. Ergänze passende Begriffe im Wortkreuz.
2. Erläutere, warum du diese Begriffe gewählt hast und wie sie mit dem Thema zusammenhängen.
3. Vergleicht eure Begriffe in der Klasse: Welche Begriffe sind besonders häufig genannt worden und wie erklärt ihr euch das?

7

#Wirtschaftliches Handeln als Verbraucherin und Verbraucher

Eine Brezel beim Bäcker, ein T-Shirt für den Sommer, ein neues Smartphone zum Vertrag oder Kosmetik für eine Party:
„Shoppen gehen" kann gleichzeitig Erlebnis, Lust, aber auch Frust sein. Vielleicht macht es dir Spaß, dich auf die Jagd nach dem besten Angebot in Geschäften oder im Onlinehandel zu machen. Aber wie sollst du dich in der Fülle von Angeboten zurechtfinden? Wer kann dich bei der Kaufentscheidung unterstützen und hast du online als Verbraucherin oder Verbraucher eigentlich andere Rechte und Pflichten als beim Einkaufsbummel in der Stadt?

Was lernst du in diesem Kapitel?

- ... wie Kaufverträge zustande kommen, was Allgemeine Geschäftsbedingungen (AGB) damit zu tun haben und welche Arten von Verträgen es gibt.
- ... was Schulden sind, warum sie notwendig sein können und welche es zu vermeiden gilt.
- ... wie du mit einem Haushaltsplan den Überblick über deine Finanzen behältst.
- ... wie du Kaufentscheidungen triffst und wo du dich über Produkte und Dienstleistungen informieren kannst.
- ... wie du Waren selbst testen kannst.
- ... welche Rechte du als Verbraucherin oder Verbraucher hast und wer dir bei der Durchsetzung deiner Rechte helfen kann.
- ... wie dein Online-Einkaufsverhalten von anderen beeinflusst wird und was du dagegen tun kannst.
- ... was du beim Umgang mit deinen oder Daten von Dritten (Informationen, Bilder ...) im Internet beachten solltest.

Ein Expertengespräch durchführen

Als Jugendliche seid ihr auch aktiv als Verbraucherinnen und Verbraucher am Wirtschaftsgeschehen beteiligt. Egal, ob du dich in Geschäften oder auf digitalen Märkten bewegst, die zentralen Fragen bleiben gleich: Kann ich mir diese Anschaffungen leisten? Welche Arten von Verträgen gibt es und wie kommen sie zustande? Welche Folgen können aus diesen Verträgen für mich entstehen? Was tue ich, wenn ich Schulden habe? Wie werden meine (Online-)Kaufentscheidungen beeinflusst?
Im Laufe dieses Kapitels werdet ihr ein Expertengespräch planen, durchführen, auswerten und eure Erkenntnisse in der Klasse vortragen. Dazu könntet ihr Expertinnen und Experten in die Schule einladen oder sie vor Ort an ihrem Arbeitsplatz besuchen.

Geht dabei so vor:

Start

1

- Bildet Fünfergruppen
- Entscheidet anschließend, ob ihr in eurer Expertenbefragung einen thematischen Schwerpunkt legen möchtet, z. B. Bildrechte (Kap. 2.5).

2

Plant mit der Methode „Eine Expertenbefragung durchführen" (**Methode siehe QR-Code**) eine Befragung mit einer Expertin oder einem Experten für Verbraucherfragen.
Tipp: Eine Befragung muss nicht immer vor Ort stattfinden, eine telefonische Befragung wäre auch möglich und spart ggf. längere Wege.

Mögliche Ansprechpartnerinnen und Ansprechpartner könntet ihr z. B. bei der Verbraucherzentrale oder den Wohlfahrtsverbänden finden.

3

Um euch bestmöglich auf das Expertengespräch zu eurem Thema vorzubereiten, entscheidet euch zunächst für die wichtigsten Inhalte des Kapitels.
Verbraucherbildung ist wichtig! Auch wenn es thematisch nicht unmittelbar in die Vorbereitung eurer Expertenbefragung passt, solltet ihr unbedingt auch die folgenden Seiten berücksichtigen:
- Kap. 7.1, M1, M2, M5, M8, M9
- Kap. 7.2, M1, M2, M4, M5
- Kap. 7.3, M4

Hilfreich ist es zudem, die **Grundwissen**-Seiten dieses Kapitels gelesen zu haben.

4

Führt das Expertengespräch mittels der entsprechenden Methode durch.

Methode: Ein Expertengespräch durchführen

70053-137

Denkt daran: Verhaltet euch stets respektvoll, höflich und freundlich. Schließlich nimmt sich jemand Zeit für euch und eure Fragen.

5

Beginnt nun mit der Zusammenfassung eurer Expertenbefragung. Erstellt zur Vorstellung eurer Ergebnisse eine Präsentation mit einem gängigen Präsentationsprogramm.
Folgende Fragen können euch helfen, die wichtigsten Fakten zusammenzutragen:

- Wer wurde befragt?
- Für welche Institution (Unternehmen, Verein etc.) arbeitet die Expertin/der Experte?
- Welche Aufgaben hat sie oder er?
- Wo lag euer thematischer Schwerpunkt?
- Welche Antworten haben euch am meisten überrascht?

Alternative zur Präsentation
Ihr könnt eure Ergebnisse auch in Form eines Podcasts besprechen. Wie das funktioniert, erfahrt ihr z. B. hier:

70053-138

Ziel

6

Tauscht euch über eure Erfahrungen und Erlebnisse aus.

- Was lief gut?
- Wo gab es Schwierigkeiten?
- Was würdet ihr beim nächsten Mal anders machen?
- Wo könntet ihr ein Expertengespräch noch anwenden?

7.1 Verträge und deren Folgen

Einen Kaufvertrag abschließen – leichter, als man denkt?

„Vertrag kommt von vertragen“ oder „ein guter Vertrag kann in der Schublade verschwinden“. An beiden Redewendungen ist etwas Wahres dran. Dazu müssen alle am Vertrag Beteiligten jedoch etwas beitragen.

M1 Wille, Einigung, Kaufvertrag

Lebensmittel auf dem Kassenband im Supermarkt

Pizzabestellung über eine Lieferservice-App

Unterschrift zur Mitgliedschaft in einem Fitnessstudio

KAUFVERTRAG

Wenn sich Verkäufer und Käufer über eine Sache, deren Eigenschaften und den Preis einig sind, schließen sie einen Kaufvertrag ab. Der Kaufvertrag kommt zustande, wenn beide Seiten ihren Willen zum Kaufgeschäft eindeutig zum Ausdruck bringen.

Dieser Vorgang wird auch „übereinstimmende Willenserklärung“ genannt. Willenserklärungen, die zum Kauf führen, können unterschiedlicher Art gestaltet sein: mündlich („Guten Tag, eine Flasche Wasser, bitte.“), schriftlich (Brief, E-Mail, ...), oder durch schlüssiges Handeln (den Einkauf auf das Kassenband legen).

M2 Wie kommt ein Kaufvertrag zustande?

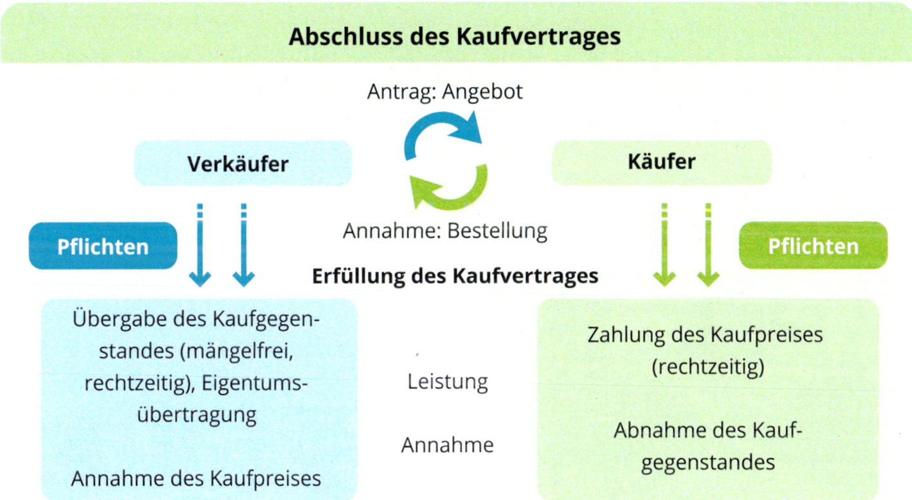

Bearbeiter

WIDERRUFSRECHT

Kundinnen und Kunden, die über das Internet eingekauft haben, haben das Recht, von ihrem Kauf zurückzutreten. Wenn sie die Ware erhalten haben, können sie 14 Tage lang das bestellte Produkt zurückschicken. Dazu müssen sie keine Gründe angeben. Kundinnen und Kunden dürfen das Produkt allerdings nicht benutzen. Sie dürfen es nur anschauen und prüfen.
Wenn der Wert unter 40 Euro liegt, muss man die Kosten für die Rücksendung selbst übernehmen, ansonsten werden sie vom Unternehmen übernommen. Ausnahme: Ein Onlineshop räumt explizit das Recht zur kostenlosen Rückgabe ein.

AUFGABEN

70053-141

1. a) Beschreibe die Bilder in **M1**.
   b) Begründe, ob und wie ein Kaufvertrag zustande kommt (**#Kaufvertrag**).
2. a) Vergleiche, wie sich der Kauf im Laden (**M2**) vom Onlinekauf (**#Widerrufsrecht**) unterscheidet.
   b) Erläutere Folgen der verschiedenen Kaufarten für Käufer:innen und Verkäufer:innen.
3. Stelle den Ablauf und die Pflichten, die ein Kaufvertrag für beide Seiten mit sich bringt, anhand des Kaufs einer Spielekonsole dar (**M2**).
4. Diskutiert zu zweit, wann es sinnvoll ist, einen Vertrag schriftlich festzuhalten.

Vertragsabschluss – hast du an die Konsequenzen gedacht?

Sobald du etwas kaufst, gehst du dabei vertragliche Verpflichtungen ein. Gedanken über die Voraussetzungen für einen Kaufvertrag und die daraus entstehenden Pflichten und Folgen machen wir uns meist jedoch erst, wenn es zu Problemen kommt.

M3 Kaufvertrag abgeschlossen – ja oder nein?

M4 Welche Folgen haben Verträge?

(Mindest-) Laufzeit
z. B. Monatsticket für den Bus

Zusatzkosten
z. B. Zinsen

Pflichten
z. B. Zahlung oder Erbringung einer Dienstleistung

Automatische Verlängerung von Verträgen
z. B. KfZ-Versicherung

Pfändung
z. B. bei mehrfachem Zahlungsverzug

Zinsen
hier: ein prozentualer Betrag, der auf geliehenes Geld zusätzlich gezahlt werden muss

Pfändung
Beschlagnahmung, um Schulden zu tilgen

M5 Ein Urlaub mit Folgen

Ole und Yasmin freuten sich auf ihren Jahresurlaub. Gemeinsam planten sie Monate lang ihren Wellness-Aktiv-Urlaub und wollten dabei möglichst großen Komfort für möglichst wenig Geld herausholen. Und das klappte tatsächlich: Sie buchten eine Woche Urlaub an den *Xantener Seen* mit ihren neuen Fahrrädern, in einem eigenen Bootshaus direkt am Wasser. Das Angebot versprach top Wellness, reichhaltiges Essen und vieles mehr. Den Urlaub genossen sie in vollen Zügen. Beim Check-out kam dann aber das böse Erwachen: Der Reiseveranstalter berechnete neben dem Angebotspreis von 799 € eine ganze Reihe von Zusatzkosten. Zurück zuhause fragen die Eltern der beiden erstaunt: „Habt ihr euch nur die schönen Bilder des Angebots angesehen?"

Bearbeiter

Grundpreis Rabatt-Angebot	799€
Zzgl.	
Getränke zum Abendessen	250 €
Wellnessbehandlungen	320 €
Endreinigung des Bootshauses	125 €
Zuschlag sichere Fahrradverwahrung	60 €
Getränke und Snacks aus der Minibar	50 €
	805 €
Insgesamt	1.604 €

Minimal- und Maximalprinzip
Entweder setzt du deine Mittel so ein, dass du dir möglichst viele Wünsche erfüllen kannst (**Maximalprinzip**) oder du suchst dir ein bestimmtes Produkt aus und versuchst, dafür das billigste Angebot zu finden (**Minimalprinzip**).

AUFGABEN

70053-142

1. a) Begründe, ob zwischen dem Kunden und dem Fahrradhändler (**M3**) ein Kaufvertrag zustande gekommen ist. Nutze für deine Begründung die Paragrafen §145, §147, §433 und §929 BGB, die du auch im nebenstehenden Mediencode findest.
   b) Analysiere, ob die Pflichten von allen Vertragspartnern erfüllt wurden.
2. Finde weitere Beispiele für Verträge mit Mindestlaufzeiten, Zusatzkosten und automatischen Verlängerungen (**M4**).
3. Stelle Vermutungen an, ob Ole und Yasmin die Zusatzkosten zahlen müssen (**M5**). Begründe deine Aussage.

Paragrafen für Aufgabe 1
70053-139

F zu Aufgabe 2
Diskutiert, ob ein Urlaub mit einem Maximum an Komfort für möglichst wenig Geld nachhaltig sein kann.

Allgemeine Geschäftsbedingungen – soll ich zustimmen?

AGB – **A**lles **G**anz **B**anal? Nicht unbedingt. Schnell unterschrieben heißt meist auch schnell gekauft. Doch welche Verpflichtungen ergeben sich aus den klein gedruckten Texten, die wir regelmäßig mit einem schnellen Klick oder einer schnellen Unterschrift bestätigen?

M6 AGB lauern überall

Eine Musik-App auf einem Smartphone

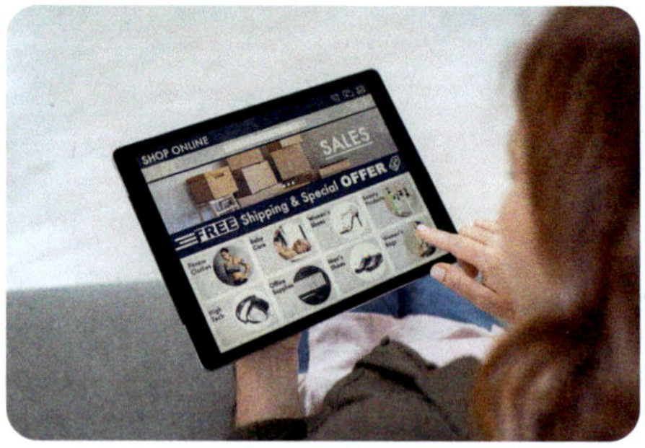

Onlineshopping auf einem Tablet

M7 Ist das fair? Beispiele aus AGB im Blick

Gewährleistungsrecht
die Pflicht des Verkäufers, bei mangelhafter Ware zu haften

Retour
hier: Rücksendung von Waren durch die Käuferin oder den Käufer

„Erworbene Gutscheine sind ab Kauf 1 Jahr gültig. Restguthaben können nach dem Ablauf eines Jahres nicht ausgezahlt oder mit Ware verrechnet werden. Der Gutschein verfällt mit Ablauf der Frist."

„Ihre Gewährleistungsrechte erlöschen 3 Monate nach Lieferung."

„Gewährleistungsansprüche können Sie nur geltend machen, wenn Sie die Ware in der Originalverpackung und mit dem beigefügten Rücksendeschein sowie dem originalen Retourenaufkleber unseres Unternehmens einsenden."

„Sollte Ihr gewünschter Artikel nicht lieferbar sein, senden wir Ihnen im Einzelfall einen preislich gleichwertigen Artikel zu."

Bearbeiter

AGB – ALLGEMEINE GESCHÄFTSBEDINGUNGEN

AGB sind für Verträge vorformulierte Vertragsbedingungen. Sie kommen dann zum Einsatz, wenn eine Vertragspartei einer großen Zahl von Vertragspartnern das gleiche Angebot macht. Alle Vertragspartner erhalten den Vertrag zu den gleichen Bedingungen. Das ist z. B. bei Internettarifen oder bei Online-Bestellungen der Fall.

M8 Allgemeine Geschäftsbedingungen – ich stimme zu!

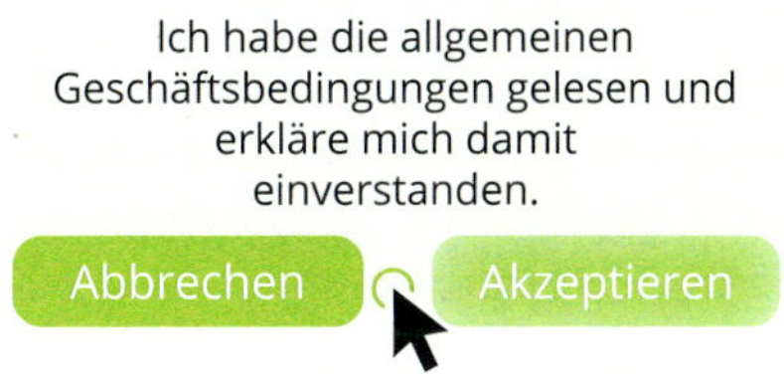

Bearbeiter

Ich atme. Ich esse gern Chips. Ich muss auf die Toilette, wenn ich viel Wasser trinke. Ich unterschreibe Verträge, ohne die allgemeinen Geschäftsbedingungen zu lesen. Kurz gesagt: Ich bin nichts Besonderes.

Der letzte Vertrag, bei dem ich die AGB nicht gelesen habe, war eine Mitgliedschaft in einem Fitnessstudio. Eine Frau mit „Trainer"-Aufdruck auf ihrem Shirt reichte ihn mir, sie war sehr freundlich, wir hatten das gleiche Sternzeichen. Also habe ich ihr meine EC-Karte gegeben und fünfmal irgendwo unterschrieben. Natürlich habe ich sie nicht gebeten, mir etwas Zeit zu lassen, damit ich mir alles noch mal in Ruhe durchlesen kann. Wie denn auch? Ich hätte auf einem Barhocker gesessen, zwanzig Minuten lang, umgeben von schwitzenden Muskelshirtträgern und quietschenden Schulterpressen. Die nette Trainerin hätte in meinem internen Profil vermerkt: „Achtung, kleinliche Kundin!" Habe ich überhaupt so etwas wie ein Fitnessstudio-Profil? Bestimmt steht das irgendwo in den AGB. Es ist schließlich Deutschland. Das denke ich oft, wenn ich Verträge unterschreibe. Oder wenn ich online den „Ich habe die allgemeinen Geschäftsbedingungen gelesen"-Haken setze, der immer gelogen ist, weil ich es eben nie lese. Hier wird mir schon kein Dreijahresvertrag für ein Handy-Abo untergejubelt werden. Ich habe ein Urvertrauen in die Gesetzgebung dieses Landes. Deshalb unterzeichne ich Verträge mit der Haltung, mit der Kinder von Bäumen springen: Mama steht bestimmt unten und fängt mich auf. Es wird Gesetze geben, die mich schützen. Gesetze, die meine Faulheit abfedern. Glaube ich. Gelesen habe ich allerdings noch keine.

Nach: Mayr, Anna: Ich stimme zu. In: www.zeit.de, Die Zeit Nr. 24/2018, 06.06.2018

AUFGABEN

70053-143

1. Betrachte die Abbildungen in **M6**.
   a) Beschreibe, ob hier den AGB zugestimmt wurde.
   b) Vergleicht in der Klasse weitere Situationen, bei denen Ihr bereits AGB akzeptiert habt.
2. a) Analysiere die Auszüge aus den AGB in **M7**.
   b) Erläutere, ob diese für die Verbraucher:innen fair sind.
3. Tauscht euch darüber aus, ob ihr bei einem Vertragsabschluss immer die AGB lest. Nehmt kritisch Stellung zu eurem Verhalten. Was würdet ihr Freund:innen raten (**M8**)?
4. Setzt euch zu zweit mit der Notwendigkeit von AGB auseinander. Betrachtet hierbei beide Seiten: die der Unternehmer und die der Verbraucher:innen (**M7**, **#AGB**, **M8**).

F zu Aufgabe 2
Überprüfe die Auszüge auf ihre Rechtmäßigkeit. Nutze dazu das BGB.

H zu Aufgabe 3
Ihr könnt dazu auf eurem Smartphone die AGB von Apps ansehen, denen ihr bereits zugestimmt habt.

Welche Vertragsarten gibt es?

Du denkst vielleicht, Verträge sind nur etwas für Erwachsene. Dabei hast du vielleicht heute, ohne es zu wissen, schon einen Vertrag abgeschlossen. Im normalen Alltag kommt nämlich einiges an Verträgen zusammen: das Bus- oder Bahnticket, Bibliotheksmitgliedschaft, Beitritt zu einem Sportverein oder auch beim Kauf von einem Geschenk. Rechtlich gesehen wird jedes Mal ein Vertrag abgeschlossen.

M9 Verschiedene Vertragsarten im Überblick

Kaufvertrag
LEIHVERTRAG
Mietvertrag
SACHDARLEHENSVERTRAG
Laufzeitvertrag
Schenkungsvertrag
ARBEITSVERTRAG

a Um dich besser auf den nächsten Vokabeltest vorbereiten zu können, möchtest du zu Hause einige Seiten in einem Nachhilfe-Buch von einem Klassenkameraden durcharbeiten.

b Da dir zum Backen von Pfannkuchen noch vier Eier fehlen und am Sonntag die Supermärkte geschlossen sind, hilft dir freundlicherweise deine Nachbarin aus. Dabei versprichst du, ihr am Montag vier neu gekaufte Eier zurückzugeben.

c Vor ein paar Tagen ist dir zu Hause aus Versehen eine Fensterscheibe gesprungen. Zur Reparatur wird ein Handwerker beauftragt.

d Dein bester Freund wohnt mit seiner Familie in einer Dachgeschosswohnung in der Nachbarschaft. Da der Familie diese Wohnung allerdings nicht gehört, zahlen die Eltern jeden Monat eine entsprechende Gebühr an den Eigentümer.

e Von deinem Lieblingscomputerspiel ist eine neue Version erschienen. Um es so bald wie möglich daheim spielen zu können, hast du bereits seit einiger Zeit dein Taschengeld gespart und kannst es dir nun endlich kaufen.

f Deine Schwester beginnt bald ihre Ausbildung zur Vermessungstechnikerin. Heute war sie zum Unterschreiben in ihrem Ausbildungsbetrieb.

g Zum Geburtstag erhältst du von deiner Oma einen Umschlag, in welchem sich ein Fünfzigeuroschein befindet.

Bearbeiter

M10 Nicht vergessen!

Morgen kündige ich endlich mein Abo im Fitnessstudio, ganz sicher! Die drei Monate sind schon wieder fast um und sonst verlängert sich mein Vertrag schon wieder um ein Jahr. Ich muss nur noch den Vertrag finden ...

LAUFZEITVERTRAG

Laufzeitverträge werden meist mit einem oder zwei Jahren Laufzeit angeboten. In der Regel verlängern sie sich nach der Laufzeit ohne Kündigung automatisch.

Dazu zählen zum Beispiel Verträge für Gas, Strom, Internet, Telefon und Fitnessstudios. Mindestlaufzeitverträge haben ihr Für und Wider. Wer sich einen Gefallen tun will, schaut sich regelmäßig nach neuen Tarifen um und vergisst nicht, alte Verträge mit schlechteren Bedingungen zu kündigen.

AUFGABEN

70053-144

1. Beschreibe mit eigenen Worten, was du dir unter einem Vertrag vorstellst.
2. Erstelle zu den Vertragsarten eine Tabelle, in der du die Pflichten der jeweiligen Vertragspartner gegenüberstellst (**M9**).
3. a) Ordne die Vertragsarten in der Wortwolke den Beispielen zu (**M9**).
   b) Nenne Verträge, die im Alltag eher mündlich abgeschlossen werden.
4. a) Bewerte, weshalb schriftliche Verträge im heutigen Wirtschaftsleben unverzichtbar sind (**M10**).
   b) Schützen Verträge beide Vertragsseiten? Diskutiert zu zweit, wann ein Vertrag zum sogenannten Knebelvertrag wird.
   c) Erläutere Vor- und Nachteile von Laufzeitverträgen für Anbieter und Nachfrager.
5. Vergleiche Kaufverträge und Laufzeitverträge hinsichtlich der Willensbekundung zum Kauf und der Vertragserfüllung miteinander. Nenne die Unterschiede (**#Laufzeitvertrag**, **#Kaufvertrag**).

H zu Aufgabe 2
Verwende dazu die §§ 433, 535, 598, 516, 611 BGB.

7.2 Schuldenprävention

Raus aus den Schulden – aber wie?

Nicht alle Schulden sind gleich. Es macht einen Unterschied, ob du einen Kredit für das neueste Sportgerät aufnimmst, um zu zeigen, dass du es dir leisten kannst, oder ob du einen Kredit für ein Auto aufnehmen musst, weil dein altes einen Totalschaden hatte, du dieses aber aus beruflichen Gründen benötigst.

M1 Ver- oder überschuldet?

Akio 19 Jahre, Auszubildender
Akio hat eine offene Handyrechnung in Höhe von 1.256€ sowie 6.721€ Außenstände bei einem Onlineversandhandel. Seine Miete konnte er deshalb seit 3 Monaten nicht bezahlen. Ihm droht der Wohnungsverlust.

Christian, 58 Jahre, Tischlermeister
Christian benötigt für seine Tischlerei eine neue Hobelmaschine. Ohne eine funktionstüchtige Maschine kann er keine weiteren Aufträge annehmen. Sie kostet 26.000€. Für den Kauf schließt er einen Finanzierungsvertrag ab. Er zahlt 36 x 800€ (mtl.) an die Bank. Die Maschine wird umgehend geliefert.

Aenne, 36, Angestellte im öffentlichen Dienst
Aenne steht kurz vor dem Hauskauf. Sie wartet nur noch auf das o.k. von ihrer Bank. Sie benötigt einen Kredit in Höhe von 250.000€, um sich mit Ihrem Mann den Traum vom Eigenheim zu realisieren. Sie beabsichtigen, ca. 25 Jahre lang die Raten für das Haus an die Bank zu zahlen. Große Urlaubsreisen könnten die Beiden sich dann nicht mehr leisten.

Ingetraut, 86, Rentnerin
Die Gartensaison steht an. Passend dazu hat Ingetraut Pflanzen und Geräte im Wert von 480€ bestellt. Die Lieferung kam unverzüglich. Eine Rechnung lag der Lieferung bei. Nach 4 Wochen dann der große Schreck: Eine Mahnung vom Verkäufer. Ingetraut hat vergessen die Rechnung zu bezahlen – das ist ihr noch nie passiert.

Bearbeiter

25.000 Euro Schulden: Ich habe den Überblick verloren!
Hier findest du ein Video über Verschuldung bei Jugendlichen

70053-140

VERSCHULDUNG UND ÜBERSCHULDUNG

Wer sich Geld leiht oder einen Kredit aufnimmt, verschuldet sich. Verschuldung kann sinnvoll sein, wenn zum Beispiel für den Erwerb eines Hauses oder eines Autos ein Kredit aufgenommen wird. Werden weitere Ausgaben (z. B. eine Reise, technische Geräte o. ä.) getätigt, sollte abgewogen werden, inwiefern man sich weiter verschuldet und ob ggf. eine Überschuldung droht.
Überschuldung liegt vor, wenn nach Abzug der finanziellen Mittel für den grundlegenden Lebensbedarf (Essen, Trinken, Wohnraum, Strom, Wasser) das verbleibende Geld nicht mehr ausreicht, um die Zahlungsverpflichtungen pünktlich zu erfüllen. Man spricht dann auch von einer Insolvenz.

M2 Welche Altersgruppen sind besonders oft verschuldet?

Schuldnerquote in Deutschland nach Altersgruppen (Stand: November 2020)

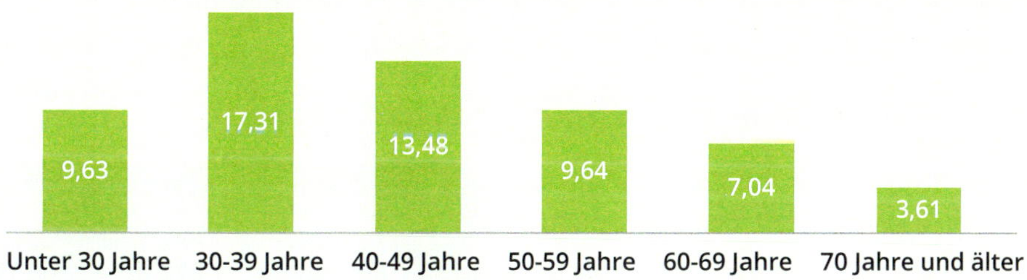

Zahlen nach: ©Creditreform Wirtschaftsforschung: SchuldnerAtlas Deutschland 2020, Überschuldung von Verbrauchern. In: www.creditreform.de, 10.11.2020

M3 Wer kann helfen?

Wann du dir bei finanziellen Schwierigkeiten professionelle Hilfe suchen solltest, ist abhängig von der **Höhe deiner Schulden** und deinen zur Verfügung stehenden **Finanzmitteln nach Abzug aller Kosten** sowie deiner **eigenen Motivation**.

Wenn Maßnahmen der Selbsthilfe, wie z.B. das Führen eines Haushaltsbuchs, Kündigen von nicht zwingend benötigten Abos oder eine sparsamere Lebensführung zu keiner Verbesserung der finanziellen Situation führen und die Existenz (z.B. Wohnungsverlust) weiterhin bedroht ist, solltest du dir schnellstmöglich professionelle Hilfe suchen. Spezielle Schuldenberatungsstellen können helfen, Schulden abzubauen und z.B. den Wohnungsverlust abzuwenden. Doch Vorsicht: Es gibt auch unseriöse Anbieter, die eine finanzielle Notlage ausnutzen wollen und zusätzlich viel Geld für eine Beratung verlangen. Eine persönliche, kostenlose und seriöse Beratung und Vertretung gegenüber den Gläubigern bieten die Schuldner- und Verbraucherinsolvenzberatungsstellen von Wohlfahrtsverbänden (z.B. Caritas) oder der Verbraucherzentralen an.

Bearbeiter

Schuldner
Person, die einer anderen etwas schuldet, z. B. Geld

Gläubiger
Person, die Forderungen (z. B. Geld) an einen Schuldner hat

Insolvenz
Bezeichnet die Situation eines Schuldners, den Forderungen eines Gläubigers nicht mehr nachkommen zu können. Insolvenz wird auch Zahlungsunfähigkeit genannt.

AUFGABEN

70053-145

1. Analysiere die Fallbeispiele in **M1**.
   a) Lies **#Verschuldung und Überschuldung** und ordne den Fallbeispielen deine Einschätzung zu: verschuldet, überschuldet oder sonstiges.
   b) Begründe deine Entscheidung.
2. Analysiere die Statistik in **M2**. Erörtere mögliche Gründe für die dargestellte Verteilung.
3. Stell dir vor, du bist der beste Freund bzw. die beste Freundin von Akio. Was würdest du ihm raten? Nutze hierfür die Informationen aus **M3**.

Schützt ein Haushaltsplan vor Verschuldung?

Den Überblick über die eigenen Finanzen zu behalten, muss gar nicht so kompliziert sein. Eine gute Methode ist der Haushaltsplan. Ob du ein traditionelles Haushaltsbuch oder die digitale Variante nutzt, spielt hierbei keine Rolle. Oder doch?

M4 War Planung schon immer das halbe Leben?

Wenn heute der Kühlschrank leer ist, gehst du z. B. einfach in den Supermarkt, um diesen wieder aufzufüllen. Die Lebensmittel halten heute durch den Einsatz moderner Technik deutlich länger. Anders als früher: Langfristige Planung und kluge Vorratshaltung waren in früheren Zeiten sehr wichtig, um zu überleben. Um immer einen Überblick zu behalten, wurden auch in der Vergangenheit oft Haushaltsbücher angelegt. In ihnen wurden z. B. Lebensmittelbestände und Finanzangelegenheiten notiert.

Bearbeiter

Eine mittelalterliche Vorratskammer

M5 Kostenchaos? Aus den Augen, aus dem Sinn

Familie Schreiber zahlt im Monat 920 € Miete. Hinzu kommen Kosten für die Haftpflichtversicherung und die Hausratversicherung für zusammen 70 €. Nicht zu vergessen sind die Kosten für den Strom (mtl. 65 €), das Internet (mtl. 55 €) und die drei Mobilfunkverträge der Familie (mtl. insgesamt 90 €). Außerdem leisten sie sich Abos für verschiedene Musik- und Video-Streamingdienste (insgesamt 35 €). Die Familie kauft wöchentlich Lebensmittel im Wert von ca. 120 € und Getränke für 40 € ein. Der Beitrag für den Sportverein der Tochter Rahel liegt bei monatlich 35 €. Außerdem bekommt sie 10 € Taschengeld pro Woche. Vater Conrad zahlt monatlich insgesamt 240 € für Benzin und zusätzlich 40 € für die Kfz-Versicherung. Durchschnittlich gibt die Familie für Kleidung im Monat insgesamt 120 € aus. Für Freizeitaktivitäten kalkuliert die Familie ca. 80 €. Automatisch vom Konto abgezogen werden die weiteren Posten: Autokredit (235 €), Weiterbildungskosten von Mutter Lena (120 €) und Altersvorsorgebeiträge in Höhe von 140 €. Bei so vielen monatlichen Ausgaben hat Familie Schreiber den Überblick über ihre Finanzen verloren. Die Freundin von Lena hat die Führung eines digitalen Haushaltsbuchs via App empfohlen. „So kannst du immer auf einen Blick sehen, wie viel Geld noch für den Monat übrig ist", meinte sie zu ihr.

Demgegenüber stehen die Einnahmen:

Gehalt Vater:	1.450 €
Gehalt Mutter:	1.750 €
Kindergeld:	219 €

Bearbeiter

mtl.
Abkürzung für monatlich wiederkehrende Zahlung

Abo
Kurzform für Abonnement; regelmäßiger Bezug einer Leistung gegen Bezahlung

Kindergeld
fester Betrag, den jede Familie pro Kind und ohne Gegenleistung vom Staat erhält

M6 Ein Haushaltsbuch im Selbstversuch

Haushaltsbuch Jahresübersicht

Fixbuchungen (+/–)	JAN	FEB	MRZ	APR	MAI
Miete	– 560,- €	– 560,- €	– 560,- €	– 560,- €	
Strom	– 40,- €	– 40,- €	– 40,- €	– 35,- €	
Krankenkasse	– 180,- €	– 180,- €	– 180,- €	– 180,- €	
Handy	– 29,99 €	– 29,99 €	– 29,99 €	– 29,99 €	
Busticket	– 62,- €	– 62,- €	– 62,- €	– 62,- €	
Musikschule	– 63,- €	– 63,- €	– 53,- €	0,- €	
Klassenkasse	– 5,- €	– 5,- €	– 5,- €	– 5,- €	
Essensgeld	– 75,- €	– 75,- €	– 75,- €	– 75,- €	
Internet	– 29,99 €	– 29,99 €	– 29,99 €	– 29,99 €	
Lohn	+ 2.200,- €	+ 2.200,- €	+ 2.352,- €	+ 2.352,- €	
Kindergeld	+ 184,- €	+ 184,- €	+ 184,- €	+ 184,- €	
Unterhalt	+ 322,- €	+ 322,- €	+ 322,- €	+ 322,- €	
Zinsen			+ 98,- €	0,- €	

HAUSHALTSBUCH

In einem Haushaltsbuch werden Einnahmen und Ausgaben eines privaten Haushalts gegenübergestellt. Es hilft dabei, die eigenen Ausgaben stets im Blick zu haben und Schulden zu verhindern.

Im Haushaltsbuch werden alle Haushaltseinnahmen (Lohn, Kindergeld, u. Ä.) sowie Haushaltsausgaben (Kosten für Lebensmittel, Haushaltsartikel, Versicherungen u. Ä.) erfasst. Zu jeder Zeit kann überprüft werden, ob eine Negativbilanz (mehr Ausgaben als Einnahmen) oder eine Positivbilanz (mehr Einnahmen als Ausgaben) vorliegt. Neben dem klassischen Haushaltsbuch bieten diverse Anbieter Apps zur digitalen Erfassung der Haushaltsfinanzen. Nutzerinnen und Nutzer sollten bei digitalen Angeboten des Haushaltsbuchs auf seriöse Anbieter zurückgreifen.

AUFGABEN

70053-146

1. Stellt gemeinsam Vermutungen an, warum ein Haushaltsbuch im Mittelalter wichtig für die Sicherung der Existenz eines Haushalts war (**M4**).
2. Analysiere den Text (**M5**).
   a) Erfasse alle monatlichen Einnahmen und Ausgaben der Familie.
   b) Berechne, ob eine Positiv- oder Negativbilanz vorliegt.
3. Diskutiert die Vor- und Nachteile einer digitalen Haushaltsbuchführung gegenüber der traditionellen Variante (**M6**, **#Haushaltsbuch**). MK

F zu Aufgabe 3
Macht den Test! Probiert digitale Haushaltsbücher aus. Vergleicht eure Erfahrungen mit der klassischen Variante.

7.3 Verbraucherschutz konkret – vom Test zum Kauf

Werde ich beim Einkauf unterstützt?

In einer fremden Gegend unterwegs – ohne Stadtführerin oder Smartphone? Da ist man schnell verloren. Beim Einkaufen geht es einem auch häufig so: Wer hat bei den vielen Angeboten noch den Durchblick? Gut, wenn man sich da Hilfe holen kann. Aber wo?

M1 Schnell kaufen?

Zwei Sonderangebote im Vergleich

M2 Wo kann ich mich informieren?

Bevor du eine große Investition tätigst (z. B. Haushaltsgeräte, Unterhaltungselektronik etc.), ist es ratsam, dass du dich darüber informierst, welche Produkte deine Anforderungen innerhalb deines finanziellen Rahmens erfüllen. Dafür hast du verschiedene Möglichkeiten, jede davon hat Stärken und Schwächen.

Du kannst unter anderem die einzelnen Produktinformationen der Hersteller miteinander vergleichen, dich über die Zeitschrift oder den Online-Auftritt der Stiftung Warentest nach den letzten Testergebnissen zu den jeweiligen Produktgruppen erkundigen, Bewertungen von fachbezogenen Online-Plattformen oder von anderen Käuferinnen und Käufern lesen und du kannst bei den Verbraucherzentralen nachfragen, ob und wie sie sich bei deiner Entscheidung unterstützen können.

Bearbeiter

M3 Alles sicher?

unterschiedliche Prüfsiegel

VEBRAUCHERSCHUTZ

Der Begriff Verbraucherschutz fasst unterschiedlichste Regelungen, Vorgaben und Informationsangebote zusammen. Sie alle dienen dazu, Verbraucherinnen und Verbraucher beim Konsum zu unterstützen und sie vor Fehlkäufen zu schützen.
Ob ein Produkt eine Funktions-, Sicherheits- oder Gesundheitslücke aufweist, kann man meist gar nicht erkennen, weil man sich nicht gut genug auskennt. Daher betreibt der Staat eine aktive Verbraucherpolitik. Ein Beispiel: Das Gesetz gegen unlauteren Wettbewerb untersagt Rechtsgeschäfte, die gegen die guten Sitten verstoßen. Wird ein Kauf durch die Vortäuschung von falschen Tatsachen erzwungen, ohne dass sich die Menschen ausreichend vor dem Kauf informieren konnten, ist der Verkauf rechtswidrig. Außerdem hat jedes Bundesland eine Verbraucherzentrale. Sie bieten Beratung zu sehr vielen Verbraucherfragen an, z. B. zu den Themen Finanzen, Verträge, Ernährung usw. Die Verbraucherzentrale Nordrhein-Westfalen ist online unter https://www.verbraucherzentrale.nrw/ zu finden.

AUFGABEN

70053-147

1. a) Analysiere die Bilder in **M1**. Was fällt dir auf?
   b) Überprüfe die Bilder anhand von **#Verbraucherschutz**. Welcher Verdacht liegt hier nahe? Erläutere deine Vermutung.
2. a) Ergänze die in **M2** genannten Aspekte um weitere Informationsmöglichkeiten.
   b) Ordne die Informationsquellen aus deiner Sicht absteigend nach ihrer Glaubwürdigkeit.
3. a) Welche Labels aus **M3** kennst du schon? Finde heraus, was hinter ihnen steckt.
   b) Begründe, warum technische Produkte besonders streng geprüft werden sollten.
4. Informiere dich über das Angebot der Verbraucherzentrale Nordrhein-Westfalen (**#Verbraucherschutz**). MK

F **zu Aufgabe 2b**
Begründe deine Reihenfolge.

F Führe einen Schülerwarentest anhand von dir selbst gewählter Produkte durch. Nutze hierzu die Methodenseite im digitalen Aufgabenkasten.

7.4 Shoppen im Internet

Cookies beim Einkauf – digitale Helfer oder Manipulation?

Keine Shopping-Begleitung, die dich berät. Niemand im Laden, der oder die dir etwas „aufschwatzen" möchte, keine Ware, die im stimmungsvollen Licht der Geschäfte besonders ansprechend erscheint. Aber shoppst du online wirklich ohne äußere Einflüsse auf deine Entscheidung?

M1 Zu viel Interesse

Bene und Lotte aus Petershagen sind zum Polterabend und zur Hochzeit ihrer Cousine Franzi in Bonn eingeladen. Ihre Eltern bitten die beiden, sich auf die Suche nach einem Hotel für das Hochzeitswochenende zu machen. Sie wollen möglichst günstig übernachten, da die Hochzeit schon teuer genug für sie wird. Immer wieder sucht Lotte auf ihrem Laptop nach Angeboten, aber die werden nicht günstiger – im Gegenteil. Als Bene mit seinem Tablet gleichzeitig auf die Suche geht, machen Sie eine interessante Entdeckung.

Bearbeiter

COOKIES (ENGL. EIGENTLICH: KEKSE)

Cookies sind kleine Text-Dateien. Sie werden im Browser deines Endgerätes (z. B. Smartphone, Laptop, Tablet) gespeichert. Jeder Cookie enthält Informationen über Webseiten, die du besucht hast und darüber, was du dir dort wie lange angesehen hast.
Es gibt zwei Arten von Cookies. **Session Cookies** steigern den Komfort beim Surfen. Sie merken sich z. B. deine Login-Daten, Warenkörbe oder wo du ein Video pausiert hast, um es später zu Ende zu schauen. **Tracking Cookies** sind unbeliebt. Sie stehen im Zusammenhang mit Werbung und werden dauerhaft gespeichert. Jeder Werbebanner platziert einen Cookie. Dadurch kann dein Surfverhalten nachverfolgt werden. Das Ziel sind personalisierte Webseiten mit Produktvorschlägen, die genau auf dich zugeschnitten sind.
Übrigens: Der Name ist an die Krümelspur der Kekse angelehnt, nur dass es sich hier um Informationskrümel zur Nachverfolgung handelt.

M2 Eine Empfehlung des Hauses

Nicole ärgert sich, dass die alten USB-C-Kabel schon wieder defekt sind und möchte deshalb diesmal mehr Geld ausgeben. Sie geht bei großen Versandhändlern auf die Suche nach neuen Kabeln. Neben den üblichen Produktanzeigen sieht sie immer wieder Produkte, die mit „Top Produkt" oder „unsere Empfehlung für Sie" betitelt sind. Die Hersteller sagen ihr zwar nichts, aber die Kabel sehen gut aus und der Preis stimmt.

Hassan ist auf der Suche nach einer neuen Waschmaschine. Das alte No-Name-Produkt wird nicht mehr allzu lange halten. Er war aber sehr zufrieden mit der Maschine und möchte daher auch wieder ein No-Name-Produkt kaufen. Er bekommt ebenfalls Empfehlungen. Diese sind aber teure Markenware. Er wird unsicher. In Foren liest er, dass Markenware die bessere Wahl wäre und greift nun doch auf die Empfehlung des Versandhauses zurück.

Bearbeiter

AUFGABEN

70053-149

1. Welche Auswirkungen haben Cookies bei der Online-Suche? MK
   a) Lies **M1** und beschreibe die Abbildungen. Was stellst du fest?
   b) Stelle Vermutungen an, warum Lotte und Bene für das gleiche Hotel unterschiedliche Preise angezeigt bekommen (**#Cookies**).
   c) Diskutiert in der Klasse, ob und wie ihr euch vor angepassten Preisen schützen könnt.
2. Welche Rolle spielen Empfehlungen im Versandhandel?
   a) Stelle Vermutungen an, warum Hassan und Nicole (**M2**) sich für die Empfehlungen entschieden haben.
   b) Bewerte, ob die Entscheidungen für dich nachvollziehbar sind.

Beeinflussen mich andere bei meiner Kaufentscheidung?

Einen guten Ratschlag für eine Kaufentscheidung zu bekommen, ist nicht immer einfach. In den sozialen Medien begegnen dir täglich Kaufempfehlungen, auch wenn du sie auf den ersten Blick nicht immer als solche wahrnimmst. Doch was sind diese Empfehlungen wert?

M3 Ein Blick in die Videobeschreibung

Eine Influencerin dreht ein neues Video.

AFFILIATE-LINKS (ENGL.: „ANGLIEDERN")

Affiliate-Links werden von Händlern zur Verfügung gestellt. Sie führen dich zu Produkten, die sie verkaufen. Das Besondere daran ist, dass diejenigen, die den Link posten (z. B. YouTuber), einen kleinen Anteil vom Verkaufswert der Ware als Gegenleistung dafür erhalten, wenn du oder andere über den entsprechenden Link das Produkt kaufen sollten. Diesen Anteil nennt man Provision. Es gibt Provisionen genauso im Offline-Handel, auch da sind sie zumeist unsichtbar, z. B. beim Autokauf oder der Anlageberatung in der Bank.

Dafür schließen beispielsweise Youtuber mit Unternehmen Verträge ab, in denen genau bestimmt wird, was sie für die Zahlung einer Provision tun müssen und wie hoch diese pro Klick oder verkauftem Produkt ausfällt. Das mag bei einem Klick oder einer Bestellung nicht viel ausmachen, rechnet sich aber in der Masse für beide Seiten. Du hast mit Affiliate-Links die Möglichkeit, deine Lieblingsseiten oder Künstler zu unterstützen. Allerdings sollten bei der Suche nach dem richtigen Produkt diese Empfehlungen kein Hauptargument für deine Kaufentscheidung sein.

M4 Social Marketing

Josi

Ich habe mich früher ganz normal geschminkt. Dann bin ich auf eine amerikanische Influencerin gestoßen, die von Dingen wie Contouring, Strobing oder besonderen Bronzern sprach. Sie sah wirklich immer top aus. Ich wollte das auch. Also habe ich viele ihrer Produkte extra aus den USA bestellt, alles probiert. Die meisten davon stehen heute noch in meinem Schrank. Nutzen tue ich sie nur selten. Ich schminke mich weiter ganz normal.

Ich mag Influencer. Was spricht gegen das persönliche Bewerben von Produkten? Es bedeutet nicht automatisch, dass die Produkte schlecht sind. Im Gegenteil: Wenn die Person wirklich vom Produkt überzeugt ist, soll sie es auch empfehlen dürfen. Mich stört aber sehr, wenn es nur noch darum geht. Wenn jedes Video mit „WICHTIGE NEUIGKEITEN" usw. betitelt ist und die Neuigkeit dann ein Rabatt oder ein weiteres eigenes Produkt ist.

Ferdinand

Linh

Ich brauche nicht noch mehr Werbung für Klamotten oder Fitnessprodukte. Meiner Meinung nach sollten Influencer davon wegkommen, den Konsum anzukurbeln, sondern lieber darauf aufmerksam machen, dass unser Überkonsum sehr unsozial und umweltschädlich ist oder wie man anders handeln kann. Zum Glück gibt es immer mehr „Sinnfluencer", die tolle Ideen haben. Einige davon möchte ich auch umsetzen. Meinetwegen sollen sie dann auch entsprechende Produkte bewerben.

Basierend auf: Wirnshofer, Josef: Hast du dich schonmal „influencen" lassen? In: www.fluter.de, 23.06.2017.

AUFGABEN

70053-150

1. Beschreibe in eigenen Worten den Nutzen, den Influencer:innen davon haben, wenn du auf einen Link in einem ihrer Videos klickst (**M3**, **#Affiliate-Links**). **MK**
2. Welche Probleme und welchen Nutzen hat Social Marketing?
   a) Nimm begründet Stellung zu den Aussagen in **M4**. Beziehe dich dabei auch auf deine eigenen Erfahrungen.
   b) Gestaltet zu zweit je einen Instagram-Post (Text-, Bild- oder Videobeitrag), indem ihr direkt und indirekt Werbung für ein Produkt eurer Wahl macht.
   c) Wertet die Beiträge in der Klasse aus. Erläutert, welche Beiträge ihr ansprechend fandet und wie ihr mit solchen Beiträgen im Alltag umgeht.

VERTRÄGE UND VERTRAGSARTEN

Kapitel 7.1, M1-M8

VERTRÄGE UND AGBS

Es gibt viele Arten von Verträgen. Die bekanntesten sind der Kaufvertrag und der Laufzeitvertrag. Wie alle Vertragsarten bringen beide bestimmte Rechte und Pflichten für kaufende und verkaufende Personen mit sich. Beispielsweise müssen Käufer (pünktlich) für die erhaltene Ware oder Dienstleistung bezahlen und die Verkäufer dafür sorgen, dass die Ware oder Dienstleistung frei von Fehlern ist. Es ist wichtig, sich bei der Nutzung verschiedener Angebote stets genau mit den AGB auseinanderzusetzen. Sie dienen dazu, für eine Vielzahl von Kundinnen und Kunden die gleichen Bedingungen zu schaffen, wie zum Beispiel Kündigungsbedingungen.

Kapitel 7.1, M9

LAUFZEITVERTRÄGE

Während der Kaufvertrag nach dem Erhalt der bezahlten Ware abgeschlossen ist, sind Laufzeitverträge längerfristig wirksam. Der Vorteil, sich nicht um die Abbuchung während der Vertragslaufzeit kümmern zu müssen, kann dann zum Nachteil werden, wenn der Vertrag nicht fristgerecht gekündigt wird. Im schlechtesten Fall musst du nach Vertragsende für die gleichen Leistungen deutlich mehr Geld zahlen und bist weiterhin an den Vertrag gebunden.

Kapitel 7.2, M1-M6

VER- UND ÜBERSCHULDUNG UND ENTSPRECHENDE AUSWEGE

Schulden sind nicht gleich Schulden. Eine Verschuldung lässt sich besonders bei größeren Investitionen, wie dem Kauf eines Autos oder einer Wohnung, kaum vermeiden. Solange die Rate zur Tilgung der Schulden bei den Gläubigern (der Bank, der Familie etc.) gezahlt werden kann, ohne dass das Geld für den grundlegenden Lebensbedarf fehlt, sind Schulden kein Problem. Sollte dies jedoch nicht der Fall sein, spricht man von Überschuldung durchzusetzen. Um stets einen Überblick über die Finanzen zu behalten, bietet es sich an, ein Haushaltsbuch zu führen. Es hilft dabei, mehr Disziplin und Struktur hinsichtlich der eigenen Einnahmen und Ausgaben zu erhalten und trägt so auch dazu bei, eine Überschuldung von Anfang an zu vermieden.

VERBRAUCHERSCHUTZ UND VERBRAUCHERRECHTE

←·· Kapitel 7.3, M1-M5

Das Angebot an Waren ist so groß, dass wir als Verbraucherinnen und Verbraucher häufig nicht mehr den Überblick haben. Der Gesetzgeber versucht uns daher mit verschiedenen Gesetzen, z. B. vor irreführender Werbung, Gesundheitsgefahren u. Ä., zu schützen. Orientierung sollen vor allem Siegel und Gütezeichen bringen. Hier muss man sich aber gut informieren, für welche Qualität das Siegel überhaupt steht. Unternehmen nutzen die Siegel auch als Instrument für Werbung. Gerade längerfristige oder teure Investitionen sollten gut überlegt sein. Es lohnt sich, zunächst Informationen zu suchen, worauf es beim gewünschten Produkt zu achten gilt (z. B. Prüfsiegel) und sich dann einer Übersicht über die angebotenen Produkte und deren Eigenschaften zu verschaffen. Hier helfen dir z. B. die Verbraucherzentralen oder die Stiftung Warentest. Auch Produktbewertungen und andere Online-Plattformen bieten diese Möglichkeit. Ebenso kannst du dich nach dem Kauf, je nach Produkt, mit deinem Problem an verschiedene Stellen wenden und im Härtefall auch eine Verbraucherbeschwerde einreichen.

EINFLÜSSE AUF UNSER (ONLINE-) KAUFVERHALTEN

←·· Kapitel 7.4, M1-M4

Im (online) Alltag treffen wir ständig auf Situationen, die unser Kaufverhalten beeinflussen sollen. Häufig „verführt" Werbung durch geschickte Strategien Kundinnen und Kunden zum Kauf. Der Einsatz von Werbe-Tracking durch Cookies führt dazu, dass wir individuelle Werbung von Produkten erhalten, die unser Interesse wecken oder uns ganz bestimmte Produkte in den Onlineshops angezeigt werden. Im Internet können uns sowohl die Technik selbst als auch andere Personen beeinflussen. Influencer:innen oder andere bekannte Persönlichkeiten präsentieren und bewerben mehr oder weniger offensichtlich Produkte, mit denen Sie durch Verträge mit dem jeweiligen Unternehmen oder durch Klicks auf Affiliate Links, die sie in ihre Beiträge einbinden, Geld verdienen. So werden „künstliche" Bedürfnisse erzeugt, gleichzeitig werden meist Preise und die Nachteile eines Produktes verheimlicht. Einige Influencer:innen nutzen ihre Reichweite aber auch, um auf gesellschaftliche Probleme aufmerksam zu machen. Man spricht in diesem Zusammenhang auch von „Sinnfluencern".

KOMPETENZCHECK

Nachdem du das Kapitel „Wirtschaftliches Handeln als Verbraucherin und Verbraucher" bearbeitet hast, kannst du hier das Gelernte anwenden, dein Wissen prüfen und dir ein Urteil bilden.

M1 Spielen – nur mit Abonnement!

Tufu und Lin sind riesige Fans eines Online-Shooters. Das Besondere daran ist, dass man im Team miteinander oder gegeneinander spielt und dass das Spiel nur in einem Abo erworben werden kann. Wer nicht zahlt, kann nicht spielen. Das Abo läuft immer einen Monat und verlängert sich automatisch um einen weiteren Monat, wenn es nicht rechtzeitig gekündigt wird.

Während Lin einen eigenen Account hat, kann Tufu nur spielen, wenn Lin ihn lässt. Seine Eltern wollen kein Abo abschließen, weil sie schlechte Erfahrungen mit vergessenen Kündigungen gemacht haben. Er findet es unfair, dass er die Fehler seiner Eltern ausbaden muss.

Lin hat sich für ihren Account einen Username ausgedacht und ein Foto von sich eingestellt, dass sie auch im Spiel von ihren Freunden erkannt werden kann. Sie findet, dass die Comic Avatare der anderen Spielerinnen und Spieler quatsch sind. Tufu sagt ihr immer, dass er das für keine gute Idee hält. Allerdings ist es ihm auch egal. Es ist ja nicht sein Account. Er ist außerdem meistens damit beschäftigt, sich eine Übertragung seines Lieblings-Streamers anzusehen. Er präsentiert die neuen Waffen des Games, die man sich gegen Echtgeld kaufen kann. „Die Dinger lohnen sich echt. Damit seid ihr den anderen ein gutes Stück voraus!", sagt dieser. Tufu würde die Waffen sofort kaufen, wenn er könnte.

Bearbeiter

Tufu spielt über Lins Account.

Online-Quiz zum Kapitel

70053-204

M2 Sprüche, Redewendungen und Zitate zum Thema Geldausgaben

1 „Sparsamkeit ist die Lieblingsregel halblebendiger Menschen."
Henry Ford

2 „Wie kommt es, dass am Ende des Geldes noch so viel Monat übrig ist?"
Unbekannt

3 „Die Menschen verstehen nicht, welch große Einnahmequelle in der Sparsamkeit liegt."
Cicero, ca. 106-43 v. Chr.

4 „Erbitte dir zuerst Gesundheit, dann Wohlergehen, drittens ein frohes Herz und zuletzt, niemandes Schuldner zu sein."
Philemon, etwa 361-263 v.Chr.

5 „Erst geölt und dann verbraten, kauft der Mensch zu viel auf Raten."
Waltraud Puzicha, 1997

6 „Ist der Schuldenberg erklommen, ist die Aussicht dir genommen."
Erhard Horst Bellermann, 2006

Bearbeiter

Das klassische Sparschwein ist immer noch beliebt, um Geld beiseite zu legen. Doch viele Menschen Sparen bereits lieber mit elektronischem Geld, z.B. per ETF-Anlage.

Aufgaben

1. Beschreibe, um welche Vertragsart es sich bei einem Abo handelt und wie dieses zustande kommt (**M1**).
2. Erkläre, warum Tufus Eltern Probleme mit Abos haben (**M1**).
3. Nimm Stellung zu der Aussage von Tufus Lieblings-Streamer.
4. Bewerte Lins Entscheidung, ein Bild von sich für ihren Avatar zu nutzen und diskutiert eure Ansichten dazu in der Klasse.
5. Wähle einen Spruch aus **M2** aus, der dich überzeugt und einen, den du für nicht empfehlenswert hältst. Begründe jeweils deine Entscheidung anhand des in diesem Kapitel erworbenen Fachwissens.

Selbsteinschätzung

70053-205

Friseurin beim Haareschneiden

Zwischen Supermarktregalen

Automatisierte Automobilproduktion

Konflikt im Büro

Demonstration einer Gewerkschaft in Essen

Was weißt du schon?

1. Beschreibe, was die oben dargestellten Bilder mit Unternehmen und Beschäftigten zu tun haben.
2. Erkläre, was Unternehmen benötigen, um Waren produzieren oder Dienstleistungen anbieten zu können.
3. a) „Unternehmen müssen vor allem Gewinne erwirtschaften!“, „Unternehmen sind verantwortlich dafür, dass es den Beschäftigten gut geht!“ Ordne den beiden Aussagen jeweils eines der Bilder zu.
   b) Beziehe begründet Stellung, ob ihr den Aussagen zustimmt.

8

#Unternehmen – Aufbau, Gründung und Mitbestimmung

In Nordrhein-Westfalen gibt es viele Unternehmen: Kleine mit wenigen Mitarbeiterinnen und Mitarbeitern und Unternehmen mit Tausenden von Beschäftigten. Manche Unternehmen produzieren und verkaufen Waren, andere bieten Dienstleistungen an. Dabei verfolgen die Unternehmen unterschiedliche Ziele: Sie wollen z. B. Gewinne erwirtschaften, ihre Angebote verbessern und spielen eine zentrale Rolle im Leben ihrer Angestellten. Arbeitnehmerinnen und Arbeitnehmer arbeiten viele Stunden in der Woche für das jeweilige Unternehmen und bekommen dafür Gehälter und Löhne, die sie zum Leben benötigen. Dieses Kapitel hilft dir dabei, zu verstehen, wie Unternehmen und Beschäftigte organisiert sind, welche Aufgaben, Interessen und Ziele sie verfolgen und welche Mittel sie haben, diese Interessen zu verwirklichen. Darüber hinaus lernst du auch welche Voraussetzungen für eine erfolgreiche Unternehmensgründung wichtig sind.

Was lernst du in diesem Kapitel?

... Unternehmen anhand ausgewählter Merkmale zu beschreiben.
... Zusammenhänge in der Organisation von Unternehmen zu beschreiben.
... ökonomische, ökologische und soziale Unternehmensziele zu beurteilen.
... Aufgaben und Funktionen von Gewerkschaften und Arbeitgeberverbänden zu beschreiben.
... Interessen zwischen Gewerkschaften und Arbeitgeberverbänden zu vergleichen.
... Durchsetzungschancen von Gewerkschaften und Arbeitgeberverbänden zu beurteilen.
... Rechte und Pflichten in einem Arbeits- und Ausbildungsverhältnis zu erläutern.

Einen Unternehmenssteckbrief erstellen

Die Welt der Unternehmen ist aber noch viel größer und abwechslungsreicher, als man häufig denkt. Wie viele Unternehmen aus deinem Heimatort kennst du genauer? Gibt es in deiner Stadt vielleicht sogar ein international tätiges Unternehmen? Ist einer deiner Nachbarinnen oder Nachbarn selbst Unternehmerin oder Unternehmer? Mithilfe von Unternehmenssteckbriefen lernt ihr die Unternehmenslandschaft eurer Stadt besser kennen: vom selbstständigen Fliesenleger über die Mediendesignerin bis zum international tätigen Maschinenbau-Unternehmen.

Geht dabei so vor:

Start

1

Verschafft euch einen Überblick über Unternehmen in Nordrhein-Westfalen und Deutschland mit Kap. 8.1, M1-M3.

2

- Sammelt in eurer Klasse Vorschläge, was ihr über Unternehmen herausfinden möchtet. Mögliche Merkmale wären z. B.: Anzahl der Beschäftigten; Branche; Gründungsjahr; Hauptkunden; Umsatz, Gewinn; Unternehmensziele; ...
- Einigt euch in der Klasse auf maximal zehn Merkmale. Formuliert dazu passende Fragen, die ihr den Unternehmen stellen könnt, wenn ihr sie persönlich ansprecht.

3

Teilt eure Klasse in Gruppen von mindestens vier Personen auf und lest das Unternehmensbeispiel in Kap. 8.1, M5. Bildet euch in eurer Gruppe zu Expertinnen und Experten fort. Jede Gruppe benötigt diese auf den Gebieten:

- Einkauf (→ Kap. 8.1, M7, M8)
- Produktion (→ Kap. 8.1, M9, M10)
- Verkauf (→ Kap. 8.1, M11, M12)
- Unternehmensziele (→ Kap. 8.1, M16)

4

Einigt euch in der Gruppe auf ein Unternehmen aus eurer Stadt. Nehmt nicht direkt das erste Unternehmen, das euch einfällt, sondern recherchiert, welche Unternehmen es überhaupt gibt. Achtet darauf, an welchen Unternehmen ihr auf dem Schulweg vorbeikommt. Ihr könnt auch Bekannte fragen, wo sie arbeiten. Oder sucht im Internet mit dem Stichwort „Unternehmen" und dem Namen eurer Stadt.

5

Ihr könnt versuchen, die Informationen über das Unternehmen im Internet zu finden. Meistens ist es jedoch viel interessanter und gewinnbringender, ein persönliches Gespräch zu führen. Möglich ist zum Beispiel ein Telefonat mit einer Mitarbeiterin oder einem Mitarbeiter oder sogar der Geschäftsführung. Auch ein Besuch des Unternehmens eröffnet einem weitere Perspektiven und bietet Gelegenheit, Fragen zu stellen.

In jedem Fall solltet ihr vorher per E-Mail oder Telefon anfragen, ob das Unternehmen mit einer Kontaktaufnahme einverstanden ist. Nicht alle Unternehmen geben gerne genau Auskunft, z. B. über ihren Gewinn. Wenn das in eurem Fall so ist, dann müsst ihr das akzeptieren. Manchmal hilft es, nach einer „ungefähren Größenordnung" zu fragen.

Ziel

6

Fasst eure Ergebnisse auf einem Steckbrief zusammen und präsentiert ihn in der Klasse. Ihr könnt ihn z.B. als Plakat an eine Stellwand hängen oder ihr erstellt eine digitale Präsentation, die ihr der Klasse vorführt.

8.1 Unternehmen in der Sozialen Marktwirtschaft

Was ist eigentlich ein Unternehmen?

Bestimmt kennst du aus deinem Umfeld viele Beispiele für Unternehmen, z. B. Geschäfte, in denen du einkaufst, oder den Betrieb, in dem deine Eltern arbeiten. Aber was genau sind Unternehmen eigentlich? Welche Aufgaben besitzen sie und kann man Unternehmen vergleichen?

M1 Unternehmen in Nordrhein-Westfalen

Bearbeiter

M2 Unternehmen von klein bis groß

Unternehmen sind nicht nur bekannte Konzerne wie Apple oder Nike. Auch in deinem Umfeld gibt es viele Unternehmen: Im Supermarkt oder im Fachhandel wie Apotheken oder Elektronikmärkten kannst du alles für den täglichen Bedarf kaufen. Andere Unternehmen bieten Dienstleistungen an, z. B. der Haarschnitt beim Friseur, die Beratung bei einer Bank oder eine Taxifahrt. Unternehmen können nach verschiedenen Kriterien eingeteilt werden, z. B. nach der Anzahl der Beschäftigten oder dem erzielten Umsatz. Die Spanne reicht vom Kioskbesitzer mit einem monatlichen Umsatz von 50.000 € bis Walmart, dem größten Konzern weltweit mit einem monatlichen Umsatz von etwa 36 Mrd. €.

Bearbeiter

Konzern
Zusammenschluss mehrerer Einzelunternehmen (z. B. gehören zu REWE auch Penny, Toom und der Touristik-Anbieter DER Touristik)

Dienstleistung
Arbeit in der Wirtschaft, die nicht unmittelbar der Produktion von Waren dient (z. B. der Haarschnitt im Friseurgeschäft)

M3 Unternehmensgrößen in Deutschland

Unternehmen nach Beschäftigten 2019 Stand: Dezember 2020					
Beschäftigte	**0-9**	**10-49**	**50-249**	**ab 250**	**insgesamt**
Anzahl Unternehmen	3.110.639	357.937	73.823	16.798	3.559.197
Anzahl Beschäftigte	5.264.299	7.247.881	7.465.688	15.231.382	35.209.251

Zahlen nach: © Statistisches Bundesamt: Unternehmensregister. In: www.destatis.de, 07.12.2020

Unternehmensbezeichnungen nach Anzahl der Beschäftigten:
- Kleinstunternehmen bis 9
- kleine Unternehmen bis 49
- mittlere Unternehmen bis 249
- große Unternehmen ab 250

M4 Mehr als Umsatz und Arbeit

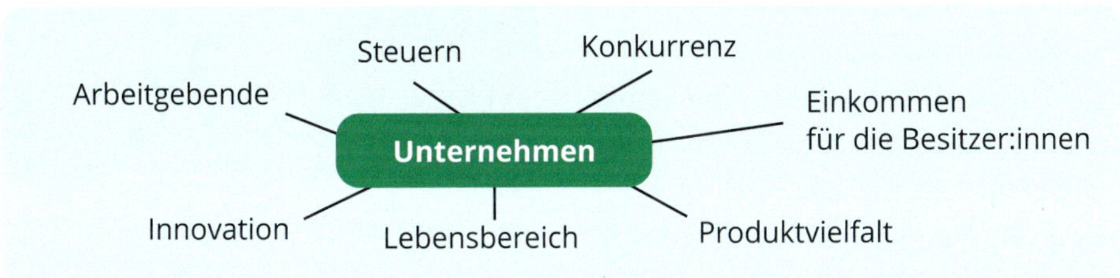

Bearbeiter

UNTERNEHMEN

Unternehmen sind ein selbstständig tätiger Teil der Wirtschaft. Man unterscheidet Produktionsunternehmen, die Waren herstellen, Dienstleistungsunternehmen, die Serviceleistungen erbringen, und Handelsunternehmen, die ihr Geld mit dem Ein- und Verkauf von Waren verdienen.

AUFGABEN

70053-158

1. Ordnet die Unternehmen in **M1** zu zweit danach, ob etwas hergestellt wird, ob sie mit Waren handeln oder ob sie Dienstleistungen erbringen. Haltet eure Ergebnisse in Form einer Tabelle fest. **MK**
2. a) Ergänze deine Tabelle aus Aufgabe 1 mit den Beispielen aus **M2**.
   b) Benenne konkrete Unternehmen aus deiner Stadt für die drei Bereiche deiner Tabelle aus Aufgabe 1.
3. Analysiere die Statistik in **M3**.
4. Erläutere die Aspekte von Unternehmen in **M4** mit eigenen Worten. Unterscheide dabei, ob der Aspekt für eine Einzelperson wichtig ist oder die gesamte Gesellschaft betrifft.
5. Erörtert in der Klasse, welche Bedeutung Unternehmen für euch und die Gesellschaft haben.

H zu Aufgabe 1
Du kannst dazu auch im Internet recherchieren, z. B. auf den Webseiten der einzelnen Unternehmen.

F zu Aufgabe 4
Erweitere **M4** um weitere unternehmerische Aspekte.

Wie sind Unternehmen organisiert?

Zuhause oder in der Schule hängt alles von einer guten Organisation ab. Das gilt natürlich auch für Unternehmen, in denen teilweise mehrere tausend Menschen arbeiten. Für alle Unternehmen kann man drei wesentliche Bereiche unterscheiden, in denen wichtige Entscheidungen getroffen werden: Beschaffung, Produktion und Absatz.

M5 Finjas Feine Früchte

Finja Feinschmecker hat das Unternehmen 3F – Finjas Feine Früchte – gegründet, das leckere Früchte mit Schokoladenüberzug herstellt. Zuerst hat sie die Früchte noch zuhause hergestellt und auf dem Wochenmarkt sowie in einem Supermarkt verkauft. Durch den herausragenden Geschmack der leckeren Früchte wurde die Nachfrage immer größer und sie schaffte die Produktion alleine nicht mehr und vergrößerte ihr Unternehmen. Die Herstellung der Früchte wird jetzt in einer angemieteten Küche von der Konditormeisterin Sirin Sahin übernommen, zusammen mit der Praktikantin Antje Anfängerin. Das Lager hat Finjas alter Freund Carlos Kleinlich übernommen. Er sorgt für den Nachschub an Schokolade und Früchten. Die Schokofrüchte werden von dem angestellten Verkäufer Norbert Nascher

Finjas Kreationen sind äußerst begehrt.

in einem kleinen Geschäft in der Innenstadt verkauft. Wenn an Wochenenden oder in der Vorweihnachtszeit die Nachfrage besonders groß ist, unterstützt Tatjana Teilzeit als Aushilfe. Finja kümmert sich als Geschäftsführerin um das Management. Bei der Buchhaltung wird sie von ihrem Opa Helmut unterstützt, der im Controlling einer großen Firma tätig war, bevor er letztes Jahr in Rente ging.

Bearbeiter

Buchhaltung
Abteilung eines Unternehmens, in der alle Einnahmen und Ausgaben bearbeitet werden (über diese wird „Buch geführt")

Controlling
Abteilung eines Unternehmens, die alle Prozesse und Abläufe in einem Unternehmen kontrolliert und die Geschäftsführung unterstützt

M6 Aufbauorganisation

Aufbauorganisation
Aufgaben werden erfasst und in abgrenzbare Abteilungen eingeteilt. Die kleinste Einheit ist die Stelle.

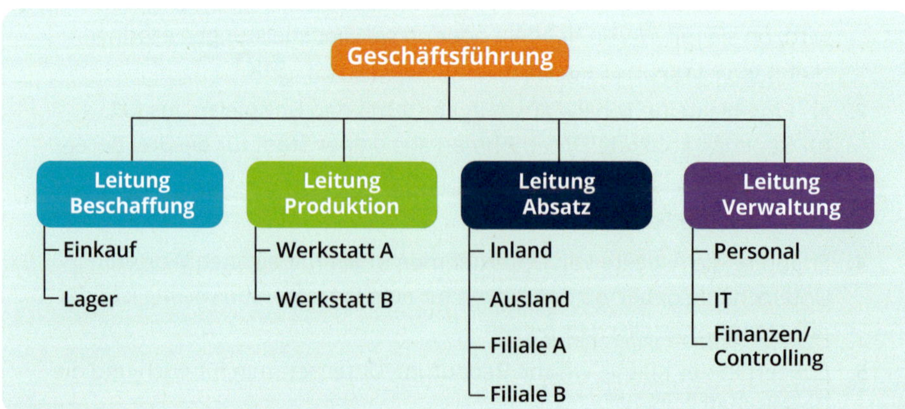

Bearbeiter

M7 Nur Früchte und Schokolade?

Werkstoffe

Carlos Kleinlich (Lagerleiter): „Welche Rohstoffe und Produkte muss ich für die Produktion einkaufen?"

Früchte, Schokolade, Streusel zum Verzieren, Verpackungsmaterial

Betriebsmittel

Sirin Sahin (Konditormeisterin): „Welche Küchenmaschinen und Werkzeuge benötige ich für die Schokofrüchte?"

Herd, Ofen, Standmixer, Besteck, Strom für die Maschinen

Finanzmittel

Opa Helmut (Buchhalter): „Wie viel Geld benötigen wir für das nächste Jahr?"

Miete für Lager, Küche und Filiale; Lohnkosten der Angestellten; Einkauf der Rohstoffe

Arbeitskräfte

Finja Feinschmecker (Geschäftsführerin): „Wen muss ich einstellen und wann soll gearbeitet werden, damit die Produktion reibungslos klappt?"

Mitarbeitende im Lager, in der Herstellung, für den Verkauf

Bearbeiter

BESCHAFFUNG

Unter Beschaffung versteht man alle Tätigkeiten, die dazu dienen, ein Unternehmen mit Rohstoffen, Dienstleistungen, Betriebsmitteln und Arbeitskräften zu versorgen. In der Aufbauorganisation ist die Beschaffung in zwei Bereichen zu finden, bei der eigentlichen Beschaffung und im Bereich Verwaltung unter Personal und Buchhaltung.

M8 Leichter gesagt als geplant

„Je weniger ich einkaufe, desto besser. Dann habe ich auch niedrige Kosten!"

„Mit einem aufgefüllten Lager und drei weiteren Angestellten, bin ich gut auf die viele Kundschaft vorbereitet!"

AUFGABEN

70053-159

1. a) Stelle dar, wie aus der Idee in **M5** ein Unternehmen wurde.
   b) Ordne die Personen aus **M5** den Aufgabenbereichen aus **M6** zu.
2. Erkläre den Unterschied in der Aufbauorganisation zwischen dem Unternehmen aus dem Beispiel (**M5**, **M6**) und einem großen Konzern, der international tätig ist.
3. Erläutere, was passiert, wenn die Aufgaben in **M7** nicht gut geplant werden.
4. Beurteile die Aussagen aus **M8**.
5. Entwerft zu zweit einen Plan, wie die Beschaffung bei dem Beispielunternehmen organisiert werden sollte (**#Beschaffung, M7, M8**).

Wie verkaufen Unternehmen ihre Leistungen?

Wenn das Unternehmen organisiert ist und alle benötigten Rohstoffe und Maschinen eingekauft wurden, geht es an die Arbeit! Die Waren werden produziert und anschließend verkauft. Auch hier muss viel beachtet und geplant werden.

M9 Produktionsentscheidung

Die Konditormeisterin Fr. Sahin leitet die Produktion in der Küche. Leider ist bei ihrer Planung einiges durcheinandergeraten:

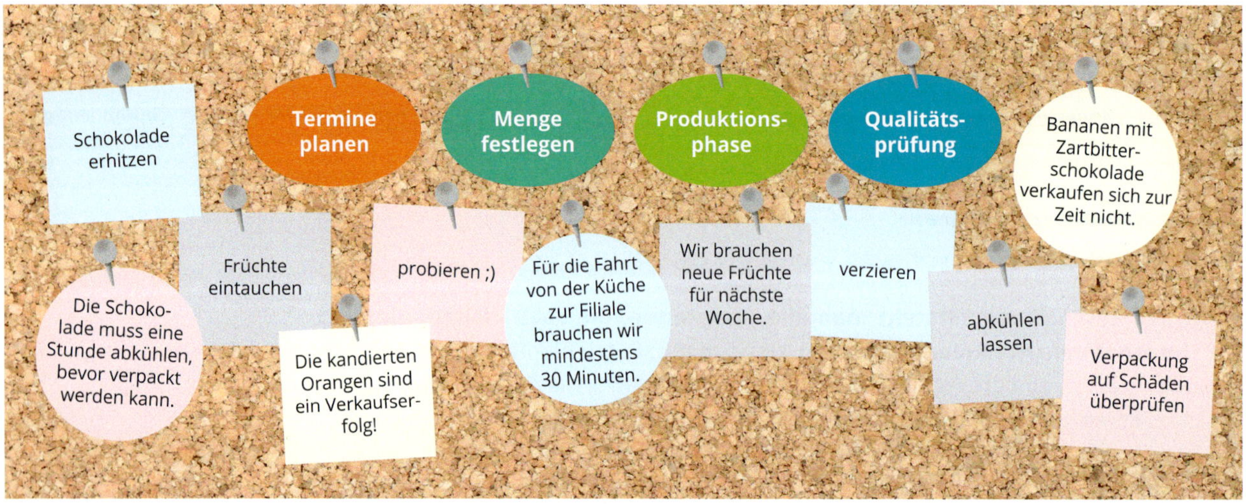

Bearbeiter

M10 Leistungserstellung

Leistungserstellung meint die Vorgänge in einem Unternehmen, in dem die beschafften Güter weiterverarbeitet oder eingesetzt werden.

Bearbeiter

 # PRODUKTION

Unter Produktion versteht man den Teil des Unternehmens, in dem die beschafften Rohstoffe, Vorprodukte oder Betriebsmittel weiterverarbeitet oder eingesetzt werden. Je nach Betriebsart unterscheidet man, was als Produktion bezeichnet wird. Bei einem Supermarkt ist es der Ein- und Verkauf von Waren, beim Friseur der Haarschnitt und bei einem Automobilproduzenten der Bau eines Kraftfahrzeugs.

M11 Wie erreicht man die Kundschaft?

1 Mein Freund Nils Nerd hat angeboten, einen Webshop für das Unternehmen zu programmieren. Dann können wir deutschlandweit verkaufen!

2 Teile der Stammkundschaft haben vorgeschlagen, dass für die Schokobananen nur noch Bio-Bananen genutzt werden sollten. Ich frage in der nächsten Woche die Kundschaft im Laden, was sie davon hält.

3 Die Praktikantin Antje hat vorgeschlagen, einige Werbeposts auf dieser neuen Tanzapp zu veröffentlichen, die gerade super angesagt ist.

M12 Absatz

Aufgabenerfüllung im Bereich ...

Marktforschung	**Vertriebswege**	**Marketingmaßnahmen**
Was wollen die Kundinnen und Kunden kaufen? Welche Angebote von Konkurrenzunternehmen gibt es?	Werden die Produkte oder Dienstleistungen direkt an die Kundschaft verkauft oder über Händlerinnen und Händler? Werden die Produkte auch online angeboten?	Wie werbe ich am besten für meine Produkte? Welche Vorteile benenne ich in der Werbung? Wo soll die Werbung zu sehen sein?

Bearbeiter

ABSATZ

Unter Absatz versteht man alle Tätigkeiten eines Unternehmens, die dem Verkauf der erstellten Waren oder Dienstleistungen dienen. Neben dem wirklichen Verkauf, z. B. über eigene Geschäfte, Märkte oder den Onlinehandel, gehören auch Marktforschung und Werbung zum Absatz.

AUFGABEN

70053-160

1. Ordnet zu zweit die Notizen in **M9** den korrekten Schritten zu.
2. Erkläre, um welche Art der Leistungserstellung es sich handelt (**M10**).
3. a) Beschreibe, wie sich die Pläne in **M11** auswirken könnten.
   b) Ordne die Pläne aus **M11** den Aspekten vom Absatz in **M12** zu.
4. Oft hört man die Aussage: „Der Kunde ist König!" Beziehe in einem kurzen Blogbeitrag Stellung dazu. Ist dieses Sprichwort immer richtig?
5. a) Teilt eure Klasse in Gruppen ein und entwerft eine Werbung für die Beispielfirma Finjas Feine Früchte.
   b) Stellt eure Ergebnisse in der Klasse vor und entscheidet begründet, welche Werbung ihr verwenden würdet.

F zu Aufgabe 5a
Gute Werbung zeichnet sich vor allem durch ihre Originalität aus. In den letzten Jahren gab es viele kreative Werbemaßnahmen, die man als „Guerilla-Marketing" bezeichnet. Wähle ein Beispiel aus und beschreibe, weshalb es besonders gelungene Werbung ist. Einige Beispiele findest du im **digitalen Aufgabenkasten.**

Unternehmensziele am Beispiel – „Science for a better life“?

Science for a better life
engl.: Wissenschaft für ein besseres Leben; Werbe-Slogan der Bayer AG

Unternehmen verfolgen unterschiedliche Ziele: Natürlich wollen sie möglichst viele Waren und Dienstleistungen herstellen und zu einem hohen Preis verkaufen. Welche weiteren Ziele von Unternehmen verfolgt werden erfährst du in diesem Kapitel.

M16 Unternehmensziele der Bayer AG

Aktiengesellschaft (AG)
Bei dieser Unternehmensform können Investierende (Aktionäre) Anteile des Unternehmens in Form von Aktien kaufen und vom Wachstum anteilig profitieren.

Die Bayer AG wurde 1863 in Barmen (heute ein Teil von Wuppertal) gegründet. Heutzutage ist Bayer ein international tätiger Konzern der Pharma- und Chemiebranche mit über 100 000 Mitarbeitenden. Das Unternehmen stellt Waren aus den Bereichen Medikamente, Gesundheitsprodukte und Pflanzenschutzmittel her, das wohl bekannteste Produkt ist das Arzneimittel Aspirin.

Bearbeiter

Ökonomische Ziele

- Gewinne erzielen (Umsätze steigern, Kosten senken)
- Kundschaft zufriedenstellen
- Marktanteile vergrößern
- neue Märkte erobern
- neue Produkte entwickeln

Soziale Ziele

- Arbeits- und Ausbildungsplätze schaffen
- Gleichberechtigung fördern
- Arbeitsbedingungen verbessern
- Kinderbetreuung anbieten
- Beschäftigte arbeiten im Team
- Mitarbeitende fördern
- Altersvorsorge unterstützen

Ökologische Ziele

- Gesundheit fördern
- Umwelt und Klima schützen
- Energie sparen
- ressourcenschonend produzieren

AUFGABEN

70053-162

1. a) Teilt eure Klasse in Vierergruppen auf und erarbeitet euch die Informationen in **M16**.
   b) Erstellt auf einem Plakat eine Mindmap über die Unternehmensziele der Bayer AG.
   c) Tauscht euch in der Gruppe über die Unternehmensziele (**M16**) aus. Entscheidet, welche Ziele ihr für besonders wichtig haltet.
2. Teilt euch in der Gruppe auf die Stationen 1 – 4 (→ **digitaler Aufgabenkasten**) auf und bearbeitet jeweils die zu eurer Station gehörigen Arbeitsaufträge.
3. Bearbeitet gemeinsam in der Gruppe die Arbeitsaufträge von Station 5.
4. Präsentiert eure Ergebnisse in der Klasse.

H zu Aufgabe 1b
Schreibt „Unternehmensziele der Bayer AG“ in die Mitte eurer Mindmap und ordnet die drei Bereiche „Ökonomische Ziele“, „Soziale Ziele“ und „Ökologische Ziele“ um die Mitte herum in Kreisen an.

UNTERNEHMENSSTRUKTUR UND -ZIELE

UNTERNEHMEN ALS TEIL DER WIRTSCHAFT

←·· M1-M4

Unternehmen bilden einen wesentlichen Teil der Wirtschaft. Abhängig von ihrem Leistungsangebot unterscheiden sich Produktionsunternehmen von Dienstleistungs- und Handelsunternehmen. Unternehmen sind finanziell selbstständige Organisationseinheiten und dürfen in Deutschland frei eigene Entscheidungen treffen. Grenzen sind ihnen durch gesetzliche Vorgaben gesetzt, die sie berücksichtigen müssen.

AUFGABEN VON UNTERNEHMEN

←·· M5-M7

Unternehmen haben vielfältige Aufgaben innerhalb ihrer Organisation und nach außen. Unternehmen bilden als Arbeitgeber für viele Menschen in der Gesellschaft die Einkommensquelle. Mit der Bereitstellung von Arbeitsplätzen an einem geeigneten Lebensort übernehmen Unternehmen auch soziale Verantwortung für ihre Beschäftigten. Unternehmen versorgen die Gesellschaft mit Gütern in Form von Produkten und als angebotene Dienstleistungen. Darüber hinaus bilden Unternehmen mit ihren Steuerabgaben eine Einnahmequelle für den Staat und damit für die Gesellschaft.

ZIELE VON UNTERNEHMEN

←·· M16

Unternehmen sind in ein Netz verschiedener Interessen eingebunden. Sie verfolgen unterschiedliche Ziele zeitgleich, wobei es leicht zu Konflikten kommen kann. Das wichtigste Ziel ist es, kostendeckend zu arbeiten. Die Einnahmen müssen die Kosten soweit decken, dass das Unternehmen überleben kann. Darüber hinaus versuchen Unternehmen ihren Gewinn zu erhöhen und zu wachsen. Diese Gewinne können wiederum für ökonomische, ökologische oder soziale Ziele eingesetzt werden. Übergeordnete Ziele von Unternehmen sind die Einhaltung der gesetzlichen Vorgaben, die Sicherung und Vergrößerung ihres Marktanteils, die Sicherung der Qualität ihrer angebotenen Güter und die Steigerung ihres Umsatzes. Soziale Ziele und Umweltziele sind für die Gesellschaft sehr wichtig, im Unternehmen aber häufig nachrangig.

8.2 Gewerkschaften und Arbeitgeberverbände im Tarifkonflikt

Was sind Gewerkschaften und Arbeitgeberverbände?

Streik
vorübergehende Niederlegung der Arbeit

Nikita möchte in den Herbstferien mit der Bahn von Düsseldorf nach Berlin fahren, um seinen besten Freund zu besuchen. Aber die Bahn fährt nicht – es wird gestreikt! Zuhause angekommen, recherchiert Nikita, was es mit diesen Streiks auf sich hat, ob man das überhaupt einfach so darf und wer genau daran beteiligt ist.

M1 Vom Streik ausgebremst – der Zug fährt nicht

1

Nikita wartet vergeblich am Bahngleis.

2

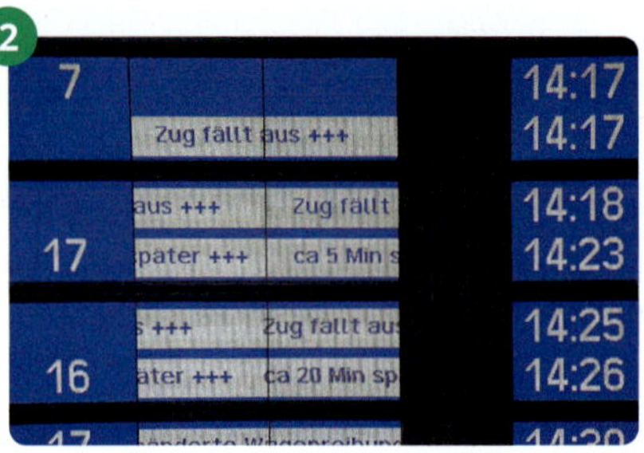

Anzeigetafel für Verspätungen und Zugausfälle

3

Streikende in Duisburg

M2 Die Gewerkschaft Deutscher Lokomotivführer (GDL)

Das Hauptanliegen der GDL ist es, die beruflichen, sozialen, wirtschaftlichen, rechtlichen und ökologischen Interessen ihrer Mitglieder zu wahren und gegenüber politischen Akteuren und dem Arbeitgeberverband zu fördern. So kämpft die GDL für eine Begrenzung der Überstunden, eine Senkung der Arbeitszeit sowie für Tarifverträge, die einen angemessenen Lohn für das Zugpersonal vorsehen. Sie setzt sich darüber hinaus für eine qualifizierte Aus- und Weiterbildung des Zugpersonals ein.

Basierend auf: © GDL-Gewerkschaft Deutscher Lokomotivführer: Was will die GDL erreichen? In: www.gdl.de, Abruf am: 11.06.2021

Art. 9, Abs. 3 GG
Das Recht, zur Wahrung und Förderung der Arbeits- und Wirtschaftsbedingungen Vereinigungen zu bilden, ist für jedermann und für alle Berufe gewährleistet.

GEWERKSCHAFT

Eine Gewerkschaft ist ein Zusammenschluss von Arbeitnehmenden. Sie vertritt deren wirtschaftlichen und sozialen Interessen gegenüber den Arbeitgebenden. Diese beiden Gruppen haben oft gegensätzliche Interessen. Damit nicht alle Beschäftigten einzeln mit den Vorgesetzten verhandeln müssen, schließen sich Beschäftigte zu Gewerkschaften zusammen. Sie sehen ihre Aufgabe vor allem darin, in Tarifverträgen bessere Lohn- und Arbeitsbedingungen zu verankern und die Mitbestimmungsrechte von Arbeitnehmenden zu sichern.

M3 Der Arbeitgeberverband der Mobilitäts- und Verkehrsdienstleister (AGV MOVE)

Arbeitgeberverbände vertreten die Interessen von Unternehmen. Ein solcher Arbeitgeberverband ist beispielsweise der AGV MOVE, der sich für die wirtschaftlichen Interessen seiner Mitgliedsunternehmen, zu denen auch die Deutsche Bahn zählt, einsetzt. So entwickelt und verhandelt er z. B. gegenüber der GDL die Tarifverträge. Dabei ist ein wesentliches Ziel, die Kosten seiner Mitglieder zu senken und die Unternehmenseinkommen zu steigern. Außerdem versucht der Arbeitgeberverband, die politischen Akteure von den Interessen seiner Mitglieder zu überzeugen. So fordert er unter anderem staatliche Investitionen in den Schienenausbau. Darüber hinaus schult er seine Mitglieder in arbeits- und tarifrechtlichen Themen sowie Fragestellungen.

Basierend auf: © AGV MOVE e. V.: Verband der Mobilitäts- und Verkehrsdienstleister. In: www.agv-move.net, Abruf am: 11.06.2021

tarifrechtliche Themen
alle Themen, welche die Tarifautonomie betreffen (z. B. Laufzeiten der Arbeitsverträge, Rechtmäßigkeiten von Lohnerhöhungen)

TARIFAUTONOMIE

Organisierte Arbeitnehmerinnen oder Arbeitnehmende und Arbeitgebende können frei miteinander verhandeln. Sie können die Arbeitsbedingungen und Gehälter ohne staatliche Einflussnahme aushandeln. Artikel 9 des Grundgesetzes garantiert diese Tarifautonomie als Grundrecht. Die Verträge, die so zwischen den beiden Tarifparteien ausgehandelt werden, bezeichnet man als Tarifverträge. Sie regeln, wer wie viel verdient, wie viele Urlaubstage gewährt werden, ob und wie viel Weihnachtsgeld ausgezahlt wird, wie lange dieser Vertrag gültig ist und vieles mehr. In den Tarifverhandlungen sind meist die Lohnerhöhungen und die Laufzeit des neuen Vertrages die größten Streitpunkte zwischen den Tarifparteien.

AUFGABEN

70053-163

1. Erläutert vor dem Hintergrund von **M1** folgende Fragen:
   a) Warum könnten die Lokführer der Deutschen Bahn streiken?
   b) Wie könnten die Fahrgäste auf den Streik reagieren?
   c) Welche Auswirkungen könnte der Streik für die Fahrgäste haben?
2. Erklärt euch zu zweit arbeitsteilig gegenseitig die ...
   a) Funktionen und Interessen von Gewerkschaften am Beispiel der GDL (**M2, #Gewerkschaft, #Tarifautonomie**).
   b) Funktionen und Interessen von Arbeitgeberverbänden am Beispiel der AGV MOVE (**M3, #Tarifautonomie**).
3. Erläutere das Prinzip der Tarifautonomie auf Grundlage der Ergebnisse aus Aufgabe 2 (**#Tarifautonomie**).

H zu Aufgabe 1
Versetze dich dazu in die Lage von verschiedenen Fahrgästen:
Wie könnte sich ein Fahrgast fühlen, der morgens pünktlich zur Arbeit muss oder jemand, der wie Nikita gerne seinen Freund besuchen möchte?

Wie läuft ein Tarifkonflikt ab?

Gewerkschaften und Arbeitgeberverbände können sich in einem Tarifkonflikt befinden. Aber wie läuft er eigentlich ab und lässt er sich überhaupt lösen?

M4 Gewerkschaft gegen Arbeitgeberverband – ein Tarifkonflikt

1 Lokführer starten ab Montag bisher längsten Streik

Bahnreisende müssen sich von Dienstag an auf den bisher längsten Streik der Lokführer im Tarifkonflikt bei der Bahn einstellen. [...] Die Gewerkschaft hatte am Donnerstag das neue Tarifangebot des Unternehmens zurückgewiesen und einen weiteren, langen Arbeitskampf angekündigt.

© Welt: Lokführer starten ab Montag bisher längsten Streik. In: www.welt.de, 03.05.2015

2 Einigung im Tarifstreit zwischen GDL und Bahn

Bahnkunden können ohne Sorge vor neuen Lokführerstreiks in den Urlaub aufbrechen. Das Unternehmen und die Lokführergewerkschaft GDL haben sich in dem Tarifkonflikt geeinigt. Mit der Vereinbarung hat die GDL spürbare Einkommenserhöhungen und eine Verkürzung der Arbeitszeit erreicht.

© Frankfurter Allgemeine Zeitung: Einigung im Tarifstreit zwischen GDL und Bahn. In: www.faz.net, 01.07.2015

3 Tarifkonflikt bei der Bahn eskaliert

Die Lokführergewerkschaft GDL hat Gespräche mit der Bahn platzen lassen. Beide Seiten machen sich nun gegenseitig Vorwürfe. Für Bahnreisende ist aber vor allem eines wichtig: Es droht ein neuer Streik.

© Märkische Allgemeine: Tarifkonflikt bei der Bahn eskaliert. In: www.maz-online.de, 18.05.2015

4 Frieden bei der Bahn

Die Lokführer haben in einer Urabstimmung den mühsam erkämpften Kompromiss gebilligt. 94 Prozent der Teilnehmer stimmten für eine Annahme des Tarifergebnisses, wie die GDL mitteilte.

© dpa: Frieden bei der Bahn. In: www.faz.net, 01.09.2015

5 Schlichtungsverfahren im Bahn-Tarifkonflikt verlängert

Die Deutsche Bahn und die GDL haben keine Einigung erreicht, setzen die Schlichtung aber fort.

© Westdeutsche Allgemeine Zeitung: Schlichtungsverfahren im Bahn-Tarifkonflikt verlängert. In: www.waz.de, 17.06.2015

Bearbeiter

 # ARBEITSKAMPF

Wenn die tariflichen Auseinandersetzungen zwischen Gewerkschaften und Arbeitgeberverbänden scheitern, endet die sogenannte Friedenspflicht. Gewerkschaften dürfen dann schärfere Maßnahmen wie Boykotts und Streiks ergreifen. Mit der Androhung eines Streiks können Gewerkschaften Druck auf die Verhandlungen mit den Arbeitgebenden ausüben.

M5 Ablauf eines Tarifkonflikts

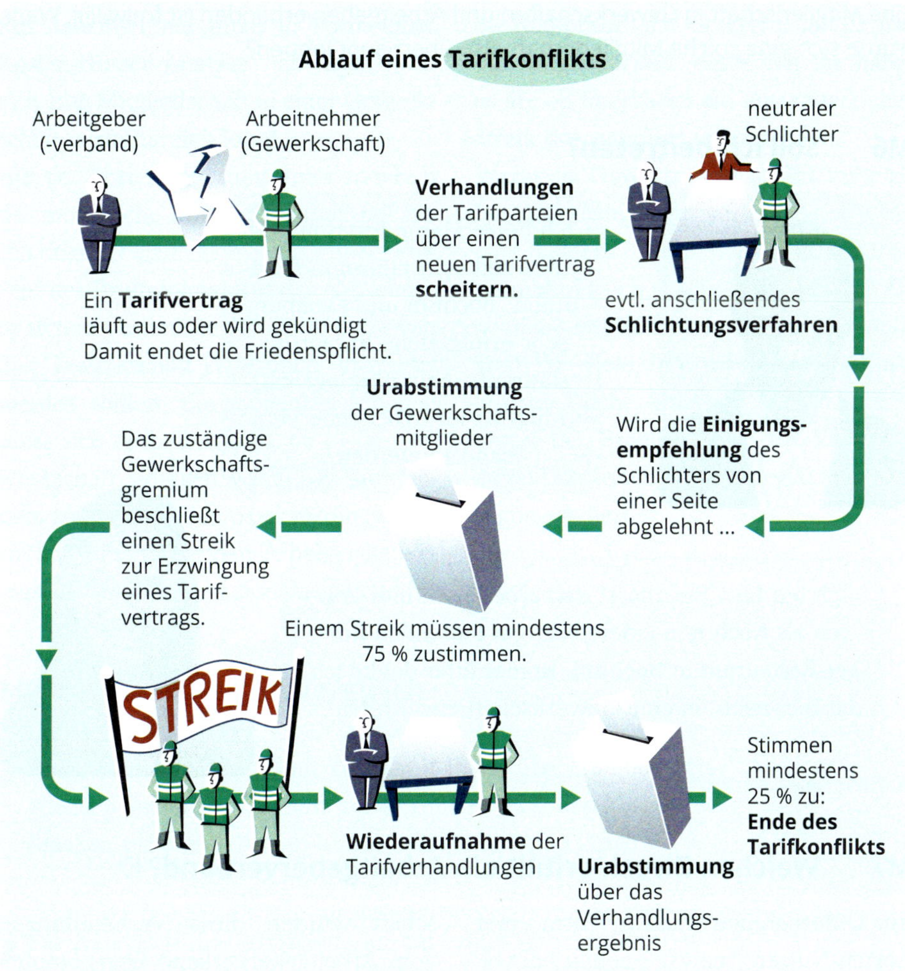

Nach: Bergmoser + Höller Verlag AG, Zahlenbilder 244 108

Friedenspflicht
verbietet den Gewerkschaften zu streiken, solange ein Tarifvertrag in Kraft ist

Schlichtungsverfahren
zielt auf die Lösung eines Tarifkonflikts ohne Arbeitskampf ab

Urabstimmung
Abstimmung aller Gewerkschaftsmitglieder über einen Streik

Streikgeld
Geld, das die Gewerkschaften den streikenden Arbeitern während der Aussperrung zahlen

Erklärfilm zu Streik

70053-151

AUFGABEN

70053-164

1. Bringe die Meldungen in die korrekte zeitliche Reihenfolge (**M4**).
2. Ordnet zu zweit die Ereignisse aus **M4** begründet in das Ablaufschema für Tarifkonflikte ein (**M5**).
3. a) Beziehe Stellung, ob du einen Streik für ein angemessenes Mittel der Gewerkschaften hältst, um ihre Interessen durchzusetzen.
   b) Diskutiert in der Klasse, ob die gesellschaftliche Akzeptanz gegenüber Streiks branchenabhängig ist.

F Recherchiere, warum in den USA sehr wenig und in Frankreich sehr viel gestreikt wird.

H **zu Aufgabe 3b**
z. B. Streik von Pflegekräften im Vergleich zum Lokführerstreik

M10 Interessen durchsetzen: Welche Druckmittel gibt es?

Gewerkschaften und Arbeitgeberverbände haben verschiedene Mittel, um ihre Interessen durchzusetzen. So können die Gewerkschaften im äußersten Fall streiken und somit eine ganze Branche lahmlegen. Solche Streiks kosten den Betrieben folglich viel Geld, aber auch die mediale Aufmerksamkeit wächst.

Die Arbeitgeberverbände als Interessenvertretung der Unternehmen müssen also schnell eine Lösung finden. Allerdings verfügen sie auch über Druckmittel, sodass sie sich den Forderungen der Gewerkschaften nicht ohnmächtig unterwerfen müssen. So kann der Arbeitgeber auf zu hohe Lohnforderungen der Gewerkschaften mit Arbeitsplatzabbau oder einer Standortverlagerung ins Ausland drohen.

So werden deutsche Standorte vor allem in der Industrie immer öfter auf den Arbeitskostenprüfstand gestellt. Auch besteht in immer mehr Branchen die Möglichkeit, die Arbeitnehmerinnen und Arbeitnehmer durch Maschinen zu ersetzten, sodass zu hohe Löhne umgangen werden können.

Basierend auf: Schwarzwälder, Timo: Machtmissbrauchskontrolle von Streiks selbständig organisierter Funktionseliten, 2013, S. 67 ff.

H zu Aufgabe 1b
Informationen findest du z. B. auf den Seiten des DEHOGA Bundesverband und des DEHOGA NRW.

AUFGABEN

70053-165

1. a) Nenne Gründe, die für bzw. gegen eine Mitgliedschaft in einer Gewerkschaft bzw. im Arbeitgeberverband sprechen (**M6**).
   b) Recherchiere im Internet, welcher Arbeitgeberverband für Mame Idrissou und welche Gewerkschaft für Lina Steinhorst in Frage kommen würde und stelle diese vor. **MK**
2. a) Erstelle eine Tabelle, in der du jeweils Vor- und Nachteile einer Mitgliedschaft in einem Arbeitgeberverband und in einer Gewerkschaft sammelst (**M7**, **M8**).
   b) Begründe, wieso es für einzelne Arbeitgebende und Beschäftigte besser sein kann, Verhandlungen über Forderungen an einen Verband zu übertragen, als es selbst zu tun (**M7**, **M8**).
3. Vergleicht zu zweit die Interessen von Gewerkschaften und Arbeitgeberverbänden in **M9**:
   a) Welche Forderungen stellen sie?
   b) Welche Forderungen haltet ihr für wichtig, welche für weniger wichtig?
   c) Welche Forderungen lassen sich eher durchsetzen, welche weniger?
4. Beschreibe Druckmittel von Gewerkschaften und Arbeitgeberverbänden, um Interessen durchzusetzen (**M9**, **M10**).
5. Diskutiert in der Klasse, ob ihr als Unternehmerin oder Unternehmer bzw. Arbeitnehmende einem Arbeitgeberverband beziehungsweise einer Gewerkschaft beitreten würdet.

Tarifverhandlungen – kann eine Einigung gelingen?

Ein neuer Tarifvertrag wird zwischen der Deutschen Post AG und der Gewerkschaft Verdi verhandelt. Aber wie genau läuft eine solche Tarifverhandlung überhaupt ab und kann es zu einer guten Lösung für beide Akteure kommen?

M11 Was wird gefordert und wie steht der Konzern aktuell da?

Zwischen der Deutschen Post AG und der Gewerkschaft Verdi, welche die Interessen und Forderungen der Arbeitnehmenden vertritt, findet eine neue Tarifverhandlung statt. Es sollen vor allem die Löhne der Beschäftigten ausgehandelt werden. So fordert Verdi 15 % mehr Gehalt bei einer Laufzeit von einem Jahr sowie eine monatliche Erhöhung von 200 Euro für Auszubildende und Dual-Studierende. Zusätzlich wird ein angemessener Inflationsausgleich gefordert. Die Deutsche Post AG wertet diese Forderungen als überzogen. Ein Tarifkonflikt bahnt sich an. Die Deutsche Post AG mit Hauptsitz in Bonn ist ein weltweit führender Post- und Logistik-Konzern im Paket-, Express- und Briefgeschäft. Die Deutsche Post AG profitiert erheblich vom sogenannten E-Commerce, dem Onlinehandel, der durch Onlineversandhändler vorangetrieben wird. Im Jahr 2022 brach allerdings das Geschäft im Brief- und Paketversand etwas ein. Begründet wird das vor allem mit den gestiegenen Kosten für Energie, Transport und Arbeitskräfte. Insgesamt stieg der operative Gewinn des Konzerns aber auf 8,4 Milliarden (5,7 Prozent mehr als im Vorjahr). Dies ist allerdings vor allem auf das Auslandsgeschäft zurückzuführen.

Bearbeiter

Eine Post-Niederlassung wird bestreikt.

Dual-Studierende
Als duales Studium wird ein Hochschulstudium mit festen Praxiseinsätzen in Unternehmen bezeichnet.

operativer Gewinn
betriebswirtschaftliches Ergebnis vor Zinszahlung, Steuern und Abschreibungen

M12 Verschiedene Interessen prallen aufeinander

1 **Martin Peters** ist Personalvorstand der Deutschen Post AG. Er unterstützt die Interessen der Deutschen Post AG und ihrer Aktionäre während der Tarifverhandlungen und versucht, die Forderungen der Gewerkschaft zu verhindern. Seine zentralen Argumente lauten:

- Höhere Löhne und Bonuszahlungen sind für die Deutsche Post erhebliche Mehrkosten und mindern den Gewinn.
- Wenn die Gewinne wegen höherer Löhne und Bonuszahlungen gemindert werden, wird die Deutsche Post unattraktiver für die Aktionäre.
- Gehaltserhöhungen müssen als Preiserhöhungen an die Verbraucherinnen und Verbraucher weitergegeben werden.

2 **Jana Brinkman** ist in der Funktion als IT-Beraterin bei der Deutschen Post AG tätig. Sie unterstützt die Interessen der Deutschen Post AG. Ihre zentralen Argumente lauten:

- Höhere Löhne und Bonuszahlungen verringern den Spielraum für wichtige Investitionen, die vor allem die Digitalisierung betreffen. So plant die Deutsche Post AG mit ihrer „Strategie 2025" hohe Investitionen in die Modernisierung der IT, in Fortbildungen der Beschäftigten und in den verstärkten Einsatz von Robotern.
- Der Onlinehandel hat in den Jahren nach Corona etwas an Fahrt verloren, erhöhte Löhne drücken deshalb noch stärker auf wichtige Investitionen.

3 **Jamila Brahimi** unterstützt als Verdi-Verhandlungsführerin die Forderungen der Post-Beschäftigten bei den Tarifverhandlungen. Sie steht in der Pflicht, die Forderungen der Gewerkschaftsmitglieder durchzusetzen, da die Gewerkschaft sonst Mitglieder verlieren könnte. Ihre Forderungen sind bereits in M13 beschrieben.

4 **Björn Berg** unterstützt als Vorsitzender des Gesamtbetriebsrats die Forderungen der Post-Beschäftigten. Er setzt sich für höhere Löhne und den Inflationsausgleich ein. Seine zentralen Argumente lauten:

- Das Geschäft der Deutschen Post AG boomt, Lohnsteigerungen sind deshalb zu finanzieren.
- Die Post-Beschäftigten sind mit ihrem Engagement und ihrer harten Arbeit dafür verantwortlich, dass die Post so hohe Gewinne erwirtschaftet.
- Die Beschäftigten haben insbesondere während der Pandemie viele Überstunden gemacht, sodass sie hierfür nun belohnt werden müssen.

5 **Dilara Prempeh** agiert als Schlichterin im Tarifkonflikt. Sie versucht, einen Kompromiss zu finden, dem beide Tarifpartner zustimmen könnten.

Bearbeiter

Methode: Eine Tarifverhandlung simulieren

70053-152

AUFGABEN

70053-166

1. Benenne die Forderungen der Gewerkschaft Verdi (**M11**).
2. Beschreibe die aktuellen Geschäftszahlen der Post AG und setze sie in Beziehung zu den Forderungen der Gewerkschaft Verdi (**M11**).
3. a) Erläutert arbeitsteilig in Fünfer-Gruppen die Argumente und Forderungen der Post AG sowie der Gewerkschaftsmitglieder bzw. der Postbeschäftigten (**M12**).
   b) Bezieht begründet Stellung, welche Argumente und Forderungen ihr am überzeugendsten findet (**M12**).
4. a) Teilt eure Klasse in fünf Gruppen auf und verteilt die Rollen aus **M12** auf jeweils eine Gruppe.
   b) Führt mithilfe der Methodenkarte im QR-Code eine Tarifverhandlung durch (**M11**, **M12**).

F **zu Aufgabe 4b**
Überprüft, inwieweit sich euer Verhandlungsergebnis einer realistischen Einigung angenähert haben könnte. Recherchiert dazu im Internet, worauf sich die Post und Verdi geeinigt haben. Untersucht in diesem Zusammenhang auch, welche Konfliktpartei sich aus welchen Gründen eher durchgesetzt hat.

ARBEITGEBENDE UND GEWERKSCHAFTEN

ROLLE VON ARBEITGEBERVERBÄNDEN UND GEWERKSCHAFTEN

←·· M1-M3

Artikel 9 des Grundgesetzes erlaubt es den Gewerkschaften und Arbeitgeberverbänden ohne staatlichen Einfluss Tarifverträge zu beschließen. Auf diese Weise sollen Lohnhöhe, Sonderzahlungen, Arbeitszeit, Urlaubsanspruch, Vertragslaufzeit, Mitbestimmungsrechte etc. friedlich ausgehandelt werden. Gewerkschaften versuchen dabei, die Interessen und Forderungen der Arbeitnehmer durchzusetzen, während die Arbeitgeberverbände die Interessen der Unternehmen vertreten.

TARIFKONFLIKT

←·· M4, M5

Wenn es den Gewerkschaften und Arbeitgeberverbänden nicht gelingt, sich auf einen neuen Tarifvertrag zu einigen, kann es zu einem Tarifkonflikt kommen. Die Gewerkschaften haben dann in der Regel die Möglichkeit, nach einer Urabstimmung einen Streik durchzuführen, um ihre Forderungen durchzusetzen. Das Streikrecht gilt auch in vielen anderen Staaten. Besonders in Frankreich wird verhältnismäßig viel gestreikt, weil die französische Verfassung den Bürgerinnen und Bürgern ein individuelles Streikrecht zuspricht.

SINNHAFTIGKEIT EINER MITGLIEDSCHAFT

←·· M6-M10

Eine Mitgliedschaft in einer Gewerkschaft bzw. in einem Arbeitgeberverband ist freiwillig. Zwar müssen Mitglieder einen bestimmten Beitrag zahlen und sich an die jeweiligen Vorgaben in den Tarifverträgen halten, aber dafür bietet eine Mitgliedschaft auch viele Vorteile. Neben der Zeitersparnis und den Informationsvorteilen bei den Verhandlungen bietet eine Mitgliedschaft vor allem eine bessere Verhandlungsposition, sodass die Forderungen und Interessen wirkungsvoller durchgesetzt werden könnten.

TARIFVERHANDLUNGEN

←·· M11, M12

In einer Tarifverhandlung verhandeln die Gewerkschaften und Arbeitgeberverbände meist in mehreren Verhandlungsrunden über die neuen Tarifverträge. Wenn sich die Akteure nicht einigen können, kann die Verhandlung unter Umständen durch einen Streik unterbrochen werden. Die Tarifverhandlungen sind erst dann abgeschlossen, wenn beide Seiten einem neuen Tarifvertrag zustimmen.

8.3 Arbeitsbeziehungen in Unternehmen

Wie werden Rechte und Pflichten geregelt?

Die Beziehung zwischen der Arbeitgeber- und Arbeitnehmerseite wird durch drei wesentliche Elemente bestimmt: Den Arbeitsvertrag – das was Arbeitgebende und Arbeitnehmende direkt miteinander vereinbart haben, den Tarifvertrag – das was Arbeitgeberverbände und Gewerkschaften vereinbart haben und gesetzliche Mindestregeln, die der Staat vorgibt.

M1 Rechte und Pflichten in einem Arbeitsverhältnis

Kontakte

Merve: Konstantin, heute nicht bei der Arbeit?

Konstantin: Nein, einfach keine Lust mehr.

Merve: Aber du kannst doch nicht einfach daheim bleiben, du hast doch einen Arbeitsvertrag unterschrieben …

Konstantin: Ich habe mich krankgemeldet, da bekomme ich meinen Lohn weiter, ohne zu arbeiten. Und nebenbei kann ich noch ein paar kleinere Sachen für „meine" Stammkunden erledigen, darf nur die Chefin nicht davon erfahren, sind ja „ihre" Kundinnen und Kunden.

Merve: Das klingt nach keiner guten Idee …

Konstantin: Ich bin einfach enttäuscht. Die Chefin hat gesagt, dass ich zur Arbeit kommen muss, obwohl ich krank war. Dann hat sie gesagt, diese Woche ist nichts zu tun, da kann ich zu Hause bleiben. Und das Beste: Ich wollte im Sommer Urlaub machen, aber die Chefin sagt einfach „Das wird nichts."

Merve: So geht das nicht! Deine Chefin und du, ihr habt beide Pflichten, die ihr nicht verletzen dürft.

Bearbeiter

M2 Vertragliche Ebenen von Arbeitsbeziehungen

	Vertragliche Ebene	Beispiel: Urlaubsanspruch
Arbeitsvertrag	**Einzelvertragliche Ebene**	
	Vereinbarungen von Arbeitgeber und Arbeitnehmer	30 Tage bei Fünf-Tage-Wochen im Arbeitsvertrag
Tarifvertrag	**Tarifvertragliche Ebene**	
	Vereinbarungen von Arbeitgeberverbänden und Gewerkschaften	28 Tage bei Fünf-Tage-Wochen
Gesetz	**Gesetzliche Mindestebene / Arbeitsschutz**	
	Gesetzliche Mindestebene / Arbeitsschutz	Mindestens 24 Werktage bei Sechs-Tage-Wochen

Bearbeiter

M3 Vertragsarten von Arbeitsverträgen

Der **unbefristete Arbeitsvertrag** endet mit der Kündigung durch Arbeitgeber oder Arbeitnehmer.	Der **befristete Arbeitsvertrag** endet mit Ablauf der vereinbarten Befristung ohne Kündigung.
Der **Arbeitsvertrag zur Probe** benötigt eine ausdrückliche Vereinbarung zur Dauer der Probezeit. Sie darf nicht länger als sechs Monate dauern.	Der **Leiharbeitsvertrag** ermöglicht eine Arbeitnehmerüberlassung und bedarf der Erlaubnis der Bundesagentur für Arbeit. Die Arbeitsbedingungen des Leiharbeitsverhältnisses sind schriftlich zu dokumentieren.

Bearbeiter

Arbeitnehmer-überlassung
Dabei wird ein Arbeitnehmer von seinem Arbeitgeber an ein anderes Unternehmen für einen vereinbarten Zeitraum ausgeliehen.

M4 Flexible Arbeitszeiten

Karikatur: Mario Lars, 2017

AUFGABEN

70053-167

1. Erläutere, welche Pflichten auf Arbeitnehmer- und Arbeitgeberseite bestehen (**M1**).
2. Benenne, welche vertraglichen Ebenen bei einer Arbeitsbeziehung unterschieden werden (**M2**).
3. Welche Art von Arbeitsvertrag würdet ihr euch wünschen? Diskutiert zu zweit und bringt die Vertragsarten in eure Wunschreihenfolge (**M3**).
4. a) Interpretiere die Karikatur in **M4** (**Methode**).
   b) „Arbeitnehmerinnen und Arbeitnehmer sollten flexibel sein – am besten 25 Stunden am Tag". Diskutiert in der Klasse, wann aus eurer Sicht Flexibilität sinnvoll ist und wann nicht (**M4**).

Wie kann ich im Betrieb mitbestimmen?

Wenn ihr als Schülerinnen und Schüler wichtige Anliegen habt, ist gesetzlich geregelt, wie und an wen ihr diese vorbringen könnt, damit ihr bei der zuständigen Stelle, in der Regel der Schulleitung, Gehör findet. Sind Azubis und Beschäftigte in einer ähnlichen Situation wie Schülerinnen und Schüler?

M5 Azubi Paul in der Zwickmühle

Paul (20) ist in seinem dritten Ausbildungsjahr zum Industriemechaniker. Seine Arbeitszeiten in einem mittelständischen Betrieb mit 35 Beschäftigten sind Montag bis Freitag von 8 Uhr bis 16.30 Uhr. Sein ganzes Team macht jeden Mittag von 12 Uhr bis 12.30 Uhr gemeinsam Pause. Die Geschäftsleitung der Firma hat die Pausenzeiten streng festgelegt: 10 Minuten am Vormittag und 10 Minuten am Nachmittag. Es wird außerdem toleriert, dass die Azubis sehr oft 10 Minuten früher Feierabend machen dürfen. Paul gefällt diese Regelung überhaupt nicht, denn er hätte gerne 15 Minuten Pause jeden Vormittag und Nachmittag, anstatt früher gehen zu können. Er hat aber Sorge, dass seine Abschlussnote leiden könnte, wenn er darüber einen Konflikt mit den Vorgesetzten anfängt. Außerdem will er seine Chancen, nach seiner Ausbildung übernommen zu werden, nicht gefährden.

Bearbeiter

M6 Auszug aus dem Jugendarbeitsschutzgesetz (JArbSchG)

§ 8 Dauer der Arbeitszeit

(1) Jugendliche dürfen nicht mehr als acht Stunden täglich und nicht mehr als 40 Stunden wöchentlich beschäftigt werden.

§ 11 Ruhepausen, Aufenthaltsräume

(1) Jugendlichen müssen im Voraus feststehende Ruhepausen von angemessener Dauer gewährt werden. Die Ruhepausen müssen mindestens betragen

1. 30 Minuten bei einer Arbeitszeit von mehr als viereinhalb bis zu sechs Stunden,
2. 60 Minuten bei einer Arbeitszeit von mehr als sechs Stunden.

Als Ruhepause gilt nur eine Arbeitsunterbrechung von mindestens 15 Minuten.

§ 13 Tägliche Freizeit

Nach Beendigung der täglichen Arbeitszeit dürfen Jugendliche nicht vor Ablauf einer ununterbrochenen Freizeit von mindestens 12 Stunden beschäftigt werden.

Bundesministerium der Justiz, www.gesetze-im-internet.de, Abruf am: 30.03.2020

BETRIEBLICHE MITBESTIMMUNG

Der deutsche Staat hat Gesetze erlassen, die Arbeitnehmenden gewisse Mitbestimmungsrechte in ihren Unternehmen garantieren. Betriebe ab fünf Angestellten haben das Recht, einen Betriebsrat zu wählen. Er vertritt die Rechte der Belegschaft gegenüber der Arbeitgeberseite. Mitentscheiden darf er bei der Festlegung von Arbeitszeiten und Urlaubsplänen bzw. Kündigungen und Lohnverhandlungen. In Betrieben mit mindestens fünf Wahlberechtigten, die das 18. Lebensjahr noch nicht vollendet haben, gibt es auch noch die Jugend- und Auszubildendenvertretung (JAV). Sie vertritt dabei speziell die Interessen der minderjährigen Angestellten bis 18 Jahre und der Auszubildenden bis 25 Jahre, für die besonders strenge Arbeitsschutzregeln gelten.

M7 Die Mitbestimmungsrechte des Betriebsrats

Laut Betriebsverfassungsgesetz (BetrVG) hat der Betriebsrat je nach Thema schwache bis starke Beteiligungsrechte:

Beratungsrecht	Anhörungsrecht	Vetorecht	Mitbestimmung
Beispiel Neubauten / Umbauten § 90	Beispiel Kündigungen § 102	Beispiel Kündigung eines Betriebsratsmitglieds § 103	Beispiel Arbeitszeiten, Betriebsordnung, Urlaubspläne § 87

Schwache Beteiligung → Starke Beteiligung

Bearbeiter

AUFGABEN

70053-168

1. a) Stell dir vor, Paul käme mit seinem Problem (**M5**) zu dir: Was würdest du ihm raten?
   b) Vergleicht eure Vorschläge in der Klasse.
2. Überprüfe anhand des Jugendarbeitsschutzgesetzes, ob Pauls Arbeitgeber rechtlich korrekt handelt (**M5**, **M6**).
3. Paul entscheidet sich, den Konflikt mit seinen Vorgesetzten auszutragen: Erkläre, wie ihm der Betriebsrat helfen könnte (**M6**, **M7**).
4. Erläutere, inwiefern die Einrichtung eines Betriebsrats die Arbeitnehmenden schützt (**M7**).
5. Haben Arbeitnehmende genug Mitsprache? Führt mit der ganzen Klasse eine Positionslinie (**Methodenglossar**) durch.

H zu Aufgabe 4
Die Rechte des Betriebsrats unterscheiden sich darin, ob er mitentscheiden kann. In Fragen, in denen er nur ein Beratungsrecht hat, kann das Unternehmen die Entscheidungen alleine treffen. Je weiter rechts das Recht steht, desto mehr darf er mitentscheiden.

8.4 Selbstständig sein – Unternehmen gründen

Selbstständig in die Zukunft – ist das auch etwas für dich?

Viele Wege führen in deine berufliche Zukunft. Doch einen haben wir noch nicht genauer betrachtet: die Selbständigkeit. Anstatt angestellt zu sein, kannst du auch deine eigene Chefin oder dein eigener Chef werden.

M1 Almas persönliche Eignung als Unternehmerin

Kemal (15)

Alma (14)

Kemal: Hey Alma, wie war dein Praktikum?

Alma: Mein Praktikum war furchtbar. Das entspricht nicht meinen Vorstellungen von einem guten Unternehmen. Man sollte die Dinge selbst in die Hand nehmen. Ich glaube ja schon, dass ich das sehr gut könnte: Unternehmerin.

Kemal: Und warum? Was glaubst du, muss eine Unternehmerin denn so können?

Alma: Ich kann sehr gut den Überblick über viele verschiedene Baustellen behalten. Mir entgeht nichts, auch wenn ich in einer Woche an zehn verschiedenen Projekten arbeite.

Bearbeiterin

M2 Wie wurde Margarete Steiff Unternehmerin?

Margarete Steiff präsentiert ein Kleid aus einer Kollektion.

1847

Margarete Steiff wird geboren

Am 24. Juli 1847 wird unsere Firmengründerin Margarete in Giengen an der Brenz geboren. Mit 18 Monate erkrankt sie an Kinderlähmung. Die lebenslustige Margarete erkämpft trotz der schweren Einschränkungen ihren Platz im Leben.

1874

Der Grundstein wird gelegt – der Schritt in die Selbstständigkeit

Margarete gründet ihr Filzkonfektionsgeschäft und verkauft erfolgreich selbst angefertigte Kleidungsstücke und Haushaltsartikel. Bald kann sie mehrere Näherinnen beschäftigen.

1880

Das Elefäntle entsteht
Das offizielle Gründungsdatum unserer Manufaktur Steiff. In einem Modejournal sieht Margarete das Schnittmuster für einen kleinen Stoffelefanten. Nach dieser Vorlage näht sie das „Elefäntle". Der als Nadelkissen gedachte Filz-Elefant wird in kürzester Zeit ein beliebtes Kinderspielzeug. Schon bald erscheint der erste Steiff Katalog und zeigt neben Elefanten auch Affen, Esel, Pferde, Kamele, Schweine, Mäuse, Hunde, Katzen, Hasen und Giraffen.

1893

Die Margarete Steiff Filzwarenfabrik wird gegründet
Am 3. März 1893, wird die Spielwaren-Fabrik als „Margarete Steiff, Filzspielwarenfabrik Giengen/Brenz" ins Handelsregister eingetragen. Erstmals werden unsere Spielwaren auf der Leipziger Spielwarenmesse präsentiert. Margarete beschäftigt nun 4 Näherinnen und 10 Heimarbeiterinnen.

Steiff: Die Steiff Story. In: www.steiff.com, Abruf am 09.10.2023

Das Elefäntle ist das erste Stofftier der Firma Steiff. Hier ist eine Replik aus dem Jahr 1893 zu sehen.

M3 Wie wäre eine Welt ohne Unternehmen?

Alma: Das wäre so schön: Nie wieder Praktika oder später arbeiten!
Kemal: Aber dann gäbe es auch nicht mehr die tolle Eisdiele um die Ecke. Oder was ist mit der Pizza aus dem Supermarkt, die ich so gern esse.
Alma: Ach, das kannst du doch auch selbst machen. Das bekommst du auch alles im Supermarkt.
Kemal: Du Schlaumeierin! Der Supermarkt gehört ja auch zu einem Unternehmen ...

Bearbeiterin

Zusatzkapitel: Angestellt oder lieber selbständig sein?

70053-153

AUFGABEN 70053-169

1. Beschreibe den Dialog in **M1**: Was macht eine Unternehmerin / einen Unternehmer aus Almas Sicht aus?
2. Führt eine Umfrage in eurer Klasse durch. Nutzt hierzu die Fragen in der H-Aufgabe.
3. Fasse wesentliche Meilensteine der Karriere der Unternehmerin Margarete Steiff (**M2**) zusammen.
4. Führt zu zweit das Gespräch in **M3** weiter und erörtert die Probleme, die durch eine Welt ohne Unternehmen entstehen können.

H zu Aufgabe 2
- Wie viele Schülerinnen und Schüler finden es erstrebenswert ein:e Unternehmer:in zu werden?
- Welche Eigenschaften benötigt ein:e erfolgreiche:r Unternehmer:in?

Was willst du mit deinem Unternehmen erreichen?

Ein Unternehmen muss kostendeckend arbeiten, sonst droht mittelfristig das Scheitern. Es muss also nicht unbedingt Gewinn erzielt werden, aber der Umsatz muss ausreichen, um alle Verbindlichkeiten zu erfüllen. Welche Ziele sollte ein Unternehmen verfolgen?

Corporate Social Responsibility (CSR)
CSR ist ein Konzept, das den Unternehmen als Grundlage dient, auf freiwilliger Basis – über den gesetzlichen Rahmen hinausgehend – soziale Belange und Umweltbelange in ihre Unternehmenstätigkeit und in die Wechselbeziehungen mit Interessenten am Unternehmen zu integrieren.

M7 Welche Ziele und Aufgaben haben Unternehmen?

1. Betrieb bildet aus
2. Spenden an gemeinnützige Organisationen
3. Beachtung der Menschenrechte
4. besondere Familienfreundlichkeit
5. Sponsoring von Sport- und Kulturereignissen
6. Umweltbewusstsein
7. flexible Arbeitszeitenmodelle
8. Reduzierung von Arbeitslosigkeit
9. Arbeitsschutz
10. anständige Bezahlung
11. Kinderbetreuung
12. Verminderung von Armut
13. bewusste Auswahl von Geschäftspartnern und Lieferanten
14. ...

Bearbeiterin

M8 Was ist am wichtigsten?

ÖKONOMISCH
- kostendeckend arbeiten
- Gewinne erzielen
- Kunden zufrieden stellen
- Personalkosten einkalkulieren
- Umsätze steigern
- Kosten senken
- Marktanteile vergrößern
- neue Geschäftsfelder erschließen
- neue Märkte erobern
- ...

ÖKOLOGISCH
- Gesundheit fördern
- Umwelt schützen
- Klima schützen
- Energie sparen
- neue Techniken einsetzen
- ...

SOZIAL
- Arbeits- und Ausbildungsplätze schaffen
- Gleichberechtigung fördern
- Arbeitsbedingungen verbessern
- Kinderbetreuung anbieten
- Beschäftigte arbeiten im Team
- Mitarbeitende fördern
- Altersvorsorge unterstützen
- ...

Bearbeiterin

M9 Welche Nachricht soll gesendet werden?

Mehr BIO: Mehr Qualität

Strom: 100% Ökostrom

COME IN AND FIND OUT!

Eine Versicherung fürs Leben.

... machtmobil.

AUF DIESE STEINE KÖNNEN SIE BAUEN!

... macht Kinder froh und Erwachsene ebenso.

Werbung von Coca Cola

Katjes Werbung

AUFGABEN

70053-171

1. Beschreibe Unternehmensziele, die aus **M7** hervorgehen.
2. Untersuche die Aspekte in **M8** im Hinblick auf Nachhaltigkeit im Unternehmen und ordne diese nach ihrer Wichtigkeit.
3. Analysiere die Werbefotos und -sprüche aus **M9** und diskutiert zu zweit folgende Fragen: **MK**
   a) Welche Werbebotschaft soll gesendet werden?
   b) Ist die Werbung irreführend für die Kundinnen und Kunden?
4. Diskutiert in der Klasse das Zitat des Wirtschaftsnobelpreisträgers Milton Friedman: „Die einzige soziale Verantwortung des Unternehmens ist es, seine Gewinne zu steigern.“ *New York Times Magazine, 13.09.1970*

Zusatzkapitel: Kosten über Kosten - wie behält man den Überblick?

70053-155

Zusatzkapitel: Umsatz ist nicht gleich Gewinn?!

70053-156

Woran können Unternehmen scheitern?

Um ein erfolgreiches Unternehmen zu führen, muss man an Vieles denken und den Überblick über Details behalten. Nicht allen Unternehmen gelingt es, diese Herausforderungen immer zu meistern. Was können die Gründe dafür sein, dass ein Unternehmen scheitert?

M10 Fiktive Schlagzeilen-Collage

Wasserknappheit:
Uns droht ein heißer Sommer

Angriffskrieg in der Ukraine:
Energiekosten sind so hoch wie noch nie

Engpässe für Teilelieferungen:
Produktion verzögert sich bei vielen Unternehmen, Kundinnen und Kunden springen ab

„Wenn die Schule schließt, kann ich meinen Kiosk dichtmachen!“

Bearbeiterin

M11 Warum scheitern Unternehmen?

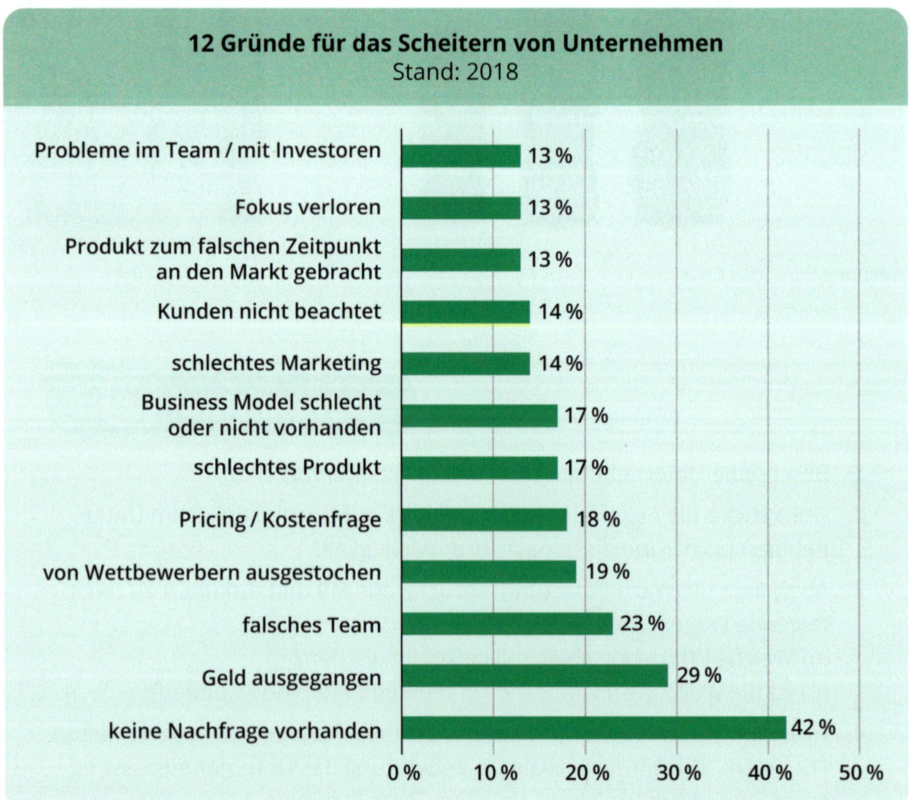

Nach: sevDesk GmbH, Datenquelle: CB Insights 2018

M12 Ist scheitern immer schlecht?

Der Erfolg in der Vergangenheit ist offensichtlich keine Sicherheit für Erfolg in der Zukunft. Erfolg im Sinne von Wachstum, Erreichen von hochgesteckten Zielen oder der Erfüllung von Erwartungen (Investoren, Geschäftspläne) kommt in Zukunft immer mehr von Innovationen, speziell im Bereich neuer Geschäftsmodelle. Diese hat aber noch niemand vorher getestet, es gibt keinerlei Erfahrungswerte. Deshalb müssen Innovatoren diese Geschäftsmodelle ausprobieren – und mit hoher Wahrscheinlichkeit scheitern. Denn innovative Geschäftsmodelle funktionieren nicht im ersten Anlauf, oft auch nicht im zweiten, manchmal nie. Paypal-Mitgründer Max Levchin brachte dies einmal auf den Punkt: „Das erste Unternehmen, das ich gegründet habe, ist mit einem großen Knall gescheitert. Das zweite ein bisschen weniger schlimm, das dritte ist wieder anständig gescheitert. Das vierte Unternehmen überlebte bereits. Das fünfte war dann PayPal." Menschen, die als Erste neue Wege gehen, können sich nur auf sich selbst verlassen. [...] Deshalb müssen sie probieren und nach neuen Lösungen suchen. Es wäre vermessen anzunehmen, dass diese Wege immer direkt zum Ziel führen oder die angestrebte Lösung ermöglichen. Dies aber als Scheitern zu bezeichnen, ist schlichtweg falsch: Es sind Lernerfahrungen und Ergebnisse von Experimenten.

Rapp, Reinhold: Der Weg zum Erfolg? Scheitern! In: www.zukunftsinstitut.de, 01/2017

Insolvenz / Scheitern von Unternehmen
→ siehe auch der Gründungspodcast:

70053-154

INSOLVENZ

Insolvenz liegt vor, wenn nach Abzug der finanziellen Mittel für den grundlegenden Bedarf (z. B. Nahrung) das verbleibende Geld nicht ausreicht, um die Zahlungsverpflichtungen pünktlich zu erfüllen.
Kredite aufnehmen kann sinnvoll sein, um wichtige Investitionen zu tätigen. Es sollte aber immer abgewogen werden, ob diese Verschuldung sinnvoll ist.

AUFGABEN

70053-172

1. a) Sammelt mögliche Ursachen für ein Scheitern von Unternehmen stichpunktartig auf Kärtchen an der Tafel.
   b) Ordnet eure Kärtchen von „stark beeinflussbar" bis „nicht beeinflussbar".
2. Diskutiert die fiktiven Schlagzeilen aus **M10**: Welche Folgen könnten ihre Inhalte für die Unternehmen haben?
3. Erkläre mithilfe von **M11** mögliche Ursachen für das Scheitern von Unternehmen.
4. Erörtert zu zweit Tipps für Gründerinnen und Gründer, wie sie mit einem Scheitern umgehen könnten (**M12**).

F Aufgabe
Ermittelt zu zweit, wie viele Unternehmensgründungen scheitern.

Grafik: Firmeninsolvenzen in Deutschland

70053-157

ARBEITSBEZIEHUNGEN UND UNTERNEHMENSGRÜNDUNG

Kapitel 8.3, M1-M7

ARBEITSBEZIEHUNGEN IN UNTERNEHMEN

Für Arbeitnehmende sowie Arbeitgebende gelten bestimmte Rechte und Pflichten. Diese werden in einem Arbeitsvertrag festgelegt. Wenn es zu Konflikten über die Arbeitszeit, den Lohn oder die Tätigkeit der Beschäftigten kommt, verschafft der Arbeitsvertrag rechtliche Klarheit.
Viele sehen es als großen Standortvorteil für Deutschland, dass Arbeitnehmende bei wichtigen Themen Mitspracherechte haben. Der Betriebsrat berät die Beschäftigten und schützt ihre Rechte. Das Ziel gegenüber Arbeitgebende ist, unterschiedliche Interessen gewaltfrei zu einer Einigung zu führen. Es gibt aber auch Kritik daran: Arbeitgebende klagen z. B. über zu große Hürden, nötige Veränderungen in Unternehmen auch gegen Widerstand durchzusetzen.

Kapitel 8.4, M1-M6

MOTIVE FÜR DIE GRÜNDUNG EINES UNTERNEHMENS

Es gibt die unterschiedlichsten Motive ein Unternehmen zu gründen. Die Motive hängen von den persönlichen Fähigkeiten und Interessen ab, können sich aber auch durch äußere Umstände ergeben. So kann es für Migrant:innen in einem neuen Land schwierig sein, Zugang zum Arbeitsmarkt zu finden. Eine Unternehmensgründung kann hier eine Option sein, seinen eigenen Lebensunterhalt zu verdienen. Ob die Gründung erfolgreich ist, hängt auch mit diesen Motiven und der damit verbundenen Motivation zusammen. Bevor man ein Unternehmen gründet, muss man sich über seine Motive im Klaren sein.
Mögliche Motive sind z. B.:

- seinen Arbeitsalltag nach eigenen Vorstellungen gestalten zu können,
- besonders kreative Ideen umsetzen zu können,
- frei und ohne Vorgaben arbeiten zu können,
- sich selbst zu verwirklichen,
- sich seinen eigenen Arbeitsplatz zu schaffen.

Kapitel 8.4, M1-M3

WAS UNTERNEHMERPERSÖNLICHKEITEN AUSMACHT

Ob es so etwas wie eine Unternehmerpersönlichkeit gibt, ist umstritten. Eigenschaften, die aber auch von Gründer:innen selbst immer wieder als wichtig genannt werden, sind: Risikobereitschaft, Verantwortungsbewusstsein, Selbstwirksamkeit, Eigeninitiative, Teamfähigkeit. Viele dieser Kompetenzen kann man sicher erlernen. Die Frage ist aber, ob alle diese Eigenschaften nicht auch in vielen anderen Berufen gebraucht werden. Durch die Festlegung einer Unternehmerpersönlichkeit verbreitet sich ein klischeehaftes und stereotypes Bild von Unternehmer:innen. Das kann dazu führen, dass so manche mögliche „Gründertypen“ schon im Vorfeld entmutigt werden.

CHANCEN UND RISIKEN VON UNTERNEHMEN

Kapitel 8.4, M4-M6 und M10-M12

Will man ein Unternehmen gründen, sollte man verschiedene Fragen beantworten:

- **Zielgruppe:** Wen will man erreichen?
- **Kapital:** Wie viel Geld hat man zur Verfügung?
- **Ort:** Wo will man sein Unternehmen gründen?
- **Verkehrsinfrastruktur:** Wie gut ist der Ort erreichbar? (zu Fuß, Bahn, Auto, Fahrrad)
- **Mitarbeiter:innen:** Wie viel Personal braucht man?

Die SWOT-Analyse ist eine wertvolle Unterstützung, um die Chancen und Risiken richtig einzuschätzen: Es wird zwischen internen und externen Faktoren unterschieden, die den Erfolg eines Unternehmens beeinflussen. Interne Faktoren sind die Stärken und Schwächen eines Unternehmens. Externe Faktoren sind Chancen und Risiken des Unternehmens beispielsweise auf dem Markt. Die internen und externen Faktoren beeinflussen sich dabei gegenseitig. Die Stärken können zum Beipsiel die Chancen vergrößern und die Risiken verkleinern.

ZIELE VON UNTERNEHMEN

Kapitel 8.4, M7-M9

Das wichtigste Ziel jedes Unternehmens ist es, möglichst hohe Gewinne zu erzielen, um so langfristig am Markt erfolgreich zu sein. Diese Gewinne können für verschiedene Zwecke eingesetzt werden. Man unterscheidet dabei zwischen ökonomischen, ökologischen und sozialen Zielen. Die Gewinne können dem Unternehmen wieder zugutekommen – zum Beispiel in Form von Investitionen oder Rücklagen. Sie können der Umwelt zugutekommen – zum Beispiel durch Umstellung auf erneuerbare Energien. Oder sie können sozialen Zwecken zugutekommen – zum Beispiel durch eine Erhöhung von Löhnen und Gehältern. Bevor ein Unternehmen diese Ziele verfolgen kann, muss es jedoch zunächst seine Kosten decken, um überleben zu können.

KOMPETENZCHECK

Nachdem du das Kapitel „Unternehmen: Aufbau, Gründung und Mitbestimmung“ bearbeitet hast, kannst du hier das Gelernte anwenden, dein Wissen prüfen und dir ein Urteil bilden.

M1 Unternehmensbeispiel für soziale Verantwortung?

a) HEYHO! – Frühstück mit Sinn

Das Unternehmen hat nicht nur einen hohen Anspruch an Qualität und Geschmack, sondern auch an den Herstellungsprozess und die Konditionen für [seine] Mitarbeiter. [...] Viele Menschen werden aufgrund Ihrer Lebensgeschichte in unserer Gesellschaft ausgegrenzt. Dagegen setzen wir mir HEYHO! ein Zeichen und schaffen konkrete Job-Perspektiven für Menschen mit besonderen Biographien. In der HEYHO!-Rösterei finden Menschen einen Platz, die keine Chancen haben eine Anstellung im ersten Arbeitsmarkt zu finden. HEYHO! ist offen für alle: egal ob Menschen ohne festen Wohnsitz, ehemals Inhaftierte, Menschen mit Suchterkrankungen oder seelisch Erkrankte. Wo andere die Türen zuschlagen, machen wir bei HEYHO! sie auf. Aus der tiefen Überzeugung, dass jeder Mensch seinen Teil zum großen Ganzen beitragen kann.

© vegconomist, HEYHO! Granola: „Wo andere die Türen zuschlagen, machen wir bei HEYHO! sie auf.“. In: www.vegconomist.de, 22.08.2018

Müsli mit Joghurt und Blaubeeren

b) Social Entrepreneurs in der Kritik

Unternehmerkritiker ✓
#Unternehmerkritik

Folgen

Hey soziale Unternehmer! Mal ne Frage: Wenn es euch wirklich ernst ist und ihr Gesellschaft, Natur, Gerechtigkeit usw. nach vorne bringen wollt, wofür braucht ihr dann eure ganzen Unternehmen überhaupt? Macht sie doch dicht und arbeitet ohne Gewinnstreben! 😕

Bearbeiter

Online-Quiz zum Kapitel

70053-206

M2 Aufruf der Gewerkschaft ver.di zum Streik in den Innenstädten und Ikea

In Dortmund kommen Streikende von Ikea, Primark, Saturn, H&M, TK-Maxx, Smyths Toys, Zara, Galeria Karstadt Kaufhof, Saturn, Esprit und Douglas zu einer zentralen Streikkundgebung zusammen. [...]

„Die Beschäftigten in den Innenstädten, die von Kurzarbeit aufgrund der vorübergehenden Schließung der Geschäfte betroffen waren, mussten teilweise von heute auf morgen Gehaltseinbußen von bis zu 40 Prozent hinnehmen. Gerade für sie sind [...] Entgelterhöhungen [...] dringend notwendig", so die Verhandlungsführerin Silke Zimmer. Auch sie hätten den Laden während der Pandemie am Laufen gehalten. [...] „Das war mit harter Arbeit, hoher Flexibilität und nicht zuletzt auch mit vielen persönlichen Kontakten und der damit verbundenen Angst vor einer möglichen Ansteckung verbunden. Dieser Einsatz muss sich nun in einem fairen Tarifabschluss widerspiegeln!"

Ein Angebot von nur einem Prozent nach zwei Nullmonaten für 2021 und eine Einmalzahlung in Höhe von 1,4 Prozent [...] für Unternehmen, die gut durch die Pandemie gekommen sind, stehe in keinem Verhältnis zu den historischen Umsatzsteigerungen im Einzelhandel und der außergewöhnlichen Leistung, die die Beschäftigten in der Pandemie erbracht haben. Für Beschäftigte, die für Unternehmen arbeiten, die von Pandemieauswirkungen betroffen waren, soll es in 2021 gar keine Tarifanpassung geben. [...]

ver.di fordert für die rund 700.000 Beschäftigten im Einzelhandel NRW 4,5 Prozent und 45 Euro mehr Lohn, Gehalt und Ausbildungsvergütung bei einer Laufzeit von 12 Monaten, sowie ein Mindestentgelt von 12,50 Euro pro Stunde. Außerdem fordert ver.di die gemeinsame Beantragung der Allgemeinverbindlichkeit der Tarifverträge. Die Tarifverhandlungen im Einzelhandel werden am 22. Juni fortgesetzt.

© ver.di: Streik im Einzelhandel NRW wird fortgesetzt: ver.di ruft am Mittwoch Beschäftigte der Innenstädte und Ikea Möbelhäuser auf. In: www.nrw.verdi.de, 16.06.2021

Aufgaben

1. Untersuche das Unternehmen in **M1a** und beurteile, ob das Unternehmen ein gutes Beispiel für soziale Verantwortung ist.
2. Erläutere, was der Unternehmerkritiker in **M1b** sagen will. Begründe, ob du ihm zustimmen würdest und verfasse einen Antwort-Tweet.
3. Beschreibe, womit die bestreikten Unternehmen Geld verdienen (**M2**).
4. Arbeite aus dem Material die Gründe für den Streik heraus (**M2**).
5. Erkläre mögliche Folgen des Streiks für die Beschäftigten, Unternehmen sowie Kundinnen und Kunden (**M2**).
6. Erstelle einen Zeitstrahl, indem du den Ablauf des Tarifkonflikts darstellst.
7. Erörtert zu zweit, ob die Forderung von ver.di angemessen ist.

H zu Aufgabe 4
Recherchiere dazu im Internet, z. B. auf der Homepage der Gewerkschaft oder bei den regionalen Tageszeitungen.

H zu Aufgabe 5
Beachte dabei die Sichtweise aller Beteiligten.

Selbsteinschätzung

70053-207

Adolf Hitler begrüßt zu einer Jugendkundgebung im Berliner Olympiastadion im Jahr 1937 die versammelten Jugendlichen.

Empfang der deutschen Wehrmacht in Salzburg, Österreich, 12.03.1938; das Motiv stammt aus nationalsozialistischer Propaganda.

Überlebende des Konzentrationslagers Buchenwald; in der zweiten Reihe links vom Pfosten erkannte sich Elie Wiesel wieder (siehe Kap. 9.5, M1).

Was weißt du schon?

1. Beschreibe die Bilder und fasse zusammen, was sie über das „Dritte Reich" erzählen.
2. a) Tauscht euch in der Klasse dazu aus, was ihr bereits über den Nationalsozialismus und den Zweiten Weltkrieg wisst, und erstellt daraus eine Mindmap.
   b) Sammelt Fragen und Vermutungen, die ihr zu diesem Thema habt.
3. Diskutiert, ob und wie man eurer Meinung nach heute an die Verbrechen dieser Zeit erinnern sollte.

9

#Nationalsozialismus und Zweiter Weltkrieg – eine Vergangenheit, die nicht vergeht?

Der Nationalsozialismus ist dir sicher schon oft begegnet: In verschiedenen Fächern in der Schule, bei Gedenktagen und vielleicht auch in der politischen Diskussion, wenn es etwa um die Rückgabe geraubten Eigentums oder um Vergleiche mit Verhältnissen in der Gegenwart geht. Er wird oft als „dunkelstes Kapitel" der deutschen Geschichte beschrieben und wirkt bis heute fort. Was machte diese Zeit so dunkel? Warum waren die NS-Verbrechen so einmalig? Und welche Verantwortung ergibt sich daraus für die Menschen, die heute in Deutschland leben?

Was lernst du in diesem Kapitel?

... den Antisemitismus und weitere Merkmale der NS-Ideologie zu benennen und zu beurteilen.
... den Prozess der Machtübernahme zu erläutern.
... die Ideologie der Volksgemeinschaft zu beschreiben und mit den realen gesellschaftlichen Verhältnissen zu vergleichen.
... den Zweiten Weltkrieg als Vernichtungskrieg zu charakterisieren.
... den Völkermord an den europäischen Juden zu beschreiben und die unvergleichlichen Verbrechen des Holocaust zu verstehen.
... das Verhalten der Deutschen zwischen Anpassung und Widerstand zu beschreiben und zu bewerten.
... den Umgang mit der NS-Vergangenheit zu bewerten und die eigene Rolle dabei zu reflektieren.

Portraits von Opfern, Täterinnen und Tätern oder Menschen im Widerstand aus der Region erstellen

Worum geht es?

Jeder Ort, jede Region in Deutschland hat eine Geschichte während der NS-Diktatur. Überall gab es Opfer der Diktatur, aber auch Täterinnen und Täter, Mitläuferinnen und Mitläufer, Menschen im Widerstand usw. Die Auseinandersetzung mit den lokalen Ereignissen, Personen und Schicksalen kann dir zeigen: Der Nationalsozialismus war überall und hatte Auswirkungen auch für Menschen in deiner Region. Es hilft dir also auch bei der Antwort auf die Frage, was dich das heute angeht.

Geht dabei so vor:

Start

1 Findet euch in Kleingruppen von je 3-4 Schüler:innen zusammen und erarbeitet die Inhalte des Kapitels arbeitsteilig, damit ihr über ein Grundwissen verfügt, um die lokalen Entwicklungen einordnen zu können.

2 Wichtig sind vor allem die Teilkapitel 9.1 – 9.4. Die Unterkapitel könnt ihr untereinander aufteilen, die Aufgaben helfen euch bei der Erschließung der Inhalte. Informiert euch anschließend gegenseitig über den Weg in die Diktatur (→ Kap. 9.1), die wirtschaftliche und gesellschaftliche Entwicklung (→ Kap. 9.2), den Zweiten Weltkrieg und den Holocaust (→ Kap. 9.3) und die Haltung der Menschen in Deutschland zwischen Beteiligung, Anpassung und Widerstand (→ Kap. 9.4).

3 Informiert euch über wichtige Aspekte historischer Projektarbeit, z. B. mithilfe des Links im QR-Code, und entwickelt eine historische Fragestellung.

Anleitung zur historischen Projektarbeit

70053-173

4

Recherchiert zur Geschichte eurer Stadt oder eurer Region zwischen 1933 und 1945 und identifiziert Personen, die euch interessieren. Informationen findet ihr über den QR-Code. Einigt euch auf eine oder zwei Personen, die ihr besonders interessant findet.

Stolpersteine NRW
70053-174

Familiengeschichten im NS
70053-175

5

Recherchiert, welche Position diese Person in dieser Zeit eingenommen und wie sie sich verhalten hat. Diskutiert, wie ihr das Verhalten beurteilt.

6

Verfasst ein Portrait zu dieser Person, das Auskunft gibt über ihre Lebensdaten, ihre Herkunft, ihre Rolle, ihr Verhalten und ihr Schicksal in der Zeit des Nationalsozialismus. Vielleicht findet ihr auch heraus, wie es ihr nach 1945 ergangen ist.

7

Gestaltet ein Wandplakat oder eine Power-Point-Präsentation, um eure Ergebnisse zu veröffentlichen.

Eine Power-Point-Präsentation erstellen und halten
70053-176

Ein Wandplakat gestalten
70053-177

9.1 Wie konnte aus einer Demokratie eine Diktatur werden?

NS-Ideologie – wie die NSDAP die Welt erklärte

Besonders nach dem Ersten Weltkrieg erstarkte der Antisemitismus, der Hass auf die Juden. Die NSDAP griff solche Strömungen auf und radikalisierte sie. Der Antisemitismus war das Kernstück ihrer Ideologie, was kennzeichnete ihn?

M1 Die Juden – Ursache allen Übels?

a) Aus einem Brief Hitlers vom 16.09.1919

„Der Antisemitismus als politische Bewegung [...] kann nicht bestimmt werden durch Momente des Gefühls, sondern durch die Erkenntnis von Tatsachen. Tatsachen aber sind: Zunächst ist das Judentum unbedingt eine Rasse und nicht Religionsgemeinschaft. [...] Und damit ergibt sich die Tatsache, dass zwischen uns eine nichtdeutsche fremde Rasse lebt, nicht gewillt [...], ihre Rasseneigenarten zu opfern [...]. Bewegt sich schon das Gefühl des Juden im rein Materiellen, so noch mehr sein Denken und Streben. [...] Der Antisemitismus der Vernunft jedoch muss führen zur planmäßigen gesetzlichen Bekämpfung [...] des Juden. [...] Sein letztes Ziel aber muss unverrückbar die Entfernung der Juden überhaupt sein."

Zitiert nach: Maser, Werner: Hitlers Briefe und Notizen, Düsseldorf 1973, S. 224f.

Postkarte zur Ausstellung „Der ewige Jude". Das Motiv wurde auch als Plakat verwendet. Die Wanderausstellung wurde nach dem „Anschluss" Österreichs im März 1938 in Wien gezeigt.

jüdische Bevölkerung
Im Jahr 1930 lebten im Deutschen Reich in etwa 500.000 jüdische Deutsche - das waren ca. 1 Prozent der Bevölkerung.

Antisemitismus
Im Allgemeinen bezeichnet man damit eine judenfeindliche Einstellung von Personen oder Personengruppen.

Rasse
Die moderne Genforschung belegt eindeutig, dass es keine unterschiedlichen menschlichen Rassen gibt. Der Begriff Rasse ist somit eine überholte Bezeichnung, die nicht mehr verwendet werden sollte.

Reichstag
Der Reichstag war als Volksvertretung 1933 entmachtet worden (siehe M5).

b) Aus dem Parteiprogramm der NSDAP von 1920

„4. Staatsbürger kann nur sein, wer Volksgenosse ist. Volksgenosse kann nur sein, wer deutschen Blutes ist [...] Kein Jude kann daher Volksgenosse sein.

5. Wer nicht Staatsbürger ist, soll nur als Gast in Deutschland leben können [...].

6. Das Recht, über Führung und Gesetze des Staates zu bestimmen, darf nur dem Staatsbürger zustehen. Daher fordern wir, dass jedes öffentliche Amt [...] nur durch Staatsbürger bekleidet werden darf."

Zitiert nach: Hofer, Walther (Hg.): Der Nationalsozialismus. Dokumente 1933–1945. Frankfurt/M. 1982, S. 28

c) Aus einer Rede Hitlers vor dem „Reichstag“ am 30.01.1939

„Was dieses Volk heute besitzt, hat es sich auf Kosten des nicht so gerissenen deutschen Volkes durch die übelsten Manipulationen erworben. Wir machen heute nur wieder gut, was dieses Volk selbst verschuldet hat. Als einst das deutsche Volk um seine gesamten Ersparnisse kam aus jahrzehntelanger redlicher Arbeit dank der von Juden angestifteten und durchgeführten Inflation [...].
Ich will heute wieder ein Prophet sein: Wenn es dem internationalen Finanzjudentum inner- und außerhalb Europas gelingen sollte, die Völker noch einmal in einen Weltkrieg zu stürzen, dann wird das Ergebnis nicht die Bolschewisierung der Erde und damit der Sieg des Judentums sein, sondern die Vernichtung der jüdischen Rasse in Europa!“ (Das Protokoll vermerkt: Anhaltender stürmischer Beifall.)

Zitiert nach: Bayerische Staatsbibliothek: Reichstagsprotokolle, 1939/42,1. In: www.reichstagsprotokolle.de, Abruf am 19.07.2023

1.9.1939
An diesem Tag begann mit dem deutschen Überfall auf Polen der lange geplante Krieg.

Doku zum Thema Vorurteile und Hass (gegenüber Jüdinnen und Juden)

70053-178

NS-IDEOLOGIE

Nach der NS-Ideologie ging es in der Geschichte um einen andauernden Rassenkampf, in dem sich die höherwertigen Rassen durchsetzen müssten. Die Juden galten dabei als „Gegenrasse“, als unversöhnlicher Feind. Die überlegene Rasse sei die der Arier. Der Kampf sei nur erfolgreich zu bestehen, wenn das demokratische System mit Gewaltenteilung und Grundrechten abgeschafft und durch eine unbedingte Führerautorität ersetzt würde. Hinter allen innen- wie außenpolitischen Problemen stünde das „internationale Judentum“ als treibende Kraft. Ziel des Staates sei die Erhaltung und Stärkung der Gesamtheit des Volkes („nationaler Sozialismus“). Das deutsche Volk benötige dafür mehr „Lebensraum“, der im Osten gegen die Sowjetunion (das „bolschewistische Russland“) zu gewinnen sei.

AUFGABEN

70053-188

1. a) Beschreibe die Postkarte und erkläre deren Botschaft (**M1**).
b) Versuche dich in die Lage eines/einer jüdischen Deutschen zu versetzen: Was geht dir durch den Kopf, wenn du ein solches Plakat in deiner Stadt siehst?

2. a) Arbeitet zu zweit. Analysiert die Quellen zum Antisemitismus arbeitsteilig und arbeitet dessen Kennzeichen heraus (**M1**).
b) Beschreibt die weiteren Merkmale der NS-Ideologie (**# NS-Ideologie**).
c) Erklärt, inwiefern der Antisemitismus das Kernstück dieser Ideologie ist (**#NS-Ideologie**).

3. Diskutiert in der Klasse: Woran lag es, dass diese Ideologie so viele Anhänger fand? Seht ihr ähnliche Entwicklungen in der Gegenwart?

Methode: Plakate analysieren
→ digitaler Aufgabenkasten

H zu Aufgabe 1a
Achte auf die Dinge, die die Figur in den Händen bzw. unter dem Arm hält, und halte fest, wofür sie jeweils stehen.

F zu Aufgabe 3
Seht euch hierzu zusätzlich die Doku im QR-Code an und diskutiert darüber.

Wie reagieren die Deutschen auf die Errichtung des NS-Staates?

Erinnert wird meist an Menschen, die im Widerstand waren, die ins Exil gingen oder die Opfer des NS-Terrors wurden. Was aber war mit der übergroßen Mehrheit der deutschen Bevölkerung?

M9 Führer und Gefolgschaft

Plakat der Reichspropagandaleitung der NSDAP zur Vereinigung der Ämter von Reichskanzler und Reichspräsident 1934.
Bei der dazu veranstalteten „Volksabstimmung" (Wahlbeteiligung 95 %) sind 89,9 % aller gültigen Stimmen dafür.

M10 Eine Erdbeere für Hitler?

a) Bericht des Standesbeamten von Düsseldorf-Ost, 07.04.1933:

„Heute erschien in dem mir unterstellten Standesamte ein Parteigenosse, der die Geburt seiner Tochter anmeldete und dem Kinde den Vornamen „Hitlerine" beilegen wollte. [...] Ich habe daraufhin den Eintrag dieses Namens abgelehnt und dem Parteigenossen nahegelegt, dem Mädchen den Vornamen „Adolfine" zu geben, womit er sich auch einverstanden erklärte."

b) Brief des Gärtnereibesitzers Bruno Koch an die Reichskanzlei, 01.08.1933:

„Es ist mir geglückt, eine neue wertvolle Erdbeersorte zu züchten. In großer Verehrung für den Herrn Reichskanzler bitte ich sehr, diese Neuzüchtung „Hitler-Erdbeere" nennen zu dürfen."

Zitiert nach: Schneider, Wolfgang (Hg.): Alltag unter Hitler. Berlin 2000, S. 70ff.

M11 Ein Rückblick auf eine Jugendzeit

Die 1918 in Berlin geborene und aus einem konservativen Elternhaus stammende Melita Maschmann war eine hohe Funktionärin im BDM. 1963 veröffentliche sie ihr Buch „Fazit", in dem sie ihre Erfahrungen zwischen 1933 und 1945 verarbeitete:

„Keine Parole hat mich so fasziniert, wie die von der Volksgemeinschaft. [...] Was mich an dieses phantastische Wunschbild band, war die Hoffnung, es könnte ein Zustand herbeigeführt werden, in dem die Menschen aller Schichten miteinander leben würden wie Geschwister.

Am Abend des 30. Januar nahmen meine Eltern uns Kinder [...] mit in das Stadtzentrum. Dort erlebten wir den Fackelzug, mit dem die Nationalsozialisten ihren Sieg feierten. Etwas Unheimliches ist mir von dieser Nacht gegenwärtig geblieben. Das Hämmern der Schritte, die düstere Feierlichkeit roter und schwarzer Fahnen, zuckender Widerschein der Fackeln auf den Gesichtern und Lieder, deren Melodien aufpeitschen und sentimental zugleich klangen. Stundenlang marschierten die Kolonnen vorüber, unter ihnen immer wieder Gruppen von Jungen und Mädchen, die kaum älter waren als wir. [...] In diesem Alter findet man sein Leben, das aus Schularbeiten, Familienspaziergängen und Geburtstagseinladungen besteht, kümmerlich und beschämend an Bedeutung. [...] Ich wollte aus meinem kindlichen, engen Leben heraus und wollte mich an etwas binden, das groß und wesentlich war. [...]

Ich glaubte den Versprechungen der Nationalsozialisten, dass sie die Arbeitslosigkeit [...] beseitigen würden. Ich glaubte ihnen, dass sie das deutsche Volk aus der Zersplitterung von mehr als vierzig politischen Parteien zu einer Einheit zusammenführen und dass sie die Folgen des Versailler Diktats überwinden würden. Wenn mein Glaube sich im Januar 1933 nur auf eine Hoffnung stützen konnte, so schien er bald genug auf Tatsachen hinweisen zu können."

Maschmann, Melita: Fazit. Mein Weg in der Hitler-Jugend. München 1981 (4. Auflage), S. 8ff.

BDM
Der Bund Deutscher Mädel war Teil der „Hitlerjugend", des staatlichen Jugendverbandes mit 8,7 Mio. Mitgliedern im Jahr 1939.
→ siehe Zusatzkapitel

Zusatzkapitel: Jugend im Nationalsozialismus

70053-179

AUFGABEN 70053-193

1. Analysiere das Plakat und arbeite seine Aussageabsicht heraus (**M9**).
2. Arbeitet zu zweit und teilt die Materialien untereinander auf:
3. a) Untersucht, inwiefern von einer Anziehungskraft Hitlers und der NSDAP gesprochen werden kann (**M9-M11**).
   b) Erklärt, worauf diese Anziehungskraft beruhte (**M9-M11**).
4. Beurteilt, ob Melita Maschmanns Bericht eine Rechtfertigung ist (**M11**).

F Setzt euch in Kleingruppen anhand der Zusatzkapitel (QR-Code) mit den Jugendbewegungen im Nationalsozialismus auseinander. Erstellt Plakate oder eine Präsentation zu diesem Thema.

9.3 Der Zweite Weltkrieg – ein deutscher Vernichtungsfeldzug

Kriegsbeginn 01.09.1939 – ein kaltblütig geplanter Krieg?

„Seit 5.45 Uhr wird jetzt zurückgeschossen!" Mit diesen Worten verkündete Hitler am 1. September 1939 den Kriegsbeginn. Wurde „zurückgeschossen" oder „geschossen"?

M1 Hitler – doch ein Pazifist?

a) Reichstagsrede vom 17. Mai 1933

„Unser Nationalismus ist ein Prinzip, das uns als Weltanschauung grundsätzlich allgemein verpflichtet. Indem wir in grenzenloser Liebe und Treue an unserem eigenen Volkstum hängen, respektieren wir die nationalen Rechte auch der anderen Völker aus dieser selben Gesinnung heraus und möchten aus tiefinnerstem Herzen mit ihnen in Frieden und Freundschaft leben."

Zitiert nach: Michalka, Wolfgang (Hg.): Deutsche Geschichte 1933 - 1945. Dokumente zur Innen- und Außenpolitik. Frankfurt a. M. 1996, S. 17 (gekürzt)

b) 3. Februar1933

Anlässlich eines Abendessens am 3. Febr. 1933 mit den führenden Befehlshabern der Reichswehr skizziert Hitler seine politischen Ziele. Einer der Teilnehmer (Generalleutnant Liebmann) hielt die Ausführungen stichwortartig fest:

„Nach außen. Kampf gegen Versailles. [...] Aufbau der Wehrmacht wichtigste Voraussetzung für Erreichung des Ziels: Wiedererringung der pol[itischen] Macht. All[gemeine] Wehrpflicht muss wieder kommen. [...] Wie soll pol[itische] Macht, wenn sie gewonnen ist, gebraucht werden?
Jetzt noch nicht zu sagen. Vielleicht Erkämpfung neuer Export-Mögl[ichkeiten], vielleicht – und wohl besser – Eroberung neuen Lebensraums im Osten u. dessen rücksichtslose Germanisierung."

Michalka, Wolfgang (Hg.): Deutsche Geschichte 1933 - 1945. Dokumente zur Innen- und Außenpolitik. Frankfurt a. M. 1996, S. 17 (gekürzt)

Plakat der NSDAP zur „Reichstagswahl" 1936, auf der linken Seite sind Rüstungsbeschränkungen des Versailler Vertrags aufgelistet.

M2 Stationen der NS-Außenpolitik 1933 – 1939

16.03.1935	Allgemeine Wehrpflicht	Bruch des Versailler Vertrages
07.03.1936	Besetzung des entmilitarisierten Rheinlands	Erneuter Bruch des Versailler Vertrages; die Westmächte protestieren, ergreifen aber keine praktischen Konsequenzen.
13.03.1938	Besetzung und „Anschluss" Österreichs	Österreich wird zur „Ostmark" und in das Deutsche Reich eingegliedert.
29.09.1938	Münchener Abkommen zwischen Frankreich, Großbritannien, Italien und Deutschland	Die nicht geladene Tschechoslowakei muss ihre Grenzgebiete mit deutschsprachiger Minderheit an das Reich abtreten.
16.03.1939	Einmarsch in die „Rest-Tschechei"	Hitler erklärt in Prag die Errichtung des „Reichsprotektorats Böhmen und Mähren".
23.08.1939	Hitler-Stalin-Pakt	Nichtangriffspakt mit geheimem Zusatzprotokoll, das u. a. die Zerschlagung Polens vorsieht

Bearbeiter

M3 Ein Historiker zieht Bilanz

„Die Außenpolitik […] sollte, erstens, die Konsolidierung des Regimes abschirmen. […] Zum Zweiten sollte sie die Revision des verhassten Versailler Vertragswerks radikaler vorantreiben […] Drittens sollte sie die hegemoniale Expansion des ‚Dritten Reichs' vorbereiten und absichern. Und schließlich sollte sie […] die Zustimmungsbereitschaft der Bevölkerung erhöhen, denn Erfolge in den auswärtigen Angelegenheiten verschaffen gewöhnlich auch einen innenpolitischen Legitimationszuwachs. […] Es steht außer Zweifel, dass die Führerherrschaft in den sechs Friedensjahren des ‚Dritten Reichs' eine stürmisch wachsende, schließlich enthusiastische Zustimmung aus der deutschen Gesellschaft erfahren hat. […] Hitlers charismatische Herrschaft hatte die weit verbreitete sozialpsychische Disposition, auf die überlegene Tatkraft einer großen Persönlichkeit, eines ‚zweiten Bismarck', eines nationalen ‚Heilands' zu hoffen, in einem erstaunlichen Maß befriedigt."

Wehler, Hans-Ulrich: Deutsche Gesellschaftsgeschichte 4. Band 1914 - 1949. München 2003, S. 648f., 675f.

Konsolidierung
Festigung

Expansion
Ausdehnung zur Erreichung einer Vormachtstellung

Charisma
besondere Ausstrahlungskraft eines Menschen

enthusiastisch
begeistert

AUFGABEN

70053-194

1. Analysiere das Plakat und arbeite die beabsichtigte Wirkung heraus (**M1**).
2. a) Arbeitet zu zweit Unterschiede und Gemeinsamkeiten zwischen den Aussagen (Quellen in **M1a** und **b)** heraus.
   b) Erläutert, wie sich die Unterschiede erklären lassen (**M1**).
3. a) Beschreibe die Ergebnisse der NS-Außenpolitik bis 1939 (**M2**).
   b) Erläutere, welche Bilanz Wehler für die Jahre bis 1939 zieht (**M3**).
4. Erörtere, ob man von „sechs Friedensjahren" (Wehler) sprechen kann.

H zu Aufgabe 2
Erarbeite, an wen sich Hitler direkt und indirekt wendet, und erkläre, welche Schlüsse sich daraus ziehen lassen.

H zu Aufgabe 4
Sieh dir hierzu die bisherigen Inhalte des Kapitels an.

Kein Krieg wie jeder andere

„Zivilisationsbrüche: Zweiter Weltkrieg und Holocaust“, so überschreibt der Historiker Winkler seine Ausführungen zu der Zeit zwischen 1939 und 1945. Inwiefern kann man für den Zweiten Weltkrieg von einem solchen Bruch mit allen Regeln menschlichen Zusammenlebens sprechen?

M4 Blitzkrieg (dt.) – blitzkrieg (engl.)

Der Zweite Weltkrieg begann mit dem deutschen Überfall auf Polen am 1. September 1939. Vier Wochen später kapitulierte Polen, das Deutsche Reich annektierte ein Gebiet mit fast 8 Mio. Einwohnern. Der Reststaat wurde zum deutschen „Generalgouvernement“. Im April 1940 werden Dänemark und Norwegen, im Mai/Juni Frankreich, Belgien, die Niederlande und Luxemburg, im April 1941 Jugoslawien und Griechenland überrannt.

Bearbeiter

M5 Ein anderer Krieg im Osten?

a) Am 22. Juni 1941 beginnt der Krieg gegen die Sowjetunion. Vor Generälen der Wehrmacht führte Hitler am 30.03.1941 nach dem Kriegstagebuch Franz Halders (Generalstabschef) aus:

„Unsere Aufgabe gegenüber Russland: Wehrmacht zerschlagen, Staat auflösen […] Kampf zweier Weltanschauungen gegeneinander. Vernichtendes Urteil

über Bolschewismus, ist gleich asoziales Verbrechertum. Kommunismus ungeheure Gefahr für die Zukunft. Wir müssen von dem Standpunkt des soldatischen Kameradentums abrücken. [...] Es handelt sich um, einen Vernichtungskampf. [...]
Kampf gegen Russland: Vernichtung der bolschewistischen Kommissare und der kommunistischen Intelligenz. [...] Der Kampf wird sich sehr unterscheiden vom Kampf im Westen. Im Osten ist Härte mild für die Zukunft. Die Führer müssen von sich das Opfer verlangen, ihre Bedenken zu überwinden."

Zitiert nach: Steffens, G. / Lange, T.: Der Nationalsozialismus, Bd. 2: Volksgemeinschaft, Holocaust und Vernichtungskrieg 1939 - 1945. Schwalbach 2011, S. 96

b) Aus dem Schreiben der Seekriegsleitung vom September 1941:

„Der Führer ist entschlossen, die Stadt Petersburg vom Erdboden verschwinden zu lassen. Es besteht nach der Niederwerfung Sowjetrusslands keinerlei Interesse an dem Fortbestand dieser Großsiedlung. [...] Es ist beabsichtigt, die Stadt eng einzuschließen und durch Beschuss mit Artillerie aller Kaliber und laufenden Lufteinsatz dem Erdboden gleichzumachen. [...] Ein Interesse an der Erhaltung auch nur eines Teils der Bevölkerung besteht in diesem Existenzkrieg unsererseits nicht."

Zitiert nach: Lautemann, W. / Schlenke, M. (Hg.): Geschichte in Quellen Bd. V: Weltkriege und Revolutionen 1914 - 1945. München 1970^{2}, S. 503

Mai 1941

Mai 1942

Oktober 1942

Die Auswirkungen des Hungers: Passfotos von Nina Petrowa aus Leningrad; Die Belagerung dauerte vom 8.9.1941 bis zum 27.1.1944. Etwa 1,1 Mio. Einwohner kamen durch die Blockade der Stadt ums Leben, etwa 90 % der Opfer verhungerten.

Bearbeiter

c) Der „Kommissarbefehl" (6. Juni 1941)
Der Chef des Oberkommandos der Wehrmacht unterzeichnet folgende Weisung:

„Im Kampf gegen den Bolschewismus ist mit einem Verhalten des Feindes nach den Grundsätzen der Menschlichkeit oder des Völkerrechts nicht zu rechnen. [...] Die Truppe hat sich bewusst zu sein:

1. In diesem Kampf ist Schonung und völkerrechtliche Rücksichtnahme diesen Elementen gegenüber falsch.

2. Die Urheber barbarisch-asiatischer Kampfmethoden sind die politischen Kommissare. Gegen diese muss da-

Politische Kommissare waren Angehörige der Roten Armee mit einem politischen Auftrag im Sinne des Marxismus-Leninismus.

Pogromnacht
In Paris hatte der 17-jährige Herschel Grynszpan auf einen Mitarbeiter der deutschen Botschaft geschossen, der zwei Tage später starb. Grynszpan reagierte auf die Abschiebung von 17.000 jüdischen Menschen, die in Deutschland mit polnischen Pässen gelebt hatten.

M8 Von der Vertreibung ...

Der jüdische Kaufmann Richard Stern protestierte vor seinem Geschäft gegen den „Boykotttag".

Brennende Synagoge in Bielefeld

Die Politik des NS-Regimes bestand zunächst darin, die jüdische Bevölkerung aus Deutschland zu vertreiben. Bis zum Sommer 1941 verließen etwa 270.000 Menschen das Land, also mehr als die Hälfte der jüdischen Deutschen. Sie taten dies nicht freiwillig, sondern als Reaktion auf vielfältige Maßnahmen der Entrechtung und Verfolgung und unter Zurücklassung ihres Besitzes:

Schon am **1. April 1933** organisierte die NS-Führung einen reichsweiten **„Boykotttag"**: SA und SS versperrten den Zugang zu Geschäften, Anwaltskanzleien und Arztpraxen jüdischer Inhaber. Auch das Geschäft des jüdischen Kaufmanns Richard Stern in Köln wurde boykottiert. Stern protestierte gegen die Aktion, indem er sich mit seinem „Eisernen Kreuz", das er im 1. Weltkrieg wegen „Tapferkeit vor dem Feind" erhalten hatte, vor seinen Laden stellte.

Mit dem **„Gesetz zur Wiederherstellung des Berufsbeamtentums" vom 07.04.1933** wurde die Entlassung „nichtarischer" Beamter ermöglicht.

Auf dem Reichsparteitag der NSDAP in Nürnberg wurden am **15.09.1935** die sog. **„Nürnberger Gesetze"** erlassen: Den jüdischen Deutschen wurden ihre staatsbürgerlichen Rechte (Wahlrecht, Übernahme öffentlicher Ämter) aberkannt. Eheschließungen zwischen „Juden und Staatsangehörigen deutschen oder artverwandten Blutes" wurden verboten. Außerehelicher Geschlechtsverkehr war ebenso verboten, bis 1940 wurden 1911 Personen wegen einer solchen „Rassenschande" rechtskräftig verurteilt. Die Bestimmungen der „Nürnberger Gesetze" galten ebenso für Sinti und Roma.

Aber wer war eigentlich Jude? Genauso wenig wie es die Deutschen gab, gab es die Juden. Für das NS-Regime galten all diejenigen als Juden, die jüdische Großeltern hatten. Die Menschen wurden in „Voll-, Halb- und Vierteljuden" eingeteilt entsprechend der Anzahl ihrer jüdischen Vorfahren. Diese Einteilung galt unabhängig davon, ob sie sich selbst als Jüdinnen und Juden verstanden. Einen neuen Höhepunkt erreicht diese Politik am **9./10. November 1938**. Mitglieder der NSDAP steckten überall im Reich etwa 1.400 Synagogen in Brand, zerstörten und plünderten ca. 7.500 Geschäfte. Rund 400 Jüdinnen und Juden verloren während dieser **Novemberpogrome** ihr Leben, über 30.000 wurden in Konzentrationslager verschleppt. Offiziell begründet wurde das Pogrom als Reaktion auf ein Attentat in Paris. Für die Zerstörungen legte das NS-Regime den Juden zynischerweise eine „Sühneleistung" in Höhe von 1 Mrd. Reichsmark auf.

Bearbeiter

M9 ... zum Massenmord

a) Erschießungen und Gettos

Mit dem Überfall auf Polen wurden die Verfolgung und spätere Vernichtung der europäischen Jüdinnen und Juden radikalisiert. Hinter der Front folgten SS- und Polizeieinheiten den vorrückenden Truppen und ermordeten die jüdische Bevölkerung in großer Zahl. Allein bei einem Massaker in der Schlucht von Babi Jar nahe Kiew erschossen SS-Sonderkommandos am 29./30. September 1941 mehr als 30.000 Juden.

In den besetzten Ostgebieten wurde die jüdische Bevölkerung in Gettos, also abgetrennten Wohnvierteln, zwangsumgesiedelt. Aus dem Reich und aus anderen westeuropäischen Ländern wurden sie mit der Reichsbahn dorthin deportiert. In den Gettos herrschten extreme Lebensbedingungen, viele Menschen starben an Unterernährung und an Krankheiten. 1943 entschlossen sich jüdische Widerstandsgruppen im Warschauer Getto zum Aufstand, der grausam niedergeschlagen wurde.

Bearbeiter

b) Wannsee-Konferenz

Am 20. Januar 1942 trafen sich führende Vertreter der NS-Regierung und der SS am Wannsee in Berlin, um das weitere Vorgehen zu beraten. Das Protokoll benennt den geplanten Massenmord, der sich hinter dem Decknamen „Endlösung der Judenfrage" verbirgt:

„Anstelle der Auswanderung ist nunmehr als weitere Lösungsmöglichkeit nach entsprechender vorheriger Genehmigung durch den Führer die Evakuierung der Juden nach dem Osten getreten. Diese Aktionen sind jedoch lediglich als Ausweichmöglichkeiten anzusprechen, doch werden hier bereits jene praktischen Erfahrungen gesammelt, die im Hinblick auf die kommende Endlösung der Judenfrage von wichtiger Bedeutung sind. Unter entsprechender Leitung sollen die Juden im Osten zum Arbeitseinsatz kommen. In großen Arbeitskolonnen, unter Trennung der Geschlechter, werden die arbeitsfähigen Juden straßenbauend in diese Gebiete geführt, wobei zweifellos ein Großteil durch natürliche Verminderung ausfallen wird. Der allfällig endlich verbleibende Restbestand wird, da es sich bei diesem zweifellos um den widerstandsfähigsten Teil handelt, entsprechend behandelt werden müssen, da dieser, eine natürliche Auslese darstellend, bei Freilassung als Keimzelle eines neuen jüdischen Aufbaus anzusprechen ist."

Zitiert nach: Klein, Peter: Die Wannsee-Konferenz vom 20. Januar 1942. Haus der Wannsee-Konferenz, Gedenk- und Bildungsstätte. In: www.ghwk.de, S.5ff., gekürzt

c) Die Vernichtungslager

Seit Ende 1941 entstanden im besetzten Polen und in Belarus Lager, die auf die Massentötung vor allem jüdischer Menschen abzielten (Belzec, Sobibór, Treblinka, Chelmno, Majdanek, Auschwitz-Birkenau). Das Lager in Auschwitz-Birkenau diente zugleich als Arbeits- und Vernichtungslager: An der „Rampe" wurden arbeitsfähige Personen zur Zwangsarbeit eingeteilt, als „arbeitsuntauglich" Eingestufte brachten die SS-Mannschaften in kürzester Zeit um, mithilfe des Blausäuregases Zyklon B.

Bearbeiter

M12 Flucht und Vertreibung

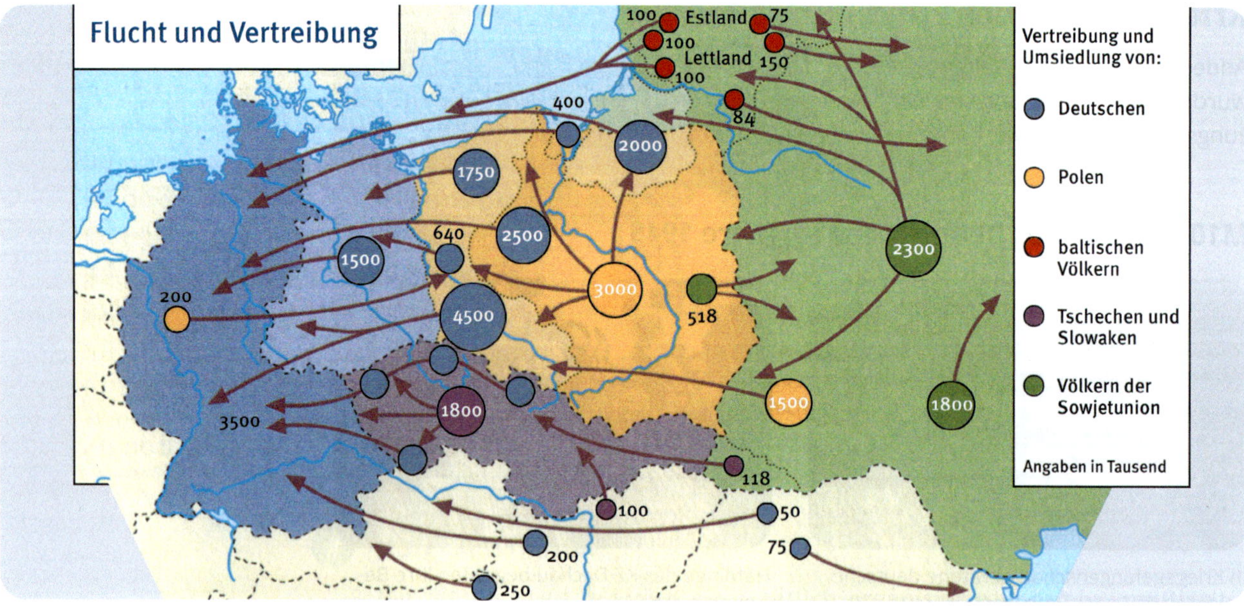

Von den ca. 75 Mio. Menschen, die am Kriegsende in den vier Besatzungszonen lebten, war ca. die Hälfte nicht dort, wo ihre Heimat war. Dazu gehörten die Kriegsgefangenen, große Teile der städtischen Bevölkerung, die vor dem Bombenkrieg aufs Land geflüchtet waren, die Displaced Persons und die Flüchtlinge und Vertriebenen. Sie waren entweder vor der Roten Armee nach Westen geflohen oder wurden infolge der Grenzverschiebungen aus ihrer Heimat vertrieben. All diese Menschen mussten nun mit dem Nötigsten versorgt werden. Und es fehlte an allem: Nahrung, Energie, Wohnraum.

Bearbeiter

AUFGABEN

70053-197

1. Beschreibe die Bilder und arbeite heraus, was sie über das Kriegsende in Deutschland aussagen (**M10**).
2. Arbeitet zu zweit:
   a) Arbeitet mithilfe der Materialien **M11** und **M12** heraus, wodurch die Situation in Deutschland 1945 gekennzeichnet war.
   b) Analysiert die Karte und stellt dar, welche Probleme mit den dort dargestellten Bevölkerungsströmen verbunden waren (**M12**).
3. Informiere dich mithilfe der Materialien im **digitalen Aufgabenkasten** über die Schicksale Vertriebener nach dem Zweiten Weltkrieg. Beschreibe Parallelen zu heutigen Ereignissen.

9.4 Die Deutschen – ein Volk der Täterinnen und Täter?

Die Mehrheit der Deutschen – willige Vollstrecker der NS-Politik?

1996 erschien das Buch „Hitlers willige Vollstrecker. Ganz gewöhnliche Deutsche und der Holocaust" des amerikanischen Historikers Goldhagen. Es ließ eine bis heute diskutierte Frage aufleben: Wie war es möglich gewesen, solche Verbrechen in einem Land zu begehen, das sich seiner Kultur doch so rühmte?

M1 Begeisterung und Massenmord?

Der Lagerkomplex Auschwitz war das größte deutsche Vernichtungslager, die 1945 noch verbliebenen Insassen wurden am 27. Januar von der Roten Armee befreit. Das Datum dieses Ereignisses wurde 1996 zum nationalen Gedenktag an die Opfer des Nationalsozialismus erklärt und von der Generalversammlung der Vereinten Nationen zum Internationalen Tag des Gedenkens an die Opfer des Holocaust.

Bearbeiter

Spiegel-Titelblatt 21/1996
Es handelt sich nicht um ein Foto, sondern um eine Montage. Im Hintergrund ist das Eingangstor zum KZ Auschwitz in Polen zu sehen.

M2 Ein geheimes Verbrechen?

Der Historiker Wolf Grunner schreibt zu den Deportationen jüdischer Deutscher:

„Lokale Gestapostellen sorgten in enger Kooperation mit Arbeitsämtern, Rüstungsinspektionen der Wehrmacht, Parteistellen sowie Stadtverwaltungen für die Zusammenstellung der zu Deportierenden. Sie kooperierten mit der Polizei und den regionalen Reichsbahndirektionen bei deren Abtransport, mit städtischen Grundbuchämtern, Finanzämtern und Amtsgerichten beim anschließenden Raub des Vermögens. [...] In kleineren Orten nutzte die Gestapo zur Unterbringung städtische Gebäude, Schulen oder Privatgaststätten mit großen Räumlichkeiten. In größeren Orten [...] dienten städtische Schlachthöfe, Messeanlagen oder Veranstaltungshallen als Sammellager. [...] An der Durchführung der Massentransporte waren somit Tausende Menschen in ganz Deutschland aktiv beteiligt, neben den Gestapobeamten städtische Angestellte und Arbeiter, Finanzbeamte, Schutzpolizisten, Gerichtsvollzieher, Rotkreuzhelfer und Bahnangestellte. Doch auch die nicht direkt involvierten nichtjüdischen Deutschen konnten den Abtransport von Zehntausenden Kindern und Alten, Frauen und Männern in ihren Städten und Gemeinden kaum ignorieren."

Grunner, Wolf: Widerstand in der Rosenstraße. Die Fabrik-Aktion und die Verfolgung der „Mischehen". Frankfurt/M., 2005, S. 39

Gestapo
Die „Geheime Staatspolizei" war als politische Polizei des Regimes nicht an Recht und Gesetz gebunden. Sie konnte Schutzhaft verhängen, Aussagen durch Folter erzwingen und Gefangene ermorden.

Anne Priller-Rauschenberg, eine der Zeitzeuginnen der App

M4 Zeitzeugen digital MK

Der WDR hat ein Augmented Reality-Angebot entwickelt, mit der man Zeitzeugen digital mit Smartphone oder Tablet ins Klassenzimmer holen kann. Menschen, die damals Kinder oder Jugendliche waren, berichten davon, wie sie diese Zeit erlebt haben. Es geht um 18-Jährige, die an die Front geschickt wurden, und um die Rolle der Wehrmacht, um Kriegskinder (Anne in Köln, Vera in London und Emma in Leningrad) und um die Freundin Anne Franks. Die App „WDR AR 1933-1945" ist kostenlos. Der WDR begründet sein Projekt so: „Der Leitgedanke hinter der App: Bald wird es keine Zeitzeug:innen mehr geben, die uns von ihren Erfahrungen aus dem Zweiten Weltkrieg berichten können. In einer Zeit, in der der Glaube an Europa als historisches Friedensprojekt verblasst, wo wir über neuen Nationalismus streiten, ist das ein großer Verlust. Ziel des Projektes ist es, dem entgegenzuwirken und insbesondere Schüler:innen auch zukünftig ein möglichst persönliches Erleben der Zeitzeug:innen zu ermöglichen.

WDR: Mehr als eine Million Downloads. In: www.1wdr.de, 10.09.2021

F Werdet selbst aktiv und beteiligt euch an der Errichtung eines digitalen Denkmals für die Opfer der NS-Diktatur (siehe digitaler Aufgabenkasten).

360 Grad Video „Inside Auschwitz"

70053-187

AUFGABEN

70053-201

1. a) Tauscht euch darüber aus, ob euch schon einmal Stolpersteine begegnet sind.
   b) Erörtert vor dem Hintergrund eurer eigenen Erfahrungen und am Beispiel des Ehepaars Heidenheim, was ein solcher Stolperstein bewirken kann und wie ihr die Kritik daran beurteilt (**M2**).
2. a) Beschreibe, wie die Auseinandersetzung mit der nationalsozialistischen Vergangenheit verlief und worauf der britische Historiker Tony Judt das zurückführt (**M3**).
   b) Diskutiert in der Klasse: Wie beurteilt ihr den Umgang mit der NS-Vergangenheit heute?
3. a) Erprobe das AR-Angebot des WDR anhand eines selbst gewählten Beispiels. Notiere, was du anhand des Zeitzeugenberichts erfährst und beurteile, inwiefern dir die Aufbereitung als Augmented-Reality dabei hilft, die Erfahrungen des Zeitzeugen zu verstehen (**M4**).
   b) Nimm Stellung: Augmented-Reality – eine sinnvolle Ergänzung für den Geschichtsunterricht? MK
4. a) Seht euch zu zweit das 360-Grad-Video „Inside Auschwitz" hinter dem QR-Code an und notiert, was ihr über das Schicksal der dort Festgehaltenen erfahrt.
   b) Vergleicht eure Eindrücke und erörtert, welchen Nutzen eine solche Form der Videodokumentation haben kann. MK

NATIONALSOZIALISMUS UND ZWEITER WELTKRIEG

DER WEG IN DIE DIKTATUR

Hitler wird vom Reichspräsidenten am 30.1.1933 zum Kanzler einer Minderheitsregierung ernannt. Die Errichtung einer Diktatur gelang infolge der Unterstützung durch Hindenburg (Ausrufung von Neuwahlen, Aussetzung der Grundrechte durch die „Brandverordnung") und durch die bürgerlichen Parteien (Verabschiedung des „Ermächtigungsgesetzes"). Damit wurde das Parlament bedeutungslos. In den folgenden Monaten werden die Parteien außer der NSDAP aufgelöst und die Gewerkschaften zerschlagen. Politische Gegner werden brutal verfolgt.

←·· Kapitel 9.1, M2,M8

WIRTSCHAFTSAUFSCHWUNG UND „VOLKSGEMEINSCHAFT"

Der noch in der Weimarer Republik beginnende Wirtschaftsaufschwung, staatliche Arbeitsbeschaffungsmaßnahmen, die Einführung eines Reichsarbeitsdienstes und vor allem die hohen Rüstungsausgaben führten zum Abbau der Arbeitslosigkeit. Die Nationalsozialisten bezeichneten die Gesellschaft nach 1933 als „Volksgemeinschaft" und betrieben dafür einen großen propagandistischen Aufwand. Damit war aber nicht ein Abbau sozialer Ungleichheit gemeint, sondern die Unterordnung unter einen Führer, die Ausgrenzung von politischen Gegnern, Juden, Sinti und Roma usw.

←·· Kapitel 9.2, M1-M8

ZWEITER WELTKRIEG UND HOLOCAUST

Entgegen öffentlicher Friedensbekundungen betrieb das NS-Regime die Kriegsvorbereitung. Mit dem Überfall auf Polen (01.09.1939) begann der Zweite Weltkrieg. Auf die ersten Phasen der „Blitzkriege" folgte am 22. Juni 1941 der Krieg gegen die Sowjetunion. Der Krieg im Osten hatte den Charakter eines Vernichtungsfeldzugs. Mit dem Bombenkrieg kehrte der Krieg nach Deutschland zurück. Am 8. Mai 1945 endete der Krieg mit der bedingungslosen Kapitulation. Mit dem Krieg einher ging eine Radikalisierung der Judenverfolgung. Sie begann mit der immer stärkeren Ausgrenzung der jüdischen Deutschen und endete in der bürokratisch geplanten Vernichtung der jüdischen Bevölkerung in Europa, wofür unter anderem das Konzentrationslager Auschwitz als Mahnmal steht.

←·· Kapitel 9.1, M1, Kapitel 9.3, M1-M9

WIDERSTAND, ZUSTIMMUNG UND VERANTWORTUNG

Nur wenige Deutsche beteiligten sich aktiv am Widerstand. Die Mehrheit passte sich an oder führte die Politik aus. Neuere Untersuchungen zeigen, dass die Menschen in begrenztem Rahmen eine Wahl hatten. Die Aufarbeitung der NS-Vergangenheit kam erst spät in Gang. Heute in Deutschland lebende Menschen tragen keine Schuld, haben aber aufgrund der Vergangenheit des Landes eine Verantwortung.

←·· Kapitel 9.2, M9-M11, Kapitel 9.4 und 9.5

M1 BGH-Urteil zu Schmäh-Plastik „Judensau“ – Relief darf bleiben

Als „Judensau“ bezeichnetes Sandsteinrelief darf nach einer Entscheidung des Bundesgerichtshofs an der Fassade der Stadtkirche Wittenberg in Sachsen-Anhalt bleiben. Durch eine Bodenplatte und einen Aufsteller mit erläuterndem Text habe die Kirchengemeinde das „Schandmal“ in ein „Mahnmal“ umgewandelt [...]. Das Relief zeigt eine Sau, an deren Zitzen zwei Menschen saugen, die durch Spitzhüte als Juden identifiziert werden sollen. [...] Der Fall hat Brisanz, weil die Wittenberger Stadtkirche als Mutterkirche der Reformation gilt. Hier predigte einst Martin Luther (1483-1546).

NTV: „Judensau“-Relief darf bleiben, BGH-Urteil zu Schmäh Plastik. In: www.n-tv.de, 14.06.2022

M2 Die Gefälligkeitsdiktatur

„Die Nazis verstaatlichten die Vermögen der Juden Europas. Sie profitierten von unterjochten Völkern und den Leistungen der Zwangsarbeiter, um Raubkriege und Aufrüstung zu finanzieren. Das Volk wurde mit niedrigen Steuern und gefälliger Sozialgesetzgebung bei Laune gehalten.“

Der amerikanische Soziologe und Politologe Daniel Goldhagen sorgte im Jahr 1996 mit seinem Buch „Hitlers willige Vollstrecker“ [...] für heftige Debatten. Goldhagen bringt seine Kernthese auf die Kurzformel „No Germans, no Holocaust“ – ohne die Deutschen wäre die Vernichtung des europäischen Judentums nicht möglich gewesen. [...] Aly hält der Goldhagen-These von den willigen Vollstreckern sein Bild von den zufriedenen Räubern entgegen. Der deutsche Historiker zwingt zu einer anderen Sichtweise auf die Bevölkerung in Nazideutschland und darauf, wie es Adolf Hitlers Machtapparat gelungen ist, die Massen für Reich und Führer einzunehmen. [...] Aly hat es sich zur Aufgabe gemacht, die Symbiose zwischen Volksstaat und NS-Verbrechen sichtbar zu machen. In dieser Symbiose sieht er einen ganz wesentlichen Aspekt der Nibelungentreue der Bevölkerung im „Dritten Reich“. Nicht der Antisemitismus allein war Triebkraft für Judenverfolgung und Holocaust. Nicht das Charisma des Führers. Nicht der allgegenwärtige Terror. Das Regime erkaufte sich vielmehr seinen innenpolitischen Rückhalt mit ei-

Symbiose
Zusammenleben, das für beide Partner vorteilhaft ist

Nibelungentreue
bedingungslose Treue bis in den Tod

Charisma
Ausstrahlung

Online-Quiz zum Kapitel

70053-208

ner Mischung aus milder Steuerpolitik, guter Versorgung und punktuellem Terror, so Aly. Voraussetzung dafür war die Ausplünderung Europas [...] Nicht nur der „Raubkrieg" Hitlers, sondern auch die Judenvernichtung betrachtet und bewertet Götz Aly aufgrund der Akten des damaligen Reichsfinanzministeriums unter einem ökonomischen Aspekt. Etwa die so genannte „Judenbuße" [...]. Die so genannte Judenbuße nach dem Pogrom von 1938 im Ausmaß von einer Milliarde Reichsmark – das waren 6,5 Prozent der jährlichen Haushaltseinnahmen – ist den deutschen und österreichischen Juden abgepresst worden, als in der Reichskasse das Bargeld fehlte, um die Rechnungen des nächsten Morgens zu bezahlen. Der Reichsfinanzminister ist zu den privaten Banken gegangen und hat gesagt, diese Milliarde Reichsmark bekomme ich im Lauf des nächsten Jahres, das Gesetz ist bereits fertig formuliert. Bitte finanziert mir diese Milliarde vor." [...] In dieser Phase – genau im April 1938 – beschließt Hermann Göring mittels Vierjahresplans, dass das Vermögen der Juden in deutsche Zwangsanleihen, also in Kriegsanleihen, umzuwandeln ist. Warum? Weil der Kreditrahmen [des Staates] erschöpft war [...]. Im November 1941 kommt die elfte Verordnung zum Reichsbürgergesetz heraus, die nichts anderes ist als eine Enteignungsverordnung. Darin heißt es: Wer außer Landes geht – und das bedeutet auch, wer deportiert wird, wer in die Vernichtungslager verbracht wird –, dessen Vermögen verfällt an das Deutsche Reich." [...] Dem NS-Staat gelang es, die Zustimmung breiter Bevölkerungskreise zu gewinnen, indem er geraubte Vermögen in Form von Urlaub, Rentenversicherung, [...], etc. umverteilte. Nicht zu vergessen: Bis zum Zusammenbruch der „Gefälligkeitsdiktatur" – wie Götz Aly Hitlers Volksstaat bezeichnet – wurden die Steuern und Abgaben für den größten Teil der Bevölkerung nicht erhöht.

Kerbler, Michael: Die Gefälligkeitsdiktatur. In: www.nunu.at, 01.07.2014

Aufgaben

1. a) Arbeite aus **M1** heraus, mit welchem Argument der Antrag, das Relief zu entfernen, abgewiesen wird.

b) Stelle die Rolle des nationalsozialistischen Antisemitismus, die Verfolgung und den Holocaust dar und erkläre, warum dieses Urteil eine besondere Bedeutung hat.

c) Nimm Stellung zum Urteil (**M1**).

2. a) Arbeite aus **M2** heraus, was der Historiker Götz Aly unter der „Gefälligkeitsdiktatur" versteht und wie er diese Charakterisierung begründet (**M2**).

b) Erläutere an Beispielen die weiteren von Aly genannten Faktoren (Antisemitismus, Charisma des Führers, Terror).

c) Nimm Stellung: Wie sehr überzeugt dich Alys Sichtweise?

Selbsteinschätzung

70053-209

Westdeutschland – Drei Frauen in Köln, Modefoto von 1948

Ostdeutschland – Max Lingner: „Aufbau der Republik“, Ausschnitt aus dem Wandgemälde am Haus der Ministerien, Berlin 1952

Was weißt du schon?

1. Beschreibe die Stimmung, die die Fotografie aus Köln vermitteln will.
2. Untersuche den Ausschnitt aus dem Wandgemälde und arbeite dessen Aussage heraus.
3. Befrage deine Eltern und/oder Großeltern zu ihren Erinnerungen an die deutsche Teilung und die Wiedervereinigung.

10

#Deutschland und Europa nach 1945

Deutschland wurde nach dem Zweiten Weltkrieg geteilt. Vier Jahre später entstanden aus den besetzten Gebieten zwei unterschiedliche deutsche Staaten. In beiden Staaten bildeten sich zwei völlig gegensätzliche Systeme. Die Folgen dieser Teilung sind bis heute noch zu spüren. So wird noch immer zwischen Ost- und Westdeutschland unterschieden, obwohl wir eine gemeinsame Nation bilden. Was hat also zu dieser Teilung geführt? Wie haben die Menschen im geteilten Deutschland gelebt? Wie wurde aus Deutschland wieder eine Demokratie? Und welchen Herausforderungen steht unsere Demokratie gegenüber?

Was lernst du in diesem Kapitel?

... die Folgen des Krieges für die Bevölkerung zu beschreiben.
... die juristische und politische Aufarbeitung der NS-Gewaltherrschaft zu bewerten und ihre Bedeutung herauszustellen.
... den Einfluss der USA und der UdSSR auf die internationale Nachkriegsordnung zu beurteilen.
... die Entstehung der beiden deutschen Staaten und die Folgen der unterschiedlichen Systeme auf die Lebenswelt der Menschen zu erläutern.
... die Auswirkungen des Zusammenbruchs des Ostblocks auf den Prozess der Wiedervereinigung zu beurteilen.
... die Gefahren für die heutige Demokratie zu erläutern.
... die Rolle neuer Medien für die Demokratie zu beurteilen.

Eine Ausstellung zum Thema „Die Nachkriegszeit in meiner Stadt/meiner Region" gestalten

Worum geht es?

Nach dem Zweiten Weltkrieg hat sich in Deutschland vieles verändert. Wie hat der Krieg Deutschland verändert? Findet man heute noch Dinge wieder, die auf den Krieg damals hinweisen? Wie sah der Alltag in deiner Region/Stadt aus? In Kleingruppen wendet ihr verschiedene Recherche- und Befragungsmethoden an, um mehr über diese Zeit in eurer Region/Stadt zu erfahren und am Ende eine Ausstellung hierzu für eure Schule zu gestalten.

Geht dabei so vor:

Start

1

Teilt euch in Kleingruppen zu je 3-4 Schülerinnen und Schüler auf und recherchiert über die Geschichte eurer Stadt. Geht dabei zuerst auf die Stadtgeschichte vor dem Zweiten Weltkrieg ein.

2

Teilt in eurer Gruppe die Themen in Kapitel 10.1 auf und informiert euch gegenseitig über die Inhalte. Besonders wichtig sind hierbei folgende Inhalte:

- die Folgen des Krieges (→ Kap. 10.1, M1-M4)
- Die Beschlüsse der Potsdamer Konferenz (→ Kap. 10.1, M10-M12, #Blockbildung)
- Die Entstehung von BRD und DDR (→ Kap. 10.1, M13-M15 und #Kalter Krieg)

3

Sucht jetzt nach Materialien (z. B. Bilder, Zeitungsausschnitte, Berichte), die eure Stadt unmittelbar nach Kriegsende zeigen und bereitet diese für eure Ausstellung vor (z. B. Digitalisierung der Bilder und Einfügen in Powerpoint). Weiterhin könnt ihr aus eurer eigenen Familiengeschichte die Erlebnisse während der Nachkriegszeit dokumentieren (z. B. Tonaufnahmen nach Einwilligung der Personen).

4

Beschäftigt euch jetzt mit den unterschiedlichen Entwicklungen in der Bundesrepublik Deutschland (BRD) und der Deutschen Demokratischen Republik (DDR). Teilt hierzu wiederum die Inhalte in eurer Gruppe auf. Besonders wichtig sind folgende Inhalte:

- Wirtschaftliche Entwicklung in BRD und DDR (→ Kap. 10.2, M2-M5, #Wirtschaftswunder und #Mangelwirtschaft)
- Mauerbau und Republikflucht (→ Kap. 10.2, M7-M10)
- Mauerfall und Wendezeit (→ Kap. 10.2, M12, M13)

5

Nutzt euer Wissen zu den beiden deutschen Staaten und wertet zusätzlich Zeitzeugeninterviews aus der Zeit zwischen 1949 und 1961 sowie zwischen 1961 und 1989 aus. Hierfür könnt ihr unter anderem das Zeitzeugenportal nutzen (siehe QR-Code). Für eure Ausstellung könnt ihr beispielsweise besonders einprägsame Zitate oder Erzählungen der jeweiligen Personen vorstellen. Besprecht hierbei vorab mit eurer Lehrkraft, ob das rechtlich möglich ist.

Link zum Zeitzeugenportal

70053-210

6

Beschäftigt euch zuletzt in der Gruppe mit Kapitel 10.3. Wichtig sind hierbei vor allem folgende Inhalte:

- Unterschiede zwischen „neuen“ und „alten“ Bundesländern (→ Kap. 10.3, M1-M4)
- Gefahren für die Demokratie heute (#Extremismus, #Populismus, #Verschwörungserzählung)

Geht hierbei auch der Frage nach, inwiefern heutige Probleme und Gefahren mit den Entwicklungen der Nachkriegszeit zusammenhängen.

7

Stellt euer Material in der Klasse vor und entscheidet gemeinsam, was ihr in der Ausstellung zeigen wollt. Plant anschließend eure Ausstellung: Wo soll die Präsentation stattfinden? Welche Zielgruppe wollt ihr ansprechen (Kinder oder Erwachsene)? Wie soll die Ausstellung organisatorisch ablaufen?

Ziel

8

Besprecht gemeinsam das Ergebnis eurer Ausstellung:

- Was ist gut gelungen, wo gab es Verbesserungsbedarf?
- War die Ausstellung für alle Teilnehmerinnen und Teilnehmer verständlich?
- Welchen Lerneffekt erzielte die Ausstellung?

10.1 Deutschland nach 1945 – ein Neuanfang?

Das Ende des Zweiten Weltkrieges – Befreiung oder Niederlage?

Nach sechs Jahren Krieg leitete die bedingungslose Kapitulation Deutschlands am 8. Mai 1945 das Ende des Zweiten Weltkrieges ein. Die Niederlage der Deutschen ging einher mit Gefühlen von Schuld und Scham, gleichzeitig wurden sie aber von der nationalsozialistischen Diktatur befreit. Wie fühlten sich die Menschen damals?

M1 Der Krieg ist zu Ende – was bleibt?

Soldaten der Sowjetunion hissen ihre Fahne auf dem Reichstagsgebäude in Berlin am 2. Mai 1945. Der Sieg über Nazideutschland sollte bildlich festgehalten werden. Deshalb ließ der sowjetische Fotograf Evgenij Chaldej mehrere Soldaten auf das Reichstagsgebäude steigen, um sie beim Hissen einer Fahne zu fotografieren.

Gesamtopfer des Zweiten Weltkriegs:
ca. 50 Mio. (ca. 19 Mio. Zivilisten)
Opfer deutscher Massenverbrechen:
ca. 13 Mio.
Kriegstote in Deutschland:
6-7 Mio.
Zerstörte oder beschädigte Wohnungen:
ca. 2,5 Mio.
Zerstörung von Großstädten:
Köln (70%), Dortmund (66%), Kassel (65%)
Flucht und Vertreibung von Deutschen: ca. 2 Mio.

Bearbeiter

M2 Auszug aus der Rede Richard von Weizsäckers

„Der 8. Mai ist für uns Deutsche kein Tag zum Feiern. Die Menschen [...] denken an ganz persönliche und damit ganz unterschiedliche Erfahrungen zurück. Der eine kehrte heim, der andere wurde heimatlos. Dieser wurde befreit, für jenen begann die Gefangenschaft. Viele waren einfach nur dafür dankbar, dass Bombennächte und Angst vorüber und sie mit dem Leben davongekommen waren. Andere empfanden Schmerz über die vollständige Niederlage des eigenen Vaterlandes. Verbittert standen Deutsche vor zerrissenen Illusionen, dankbar andere Deutsche für den geschenkten neuen Anfang. [...] Und dennoch wurde von Tag zu Tag klarer, was es heute für uns alle gemeinsam zu sagen gilt: Der 8. Mai war ein Tag der Befreiung. Er hat uns alle befreit von dem menschenverachtenden System der nationalsozialistischen Gewaltherrschaft.

Zitiert nach: Richard von Weizsäcker: Gedenkveranstaltung im Plenarsaal des Deutschen Bundestages zum 40. Jahrestag des Endes des Zweiten Weltkrieges in Europa, 08.05.1985 (Redeauszug)

M3 Ein Racheakt?

Der Journalist und Autor Harald Jähner fasst die Eindrücke der Nachkriegszeit zusammen:

Etlichen Deutschen dämmerte es, dass in der Rachsucht der russischen Soldaten die Gewalt zurückkehrte, die Wehrmacht, SS und Polizeibataillone über Russland gebracht hatte. Eine schwer misshandelte Frau hatte später die Größe einzugestehen: „Ich habe sehr gelitten. Aber wenn ich das mit dem Verstand betrachte, sage ich mir, wahrscheinlich war alles nur ein furchtbares Heimzahlen von dem, was unsere Männer in Russland angerichtet hatten.

Jähner, Harald: Wolfszeit. Deutschland und die Deutschen 1945 - 1955. Berlin 2019, S. 184 ff. (gekürzt)

M4 Berlin im Jahr 1945

Aufnahme der sogenannten „Trümmerfrauen" in Berlin; Frauen wurden nach Kriegsende von den Alliierten als Arbeitskräfte für die Beseitigung von Trümmern verpflichtet.

Berlin 1945: Farbaufnahmen zum Alltag und die Zerstörung Berlins nach dem Zweiten Weltkrieg

70053-211

AUFGABEN

70053-222

1. Stelle Vermutungen an, warum gerade das Bild **M1** sich so stark in der Welt verbreitete. Welche Wirkung wollte man mit dieser Inszenierung erzielen?
2. Beschreibe, welche Folgen der Krieg (**M1**) für die Einwohner Deutschlands hatte.
3. Arbeitet in Kleingruppen zusammen und teilt euch die Materialien **M2-M4** auf.
   a) Arbeitet aus **M2** heraus, welche Bedeutung der 8. Mai 1945 aus Sicht des ehemaligen Bundespräsidenten hat.
   b) Beschreibt die Eindrücke und Gefühle der Frau und beurteilt diese aus heutiger Perspektive (**M3**).
   c) Analysiert das Bild (**M4**).
   d) Das Kriegsende – Befreiung oder Bürde? Stellt in der Kleingruppe Argumente vergleichend in einer Tabelle gegenüber (**M1-M4**).

F **zu Aufgabe 3**
Seht euch in der Klasse die Aufnahmen Berlins im Jahr 1945 an (QR-Code): Wie wirken die Aufnahmen auf euch?

F **zu Aufgabe 3b**
Beurteile zusätzlich die Sichtweise des Autors im Text M3 aus heutiger feministischer Perspektive.

Was passiert jetzt mit Deutschland?

Vom 17. Juli bis 2. August 1945 trafen sich die Vertreter der drei Siegermächte (Großbritannien, USA und Sowjetunion), um über das zukünftige Schicksal Deutschlands zu entscheiden. Was haben sie damals beschlossen und welche Auswirkungen hatte das auf Nachkriegsdeutschland?

Die Rolle Frankreichs
Frankreich wurde zwar als „vierte Siegermacht“ anerkannt, eine Einladung zur Potsdamer Konferenz gab es allerdings nicht. Trotzdem wurde Frankreich als Ergebnis der Konferenz eine Besatzungszone am Rhein zugesprochen.

M9 Die Potsdamer Konferenz

Die drei Vertreter der Siegermächte, Churchill (links, Großbritannien), Truman (Mitte, USA), Stalin (rechts, UdSSR) bei der Potsdamer Konferenz

M10 Die 5D's – Beschlüsse der Potsdamer Konferenz

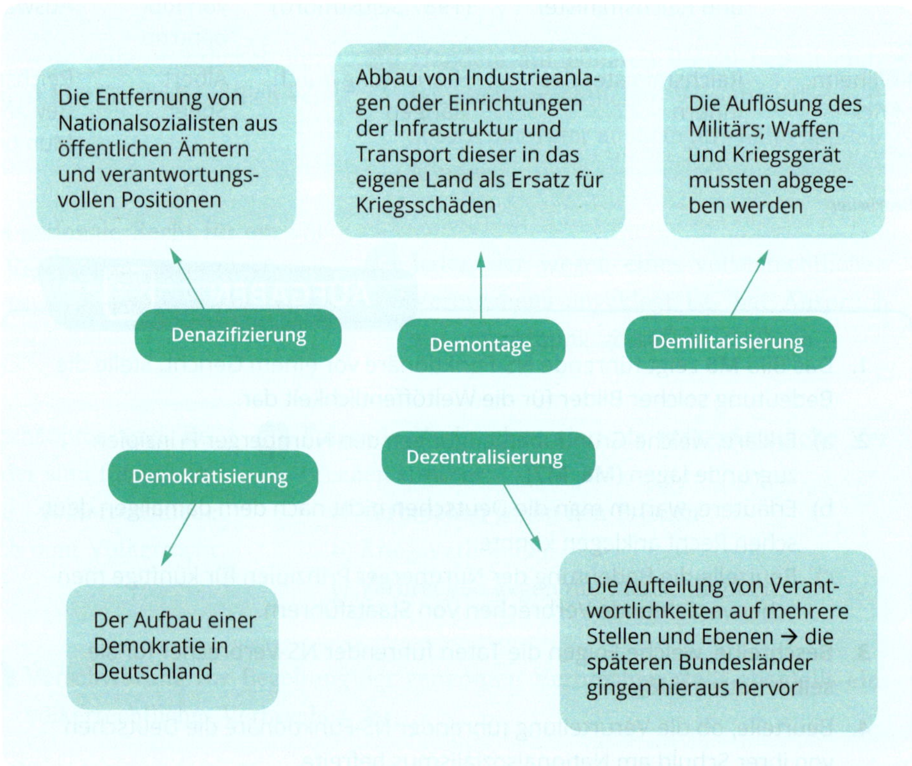

Bearbeiter

M11 Was wollen die Siegermächte?

„Es ist nicht die Absicht der Alliierten, das deutsche Volk zu vernichten oder zu versklaven. Die Alliierten wollen dem deutschen Volk die Möglichkeit geben, sich darauf vorzubereiten, sein Leben auf einer demokratischen und friedlichen Grundlage von neuem wiederaufzubauen."

Zitiert nach: Amtsblatt des Kontrollrats in Deutschland, Ergänzungsblatt Nr. 1, 1946, S. 13-20.

M12 Waren sich die Siegermächte wirklich einig?

Der US-Botschafter George F. Kennan schreibt in seinen Memoiren von 1968 über die damalige geplante Aufteilung Deutschlands in vier Besatzungszonen:

„Es versteht sich [...], dass ich die Arbeit der Konferenz von Potsdam mit Skepsis und Entsetzen verfolgte. [...] Nicht nur weil ich wusste, dass die Idee einer gemeinsamen Vier-Mächte-Kontrolle, die man jetzt zur Grundlage für die Regierung Deutschlands gemacht hatte, abwegig und undurchführbar sei. Auch die unpräzise Ausdrucksweise, die Verwendung so dehnbarer Begriffe wie "demokratisch", "friedlich", "gerecht" in einem Abkommen mit den Russen lief allem direkt zuwider, was siebzehn Jahre Russlanderfahrung mich über die Technik des Verhandelns mit der sowjetischen Regierung gelehrt hatten."

Zitiert nach: Kennan, George F.: Memoiren eines Diplomaten, übersetzt von Heidi von Alten. Stuttgart 1968, S. 253 f.

BLOCKBILDUNG

Fast unmittelbar nach Ende des Zweiten Weltkrieges kam es zu anhaltenden Spannungen und Konflikten zwischen den USA und der UdSSR. Die beiden Siegermächte hatten völlig gegensätzliche wirtschaftliche, ideologische und militärische Interessen, was zu einem zunehmenden Misstrauen führte und letztendlich in den Kalten Krieg mündete.

AUFGABEN

70053-224

1. Das Foto in **M9** zeigt die Vertreter der Siegermächte in Potsdam nach der Konferenz: Beschreibe, welche Wirkung das Bild beim Betrachter erzielen sollte.
2. a) Arbeitet zu zweit. Beschreibt die Vorstellungen der Siegermächte über die Zukunft Deutschlands (**M11**).
   b) Erläutert, welche Ziele die Siegermächte mit den jeweiligen Beschlüssen in **M10** verfolgten.
3. Vergleiche die Beschlüsse in **M10** mit der Kritik des Botschafters in **M12**.

H zu Aufgabe 3
Welches der 5D's wird aus Sicht des Botschafters sehr unterschiedlich aufgefasst?

Die doppelte Staatsgründung – wer vertrat Deutschland?

Am 23. Mai 1949 gründete sich die Bundesrepublik Deutschland (BRD). Als Antwort auf diese Staatsgründung wurde im Osten die Deutsche Demokratische Republik (DDR) gegründet. Deutschland hatte nun zwei Staaten, aber wer vertrat das Land?

Grundgesetz
Das Grundgesetz ist bis heute die Verfassung der Bundesrepublik Deutschland. U.a. das Grundrecht (Artikel 1) „Die Würde des Menschen ist unantastbar" wurde festgelegt, um die Menschenrechtsverbrechen der Nationalsozialisten nie wieder möglich zu machen.

M13 Wie entstanden BRD und DDR?

Die Ministerpräsidenten der Bundesländer setzten im Juli 1948 einen Parlamentarischen Rat ein, der ein Grundgesetz erarbeiten sollte – eigentlich ein Provisorium, nur gültig bis zu einer Wiedervereinigung der getrennten Besatzungszonen. Am 23. Mai 1949 wurde das Grundgesetz unterzeichnet – somit war die Bundesrepublik Deutschland gegründet. Nach den Bundestagswahlen im August wurde Konrad Adenauer erster Bundeskanzler.

Foto vom 7. Oktober 1949. Die Provisorische Volkskammer gründet mit dem Manifest der Nationalen Front die DDR als sogenannte „Volksdemokratie". Für Staatsgründung und Wahlen galten keine demokratischen Grundsätze. Das Scheinparlament der Volkskammer bestimmte Wilhelm Pieck zum Präsidenten und Otto Grotewohl zum Ministerpräsidenten.

West- und Ostintegration
Wirtschaftliche, politische und militärische Integration der beiden deutschen Staaten in die jeweiligen Militär- und Wirtschaftsbündnisse. Westdeutschland sah sich als Teil der westlichen Welt unter Führung der USA, Ostdeutschland hingegen als Republik nach sowjetischem Vorbild.

M14 Wer vertritt Deutschland?

a) Otto Grottewohl (DDR): „Die Regierung geht aus der ersten unabhängigen deutschen Volksbewegung hervor, sie ist damit die erste unabhängige deutsche Regierung. Durch ihre Herkunft aus dem deutschen Volke selbst unterscheidet sie sich schon von der aufgrund der Bonner Verfassung [des Grundgesetzes] errichteten westdeutschen Separatregierung. Die Bonner Verfassung ist nur die Ausführungsbestimmung des Besatzungsstatuts der westlichen Alliierten."

Zitiert nach: Hohlfeld, Johannes (Hg.): Dokumente der Deutschen Politik und Geschichte von 1848 bis zur Gegenwart. Band VI: Deutschland nach dem Zusammenbruch 1945. Berlin-Ost, o. J., S. 435ff.

b) Konrad Adenauer (BRD): „In der Sowjetzone gibt es keinen freien Willen der deutschen Bevölkerung. Das, was jetzt dort geschieht, wird nicht von der Bevölkerung getragen und damit legitimiert. Die Bundesrepublik Deutschland stützt sich dagegen auf die Anerkennung durch den frei bekundeten Willen von rund 23 Millionen stimmberechtigter Deutscher. Die Bundesrepublik Deutschland ist somit bis zur Erreichung der deutschen Einheit insgesamt die alleinige legitimierte staatliche Organisation des deutschen Volkes."

Zitiert nach: Amtliches Sitzungsprotokoll des Deutschen Bundestages: Plenarprotokoll vom 21.10.1949 (PlPr 01/13)

M15 Das geteilte Deutschland

In den ersten Nachkriegsjahren waren die Grenzen zwischen den Besatzungszonen noch durchlässig. Nachdem die Westzonen zur Trizone zusammengeschlossen worden waren, existierte nur noch eine Zonengrenze – zur sowjetischen Besatzungszone (SBZ). Mit der doppelten Staatsgründung 1949 wurde sie zur innerdeutschen Grenze. 1952 riegelte die DDR die Grenze zur Bundesrepublik ab und errichtete eine fünf Kilometer breite Sperrzone.

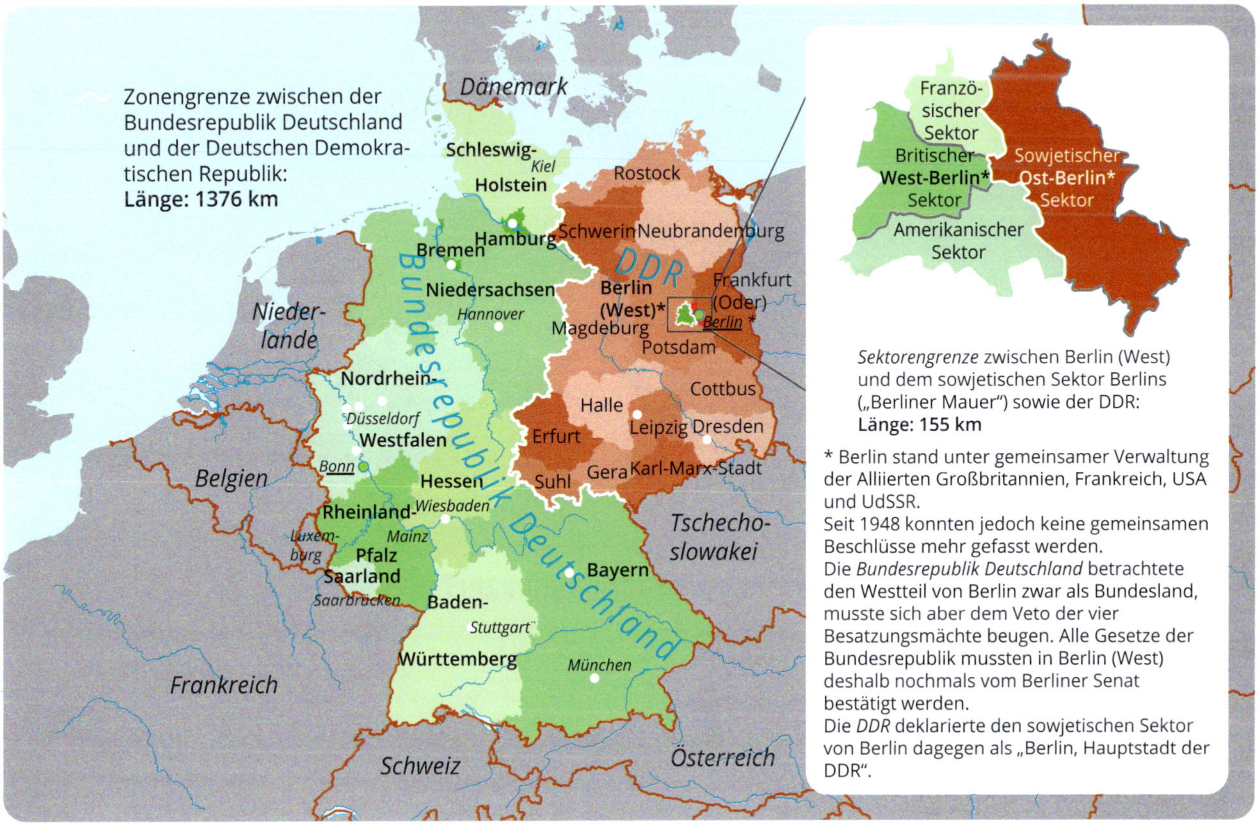

Sektorengrenze zwischen Berlin (West) und dem sowjetischen Sektor Berlins („Berliner Mauer“) sowie der DDR:
Länge: 155 km

* Berlin stand unter gemeinsamer Verwaltung der Alliierten Großbritannien, Frankreich, USA und UdSSR.
Seit 1948 konnten jedoch keine gemeinsamen Beschlüsse mehr gefasst werden.
Die *Bundesrepublik Deutschland* betrachtete den Westteil von Berlin zwar als Bundesland, musste sich aber dem Veto der vier Besatzungsmächte beugen. Alle Gesetze der Bundesrepublik mussten in Berlin (West) deshalb nochmals vom Berliner Senat bestätigt werden.
Die *DDR* deklarierte den sowjetischen Sektor von Berlin dagegen als „Berlin, Hauptstadt der DDR“.

Bearbeiter

AUFGABEN

70053-225

1. Vergleiche die Fotografien der Staatsgründungen und beschreibe ihre Wirkung (**M13**).
2. a) Arbeitet zu zweit aus **M14** heraus, mit welchen Argumenten jeweils die Rechtmäßigkeit des eigenen Staates und die Unrechtmäßigkeit des anderen Staates untermauert wurde.
   b) Beurteilt diese Argumente jeweils. Welche erscheinen für euch überzeugender?
3. Analysiere die Karte **M15**. Welche Bundesländer bildeten die BRD? Welche heutigen Bundesländer lagen damals in der DDR? Wie war die Situation in Berlin?

F zu Aufgabe 2b
Beurteile anhand des Stimmzettels im QR-Code, ob die DDR den Anspruch erheben konnte, eine Demokratie zu sein.

Stimmzettel zur Wahl des Volkskongresses der DDR

70053-212

Der Kalte Krieg – warum wurden aus Verbündeten Gegner?

Die Gegnerschaft gegen das nationalsozialistische Deutschland führte die Sowjetunion und die USA sowie Großbritannien zusammen. Doch nach dem Krieg wurden Risse im Bündnis deutlich. Warum wurden aus Verbündeten Gegner?

M16 USA und Sowjetunion und deren Einflussbereiche

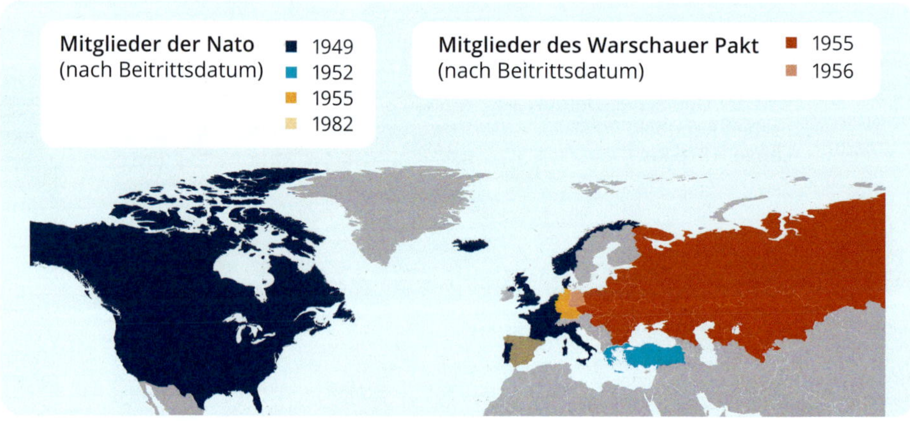

Bearbeiter

M17 Zwei gegensätzliche Lager?

Winston Churchill, Großbritannien (1946): „Wenn die Sowjetregierung jetzt durch eigenmächtige Handlungen versucht, in diesen [östlichen] Gebieten ein kommunistisches Deutschland großzuziehen, dann wird dies in den britischen und amerikanischen Zonen ernste Schwierigkeiten zur Folge haben und die geschlagenen Deutschen in die Lage versetzen, sich den Russen oder den westlichen Demokratien anzubieten."

Zitiert nach: Weber, Jürgen (Hg.), Geschichte der Bundesrepublik Deutschland. Band 2. Entscheidungsjahr 1948. München 1980, S. 34f.

Harry S. Truman, USA (1947): Zum gegenwärtigen Zeitpunkt der Weltgeschichte muss fast jede Nation zwischen alternativen Lebensformen wählen. Nur zu oft ist diese Wahl nicht frei. Die eine [demokratische] Lebensform gründet sich auf den Willen der Mehrheit und ist gekennzeichnet durch freie Institutionen, repräsentative Regierungsform, freie Wahlen, Garantien für die persönliche Freiheit, Rede- und Religionsfreiheit und Freiheit von politischer Unterdrückung. Die andere [kommunistische] Lebensform gründet sich auf den Willen einer Minderheit, den diese der Mehrheit gewaltsam aufzwingt.

Zitiert nach: Görtemaker, Manfred / Hrdlicka, Manuela: Das Ende des Ost-West-Konflikts? Landeszentrale für politische Bildungsarbeit. Berlin 1990, S. 58

Andrei A. Shdanow, Sowjetunion (1947): „So sind zwei Lager entstanden: das imperialistische, antidemokratische Lager, dessen Hauptziel darin besteht, die Weltvormachtstellung des amerikanischen Imperialismus zu erreichen und die Demokratie zu zerstören, und das antiimperialistische, demokratische Lager, dessen Hauptziel es ist, den Imperialismus zu überwinden [...]."

Zitiert nach: Varwick, Johannes / Woyke, Richard: Die Zukunft der Nato: transatlantische Sicherheit im Wandel. 2. völlig neu bearb. Aufl., Opladen: Leske und Budrich 2000, S.22

KALTER KRIEG

„Kalter Krieg" nennt man einen schweren Konflikt zwischen feindlichen Staaten, in dem aber nicht mit kriegerischen Mittel gekämpft wird. (Die Waffen bleiben „kalt", es wird also nicht geschossen.)

Der Konflikt wird mit Propaganda und Drohungen und mit wechselseitiger Aufrüstung ausgetragen. Beide Seiten häufen immer mehr Waffen an, um den Gegner zu bedrohen. So besteht immer die Gefahr, dass aus dem kalten Krieg ein „heißer", ein echter Krieg wird. Wenn man von dem Kalten Krieg spricht, so meint man in der Regel den sogenannten Ost-West-Konflikt ab 1946/47. Nach dem Zweiten Weltkrieg war ein westliches Lager unter der Führung der USA und ein östliches Lager unter Führung der Sowjetunion entstanden.

Schneider, Gerd / Toyka-Seid Christiane: Kalter Krieg. In: www.hanisauland.de, das junge Politik-Lexikon, Abruf am 11.10.2023

M18 Karikatur „Die deutsche Eiche"

Karikatur von Felix Mussil aus dem Jahr 1955; abgedruckt wurde die Karikatur am 7. Mai 1955 in der „Hannoverschen Allgemeinen Zeitung".

AUFGABEN

70053-226

1. Die Karte **M16** zeigt die zwei Lager, die sich nach dem Zweiten Weltkrieg herausgebildet haben: Beschreibe, welche (strategische) Rolle dem geteilten Deutschland zukam.
2. a) Beschreibt zu zweit, wie Truman und Churchill die Politik der Sowjetunion charakterisieren (**M17**).
   b) Vergleicht die Charakterisierung mit der Eigendarstellung von Shadanow.
3. Erläutere den Begriff „Kalter Krieg" (**#Kalter Krieg**).
4. Analysiere die Karikatur (**M18**). Welche Aussagen lassen sich hieraus bezüglich der Rolle Deutschlands im Kalten Krieg treffen?

10.2 Zwei Staaten – eine Nation? Das geteilte Land

Marktwirtschaft oder Planwirtschaft?

Im Westen und Osten Deutschlands herrschten zwei völlig unterschiedliche Wirtschaftssysteme. Doch was waren die Unterschiede und was bedeutete das für die Menschen?

M1 Trabi und Käfer – Symbole für Ost- und Westdeutschland

Ein Trabbi und ein Käfer, Screenshot aus der Doku „Leben im geteilten Deutschland"

Sowohl in der DDR als auch in der BRD wurde das Auto als Fortbewegungsmittel immer beliebter. In der BRD wurden schon kurz nach dem Zweiten Weltkrieg die ersten VW-Käfer produziert, im Jahr 1955 liefen bereits eine Million Käfer über das Fließband. In der DDR zog man kurz darauf nach und produzierte den Trabant, auch Trabi genannt. Beide Autos wurden als bezahlbar angepriesen und beanspruchten ihren Status als „Volksauto". In den 1980er Jahren musste man allerdings nach Bestellung auf den heiß ersehnten Trabi um die 10-15 Jahre warten. In der BRD hingegen war der Käfer das Symbol des Wirtschaftswunders und für den erreichten Wohlstand. Viele Familien konnten ihn sich leisten und verbanden damit Reisen nach Italien und anderswo.

Bearbeiter

M2 Zwei Wirtschaftssysteme im modellhaften Vergleich

Merkmale	Planwirtschaft (Sozialismus)	Marktwirtschaft (Kapitalismus)
Rolle des Staates	Der Staat bestimmt das ganze Wirtschaftsgeschehen.	Der Staat gibt lediglich Rahmenbedingungen vor (z. B. Gesetze).
Besitzverhältnisse	Die Mittel zur Produktion von Gütern (z. B. Fabriken) gehören der ganzen Gesellschaft.	Die Mittel zur Produktion von Gütern gehören einzelnen Privatpersonen oder -gruppen.
Koordinierung	Der Staat stellt einen zentralen Plan für die Zukunft auf.	Der Markt (Angebot und Nachfrage) reguliert sich selbst.
Preise und Löhne	Preise und Löhne sind staatlich vorgegeben.	Preise und Löhne bilden sich im Markt.
Ziel	Gerechte Verteilung	Nutzenmaximierung

Bearbeiter

M3 Aus welchem System?

Arbeitsalltag in der DDR (MDR DOK)

70053-213

„Das Brot ist bei uns immer sehr günstig. Ein Mischbrot kostet zwischen 78 und 93 Pfennig. So muss kein Mensch hungern. Der Staat sorgt sich um alle Menschen."

„Ich habe so viel gespart für meinen Laden. Wir werden ein tolles Eis verkaufen, welches ich aus den besten Zutaten herstelle. Es ist zwar nicht günstig, aber die Qualität spricht dann für sich. Hoffentlich werde ich damit viel Geld verdienen"

„Ich schufte jeden Tag, doch trotzdem reicht das Geld nicht. Und nun möchte unsere Firma auch noch Stellen abbauen. Ich darf meinen Arbeitsplatz nicht verlieren!"

„Ich hatte die Firma damals von meinem Vater geerbt. Wir stellten Spielzeuge her, doch nun hat der Staat unsere Firma verstaatlicht. Ich bin jetzt selbst ein leitender Angestellter in unserem eigenen Familienunternehmen und soll dabei helfen, die Produktion auf Tische und Stühle umzustellen, da diese Produkte gerade knapp sind. Es ist traurig, was aus der Firma meines Vaters geworden ist."

„Die Maschinen sind alt und werden nicht mehr erneuert. Der Staat möchte hier Geld sparen, doch das ist nicht gut. In anderen Ländern stellen sie unsere Produkte günstiger und besser her. Hier fehlt die Motivation für Erneuerungen."

Bearbeiter

M4 Ein Wirtschaftswunder?

Die Aufbauarbeiten in der Nachkriegszeit waren eine treibende Kraft für einen neuen wirtschaftlichen Aufschwung in der BRD. Zudem profitierte die BRD vom sogenannten Marshallplan, einem Wiederaufbauprogramm der USA. Durch Kredite war mehr Geld für Investitionen und Produktion vorhanden. Bis 1961 sank die Arbeitslosigkeit bis unter ein Prozent (zum Vergleich: 2022 lag sie bei 5,3 %). Zudem wurde die Soziale Marktwirtschaft eingeführt. Die Idee kam von Alfred Müller-Armack, allerdings hat sie der damalige Wirtschaftsminister Ludwig Erhard (CDU) politisch umgesetzt. Oft wird die Soziale Marktwirtschaft auch als Mittelweg zwischen Planwirtschaft und Freier Marktwirtschaft betrachtet. Dieses Zusammenspiel von Wirtschaftswachstum und Sozialer Marktwirtschaft kam den Menschen in der Bundesrepublik Deutschland wie ein Wunder vor. Der zunehmende Wohlstand ermöglichte es ihnen, Fernseher, Waschmaschinen oder Autos zu kaufen. Das waren Produkte, die schon vor dem Zweiten Weltkrieg kaum erschwinglich waren. Allerdings wurde diese Zeit im Nachhinein auch stark verklärt. Zwar ging es den Menschen für die damaligen Verhältnisse wieder besser, allerdings lag es vor allem auch daran, dass sie vorher einen starken Mangel erlebten.

Bearbeiter

„Sinn der Sozialen Marktwirtschaft ist es, das Prinzip der Freiheit auf dem Markt mit dem des sozialen Ausgleichs zu verbinden."

Müller-Armack, Alfred: Wirtschaftsordnung und Wirtschaftspolitik. Bern 1976, S. 243

WIRTSCHAFTSWUNDER

Als Wirtschaftswunder wurde das rasante Wirtschaftswachstum nach dem Zweiten Weltkrieg in der BRD bezeichnet.
Der rasante wirtschaftliche Aufstieg der BRD sorgte seinerzeit für viel Bewunderung und Euphorie. Das Wirtschaftswunder wird oft mit Ludwig Erhard, dem damaligen Wirtschaftsminister, in Verbindung gebracht, der parallel zum Aufschwung die Soziale Marktwirtschaft einführte.

Säulen der Sozialversicherung
→ Kap. 3.2, M5

SOZIALE MARKTWIRTSCHAFT

Die Soziale Martkwirtschaft ist die Wirtschaftsordnung der Bundesrepublik Deutschland. Sie verbindet marktwirtschaftliche Elemente, wie den freien Wettbewerb, mit sozialem Ausgleich.
Der Grundsatz in der Sozialen Marktwirtschaft lautet: So viel Markt wie möglich, so viel Staat wie nötig. Indem der Staat Preisabsprachen zwischen den Unternehmen verbietet, ermöglicht er freien Wettbewerb. Der Staat greift ein, wenn dem Gemeinwohl geschadet wird und unterstützt diejenigen Marktteilnehmer, die selbst nicht in der Lage sind, für sich zu sorgen.

M5 Welchen Weg schlug die DDR ein?

Aufstand vom 17. Juni 1953; in Berlin werfen Demonstranten mit Steinen nach russischen Panzern.

Bis 1953 leistete die DDR Reparationen in Höhe von 66 Milliarden Mark an die UdSSR - und damit eine deutlich höhere Summe, als die BRD leisten musste. Außerdem wurden wichtige Industriebereiche durch die Sowjetunion umfangreich demontiert, also abgebaut und ins eigene Land gebracht. Betriebe wurden enteignet und der „Sowjetischen Aktiengesellschaft" (SAG) einverleibt. Die Folgen von Demontage und Reparationen wirkten nach. Die Wirtschaft in der DDR war stark geschwächt und konnte sich auf Jahre hinweg nicht erholen. Während die Bundesrepublik ein sogenanntes „Wirtschaftswunder" erlebte, sah die wirtschaftliche Situation in der DDR vergleichsweise schlecht aus. Es drohte eine Versorgungsknappheit, weswegen die Machthaber beschlossen, dass die Arbeiterinnen und Arbeiter die Produktion erhöhen mussten und zwar ohne für die Mehrarbeit entsprechend entlohnt zu werden. Obwohl sich die DDR selbst als Arbeiter- und Bauernstaat bezeichnete, streikten die Arbeiterinnen und Arbeiter gegen dieses System. In 701 Städten und Gemeinden der DDR versammelten sich über eine Million Menschen, um eine Rücknahme dieser Regelung zu verlangen. Zudem forderten sie freie Wahlen, den Rücktritt der Regierung und den Abzug sowjetischer Panzer aus der DDR. Der Aufstand brachte die DDR-Führung so sehr in Bedrängnis, dass sie diesen nur mit sowjetischen Panzern gewaltsam beenden konnte. Die Sowjets verhängten das Kriegsrecht, etwa 120 Menschen starben bei den Unruhen und mehr als 6.000 wurden verhaftet.

Bearbeiter

MANGELWIRTSCHAFT

Die Planwirtschaft der DDR wurde mit den Jahren immer mehr zu einer Mangelwirtschaft. Viele Waren konnten überhaupt nicht gekauft werden und die relativ niedrigen Preise für Grundnahrungsmittel wurden nur durch staatliche Zuschüsse aufrechterhalten.

Folge hiervon war einerseits eine Unzufriedenheit bei der Bevölkerung, da stets unklar war, welche Waren überhaupt noch verfügbar waren. Diese Unklarheit führte andererseits in der Wirtschaft dazu, dass kaum neue Investitionen gemacht wurden, weil es keine Planungssicherheit gab.

AUFGABEN

70053-227

1. Trabi und Käfer galten beide als Symbole für die jeweiligen Wirtschaftssysteme in der BRD und der DDR. Nenne anhand dieses Beispiels Unterschiede zwischen beiden Systemen (**M1**).
2. a) Vergleicht zu zweit die Planwirtschaft und die Marktwirtschaft. Stellt die wichtigsten Unterschiede anhand von **M2** heraus.
   b) Ordnet die Aussagen aus **M3** einem Wirtschaftssystem zu.
   c) Erörtert Vor- und Nachteile der beiden Wirtschaftssysteme.
3. a) Arbeitet zu zweit. Nennt die Gründe für das Wirtschaftswunder in Deutschland nach dem Zweiten Weltkrieg (**M4**).
   b) Erläutert, inwiefern die Soziale Marktwirtschaft einen Mittelweg darstellt (**M4**, **#Soziale Marktwirtschaft**).
   c) Beurteilt, ob man die Zeit nach dem Zweiten Weltkrieg als „Wirtschaftswunder" bezeichnen kann (**M4**, **#Wirtschaftswunder**).
4. a) Arbeitet zu zweit. Beschreibt, welche Rolle Reparationsleistungen und Demontage bei der wirtschaftlichen Entwicklung in der DDR spielten (**M5**).
   b) Erklärt die Ursachen für den Volksaufstand in der DDR und beschreibt dessen Folgen (**M5**).
5. Vergleicht gemeinsam in der Klasse, welche gesellschaftlichen Folgen die jeweiligen Wirtschaftssysteme hatten (**M4**, **M5**).

H zu Aufgabe 3 und 4
Ihr könnt diese beiden Aufgaben auch arbeitsteilig in Kleingruppen oder zu zweit bearbeiten und die abschließende Aufgabe 5 damit beantworten.

Niemand hat die Absicht, eine Mauer zu errichten?

Eine der bekanntesten Lügen der deutschen Geschichte stammt von dem DDR-Politiker Walter Ulbricht. Er behauptete, dass kein Mensch in der DDR eine Mauer errichten würde. Nur Monate später geschah das doch. Aber warum hat er gelogen?

M6 Eine Journalistin stellt eine Frage

Freie Stadt Berlin
West-Berlin war eine „kapitalistische Insel" inmitten der DDR. Aus diesem Grund war sie ein Ärgernis für die Sowjetunion und die DDR. Sie forderten den Abzug aller (west-)alliierten Truppen und forderten für Berlin einen Status als „freie Stadt".

Walter Ulbricht bei der internationalen Pressekonferenz am 15.06.1961

Annamarie Doherr: „Doherr, „Frankfurter Rundschau". Herr Vorsitzender, bedeutet die Bildung einer freien Stadt Ihrer Meinung nach, dass die Staatsgrenze am Brandenburger Tor errichtet wird, und sind Sie entschlossen, dieser Tatsache mit allen Konsequenzen Rechnung zu tragen?"
Walter Ulbricht: „Ich verstehe ihre Frage so, dass es Menschen in Westdeutschland gibt, die wünschen, dass wir die Bauarbeiter der Hauptstadt der DDR mobilisieren, um eine Mauer aufzurichten, ja? Mir ist nicht bekannt, dass solche Absicht besteht, da sich die Bauarbeiter in der Hauptstadt hauptsächlich mit Wohnungsbau beschäftigen und ihre Arbeitskraft voll eingesetzt wird. Niemand hat die Absicht, eine Mauer zu errichten!"

Internationale Pressekonferenz des Staatsrats-Vorsitzenden der DDR, Walter Ulbricht, in Ost-Berlin, 15. Juni 1961. In: Dokumente zur Deutschlandpolitik IV/6 (1961), 925 ff., www.chronik-der-mauer.de, Abruf am 13.10.2023

M7 Zwei Historikermeinungen

Gerhard Wettig (2012): „Auf einer internationalen Pressekonferenz am 15. Juni 1961 gab Ulbricht auf die Frage einer westdeutschen Journalistin, ob die Bildung einer Freien Stadt die Errichtung einer „Staatsgrenze am Brandenburger Tor" bedeute, die überraschende Antwort: „Niemand hat die Absicht, eine Mauer zu errichten!" Das war richtig und falsch zugleich. Eine Sperrung der Sektorengrenze kam zwar nicht in Betracht, weil Chruschtschow sie nicht zuließ, doch hegte der SED-Chef durchaus diese Absicht. Vor Kurzem hatte er überdies dem Kreml unter Hinweis auf die anschwellende Massenflucht die Errichtung von Sperren ausdrücklich nahe gelegt.

Zitiert nach: Wettig, Gerhard: Chruschtschow, Ulbricht und die Berliner Mauer. In: www.bpb.de, 09.01.2012

Edgar Wolfrum (2009): „Ulbricht war vieles, aber sicherlich nicht dumm. [...] Ulbricht goss bewusst Öl ins Feuer, damit die Flüchtlingswelle noch weiter anhob, und übte somit Druck auf die Sowjetunion aus, endlich einer Grenzschließung zuzustimmen, indem er die Lage verschärfte.

Zitiert nach: Wolfrum, Edgar: Die Mauer: Geschichte einer Teilung. 2. Auflage. München: C.H. Beck 2009, S.38

M8 Ein Sprung in die Freiheit?

Der 19-Jährige Grenzpolizist Conrad Schumann flüchtet mit einem beherzten Sprung über den Stacheldrahtverhau in den Westen. Seine Flucht führt ihn zu einem Westberliner Polizeifahrzeug, dessen Besatzung die Tür offen gelassen hatte. Die Aufnahme des Fotografen Peter Leibing geht um die Welt mit der Botschaft: Der DDR laufen die eigenen Truppen weg. Ausschlaggebend für seine Flucht, erzählt er später, sei folgendes: „Als Grenzpolizist konnte ich beobachten, wie ein kleines Mädchen, das seine Großmutter im Ostteil Berlins besuchte, von den Grenzsoldaten zurückgehalten wurde und nicht mehr nach West-Berlin rüber durfte. Obwohl die Eltern nur ein paar Meter von den bereits aufgerollten Stacheldrahtsperren entfernt warteten, wurde das Mädchen einfach wieder nach Ost-Berlin zurückgeschickt."

Nach: Hertle, Hans-Hermann: Die Berliner Mauer. Biografie eines Bauwerkes, 2. Auflage. Berlin 2015, S. 46-48

Flucht aus der DDR

Jahr	Personen
1949	129 245
1950	197 788
1951	165 648
1952	182 393
1953	331 390
1954	184 198
1955	252 870
1956	279 189
1957	261 622
1958	204 092
1959	143 917
1960	199 188
1961	207 026

Zahlen nach: Monatsmeldungen des Bundesministeriums für Vertriebene, Flüchtlinge und Kriegsgeschädigte, Rühle, Jürgen/Holzweißig, Gunter: Der 13. August. Die Mauer von Berlin, 3. Aufl. Köln 1988, S. 154.

Foto des Soldaten Conrad Schumann bei seiner Flucht am 15. August 1961

M9 Weshalb flüchteten die Menschen aus der DDR?

Ausgewählte Fluchtmotive und ihre Häufigkeit

Gesamtzahl der untersuchten Fälle: 2810

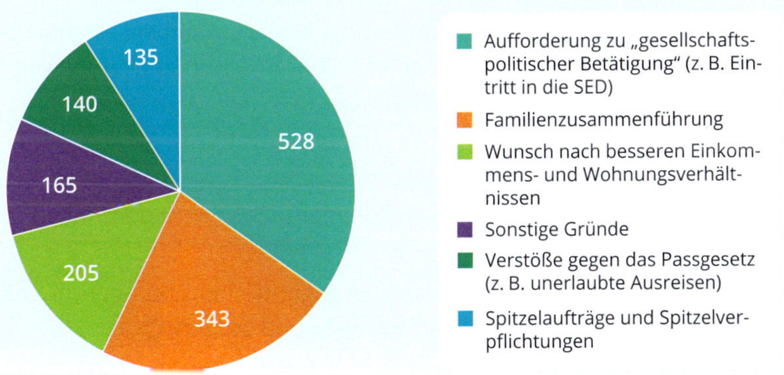

Nach: Bundesministerium für gesamtdeutsche Fragen (Hg.), Die Flucht aus der Sowjetzone und die Sperrmaßnahmen des kommunistischen Regimes vom 13. August 1961 in Berlin, Bonn und Berlin 1961

M10 Republikflucht

„Mir wurde ein Auftrag übergeben: Ich sollte Informationen über meine Nachbarn sammeln. Alles Mögliche sollte ich für das Ministerium für Staatssicherheit [MfS bzw. Stasi] sammeln: Mit wem sie sich treffen, wann sie ausgehen und was sie über den Westen sagen. Ich wollte das nicht tun und als sie mir dann mit verschiedenen Dingen drohten, beschloss ich zu flüchten." (Dietrich, 35 J.)

„Der Standard in meiner Altbauwohnung lag unter der Zumutbarkeitsgrenze. Wer aber eine neue Wohnung beziehen wollte, musste einen Antrag stellen. Für Familien mit Nachwuchs waren die Aussichten auf eine Wohnungszuweisung viel besser und da ich alleinstehend war, meinte man im Wohnungsamt zu mir nur: „Kommen Sie wieder, wenn Sie verheiratet sind!" Daraufhin beschloss ich, gar nicht mehr zu kommen." (Jan, 25 J.)

„Immer wieder hörte ich von den Leuten, dass man die Grenzen schließen wollte. Meine Schwester lebte in Westberlin und da ich Angst hatte, sie nie mehr sehen zu können, entschloss ich mich zu fliehen." (Hannah, 26 J.)

„Wir waren eine kleine Zeitung und mussten die ganze Zeit die Vorgaben der SED einhalten. Ständig mussten wir den Westen kritisieren, obwohl wir im eigenen Land Probleme hatten. Die Realität der SED war einfach nicht die Realität der DDR-Bürger. Irgendwann konnte ich einfach nicht mehr schreiben und beschloss, zu gehen." (Doreen, 26 J.)

Bearbeiter, angelehnt an unterschiedliche Zeitzeugenaussagen

AUFGABEN

70053-228

1. a) Beschreibt zu zweit das Gespräch zwischen der Journalistin und Ulbricht (**M6**).
   b) Stellt Vermutungen an, warum er in dem Moment gelogen hat.
2. Vergleicht eure Vermutungen mit den Historikermeinungen (**M7**).
3. a) Arbeite aus **M8** heraus, warum Conrad Schumann die Flucht ergriff
   b) Recherchiere über das Leben von Conrad Schumann: wie erging es ihm nach der Flucht in den Westen?
4. a) Untersucht zu zweit die unterschiedlichen Fluchtmotive (**M8**) und stellt besondere Auffälligkeiten dar.
   b) Ordnet die verschiedenen Stellungnahmen in **M10** den Fluchtmotiven aus **M9** zu.
5. Versetze dich in die Lage eines / einer Jugendlichen, der / die zur Zeit des Mauerbaus lebte. Beschreibe die Ängste und Sorgen.
6. Die offizielle Begründung des DDR-Regimes für den Mauerbau war, dass man sich gegen die „feindlichen" und „westlichen" Eindringlinge schützen wollte. Begründe, weshalb man tatsächlich die Mauer bauen ließ.

F zu Aufgabe 3b
Sieh dir zusätzlich noch die Zeitzeugenaussagen zur Flucht aus der DDR auf dem Zeitzeugenportal an. Arbeite Fluchtmotive sowie Mittel und Wege der Flucht heraus.

Zeitzeugenaussagen zur Flucht aus der DDR

70053-214

Wir sind das Volk! Der Weg zur Wiedervereinigung

Nicht nur Flucht war eine Reaktion auf die Verhältnisse in der DDR. Ein großer Teil der Ostdeutschen wollte die DDR gar nicht verlassen und entschloss sich stattdessen, Widerstand zu leisten. Wie sah der Widerstand aus und war er letztendlich erfolgreich?

M11 Montagsdemonstrationen in der DDR

In einigen ostdeutschen Städten bildeten sich sogenannte Montagsdemonstrationen. Sie begannen mit Friedensgebeten, die in der Regel montagabends in der Kirche abgehalten wurden. Ab 1988 bildeten sich daraus die ersten Demonstrationszüge, die zu einem wichtigen Bestandteil der friedlichen Revolution in der DDR wurden. Mit Parolen wie „Wir sind das Volk!" und „Auf die Straße!" zeigten die Bürgerinnen und Bürger ihre Unzufriedenheit mit dem System. Es kam zu immer mehr Demonstrationen, die schließlich zum Sturz des SED-Regimes und zum Fall der Mauer führten.

Bearbeiter

Aufnahme einer Montagsdemonstration am 23.10.1989 in Leipzig. Hunderttausende DDR-Bürger forderten freie Wahlen, politische Reformen und die Untersuchung der Stasi.

Bürgerrechtsbewegungen in der DDR
Die Bürgerrechtsbewegungen in der DDR verband der Wille zur Veränderung, sie wollten aber keineswegs alle eine Wiedervereinigung Deutschlands. Vielen ging es auch generell darum, die Missstände in der DDR anzuprangern und das eigene Land von innen heraus zu reformieren.

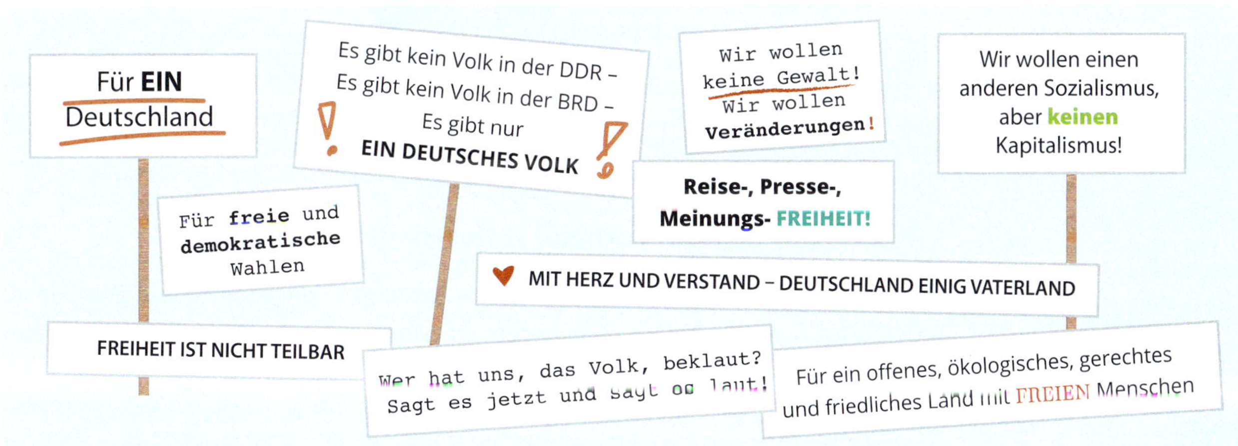

Bearbeiter, die Parolen wurden so oder so ähnlich bei den Demonstrationen geäußert

M12 Politische Parteien zur Wendezeit

Die Sozialistische Einheitspartei Deutschlands (SED) beherrschte lange Zeit die Politik, Wirtschaft und Gesellschaft in der DDR. Sie entstand aus einer Zwangsvereinigung der KPD und SPD. Während der Wendezeit löste sich die bisherige von der SED dominierte Parteienlandschaft auf – es bildete sich eine neue Parteienlandschaft. Bei der letzten und ersten wirklich freien Wahl zur Volkskammer der DDR traten folgende Parteien an:

Bearbeiter

Sozialdemokratische Partei Deutschland (SPD):
Die sozialdemokratische Partei in der DDR entstand während der Wendezeit und vereinigte sich später mit der SPD im Westen. Sie forderte eine neue Verfassung für ein wiedervereinigtes Deutschland.

Allianz für Deutschland:
Ein Wahlbündnis konservativer Parteien (CDU-Ost, DSU und DA). Die Allianz für Deutschland setze sich für einen schnellen Beitritt (ohne neue Verfassung) zur Bundesrepublik Deutschland ein.

Partei des Demokratischen Sozialismus (PDS):
Die PDS war die Nachfolgepartei der ehemaligen Staatspartei SED. Sie ging später in der Partei Die Linke auf. Ihre Forderung war ein neuer Sozialismus.

Bund Freier Demokraten:
Ein Wahlbündnis liberaler Parteien, die später in der gesamtdeutschen FDP aufgingen. Sie forderten ebenfalls einen schnellen Beitritt zur Bundesrepublik Deutschland.

Bündnis 90:
Ein Zusammenschluss von Bürgerbewegungen, die sich mit den Grünen im Westen vereinigten. In dieser Organisation fanden sich Menschen mit ganz unterschiedlichen Ansichten zusammen, die eine Veränderung in der DDR wollten.

Volkskammerwahl 1990

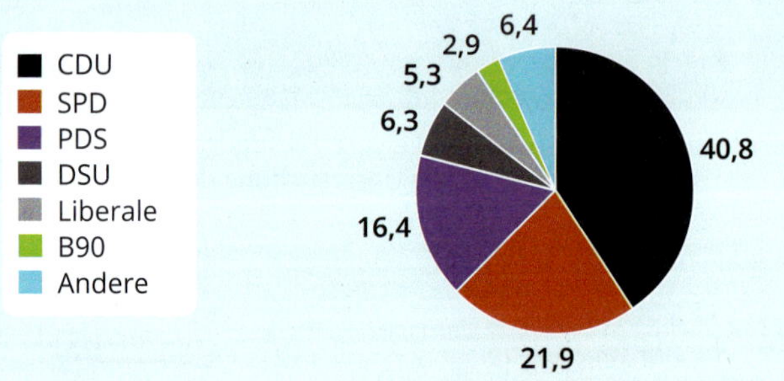

Bearbeiter, Zahlen nach: Tagesschau

M13 Der Eiserne Vorhang zerbröckelt

Übersichtskarte: Demokratische Revolutionen in Osteuropa 1989
70053-215

Der Wandel in der UdSSR sorgte für Umbrüche in ganz Mittel- und Osteuropa. Zwar war die sowjetische Führung unter Staats- und Parteichef Michail Gorbatschow bereit für Glasnost („Offenheit") und Perestroika („Umbau"), allerdings stellten die Menschen zunehmend das ganze sozialistische System infrage. Der Protest in Mittel- und Osteuropa war so stark, dass sich das System nicht mehr erhalten konnte. Es kam in ganz Mittel- und Osteuropa zu enormen politischen, wirtschaftlichen und auch gesellschaftlichen Veränderungen. Die Menschen in der DDR sahen zum einen die ersten Erfolge der Reformbestrebungen in der Sowjetunion, in Polen oder Ungarn, und zum anderen sahen viele im Westfernsehen das Bild eines anderen Deutschlands, das mindestens in den Möglichkeiten von Reise- und Meinungsfreiheit eine große Anziehungskraft hatte. Nach dem Zerfall des Eisernen Vorhangs verlief der (ökonomische) Wandel in den ehemaligen Ländern des „Ostblocks", und darunter fiel auch die DDR, allerdings nicht ganz reibungslos. Im Gegenteil, es herrschten hohe Arbeitslosigkeit, Armut und Perspektivlosigkeit. Viele Menschen waren daher enttäuscht, da sie große Hoffnungen hegten.

Bearbeiter

Wendezeit
Als Wende werden die gesellschaftspolitischen Veränderungen (Öffnungen der Grenzen, zunehmende Proteste etc.) bezeichnet, die die DDR ab dem Jahr 1989 erfassten. Dadurch war der Übergang zu einer Demokratie möglich.

1980er Jahre
Erstarken der Bürgerrechtsbewegungen in der DDR

09.11.1989
Fall der Berliner Mauer und Öffnung der innerdeutschen Grenze

18.03.1990
erste freie Wahlen zur Volkskammer

23.08.1990
Beschluss der Volkskammer zum Beitritt der DDR zur Bundesrepublik Deutschland (BRD)

12.09.1990
Unterzeichnung des Einigungsvertrages zwischen den vier Siegermächten und den beiden deutschen Regierungen (2+4 Vertrag)

03.10.1990
Wiedervereinigung Deutschlands, heutiger Feiertag „Tag der Deutschen Einheit"

AUFGABEN

70053-229

1. Beschreibe, was die Menschen im Bild **M11** machen und wie sie sich wahrscheinlich dabei fühlten.
2. Erläutere die Bedeutung der Montagsdemonstrationen für die weiteren Entwicklungen (**M11**, **M12**).
3. a) Beschreibt zu zweit die politische Landschaft in der DDR zur Wendezeit und vergleicht die unterschiedlichen Positionen (**M12**).
   b) Begründet, für welchen Weg sich die Menschen mit ihrer Wahl entschieden haben (**M12**).
4. a) Fasse die Schritte bis zur Wiedervereinigung zusammen (**M13**).
   b) Erläutere, inwiefern die Veränderungen in Mittel- und Osteuropa auch die Wiedervereinigung begünstigten (**M13**).
5. Beurteile, ob der Westen mit den Entwicklungen in Ost- und Westeuropa den Kalten Krieg für sich entschieden hat.

F zu Aufgabe 3
Erstelle fiktive Wahlplakate zu den Parteien, die am 18.03.1990 in der DDR zur Wahl standen.

F zu Aufgabe 4a
Recherchiere weitere Informationen zum 2+4 Vertrag (siehe **M13**). Welche Bedeutung hatte dieser Einigungsvertrag?

Wiedergutmachung nach dem Zweiten Weltkrieg

Nach Ende des Zweiten Weltkriegs kam es auf verschiedenen Wegen zur Wiedergutmachung und Annäherung durch die neugegründete Bundesrepublik. Hatten diese Annäherungsversuche Erfolg?

M14 Aussöhnung mit den europäischen Nachbarn

a) Polen und Deutschland

Am 7. Dezember 1970 kniete der damalige Bundeskanzler Willy Brandt vor dem Mahnmal des einstigen jüdischen Ghettos in Warschau. Brandt legte damit einen wichtigen Grundstein für die deutsch-polnische Aussöhnung. Am gleichen Tag unterschrieb er den Warschauer Vertrag (siehe M14a).

Die Nationalsozialisten wüteten in Polen mit unvorstellbarem Ausmaß. Polen war das erste Land, das überfallen wurde – darauf folgte die Versklavung und teilweise Vernichtung der Bevölkerung in Polen, vorrangig der jüdischen, aber auch der nichtjüdischen. Die Beziehungen zwischen der neugegründeten BRD, der DDR und Polen standen also vor einem sehr schwierigen Neubeginn. Zunächst war aus polnischer Sicht wichtig, dass die Oder-Neiße-Linie als neue Außengrenze Polens anerkannt wird. Die DDR erkannte diese Linie im Jahr 1950 an, die BRD erst mit dem Warschauer Vertrag im Jahr 1970. Eine reale politische und gesellschaftliche Annäherung kam erst mit dem Ende des Kalten Krieges zustande. In den Grenzregionen entstanden verschiedenste Formen der Nachbarschaft und Zusammenarbeit: Kirchen, Verbände und Kommunen beider Länder arbeiteten enger zusammen. Ebenso wurde ab 1991 mit Polen ein „Freundschafts- und Zusammenarbeitsvertrag" abgeschlossen. Im Jahr 1992 wurde zudem die Stiftung Deutsch-Polnische Aussöhnung gegründet, die 500 Mio. DM (255,65 Mio. Euro) bereitstellte. Obwohl die meisten Pol:innen überzeugte Europäer:innen sind, belastete in den späten 2010er Jahren die Verletzung der Unabhängigkeit der Justiz in Polen die Beziehungen zwischen der EU und Polen und damit indirekt auch zwischen Deutschland und Polen.

Bearbeiter

b) Frankreich und Deutschland

Karte: Deutsche Kommunen, die eine französische Partnerstadt haben

70053-216

Über viele Jahrzehnte hinweg waren die Beziehungen zwischen Frankreich und Deutschland sehr belastet. Die Zeit des Nationalsozialismus mit der Besetzung Frankreichs war hierbei der Tiefpunkt. Nach 1945 kam es relativ schnell zu einer Annäherung beider Staaten. Hier waren vor allem die Kontakte in der Zivilgesellschaft beider Länder wichtig, unterstrichen wurde die neue Freundschaft durch viele Städtepartnerschaften, die aus Sicht der BRD auch als Zeichen der Wiedergutmachung und Versöhnung gelten sollten. Im Rahmen der sogenannten Globalabkommen (1959-1964) zur Entschädigung von NS-Verbrechen zahlte die BRD Frankreich einen Betrag von 400 Mio. DM. Im Januar 1963 wurde außerdem der deutsch-französische Freundschaftsvertrag unterzeichnet, dieser galt als Symbol der politischen, wirtschaftlichen und gesellschaftlichen Annäherung. Deutschland und Frankreich waren darüber hinaus wichtige Motoren der europäischen Einigung.

Bearbeiter

M15 Israel – Wiedergutmachung und Aussöhnung

Ein erster Meilenstein in der Wiedergutmachung durch die BRD war das Luxemburger Abkommen im Jahr 1952. Doch das Abkommen war in der Bevölkerung beider Staaten umstritten. Trotz der Widerstände erhielten der neugegründete Staat Israel und jüdische Organisationen schlussendlich durch den Vertrag Wiedergutmachungszahlungen und Waren im Wert von 3 Milliarden DM. Zusätzlich zahlte die BRD 450 Millionen DM an die Jewish Claims Conference für jüdische Opfer der NS-Herrschaft außerhalb Israels. Am 12. Mai 1965 nahmen Deutschland und Israel diplomatische Beziehungen auf. In den 70er und 80er Jahren besuchten sich erstmals gegenseitig Staatsoberhäupter und Regierungschefs, das Vertrauen wuchs. In der neuesten Geschichte ist vor allem ein Satz der Bundeskanzlerin Angela Merkel von Bedeutung: „Diese historische Verantwortung Deutschlands ist Teil der Staatsräson meines Landes. Das heißt, die Sicherheit Israels ist für mich als deutsche Bundeskanzlerin niemals verhandelbar." Dieser Grundsatz gilt in der deutschen Politik bis heute fort, und gewinnt nach dem Aufflammen des Nahost-Konflikts im Jahr 2023 wieder an Bedeutung. Seit dem Angriff der Hamas auf israelische Staatsbürger:innen im Oktober 2023 und der anschließenden Militäroffensive Israels auf den Gazastreifen stehen Israel und dessen Politik wieder deutlich mehr im Fokus der weltweiten und der deutschen Öffentlichkeit.

Bearbeiter

Bundeskanzler Olaf Scholz bei seinem Staatsbesuch in Tel Aviv anlässlich des Angriffs der Hamas auf Israel mit Premierminister Benjamin Netanjahu am 17.10.2023

Die Rolle der DDR
Die DDR sah sich in der Tradition des antifaschistischen Widerstandes. Man sah sich somit nicht als Nachfolgerin des Dritten Reiches und lehnte deshalb eine Verantwortung für die Opfer des Nationalsozialismus ab.

AUFGABEN

70053-230

1. Erstellt in der Klasse eine Mindmap zu Möglichkeiten der Aussöhnung und Wiedergutmachung, die aus eurer Sicht erfolgsversprechend sind.
2. Arbeitet in Dreiergruppen zusammen und teilt euch die Materialien **M14a** und **b** sowie **M15** untereinander auf.
   a) Beschreibt anhand eures Materials die Formen der Wiedergutmachung und Aussöhnung (**M14**, **M15**).
   b) Nennt verbleibende Herausforderungen in den Beziehungen der jeweiligen Staaten (**M14**, **M15**).
3. Erörtert in der Klasse weitere Ansätze, um den Austausch und die Freundschaft zwischen den jeweiligen Staaten und Deutschland zu erhalten und auszubauen.

H zu Aufgabe 1
Bezieht hierbei auch eure bisherigen Kenntnisse über den Nationalsozialismus ein.

F Informiere dich mithilfe der Bertelsmann-Studie (siehe digitaler Aufgabenkasten) über die Einstellung der deutschen Bevölkerung gegenüber Israels Politik. Präsentiere deine Ergebnisse und diskutiert sie in der Klasse.

H zu Aufgabe 3
Ergänzt hierzu eure Mindmap.

Songvideo

70053-217

M4 Ein Song von Trettmann: Grauer Beton

[Refrain]
Grauer Beton, rauer Jargon
Freiheit gewonnen, wieder zeronnen
Auf und davon,
nicht noch eine Saison
Auf und davon,
nicht noch eine Saison
Grauer Beton, rauer Jargon
Bilder verschwommen,
kehr' nicht mehr um
Auf und davon,
nicht noch eine Saison
Auf und davon,
nicht noch eine Saison

Alte Schule, steile Kurve,
immer Gegenwind
Folg' dem Wendekind dort hin,
wo Ma noch Hände ringt
Unbeschwerte Jahre
früh zu Ende sind
Dir niemand sagt,
dass es 'n gutes Ende nimmt

In meinem Hauseingang
kaum Gutes los
Freunde werden stumpf,
werden skrupellos
Lieber schnell leben, ruhelos
Statt Abstellgleis, kein Zielbahnhof

Seelenfänger schleichen
um den Block und
Machen Geschäft mit der Hoffnung
Fast hinter jeder Tür
lauert 'n Abgrund
Nur damit du weißt,
wo ich herkomm'
Alle guten Dinge komm'n von oben
Der Zebrafink ist mir zugeflogen
Und ab und zu hielt gleich dort wo
wir wohn'n
Ein ganzer Lkw
voll mit bulgarischen Melon'n
Kids aus Übersee
waren unsere Ikon'n
Und weiße Sneaker
mehr wert als Million'n
Weiße Sneaker
mehr wert als Million'n
Weiße Sneaker
mehr wert als Million'n

Ich denk' heut noch oft zurück
an meine Straße
An die Alten und die Kids
aus meiner Straße
Aus der Platte, die aus meiner Etage
Man hat uns vergessen dort,
Anfang der Neunziger Jahre

Desolate Lage,
jeden Tag mit der Bagage
Frag nicht, was bei mir ging,
hing jeden Tag mit der Bagage
Neue bunte Scheine
sprechen eine eigene Sprache
Neue bunte Welt
erstrahlt in der
Leuchtreklame

Grauer Beton, Text (OT) Schettler, Nicole / Meyerholz, Christian Yun-Song / Erkes, Christoph / Trettmann, © KitschKrieg Edition/BMG Rights Management GmbH, Berlin

Plattenbausiedlung in der ehemaligen DDR in den 70er Jahren

Ein Kind sitzt vor einem Plattenbau in Leipzig am 31.07.2020.

M5 Ist die Mauer weg?

Karikatur: Barbara Henniger, 1998

AUFGABEN

1. Beschreibe das Bild und arbeite die Aussage des Zitats von Helmut Kohl heraus (**M1**). Welcher Widerspruch wird hierdurch deutlich?
2. a) Wertet zu zweit die Zahlen in **M2** aus.
   b) Nennt mögliche Gründe für die auffälligen Unterschiede zwischen Ost und West (**M2**).
   c) Arbeitet aus **M3** die wichtigsten Ursachen für diese Unterschiede heraus.
   d) Setzt die Zahlen in **M2** in Beziehung zu den Ursachen (**M3**).
3. a) Beschreibe die Stimmung im Song (**M4**).
   b) Erläutere mithilfe deines Wissens aus **M2** und **M3** die Probleme, auf die der Künstler aufmerksam machen will (**M4**).
   c) Beurteile die Position des Autors.
4. Werte die Karikatur aus (**M5**).
5. a) Diskutiert in der Klasse: (Inwiefern) ist die deutsche Einheit eine Erfolgsgeschichte?
   b) Erörtert gemeinsam Lösungsansätze, um den bestehenden Herausforderungen zu begegnen.

H zu Aufgabe 3a
Nutze hierzu auch das Video im QR-Code bei **M4**. Dort bringt der Künstler seine Stimmung auch bildlich zum Ausdruck.

H zu Aufgabe 5b
Die Lösungsansätze könnt ihr sowohl im gesellschaftlichen als auch im wirtschaftlichen Bereich entwickeln.

Wehret den Anfängen? Rechtsextremismus in Deutschland

Anfang der 90er Jahre erlebte das wiedervereinigte Deutschland ein Anschwellen rechtsextremer Gewalt. Es kam zu pogromartigen Aktionen gegen Menschen aus dem Ausland und Asylsuchende. War das ein Warnsignal an die Demokratie?

M6 „Pogromstimmung" nach der Wiedervereinigung

1991 Hoyerswerda (Sachsen):
Im September wurde eine Asylunterkunft mit Pflastersteinen und Molotow-Cocktails angegriffen. 32 Menschen wurden verletzt, mehr als 80 festgenommen.

1991 Hünxe (NRW):
Am Tag der Deutschen Einheit setzten drei Skinheads ein Asylbewerberheim in Brand. Dabei wurde ein libanesisches Mädchen lebensgefährlich verletzt.

1992 Rostock-Lichtenhagen (Mecklenburg-Vorpommern):
Zwischen den 22. und 26. August 1992 kam es zu pogromartigen Ausschreitungen in Rostock-Lichtenhagen. Unter dem Beifall von ungefähr 2000-3000 Schaulustigen griff eine Gruppe von Randalierern ein Wohnheim mit (ehemaligen) vietnamesischen Vertragsarbeitern an. Das Gebäude wurde in Brand gesetzt und Polizei sowie Feuerwehr am Einsatz behindert. Die eingeschlossenen Menschen konnten sich selbst retten.

1992 Mölln (Schleswig-Holstein):
In der Nacht auf den 23. Dezember warfen Neonazis Brandsätze auf zwei Häuser in Mölln, welche von zwei türkischen Familien bewohnt wurden. Dabei starben ein zehn- und ein vierzehnjähriges Mädchen mit ihrer gemeinsamen Großmutter.

1993 Solingen (NRW):
In der Nacht zum 29. Mai 1993 wurde das Haus einer türkischen Großfamilie in Brand gesteckt. Nach eigenen Angaben wollten die vier rechtsextremen Täter den Türken in Deutschland einen „Denkzettel" verpassen. Dabei starben fünf Frauen und Mädchen.

Bearbeiter

Anzahl der Todesopfer rechtsextremer Gewalt in Deutschland 1990–2021

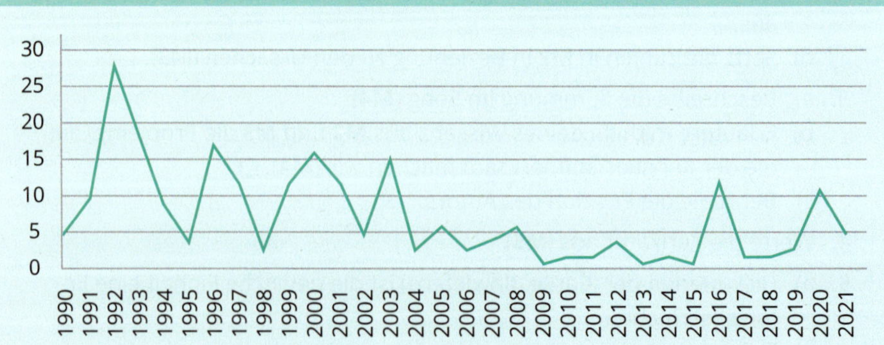

Nach: Amadeu Antonio Stiftung. Die Amadeu Antonio Stiftung kritisiert die Erfassung rechtsextremer Gewalt durch die offizielle Kriminalstatistik und erfasst auch Tötungsdelikte, die ihrer Ansicht nach nicht vollständig erfasst wurden.

EXTREMISMUS

[Man spricht] von [Extremismus], wenn Ideen vertreten oder Handlungen begangen werden, die außerhalb der allgemein akzeptierten Regeln liegen. [...] Fast immer ist er [..] mit der Bereitschaft verbunden, die bestehende politische Ordnung auch mit Gewalt zu bekämpfen. [...] Für Rechtsextremisten steht die Idee des „Volkes" an oberster Stelle. Rechtsextreme haben keinerlei Verständnis für Ausländer. Linksextremisten treten für eine [...] sozialistische Gesellschaft ein [und] dulden andere Meinungen nicht.

Toyka-Seid, Christian / Schneider, Gerd: Extremismus. In: www.hanisauland.de, Abruf am 19.10.2023

M7 Rechter Terror in Deutschland seit dem Jahr 2000

Im November 2011 gelangte eine erschreckende Mordserie an die Öffentlichkeit. Eine rechtsextreme Terrororganisation tötete zwischen 2000 und 2006 mehrere türkisch- und griechischstämmige Kleinunternehmer sowie eine Polizistin. Obwohl Theodoros Boulgarides lediglich ein Inhaber eines Schlüsseldienstes war, wurden seine Witwe und auch seine Töchter von den Polizeibehörden befragt, ob er Kontakte zu Drogendealern, zur türkischen Mafia oder zu Prostitutionsringen hatte. Später stellte sich heraus, dass der Nationalsozialistische Untergrund (NSU) ihn ermordet hatte. Das behördliche Versagen in diesem Fall warf ein schlechtes Licht auf die deutsche Sicherheitspolitik. Auch in jüngster Vergangenheit mehrte sich die Zahl der Anschläge und Morde durch Rechtsextreme wieder. Der Anschlag im Münchner Olympiaeinkaufszentrum im Jahr 2016, der Anschlag auf die Synagoge und den Kebab-Imbiss in Halle im Jahr 2019 und der Anschlag auf zwei Shisha-Bars in Hanau im Jahr 2020: alle diese Taten geschahen aus rechtsextremen Motiven.

Bearbeiter

Der NSU
Der Nationalsozialistische Untergrund (NSU) war eine rechtsterroristische Vereinigung, die von 1998 bis 2011 existierte. Erst im Jahr 2011 konnte die größte rechtsextreme Mordserie in der Geschichte der BRD aufgedeckt werden. Die Haupttäter Mundlos und Böhnhardt brachten sich 2011 selbst um, die Mittäterin Beate Zschäpe wurde wegen mehrfachen Mordes verurteilt.

AUFGABEN

70053-232

1. a) Beschreibe die Entwicklung rechter Gewalttaten in den 90ern (**M6**).
   b) Diskutiert über mögliche Motive.
2. a) Beschreibe die jüngsten Entwicklungen seit dem Jahr 2000 (**M7**).
   b) Erläutere die Vorurteile, mit denen die Behörden und die Öffentlichkeit auf die NSU-Morde anfänglich reagierten (**M7**).
3. Diskutiert in der Klasse über den Umgang mit der NSU-Mordserie und rechtsextremen Gewalttaten: Was sollte man in Zukunft ändern, um den Angehörigen gerecht zu werden?

Populismus – die Stimme des „Volkes"?

„Populismus" ist ein Schlagwort, das man zunehmend öfters in den Medien hört. Dabei wird immer wieder auch vor den Gefahren populistischer Politikerinnen und Politiker gewarnt. Wie gefährlich ist Populismus für die Demokratie?

M8 Wir sind das Volk 2.0?

Demonstration der rechtsextremen Vereinigung „Pro Chemnitz" im August 2019. Auf rechten Demonstrationen wird die Parole aus den Montagsdemonstrationen in der DDR wiederbelebt. Nun wird sie allerdings in völkischen und nationalistischen Zusammenhängen zweckentfremdet.

M9 Häufige Merkmale des Populismus

- Es wird behauptet, den Willen des „Volkes" zu kennen.
- Es wird nur eine Meinung als richtig akzeptiert.
- Andere Politiker werden verschmäht.
- Es werden einfache Lösungen für komplexe Probleme angeboten.
- Es gibt ein „Wir" und die „Anderen".
- Die Vergangenheit wird verklärt.
- Es wird ständig zum Protest aufgerufen.
- Es wird zwischen „denen da oben" und „dem kleinen Mann" unterschieden.

Bearbeiter

Erklärfilm zum Thema Populismus

70053-218

POPULISMUS

Populismus [von lateinisch populus „Volk"] bezeichnet eine Politik, die sich volksnah gibt, die Emotionen, Vorurteile und Ängste der Bevölkerung für die eigenen Interessen und Ziele nutzt und vermeintlich einfache und klare Lösungen für politische Probleme anbietet.
In unterschiedlicher Variation behaupten Populisten, für das gesamte Volk zu sprechen und den wahren Willen des Volkes zu vertreten.

Schubert, Klaus / Klein, Martina: Populismus. In: Das Politiklexikon, Bundeszentrale für politische Bildung 2020, www.bpb.de

M10 Je lauter, desto ...

Karikatur: Oliver Schopf, 2016

M11 Eine Gefahr für die Demokratie?

Folgt man den Ansätzen vieler Politikwissenschaftler:innen dann stellt der Populismus eine ernsthafte Gefahr für die Demokratie dar. Zwar aktiviert der Populismus viele Menschen für politische Themen und Sachfragen, allerdings bietet er oft plumpe und radikale Scheinlösungen an, die häufig nicht im Einklang mit geltendem Recht in Deutschland stehen. Der Populismus erhebt den Anspruch, das Volk zu vertreten, doch es gibt kein einheitliches Volk. So wie es auch in einer Klasse unterschiedliche Meinungen zu bestimmten Fragen gibt, so ist das natürlich auch im ganzen Land. Der Populismus stellt genau diese Pluralität infrage und setzt nicht auf Kompromisse und gemeinsame Lösungsansätze, sondern auf Spaltung. Er hebt die Unterschiede zwischen den Menschen hervor und schwächt dabei die Demokratie.

Bearbeiter

AUFGABEN

70053-233

1. Beschreibe, inwiefern die Parole „Wir sind das Volk" von rechten Demonstrierenden zweckentfremdet wurde (**M8**).
2. Erkläre, wie der Populismus den Begriff des „Volkes" für sich instrumentalisiert (**#Populismus, M9**).
3. Stelle anhand der Merkmale die (negativen) Folgen des Populismus dar (**M9**).
4. Analysiere die Karikatur (**M10**).
5. Beurteile, inwiefern der Populismus eine tatsächliche Gefahr für die Demokratie darstellt (**M11**).
6. Diskutiert in der Klasse, wo ihr aktuell populistische Parteien oder Politiker am Werk seht.

Schaden Verschwörungserzählungen der Demokratie?

Sicher hast du in deinem Umfeld auch schon von Gerüchten gehört, dass hinter bestimmten Entwicklungen „böse Kräfte“ stecken? Gerade während der Corona-Krise gab es viele Geschichten über mögliche Verschwörungen, aber auch viele Falschmeldungen. Ist das nur Spinnerei oder eine Gefahr für unsere Demokratie?

Antisemitismus
→ Kap. 2.2, M5 und Kap. 9.1, M1

M12 Steckt mehr hinter Corona? MK

Tim informiert sich im Internet über das Coronavirus. Dabei stößt er auf diese Meldung:

VERSCHWÖRUNGSERZÄHLUNG

Verschwörungserzählungen behaupten, dass offizielle Erklärungen falsch sind und sich stattdessen mächtige Personen oder Gruppen zusammengeschlossen haben, um im Geheimen ein bestimmtes Ziel zu erreichen.

Sie basieren oft auf bekannten Fakten und erfinden eine Verbindung zwischen ihnen. Damit können komplizierte Sachverhalte ganz einfach erklärt werden. Sie enthalten zudem klare Feindbilder, indem sie vorgeben, es gäbe böse Gruppen, die durchschaut und bekämpft werden müssten.

M13 Sind Verschwörungserzählungen ein Internetphänomen?

Die Antwort lautet: teils, teils. Verschwörungserzählungen gibt es schon sehr viel länger als das Internet. Bereits im Mittelalter wurde hinter Katastrophen wie der Pest eine Verschwörung bestimmter Gruppen vermutet – und in der Folge wurden Menschen, die man dafür verantwortlich machte, umgebracht.

Auf der anderen Seite sorgt das Internet dafür, dass sich Verschwörungserzählungen heute sehr schnell und leicht verbreiten. Zu vielen Ereignissen oder Phänomenen finden sich online häufig sofort ‚alternative' Erklärungen, die zudem über die sozialen Medien weiter geteilt werden können und so eine große Reichweite erzielen.

Deshalb ist es auch besonders wichtig, solche Erklärungen zu prüfen, bevor man sie weiterverbreitet: Von wem stammt die Erklärung? Wie glaubwürdig ist der Urheber? Werden Quellen oder Belege aufgeführt? Finde ich im Internet Bestätigungen oder Richtigstellungen zu dieser Erklärung?

Bearbeiter

M14 Braucht Demokratie Fakten?

Politikwissenschaftler Alexander Görlach

„Wenn eine Gesellschaft sich nicht mehr auf die grundlegenden Fakten einigen kann, werden Dummheit und Aberglaube zu Sargnägeln der Demokratie."

Görlach, Alexander: Görlach Global: Verschwörungstheorien in der Corona-Krise im Aufwind. In: www.dw.com, 12.05.2020

Faktenchecks
Internetangebote wie CORRECTIV (https://correctiv.org) prüfen Verschwörungserzählungen und Falschmeldungen und gleichen sie mit gesicherten Fakten ab.

AUFGABEN

70053-234

1. Sammelt ausgehend von **M12** weitere euch bekannte Verschwörungserzählungen.
2. Begründe mithilfe von **#Verschwörungserzählung**, warum es sich bei der Aussage in **M12** um eine solche Erzählung handelt.
3. Beurteile die Bedeutung des Internets für die Verbreitung von Verschwörungserzählungen (**M13**).
4. a) Gib das Zitat in **M14** in eigenen Worten wieder.
   b) Erkläre, weshalb Fakten für eine Demokratie wichtig sind.
5. Tim (**M12**) erzählt aufgeregt von dem, was er online gelesen hat. Verfasse eine Antwort an ihn (**M13**, **M14**).

F zu Aufgabe 2
Erläutere mithilfe einer Internetrecherche (→ digitaler Aufgabenkasten), weshalb immer wieder Jüdinnen und Juden für verschiedenste Unglücke, Verbrechen und Seuchen verantwortlich gemacht wurden und werden. Welche Mythen und Denkmuster stecken dahinter?

WIE ENTWICKELTE SICH DEUTSCHLAND NACH DEM ZWEITEN WELTKRIEG?

Kapitel 10.1

VOM ENDE DES ZWEITEN WELTKRIEGS BIS ZUR DOPPELTEN STAATSGRÜNDUNG

Nach dem Ende des Zweiten Weltkrieges begannen einerseits die Aufbauarbeiten und andererseits wurde das Schicksal Deutschlands nun von den Siegermächten (GB, USA, UdSSR und Frankreich) bestimmt. Deutschland wurde in unterschiedliche Besatzungszonen aufgeteilt und auf der Potsdamer Konferenz im Juli/August 1945 wurden die 5 D's beschlossen: Denazifizierung, Demontage, Demilitarisierung, Demokratisierung und Dezentralisierung. Doch schon in dieser Zeit begannen die Spannungen, vor allem zwischen USA und UdSSR, was schließlich zur Bildung von zwei Blöcken (westlicher und östlicher Block) in der Weltpolitik führte. Aus diesen anhaltenden Spannungen resultierte letztendlich der Kalte Krieg, in dem vor allem mit Propaganda, Drohungen und Aufrüstung, nicht aber mit echten Waffen gekämpft wurde. Auch die Gründung zweier Staaten auf deutschem Boden, der BRD und der DDR, lässt sich auf diesen Konflikt zurückführen – beide deutsche Staaten beanspruchten ihre Rechtmäßigkeit und richteten sich jeweils ideologisch nach den Siegermächten USA bzw. UdSSR.

Kapitel 10.2, M1-M10

WIRTSCHAFTLICHE UND GESELLSCHAFTLICHE ENTWICKLUNG IN BRD UND DDR

Im Sozialismus der DDR war die sogenannte Planwirtschaft das vorherrschende Wirtschaftsmodell. Das bedeutete vor allem, dass der Staat das Wirtschaftsgeschehen maßgeblich steuerte und z.B. Preise und Löhne zentral vorgibt. Die Planwirtschaft verfolgte zwar das Ziel einer größtmöglichen Gerechtigkeit für alle Staatsbürger:innen der DDR, der Plan ging allerdings nicht auf: Die Planwirtschaft wurde schnell zu einer Mangelwirtschaft, viele Waren konnten nicht gekauft werden, die Wirtschaft wuchs kaum mehr, da es fast keine Investitionen mehr gab.

In der Bundesrepublik konnte sich die Soziale Marktwirtschaft entwickeln, ein System, das die freie Marktwirtschaft mit staatlicher Lenkung verband. Es entwickelte sich das sogenannte Wirtschaftswunder, ein rasantes Wirtschaftswachstum in der Nachkriegszeit. Viele Menschen konnten sich, relativ gesehen, deutlich mehr leisten und erreichten einen gewissen Lebensstandard.

Diktatur und Planwirtschaft in der DDR führten dazu, dass die Menschen unzufrieden waren und nach Freiheit strebten. Der Aufstand vom 17. Juni 1953 wurde jedoch niedergeschlagen. In der Folgezeit flohen immer mehr Menschen aus der DDR, was durch den Mauerbau 1961 verhindert werden sollte. Die Grenze zwischen der Bundesrepublik und der DDR war nun stark gesichert.

WIEDERVEREINIGUNG UND DIE DEUTSCHE EINHEIT

Kapitel 10.2, M11-M13 und Kapitel 10.3, M1-M5

In der DDR und auch in anderen Staaten des sogenannten „Ostblocks" wurden die Menschen immer unzufriedener. Ab dem Jahr 1989 kam es zu Protesten und zur Massenflucht über Ungarn und die Tschechoslowakische Republik, die aufgrund von Protesten bereits ihre Grenzen geöffnet hatten. Die friedliche Revolution führte am 9. November 1989 schließlich zur Öffnung der Berliner Mauer und am 3. Oktober 1990 zur Wiedervereinigung der beiden deutschen Staaten.
Der bis heute bekannte Ausspruch, dass es in Ostdeutschland wieder „blühende Landschaften" geben werde, weckte große Hoffnungen auf beiden Seiten. Doch wurden sie vor allem in den neuen Bundesländern enttäuscht, denn die Privatisierung der Betriebe und die folgenden Insolvenzen aufgrund der Tatsache, dass die Betriebe nicht konkurrenzfähig mit den westlichen waren, hatten eine hohe Arbeitslosigkeit und damit auch Aussichtslosigkeit in der Bevölkerung zur Folge. Auch in den Folgejahren siedelten sich zu wenige neue Unternehmen in den neuen Bundesländern an. Bis heute gibt es deshalb große Unterschiede in Einkommen, Arbeitslosenquote, Zufriedenheit mit der Demokratie und der Bevölkerungsentwicklung in Ost und West.

GEFAHREN FÜR DIE DEMOKRATIE

Kapitel 10.3, M6-M13

Im wiedervereinigten Deutschland kam es in den frühen 90er Jahren gehäuft zu rechtsextremen Anschlägen, sowohl in den neuen, als auch in den alten Bundesländern. Man sprach bereits von einer „Pogromstimmung". Auch ab dem Jahr 2000 kam es immer wieder zu rechtsextremer Gewalt und Todesopfern. Zunächst war hier vor allem der Nationalsozialistische Untergrund (NSU) in den 2000er Jahren verantwortlich für viele Todesopfer. Die Sicherheitsbehörden verdächtigten dabei zunächst die türkische Mafia oder Prostitutionsringe, was sich dann als schwerer Fehler herausstellte. Erst später wurde klar, dass der NSU dahintersteckte. Die Sicherheitsbehörden verspielten wichtiges Vertrauen. Bis heute kommt es immer wieder zu rechtsextrem motivierten Anschlägen: Die Anschläge von München (2016), Halle (2019) und Hanau (2020) waren die aufsehenerregendsten in den letzten Jahren. Auch vom Populismus geht heutzutage eine ernstzunehmende Gefahr aus. Populisten behaupten, den Willen des „Volkes" zu kennen, und bieten häufig einfache Lösungen für komplexe Probleme an. Aufgrund unterschiedlicher Krisen und Herausforderungen (Corona-Krise, Flüchtlingsbewegungen) erfahren rechtspopulistische Parteien, allen voran die AfD, stärkeren Zuspruch. Auch Verschwörungserzählungen können zur Gefahr werden, wenn dadurch antisemitische und demokratiegefährdende Ansichten verbreitet werden. Wenn Fakten als Grundlage für Diskussionen von einigen Personengruppen nicht anerkannt werden, ist ein Konsens schwer möglich.

Nachdem du das Kapitel „Deutschland und Europa nach 1945“ bearbeitet hast, kannst du hier das Gelernte anwenden, dein Wissen prüfen und dir ein Urteil bilden.

M1 Karikatur: Vom Bruder zum entfernten Verwandten

Der deutsche Michel
Der deutsche Michel wurde seit dem 19. Jahrhundert als das typische Klischee des Deutschen in Karikaturen, Witzen und humoristischen Texten genutzt. Er wurde meist als weltfremd, unpolitisch und etwas schläfrig dargestellt.

Karikatur von Hanns Erich Köhler (1949); Auf dem ersten Bild sind zwei deutsche Michel mit typischen Zipfelmützen zu sehen.

M2 Bleibt die „Eine Welt“ – ein Wunschtraum?

Am 26. November 1989 veröffentlichen 31 DDR-Bürgerinnen und –Bürger folgenden Aufruf:

Gewaltfrei, durch Massendemonstrationen hat das Volk den Prozeß der revolutionären Erneuerung erzwungen [...]. Uns bleibt nur wenig Zeit, auf die verschiedenen Möglichkeiten Einfluß zu nehmen, die sich als Auswege aus der Krise anbieten. Entweder können wir auf der Eigenständigkeit der DDR beste-

Online-Quiz zum Kapitel

70053-219

hen und versuchen, […] in Zusammenarbeit mit denjenigen Staaten und Interessengruppen, die dazu bereit sind, in unserem Land eine solidarische Gesellschaft zu entwickeln, in der Frieden und soziale Gerechtigkeit, Freiheit des einzelnen, Freizügigkeit aller und die Bewahrung der Umwelt gewährleistet sind. Oder wir müssen dulden, daß, veranlaßt durch starke ökonomische Zwänge und durch unzumutbare Bedingungen, […] ein Ausverkauf unserer materiellen und moralischen Werte beginnt und über kurz oder lang die Deutsche Demokratische Republik durch die Bundesrepublik Deutschland vereinnahmt wird. Laßt uns den ersten Weg gehen. Noch haben wir die Chance, in gleichberechtigter Nachbarschaft zu allen Staaten Europas eine sozialistische Alternative zur Bundesrepublik zu entwickeln.

Aufruf „Für unser Land". In: Neues Deutschland, 29. November 1989

M3 „Kein Mensch kommt als Antisemit auf die Welt"

In einem Interview antwortet der Vorsitzende des Zentralrates der Juden in Deutschland auf die Fragen zweier Schüler:

Dein SPIEGEL: Was können wir gegen Antisemitismus tun?

Schuster: Das A und O ist, aufzuklären und über das Judentum zu informieren. Kein Mensch kommt als Antisemit auf die Welt. Das heißt, irgendwann muss irgendwas im Leben geschehen, was zu antisemitischen Gedanken führt. […]

Dein SPIEGEL: Wenn Sie einen Wunsch frei hätten – welcher wäre das?

Schuster: Der Wunsch wäre, dass jüdisches Leben in Deutschland etwas ganz Selbstverständliches ist und jüdische Einrichtungen nicht mehr von der Polizei geschützt werden müssen.

„Kein Mensch kommt als Antisemit auf die Welt", Interview mit Josef Schuster. In: www.spiegel.de, 04. September 2021

Aufgaben

1. Beschreibe, welche Entwicklung der Karikaturist im Jahr 1949 erwartet (**M1**).
2. Diskutiert in der Klasse, ob er mit seiner Vorhersage Recht behalten hat (**M1**).
3. a) Erläutere, welche politischen Ziele und Vorstellungen die Unterzeichnenden des Aufrufs im Hinblick auf die DDR vertraten (**M2**).
   b) Beurteile aus heutiger Perspektive die Handlungsspielräume der beteiligten Akteurinnen und Akteure in Bezug auf ein Weiterbestehen der DDR.
4. a) Erläutere, warum „aufzuklären und über das Judentum zu informieren" das wichtigste Mittel gegen Antisemitismus ist (**M3**).
   b) Recherchiere, wo du dich über Judentum und jüdisches Leben in Deutschland informieren kannst.

Selbsteinschätzung

70053-220

Veranstaltung zum Europatag

Plakat für Erasmus+

Pro-Brexit Protest in London

Feuer im Flüchtlingslager Moria

Eine EU-Flagge wird als Teil eines Anti-EU Protests in Athen im Juli 2015 angezündet.

Plastikmüll

Was weißt du schon?

1. Recherchiert in Kleingruppen inhaltliche Hintergründe zu den abgebildeten Aspekten im Internet.
2. Welche Bilder oder Stichworte fallen dir zur Europäischen Union ein? Fülle alle 12 Sterne der EU Flagge mit einem Bild, einer Zeichnung oder Stichworten.
3. Mit welchem Bild der EU kannst du dich identifizieren? Präsentiert eure Bilder und diskutiert, ob sie eher positive oder negative Aspekte der EU darstellen.

11

#Die Europäische Union als wirtschaftliche und politische Gemeinschaft

In der Europäischen Union (EU) herrscht seit über 70 Jahren Frieden. Die EU ist seit 2012 Friedensnobelpreisträgerin und erfährt auf der internationalen politischen Bühne große Akzeptanz. Als EU-Bürgerinnen und EU-Bürger profitieren wir von zahlreichen Freiheiten und dürfen bei politischen Entscheidungen mitbestimmen.
Aber die EU steht auch vor vielfältigen politischen Herausforderungen in einer immer komplexer werdenden Welt. Politische Einschnitte in den vergangenen Jahren zeigen, dass es die EU nur selten schafft, mit einer gemeinsamen Stimme zu sprechen. Der Brexit, die Frage der Rechtsstaatlichkeit, die wirtschaftlichen Folgen des Klimawandels und der Corona-Pandemie sowie der Zulauf von Geflüchteten werden für Politiker:innen in der EU immer wieder zum Kräfteakt und zur Zerreißprobe.

Was lernst du in diesem Kapitel?

... den historischen Weg zur europäischen Gemeinschaft zu skizzieren.
... Werte und Ziele der EU zu erläutern.
... Aufgaben von politischen Institutionen der EU und deren Zusammenspiel darzustellen.
... die Grundzüge der Europäischen Wirtschaftsunion zu beschreiben.
... Partizipationsmöglichkeiten von Bürgerinnen und Bürgern zu beschreiben.
... die Bedeutung einer europäischen Identität für die Entwicklungen und Herausforderungen der EU zu beurteilen.

Ein Zukunftsszenario für die Europäische Union entwerfen

Worum geht es?

Die Europäische Union ist in den letzten sieben Jahrzehnten seit ihrer Gründung zu einer starken politischen Instanz gewachsen. Angesichts der derzeitigen Entwicklungen nimmt die Frage nach der Zukunft der EU einen zentralen Stellenwert in politischen Diskussionen ein. Mit der Methode des Zukunftsszenarios formuliert ihr Entwicklungsprognosen und entwerft langfristige Zukunftsbilder: Wie wird sich die EU in den kommenden 15-20 Jahren entwickeln? Existiert der Staatenbund dann noch? Welche Auswirkungen hätten diese Veränderungen auf euer Leben?

Geht dabei so vor:

1

Analysen durchführen

Bearbeitet arbeitsteilig die Arbeitsaufträge aus den Unterkapiteln und haltet die Lösungen schriftlich fest.

a) **Ist-Analyse:**
Welche Rahmenbedingungen sind in der EU warum vorzufinden?

- Welche Motive gab es für die europäische Einigung? (→ Kap. 11.1, M1-M4)
- Wer ist Mitglied der EU? (→ Kap. 11.1, M5-M7)
- Wie arbeitet die EU? (→ Kap. 11.1, M8-M10)
- Wen wählen wir? (→ Kap. 11.1, M11-M15)
- Wie können sich EU Bürger:innen beteiligen? (→ Kap. 11.1, M16-M19)
- Wozu dient ein gemeinsamer Markt? (→ Kap. 11.2, M1-M3)
- Gibt es grenzenlose Freiheiten für Arbeitnehmende? (→ Kap. 11.2, M4-M6)
- Sind die Lebensbedingungen in der EU überall gleich? (→ Kap. 11.2, M7-M12)
- Was ist die Europäische Währungsunion? (→ Kap. 11.2, M13-M15)

b) **Zukunfts-Analyse:**
Welche Fragen sind für die Entwicklung der EU relevant?

- Sollte Europa außenpolitisch mit einer Stimme sprechen? (→ Kap. 11.3: M1-M4)
- Was passiert, wenn einer raus will? (→ Kap. 11.3: M5-M7)
- Wie wird ein Land EU-Mitglied? (→ Kap. 11.3: M8-M10)
- Ist der Green-Deal eine neue Hoffnung für unser Klima? (→ Kap. 11.3: M11-M13)
- Lohnt es sich, die europäische Idee zu verteidigen? (→ Kap. 11.3: M14-M17)

2

Die Entwicklung der Szenarien
Entwerft für eure bearbeiteten Themen und formulierten Fragestellungen drei denkbare Szenarien:
- 1. Positives Extremszenario: Wie sieht die Zukunft im besten Fall aus?
- 2. Negatives Extremszenario: Wie sieht die Zukunft im schlimmsten Fall aus?
- 3. Trendszenario: Wie sieht die Zukunft aus, wenn sich die derzeitige Situation fortsetzt?

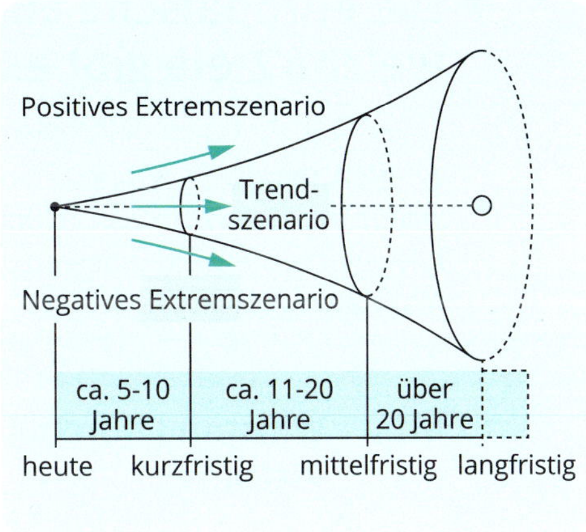

Bearbeiterin

3

Die Zukunft darstellen
- Arbeitet eure drei Szenarien gestalterisch aus. Verdeutlicht dabei die Vielschichtigkeit des Problems und mögliche Zukunftsentwicklungen.
- Stellt dabei heraus, wie die Menschen nach euren Prognosen in Europa leben werden.
- Entwerft ausgehend vom Szenariotrichter Wandzeitungen, Reiseberichte aus der Zukunft, dreht Nachrichtensendungen aus dem Jahr 2035 oder studiert Rollenspiele ein.

4

Die Szenarien präsentieren
Stellt eure Szenarien vor und gebt den anderen Gruppen Feedback.

Vorlage Feedbackbogen

70053-235

Ziel

5

Die Zukunft gestalten: Strategien für eine bessere Zukunft entwerfen
- Entwickelt politische Maßnahmen, um bekannte Probleme zu vermeiden.
- Denkt dabei an Möglichkeiten, die die europäischen Institutionen, aber auch die Bürger:innen haben.

11.1 Die EU – Entstehung und Politikgestaltung

Die europäische Einigung – welche Motive gab es, welche Ziele gibt es?

Eines ihrer zentralen politischen Ziele hat die Europäische Union in den letzten Jahrzehnten umsetzen können: ein friedliches demokratisches Zusammenleben. Was waren die Motive der Gründungsväter und müssen diese angesichts der aktuellen kriegerischen Auseinandersetzungen in Osteuropa wieder in den Fokus politischer Aktivitäten gerückt werden?

M1 Winston Churchills Visionen für Europa nach dem Zweiten Weltkrieg

Audio: Churchills Rede im Original (englisch)

70053-236

Der damalige britische Premierminister Winston Churchill stellt in seiner Züricher Rede an die akademische Jugend am 19.09.1946 seine Vorstellung von Europa vor:

„Und doch gibt es all die Zeit hindurch ein Mittel, das [...] in wenigen Jahren ganz Europa, oder doch dessen größten Teil, so frei und glücklich [machen würde]. [...] Es ist die Neuschöpfung der europäischen Völkerfamilie, oder doch soviel davon, wie möglich ist, indem wir ihr eine Struktur geben, in welcher sie in Frieden, in Sicherheit und in Freiheit bestehen kann. Wir müssen eine Art Vereinigte Staaten von Europa errichten."

Winston Churchill: Winston Churchill, Universität Zürich, 19. September 1946. Abruf am 30.03.2023

M2 Was waren die Motive für einen Staatenverbund nach dem Zweiten Weltkrieg?

Für den damaligen europäischen Integrationsprozess lassen sich fünf Motive benennen, die die Grundlage der heutigen EU bilden.

Staatenbund
Eine zwischenstaatliche Organisation, die aus einer lose verbundenen Gruppe von souveränen Staaten besteht. Die Mitgliedstaaten behalten ihre eigene Regierung und Rechtsprechung, treffen jedoch gemeinsame Entscheidungen in bestimmten Angelegenheiten.

	Motiv	Ziel
1.	Der Wunsch nach einem neuen Selbstverständnis	ein neues, demokratisches Europa für eine neue Gemeinschaftserfahrung
2.	Der Wunsch nach Freiheit und Mobilität	ein gemeinsamer Markt für eine freie Bewegung von Personen, Waren und Informationen
3.	Der Wunsch nach Frieden und Sicherheit	ein geeintes Europa zum Verhindern weiterer Verbrechen
4.	Die Hoffnung auf wirtschaftlichen Wohlstand	ein gemeinsamer Markt für intensiven und effizienten Handel
5.	Die Erwartung gemeinsamer Macht	gemeinsame politische Einigung für eine europäische Zusammenarbeit

Bearbeiterin

M3 Welche Ziele verbinden die EU?

Aus den damaligen Motiven haben sich Leitziele der EU ergeben, welche in Artikel 2 des Vertrages von Lissabon festgelegt sind. Neben der politischen und wirtschaftlichen Verflechtung der europäischen Staaten haben die Gründungsväter und -mütter die Ziele verfolgt, gemeinsame Werte zu stärken und Herausforderungen gemeinsam als Solidargemeinschaft zu lösen. Zu den gesellschaftlichen Werten, durch die sich die Mitgliedstaaten auszeichnen, gehören Pluralismus, Nichtdiskriminierung, Toleranz, Gerechtigkeit, Solidarität und die Gleichheit von Frauen und Männern.

Bearbeiterin

Der Vertrag von Lissabon

70053-237

M4 70 Jahre Frieden – (k)eine Selbstverständlichkeit?

Karikatur: Patrick Chappatte, 2007

Zusatzkapitel: Die EU in deinem Alltag – wo triffst du auf die EU?

70053-238

AUFGABEN

70053-250

1. Erkläre Churchills Visionen zum Aufbau eines Staatenverbundes mithilfe von **M1**.
2. a) Erläutere, warum die Leitmotive insbesondere als Staatenbund umsetzbar sind (**M2, Randspalte „Staatenbund"**).
   b) Stelle die fünf Leitmotive der EU grafisch dar.
3. Beurteile, welche Ziele und Werte der EU für dich besonders wichtig sind (**M3**).
4. Gestaltet in Kleingruppen eine Mindmap zum Thema „Die EU als Friedensprojekt". Recherchiert eigenständig zusätzliche Informationen und schaut auch in den Vertrag von Lissabon (**QR-Code neben M3**).
5. Diskutiert auf Grundlage der Karikatur, inwiefern „70 Jahre Frieden in Europa" für euch (k)eine Selbstverständlichkeit ist (**M4**).

F zu Aufgabe 3
Überlegt im Kontext aktueller Geschehnisse, ob neue Zielsetzungen oder Werte formuliert werden sollten.

H zu Aufgabe 4
Hilfreiche Links findet ihr im → digitalen Aufgabenkasten.

Die Entwicklung der EU – wer ist Mitglied der EU?

Zu Beginn der europäischen Integration konnten die Gründer noch nicht erahnen, in welchem Ausmaß Europa zusammenwächst und welche Erfolgsgeschichte die EU schreiben wird. Welche bedeutsamen Etappen wurden im Laufe der letzten Jahrzehnte genommen?

M5 Zitate zum Gründungsprozess

A Wir vereinigen keine Staaten, wir vereinigen Menschen.

Jean Monnet (1889-1979), französischer Diplomat und Vordenker eines vereinten Europas. In: www.zitate.eu, 25.03.1957

B „Die Einheit Europas war ein Traum von wenigen. Sie wurde die Hoffnung für viele. Sie ist heute die Notwendigkeit für alle."

Konrad Adenauer (1876-1967) – Erster Bundeskanzler der BRD (1949-1963). In: www.zitate.eu, Abruf am 13.07.2023

M6 Etappen der europäischen Einigung

1 Am 18. April 1951 gründen Frankreich, Deutschland, Italien, Luxemburg, Belgien und die Niederlande die Europäische Gemeinschaft für Kohle und Stahl. In den Römischen Verträgen vom 25. März 1957 vereinbaren diese sechs Staaten die Abschaffung der Binnenzölle und die Zusammenarbeit bei der friedlichen Nutzung der Kernenergie. Die Europäische Wirtschaftsgemeinschaft (EWG) und die Europäische Atomgemeinschaft (EAG) werden gegründet. Im Jahr 1967 werden die drei Gemeinschaften zusammengelegt.

2 Mit dem Vertrag von Maastricht wird 1992 die EU besiegelt. Die mittlerweile 12 Mitglieder vereinbaren die Zusammenarbeit in den Bereichen Justiz und Inneres sowie eine Gemeinsame Außen- und Sicherheitspolitik (GASP).

3 1993 ist der europäische Binnenmarkt „vollendet". Er gewährleistet den freien Verkehr von Personen, Waren, Dienstleistungen und Kapital. Das Schengener Abkommen von 1995 besiegelt den Wegfall von Passkontrollen.

4 Die Einführung einer einheitlichen Währung im Jahr 2002 und die Schaffung einer europäischen Zentralbank soll die angestrebte wirtschaftliche Vereinigung vervollständigen. Die Banken- und Staatsschuldenkrise (ab 2007) gefährdet die Gemeinschaftswährung und den Bestand der Eurozone.

5 Der Vertrag von Lissabon (2009) fasst bestehende Verträge zusammen, reformiert EU-Institutionen und stärkt das Mitspracherecht des EU-Parlaments und der Bürger:innen. Dies stärkt die politische Zusammenarbeit in der EU.

6 Im Jahr 2015 wird der Zusammenhalt in Europa durch die sogenannte „Flüchtlingskrise" auf eine harte Probe gestellt. 2020 gibt es aufgrund der Corona-Pandemie wieder Grenzkontrollen – viele Staaten legen eigene Corona-Regeln fest. Diese Krisen kosten der EU viel Vertrauen ihrer Bürger:innen.

Bearbeiterin

M7 Chronik der EU-Erweiterungen

EU: Gründerstaaten, Beitritte, Beitrittskandidaten und Austritte
Stand: 2023

73000-319

Gründerstaaten

1958: Belgien, Deutschland, Frankreich, Italien, Luxemburg, Niederlande

Beitritte

1973: Dänemark, Großbritannien, Irland
1981: Griechenland
1986: Portugal, Spanien
1995: Finnland, Österreich, Schweden
2004: Estland, Lettland, Litauen, Malta, Polen, Slowakei, Slowenien, Tschechien, Ungarn, Zypern
2007: Bulgarien, Rumänien
2013: Kroatien

Beitrittskandidaten

Albanien, Moldawien, Montenegro, Nordmazedonien, Serbien, Türkei, Ukraine

Austritt

2020: Großbritannien

Wegmarken der europ. Einigung:

1957: Europäische Wirtschaftsgemeinschaft (EWG); Europäische Atomgemeinschaft (EURATOM)
1979: Erste Wahl zum europ. Parlament
1992: Vertrag von Maastricht
1993: Vollendung des EU-Binnenmarktes
2002: Einführung des Euro
2007: Vertrag von Lissabon

©C.C. Buchner Verlag, aktuelle Daten nach: EU-Kommission (Datenerhebung: 2023; Grafikerstellung: 2023)

AUFGABEN

70053-251

1. a) Tauscht euch zu zweit über die Zitate in **M5** aus. Beschreibt die jeweilige Haltung zum Gründungsprozess, die hinter den Zitaten steckt.
   b) Begründet, welches Zitat ihr für den europäischen Integrationsprozess am treffendsten findet und warum die Zitate auch heute noch Gültigkeit besitzen (**M5**, **M6**).
2. a) Erstelle einen Zeitstrahl zu den Etappen der europäischen Einigung (**M6**, **M7**).
   b) Benenne zu den jeweiligen Etappen die damit verbundenen Intentionen.
3. In **M6** 6 werden Krisen genannt, die die EU zu bewältigen hat. Erläutere Chancen und Herausforderungen dieser Krisen für die EU.

Die Europawahl – wen wählen wir?

Mit der Teilnahme an der Europawahl drücken alle Bürgerinnen und Bürger ihren politischen Willen aus. Während des Wahlkampfes wird von den Parteien viel Werbung für die Kandidierenden gemacht. Auf den ersten Blick scheint alles wie bei den Kommunal-, Landtags-, oder Bundestagswahlen abzulaufen. Wie kommen die Politiker:innen in das EU-Parlament?

M11 Der Wahlzettel für die Wahl des Europäischen Parlaments

A

Hamburgs Landeswahlleiter Oliver Rudolf zeigt in einer Niederlassung der Deutschen Post den 96 Zentimeter langen Wahlzettel für die Europawahl 2019.

B

Ein Ausschnitt eines Musterstimmzettels für die Europawahl in NRW 2019

M12 Welche Rahmenbedingungen gibt es für die Europawahl?

Grafik: Wahlalter für die Europawahl

70053-239

Die EU-Wahl findet seit 1979 alle fünf Jahre in den Mitgliedstaaten der EU statt. Bei der Wahl werden die Abgeordneten des Europaparlamentes von den Bürger:innen der Mitgliedstaaten bestimmt. Es gelten die Wahlgrundsätze, dass die Wahlen allgemein, frei, geheim und direkt sind. Es können nur Parteien aus dem eigenen Land gewählt werden. Im Jahr 2019 standen in Deutschland 41 Parteien zur Wahl.

Alle Wahlberechtigten haben eine Stimme. Mit dem Kreuz werden keine einzelnen Personen gewählt, sondern Listen der jeweiligen Parteien. Auf den Listen stehen die Kandidierenden in einer festgelegten Reihenfolge. Die Anzahl der Stimmen, die eine Partei erhalten hat, entscheidet dann, wie viele Personen von der Liste in das EU-Parlament einziehen.

Die Parteien, die den Einzug in das EU-Parlament geschafft haben, schließen sich auf EU-Ebene zu europäischen Parteienfamilien oder auch Fraktionen zusammen. Auch kleine Parteien haben eine gute Chance, in das EU-Parlament einzuziehen, da es die sogenannte 5%-Hürde nicht gibt.

Im November 2022 hat die Bundesregierung beschlossen, das Wahlalter für die Europawahl in Deutschland zu senken: Bei der nächsten Wahl im Mai 2024 dürfen Bürger:innen ab 16 Jahren wählen.

Bearbeiterin

M13 Ergebnisse der EU-Wahl 2019

a) Das Europäische Parlament nach der Wahl 2019

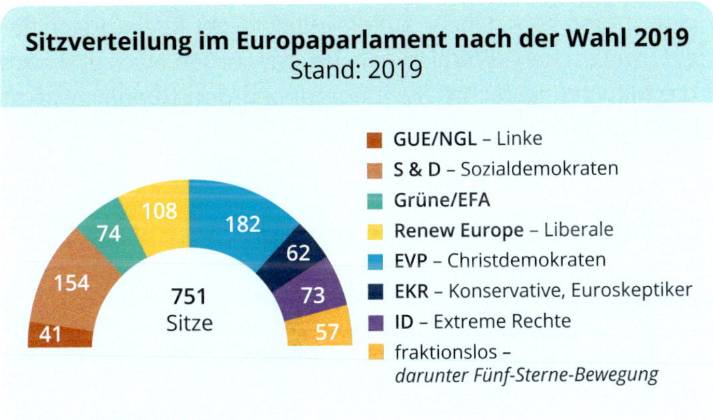

©C.C. Buchner Verlag, aktuelle Daten nach: Europäisches Parlament (Datenerhebung: 2019; Grafikerstellung: 2023)

b) Die Wahlergebnisse aus Deutschland

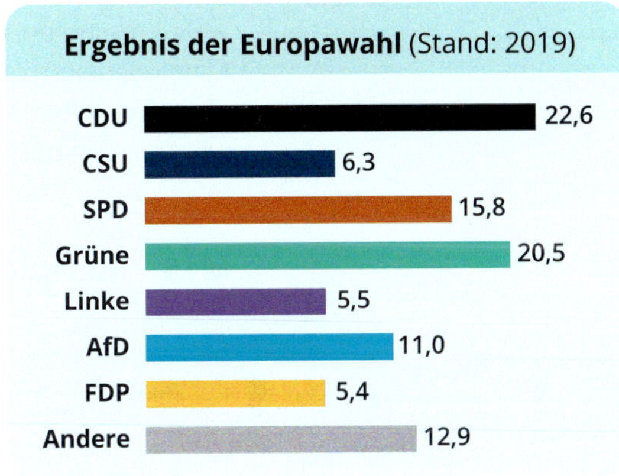

©C.C. Buchner Verlag, aktuelle Daten nach: Der Bundeswahlleiter (Datenerhebung: 2019; Grafikerstellung 2023)

M14 Wie wichtig sind die Europawahlen?

Karikatur: Michael Hüter, 2014

AUFGABEN

70053-253

1. Stelle Vermutungen an, warum der Wahlzettel so lang ist (**M11**).
2. Erkläre die Rahmenbedingungen der Europawahl (**M12**).
3. a) Analysiere die Wahlergebnisse aus dem Jahr 2019 (**M13**).
   b) Ordne den europäischen Fraktionen die deutschen Parteien zu (**M13**).
4. Analysiere die Karikatur (**M14**) im Hinblick darauf, wie wichtig die Europawahl ist. (→ **Methodenglossar**)

F zu Aufgabe 1
Recherchiere, welche Parteien an der Europawahl teilnehmen dürfen.

F zu Aufgabe 3
Recherchiere, welche Abgeordneten das Bundesland NRW im Europäischen Parlament vertreten. Kennst du einige?

Politische Entscheidungen in der EU – wie können sich EU-Bürgerinnen und -Bürger beteiligen?

Viele Entscheidungen in der Union gehen meist auf die Initiative der Regierungen der Mitgliedstaaten oder der Europäischen Kommission in Brüssel zurück. Nach und nach sind durch Reformen die Mitwirkungsrechte der Bürgerinnen und Bürger gestärkt worden. Wie bürgernah und demokratisch ist die EU?

M15 Beispiele für Bürgerbeteiligung in der EU

Nach: Bundeszentrale für politische Bildung / www.bpb.de / CC BY-NC-ND 3.0, Bonn

M16 Die Europäische Bürgerinitiative als Beteiligungsinstrument

Ablauf der Europäischen Bürgerinitiative

1 START EINER EBI
Bildung des Bürgerausschusses,
das zentrale Organ der EBI-Organisatoren

2 REGISTRIERUNG
Dauer maximal: 2 Monate
Die Kommission entscheidet über die Zulassung einer EBI.

3 UNTERSCHRIFTENSAMMLUNG
Dauer maximal: 12 Monate
Start direkt nach der Registrierung
1 Million Unterschriften aus 7 Mitgliedstaaten (1/4 der EU-Staaten)
Mindestalter: 18 Jahre

4 ÜBERPRÜFUNG DER UNTERSCHRIFTEN
Dauer maximal: 3 Monate
Nationale Behörden prüfen und zertifizieren

5 EINREICHUNG UND FOLLOW-UP
Dauer maximal: 3 Monate

Treffen des Organisationsteams mit der Kommission
Gedankenaustausch und Beantwortung von Fragen

Öffentliches Hearing im EP
Das Hearing ist der zentrale Output einer EBI und zieht im Idealfall eine Gesetzesinitiative nach sich.

Kommission entscheidet über weitere Reaktionen
Die Kommission entscheidet, ob sie eine Gesetzesinitiative anstößt, andere Maßnahmen in Betracht zieht oder nicht tätig wird.

Nach: Bertelsmann Stiftung: Wissenswertes zur Europäischen Bürgerinitiative. Factsheet 2/2018, S. 2

M17 Vorstellung einiger Bürgerinitiativen

Auf der Internetseite für Europäische Bürgerinitiativen hast du die Möglichkeit, verschiedene Anliegen zu unterstützen:

a) Initiative zur Verwirklichung einer tabakfreien Umgebung und der ersten tabakfreien Generation Europas bis 2030

Registrierung: 24.08.2022
Beginn der Sammlung: 16.01.2023
Ziel: Gesundheits- und Umweltgefährdung durch Tabak und Zigaretten bekämpfen u. a. durch ein Verkaufsverbot von Tabakerzeugnissen und Nikotinprodukten.

b) Initiative für hochwertige Kleidung und faire Löhne

Registrierung: 01.06.2022
Beginn der Sammlung: 19.07.2022
Ziel: Neue EU-Rechtsvorschriften, mit denen Unternehmen verpflichtet werden in ihrer Lieferkette auf faire Löhne zu achten.

c) Initiative für das Beenden der Tierschlachtung

Registrierung: 27.04.2022
Beginn der Sammlung: 05.06.2022
Ziel: Tierhaltung nicht für Agrarsubventionen nutzen und die Erzeugung und den Verkauf alternativer pflanzlicher Erzeugnisse fördern.

Bearbeiterin, basierend auf: © Europäische Kommission: Europäische Bürgerinitiative. In: www.europa.eu, Abruf am 02.05.2023

Bürgerinitiative
Die Bürgerinnen und Bürger der EU können Unterschriften für eine Bürgerinitiative sammeln. Damit kann die Europäische Kommission aufgefordert werden, einen Gesetzentwurf in den europäischen Gesetzgebungsprozess einzubringen.

Webseiten der Bürgerinitiativen
70053-240

AUFGABEN

70053-254

1. Nenne Möglichkeiten der Bürgerbeteiligung (**M15**). Welche Beteiligungsmöglichkeiten erscheinen dir für dich am einfachsten umsetzbar?
2. Dreht in Kleingruppen ein Erklärvideo (→ **digitaler Aufgabenkasten**) zum Ablauf einer Europäischen Bürgerinitiative (**M16**).
3. a) Ermittle, in welcher Phase einer Europäischen Bürgerinitiative sich die abgebildeten Initiativen befinden (**M16**, **M17**).
   b) Recherchiere nach weiteren aktuellen europäischen Bürgerinitiativen (→ **digitaler Aufgabenkasten**) und stelle drei Initiativen vor. **MK**
   c) Begründe, an welchen du dich beteiligen würdest.
4. Überlegt gemeinsam, zu welchem Thema ihr eine Initiative starten könntet.

F zu Aufgabe 3
Entwerft gemeinsam ein eigenes Banner oder einen Flyer für eine Bürgerinitiative.

11.2 Die EU als wirtschaftliche Union

Leben im Binnenmarkt – wozu dient ein gemeinsamer Markt?

Der Binnenmarkt als gemeinsamer Wirtschaftsraum zählt zu den großen Errungenschaften der Europäische Union. Wir können täglich Produkte aus Frankreich, Belgien oder Spanien kaufen. In Unternehmen gibt es Angestellte aus Deutschland, aber auch aus Polen oder Rumänien. Wie erleben die Europäer:innen die Freiheiten und bergen die vielen Chancen auch Gefahren?

M1 Freiheiten für Europäerinnen und Europäer

A Ich lebe in Offenburg und fahre jeden Tag zur Arbeit nach Straßburg. (Frau Schmidt, 35)

B Seit fünf Jahren investiere ich in Aktien aus Belgien. (Frau Janssen, 48)

C Ich spiele in einer Band und toure oft durch Europa, um Konzerte zu spielen. Die Tickets verkauft unsere Band im Internet. (Joshi, 20)

D Ich shoppe gerne im Internet. Die Produkte erhalte ich oft aus dem europäischen Ausland. (Herr Öztürk, 40)

E Ich bin gelernter Landschaftsgärtner und komme aus Polen. Mein Geschäft habe ich in Frankfurt an der Oder eröffnet. Hier verdiene ich mehr und kann Pflanzen und Steine günstig aus Polen einkaufen. (Paul, 30)

Bearbeiterin

M2 Der europäische Binnenmarkt und seine Freiheiten

Seit der Umsetzung der Freiheiten ist das Bruttoinlandsprodukt (BIP) der Mitgliedstaaten gestiegen.

Nach: Bundeszentrale für politische Bildung / www.bpb.de / CC BY-NC-ND 3.0, Bonn, von Bearbeiterin aktualisiert

BIP
Das Bruttoinlandsprodukt ist eine Maßzahl, mit der man vergleichen kann, wie leistungsfähig die Volkswirtschaft eines Landes ist. Alle Güter, die produziert werden (z. B. Autos, Medikamente, ...) und alle Dienstleistungen, die auf dem Markt angeboten werden (z. B. ein Friseurbesuch oder eine Beratung bei einer Bank) werden in € bewertet und zusammengezählt. Im Jahr 2022 betrug das BIP Deutschlands rund 3,87 Billionen Euro.

DER EUROPÄISCHE BINNENMARKT

Die Europäische Union hat seit 1993 eine gemeinsame Wirtschaftszone, den europäischen Binnenmarkt, mit seinen vier Freiheiten: Freiheit für die arbeitenden Menschen, Waren, Dienstleistungen und das Kapital.
Zu dem Binnenmarkt gehören über die EU-Mitgliedstaaten hinaus auch Norwegen, Island und Liechtenstein und teilweise die Schweiz.
Die Ziele des Binnenmarktes sind die Stärkung und Erhaltung der internationalen Wettbewerbsfähigkeit sowie die Schaffung von Arbeitsplätzen in der gemeinsamen Wirtschaftszone. So profitieren u. a. Unternehmen von der Abschaffung des Zolls und Verbraucher:innen beispielsweise durch günstigere Preise und einem vielfältigen Produktangebot.

Erklärfilm zum EU-Binnenmarkt

70053-241

M3 Mit DiscoverEU durch die EU

Du bist 18 Jahre alt und wohnst in einem EU-Land oder einem Land, das bei Erasmus+ mitmacht? Dann wird es Zeit, Europa kennenzulernen!

DiscoverEU ist eine Aktion von Erasmus+. Sie gibt dir Gelegenheit, durch Reisen mehr über Europa zu lernen. Auf Entdeckung gehst du mit dem Zug, in Ausnahmefällen auch mit anderen Verkehrsmitteln, […].
Wenn du 18 Jahre alt bist und in der Europäischen Union oder in einem der mit Erasmus+ assoziierten Länder […] wohnst, nimmt dich DiscoverEU mit auf ein Reiseerlebnis, bei dem du die Vielfalt Europas, sein Kulturerbe und seine Geschichte entdecken und Menschen aus jedem Winkel des Kontinents kennenlernen wirst. […]
Die ausgewählten Teilnehmenden erhalten eine DiscoverEU-Jugendkarte, mit der sie Rabatte für Kulturbesuche, Lernaktivitäten, Sport, Transportmittel, Unterkunft, Verpflegung usw. erhalten.

Nach: Europäische Union: Was ist DiscoverEU? In: www.youth.europa.eu, Abruf am 30.06.2023

Erasmus +
EU-Programm für Bildung, Jugend und Sport

AUFGABEN

70053-255

1. a) Beschreibe die in **M1** genannten Freiheiten, von denen die Personen profitieren.
   b) Nenne Freiheiten, die dir für deinen jetzigen und zukünftigen Alltag wichtig erscheinen.
2. a) Erkläre die „Vier Freiheiten des Europäischen Binnenmarktes" und die Zielsetzung ihrer Einführung (**M2**, **#Der europäische Binnenmarkt**).
   b) Ordne die vier Freiheiten aus **M2** den Beispielen in **M1** zu.
3. Beschreibe die Initiative Discover-EU und begründe, ob du an dieser teilnehmen würdest (**M3**).
4. Schreibt einen Kommentar zu der Frage: Welchen Nutzen hat der Binnenmarkt für das Leben in der EU?

F zu Aufgabe 2
Finde für jede Freiheit eigene Beispiele.

Arbeiten im Binnenmarkt – grenzenlose Freiheiten für Arbeitnehmende?

Mobilität in der EU
→ Kap. 5.2

Viele Menschen nutzen den freien Personenverkehr, um in einem anderen Land zu arbeiten, mit dem eigenen Unternehmen in das europäische Umland zu expandieren oder aufgrund des Lohnniveaus in anderen EU-Ländern mehr zu verdienen. Insbesondere an den Grenzen gibt es Pendlerinnen und Pendler, die von dem Freiheitsrecht Gebrauch machen. Leider gibt es auch Fälle, in denen Arbeitnehmende von reicheren Ländern ausgebeutet werden und Arbeitgebende, die europäische Standards im Arbeitsrecht missachten.

M4 Fallbeispiel: Osteuropäische Pflegekräfte in Deutschland

Radiobeitrag zu den Arbeitsbedingungen in der EU

70053-242

Schätzungen zufolge arbeiten in Deutschland 300.000 bis 600.000 Menschen als 24-Stunden-Betreuerinnen. Die meisten von ihnen sind Frauen. Viele stammen aus Osteuropa, aus Polen oder Rumänien etwa, und kommen über Vermittlungsagenturen hierher. Sie machen einen Job, bei dem die Bedingungen so schlecht sind, dass ihn Menschen aus Deutschland oft nicht wollen: Sie arbeiten teilweise ohne Pausen und ohne freie Tage zu geringem Lohn. [...] Kontrollen gibt es in dem Bereich kaum, etwa bei den Arbeitszeiten. Eine 24-Stunden-Betreuerin erzählt von ihrem Vertrag: "Bei mir steht sechs Stunden am Tag, fünf Tage die Woche. Und ich arbeite 20, 21 Stunden am Tag, sieben Tage die Woche, die Nächte dazu. [...]." Und die Bedingungen für Betreuerinnen werden eher schlechter statt besser: Es herrscht Preisdruck und die Nachfrage wächst.

Nach: Bidian, Alexandra/ Banholzer, Lennart: Betreuungskräfte aus Osteuropa: Immer da und ausgenutzt? In: www.ndr.de, 09.01.2023

M5 Rechtliche Grundlagen für das Arbeiten in der EU

Die Freizügigkeit von Arbeitnehmern ist ein in Artikel 45 des Vertrags über die Arbeitsweise der Europäischen Union verankerter Grundsatz, dessen Umsetzung durch abgeleitetes EU-Recht und die Rechtsprechung des Europäischen Gerichtshofs gewährleistet wird. EU-Bürgerinnen und Bürgern steht es demnach zu,

- in einem anderen EU-Land Arbeit zu suchen,
- dort zu arbeiten, ohne eine Arbeitserlaubnis beantragen zu müssen,
- zu diesem Zweck dort zu wohnen,
- selbst nach Beendigung des Beschäftigungsverhältnisses dort zu bleiben,
- hinsichtlich Zugang zu Beschäftigung, Arbeitsbedingungen und aller anderen Sozialleistungen und Steuervorteile genauso behandelt zu werden wie die Staatsangehörigen des Aufnahmelandes.

Bei EU-Bürgern können bestimmte Ansprüche des Kranken- und Sozialversicherungsschutzes auf die Systeme des Landes übertragen werden, in dem sie Arbeit suchen. [...]

In bestimmten Berufen können die in einem EU-Land erworbenen beruflichen Qualifikationen auch in den anderen Ländern anerkannt werden.

© Europäische Union, 1995-2020, Freizügigkeit EU-Bürger. In: www.ec.europa.eu, Abruf am 01.07.2020

M6 Urteil zum Mindestlohn für 24-Stunden-Pflege

Bulgarische Pflegekräfte, die rund um die Uhr in einem deutschen Haushalt beschäftigt werden, haben Anspruch auf Mindestlohn. Das hat das Gewerkschaftliche Centrum für Revision und Europäisches Recht im Juni vergangenen Jahres beim Bundesarbeitsgericht durchgesetzt (Bundesarbeitsgericht, Urteil vom 24. Juni 2021 - 5 AZR 505/20). […]

Das Urteil hat erhebliche Wellen geschlagen: Den nach Deutschland entsandten ausländischen Betreuungskräften, die in einem Privathaushalt arbeiten, steht grundsätzlich Mindestlohn zu. Und zwar nicht nur für ihre gesamte Arbeitszeit, sondern auch für den Bereitschaftsdienst. Dieser kann darin bestehen, dass die Betreuungskraft im Haushalt der zu betreuenden Person wohnen muss und verpflichtet ist, rund um die Uhr bei Bedarf die Arbeit aufzunehmen.

Eine Pflegerin hilft einem älteren Mann.

Das Landesarbeitsgericht hatte den Aufwand der bulgarischen Klägerin auf 21 Stunden geschätzt und ihr hierfür etwa 30.000 Euro zugesprochen. Nach dem Arbeitsvertrag hätte sie nur 30 Stunden in der Woche arbeiten sollen und bekam auch nur diese bezahlt.

Bender, Till: Mindestlohn für 24-Stunden-Pflege: Das Verfahren geht weiter. In: www.dgbrechtsschutz.de, 22.04.2022

Zusatzkapitel: Die Corona Pandemie – welche Folgen haben Einschränkungen des Binnenmarktes?

70053-243

AUFGABEN

70053-256

1. Fasse die Situation der Pflegekräfte aus Osteuropa zusammen (**M4**).
2. Veranschauliche die rechtlichen Grundlagen für das Arbeiten in der EU in einem Schaubild (**M5**).
3. a) Erkläre mithilfe von **M5**, warum die Arbeitsbedingungen des Pflegepersonals (**M4**) nicht mit dem EU-Recht übereinstimmen.
   b) Nenne politische Entscheidungen, die die Arbeitsbedingungen verbessern könnten.
4. a) Fasse das Urteil des Bundesarbeitsgerichts in eigenen Worten zusammen (**M6**).
   b) Diskutiert in Kleingruppen, inwiefern das Urteil die Arbeitsbedingungen des osteuropäischen Pflegepersonals verbessert.
5. Recherchiert nach weiteren Vor- und Nachteilen des europäischen Binnenmarktes für Arbeitnehmende.
6. Notiert im Brainstorming Vorschläge zur Optimierung des Binnenmarktes für Arbeitnehmende und diskutiert eure Vorschläge in der Klasse.

F zu Aufgabe 4b
Recherchiere im Internet, ob das Gerichtsurteil die Arbeitsbedingungen wirklich verbessert hat.

Die Digitalisierung – eine Chance für strukturschwache Regionen in der EU?

Die Digitalisierung wird in der EU durch unterschiedliche Förderprogramme vorangebracht. Inwiefern können davon auch strukturschwache Regionen profitieren?

M10 Welche Chancen bieten sich strukturschwachen Regionen in der EU?

Ein PKW eines Carsharing – Anbieters

Werbung für den Glasfaserausbau für schnelleres Internet

Die Digitalisierung schreitet voran, nicht nur in der Stadt. Wenn der Ausbau von schnellem Internet via Glasfaser auch auf dem Land vorankommt, ist Erreichbarkeit und Arbeiten aus dem Home-Office auch in ländlich geprägten Räumen kein Problem mehr. In der Pandemie haben bereits einige Arbeitnehmer diese Möglichkeit genutzt – und nutzen sie bis heute. Hiervon profitieren vor allem die IT- und Wissensbranche. Doch Mobilität bleibt trotz Home-Office und schnellem Internet ein wichtiger Faktor in strukturschwachen Räumen. Hier sind die Chancen durch die Digitalisierung besonders groß: digital auf den Bedarf abgestimmte Fahrpläne, selbstfahrende Busse und Autos und Carsharing-Formate für ländliche Räume können die Mobilität in diesen Räumen deutlich verbessern. Hier ist allerdings der Staat bzw. sind die Unternehmen in der Pflicht in diese Regionen zu investieren. Auch die Umnutzung stillgelegter Industriegelände zu Logistikzentren oder die Neuansiedlung von Logistikzentren für den Onlinehandel können positiv für strukturschwache Regionen sein.

Bearbeiter

M11 Welche Förderprogramme der EU gibt es?

Fond	Ausrichtung	Zielgruppe	grenzübergreifende Förderung?
Just Transition Fund	Wirtschaftlichen Strukturwandel ermöglichen	Strukturschwache Übergangsregionen (NUTS-3)	Nein
InvestEU	Infrastruktur, Forschung, Innovation und Digitalisierung, KMUs, soziale Investitionen	Privatpersonen, private und öffentliche Organisationen	Ja (nur Infrastruktur)
Connecting Europe Facility (EU und EIB)	Infrastruktur (Ausbau von transeuropäischen Netzen)	Einzelne EU-Mitgliedstaaten oder Gruppen von EU-Mitgliedstaaten	Ja
INTERREG	Symmetrische Entwicklung der EU-Regionen	Private und öffentliche Einrichtungen	Ja
ELER (inkl. LEADER – Programm)	Entwicklung des ländlichen Raums	Privatpersonen, Unternehmen, Gemeinden, Vereine	Ja

Nach: IASS: IASS Policy Brief 6/2021: Europäische Strukturwandelförderung für die deutsch-polnische Grenzregion. In: www.publications.iass-potsdam.de, S.10

M12 Intel plant Chipfabrik in Magdeburg

Die Dimensionen sind enorm. Für 17 Milliarden Euro sollen zwei sogenannte Megafabriken in Sachsen-Anhalts Hauptstadt Magdeburg entstehen. Das ist mehr Geld, als im gesamten Landeshaushalt des ostdeutschen Bundeslands steckt. [...] Damit will der US-Hersteller eine eigene europäische Chip-Produktion aufbauen. [...] Für die Europäische Union bedeutet die Entscheidung mehr Versorgungssicherheit bei den so wichtigen Halbleitern, mehr Unabhängigkeit in Weltkrisen. [...] Am größten werden die Auswirkungen aber auf Sachsen-Anhalt und die Stadt Magdeburg sein. [...] Laut Intel-Chef Pat Gelsinger sollen allein 7000 Jobs beim Bau der beiden Fabriken entstehen, 3000 dann in der Produktion selbst. Plus "Zehntausende" weitere Arbeitsplätze in Zulieferbetrieben. [...] Die Ansiedlung wird die Region internationaler machen - nicht nur, weil viele Fachkräfte aus dem Ausland nach Magdeburg ziehen dürften. [...] Von der Universität und der Hochschule Magdeburg-Stendal kommen viele gut ausgebildete Absolventen der Elektro-, Informations- und Systemtechnik sowie der Informatik und Physik. [...]

Eine regelmäßige ICE-Anbindung fehlt Magdeburg als bislang einziger Landeshauptstadt noch, diese soll nun aber kommen. [...] [In] der Landespolitik [hofft man] nun auf eine Sogwirkung, die die wirtschaftlichen Verhältnisse in Deutschland neu sortiert. [...] Sachsen-Anhalt könnte das gut gebrauchen. [...]. [Erst] seit einigen Jahren ziehen insgesamt mehr Menschen nach Sachsen-Anhalt als dass sie abwandern. Das Land hat die im Schnitt älteste Bevölkerung aller Bundesländer und erwartet bis 2035 den prozentual stärksten Bevölkerungsrückgang. [...] Traditionell ist die Stadt an den Schwermaschinenbau gebunden. Doch der hatte in den letzten Jahren stark zu kämpfen.

Vorreyer, Thomas: Eine Chance nicht nur für Ostdeutschland. In: www.tagesschau.de, 15.03.2022

AUFGABEN

70053-258

1. a) Beschreibe anhand der Bilder, welche Chancen die Digitalisierung strukturschwachen Räumen bietet (**M10**)
   b) Ergänze weitere Chancen anhand des Textes und anhand deiner eigenen Ideen (**M10**).
2. a) Arbeitet zu zweit. Beschreibt die ausgewählten Förderprogramme im Bereich Digitalisierung und Strukturwandel und deren beabsichtigte Wirkung (**M11**).
   b) Die deutsch-polnische Grenzregion gilt als strukturschwacher Raum. Beschreibt anhand von konkreten Vorhaben, wie ihr die Region wirtschaftlich voranbringen würdet (**M10**, **M11**).
3. a) Arbeite aus **M12** heraus, welche Chancen sich für den Raum Magdeburg, Sachsen-Anhalt sowie für die EU durch die Ansiedlung der Intel-Chipfabrik ergeben.
   b) Stellt in der Klasse begründete Vermutungen an, weshalb Intel sich für Magdeburg als Standort für seine entschieden hat (**M10-M12**).

H zu Aufgabe 2b
Bezieht dabei auch mögliche Förderprogramme der EU mit ein.

F zu Aufgabe 3
Überprüfe anhand der Karte im **digitalen Aufgabenkasten**, ob es sich beim Raum Magdeburg / Sachsen-Anhalt tatsächlich um einen strukturschwachen Raum handelt.

20 Jahre Euro – was war, was bleibt?

1999 wurde der Euro zunächst als Buchgeld eingeführt. 2002 gelangte er als Bargeld in die Portemonnaies aller EU-Bürgerinnen und Bürger. Mit der Einführung des Euros als gemeinsame Währung konnte der Binnenmarkt weiter gestärkt werden. Mit der Neuerung waren Hoffnungen, aber auch Ängste verbunden.

M13 20 Jahre Euro: Ein Gespräch am Küchentisch

Bei Familie Beyer liegt die Tageszeitung auf dem Küchentisch (Titelbild: 20 Jahre Euro). Mara möchte wissen, wie ihre Eltern damals die Euroeinführung wahrgenommen haben.

Mara: Da steht „20 Jahre Euro". Könnt ihr euch noch daran erinnern, als die neuen Münzen eingeführt wurden?

Vater: Selbstverständlich. Das war ziemlich spannend! Beim Einkaufen erschien uns auch erstmal alles sehr günstig, da die Preise durch den Umtauschkurs um die Hälfte sanken.

Mara: Seid ihr dann einfach zur Bank gegangen und habt das alte Geld umgetauscht?

Mutter: Genau! Ab März 2002 war die Deutsche Mark dann kein gesetzliches Zahlungsmittel mehr. In vielen Geschäften konnte man aber trotzdem noch mit der Deutschen Mark zahlen. Bis heute kann man die Deutsche Mark bei Kreditinstituten wechseln lassen. Bei deinen Großeltern liegen bestimmt noch alte Münzen herum.

Bearbeiterin

M14 Der Euro – unsere gemeinsame Währung

Der Euro ist eine der wichtigsten Währungen der Welt. Durch die gemeinsame Währung haben es Unternehmen leichter, Waren im Ausland zu kaufen oder zu verkaufen. Und wenn man in Portugal im Supermarkt steht, weiß man sofort, ob das Eis am Stiel teurer ist als zu Hause oder nicht. Beim Bezahlen in den Ländern, die den Euro eingeführt haben, entfallen die Umtauschgebühren für andere Währungen.

An der Währungsunion können nur Staaten teilnehmen, die einander in ihrer wirtschaftlichen Entwicklung ähnlich sind. Um dies zu gewährleisten, wurden für die Aufnahme von Ländern in die Währungsunion Kriterien formuliert (Konvergenzkriterien). Konvergenz bezeichnet dabei die allmähliche Annäherung der Teilnehmerländer in wichtigen wirtschaftlichen Grunddaten (Staatsverschuldung, Inflation, Zinsen). Dies ist notwendig, da Spannungen zwischen Ländern entstehen können, wenn sie sich wirtschaftlich unterschiedlich entwickeln.

Um dies zu verhindern, wurde auch der Stabilitäts- und Wachstumspakt (kurz: Eurostabilitätspakt) im Vertrag von Amsterdam im Jahre 1997 verankert. Dieser fordert von den Euroländern in wirtschaftlich normalen Zeiten einen annähernd ausgeglichenen Staatshaushalt, damit in wirtschaftlich ungünstigen Zeiten Spielraum besteht, die Wirtschaft zu stabilisieren. Bei Verstößen gegen diese Regeln drohen dem Mitgliedsland Geldstrafen.

Bearbeiterin

M15 Welche Länder haben den Euro als Währung?

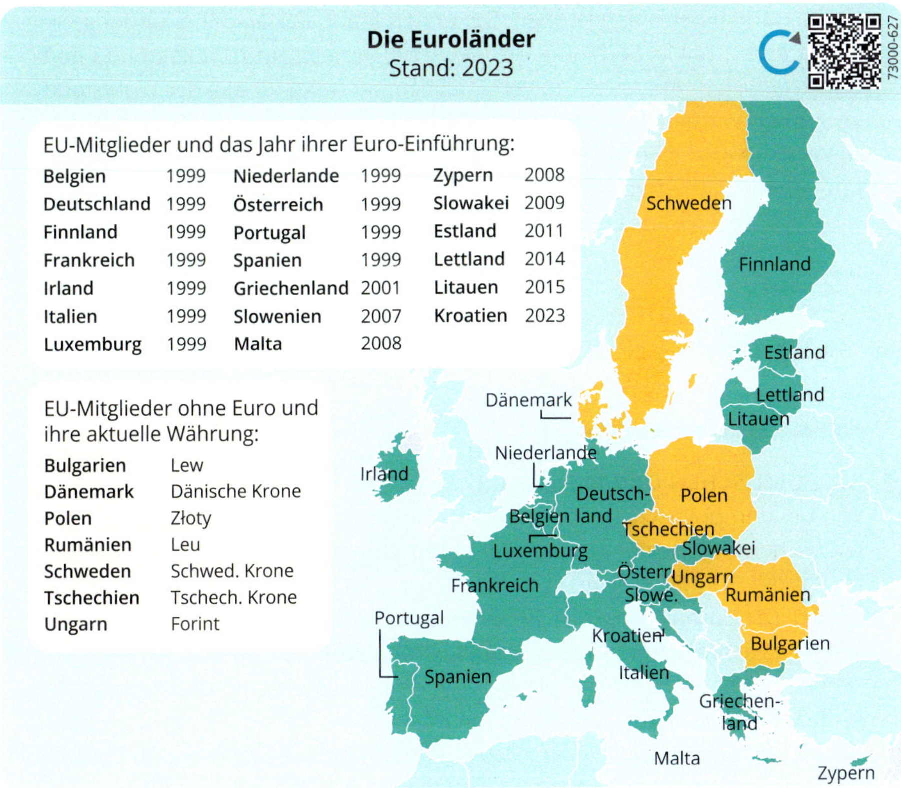

©C.C. Buchner Verlag, aktuelle Daten nach: Europäische Kommission (Datenerhebung: 2023; Grafikerstellung: 2023)

Europäische Währungsunion (EWU)
Als europäische Währungsunion (auch Eurozone genannt) bezeichnet man den Zusammenschluss der Länder, die den Euro eingeführt haben. Sie zeichnet sich durch eine gemeinsame Geld- und Währungspolitik aus, in der gemeinsame Entscheidungen getroffen und umgesetzt werden. Die EWU hat 20 Mitglieder (Stand: 2023).

Schengenraum

73000-628

AUFGABEN

70053-259

1. a) Fasse die Erfahrungen der Familie Beyer zur Einführung des Euros zusammen (**M13**).
b) Führe mithilfe der nachfolgenden Methodenkarte Interviews mit deinen Großeltern, Eltern oder Lehrkräften zur Einführung des Euros.

2. a) Erkläre die Europäische Währungsunion in eigenen Worten (**M14**, **M15 mit Randspalte**).
b) Stelle Vermutungen an, warum nicht alle EU-Staaten Mitglied in der EWU sind.

3. a) Erläutere Vorteile einer Mitgliedschaft in der Währungsunion (**M14**).
b) Diskutiert, welche möglichen Risiken, mit Blick auf die Konvergenzkriterien, die Währungsunion mit sich bringt (**M14**).

F zu Aufgabe 2
Vergleiche die Grafik zur EWU mit der Grafik zum Schengenraum im QR-Code. Wo gibt es Gemeinsamkeiten, wo Unterschiede?

WIE ENSTAND DIE EU UND WAS KENNZEICHNET SIE HEUTE?

Kapitel 11.1, M1-M7 #

DER EUROPÄISCHE INTEGRATIONSPROZESS

Die EU ist aus der Europäischen Wirtschaftsgemeinschaft hervorgegangen, die 1957 in Rom gegründet wurde. Das oberste Ziel war es, dass die europäischen Staaten nach zwei großen Kriegen endlich friedlich leben und miteinander Handel betreiben können. Die ersten Maßnahmen der Gründungstage waren es, Kohle, Stahl und Atomenergie gemeinsam zu nutzen und den wirtschaftlichen Austausch zu vereinfachen. So sollte für alle der Wohlstand vergrößert werden. In mehreren Schritten der Erweiterung und durch weitere Verträge ist die heutige Europäische Union entstanden. Alle Mitgliedstaaten haben sich auf gemeinsame Werte verpflichtet: die Wahrung der Menschenwürde, Freiheit, Demokratie, Menschenrechte und Rechtsstaatlichkeit.

Kapitel 11.1, M8-M10 #

DIE POLITISCHEN ORGANE DER EU

Wie bei den politischen Systemen auf Landes- oder Bundesebene sind die politischen Organe der EU nach dem Prinzip der Gewaltenteilung festgelegt. Im Rat der EU (Ministerrat) stimmen sich die Regierungen der Mitgliedstaaten ab. Die Zusammenarbeit zwischen den Staaten findet hier durch die jeweiligen Fachminister:innen statt. Die Europäische Kommission gilt auch als „Regierung der EU", da hier die jeweiligen Kommissarinnen und Kommissare der Mitgliedstaaten zusammen an den Themenbereichen arbeiten oder Gesetzesinitiativen einbringen. Das EU-Parlament verabschiedet im Zusammenspiel mit dem Ministerrat die Gesetze der EU. Es wird alle fünf Jahre direkt von den EU-Bürger:innen gewählt. Der Europäische Gerichtshof hat die Aufgabe, auf Antrag die Rechtsakte der EU zu prüfen.

Kapitel 11.1, M15-M17 #

DIE EUROPÄISCHE BÜRGERINITIATIVE

Mit der Europäischen Bürgerinitiative als Beteiligungsinstrument können EU Bürger:innen sich in die EU-Politik einbringen. Damit eine Europäische Bürgerinitiative von der Kommission angehört wird, bedarf es mind. 1 Million Unterschriften von mindestens einem Viertel der Mitgliedstaaten innerhalb von zwölf Monaten. Durch die Europäische Bürgerinitiative werden die direkten Einflussmöglichkeiten der Bürger/innen gegenüber den EU-Institutionen gestärkt.

WAS KENNZEICHNET DIE EU ALS WIRTSCHAFTSRAUM?

DIE VIER FREIHEITEN DES EUROPÄISCHEN BINNENMARKTES

← Kapitel 11.2, M1-M6

Die Europäische Union hat eine gemeinsame Wirtschaftszone, den europäischen Binnenmarkt mit seinen vier Freiheiten: Freiheit für die arbeitenden Menschen, Waren, Dienstleistungen und das Kapital. Das bedeutet, dass z. B. ein polnischer Krankenpfleger in Deutschland arbeiten darf, denn er hat das Recht auf Freizügigkeit. Schwedischer Käse darf in Frankreich verkauft werden. Eine Spanierin darf in Belgien ein Reisebüro eröffnen und dort ihre Dienstleistungen anbieten. Und ein Österreicher kann ein Girokonto bei einer niederländischen Bank eröffnen. Aufgrund der Freiheiten des europäischen Binnenmarktes können Arbeitssuchende (EU-Bürger:innen) in ein anderes EU-Land ziehen, wenn bestimmte Bedingungen erfüllt sind. So können EU-Bürger:innen auch in einem anderen EU-Land arbeiten. Problematisch wird es, wenn Bürger:innen aus anderen EU-Ländern in Deutschland arbeiten und nicht angemessen bezahlt oder Arbeitsschutzbedingungen missachtet werden.

STRUKTURSTARKE UND STRUKTURSCHWACHE RÄUME IN DER EU

← Kapitel 11.2, M7-M12

Strukturstarke Räume kennzeichnen sich durch eine gute wirtschaftliche Situation. Gut ausgebildete Arbeitskräfte ziehen in diese Regionen. Hohe Einkommen in der Bevölkerung und eine gute Lebensqualität herrschen vor. Strukturschwache Räume sind durch eine schlechtere wirtschaftliche Situation und damit verbunden auch einer ausbaufähigen Infrastruktur gekennzeichnet. Häufig ist die Folge eine Abwanderung gerade der jüngeren Bevölkerungsschichten. Die Digitalisierung kann für strukturschwache Regionen eine Chance sein, wenn die Voraussetzungen hierfür geschaffen werden (digitale Infrastruktur und Verkehrsnetze). Eine Ansiedlung neuer Industrien in diesen Räumen kann außerdem eine positive Entwicklung anstoßen.

DIE EUROPÄISCHE WÄHRUNGSUNION

← Kapitel 11.2, M13-M15

In Deutschland wurde der Euro im Jahr 2002 eingeführt. Der Europäischen Währungsunion (kurz: EWU) gehören derzeit 20 EU-Länder an. Die Einführung einer gemeinsamen Währung galt als großer Schritt für den europäischen Integrationsprozess, da mit dem einheitlichen Geldmittel ein neues „Wir-Gefühl" vermittelt wurde. Um an der EWU teilnehmen zu konnen, gibt es Voraussetzungen, die ein Land erfüllen muss. Diese werden auch Konvergenzkriterien genannt. So darf der Bestand der Staatsschulden nur 60 % des BIPs betragen. Außerdem soll die Inflationsrate nur wenig von den drei preisstabilsten Euro-Staaten abweichen. Tritt ein Land durch die Einführung des Euros in den Schengenraum ein, haben es Unternehmen leichter, Waren im Ausland zu kaufen oder zu verkaufen.

11.3 Die Europäische Zukunft – Entwicklung und Herausforderung

Die EU und die Weltpolitik – sollte die EU außenpolitisch mit einer Stimme sprechen?

Die EU gilt noch immer als wirtschaftspolitischer Riese, aber als außenpolitischer Zwerg. Die Mitgliedstaaten der Europäischen Union weigern sich bis heute außenpolitische Souveränitätsrechte an die EU abzugeben. Im Vertrag von Lissabon gab es zwar Fortschritte auf der Suche nach einer Gemeinsamen Außen- und Sicherheitspolitik (kurz: GASP), aber in vielen weltpolitischen Konflikten tritt die EU gespalten auf.

M1 Gemeinsame EU-Flüchtlingspolitik erwünscht?

Karikatur: Heiko Sakurai, 2015

M2 Außenpolitische Leitlinien und Ziele der EU

Die auf Konfliktlösung und internationale Verständigung ausgerichtete gemeinsame Außen- und Sicherheitspolitik der EU stützt sich auf Diplomatie, flankiert durch Maßnahmen in den Bereichen Handel, Entwicklungshilfe, Sicherheit und Verteidigung. Die politische Krise in der Ukraine und die Unruhen im Nahen Osten haben gezeigt, wie wichtig es ist, dass Europa nach außen zusammensteht. Aus diesen Gründen strebt die EU eine Stärkung ihrer Außenpolitik an. Wenn sie gemeinsam handeln, erlangen die EU-Staaten weit mehr [politisches] Gewicht, als wenn jedes Land seine Interessen allein vertreten würde. [Dies] bedeutet für die EU, dass sie in der Lage ist, effizienter auf globale Herausforderungen zu reagieren, die Werte der EU zu fördern und einen Beitrag zu Frieden und Wohlstand in der Welt zu leisten.

Nach: Europäische Union, 1995-2021. Europäische Kommission: Die EU und ich. Brüssel 2020, S. 51. In: www.op.europa.eu, Abruf am 04.01.2021

M3 Wie funktioniert die GASP?

Ziel der GASP ist es, langfristig eine gemeinsame Außen- und Sicherheitspolitik zu entwickeln. Politische Entscheidungen in den Politikfeldern werden dann gemeinsam getroffen und nach außen getragen. So kann eine engere Zusammenarbeit der Mitgliedstaaten verstärkt werden und die EU kann in der internationalen Politik mit einer Stimme sprechen.

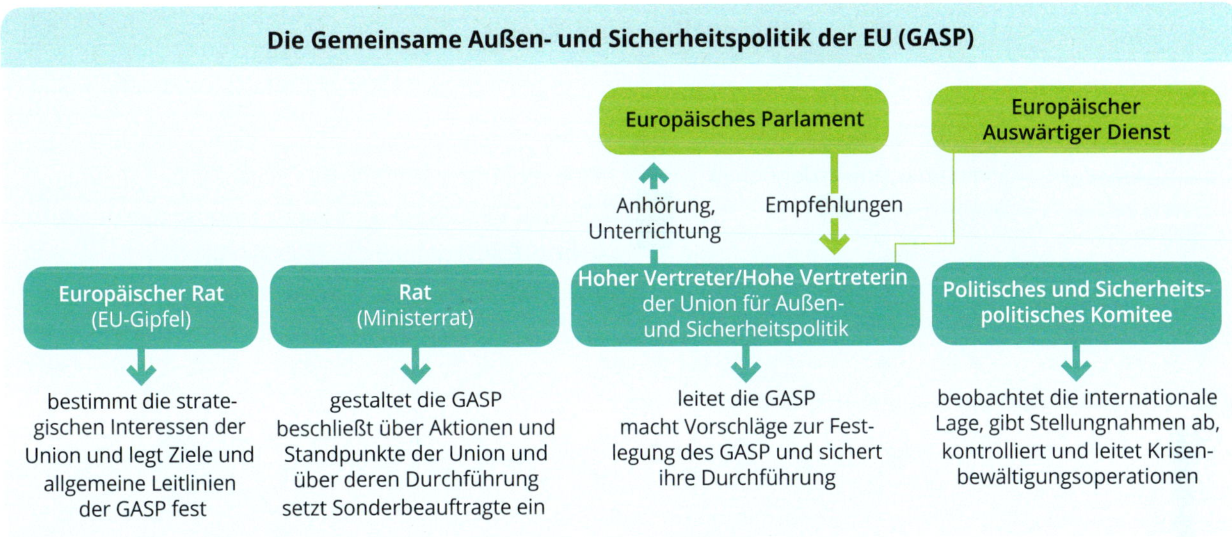

Bearbeiterin

M4 Aktuelle außenpolitische Herausforderungen der EU

A Der russische Angriffskrieg gegen die Ukraine

B Expansive Tendenzen von China und Russland

C Die USA war in den letzten Jahren nicht immer ein verlässlicher Partner für die EU.

D Große Zahlen von Geflüchteten, die Asyl in Europa suchen.

Bearbeiterin

expansiv
ausdehnend

AUFGABEN

70053-260

1. Analysiere die Karikatur (**M1**) mit Blick auf die Aussage, dass die EU auf der Suche nach einer Gemeinsamen Außen- und Sicherheitspolitik in vielen weltpolitischen Konflikten gespalten auftritt (→ **Methodenglossar**).
2. Beschreibe die außenpolitischen Leitlinien und Ziele der EU (**M2**).
3. Erkläre die Funktionsweise der GASP (**M3**).
4. Beurteile, ob die EU für die Herausforderungen der heutigen Zeit bereits gut aufgestellt ist (**M3**, **M4**).
5. Schreibe eine Rede zu dem Thema: Die gemeinsame Außen- und Sicherheitspolitik in der EU muss intensiviert werden.

Der Brexit – was passiert, wenn einer raus will?

Im Sommer 2016 hat zum ersten Mal ein Staat mit einer Volksabstimmung beschlossen, die EU zu verlassen. Bis dahin war die Geschichte der EU eine Geschichte der ständigen Erweiterung um neue Mitgliedstaaten.

M5 Schlagzeilen zum Brexit

A Verlorene Arbeitnehmerfreizügigkeit führt zum Mangel in verschiedenen Bereichen des britischen Arbeitsmarktes.

B Wegen Brexit-Regelung dürfen zwei Fußballspieler mit gambischen und nigerianischen Pässen nicht am Spiel in GB teilnehmen. Grund: Einreiseregelung für Nicht-EU-Bürger:innen

C Praktika, Studium und Arbeitsplatzwahl werden schwieriger.

D Der Brexit gleicht einer Ohrfeige für unsere Kinder.

E Kursverluste auf den Aktienmärkten

F Briten haben wieder die Kontrolle über ihre Außengrenzen.

G Aufatmen: London darf endlich wieder selbst entscheiden.

Bearbeiterin, Schlagzeilen an Realität angelehnt

Grafik: Das EU-Austrittsverfahren

70053-244

Brexit
Der Begriff Brexit ist aus den Wörtern Britannien und Exit zusammengesetzt.

M6 Das Austrittsverfahren Großbritanniens aus der EU

Ein Austritt aus der EU ist in Artikel 50 des Vertrages von Lissabon geregelt: „Jeder Mitgliedstaat kann im Einklang mit seinen verfassungsrechtlichen Vorschriften beschließen, aus der Union auszutreten".

Nach der Volksabstimmung im Juni 2016 beantragte Großbritannien am 29.03.2017 offiziell den Austritt aus der EU. Ab diesem Tag hatten Großbritannien und die EU zwei Jahre Zeit, um ein Austrittsabkommen zu verhandeln. Inhalte dieses Abkommens sind die zukünftigen Beziehungen Großbritanniens zur EU, welche bei allen EU-Mitgliedstaaten und dem EU-Parlament auf Zustimmung stoßen müssen. Dazu gehören z. B. die Rechte von EU-Bürger:innen in Großbritannien und die Rechte britischer Staatsbürger:innen in EU-Mitgliedstaaten, finanzielle Verpflichtungen und Grenzfragen.

Die Verhandlungen zum Brexit waren komplex und immer wieder kam es zu Uneinigkeiten. Die Frist wurde mehrfach verlängert. Ein Austritt ohne Abkommen stand ebenfalls zur Debatte. Am 30.12.2020 wurde schließlich das Abkommen von beiden Seiten unterzeichnet:

Einige Regelungen aus dem Austrittsabkommen:

A Großbritannien befolgt weiterhin die Lebensmittelstandards der EU und hält Quoten für einen nachhaltigen Fischfang ein.

B Die Freizügigkeit endet für britische Staatsbüger:innen in der EU und für EU-Bürger:innen in Großbritannien.

C Beruflich Qualifikationen von Fachkräften wie Ärztinnen, Pharmazeuten oder Ingenieuren werden erst nach Prüfung anerkannt.

D Die Zusammenarbeit der Flugsicherheit bleibt bestehen.

E Großbritannien verlässt das Austauschprogramm Erasmus.

F Großbritannien ist nicht mehr Mitglied des gemeinsamen Energiemarktes und der Europäischen Atomgemeinschaft Euratom. Es findet kein Emissionshandel mehr statt.

Bearbeiterin

Grafik: Wie stimmten die Briten beim Referendum ab?

70053-245

M7 Die Folgen des Brexits

Am 9. Februar 2022 legte der zuständige Ausschuss des britischen Parlaments einen Bericht zu den Auswirkungen und Folgen des Brexits vor. In dem Bericht heißt es, dass der Brexit der britischen Wirtschaft vor allem Probleme gebracht habe. So stellte der Ausschuss fest, dass „höhere Kosten, mehr Bürokratie und Verzögerungen an den Grenzen" die „einzigen feststellbaren Auswirkungen" des Brexits für britische Unternehmen seien. Der Rückgang des Handels lässt sich ebenfalls nicht vom Brexit trennen. Dabei warnen die Parlamentarier vor weiteren Folgen. Die Vorsitzende des Ausschusses Meg Hillier kritisiert, dass der Brexit bislang nur für mehr Belastung gesorgt hat, anstatt die britischen Unternehmen zu „befreien, um ihnen mehr Raum für die Maximierung ihrer Produktivität zu geben".

Bearbeiterin

AUFGABEN

70053-261

1. Ordne die Zeitungsüberschriften in eine Tabelle ein: Pro- und Kontra Brexit (**M5**).
2. Visualisiert zu zweit das Austrittsverfahren Großbritanniens aus der EU in einem Flussdiagramm (**M6**) (→ **Methode, S. 235**).
3. Beurteile die Aussagen der Parlamentarierinnen und Parlamentarier zu den Brexit-Folgen (**M7**).
4. Erörtere die Folgen des Brexits für den Zusammenhalt der verbleibenden Mitgliedstaaten in der Europäischen Union.
5. Führt eine Diskussion zu dem folgenden Thema durch: Nach dem Brexit – Brauchen wir jetzt mehr oder weniger Europa?

Die Ukraine als Beitrittskandidat – wie wird ein Land EU-Mitglied?

In den letzten Jahrzehnten haben europäische Länder wie Albanien, Montenegro oder die Türkei Anträge zur Aufnahme in die Europäische Union gestellt. Der Staatenbund bietet angesichts globaler Herausforderungen der heutigen Zeit viele Chancen. Wie reagiert die EU auf neue Beitrittsanträge? Und wie können neue Länder in die europäische Familie aufgenommen werden?

M8 Die Ukraine möchte in die EU

Audiobeiträge zum EU-Beitritt der Ukraine

70053-246

Der ukrainische Präsident Selenskyj stellte am 28. Februar 2022 den Antrag zur Aufnahme der Ukraine in die EU. Nachdem die EU-Kommission diesen geprüft hatte, stimmte der Europäische Rat am 24. Juni 2022 dafür, dass die Ukraine den Status „Beitrittskandidat" erhält. Auf einem EU-Sondergipfel in Brüssel wurde die aktuelle Perspektive für die Ukraine zum EU-Beitritt dargestellt:

[E]inen schnellen Beitritt der Ukraine sehen viele der 27 europäischen Staats- und Regierungschefs nicht. Ausdrücklich hat das heute auch niemand gefordert – im Gegenteil. Man sei auf dem Weg, hieß es. Jetzt komme es darauf an, weiter daran zu arbeiten. [...] Bundeskanzler Olaf Scholz erinnerte daran, dass auch andere Staaten mit Kandidatenstatus schon lange auf einen Beitritt warteten. Die Westbalkan-Staaten vor allem zu lange, so Scholz: So eine Geschichte dürfe sich nicht wiederholen. Den Ländern sei vor 20 Jahren der Beitritt zugesagt worden. „Da müssen wir mehr Tempo machen auch mit Blick auf unsere eigenen Entscheidungsprozesse", sagte der Bundeskanzler. Dabei schwingt eine Botschaft mit: Es sollte sich niemand Illusionen machen, auch nicht in Kiew. EU-Kommissionspräsidentin Ursula von der Leyen zufolge hat die Ukraine zuletzt beeindruckende Fortschritte auf dem Weg zur europäischen Integration gemacht. Sie betonte aber, es gebe keinen starren Zeitplan und das alles sei ein "leistungsabhängiger Prozess".

Nach: Beckmann, Holger: Ein Kampf für Freiheit und Demokratie. In: www.tagesschau.de, 09.02.2023

Westbalkan-Staaten
Albanien, Bosnien-Herzegowina, Kosovo, Mazedonien, Montenegro, Serbien

M9 Wer kann EU-Mitglied werden?

a) Grundsätze einer EU-Mitgliedschaft nach Art. 49 EUV

Art. 49 EUV
„Jeder europäische Staat, der die in Artikel 2 genannten Werte achtet und sich für ihre Förderung einsetzt, kann beantragen, Mitglied der Union zu werden. Das Europäische Parlament und die nationalen Parlamente werden über diesen Antrag unterrichtet. Der antragstellende Staat richtet seinen Antrag an den Rat; dieser beschließt einstimmig nach Anhörung der Kommission und nach Zustimmung des Europäischen Parlaments, das mit der Mehrheit seiner Mitglieder beschließt. Die vom Europäischen Rat vereinbarten Kriterien werden berücksichtigt."

b) Beitrittskriterien: Kopenhagener Kriterien

Um der EU beitreten zu dürfen, müssen die sog. Kopenhagener Kriterien erfüllt werden:

Kopenhagener Kriterien	
Das politische Kriterium	Garantie institutioneller Stabilität, Schaffung einer demokratischen und rechtsstaatlichen Ordnung, Einhaltung der Menschenrechte und Schutz von Minderheiten.
Das wirtschaftliche Kriterium	Verpflichtung zur Schaffung einer funktionsfähigen Marktwirtschaft und Nachweis, dem Wettbewerbsdruck innerhalb des EU-Binnenmarktes standhalten zu können.
Das Acquis Kriterium	Übernahme aller Rechte und Pflichten, die sich aus der Mitgliedschaft ergeben. (Acquis communautaire: gemeinschaftlicher Besitzstand)

Bearbeiterin

M10 Die EU zur Bedeutung der EU-Erweiterung

Eines der Ziele der Erweiterung ist das Bemühen, die Solidarität zwischen den Völkern Europas zu vertiefen, ihren Wohlstand und ihre Chancen zu fördern und gleichzeitig die Vielfalt zu achten und zu wahren. […] Während des Erweiterungsprozesses hilft die Kommission den Ländern, die Mitglied der EU werden möchten, bei der Erfüllung der Kriterien für die Mitgliedschaft und unterstützt sie bei der Umsetzung der entsprechenden wirtschaftlichen und demokratischen Reformen. Wenn die Verhandlungen und entsprechenden Reformen zur Zufriedenheit beider Seiten abgeschlossen wurden, kann das Land der EU beitreten, sobald alle EU-Mitgliedstaaten zustimmen. […] Die Perspektive der Mitgliedschaft ist eine der wesentlichen Triebfedern für den Transformationsprozess im westlichen Balkan und trägt zu Versöhnung und Stabilität bei. […] Beitrittskandidaten müssen Rechtsstaatlichkeit, Justiz und Grundwerten oberste Priorität einräumen.

© Europäische Union, 2020, Europäische Kommission (Hg.): Die Europäische Union. Was sie ist und was sie tut. Luxemburg 2020, S. 31

Transformation
Wandlung

AUFGABEN

70079-262

1. Schreibt eine eigene Einschätzung zum EU-Beitritt der Ukraine (**M8**).
2. Erstellt in Kleingruppen einen Flyer, der über die Bedingungen, EU-Mitglied zu werden, informiert (**M9**).
3. Prüfe mithilfe der Kopenhagener Kriterien, welche Chancen die Ukraine auf eine EU Mitgliedschaft hat (**M8**, **M9**).
4. Stelle die Bedeutung einer EU-Erweiterung dar (**M10**).
5. Beurteilt: Sollte jeder Staat in Europa Mitglied der EU werden dürfen?

F **zu Aufgabe 1**
Stelle die Pro- und Kontra-Argumente aus dem Podcast zum möglichen Ukraine-Beitritt gegenüber.

F **zu Aufgabe 4**
Erstellt Plakate zu möglichen Beitritts- und Austrittskandidaten der EU.

Der Green Deal – neue Hoffnung für unser Klima?

Internationale Herausforderungen lassen sich gemeinsam und länderübergreifend besser lösen. So versucht die EU, politische Maßnahmen zur Förderung einer umweltfreundlichen Wirtschaft und Gesellschaft durchzusetzen. Ziel ist es, dass die EU 2050 klimaneutral wird. Wie ist es möglich, der erste klimaneutrale Kontinent zu werden?

M11 Rat der EU billigt Schlussfolgerungen zur neuen EU-Strategie für die Anpassung an den Klimawandel

João Pedro Matos Fernandes, portugiesischer Minister für Umwelt und Klimaschutz

Der Klimawandel ist nicht nur eine zukünftige Bedrohung – er findet bereits statt. Wir müssen besser auf seine Folgen für die menschliche Gesundheit, die Natur und die Wirtschaft vorbereitet sein. Die heutigen Schlussfolgerungen sind der Startschuss für verstärkte Anpassungsmaßnahmen. In der neuen Strategie stehen bessere Daten und eine bessere Nutzung vorhandener Daten, die Förderung naturbasierter Lösungen, die Einbeziehung finanzieller und wirtschaftlicher Überlegungen und die Intensivierung der Maßnahmen auf internationaler Ebene im Mittelpunkt. Der Klimaschutz ist eine der wichtigsten Prioritäten des portugiesischen Vorsitzes und wir freuen uns, dass der Rat heute die neue EU-Strategie für die Anpassung an den Klimawandel gebilligt hat. Sie wird zusammen mit dem kürzlich vereinbarten Europäischen Klimagesetz der EU dabei helfen, in den nächsten Jahrzehnten klimaresistent und klimaneutral zu werden.

João Pedro Matos Fernandes/ Rat der EU Pressemitteilung: Rat billigt Schlussfolgerungen zur neuen EU-Strategie für die Anpassung an den Klimawandel. In: www.consilium.europa.eu, 10.06.2021

M12 Die Umsetzung des Green Deal

Mit dem Green Deal hat die EU-Kommission einen Katalog an Maßnahmen zusammengestellt, mit denen eine klimafreundliche Wirtschaft gefördert werden soll. Ebenso wird ein effizienter Umgang mit Ressourcen sowie die Verringerung von Schadstoffbelastungen angestrebt. Der europäische Green Deal sichert uns und künftigen Generationen ein besseres und gesünderes Leben durch:

Biodiversität
Die Arten-, Pflanzen,- und Tiervielfalt sowie der Schutz und die nachhaltige Nutzung der Natur

- **A** saubere Luft, sauberes Wasser, einen gesunden Boden und Biodiversität
- **B** sanierte, energieeffiziente Gebäude
- **C** gesundes und bezahlbares Essen
- **D** mehr öffentliche Verkehrsmittel
- **E** saubere Energie und modernste saubere Technologien
- **F** langlebigere Produkte, die repariert, wiederverwertet und wiederverwendet werden können.

Website des Green Deal

70053-247

G zukunftsfähige Arbeitsplätze und Vermittlung der für den Übergang notwendigen Kompetenzen

H weltweit wettbewerbsfähige und krisenfeste Industrie

Nach: Europäische Kommission: Europäischer Grüner Deal. In. www.commission.europa.eu, Abruf am 03.05.2023

M13 Harmoniert der Green Deal mit den Folgen der Corona-Pandemie?

Der "Green Deal" ist ein Kernprojekt der EU-Kommission. Doch durch die Corona-Pandemie gerät das Klimaschutzprogramm in Gefahr. Lobbyverbände und Industrievertreter:innen versuchen, das Vorhaben auf Eis zu legen.

Nein, der Green Deal ist durch die Folgen der Pandemie nicht mehr umzusetzen!	Ja, an den Zielen des Green Deal muss festgehalten werden.
• Dachverband der europäischen Autohersteller fordert Verschiebung der CO_2-Grenzwerte, da die Unternehmen durch die Pandemie ums Überleben kämpfen. • Die Plastik- und Agrarindustrie betont, dass strengere Auflagen erst möglich sind, wenn höhere Gewinne realisiert werden können. • Viele Unternehmen müssen erst die Arbeitsplätze sichern, um überleben zu können. Sie sind auf staatliche finanzielle Hilfe angewiesen.	• Trotz wirtschaftlicher Krisen bleibt der Klimawandel bestehen. Artensterben findet weiter statt. • Unternehmen, die Investitionen für nachhaltiges Wirtschaften nicht unterstützen, haben es auch schon vor Corona nicht gemacht. • Gelder zum Ausgleich wirtschaftlicher Einbußen sollen nur an Unternehmen gezahlt werden, die den Green Deal unterstützen.

Bearbeiterin

AUFGABEN

70053-263

1. Erkläre die Ziele des Green Deal (**M11**).
2. Beschreibe Maßnahmen, mit denen der Green Deal umgesetzt werden soll (**M12**).
3. Erkläre die Kritik an dem Green Deal seitens der Industrie (**M13**).
4. Beurteile, ob der Green Deal zu realisieren ist (**M13**). Führt hierzu auch eine (digitale) Umfrage in der Klasse durch.
5. Entwerft eine eigene (digitale) Wortwolke mit euren Gedanken zum Green Deal.

M17 Pulse of Europe-Kampagne zur EU-Wahl: Verteidige das Herz Europas

Kampagne der Bürgerinitiative Pulse of Europe zur Europawahl 2019

AUFGABEN

70053-264

1. a) Formuliert Gedanken zu dem Wahlplakat der AfD (**M14**).
   b) Analysiere das Wahlplakat in **M14** (→ **Methode, S. 72**) und beurteile, inwiefern derartige Wahlwerbung rechtspopulistischen Parteien Aufwind geben können.
2. a) Analysiere die Stimmenanteile rechtspopulistischer Parteien in einzelnen Mitgliedstaaten (**M15**).
   b) Analysiere die Entwicklung rechtspopulistischer Parteien im EU-Parlament (**M15**).
   c) Beurteile, ob der Rückgang der Stimmenanteile rechtspopulistischer Parteien nach der Europawahl im Jahr 2019 als Sieg für die Demokratie gewertet werden kann (**M15**).
3. Erkläre den Begriff Rechtspopulistische Parteien (**#Rechtspopulistische Parteien**).
4. Lest das Interview mit Karsten Lucke aufmerksam durch (**M16**) und erklärt, welche Bedeutung er der Bürgerinitiative „Pulse of Europe" zuschreibt.
5. a) Analysiere die Plakate der Kampagne „Pulse of Europe" und erläutere die Kernaussagen der drei Plakate.
   b) Entwerft eigene Plakate, um für die Idee der EU/die nächste Europawahl zu werben. Bezieht auf euch weitere Werte der EU (**M16**) und stellt diese in den Fokus der Plakate. Hängt diese in der Schule aus (**M17**).

F zu Aufgabe 5
Stelle einen Bezug zu Inhalten des Interviews mit Karsten Lucke her.

WELCHE HERAUSFORDERUNGEN GIBT ES FÜR DIE EU IN ZUKUNFT?

DIE GEMEINSAME AUSSEN- UND SICHERHEITSPOLITIK DER EU

Die GASP beschreibt die Zusammenarbeit der Mitgliedstaaten, um international mit einer Stimme zu sprechen. Die außenpolitischen Leitlinien legen einen Schwerpunkt auf die internationale Verständigung sowie auf Konfliktlösung. Vorschläge zur Festlegung gemeinsamer politischer Ziele werden durch Hohe Vertreter der Union, die für die Außen- und Sicherheitspolitik der EU verantwortlich sind, dem Europäischen Parlament vorgestellt. Ebenso wirken der Europäische Rat, der Ministerrat und das politische und sicherheitspolitische Komitee bei der GASP mit.

←·· Kapitel 11.3, M1-M3

AUSTRITT UND EINTRITT IN DIE EU

Der Brexit beschreibt den Austritt Großbritanniens aus der Europäischen Union. Im Vertrag von Lissabon ist festgeschrieben, dass jedes Land die Möglichkeit hat, aus der EU auszutreten. Dazu sind bestimmte Fristen und Abläufe einzuhalten. Es wird ein Vertrag zwischen der EU und dem Austrittsland erarbeitet, der Regelungen für die Zeit nach dem Austritt festlegt. Möchte ein Land in die EU aufgenommen werden, muss durch einen Antrag die Bereitschaft signalisiert werden. Einigt sich der Europäische Rat darauf, dem Land den Status „Beitrittskandidat“ zu gewähren, werden die Rahmenbedingungen geprüft. Um der EU beitreten zu dürfen, muss das beitrittswillige Land die Kopenhagener Kriterien erfüllen.

←·· Kapitel 11.3, M5-M10

DIE NACHHALTIGE EU

Ziel der Europäischen Union ist es, bis 2050 klimaneutral zu werden. Dazu hat die EU-Kommission mit dem „Green Deal“ einen Maßnahmenkatalog zusammengestellt, um eine klimafreundliche Wirtschaft zu realisieren. Der Investitionsplan wird mit mehreren Milliarden Euro gefördert.

←·· Kapitel 11.3, M11-M13

RECHTSPOPULISTISCHE PARTEIEN

In der Flüchtlingskrise, während des Brexit oder der Corona-Krise mussten sich Politiker:innen der EU verstärkt mit europakritischen Stimmen auseinandersetzen. Rechtspopulistische oder nationalistische Parteien wurden gewählt und erhalten bei den Bürger:innen Zuspruch. Beispielhaft hierfür stehen Viktor Orbans Ungarn, das in regelmäßigen Abständen wichtige Vorhaben der EU blockiert und die PiS Regierung in Polen, die die Unabhängigkeit der Gerichte stark beschnitten haben.

←·· Kapitel 11.3, M14-M17

KOMPETENZCHECK

Nachdem du das Kapitel „Die Europäische Union als wirtschaftliche und politische Gemeinschaft" bearbeitet hast, kannst du hier das Gelernte anwenden, dein Wissen prüfen und dir ein Urteil bilden.

M1 Die EU muss Vertrauen zurückgewinnen

Das Vertrauen in die EU und in die nationale Regierung im Vergleich
Stand: 2020

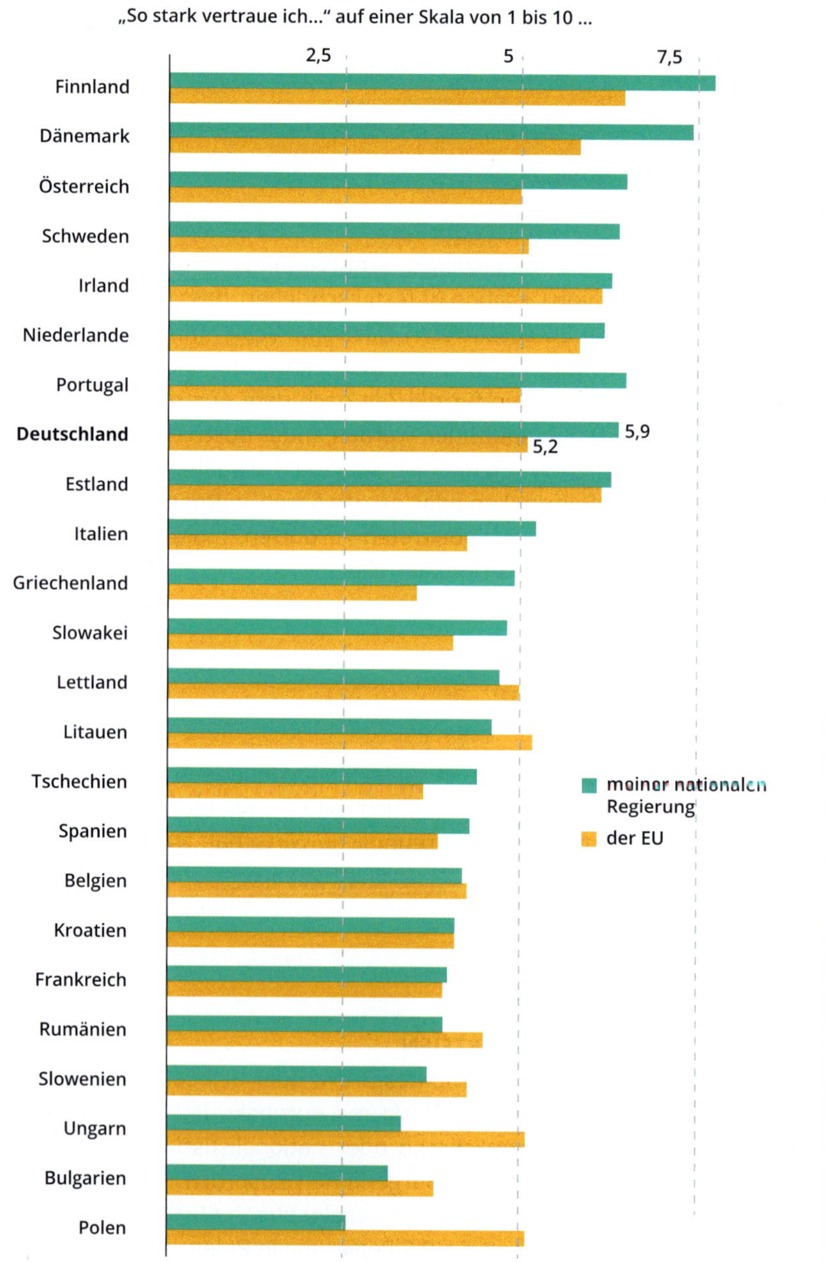

Nach: Hans-Böckler Stiftung, Datenquelle: Eurofound 2020

Online-Quiz zum Kapitel

70053-248

M2 Krisen als Motor oder Hindernis für die Entwicklung der EU?

Hinweis zur Karikatur: In dem Panzer ist der russische Präsident Putin abgebildet.

Karikatur: Oliver Schopf, 2015

Karlspreis
Der Internationale Karlspreis wird in Aachen jährlich an Personen oder Institutionen vergeben, die sich um Europa und die europäische Einigung verdient gemacht haben.

Aufgaben

1. Fasse zentrale Aussagen der Umfrage zusammen (**M1**).
2. Begründe auf Grundlage des Erlernten aus dem Kapitel, warum in manchen Ländern das Vertrauen in die EU größer ist und in manchen kleiner.
3. Analysiere die Karikatur (**M2**).
4. Nimm Stellung zu der Frage „Sind Krisen ein Motor oder ein Hindernis für die Entwicklung der EU?". Beziehe dich hierbei auch auf dein Vorwissen aus dem Kapitel.

Selbsteinschätzung

70053-249

Ein Containerschiff ist auf dem Weg von Hamburg nach Shanghai.

Kund:innen haben im Supermarkt die Auswahl zwischen Waren aus aller Welt.

Auf der Insel Borneo in Südostasien wird der Regenwald großflächig abgeholzt.

Im Hintergrund ist das Logo der Organisation erdölexportierender Länder (OPEC) zu sehen.

Was weißt du schon?

1. Beschreibe, was auf den Bildern zu sehen ist.
2. Erläutere, was die abgebildeten Motive mit internationaler Wirtschaft zu tun haben.
3. Wer profitiert vom internationalen Handel und welche Probleme entstehen dadurch? Diskutiert in der Klasse, was ihr dazu schon wisst.

12

Rund um den Globus – Internationale Wirtschaft

Spielekonsolen aus Japan und Südkorea, Autos aus Schweden oder Italien und Bananen aus Ecuador und Costa Rica: Es gibt kaum einen Wirtschaftsbereich, indem nicht Waren aus der gesamten Welt angeboten werden. Auch du hast bestimmt schon häufig vor einer riesigen Auswahl von Produkten aus der ganzen Welt gestanden, zum Beispiel, wenn du ein neues Smartphone, ein Kleidungsstück oder im Supermarkt Lebensmittel eingekauft hast. Aber welche Voraussetzungen müssen eigentlich erfüllt sein, bis die Waren zum Verkauf im Regal landen? Und wie wird die Weltwirtschaft durch globale Akteure mitgestaltet?

Was lernst du in diesem Kapitel?

... die Faktoren zu beschreiben, an denen sich Unternehmen bei einer Gründung oder Erweiterung orientieren und ihre Bedeutung zu bewerten.
... die Funktionen und Zusammenhänge zu beschreiben, die für die globale Wirtschaft wesentlich sind.
... zu beurteilen, wie internationale Akteure eine funktionierende und gerechte Weltwirtschaft beeinflussen können.
... die Aufgaben und Interessen internationaler Akteure zu beschreiben.
... die verschiedenen Einflussmöglichkeiten internationaler Akteure zu analysieren.
... Merkmale von Freihandel und Protektionismus zu erklären.
... Chancen und Risiken von Freihandel und Protektionismus zu diskutieren.
... Einstellungen der internationalen Akteure zum Freihandel und Protektionismus zu vergleichen.

Eine Concept Map zum Thema „Internationale Wirtschaft“ erstellen MK

Oberbegriff
umfassender Begriff, der übergeordnet ist, zum Beispiel: Kleidungsstück ist ein Oberbegriff u. a. für Hosen, Pullover, T-Shirts, Kleider usw.

Worum geht es?

Sicher kennt ihr aus dem Unterricht eine Mindmap: In der Mitte steht ein Oberbegriff oder Thema, von dem aus Pfeile zu verschiedenen Teilaspekten des Themas führen. Von diesen Teilaspekten verlaufen dann weitere Äste zu Ursachen, Folgen, Beispielen. Eine Concept Map ist ähnlich, es werden aber die Beziehungen zwischen einzelnen Begriffen ergänzt.

Geht dabei so vor:

Start

1

Teilt eure Klasse in vier Gruppen ein. Ihr könnt die Arbeit dann auch innerhalb der Gruppen aufteilen.

- **Gruppe 1** übernimmt Kapitel 12.1 (Thema: Globaler Handel)
- **Gruppe 2** übernimmt Kapitel 12.2 (Thema: Unternehmen in der internationalen Wirtschaft)
- **Gruppe 3** übernimmt Kapitel 12.3, M1-M10 (Thema: Internationale Akteure: Freihandel, ILO und Klimaaktivismus)
- **Gruppe 4** übernimmt Kapitel 12.3, M11- M17 (Thema: Internationale Akteure: Protektionismus und OPEC)

2

Jede Gruppe sammelt für ihr Thema die wichtigsten Begriffe (z. B. #Kästen, Grundwissen-Seiten). Notiert die Begriffe jeweils auf einer Karteikarte.

3

Erklärt euch die Begriffe in der Gruppe gegenseitig. Findet auch einen gemeinsamen Oberbegriff.

4

Klebt für ein großes Poster mehrere DIN-A3-Seiten zusammen. Erstellt auf dem Poster eure Concept Map mit dem Zentrum „Internationale Wirtschaft“. Von diesem Zentrum aus gehen drei Hauptäste zu den Oberthemen der drei Gruppen. Achtet auf eine **schlüssige Anordnung** der Begriffe und **verständliche Erklärungen**, z.B. durch weitere Stichworte. An jedem Ast sollte eine **Beschreibung der Beziehung** zwischen den beiden Begriffen stehen.

5

Wendet euer Wissen an. Teilt eure Klasse dazu in Vierergruppen auf und beantwortet begründet folgende Fragen: Welche Verantwortung tragt ihr im globalen Handel? Welche Verantwortung tragen globale Akteure und Unternehmen? (→ Kapitel 12.4)

Digitale Concept Map erstellen

Eure Concept Map könnt ihr auch mit einem digitalen Werkzeug für kooperatives Arbeiten erstellen. Dafür kann eure Lehrkraft zum Beispiel einen kostenlosen Account auf mindmeister.com erstellen. Ein paar Hinweise zur Bedienung:

- Wenn man einen Begriff eingegeben hat, kann mit der ENTER-Taste ein Element der gleichen Ebene eingefügt werden, mit der TABULATOR-Taste ein Element einer niedrigeren Ebene.
- Die Elemente können bei gedrückter ALT-Taste mit der Maus verschoben werden.

Wenn man einen Begriff anklickt, können im Menü (drei Punkte) weitere Verbindungen erstellt werden. Klickt man mit der rechten Maustaste auf diese Verbindung, kann ein Label hinzugefügt werden, z.B. eine Erklärung.

ENTER-Taste

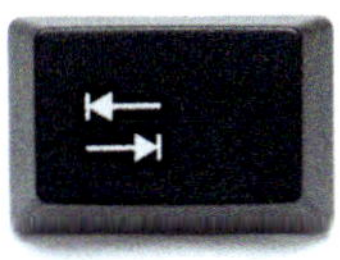

TABULATOR-Taste

12.1 Globaler Handel

Wie hat sich der globale Handel entwickelt?

Noch zu Beginn des letzten Jahrhunderts waren Reisen und Waren aus anderen Ländern, z. B. Gewürze oder exotische Früchte, rar und deshalb teuer zu kaufen. Doch der globale Handel nahm in den letzten Jahrzehnten massiv zu und bestimmt heute an vielen Stellen wirtschaftliche Entscheidungen.

M1 Wie hat sich der weltweite Warenhandel entwickelt?

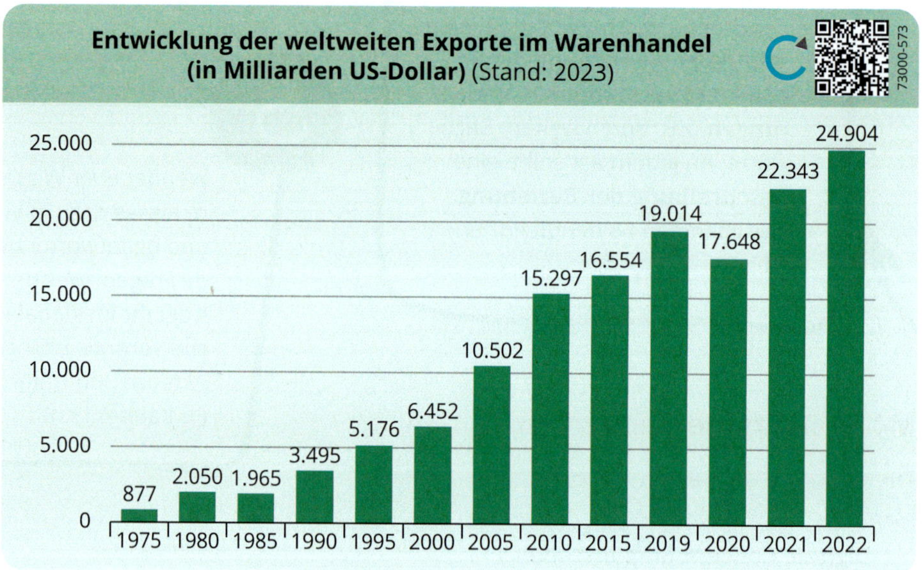

©C.C. Buchner Verlag, Daten nach: UNCTAD Statistics: Merchandise: Total trade and share (Datenerhebung: 2022 (jährlich); Grafikerstellung: 2023)

20-Fuß-Container
der weltweit erste standardisierte Container mit den Abmessungen von 6,06 Metern Länge, 2,44 Metern Breite und einer Höhe von 2,59 Metern

M2 Verschiffungskosten eines 20-Fuß-Containers

Strecke	Kosten für einen 20-Fuß-Container
Shanghai – Barcelona	1509 €
Miami – Bremerhaven	503 €
New York – Hongkong	503 €
Los Angeles – Tokio	1048 €

Bearbeiter, Daten nach: www.icontainers.com, 13.03.2023

M3 Wie haben sich die Preise für Telekommunikation entwickelt?

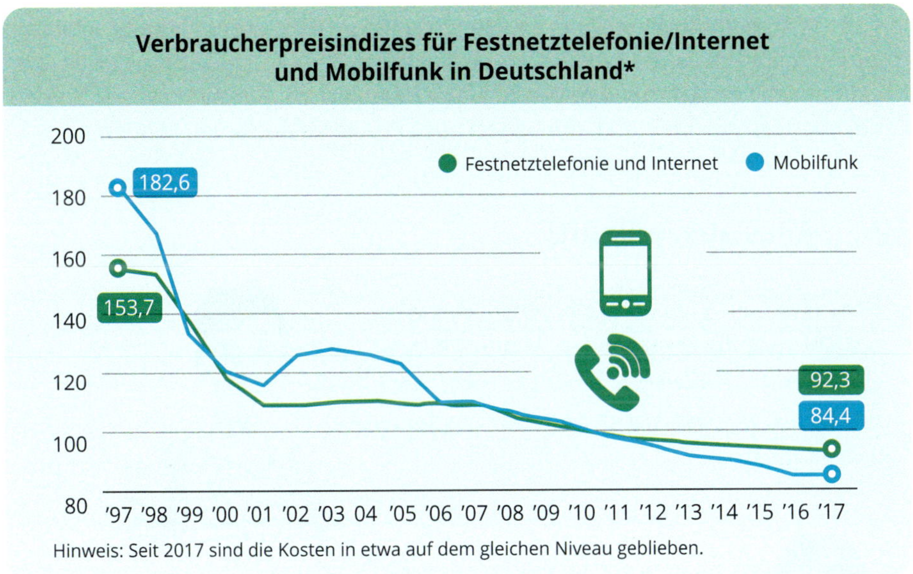

*Nach: Statista; Datenquelle: Statistisches Bundesamt, *2010 = 100*

Index-Darstellung
Bei einer Index-Darstellung werden die Werte auf ein Ausgangsjahr zurückgerechnet (hier: 2010 = 100). Ein Wert von z. B. 120 gibt dann eine Steigerung auf 120 Prozent des Wertes an, ein Wert von 90 eine Verringerung auf 90 Prozent.

M4 Deutsche wandern in die USA aus

Die Passage auf einem Dampfschiff [Anfang 20. Jahrhundert] dauert in der Regel zwei Wochen, später auf den Schnelldampfern lediglich neun Tage. Die Mehrzahl der Emigranten reist für 160 Mark auf dem fensterlosen Zwischendeck. Die Summe entspricht in etwa dem Jahresgehalt eines Arbeiters. Dafür bekommen die Zwischendeckspassagiere wenig geboten: Schlechte Durchlüftung, Platzmangel, Nässe und die Folgen der Seekrankheit machen den Menschen zu schaffen.

Kühl, Janine: Von Hamburg in die weite Welt. In: www.ndr.de, 10.02.2021

Beispiel für Flugkosten in die USA

Flug	Nur Hinflug
Hamburg	New York
1 Erwachsener	1 Stopp
267,– €	

Erklärfilm zur Globalisierung (4:11 Min.)
70053-265

AUFGABEN

70053-274

1. Beschreibe die aktuelle Situation des internationalen Handels und seine Entwicklung (**M1**).
2. Erkläre die Bedeutung der Informationen aus **M2-M4** für die Entwicklung des Welthandels.
3. a) Wie sieht der Welthandel im Jahr 2030 aus? Entwickelt zu zweit eine Zukunftsvision.
   b) Diskutiert eure Zukunftsvisionen anschließend in der Klasse.

H zu Aufgabe 3
Weitere Fragen, die euch helfen eure Zukunftsvision zu entwickeln:
Sind Transportkosten eher niedrig oder hoch?
Wie wird sich das Angebot zum Beispiel im Supermarkt ändern? Was gibt es noch zu kaufen und was nicht?

Knappheitsprobleme – wie umgehen mit Störungen in globalen Lieferketten?

In den letzten Jahrzehnten wurde die Produktion von Gütern immer globaler. Unternehmen setzten verstärkt auf Vorprodukte aus dem Ausland und geringe Lagerbestände oder verlagerten ihre Werke gleich komplett ins Ausland. Seit der Corona-Pandemie zeigt sich verstärkt, dass dabei auch Probleme entstehen können.

M5 Alles ausverkauft!

Ben: Hi, Minh Thu! Du weißt doch, dass unser Auto kaputt gegangen ist. Meine Mutter wollte einen Neuwagen bestellen, aber der Händler sagt, dass wir darauf fast ein Jahr warten müssen.

Ben

Minh Thu

Minh Thu: Ja, das kenne ich. Ich wollte eine neue Grafikkarte für meinen Rechner bestellen. Entweder sind die ausverkauft oder extrem teuer.

Ben: Oh man, das ist ja noch viel schlimmer! Weißt du, woran das liegen könnte?

Bearbeiter

M6 Störung bei Lieferketten – kleine Ursache, großer Schaden

Weil Vorprodukte aus dem Ausland fehlten, konnte die deutsche Industrie von Anfang 2021 bis Mitte 2022 Güter im Wert von knapp 64 Milliarden Euro nicht herstellen, […]. […]

Ohne die Störungen der Lieferketten, die insbesondere auf Produktionsausfälle in Ostasien und Transportprobleme, aber auch auf Fehleinschätzungen in den Beschaffungsstrategien der Unternehmen zurückgehen, hätte das gesamte Verarbeitende Gewerbe in Deutschland eine höhere Wertschöpfung erziehlt. […] Offen ist bislang zwar noch, ob die Wertschöpfungsverluste dauerhaft oder vorübergehend sind. Für Letzteres spricht, dass die Auftragsbestände nach wie vor sehr hoch sind. Allerdings wächst mit der zunehmend schwierigen Wirtschaftslage infolge des Ukraine-Kriegs das Risiko, dass zumindest ein Teil der Bestellungen, die noch nicht abgearbeitet wurden, storniert werden, […].

Selbst wenn nur ein Teil der Wertschöpfung dauerhaft verloren sein sollte, verdeutliche der Umfang der Ausfälle, dass die bisherige geschäftspolitische Ausrichtung, mit der die deutsche Industrie in internationale Lieferketten eingebun-

Wertschöpfungskette
Sie stellt die Aktivitäten eines Unternehmens bei der Erstellung von Produkten und Dienstleistungen geordnet dar. Sie beschreibt damit, wie einem Produkt in den einzelnen Stufen seiner Herstellung bis zum Verkauf eine Wertsteigerung hinzugefügt wird.

den ist, in weltwirtschaftlichen Stresssituationen alles andere als optimal sei, warnen […] [Wissenschaftler]. „Zu stark erscheint bisher der Fokus des Managements auf kurzfristige Kosteneffizienz." Bessere Resultate verspreche eine Strategie, die auf […] mehr Lagerreserven, Diversifikation und Nachhaltigkeit der Lieferketten setze.

Hans Böckler Stiftung: Pressemitteilung. Neue Studie des IMK. In: www.boekler.de, IMK Policy Brief Nr. 141, 28.11.2022

Diversifikation
hier: Einkauf der Vorprodukte von unterschiedlichen Zulieferern

M7 Folgen der Corona-Pandemiee – Lockdowns bremsen Chinas Wirtschaft aus

In Millionenmetropolen wie Peking, dem schwer betroffenen südchinesischen Guangzhou oder in Chongqing gelten weitgehende Bewegungsbeschränkungen. […] China hält weiterhin unbeirrt an seiner strengen Null-Covid-Strategie fest. Schon bei einzelnen Fällen werden Wohnviertel abgeriegelt. […] Rings um die größte iPhone-Fabrik des Landes in der Stadt Zhengzhou wurde gestern ein Lockdown für mehr als sechs Millionen Menschen verhängt. […] Mehr als die Hälfte der Einwohner der Stadt ist vom Lockdown betroffen. Bewohner des Stadtzentrums dürfen das Gebiet vorerst nur noch mit einem negativen Corona-Test und einer behördlichen Erlaubnis verlassen. […]

Der Anstieg der Infektionszahlen und die verhängten Lockdowns in China lösen in der deutschen Wirtschaft Sorge aus. […] Für […] den Welthandel bringe dies erneut Unsicherheit in die Lieferketten und belaste die wirtschaftliche Entwicklung […].

„Die Staus vor den chinesischen Häfen zu Beginn des Jahres sind uns noch in unguter Erinnerung. Die Folgen waren bis weit ins Jahr hinein spürbar", sagte der Präsident des Bundesverbandes Großhandel, Außenhandel, Dienstleistungen (BGA). Trotz Verzögerungen in den Lieferketten müsse sich in Deutschland niemand Sorgen um leere Regale im Einzelhandel machen, betonte der Branchenverband HDE. „Die Händler haben sich weitgehend auf die Herausforderungen eingestellt, Lieferwege verändert, neue Lieferanten erschlossen und früher bestellt."

Tagesschau: Lockdowns bremsen Chinas Wirtschaft aus. In: www.tagessschau.de, 25.11.2022

Null-Covid-Strategie
komplette Abschottung: Versuch, jegliche Ansteckung mit dem Coronavirus in der Bevölkerung zu verhindern

Lockdown
Situation, in der beispielsweise Gebäude oder Gegenden nicht betreten oder verlassen werden dürfen: Lockdowns haben viele Staaten weltweit verhängt, um die Infektionen mit dem Coronavirus einzudämmen oder ganz zu verhindern.

AUFGABEN

70053-275

1. a) Beschreibe, welche Probleme Ben und Minh Thu haben (**M5**).
   b) Tauscht euch zu zweit aus, ob ihr ähnliche Fälle kennt.
2. Beschreibe, welche Auswirkungen die fehlenden Vorprodukte auf die deutsche Wirtschaft hatten (**M6**).
3. Erkläre, welche Bedingungen die Probleme in den Lieferketten verstärkt haben (**M6**, **M7**).
4. Entwickelt gemeinsam Empfehlungen für Unternehmen, um auf Unterbrechungen der Lieferketten zu reagieren.

H zu Aufgabe 3
Beschreibt zuerst die Lösungsansätze, die in **M6** und **M7** angesprochen werden.

12.2 Unternehmen in der internationalen Wirtschaft

Die Qual der Wahl – was macht einen guten Standort aus?

In manchen Regionen reihen sich die Unternehmen eng aneinander, sodass es dort viele Arbeitsplätze gibt. Doch besonders in ländlichen oder abgelegenen Regionen müssen die Menschen oft weite Wege bis zu ihrer Arbeitsstelle zurücklegen. Wovon hängt es ab, wo sich ein Unternehmen niederlässt?

M1 Standort – würden Sie sich wieder so entscheiden?

Interviewer: Warum haben Sie sich für diesen Standort entschieden?
Herr Lottmann: Ich wohne seit meiner Geburt hier und fühle mich auch sehr wohl in dieser Gegend. Deshalb habe ich mein Unternehmen auch hier gegründet.
Interviewer: Aber angenommen, Sie könnten wegen großen Erfolgs ein weiteres Büro aufmachen – wo würden Sie das gerne eröffnen?
Herr Lottmann: Das kommt drauf an. Wenn ich mich auf Deutschland beschränken würde, wahrscheinlich ...

Bearbeiter

RCI
Der RCI (EU Regional Compatitiveness Index – Europäischer Index regionaler Wettbewerbsfähigkeit) misst anhand von etwa 70 Indikatoren die Wettbewerbsfähigkeit europäischer Regionen. Die Bewertung geschieht u.a. in den Bereichen (digitale) Infrastruktur, Gesundheitswesen, Arbeitsmarkt und Innovationsfähigkeit.

M2 Wie gut steht NRW im europäischen Wettbewerb da?

NRWs Wettbewerbsfähigkeit im europäischen Vergleich
Stand: 2023

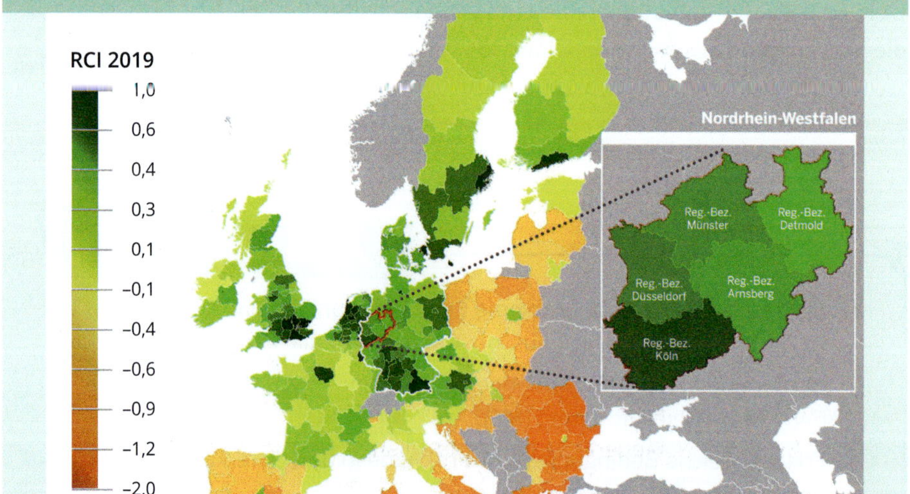

Nach: Prognos AG (2021): Studie zur Leistungsfähigkeit der NRW-Industrie und ihrer Transformation, im Auftrag des Ministeriums für Wirtschaft, Innovation, Digitalisierung und Energie des Landes NRW. © 2022 / MWIDE22-001, Abbildung 9, S. 32

M3 Worauf kommt es bei einer Standortentscheidung an?

1 **Verkehrsanbindung**

2 **behördliche Auflagen**

3 **Schulen und Universitäten in der Nähe**

4 **Arbeitskräfteangebot**

5 **Verfügbarkeit von Rohstoffen**

6 **See und Parkanlagen zur Erholung**

7 **Kundennähe**

8 **Miet- und Energiekosten**

9 **Höhe der Gewerbesteuer**

10 **Kino, Theater, Schwimmbad in der Nähe**

11 **Geschwindigkeit des Internets**

12 **Lage um die Gebäude des Unternehmens**

13 **Unterstützung durch Netzwerke und Wirtschaftsförderung**

14 **Konkurrenzunternehmen**

15 **Nähe zu Zulieferbetrieben**

Bearbeiter

behördliche Auflagen
Bestimmungen, an die sich ein Unternehmen vor Ort halten muss. Das sind zum Beispiel Vorgaben für den Bau oder für den Lärm- oder Naturschutz.

Gewerbesteuer
Steuer, die auf den Gewinn eines Unternehmens erhoben wird

Netzwerke und Wirtschaftsförderungen
unterstützen Unternehmen bei der Standort suche und fördern die Zusammenarbeit, z. B. auf gemeinsamen Fachtagungen.

STANDORTFAKTOREN

Den Ort, an dem ein Unternehmen angesiedelt ist, nennt man Standort. Alle Faktoren, die ein Unternehmen in die Überlegung miteinbezieht, wo es sich niederlassen soll, nennt man Standortfaktoren.
Meist werden diese Standortfaktoren unterteilt in sogenannte harte Faktoren, wie z. B. Höhe der Steuern und Abgaben, Nähe von Zulieferern und anderen Kriterien, die man genau berechnen kann. Mit weichen Faktoren sind Kriterien gemeint, die weniger gut zu berechnen sind, wie z. B. das Image einer Region, Freizeitangebote oder die Mentalität der Bevölkerung.

Image
Ansehen oder Ruf von einer Region, Person, etc.

Mentalität
Art zu denken und zu fühlen

Inwiefern sind Unternehmen auf der ganzen Welt aktiv?

Du hast herausgefunden, nach welchen Kriterien Unternehmen in Nordrhein-Westfalen entscheiden, wenn sie einen (neuen) Standort suchen. Viele große Unternehmen arbeiten heutzutage aber nicht nur in einem Bundesland oder Staat, sondern agieren weltweit. Und auch für kleinere Unternehmen wird länderübergreifender Handel zunehmend attraktiver. Welche Gründe haben Unternehmen, sich nicht nur auf einen Teil der Welt zu beschränken?

M6 Beispiel Henkel: Wie erfolgreich ist das Unternehmen?

Umsatz der Vertriebsregionen von Henkel
Stand: 2022

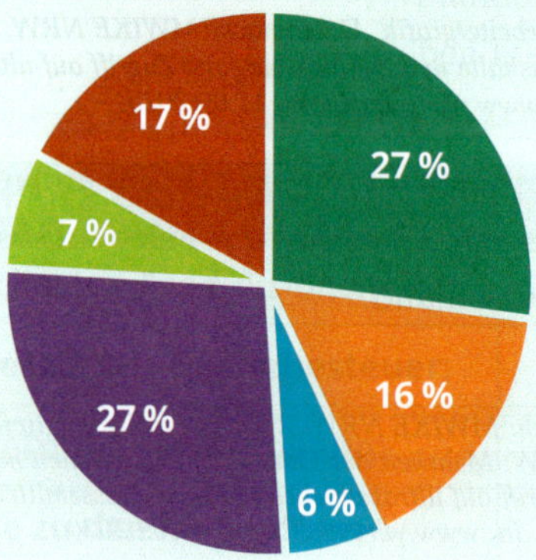

Regionen	Umsatz in Milliarden
Westeuropa	6,064 Mrd. €
Osteuropa	3,474 Mrd. €
Afrika/Nahost	1,272 Mrd. €
Nordamerika	5,984 Mrd. €
Lateinamerika	1,548 Mrd. €
Asien/Pazifik	3,827 Mrd. €

Hinweis: Die Prozente sind eigene Berechnungen und wurden gerundet.

©C.C. Buchner Verlag, Daten nach: Henkel: Geschäftsbericht 2022. In: www.henkel.de, S. 112 (Datenerhebung: 2022; Grafikerstellung: 2023)

M7 Was sind wichtige Standortfaktoren für Henkel?

Entwicklung in Deutschland:
Technologie und Forschung
Produktion z. B. in Brasilien:
viele Fachkräfte und Lieferanten
Rohstoffe
Energie
Vertrieb mit kurzen Wegen:
Angebote durch Kundennähe anpassen

Nach: Henkel: Geschäftsbericht 2022. In: www.henkel.de, S. 90

M8 Warum investieren Unternehmen im Ausland?

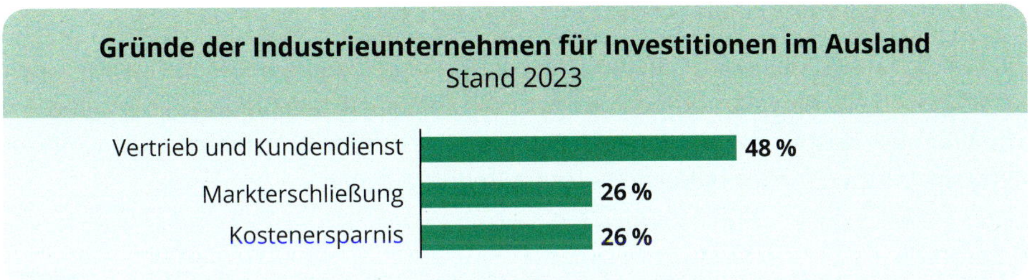

©C.C. Buchner Verlag, Daten nach: DIHK: Auslandsinvestitionen der Industrie 2022. Sonderauswertung der DIHK-Konjunkturumfrage vom Jahresbeginn 2022. In: www.dihk.de, S. 3 (Datenerhebung: 2021; Grafikerstellung: 2023)

M9 Henkel investiert in das LoveLocal

Henkel beteiligt sich an einer Finanzierungsrunde des indischen Start-ups LoveLocal, um seine Kompetenz im Bereich Direct-to-Consumer weiter zu stärken. Die Investition unter dem Dach von Henkel dx Ventures wird dem Unternehmen helfen, weitere Erkenntnisse über die Einzelhandelsmärkte und das Verbraucherverhalten in Schwellenländern zu gewinnen.

„Wir freuen uns sehr, LoveLocal durch unser weiteres Investment dabei zu unterstützen, lokale Einzelhändler:innen durch eine intuitive digitale Lösung mit ihren Kund:innen zu vernetzen. […] Wir sind davon überzeugt, dass das Team von LoveLocal mit seiner Leidenschaft und seinem Engagement das hyperlokale Einkaufserlebnis weiter revolutionieren", sagte Robert Günther, Head of Corporate Venturing bei Henkel.

LoveLocal wurde 2020 in Mumbai, Indien gegründet und ist aus dem Start-up m.paani hervorgegangen. Das Start-up hat sich auf die Digitalisierung und Organisation von lokalen Einzelhändler:innen spezialisiert, um das Einkaufserlebnis der Zukunft in der Nachbarschaft zu ermöglichen. LoveLocal ist seit seiner Gründung um das 40-fache gewachsen und bedient derzeit über 35 Städte in ganz Indien. In nur 18 Monaten haben sich mehr als 100.000 Einzelhändler:innen angemeldet und mehr als eine Million Bestellungen ausgeführt. LoveLocal verfügt über Indiens größten Online-Katalog für Artikel des täglichen Bedarfs mit 55.000 Produkten aus 145 Kategorien.

Henkel: Henkel investiert weiter in das Start-up LoveLocal aus Indien. Presseinformation. In: www.henkel.de, 28.10.2021

Start-up
Gründung eines Unternehmens mit einer neuartigen Geschäftsidee und viel Wachstumspotential

Direct-to-consumer
beschreibt den Verkauf durch Produzenten direkt an die Kund:innen, ohne Zwischenhändler wie Supermärkte oder Onlinehändler.

Corporate Venturing
hier: Eine Abteilung beim Unternehmen Henkel, die Investitionen in Startups organisiert

AUFGABEN

7J053-277

1. Beschreibe, wie die Firma Henkel weltweit Umsatz erwirtschaftet (**M6**).
2. Erkläre, warum Henkel nicht nur in Nordrhein-Westfalen, sondern weltweit Produktionsstandorte besitzt (**M7**, **M8**).
3. Beurteile die Entscheidung von Henkel, in das Start-up „LoveLocal" in Indien zu investieren (**M9**).

Welche Auswirkungen hat Outsourcing für Unternehmen und Beschäftigte?

Du weißt bereits, dass die meisten Unternehmen weltweit agieren: So werden beispielsweise Teile eines Automobils an ganz unterschiedlichen Standorten produziert, vor allem um Kosten zu sparen. Auch Outsourcing ist für Unternehmen, die weltweit aktiv sind, attraktiv. Was hat es mit diesem Begriff auf sich?

M10 Welche Entscheidungen treffen Unternehmen weltweit?

Nach Problemen in China: Apple baut eigene iPhone Produktionsstätten in Indien auf

Daimler Truck will Teile der Produktion an Tochterfirma auslagern: 3600 Beschäftigte in Brasilien werden entlassen

Das finnische Unternehmen Nokia zieht sich aus Russland zurück

Immer mehr europäische Unternehmen nutzen IT-Dienstleistungen indischer Anbieter

Bearbeiter, angelehnt an reale Schlagzeilen

M11 Was ist Outsourcing?

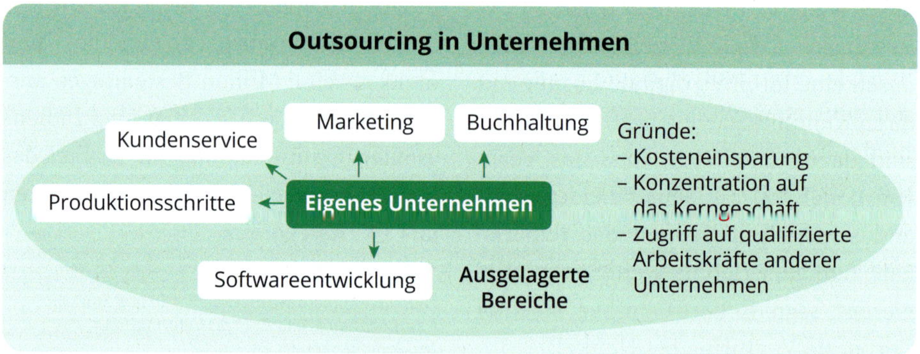

Bearbeiter

Auslagerung von Produktionsschritten
→ siehe Kap. 12.3, M1

OUTSOURCING

Der Begriff Outsourcing kommt aus dem Englischen und bedeutet frei übersetzt die Auslagerung von Arbeitsschritten und Bereichen eines Unternehmens sowie die Übergabe an ein anderes Unternehmen. Ein Unternehmen kann sowohl nur Teilbereiche auslagern, als auch einen oder mehrere Bereiche.

M12 Welche Folgen hat das Outsourcing?

Das könnte für Meta teuer werden: 184 Inhalteprüferinnen und -prüfer aus mehreren afrikanischen Ländern haben im vergangenen Jahr in Kenia Klage gegen ihren Auftraggeber Meta sowie den von dem Konzern beauftragten Outsourcing-Spezialisten Sama eingereicht. Wegen schlechter Arbeitsbedingungen, niedriger Löhne sowie unzureichender psychologischer Unterstützung fordern sie von Facebooks Mutterkonzern Entschädigungszahlungen in Höhe von 1,6 Milliarden Dollar. Auch der Vorwurf des Menschenhandels steht im Raum. Nun haben die Streitparteien einem Vermittlungsversuch zugestimmt, der eine außergerichtlichen Einigung erreichen soll. [...] Die für Meta tätigen Prüferinnen und Prüfer wurden von Sama an seinem Standort in der kenianischen Hauptstadt Nairobi eingestellt. In seinem Jahresbericht 2022 beschreibt sich das Unternehmen mit Sitz in San Francisco blumig und führt aus, es unterstütze seine »Mitarbeiter, den Planeten und den verantwortungsvollen Umgang mit künstlicher Intelligenz«. Die Aufgabe der in mehreren afrikanischen Staaten rekrutierten Mitarbeiter bestand darin, Nutzerinhalte in zwölf afrikanischen Sprachen zu prüfen und Postings zu entfernen, die gegen Facebooks Gemeinschaftsstandards oder Nutzungsbedingungen verstießen. Der Nachrichtenagentur Associated Press gegenüber erklärten einige der ehemaligen Sama-Angestellten, dass sie bei der Arbeit täglich acht Stunden lang »schreckliche« Inhalte ansehen mussten, die viele von ihnen mental überforderten. Sie werfen Sama vor, von solchen Traumata betroffenen Mitarbeiterinnen und Mitarbeitern keine angemessene psychologische Unterstützung angeboten zu haben. Der Lohn habe 60.000 kenianische Schilling pro Monat betragen, was etwa 320 Euro entspricht. [...] Die Klage in Kenia ist das erste Gerichtsverfahren dieser Art außerhalb der Vereinigten Staaten.

mak/AP: Meta stimmt Vermittlungsversuch in 1,6 Milliarden-Dollar-Streit zu. In: www.spiegel.de, 23.08.2023

Inhalteprüferinnen und -prüfer, die für den Outsourcing-Spezialisten Sama arbeiteten und den Meta-Konzern sowie Sama verklagten, hier während einer Gerichtsverhandlung in Nairobi, Kenia am 12. April 2023

AUFGABEN

70053-278

1. Nenne mögliche Auswirkungen der in **M10** genannten Unternehmensentscheidungen.
2. a) Definiere den Begriff „Outsourcing“ (**M11**, **#Outsourcing**).
   b) Überprüft zu zweit, ob es sich bei den Schlagzeilen in **M10** um „Outsourcing“ handelt oder nicht nicht (**M10**, **M11**, **#Outsourcing**).
3. Beurteile die Auslagerung der „Inhalteprüfung“ des Konzerns Meta in mehrere afrikanische Länder (**M12**, **#Outsourcing**).

H zu Aufgabe 3
Nimm hierbei sowohl eine ethisch-moralische, als auch eine unternehmerische / wirtschaftliche Sichtweise ein.

WIE ENTWICKELT SICH DIE INTERNATIONALE WIRTSCHAFT UND WELCHE VERANTWORTUNG HABEN WIR?

M1-M7 → # Kapitel 12.1

GLOBALISIERUNG

Als Globalisierung wird der Prozess der stetig zunehmenden Verflechtung von Ländern auf der ganzen Welt bezeichnet. Die Zunahme findet dabei in verschiedenen Dimensionen statt. Auf politischer Ebene entstehen Institutionen wie die EU, in denen Staaten zusammenarbeiten.
Die Globalisierung auf kultureller Ebene bemerken wir in unserem Alltag, wir sehen amerikanische Serien und hören Musik aus Korea. Durch die günstigen und einfachen Kommunikationsmöglichkeiten wie Chats, Foren und E-mail entstehen auf gesellschaftlicher Ebene neue Gemeinschaften neben den bisherigen wie Familien oder Nachbarschaften.
Auf wirtschaftlicher Ebene entstehen international agierende Konzerne, deren Produktionsstätten und Absatzmärkte über den ganzen Globus verteilt sind. Dadurch wächst auch die Menge an Waren, die über Ländergrenzen hinweg gehandelt werden. Dabei können aber auch Herausforderungen entstehen, z. B. wenn die Lieferketten aufgrund von Problemen in weit entfernten Ländern unterbrochen werden.
Die Globalisierung hat auch ihre Schattenseiten. Eine globale Herausforderung kann beispielsweise die Unterbrechung von Lieferketten (z. B. durch Kriege, Handelskonflikte, Pandemien) sein. Auch in Bezug auf die Umwelt werden globale Herausforderungen deutlich: Die Erwärmung der Erdatmosphäre, der Meeresspiegelanstieg und die Abholzung der Regenwälder sind hier nur die bekanntesten Beispiele.

M1-M5 → # Kapitel 12.2

UNTERNEHMEN VOR DER STANDORTWAHL

Unternehmen müssen entscheiden, an welchem Standort sie sich ansiedeln möchten. Hierzu müssen sie die Standortfaktoren untersuchen, die in den verschiedenen Regionen gegeben sind. Dabei gibt es einerseits die sogenannten harten Standortfaktoren (z. B. Höhe der Steuern oder Verkehrsanbindung, schnelles Internet), die genau messbar sind. Außerdem gibt es die sogenannten weichen Standortfaktoren (z. B. Wohnumfeld oder Umweltqualität), die nicht genau gemessen werden können. Gerade durch die Digitalisierung wird die Verfügbarkeit von schnellem Internet für Unternehmen bei der Standortentscheidung immer wichtiger. Aus diesem Grund ist auch die Politik darum bemüht, schnelles Internet flächendeckend auszubauen.

INTERNATIONALISIERUNG VON UNTERNEHMEN

M6-M9
Kapitel 12.2

Viele Unternehmen sind nicht mehr nur in einem Land aktiv. Sie kaufen Rohstoffe dort ein, wo diese am günstigsten zu beschaffen sind, produzieren in Ländern, in denen Fachkräfte vorhanden sind und bieten ihre Produkte auf der ganzen Welt an. Die Gründe, warum ein Betrieb sich für ein bestimmtes Land entscheidet, sind dabei vielfältig. Eine große Bedeutung spielen dabei häufig geringe Kosten, z. B. durch Nähe zu Kund:innen oder Lieferanten, Arbeitslohn oder niedrige Zölle.

AUSWIRKUNGEN VON OUTSOURCING

M10-M12
Kapitel 12.2

Beim Outsourcing kommt es zur Auslagerung von Arbeitssschritten und Bereichen eines Unternehmens. Gerade global agierende Konzerne lagern viele ihrer Bereiche aus. So hat Meta (ehemals Facebook) den Bereich Inhalteprüfung über das Unternehmen Sama ausgelagert. An diesem Beispiel zeigt sich, dass Outsourcing häufig zum Ziel hat, Unternehmensbereiche in einen Staat zu verlagern, der ein niedrigeres Lohnniveau hat. Somit verspricht sich das Unternehmen vor allem Kosteineinsparungen. Das geht allerdings häufig auch mit vergleichsweise schlechteren Arbeitsbedingungen für Mitarbeiter:innen in den ausgelagerten Bereichen einher.

Die ILO – eine wichtige Stimme für Arbeitnehmende weltweit?

Ben stößt während seiner Recherche auf kritische Stimmen bezüglich des EU-Mercosur-Freihandelsabkommens. Beispielsweise sieht die Internationale Arbeitsorganisation (ILO) im Abkommen eine Gefahr für die Rechte von Arbeitnehmer:innen in Brasilien. Ist die Organisation in der Lage, sich weltweit für diese Rechte stark zu machen und eine mögliche Missachtung der Rechte zu bestrafen?

M4 Was ist der ILO wichtig?

Hauptsitz der ILO in Genf, Schweiz

Die Internationale Arbeitsorganisation (ILO) [...] verfolgt [das Ziel], in einem durch Freiheit, Gerechtigkeit, Sicherheit und Menschenwürde geprägten Umfeld für Frauen und Männer menschenwürdige und produktive Arbeit zu schaffen.

ILO: Die ILO auf einen Blick. In: www.ilo.org, S. 2, Abruf am 23.03.2023

Zwangsarbeit
Eine unter Zwang oder unter Androhung von Strafe zu entrichtende Arbeit

Link zu den Grundprinzipien der ILO

70053-266

M5 Was ist die ILO und welche Grundprinzipien hat sie?

Die ILO setzt sich für internationale Arbeitsrechte ein. Dazu arbeitet sie rechtsverbindliche Übereinkommen für die 187 Mitglieder aus, zu denen auch die Mercosur-Staaten zählen. Die Mitglieder müssen die Arbeitsstandards einhalten. Staaten, die das nicht tun, müssen erklären, warum das nicht möglich ist und wie sie die Standards trotzdem umsetzen können. Die ILO setzt sich zum Ziel, fünf Grundprinzipien in den Mitgliedsländern umzusetzen. Zu jedem Grundprinzip gibt es sogenannte Übereinkommen, in denen die Prinzipien konkretisiert werden. Jedes ILO-Mitglied verpflichtet sich zum Beispiel im Übereinkommen Nr. 29 Zwangsarbeit zu beseitigen und im Übereinkommen Nr. 87 das Recht auf die Bildung von Arbeitgeber- und Arbeitnehmervereinigungen (z.B. Verbände oder Gewerkschaften) umzusetzen.

Bearbeiter

Die fünf Grundprinzipien der ILO:

- Vereinigungsfreiheit/ Recht auf Kollektivverhandlungen
- Abschaffung von Zwangsarbeit
- Abschaffung von Kinderarbeit
- Verbot der Diskriminierung in Beschäftigung und Beruf
- Arbeitsschutz und Arbeitssicherheit

Bearbeiter

M6 Was wird am EU-Mercusor-Abkommen kritisiert?

Der Deutsche Gewerkschaftsbund befürchtet eine Missachtung der Vereinigungsfreiheit durch das EU-Mercosur-Abkommen in Brasilien. Denn laut ihr wurde es versäumt, eine verpflichtende Ratifizierung der ILO-Grundprinzipien zu verankern. Brasilien hat nicht alle Übereinkommen zu den Prinzipien ratifiziert. Es fehlt das Übereinkommen 87 zum Prinzip über Vereinigungsfreiheit für Arbeitgeber und Arbeitnehmer. Argentinien, Paraguay und Uruguay haben hingegen alle Übereinkommen zu den Prinzipien ratifiziert. Die Verpflichtung der Vertragsparteien, z.B. auf die Umsetzung grundlegender Arbeitnehmerrechte, steht zwar auf dem Papier, kann aber in der Realität nicht effektiv durchgesetzt werden.
[Laut] [...] ILO gehört Brasilien zu den Ländern, die gegen internationale Arbeitsnormen verstoßen, Tarifverhandlungen untergraben und die Arbeit der Gewerkschaften behindern. Die Internationale Gewerkschaftsunion hat Brasilien aufgrund gewaltsamer Repressionen gegen Streiks und Drohungen, die Mitglieder von Gewerkschaften erhalten haben, in ihre Liste der zehn schlimmsten Länder für Arbeitnehmer:innen aufgenommen.

Basierend auf: DGB: Position des Deutschen Gewerkschaftsbundes zum Handesabkommen der EU mit den Mercosur-Staaten. S. 3, In: www.dgb.de, 09.01.2020 // Müller, Bettina/Falgueyrac, Lucile: Zusammenfassung der Analyse des Abkommens zwischen der Europäischen Union und dem Mercosur. Andere Elemente. Arbeitsstandards. S. 14, In: www.weltagrarbericht.de, Dezember 2019

Repression
Unterdrückung von Kritik oder politischem Widerstand

Ratifizierung
Ein von Regierungen ausgehandelter Vertrag wird wirksam, wenn u. a. das Staatsoberhaupt den Vertrag mit seiner Unterschrift bestätigt (=ratifiziert) hat.

M7 Welche Kontroll- und Sanktionsmöglichkeiten hat die ILO?

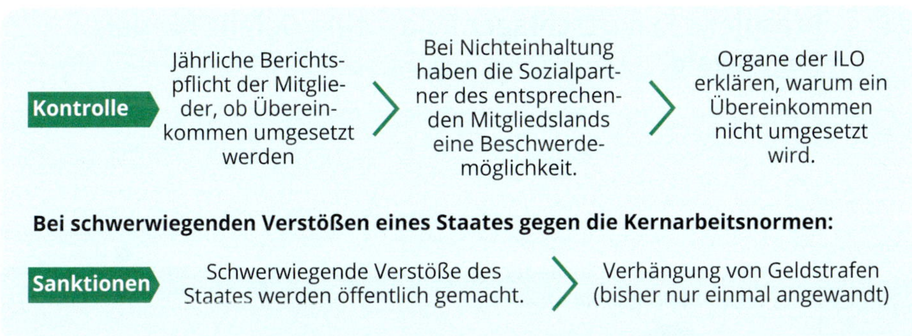

Bearbeiter

Sozialpartner
Gewerkschaften und Arbeitgeberverbände

Sanktionen
Maßnahmen, mit denen ein Verhalten bestraft wird

AUFGABEN

70053-280

1. Beschreibe in eigenen Worten, was du unter menschenwürdiger Arbeit verstehst (**M4**).
2. Ermittle, was die ILO ist und was ihre Grundprinzipien sind (**M5**).
3. Erklärt euch gegenseitig, was die Gewerkschaftsbünde und die ILO am EU-Mercosur-Abkommen kritisieren (**M6**).
4. Beurteile, ob die ILO im internationalen Wirtschaftsgeschehen Arbeitsrechte und Arbeitsstandards wirksam durchsetzen kann (**M4-M7**).

F zu Aufgabe 2
Recherchiert arbeitsteilig die Grundprinzipien der ILO mithilfe des QR-Codes neben **M7**. **MK**

Klimaaktivistinnen und -aktivisten – wie viel Klimaschutz ist international möglich?

Ein Freihandelsabkommen verspricht wirtschaftlichen Wohlstand, die Sicherung von Arbeitsplätzen und eine größere Produktvielfalt, aber schützt ein solches Abkommen auch das Klima und wer kann sich für Klimaschutz international einsetzen?

M8 Warum protestierten Klimaaktivistinnen und -aktivisten gegen das EU-Mercosur-Abkommen?

Demonstration vor der brasilianischen Botschaft gegen das Freihandelsabkommen zwischen dem Staatenbund Mercosur und der EU.

Klimaaktivistin Luisa Neubauer setzt sich für mehr Klimaschutz ein.

M9 Brasiliens Exportschlager Soja – eine Gefahr für den Regenwald?

Regenwaldabholzung in Brasilien
Seit den 1970er Jahren sind in Brasilien ungefähr 700.000 Quadratkilometer Regenwald abgeholzt worden. Zum Vergleich: Deutschlands Gesamtfläche beträgt 357.588 km².

Zollfreiheit für Soja
Für Soja herrscht in der EU schon seit Jahrzehnten Zollfreiheit. Jedoch erheben die Mercosur-Staaten Exportsteuern, die durch das Abkommen abgebaut werden sollen.

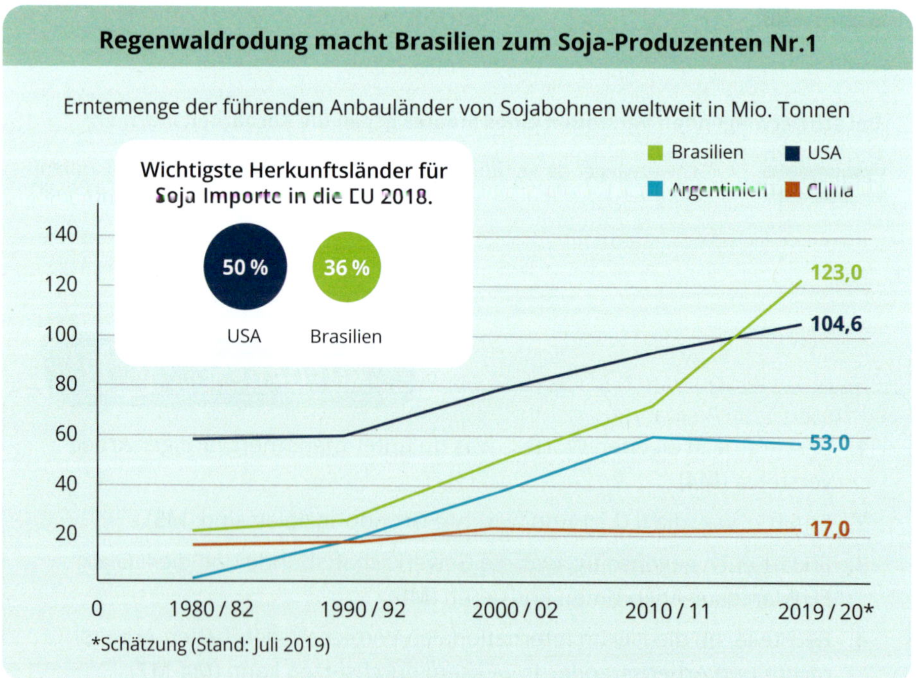

Nach: Statista 2019, Zahlen nach: Foreign Agricultural Service/USDA, EU-Kommission

M10 Wie beeinflussen Klimaaktivist:innen die Politik?

NGOs kritisieren öffentlich EU-Mercosur-Abkommen

Mehr als 340 NGOs fordern von der EU einen Stopp der Verhandlungen. Die Unterzeichnung verstoße gegen alle Umweltrichtlinien der EU.

Basierend auf: Krüger, Anja: NGOs kritisieren EU-Mercosur-Abkommen für Missachtung der Umwelt- und Menschenrechtssituation in Brasilien. In: www.business-humanrights.org, 18.07.2019

↓

Klimaaktivist:innen fordern Merkel auf, Verantwortung zu übernehmen

Greta Thunberg und Luisa Neubauer von Fridays for Future haben im persönlichen Gespräch mit Merkel gegen das EU-Mercosur-Freihandelsabkommen argumentiert, das zur Zerstörung des Amazonas-Regenwaldes führe.

Basierend auf: Anzlinger, Jana: Klimaaktivistinnen fordern Merkel auf, Verantwortung zu übernehmen. In: www.sueddeutsche.de, 20.08.2020

↓

Merkel zweifelt an Umsetzung des Mercosur-Abkommens

Angela Merkel hat angesichts der Abholzung im Amazonas-Gebiet „erhebliche Zweifel" an der Umsetzung des [...] Handelsabkommens. Die Ratifizierung des Abkommens der EU mit [den Mercosur-Staaten] [...] stockt. Ein Grund ist auch die Debatte in der EU über die Abholzung des brasilianischen Regenwaldes.

Dpa: Merkel zweifelt an Umsetzung des Mercosur-Abkommens. In: www-sueddeutsche.de, 21.08.2020

↓

EU-Kommission will Mercosur-Handelsvertrag retten

Kommissions-Vize Dombrovskis will mit den Mercosur-Staaten Zusatzvereinbarungen abschließen, welche die Bedenken der Klimaaktivst:innen aufgreifen: „[E]s geht um Zusagen zum Umweltschutz und zur Beachtung des Pariser Klimaabkommens, es geht um [...] Maßnahmen gegen die Abholzung am Amazonas", [...] [so Dombrovskis.]

Finke, Björn: Probleme mit den Protokollen. In: www.sueddeutsche.de, 02.05.2021

NGO
Nichtregierungsorganisation ohne Profitinteressen

EU-Kommission
ist das ausführende Organ der EU (Exekutive) und entspricht damit der Regierung in staatlichen Systemen.

Pariser Klimaabkommen
195 Staaten einigten sich 2015 in Paris darauf, den Klimawandel einzudämmen und die Weltwirtschaft klimafreundlich umzugestalten.

AUFGABEN

70053-281

1. Stelle Vermutungen an, warum die Klimaaktivist:innen gegen das EU-Mercosur-Freihandelsabkommen protestieren (**M8**).
2. a) Analysiere die Infografik (**M9**): Was sind die wichtigsten Aussagen?
   b) Erläutere, warum das EU-Mercosur-Abkommen den Klimaschutz erschweren könnte (**M9**).
3. Analysiere, welchen Einfluss Klimaaktivist:innen auf den Entscheidungsprozess bezüglich des EU-Mercosur-Abkommens haben (**M8**, **M10**).
4. Diskutiert, ob und wie Klimaaktivist:innen auf politische Entscheidungen angemessen Einfluss nehmen können (**M8**, **M10**).

F **zu Aufgabe 4**
Entwickelt ein Streitgespräch zwischen den Klimaaktivist:innen und Olaf Scholz, bei dem es um das EU-Mercosur-Abkommen geht. Mit welchen Argumenten könnte Olaf Scholz überzeugt werden, das Abkommen nicht zu unterzeichnen? Was könnte er den Aktivist:innen entgegnen?

Protektionismus – des einen Freud, des anderen Leid?

Staaten entscheiden sich nicht immer für den Freihandel. In manchen Fällen versuchen sie auch, ihre Wirtschaft vor der ausländischen Konkurrenz zu schützen. Aber mit welchen Maßnahmen gelingt ihnen das und was hat das für Folgen?

M11 Zu harte Konkurrenz auf dem heimischen Markt?

Bearbeiter

Im Land Futurismien werden zwei Haushaltsroboter angeboten. Die Regierung sorgt sich um die Wettbewerbsfähigkeit seines einheimischen jungen Start-ups, das den Roboter „Futuri" herstellt, 120 Mitarbeiter:innen beschäftigt und wichtige technologische Errungenschaften hervorbringt.

Die Haushaltsroboter im Vergleich

Produktbezeichnung	Digitox	Futuri
Funktion	Säubert alle Räume blitzschnell	Säubert alle Räume blitzschnell
Produktionsort	Digitalien	Futurismien
Produktionskosten	Gering aufgrund niedriger Umweltauflagen	Hoch aufgrund hoher Umweltauflagen
Verkaufspreis	3000 Futuri-Dollar	8000 Futuri-Dollar

Bearbeiter

M12 Wie kann ein Staat seine einheimischen Unternehmen schützen?

Ein Staat kann auf zahlreiche Maßnahmen zurückgreifen, um seine einheimischen Unternehmen vor der ausländischen Konkurrenz zu „schützen":

Importzölle: Einführung einer zusätzlichen Steuer auf importierte Waren, sodass sie im Vergleich zu inländischen Waren teurer werden und weniger nachgefragt werden als die heimischen Produkte.

Subventionen: Durch staatliche Zuschüsse für einheimische Unternehmen können deren Produktionskosten gesenkt und ihre Wettbewerbsfähigkeit gestärkt werden.

Standards: Festlegung hoher Standards (z. B. Einhaltung von Menschenrechten, Sozial- und Umweltstandards bei der Produktion) als Voraussetzung für den Marktzugang ausländischer Produkte

Importkontingente: Der Import ausländischer Waren wird auf eine Höchstmenge oder auf einen Höchstwert beschränkt.

Bearbeiter

Umweltauflagen
z. B. vom Staat vorgegebene Höchstwerte des Schadstoffausstoßes

Subvention
Staatlicher Zuschuss zur Unterstützung von z. B. Unternehmen

Kontingent
Menge, Anzahl

M13 Den heimischen Markt stärken – amerikanische oder europäische Marken kaufen?

Gespräch zwischen zwei Politiker:innen in den USA:

Tarek: Wir könnten unsere US-Automobilbranche stärken, indem die Konsument:innen nur noch dann einen 7500 Dollar-Steuernachlass beim Kauf eines E-Wagens bekommen, wenn er auch wirklich in den USA zusammengebaut wird. Dann kaufen sie nämlich weniger die importierten europäischen Marken!

Natalie: Klingt nach einem verdammt guten Plan mit den Subventionen! Aber Achtung! Die Europäer:innen werden nicht begeistert sein, wenn ihre Autos auf unserem US-Markt dadurch teurer sind und weniger nachgefragt werden.

Gespräch zwischen zwei Unternehmer:innen am Tag danach in der EU:

Luan: Hast du das gelesen?! Der Steuernachlass soll nur noch für E-Autos gelten, die in den USA hergestellt werden?! Wir werden dann dort viel weniger europäische E-Autos verkaufen! Was soll das?! Droht uns jetzt ein Handelskrieg?

Jeanina: Das können die doch nicht bringen?! Das können wir nicht auf uns sitzenlassen! Jetzt muss die EU mit erhöhten Zöllen auf importierte US-Produkte reagieren!

Bearbeiter

Tarifäre Handelshemmnisse
sind z.B. Zölle auf bestimmte Waren.

Nichttarifäre Handelshemmnisse
sind z. B. Subventionen oder Einfuhrbeschränkungen.

Handelskrieg
Ein Handelskrieg kann ausbrechen, wenn der benachteiligte Staat ebenso mit Protektionismus reagiert.

PROTEKTIONISMUS

Unter Protektionismus versteht man staatliche Eingriffe mit dem Ziel, inländische Produzent:innen vor der ausländischen Konkurrenz zu schützen. Die eigene Industrie soll Zeit bekommen, technische Entwicklungen voranzutreiben, bevor Produkte aus dem Ausland den Markt erobern.

AUFGABEN

70053-282

1. Erkläre, warum sich die Regierung von Futurismien um die Wettbewerbsfähigkeit seines einheimischen Start-ups sorgt (**M11**).
2. Entwickelt zu zweit einen Maßnahmenkatalog, mit welchem die Regierung von Futurismien sein Start-up schützen könnte (**M11**, **M12**).
3. Beschreibe, wie die US-Regierung seine Industrie vor der ausländischen Konkurrenz schützen will (**M13**).
4. Diskutiert Chancen und Risiken von Protektionismus (**M11-M13**).

H zu Aufgabe 1
Beachte dabei die Akteure Start-up und Arbeitnehmer:innen, die ausländischen Unternehmen, Konsument:innen und den Staat.

F zu Aufgabe 2
Erklärt, welche Folgen euer Maßnahmenkatalog für alle beteiligten Akteure hätte (**M11**, **M12**).

Wie viel Einfluss hat die OPEC auf die Weltwirtschaft?

Ben muss auf seinem Roadtrip durch Europa immer wieder feststellen, dass das Benzin mal ganz teuer ist und mal wieder günstiger wird. Warum kann der Preis für Benzin so schwanken?

M14 Öl – die Grundlage unseres Alltags?

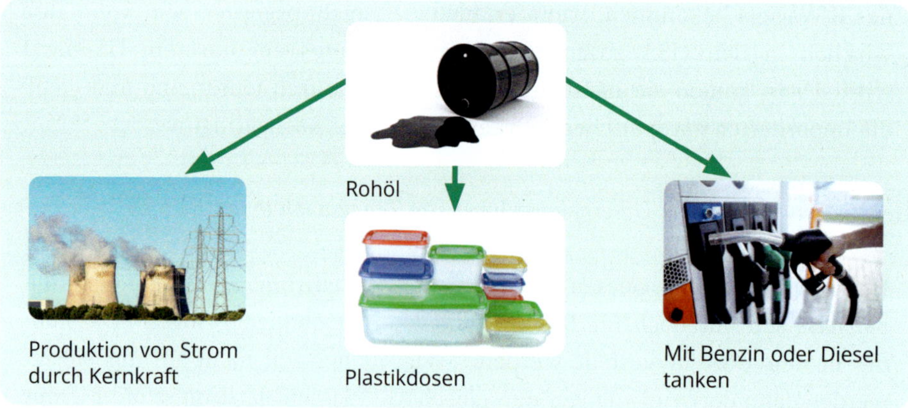

Bearbeiter

M15 Wie entwickelte sich der Preis von Rohöl?

Die „Organization of the Petroleum Exporting Countries" ist eine Organisation, die derzeit aus 13 Mitgliedern (Stand 2022) besteht (u. a. Irak, Iran, Saudi-Arabien). Da die OPEC-Mitglieder über 80 Prozent der bestätigten Erdölreserven verfügen, können sie mit ihren Entscheidungen den Weltmarktpreis für Rohöl kontrollieren.

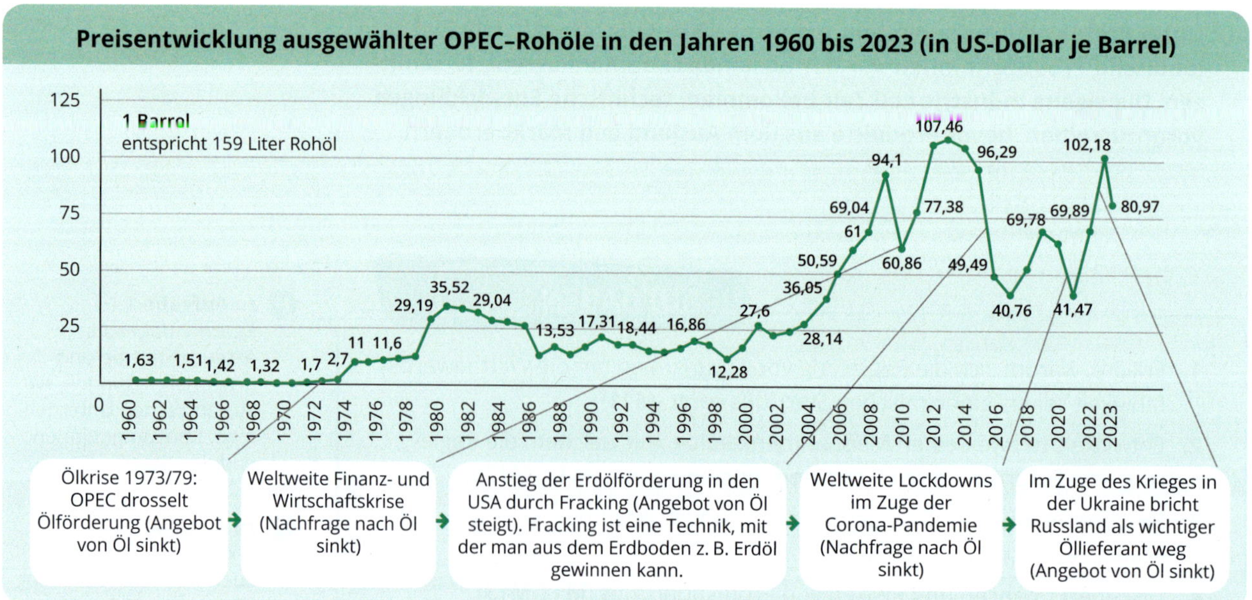

Nach: Statista, April 2023

M16 Wie viel Einfluss hat die OPEC?

Das OPEC-Kartell beschließt Drosselung der Erdölförderung

Die OPEC hat beschlossen, die Förderung um bis zu zwei Millionen Barrel pro Tag zu drosseln.

Die Entscheidung fiel kurze Zeit nach den Sanktionen gegen Russland durch die G7 aufgrund des Angriffskrieges gegen die Ukraine. Von der Entscheidung der OPEC profitiert Russland. Denn es exportiert Erdöl und ist Mitglied von OPEC-Plus.

USA kritisieren OPEC-Entscheidung

Mit der Entscheidung verbündet sich die OPEC-Allianz ganz offen mit Russland und treibt die Preise für Energie weiter nach oben.

Unternehmen und Konsument:innen müssen Kosten- und Preissteigerungen in Kauf nehmen.

Basierend auf: Blume, Jakob: Kartell drosselt Öl-Förderung während Energiekrise. In: www.handelsblatt.com, 07.10.2022

G7
ein informeller Zusammenschluss zwischen bedeutenden Industriestaaten seit 1975

OPEC plus
Eine Kooperation zwischen den 13 OPEC-Mitgliedern und 10 weiteren Staaten mit dem Ziel, die Fördermengen von Öl abzusprechen und somit den Weltmarktpreis zu beeinflussen

Kartell
Gemeinsame Preisabsprachen zwischen Mitbewerber:innen

M17 Wie kann die Macht der OPEC eingedämmt werden?

Der Ökonom Justus Haucap plädiert für einen Zusammenschluss aller erdölimportierenden EU-Staaten, die aufgrund ihrer hohen Nachfrage nach Öl Einfluss auf die Preise nehmen könnten. Das neu gebildete EU-Kartell könnte sich im Vorhinein absprechen, welche Preisobergrenze es sich für Erdöl setzt und im Anschluss mit einer Stimme in die Verhandlungen mit der OPEC gehen. Dort könnte sie dann Fördermengen zu bestimmten Preisen durchsetzen.

Basierend auf: Haucap, Justus im Interview mit Tillar, Jannik: Kann ein Anti-Opec-Kartell funktionieren? In: www.n-tv.de, 31.05.2022

AUFGABEN

70053-283

1. a) Stellt Vermutungen darüber an, welche Produkte aus Erdöl hergestellt werden (**M14**).
   b) Erklärt die Bedeutung von Erdöl für unseren Alltag (**M14**).
2. a) Erläutere die Preisbildung der OPEC-Rohöle (**M15**).
   b) Diskutiert, welche Folgen ein fallender oder steigender Rohölpreis für die Unternehmen, die Konsument:innen und den Staat haben (**M14**, **M15**).
3. a) Erkläre, wie die OPEC die Preisbildung von Rohöl beeinflussen kann (**M16**).
   b) Arbeite heraus, welche Bedeutung die OPEC für die Weltwirtschaft hat (**M14**-**M16**).
4. Diskutiert, ob ihr die Etablierung eines EU-Kartells gegen die OPEC sinnvoll findet (**M16**, **M17**).

F zu Aufgabe 2a
Erstellt einen History-Podcast zur Ölkrise 1973: Welche Rolle hatte die OPEC? Welche Folgen hatte die Krise für Deutschland? Recherchiert dazu im Internet. Nutzt außerdem die Methodenseite „Einen Podcast erstellen" (siehe digitaler Aufgabenkasten).
MK

F zu Aufgabe 3b
Arbeite heraus, inwieweit die OPEC politischen Druck auf andere Staaten ausüben kann.

12.4 Unsere Verantwortung in der Weltwirtschaft MK

Wahrscheinlich hast du ein Smartphone, das du in deinem Alltag häufig nutzt. Aber hast du auch eine Vorstellung, woher die Bestandteile deines Smartphones kommen, unter welchen Bedingungen es hergestellt wird und was daraus wird, wenn du es wegwirfst?

M1 Stationen im Leben eines Handys

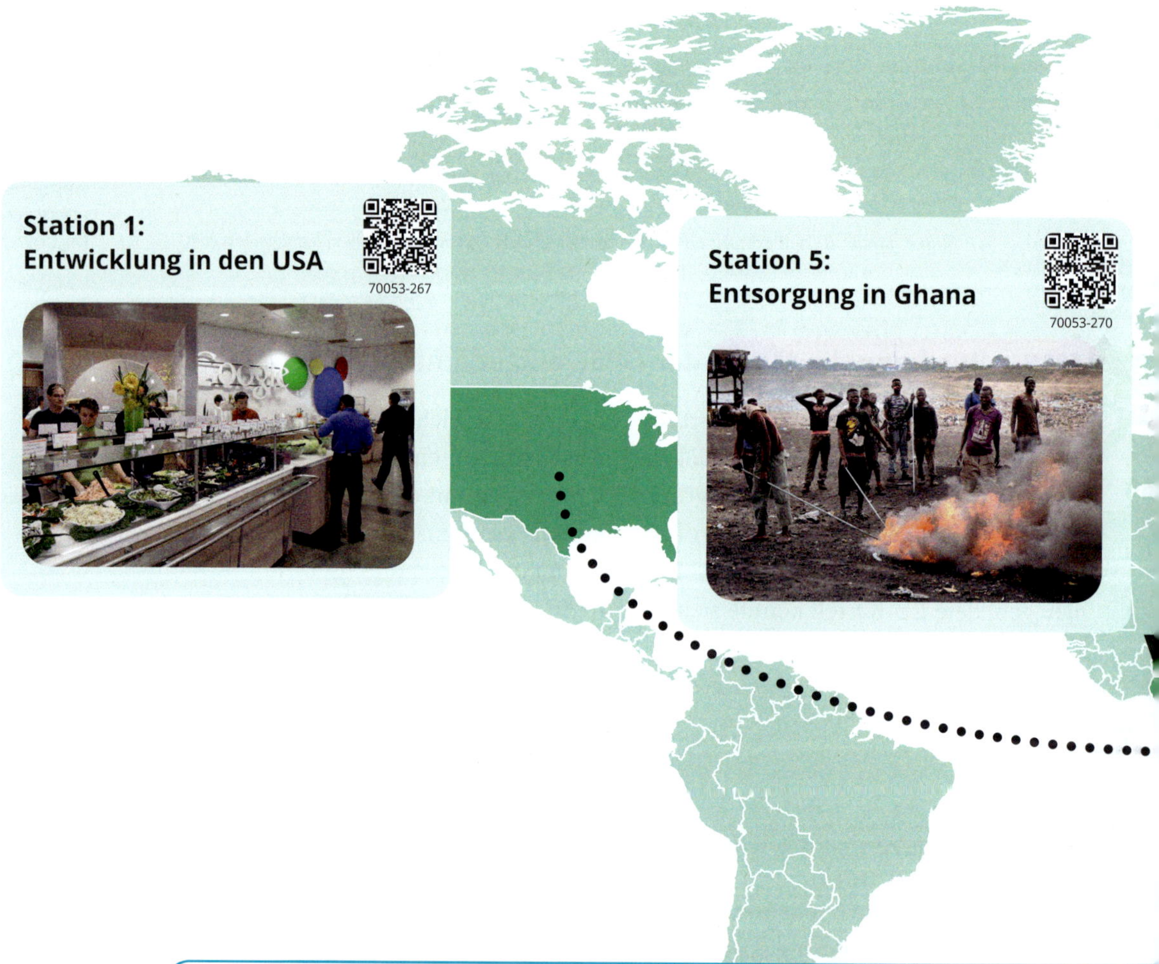

1. a) Teilt eure Klasse in Vierergruppen auf. Erstellt auf einem Plakat eine Tabelle.
   b) Tauscht euch in der Gruppe über eure Smartphones aus: Welches besitzt ihr? Welchen Nutzen/Vorteil habt ihr dadurch? Welche Kosten entstehen euch? Haltet die Ergebnisse auf eurem Plakat fest.
2. Teilt euch in der Gruppe auf die Stationen 1-4 auf (siehe QR-Codes) und bearbeitet die jeweiligen Arbeitsaufträge.
3. Bearbeitet gemeinsam Station 5 (siehe QR-Code).

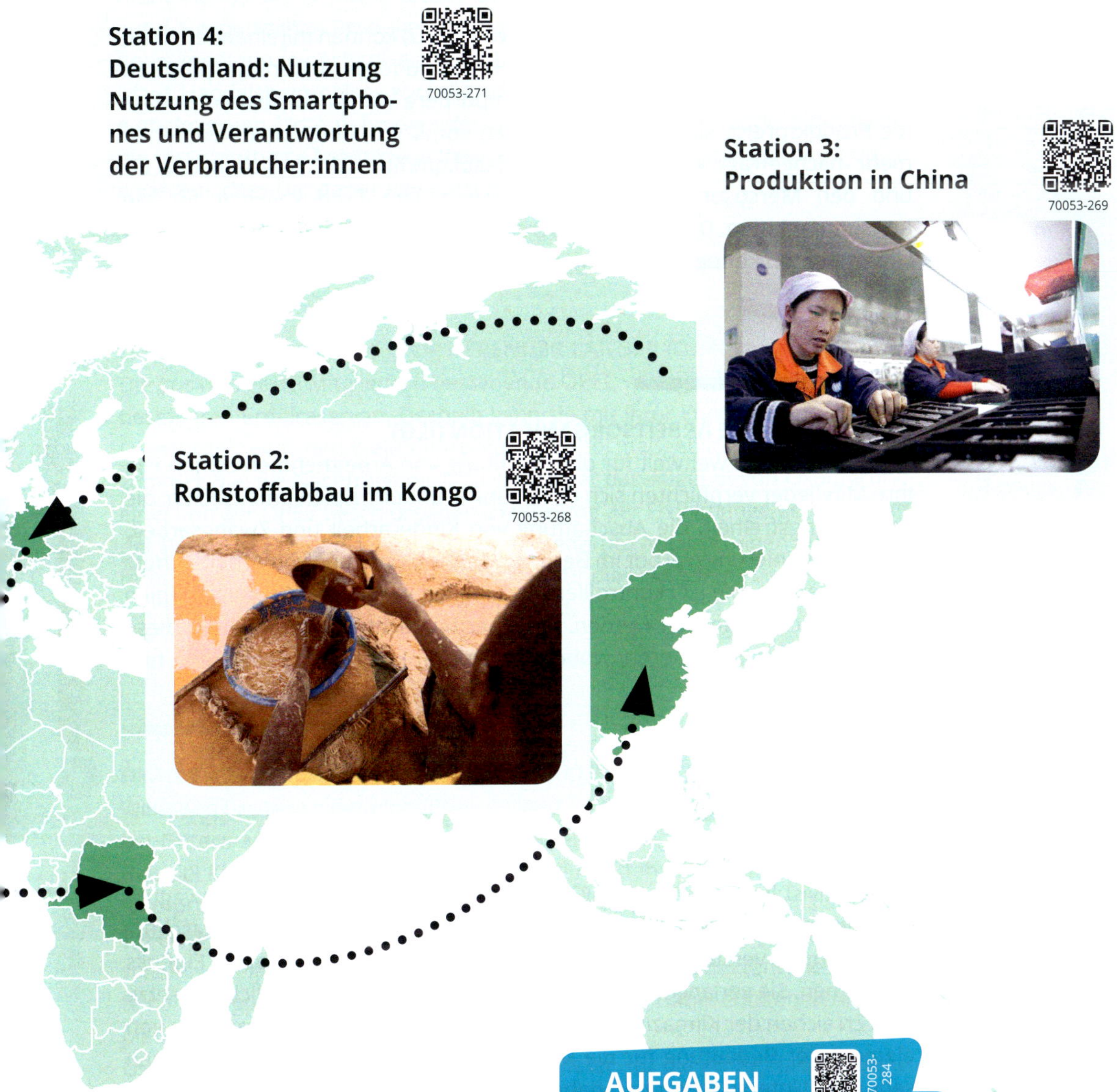

AUFGABEN

70053-284

4. Präsentiert eure Ergebnisse in der Klasse. Diskutiert anschließend, inwieweit ihr mit dem Kauf eines Smartphones Verantwortung für Menschen weltweit tragt.
5. Entwickelt Vorschläge, was alle Beteiligten Akteure für bessere Bedingungen in der Smartphone-Produktion unternehmen können. Unterscheidet dabei zwischen Möglichkeiten für Politikerinnen und Politiker, Unternehmen sowie internationale Organisationen (z. B. ILO, WTO, UNO) in Deutschland, der EU und weltweit.

H zu Aufgabe 1a
Unsere Perspektive: Nutzung in Deutschland

Betroffener	Kosten	Nutzen
Ich		

Nachdem du das Kapitel „Rund um den Globus: Internationale Wirtschaft“ bearbeitet hast, kannst du hier das Gelernte anwenden, dein Wissen prüfen und dir ein Urteil bilden.

M1 BASF-Gruppe: Berichterstattung zum Geschäftsjahr 2022

Die BASF-Gruppe zeigte […] Widerstandskraft in einem schwierigen Marktumfeld, das geprägt war von den Folgen des Kriegs in der Ukraine und insbesondere von den gestiegenen Rohstoff- und Energiepreisen. Wie BASF-Vorstandsvorsitzender Dr. Martin Brudermüller und Finanzvorstand Dr. Hans-Ulrich Engel bei der Vorstellung der Zahlen […] erläuterten, steigerte BASF ihren Umsatz um 11,1 Prozent auf 87,3 Milliarden Euro. […] Das operative Ergebnis der BASF-Gruppe wurde im Jahr 2022 durch zusätzliche Energiekosten von weltweit 3,2 Milliarden Euro gegenüber dem Vorjahr belastet. […] Die hohen Unsicherheiten, welche das Jahr 2022 infolge des Kriegs in der Ukraine, hoher Rohstoff- und Energiekosten in Europa, steigender Preise und Zinsen, der Inflation sowie der Entwicklung der Corona-Pandemie geprägt haben, werden auch 2023 fortbestehen. […]

„Die Wettbewerbsfähigkeit der Region Europa leidet zunehmend unter Überregulierung. Sie leidet auch immer mehr unter langsamen und bürokratischen Genehmigungsverfahren und vor allem unter hohen Kosten für die meisten Produktionsfaktoren“, so Brudermüller. „All dies hat bereits über viele Jahre das Marktwachstum in Europa im Vergleich zu anderen Regionen gebremst. Zusätzlich belasten jetzt die hohen Energiepreise die Profitabilität und Wettbewerbsfähigkeit in Europa.“

Das Kosteneinsparprogramm, das 2023 und 2024 umgesetzt wird, zielt darauf ab, die Kostenstrukturen von BASF in Europa und vor allem in Deutschland an die veränderten Rahmenbedingungen anzupassen. […] Weltweit werden sich die Maßnahmen unterm Strich voraussichtlich auf rund 2.600 Stellen auswirken; diese Zahl beinhaltet neu zu schaffende Stellen, […].

BASF: Berichterstattung zum Geschäftsjahr 2022. BASF zeigt Widerstandskraft in einem schwierigen Marktumfeld und setzt Maßnahmen zur Stärkung der Wettbewerbsfähigkeit um. In: www.basf.com, 24.02.2023

BASF in Ludwigshafen. Das Unternehmen hat u.a. weitere Standorte in Dortmund und Düsseldorf.

Online-Quiz zum Kapitel

70053-272

M2 Bundestag stimmt für das Freihandelsabkommen CETA

Kanada und die EU haben sich auf ein Freihandelsabkommen geeinigt.

Deutschland hat nach jahrelangem Zögern das CETA-Freihandelsabkommen der EU mit Kanada ratifiziert. Die deutsche Wirtschaft reagierte erleichtert und bezeichnete das Abkommen als überfälligen Schritt. Er muss der EU jetzt neuen Schwung in der Handelspolitik verleihen. Deutschland und die EU bräuchten offene Märkte, gerade in Zeiten des zunehmenden Protektionismus, heben Vertreter der deutschen Wirtschaftsverbände hervor.

Denn durch CETA würden für europäische Unternehmen pro Jahr rund 500 Millionen Euro an Zollgebühren wegfallen. „Wir verdanken dem Abkommen, dass die Ausfuhren nach Kanada in den letzten fünf Jahren um mehr als ein Viertel gestiegen sind", sagte der Präsident des Großhandelsverbandes BGA.

Aktivisten und Sozialverbände hatten sich im Vorfeld bereits kritisch geäußert. Mit dem Abkommen würden Sonderrechte für ausländische Investoren geschaffen sowie Firmengewinne über Klima- und Umweltbedürfnisse gestellt. CETA stehe in grundsätzlichem Widerspruch zum Ziel, den Klimawandel zu bekämpfen. Es schützt alle Investitionen, also auch klimaschädliche Investitionen wie die Förderung fossiler Energien.

Tagesschau: Bundestag stimmt für CETA. In: www.tagesschau.de, 01.12.2022

CETA
Comprehensive Economic and Trade Agreement: Umfassendes Wirtschafts- und Handelsabkommen zwischen der EU und Kanada

Fossile Energie
u. a. Kohle, Erdgas und Erdöl

Aufgaben

1. Benennt die Herausforderungen, vor denen das Unternehmen BASF steht (**M1**).
2. Erläutert, welche internationalen Ereignisse Auswirkungen auf die Arbeit des Unternehmens haben.
3. Erklärt die Standortfaktoren, die für das Unternehmen relevant sind.
4. Recherchiert, wie sich die Bedingungen für BASF seit der Veröffentlichung geändert haben.
5. Entwerft in der Klasse Möglichkeiten, wie weiter auf die Herausforderungen reagiert werden kann.
6. Fasse die Reaktionen der Verbände und Aktivist:innen auf die Zustimmung des Freihandelsabkommens durch den Bundestag zusammen (**M2**).
7. Erkläre, warum es sich bei CETA um ein Freihandelsabkommen handelt.
8. Vergleicht die Freihandelsabkommen CETA und Mercosur miteinander im Hinblick auf die wirtschaftlichen Vorteile sowie auf die Reaktionen durch die Aktivist:innen und Sozialverbände.
9. Diskutiert die grundsätzlichen Chancen und Risiken von Freihandelsabkommen.

Selbsteinschätzung

70053-273

Was soll ich nach der Schule machen?

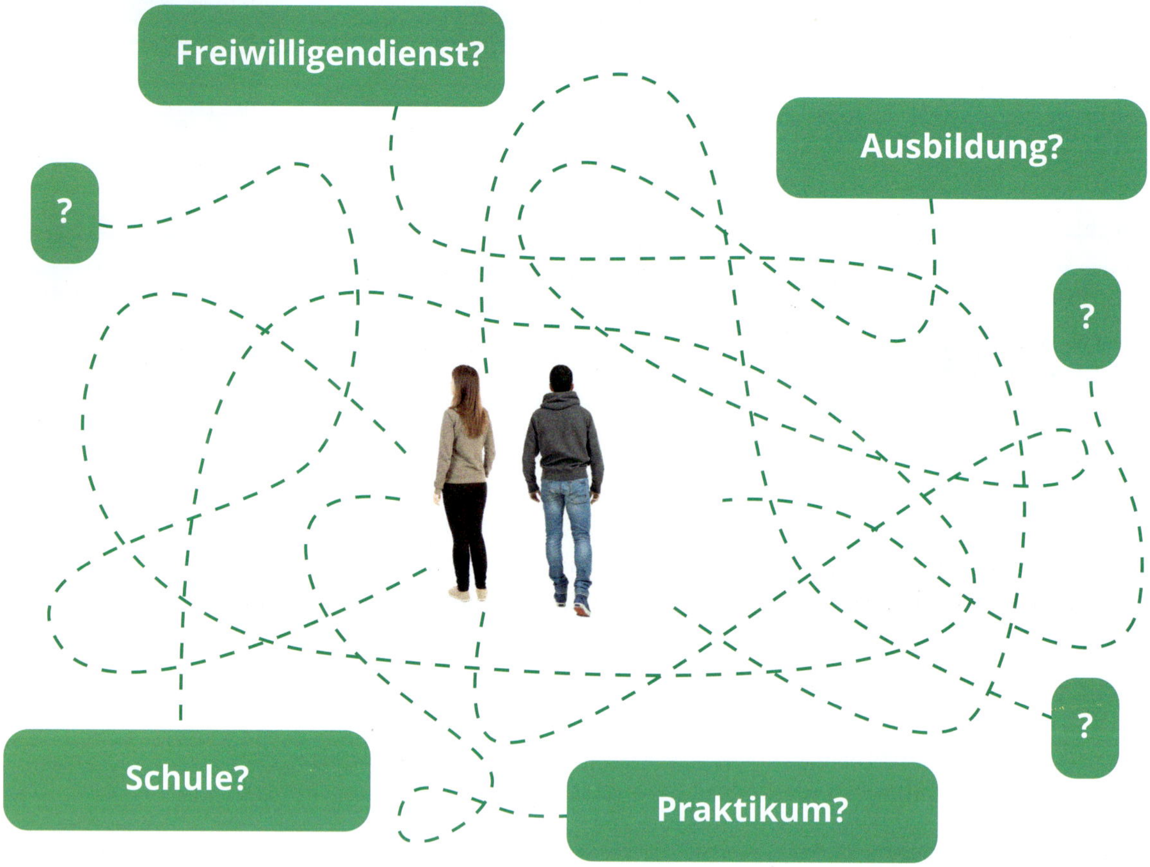

Bearbeiterin

Was weißt du schon?

1. Beschreibe das vorliegende Bild.
2. Geht es dir genauso wie den Personen auf dem Bild? Entscheide, welche der beiden folgenden Aussagen auf dich zutrifft:
   a) Ich habe einen **PLAN** – Beschreibe deinen beruflichen Plan. Hier sind Stichworte, die dir dabei helfen: Praktikum, Abschluss, Berufskolleg oder Ausbildung, Bewerbung, Zusage, Beginn, Traumberuf.
   b) Ich bin noch **PLANLOS** – Beschreibe deine Ängste und Sorgen. Hier ein paar Stichworte, die dir dabei helfen: Stärken, Interessen, Abschluss. Diese Fragen unterstützen dich zusätzlich: Hattest du schon eine Beratung? Falls ja, was kam dabei raus? Wo hattest du Praktikum gemacht? Liegt dir das? Hat es dir Spaß gemacht? Was musst du tun, wenn du noch planlos bist?

13

#Deine Arbeitswelt von morgen

Bald ist es soweit und du musst dich entscheiden, wie es bei dir beruflich weitergehen soll: Schule, Ausbildung, Freiwilligendienst oder Auslandsjahr? In diesem Kapitel setzt du dich mit diesen unterschiedlichen Möglichkeiten intensiv auseinander, um anschließend Plan A und Plan B für dich zu festzulegen. Ebenso lernst du entsprechende Bewerbungen zu verfassen und dich professionell auf mögliche Vorstellungsgespräche vorzubereiten.

Was lernst du in diesem Kapitel?

- … die unterschiedlichen Wege (Schule, Ausbildung, Freiwilligendienst, Auslandsjahr) nach der zehnten Klasse zu beschreiben.
- … die Vor- und Nachteile der verschiedenen Wege für dich individuell für deine Stärken, Interessen und Fähigkeiten zu ermitteln und abzuwägen.
- … Entscheidungen (Plan A und Plan B) für die eigene Berufswahl begründet zu treffen.
- … Bewerbungen adressatengerecht zu erstellen und zu versenden.
- … deine Stärken und Fähigkeiten erfolgreich zu präsentieren.
- … das Verhältnis von Arbeit und Freizeit für jede:n einzelnen zu erörtern.
- … Chancen und Herausforderungen der Digitalisierung der Arbeitswelt zu beurteilen.

Ein Pecha Kucha über Wege nach der zehnten Klasse halten MK

Worum geht es?

Sich richtig präsentieren zu können ist wichtig, um seinen Wunschweg nach der zehnten Klasse gehen zu können. Pecha Kucha ist daher genau die richtige Vortragstechnik. Diese kommt aus dem Japanischen und bedeutet übersetzt: „andauernd reden" oder „dauernd quatschen". Bei der Pecha Kucha-Technik werden zum mündlichen Vortrag eine bestimmte Anzahl von Bildern (in der Regel 20) an die Wand projiziert. Dabei gibt es eine festgelegte Einblendzeit der einzelnen Bilder von jeweils 20 Sekunden pro Bild. Mit anderen Worten: Während des Pecha Kucha-Vortrags können die Redner:innen „nur" zwanzig Sekunden pro Bild sprechen. In dieser Zeit muss alles Wesentliche zu jedem Bild gesagt werden. Pecha Kucha sorgt also für kurzweilige, spannende Präsentationen mit strikten Zeitvorgaben. Das Publikum ermüdet nicht so schnell und weiß genau, wann der Vortrag enden wird.

Geht dabei so vor:

Start

1

- Bildet Kleingruppen von 4-6 Personen.
- Einigt euch in der Gruppe auf ein Thema dieses Kapitels, über das ihr mithilfe der Pecha Kucha-Technik berichten wollt:
  - Schulische und duale Ausbildung (→ Kap. 13.2, M4-M6)
  - Bewerbung für eine Ausbildung (→ Kap. 13.2, M7-M13)
  - Vergütung, Rechte und Pflichten in der Ausbildung (→ Zusatzkapitel, siehe QR-Code)
  - Plan B (→ Kap. 13.3)
- Bereitet euch auf euer Thema vor. Bearbeitet hierfür das entsprechende Unterkapitel und bearbeitet die jeweiligen Aufgaben in eurer Gruppe.

Zusatzkapitel: Der Ausbildungsvertrag – was musst du wissen?

70053-285

2

Bildersuche:
Für euren Pecha Kucha-Vortrag braucht ihr passende Bilder zu eurem Thema. Im nebenstehenden QR-Code findet ihr eine Webseite, auf der ihr kostenlose lizenzfreie Bilder finden und für eure Vorträge nehmen könnt.

Link zu Webseite mit lizenzfreien Bildern

70053-286

kostenlose lizenzfreie Bilder
Für diese Bilder müsst ihr nichts bezahlen und ihr dürft sie so oft verwenden, wie ihr wollt. Die Urheberin bzw. der Urheber verzichtet auf die Rechte ihres/seines Bildes.

3

Vortragsinhalt verfassen:

- Betrachtet eure ausgewählten Bilder und bringt sie in eine passende Reihenfolge.
- Verfasst zu jedem Bild einen Vortrag von 20 Sekunden mit den wichtigsten Punkten zum Thema.

4

Vortrag halten und besprechen:

- Bestimmt, wer von euch den Pecha Kucha-Vortrag übernimmt.
- Tauscht euch am Ende über die Vorträge aus und gebt euch ein konstruktives Feedback:
  - Was hat euch gefallen?
  - Welcher Vortrag konnte warum überzeugen?
  - Welche Gemeinsamkeiten oder Unterschiede gab es zwischen den Vorträgen?

13.1 Wie behält man den Überblick im Berufe-Dschungel?

Key Account Manager, Junior Assistant, Facility Managerin ... Karl und Melike sind völlig verwirrt. Eigentlich wollten sie doch einfach nur einen ganz klassischen Beruf erlernen. Oder nicht? Gibt es „klassische" Berufe überhaupt noch?

Berufsfeld
Bezeichnung für Berufsgruppen mit gleichen Inhalten und Aufgaben. In diesem Buch arbeiten wir mit 15 Berufsfeldern, die an die Aufteilung der Bundesagentur für Arbeit angelehnt sind.

M1 Welche Berufsfelder gibt es?

- Bau, Architektur, Vermessung
- Medien
- Soziales, Pädagogik
- Dienstleistung
- Verkehr, Logistik
- Kunst, Kultur, Gestaltung
- Elektro
- Landwirtschaft, Natur, Umwelt
- Metall, Maschinenbau
- Gesundheit
- Produktion, Fertigung
- Technik, Technologiefelder
- IT, Computer
- Naturwissenschaften
- Wirtschaft, Verwaltung

Bearbeiterin

M2 Welche Auswahlkriterien gelten für Berufe?

Geistige Fähigkeiten	Körperliche Fähigkeiten	Soziale Fähigkeiten
• Technisches Verständnis • Sprachliche Fähigkeiten • Mathematische Fähigkeiten • Musikalisches Talent • Gestalterisches Talent • Kreativität • Fantasie • Räumliches Vorstellungsvermögen • Logisches Denken • Konzentrationsfähigkeit • Merkfähigkeit • Gutes Orientierungsvermögen	• Körperliche Belastbarkeit • Körperliche Ausdauer • Muskelkraft • Geschicklichkeit • Fingerfertigkeit • Handwerkliches Geschick • Schwindelfreiheit • Fingerspitzengefühl • Schnelligkeit • Wendigkeit • Gutes Sehvermögen • Gutes Hörvermögen • Guter Geruchs- und Geschmackssinn	• Hilfsbereitschaft • Teamfähigkeit • Ordnungssinn • Gewissenhaftigkeit • Sauberkeit • Zuverlässigkeit • Kontaktfähigkeit • Geduld • Selbstbewusstsein • Spontaneität • Flexibilität • Selbstständigkeit • Konsequenz • Einfühlungsvermögen

Basierend auf: Ebner, Peter/Fritz, Sabine: Berufswahl: Das will ich. Das kann ich. Das mach ich. Lebensplanung spielerisch ausprobieren, September 2005

M3 Was können Karl und Melike?

Karl, 15

Fächer: Mathe 2, Deutsch 1, Politik-Wirtschaft 1

Hobbys: verfasst eigene Blogs, liest gern

Stärken: sorgfältig, organisiert, geduldig

Schwächen: technisch unbegabt, (noch) nicht selbstsicher

Einschätzung von einem Freund:
Timo: „Karl merkt sich vieles und kann es toll erklären. Er ist zuverlässig."

Melike, 16

Fächer: Mathe 1, Deutsch 2, Politik-Wirtschaft 2

Hobbys: Volleyball im Verein, liebt Dokus über ferne Länder

Stärken: hilfsbereit, kann Leute gut begeistern/überzeugen, technisch begabt

Schwächen: oft ungeduldig, unpünktlich, unorganisiert

Einschätzung von eine Freundin:
Dilnaz: „Wenn Melike etwas interessiert, bleibt sie am Ball. Sie ist zuverlässig, obwohl sie oft unpünktlich ist."

Bearbeiterin

M4 Kluge Sprüche für die Suche nach einem passenden Beruf?

1. „Das Schulpraktikum bringt doch eh nichts!"
2. „Lehrer:innen sind immer an den Noten schuld."
3. „Ich stehe zu meinen Schwächen."
4. „Jeder ist seines Glückes Schmied."
5. „Ich traue mir nichts zu!"

Bearbeiterin

AUFGABEN

70053-303

1. Ordne die Berufe Elektronikerin, Anlagenmechanikerin, Hebamme und Bühnentänzer den verschiedenen Berufsfeldern aus **M1** zu.
2. a) Wähle drei Berufsfelder und ordne ihnen mindestens drei passende Fähigkeiten aus **M2** zu.
   b) Entscheide, welche drei Berufsfelder für dich am ehesten in Frage kommen. Beziehe dabei die nötigen Fähigkeiten aus **M2** mit ein.
3. Ermittle aus **M3** drei passende Berufe für Karl und Melike mithilfe der Webseite Planet-Beruf (**QR-Code**).
4. a) Erstelle einen Steckbrief wie in **M3** für dich. Nimm **M2** ggf. als Hilfe.
   b) Tauscht eure Steckbriefe zu zweit aus. Erarbeitet Verbesserungsvorschläge für eure:n Partner:in.
   c) Ermittle mindestens drei berufliche Optionen mithilfe von Planet-Beruf (**QR-Code**).
   d) Führt eine Potentialanalyse mithilfe der Methode (**digitaler Aufgabenkasten**) durch.
   e) Überprüfe, ob deine in der Potentialanalyse ermittelten Fähigkeiten zu deinen beruflichen Optionen passen.
5. Nimm begründet Stellung zu den getroffenen Aussagen in **M4**.

H zu Aufgabe 3a und 4c
Die Webseite *planet-beruf.de* von der Bundesagentur für Arbeit hilft dir:

Link zur Webseite:

70053-287

F Aufgabe
Versetzt euch in die Lage von Berufsberater:innen. Spielt das Spiel auf der Webseite Like2be. Diskutiert anschließend, für wie realitätsnah ihr das Spiel haltet. MK

Link zur Webseite

70053-288

13.2 Schulische und duale Ausbildung

Möchtest du weiterhin zur Schule gehen …?

Zehn Jahre zur Schule zu gehen, hört sich erst einmal viel an. Aber diese Zeit ist schneller herum, als du denkst und dann stehst du vor einer wichtigen Entscheidung: Wie geht es nun weiter? Und wie trifft man die richtige Entscheidung und gibt es eigentlich diese eine richtige endgültige Wahl? Nochmal weiter zur Schule gehen oder direkt ins Berufsleben starten?

M1 Schüler:innen überlegen - weiter zur Schule gehen?

Viet: „Immer so viele Texte lesen und Arbeiten schreiben. Dafür bekomme ich kein Geld."

Sascha: „Mit meinem Abschlusszeugnis hat mich kein Betrieb zu einem Vorstellungsgespräch eingeladen."

Jasper: „Meine Noten sind gut und ich weiß, dass ich ein Abitur brauche, um mich für das Studium zum gehobenen Polizeivollzugsdienst zu bewerben."

Franziska: „Ich weiß noch überhaupt nicht, was ich werden will."

Bearbeiterin

M2 Welche Bildungswege gibt es in NRW?

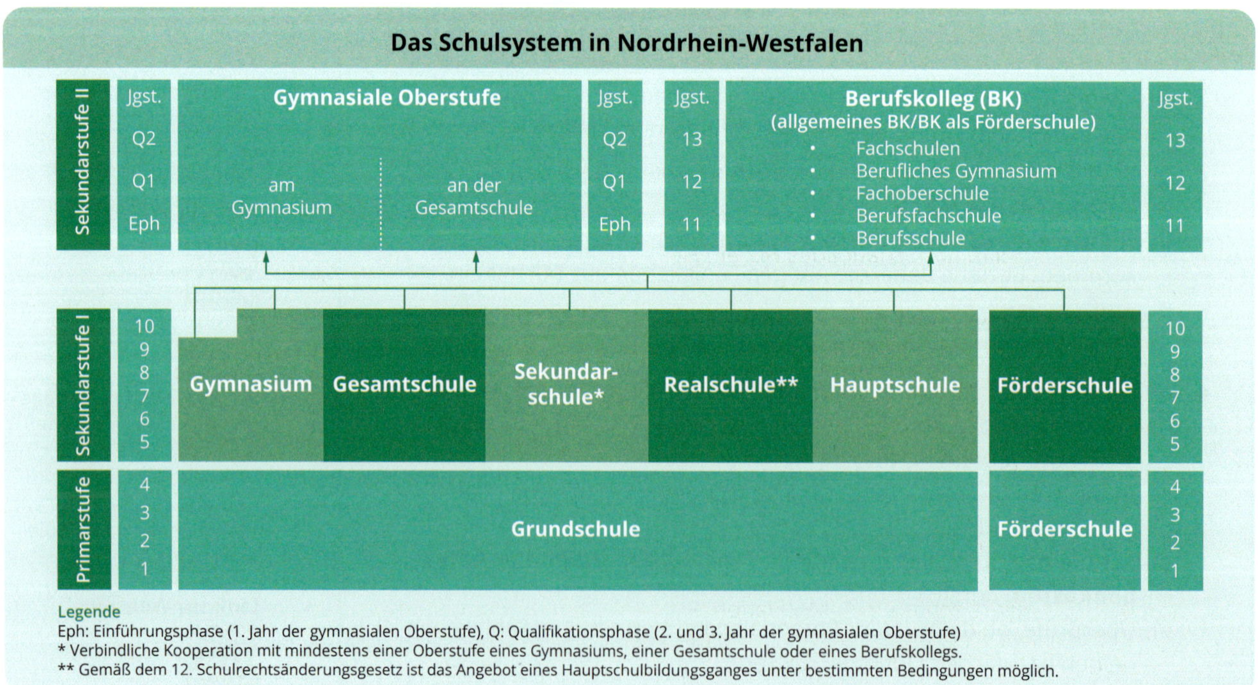

Nach: Schulministerium NRW: Schulorganisation. Schulformen. In: www.schulministerium.nrw, Abruf am 15.05.2023

M3 Ist das Berufskolleg vielleicht eine gute Wahl?

Melike

Melike: Die Berufsberaterin hat mir empfohlen, auf ein Berufskolleg zu gehen, ich weiß aber nicht …

Karl: Echt, dir auch? Ich habe mit meinen Eltern darüber gesprochen und ich finde das Berufskolleg eine gute Wahl.

Karl

Melike: Warum denn?

Karl: Jedes Berufskolleg hat eine berufliche Ausrichtung, z. B. Wirtschaft, Elektrotechnik, Informatik oder Soziales etc. Ich werde mich an einem kaufmännischen Berufskolleg anmelden, weil ich später Reisekaufmann werden möchte.

Melike: Ok, und was noch?

Karl: Berufskollegs kooperieren mit verschiedenen Betrieben. Das heißt, wenn du dich gut anstellst, dann hast du vielleicht gleich ein Jobangebot …

Bearbeiterin

Berufskolleg
eine Schulform der Sekundarstufe II: Es ist mit den beruflichen Schulen in anderen Bundesländern vergleichbar. Man kann dort unterschiedliche Schulabschlüsse erreichen.

AUFGABEN

70053-304

1. Entscheidet zu zweit, ob die Schüler:innen weiter zur Schule gehen sollten oder nicht (**M1**). Begründet eure Entscheidung.
2. a) Erstelle mithilfe des Schaubildes **M2** ein Flussdiagramm zu den schulischen Wegen nach der zehnten Klasse.
   b) Erläutert zu zweit, worin sich Gymnasium und Berufskolleg unterscheiden (**M3**). Zum Beispiel: Inhalte, Fächer, Abschlussmöglichkeiten
3. a) Gestalte einen Steckbrief zu einer weiterführenden Schule deiner Wahl mithilfe der beiden QR-Codes.
   b) Stellt euch die Steckbriefe gegenseitig vor und gebt euch ein Feedback.
4. a) Versetzt euch in die Lage einer Schulleitung eines Berufkolleg. Worauf würdet ihr bei einer Bewerbung einer neuen Schülerin oder eines neuen Schülers achten, z. B. Motivation, Freundlichkeit etc. Erarbeitet zu zweit weitere Kriterien und stellt sie der Klasse vor.
   b) Diskutiert eure Kriterien für die Bewerbung an einem Berufskolleg in der Klasse.

H zu Aufgabe 2a Flussdiagramm

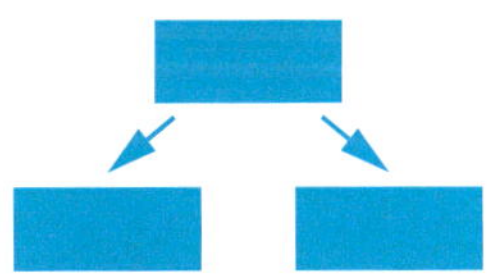

H zu Aufgabe 3a Kopiervorlage für einen Steckbrief

70053-289

So findest du alle Berufkollegs in NRW

70053-290

Matching im Berufsleben – wie findet man eine Ausbildung?

Kennst du das auch? Egal, wo du auf den Weg zur Schule hinschaust, ob an der Bushaltestelle, an Autos, auf Werbebannern, in der S-und U-Bahn, auf deinem Smartphone oder auch auf Kleidung von Menschen usw., es springt dir Werbung für Stellenanzeigen ins Gesicht.

M7 Der Ausbildungsmarkt – die Qual der Wahl?!

Unternehmen sind stets auf der Suche nach engagierten Leuten, die zu ihren Vorhaben gut passen. Um möglichst qualifizierte Mitarbeitende zu finden, nutzen Unternehmen beispielsweise Stellenportale wie azubi.de, soziale Netzwerke wie Instagram oder YouTube, Plakate und Zeitungsanzeigen. Auch die Bundesagentur für Arbeit bietet Unternehmen eine Plattform für ihre freien Stellen.

Werbeplakat für eine Ausbildung

M8 Wie sieht eine Stellenanzeige aus?

Ausbildung Elektroniker (w/m/d)

Zum 1. August 2023 suchen wir Dich für die 3,5-jährige Ausbildung zum/r Elektroniker/in für unseren Standort Dortmund.

Das erwartet Dich in Deiner Ausbildung:
- Du machst Dich mit der Installation, Überwachung, Wartung und Instandhaltung verschiedener Anlagen vertraut
- Analyse und Beseitigung von Störungen
- Kenntnisse zu Mess-, Prüf,- Diagnoseverfahren und deren Dokumentation

Dein Profil:
1. Notwendigerweise liegen dir Mathe und Physik und machen Dir Spaß.
2. Es wird vorausgesetzt, dass Du handwerklich geschickt bist und gerne an elektronischen Bauteilen tüftelst.
3. Teamfähigkeit ist für Dich selbstverständlich.
4. Deine gewissenhafte und selbstständige Arbeitsweise zeichnet Dich aus.
5. Praktische Erfahrungen in diesem Berufsfeld wären wünschenswert.

Deine Vorteile:
- Du erhältst von uns ein mobiles Endgerät, das Du zum Lernen und auch privat nutzen kannst.

Übernahmegarantie, wenn Du Deine Berufsausbildung erfolgreich abgeschlossen hast.

Bearbeiterin

M9 Was sind Muss- und Kann-Kriterien in Stellenangeboten?

Wenn Betriebe Ausbildungsplätze zu vergeben haben, dann sollen die Bewerber:innen gewisse Kriterien erfüllen und bestimmte Fähigkeiten und Eigenschaften mitbringen:

Muss-Kriterien

z. B. Schulabschluss, fachliche Fähigkeiten werden meistens so beschrieben:

„... wird vorausgesetzt ..."

„... nur berücksichtigt, wenn ..."

„... unbedingt notwendig ..."

Kann-Kriterien

z. B. praktische Erfahrungen erkennt man an folgenden Formulierungen:

„Idealerweise ..."

„... wären von Vorteil."

„... wünschenswert."

Basierend auf: Azubiyo: Stellenanzeigen richtig lesen. In: www.azubiyo.de, Abruf am 22.05.2023

M10 Ausbildung mit Zukunft?

Unversorgte Bewerber:innen und unbesetzte Ausbildungsstellen (Stand: 2023)

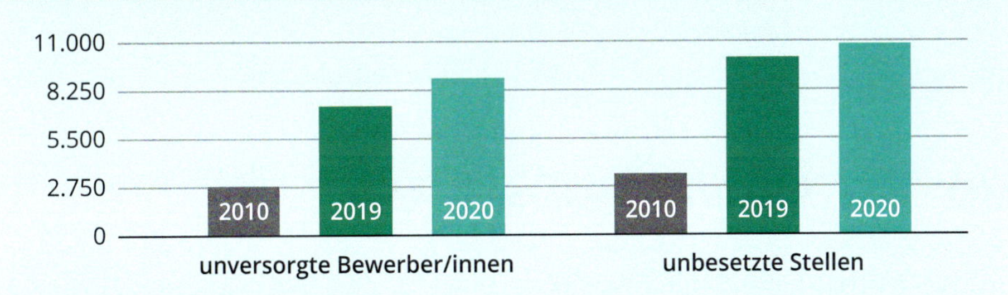

Nach: IHK NRW Ausbildungsbericht 2021, S. 8, Quelle: RD NRW, Stichtag 30.9.

AUFGABEN

70053-306

1. a) Beschreibe die Anzeige (**M7**).
   b) Wie ansprechend ist diese Anzeige für dich? Erläutere.
2. a) Erkläre mithilfe von **M8**, wie eine Stellenanzeige aufgebaut ist.
   b) Erläutere den Unterschied von Muss- und Kann-Kriterien (**M9**).
3. a) Werte **M10** aus: Welche Entwicklung wird dargestellt?
   b) Welche Gründe gibt es für die Entwicklung in **M10**? Stelle Vermutungen darüber an.
   c) Erarbeitet zu zweit Angebote für Auszubildende und Unternehmen, die die Situation verbessern könnten.
4. Erstelle eine eigene Ausschreibung und überlege, wo sie am besten zu veröffentlichen wäre, um die richtigen Personen anzusprechen.

F Aufgabe
Recherchiere im Internet nach geeigneten Stellenanzeigen für dich. Vergleiche die Kriterien mit deinem Profil. Woran musst du noch arbeiten?
MK

Wie bewirbt man sich richtig?

Deine Eltern haben sicherlich ihre ersten Bewerbungen noch persönlich abgegeben oder postalisch abgeschickt. Im Zeitalter der Digitalisierung und Nachhaltigkeit wird immer mehr auf eine ausgedruckte Bewerbung verzichtet. So sind nun E-Mail-Bewerbung, Online-Bewerbung, Videobewerbung und auch Bewerbungsapps aktuell.

Das Assessment-Center – worum geht es dabei?

70053-292

mobile Bewerbung
Bewerbung übers Smartphone mithilfe von Apps

M11 Welche Wege gehen Bewerbungen?

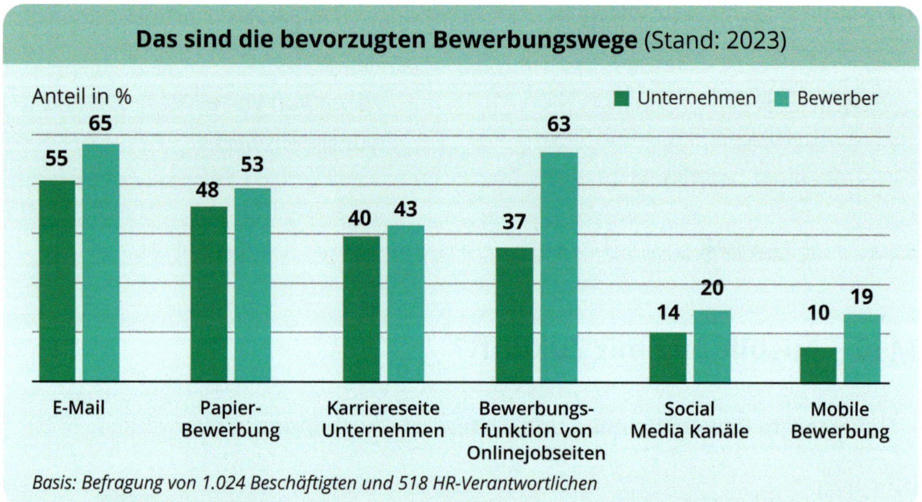

Nach: Statista 2016, Quelle: Indeed, von Bearbeiterin angepasst

Gleichbehandlungsgesetz
Das allgemeine Gleichbehandlungsgesetz soll der Diskriminierung aufgrund von Ethnie, Geschlecht, Alter oder Behinderung entgegenwirken. Das Gesetz trat im Jahr 2006 in Kraft. Im Bewerbungsverfahren sind Angaben zu Familienstand, Muttersprache, Alter und auch das Bewerbungsfoto seitdem keine Pflicht mehr.

M12 Was muss in die Bewerbung rein?

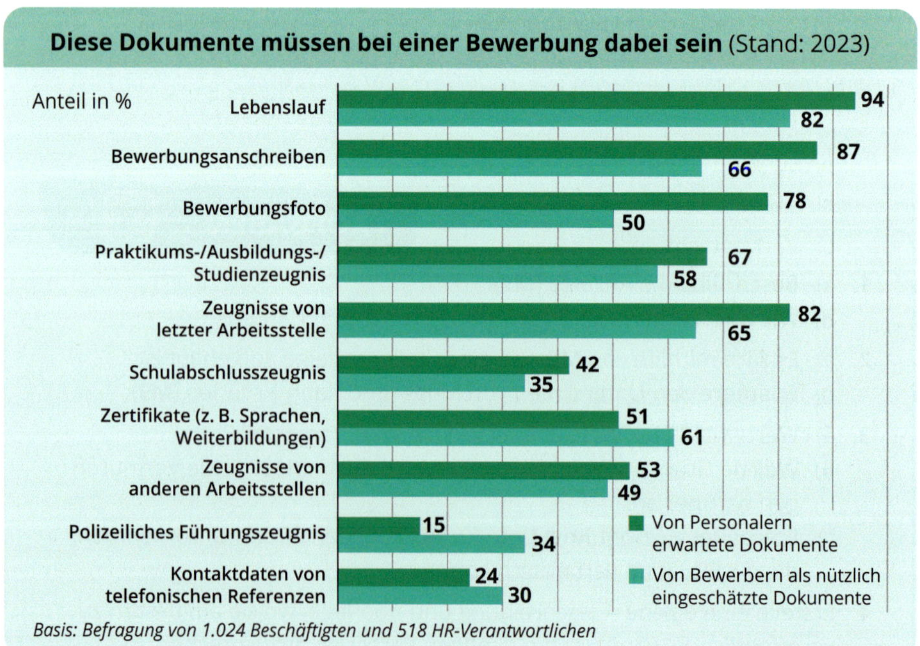

Nach: Statista 2016, Quelle: Indeed, von Bearbeiterin angepasst

M13 Wie könnte eine Bewerbung per E-Mail aussehen?

Empfänger: arbeitgeber@e-mail.de

Betreff: Bewerbung Domenica Kraft zur Kauffrau für Büromanagement

Sehr geehrter Herr Heurich,

anbei übersende ich Ihnen meine Bewerbungsunterlagen für die auf Ihrer Homepage ausgeschriebene Ausbildung zur Kauffrau für Büromanagement ab dem 01.08.2023.
In der Anlage befinden sich der Lebenslauf, mein Anschreiben, meine letzten beiden Schulzeugnisse sowie meine Praktikanachweise.

Über eine Rückmeldung Ihrerseits freue ich mich sehr.

Mit freundlichen Grüßen
Domenica Kraft

Bruktererstraße 8
44263 Dortmund
Domenica.kraft@dortund.de
0176 12 34 56 7

Bewerbung_Domenica_Kraft.pdf (2.6 MB) Senden

Bearbeiterin

Was steht im Lebenslauf?

70053-293

Was steht im Anschreiben?

70053-294

Wie sieht eine Videobewerbung aus?

70053-295

AUFGABEN

70053-307

1. Tauscht euch mithilfe von **M11** über die bevorzugten Bewerbungswege aus: Was fällt euch auf?
2. Ermittle, welche Unterlagen aus Sicht von Personaler:innen für die Bewerbung als wichtig eingestuft werden (**M12**).
3. Bewerber:innen schätzen die Dokumente anders ein als Personaler:innen: Tauscht euch darüber aus, welche Unterschiede euch besonders auffallen und überlegt, welche Gründe es dafür gibt (**M12**).
4. a) Arbeite mithilfe von **M13** heraus, worauf du bei einer Bewerbung per E-Mail achten musst. Versetze dich dabei in die Perspektive der Person, die deine Bewerbung sichten wird.
   b) Aktualisiere mithilfe des QR-Codes neben **M13** deinen Lebenslauf.
   c) Verfasse ein Anschreiben für eine Stellenanzeige deiner Wahl oder eine Videobewerbung (**QR-Code** neben **M13**).
   d) Für welchen Bewerbungsweg würdest du dich wann entscheiden? Begründe.
5. Stelle Vermutungen darüber an, welche Vor- und Nachteile, durch Bewerbungsfotos oder auch -videos entstehen können.
6. a) Recherchiert im Internet nach Ausbildungsmessen in eurer Region und wählt eine für euren Besuch aus. MK
   b) Bereitet euch auf den Besuch der ausgewählten Messe mithilfe der Methode auf der nächsten Seite vor.
   c) Nehmt begründet Stellung: „Ausbildungsmessen sind die ideale Möglichkeit, um sich als Bewerber:in zu präsentieren".

F zu Aufgabe 4
Gibt es aus deiner Sicht Unterschiede zur klassischen Bewerbung per Brief oder per Video? Wenn ja, welche? Halte deine Ergebnisse in einer Tabelle fest.

F zu Aufgabe 5
Diskutiert, ob Bewerbungen ohne Foto dabei helfen können, Diskriminierung in der Arbeitswelt zu verringern. Entwickelt weitere Ideen hierzu.

13.3 Plan B für die Ausbildung haben

Freiwilligendienst – ist das was für dich?

Ausbildung oder Schule ist (noch) nichts für dich oder du benötigst erst einmal eine Pause nach der Schule? Wie wäre es mit einem Freiwilligendienst? Welche Vor- und Nachteile gibt es?

M1 Freiwillig helfen – eine Möglichkeit für dich?

1 Ich absolviere meinen Freiwilligendienst in einer Jugendeinrichtung in Werl. Ich unterstütze die Jugendlichen bei ihren Hausaufgaben, habe ein offenes Ohr für sie, spiele mit ihnen, plane Ausflüge und Veranstaltungen und führe sie auch durch, helfe bei der Zubereitung von Mahlzeiten. Dabei habe ich gemerkt, dass mir das Organisieren und Durchführen von Projekten besonderen Spaß bereitet, weshalb ich nun nachdenke, in diese Richtung beruflich zu gehen.

Beatrice

2 Im Sportverein zu helfen, das macht mir Spaß. Ich bin jeden Tag sportlich aktiv, an der frischen Luft und leite eigenverantwortlich eine Bambini-Fußballmannschaft. Beim Training bin ich sehr diszipliniert und fordere die Jungs, damit sie über sich hinaus wachsen. Zudem zeige ich ihnen, wie wichtig es ist, aufeinander zu achten und als Team auf dem Platz zu arbeiten. Mir hat jetzt sogar der Leiter des Vereins eine Ausbildungsstelle angeboten, obwohl diese sehr rar sind.

Nour

Bearbeiterin

FREIWILLIGENDIENST

Bei einem Freiwilligendienst engagierst du dich ehrenamtlich für 6 bis maximal 24 Monate. Voraussetzung dafür ist, dass du deine Schulpflicht bereits erfüllt und noch nicht das 27. Lebensjahr vollendet hast.
Einen Freiwilligendienst kannst du im Inland und Ausland absolvieren. Man unterscheidet die Freiwilligendienste nach ihrem Einsatzbereich: sozial, ökologisch, kulturell, sportlich. Das Taschengeld beträgt im Jahr 2023 maximal 438 Euro monatlich. Hinzu kommen in manchen Fällen kostenlose Unterkunft, Verpflegung und Dienstkleidung oder entsprechende Geldersatzleistungen. Die jeweilige Höhe des Geldes kann jedoch von Träger zu Träger variieren. Beispielsweise hat der IJGD (Internationale Jugendgemeinschaftdienst) NRW rund 800 verschiedene Einsatzstellen. Ebenso kannst du dich bei der Caritas, NABU u. a. für einen Dienst bewerben.

M2 Welche Vor- und Nachteile hat ein Freiwilligendienst?

sich persönlich weiterentwickeln

Berufsausbildung verzögert sich um ein Jahr.

länger Zeit, sich über seinen Berufswunsch Gedanken zu machen

mit anderen Jugendlichen in Kontakt kommen

Berufserfahrung sammeln

geringere Vergütung

durch Kontakte leichter eine Ausbildung zu bekommen

Soziales Engagement kommt bei Bewerbungen gut an.

Die Zeit kann als Praktikum anerkannt werden.

Bearbeiterin

M3 Wer macht einen Bundesfreiwilligendienst?

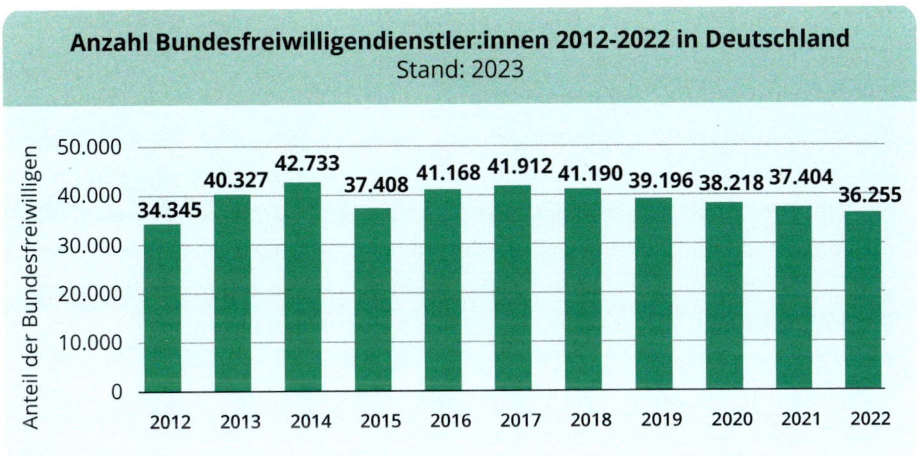

Nach: Statista, 2023

Bundesfreiwilligendienst
Angebot des Staates an alle, die sich außerhalb von Beruf und Schule für das Allgemeinwohl in Deutschland engagieren wollen

AUFGABEN

70053-308

1. Beschreibe die Fallbeispiele (**M1**).
2. a) Erkläutere die Voraussetzungen für einen Freiwilligendienst (**#Freiwilligendienst**).
   b) Recherchiere nach Freiwilligendiensten in NRW. Stellt eure Ergebnisse in der Klasse vor. MK
3. a) Listet die Vor- und Nachteile des Freiwilligendienstes mithilfe der Wortwolke aus **M2** auf.
   b) Analysiere **M3**. Was ist die Kernaussage des Diagramms?
   c) Entscheide, ob und wenn ja, welcher Freiwilligendienst für dich in Frage kommt. Begründe deine Entscheidung (**M1**).

H **zu Aufgabe 2b Freiwilligendienste in NRW**

Erfahrungen im Ausland sammeln?!

Alles nichts für dich? Manchmal muss man einfach raus. Das Fernweh ruft und auch in anderen Ländern – sogar außerhalb der Europäischen Union – kannst du arbeiten, berufliche Erfahrungen in einem FSJ im Ausland sammeln und neue Leute kennen lernen. Oder gibt's da auch Nachteile?

FSJ
Das freiwillige soziale Jahr (FSJ) ist ein sozialer Freiwilligendienst.

M4 Jugendliche berichten von ihren Erfahrungen im Ausland

Lisa, 19 aus Köln

In Australien habe ich ein FSJ in in einer Einrichtung für Kinder mit Behinderungen gemacht. Ich bin über mich hinausgewachsen und kann endlich Englisch sprechen.

Timo, 19 aus Hamburg

Praktika an verschiedenen Orten in Deutschland und Österreich haben mir geholfen, mich zu orientieren. Ich weiß jetzt, dass ich eine Ausbildung zum Industriekaufmann machen möchte.

Kerstin, 18 aus Bremen

Ich habe mir das Interrail-Ticket gekauft, um Europa zu bereisen. Ich bin sehr gespannt, was die vielen Staaten zu bieten haben.

Bearbeiterin

Mindestlohn
Zurzeit beträgt der Mindestlohn 12,00 Euro. Ab Januar 2024 wird der Mindestlohn in Deutschland für Arbeitnehmerinnen und Arbeitnehmer 12,41 Euro betragen.

Brutto und Netto
Brutto ist das, was dir der Arbeitgeber zahlt. Vom Brutto zahlst du verschiedene Leistungen an den Staat. Das Netto ist das, was du auf dein Konto bekommst.

M5 Ist das Praktikum nur was für Kinder reicher Eltern?

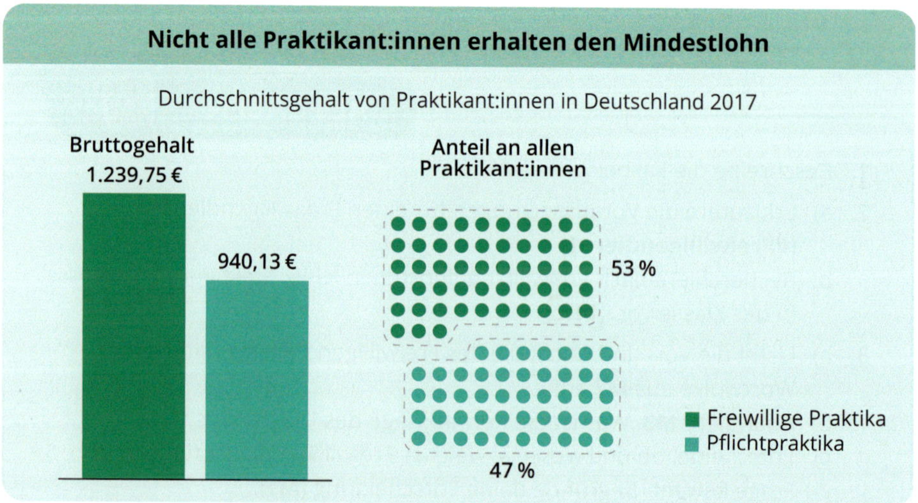

Nach: Statista, 2018. Daten aus: CLEVIS Praktikantenspiegel 2018

M6 Finanzierungsmöglichkeiten im Überblick ...

- **Gesetzliche Förderung** durch das Auslands-BAföG für Schüler:innen der gymnasialen Oberstufe: Es kann ein mindestens sechsmonatiger Schulaufenthalt im Ausland nach der zehnten Klasse beantragt werden.
- **Vollstipendien und Teilstipendien** von staatlichen Programmen und von gemeinnützigen Organisationen (z. B. Rainbow Garden Village für Freiwilligendienst im Ausland), Stiftungen, Vereinen, Jugendwerken und privaten Anbieter
- **Zuschüsse** von staatlichen Einrichtungen, Organisationen, Stiftungen etc., z. B. Volunta
- **Fördertöpfe** von Gemeinden, Kommunen, Schulen

Bearbeiterin

Stipendium
finanzielle Ausbildungsförderung meist z. B. für Künstler:innen, Sportler:innen, Studierende etc. Diese Förderung muss nicht zurückgezahlt werden.

Auslands-BAföG
BAföG heißt Bundesausbildungsförderungsgesetz: Es ist eine finanzielle Unterstützung vom Staat für Studierende und Auszubildende. Man kann diese Förderung auch fürs Ausland beantragen. Sie heißt dann Auslands-BAföG. Nach Abschluss der Ausbildung und mit dem Eintritt in das Berufsleben wird diese Förderung teilweise zurückgezahlt.

M7 Alles Streberinnen und Streber oder was?

Karikatur: Michael Hüter, 2015

AUFGABEN

70053-309

1. Beschreibe die Erfahrungen aus **M4**.
2. a) Analysiere **M5**: Was sind die zentralen Aussagen der Abbildung?
   b) Diskutiert innerhalb der Klasse die Gründe für ein freiwilliges Praktikum.
3. a) Erarbeitet mithilfe von **M6** verschiedene Finanzierungsmöglichkeiten.
   b) Recherchiert zu zweit im Internet nach konkreten staatlichen Stipendienprogrammen und Stiftungen. **MK**
4. Ermittelt die Aussage der Karikatur und nehmt begründet Stellung dazu (**M7**, → **Methodenglossar**).

Notbremse Ausbildungsabbruch – was tun?

Du kannst alles geplant haben und dann geht doch was schief. Das Ausbildungsunternehmen geht pleite, du entwickelst eine Allergie oder wirst krank und kannst deinen Beruf nicht mehr erlernen? Es kann natürlich auch ein wenig an dir liegen und du merkst recht schnell, dieser Beruf wird es nicht. Das Klima im Betrieb ist schlimm usw. Gründe gibt es viele, aber das Ergebnis bleibt: Abbruch der Ausbildung. Was kann man denn dann noch tun?

M8 Ausbildung abbrechen?

„Ich kann nicht mehr. Ich will meine Ausbildung abbrechen."

Hanna will ihre Ausbildung nicht weitermachen.

M9 Was sind Gründe für eine Trennung von der gewählten Ausbildung?

1. gesundheitliche Probleme
2. Probleme in der Berufsschule
3. finanzielle Probleme
4. Probleme im Ausbildungsbetrieb
5. Probleme in der Familie
6. Unzufriedenheit mit dem Beruf

Bearbeiterin

M10 Wie häufig werden Ausbildungen abgebrochen?

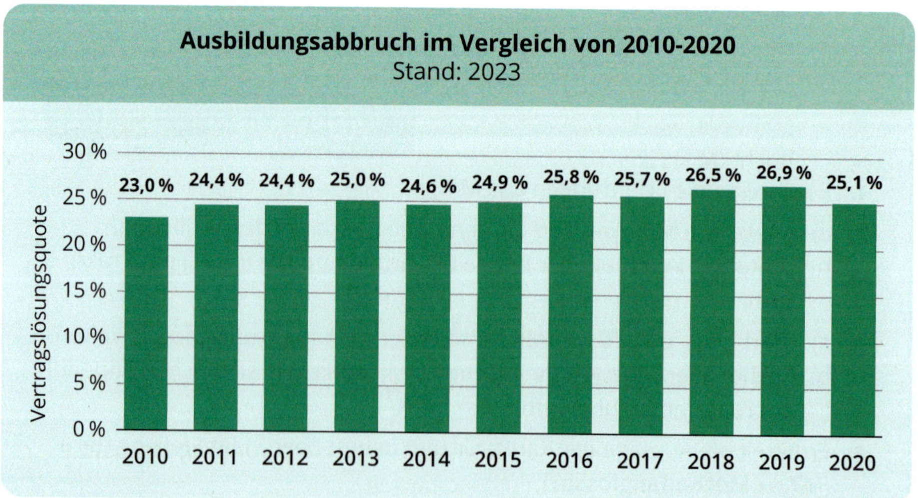

Nach: Statista, 2023

M11 Muss guter Rat immer teuer sein?

Wenn man merkt, dass die Ausbildung nicht die richtige ist, dann ist das kein Weltuntergang. Wichtig ist nun, dass man sich Hilfe holt und zwar:

- bei Familie und Freund:innen
- bei den ehemaligen Praktikumsbetrieben
- bei der Berufsberatung der JBA (Jugendberufsagentur). Die JBA ist gut vernetzt und arbeitet mit der Agentur für Arbeit, dem Jobcenter, den Schulen und dem Jugendamt zusammen.
- im BIZ (Berufsinformationszentrum): Dort finden aktuelle Informationsveranstaltungen zu möglichen Ausbildungen statt. Du bekommst Hilfe bei der Bewerbung und kannst dort sogar alles gleich drucken, scannen, kopieren und senden.

Bearbeiterin

M12 Plan B für die Zukunft?!

Malaika Mihambo ist eine deutsche Leichtathletin und Politikwissenschaftlerin aus Heidelberg. In ihrem Leben hat sie schon viele Erfolge und Niederlagen erlebt. Sie sagt: „Es ist gut, einen Plan B zu haben! Die Jugendlichen sollten sich überlegen, was sie außer ihrem Wunschberuf noch interessiert, und sich fragen „Was kann ich?“ und „Wohin will ich?“.“

AUFGABEN

70053-310

1. a) Beschreibt das Bild in **M8**.
   b) Überlegt, welche Gründe hinter dem Ausbildungsabbruch stehen könnten.
2. a) Erarbeite mithilfe von **M9** Gründe für einen Ausbildungsabbruch.
   b) Ermittle, wie häufig Ausbildungen abgebrochen werden (**M10**).
3. a) Erläutere, was man alles tun sollte, wenn man eine Ausbildung abbricht (**M11**).
   b) Diskutiert innerhalb der Klasse, wann ein Ausbildungsabbruch wirklich nötig ist (**M10**-**M12**).
4. Recherchiert arbeitsteilig den Plan B von Malaika Mihambo (**M12**). Nehmt anschließend begründet Stellung dazu. **MK**
5. Stellt zu zweit einen Plan auf, was man alles vorher machen sollte, damit man nach Ausbildungsabbruch möglichst einen direkten Übergang zum neuen beruflichen Weg hat.
6. Nehmt begründet Stellung zu folgender Redensart: „Umwege erweitern unseren Horizont.“

Interview mit Malaika

70053-297

F Aufgabe
Recherchiere, wie sich das Leben der Sportlerin Kristina Vogel verändert hat und wie sie damit umgegangen ist.

13.4 Arbeitswelt im Wandel

Wer betreut die Kinder und wer geht arbeiten?

Wenn du mit der Schule fertig bist, machst du vielleicht erst einmal Karriere und später gründest du unter Umständen eine Familie. Was ist mit Menschen, die früh Kinder bekommen möchten? Wer bleibt dann wie lange zuhause und ist die Karriere dann vorbei? Und was ist, wenn man Zeit braucht, seine Oma zu pflegen oder mal mehr Zeit für sich und seine Hobbys möchte? Familie und andere Lebensinhalte und Arbeit sind oft nicht vereinbar, oder doch?

M1 Welche Lebensentwürfe gibt es? Drei Beispiele

1

Barbara (35), jüngste CEO im Pharmaunternehmen

2

Marvin (36), Informatiker im Homeoffice, Katrin (34), Industriekauffrau in Teilzeit, mit ihren Kindern Gustav (4), Johanna (6) und Isa (1)

3

Robert (35), Bankkaufmann, und Jan (31), Lehrer, mit ihrem Sohn Leon (5). Die Care-Arbeit teilen sie sich zu gleichen Teilen auf.

M2 Wer bleibt erstmal beim Kind?

Ein fiktives Beispiel dafür, wer wann Elternzeit für das gemeinsame Kind nimmt:

Marlene_K @Marlene_K • 1hr ···

Mann und Sohn 😊
#Baby #Elternzeit #zufriedeneEltern #Workingmother

6 6 ♥ 489 4

Fabiangraf ···

Deinen Mann hast du voll im Griff. Du arbeitest und dein Mann gibt seine Karriere auf – wieso? 🙄

Hanna74 ···

Ich finde das klasse! 👍 Weshalb sollten Frauen immer zu Hause bleiben? Marlene hat auch eine Karriere. Es geht ja um beide Elternteile.

SebastianMüller ···

Das gehört sich so! Auf Kinder aufpassen ist nicht männlich. Krass, dass sein Chef da mitmacht. Bei der Einstellung von Frauen plant man gleich mit ein, dass sie weggehen und Kinder kriegen.

Julius7954 ···

Ich finde das von Marlenes Mann bewundernswert! ❤️ Elternzeit hätte ich auch gern genommen. Meine Tochter ist schon drei! In den ersten Monaten habe ich leider durch die Arbeit viel verpasst. Oft habe ich sie abends nicht mal gesehen, weil ich zum Beispiel wegen Meetings erst spät nach Hause kam. Beim zweiten Kind nehme ich auf jeden Fall Elternzeit! 💯

Hava ···

Was ist denn hier los? 😳 Wir sind doch im Jahre 2023 und nicht 1961! Wacht mal auf! Die Welt hat sich weitergedreht. Passt euch den neuen Lebensumständen mal an. 🤦‍♀️

Kommentar hinzufügen...

Bearbeiterin

M3 Wie viele Väter nehmen Elternzeit?

Elterngeld und Elternzeit von Vätern (Stand: 2023)

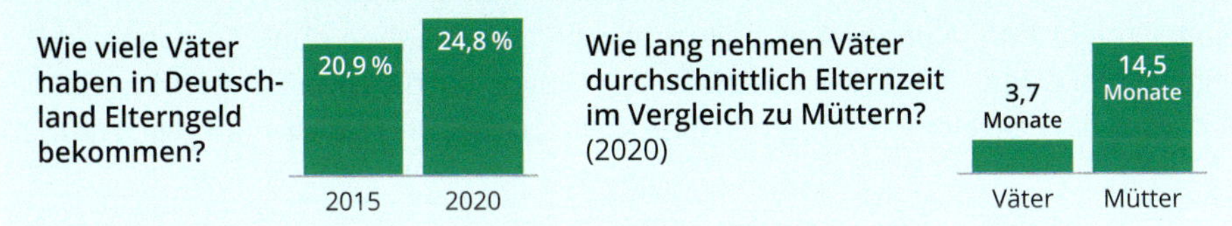

©C.C. Buchner Verlag, aktuelle Daten nach: DESTATIS, 2021

ELTERNZEIT UND ELTERNGELD

Elternzeit ist eine unbezahlte Auszeit vom Berufsleben für Eltern, die ihr Kind betreuen und erziehen. Bis zu drei Jahre können sich Eltern jeweils pro Kind von der Arbeit vor dem achten Geburtstag des Kindes freistellen lassen. In dieser Zeit erhalten sie keinen Lohn. Während der Elternzeit existiert ein Kündigungsschutz. Die Elternzeit muss rechtzeitig vor dem gewünschten Beginn beim Arbeitgeber angemeldet werden.
Elterngeld kann man im ersten Lebensjahr des Kindes beantragen. Die Elternteile können sich das Elterngeld aufteilen. Es wird monatlich mindestens 300 bis maximal 1800 Euro Elterngeld gezahlt und ist abhängig vom Nettoeinkommen des jeweiligen Elternteils.
Personen, die keinen Arbeitgeber haben, haben keinen Anspruch auf Elterngeld wie z. B. Selbstständige, Hausfrauen und Hausmänner.

AUFGABEN

70053-311

1. a) Beschreibe die unterschiedlichen Lebensentwürfe in **M1**.
   b) Entscheide dich für einen für dich passenden Entwurf und begründe deine Wahl.
2. a) Beschreibe den Post in **M2**: Über welche Fragen wird hier diskutiert?
   b) Erläutert in Kleingruppen, welche Erwartungen ihr kennt, was Mütter und Väter für ihre Kinder tun sollen.
   c) Diskutiert in der Klasse, ob sich diese Vorstellungen in den letzten Jahren verändert haben.
3. Erkläre mithilfe von **#Elternzeit und Elterngeld**, was man unter den beiden Begriffen versteht.
4. a) Beschreibe die Statistik aus **M3**.
   b) Entwickelt zu zweit Ideen, um Männer zu einer längeren Nutzung der Elternzeit zu motivieren.
5. Diskutiert in Kleingruppen: Falls ihr später einmal Kinder habt, wie stellt ihr euch die Vereinbarkeit von Arbeit und Familie vor? Was ist euch hierbei wichtig? Begründet eure Positionen.

F zu Aufgabe 2
Wie ist deine Position zu dieser Diskussion? Verfasse selbst einen Kommentar zu dem Post.

F zu Aufgabe 4b
Diskutiert, warum und für wen es vorteilhaft sein könnte, wenn Männer länger Elternzeit nehmen.

Viele Überstunden, wenig Zeit für sich – wie kann eine Work-Life-Balance erreicht werden?

„Arbeit ist das halbe Leben!" hat Oma Herta immer gesagt. „Mir reicht die andere Hälfte" meint Karl. Nun wird es philosophisch. Ist ein Leben ohne Aufgabe wirklich sinnvoll? Ab wann ist Arbeit eine Belastung? Gibt es auch Berufe mit Berufung? Oder darf auch die Freizeit mehr im Leben eine Rolle spielen, ohne, dass man gleich faul ist?

M4 Wenn die Work-Life-Balance in einer Schieflage ist ...

Work-Life-Balance
Es handelt sich um einen harmonischen Zustand, in dem berufliche und private Anforderungen mit ausreichenden Erholungsphasen im Gleichgewicht sind.

Kevin und Finja arbeiten im Krankenhaus und haben einen Vertrag für 40 Stunden. Häufig arbeiten sie eher 9 bis 10 Stunden am Tag, weil Personalmangel besteht. Für die zwei offenen Stellen werden keine Bewerber:innen gefunden. Ihre Arbeit erfordert viel Körpereinsatz. Sie sind oft gestresst und ausgelaugt. Zeit für Sport oder Erholung haben sie kaum.

M5 Wie hilft Sport gegen Stress?

Zu viel Stress kann die Work-Life-Balance ins Wanken bringen. Sport kann eine Möglichkeit sein, Stress abzubauen.

Die Deutsche Gesellschaft für Sportmedizin und Vorsorge (DGSP) klärt auf:

Ob Arbeits-, Schul- oder Freizeitstress, Stress macht vor keinem Lebensbereich halt. Langanhaltender Stress kann zu körperlichen, wie auch seelischen Schäden führen. Häufig werden hierdurch Langzeitschäden des Herz-Kreislaufsystems hervorgerufen. Eine kürzlich veröffentlichte länderübergreifende Kooperationsstudie zeigt, dass sich bei Menschen mit einem chronisch erhöhten Stresslevel Sport positiv auf Herzprobleme auswirkt. Sport baut jedoch nur dann Stress ab, wenn die Dosierung stimmt [...]. [...] Prof. W. Bloch von der DGSP [rät] zu 150 Minuten pro Woche moderater sportlicher Bewegung in Form von Ausdauersport. Jedoch betont er die Notwendigkeit der Regenerationsphase nach jeder Sporteinheit, damit der Körper nicht zusätzlich gestresst wird.

DGSP: Stressmanagement durch Sport: Körperliche Fitness schützt vor Stress und seinen Folgen. In: www.dgsp.de, 02.07.2017

M6 Vier-Tage-Woche – ein Mittel für eine Work-Life-Balance?

Eine Vier-Tage-Woche bedeutet, dass die vertraglich vereinbarte Arbeitszeit statt auf fünf Tage auf vier Tage verteilt wird. Im Folgenden werden Vor- und Nachteile einer Vier-Tage-Woche dargestellt, wenn der 40-Stunden-Vertrag weiterbesteht und zehn Stunden pro Tag gearbeitet wird.

1 Betreuung von kleinen Kindern
Welche Betreuungsstätten würden Kinder zehn Stunden und länger betreuen?

2 Zeit
Dank der kürzeren Arbeitswoche hat man ein längeres Wochenende. Man kann diese gewonnene Zeit für Familie, Freunde und Hobbys nutzen.

3 Überstunden
Sollten elf oder zwölf Stunden gearbeitet werden?

4 Produktivität
Studien zufolge steigt die Produktivität um ca. 60 Prozent. Zudem führt die kürzere Arbeitswoche zu weniger Stress und weniger Krankheitsausfällen. Konzentriertes Arbeiten in einem kurzen und intensiven Zeitraum ermöglicht einen stärkeren Fokus auf wichtige Aufgaben im Arbeitsalltag. Es kann effektiver gearbeitet werden.

5 Konzentration
Nach fünf bis sechs Stunden sinkt die Konzentrationsfähigkeit des Menschen.

6 Fahrtkosten
Man muss einen Tag weniger zur Arbeit fahren. Man spart Zeit und Geld.

7 Urlaubsanspruch
Der gesetzliche Urlaubsanspruch würde von 20 Tagen auf 16 Tage sinken.

Basierend auf: Credico, Letizia: 4-Tage- VS. 5-Tage-Woche: Die Vor- und Nachteile. In: www.cbs.de, 29.10.2018

AUFGABEN

70053-312

1. a) Beschreibe die Bilder in **M4**.
b) Erläutere, welche Problemsituation dargestellt wird.
c) Bewerte, warum zum Beispiel ausgelaugtes Krankenhauspersonal für alle zum Problem werden kann.

2. a) Tragt euer Wissen in der Klasse über Stress zusammen und definiert den Begriff.
b) Ermittelt mithilfe von **M5**, ab wann Stress negativ für den Menschen ist.
c) Erklärt, wie Sport oder andere Hobbys dazu beitragen können, Stress zu reduzieren.

3. a) Erläutere das Konzept der Vier-Tage-Woche mithilfe von **M6**.
b) Ermittle die Vor- und Nachteile einer Vier-Tage-Woche, indem du die Textkärtchen entsprechend zuordnest (**M6**).

4. Entwickelt in der Klasse Ideen, wie die beschriebenen Nachteile in **M6** gelöst werden können.

5. Beurteilt zu zweit, inwiefern die Vier-Tage-Woche zur Reduzierung von Stress (nicht) beiträgt.

F zu Aufgabe 2
Erstellt einen Ratgeber für weniger Stress in Form eines Podcasts, Flyers oder Erklärvideos.

H zu Aufgabe 4
z. B. Reduktion der Arbeitszeit

Wie verändert sich die Arbeitswelt durch die Automatisierung?

Schuster, Content Creator, Facility Managerin oder Buchbinder. Manche Berufe sterben aus und andere entstehen neu. Woran kann das liegen?

M7 Wie hat sich die Arbeitswelt verändert? Zwei Beispiele

Fließbandarbeit bei einem Automobilhersteller um 1913

Fließbandarbeit bei einem Automobilhersteller um 2023

M8 Welche Ausbildungsberufe sind bei jungen Menschen beliebt?

Rangliste der beliebtesten Ausbildungsberufe nach Neuabschlüssen in Deutschland (Stand: 2023)

Berufsbezeichnung	Gesamt	Anteil männliche Auszubildende	Anteil weibliche Auszubildende	Rang
Kaufmann/-frau für Büromanagement	23.436	28,6	71,4	1
Verkäufer/-in	20.766	50,0	50,0	2
Kraftfahrzeugmechatroniker/-in	20.697	95,2	4,7	3
Kaufmann/-frau im Einzelhandel	19.269	53,4	46,6	4
Medizinischer Fachangestellte/-r	17.841	3,8	96,1	5
Fachinformatiker/-in	15.888	91,0	9,0	6
Industriekaufmann/-frau	14.400	43,8	56,2	7

Bearbeitergrafik, Zahlen nach: Bundesinstitut für Berufsbildung: Rangliste 2021 der Ausbildungsberufe nach Neuabschlüssen in Deutschland. Tabelle 67. In: www.bibb.de, 09.12.2021

M9 Wie verändern sich Berufe durch die Automatisierung?

Job-Futuromat
Der Job-Futuromat ist eine Webseite, die Berufe auf ihre Veränderung durch digitale Technologien hin analysiert. Dabei wird in den Blick genommen, wie gut Kerntätigkeiten von Berufen durch Technik automatisiert werden können.

Viele Berufe verändern sich durch den Prozess der Automatisierung. Vorgehen bei der Arbeit werden durch Maschinen ergänzt oder ersetzt. Dank des Digitalisierungsprozesses können diese Maschinen immer komplexere Aufgaben übernehmen, weil die Speicherung von Informationen und deren Transfer vereinfacht wird. Das treibt den Automatisierungsprozess voran. Die Aufgabenfelder der betroffenen Berufe verändern sich. Der Job-Futuromat des Instituts für Arbeitsmarktforschung (IAB) untersucht alle gängigen Berufe auf ihre Zukunftsfähigkeit. Im Zentrum steht dabei die Frage, welche Aufgaben eines Berufes automatisiert werden können.

Bearbeiterin

Der Beruf Kfz-Mechatroniker ist ein Beispiel dafür:

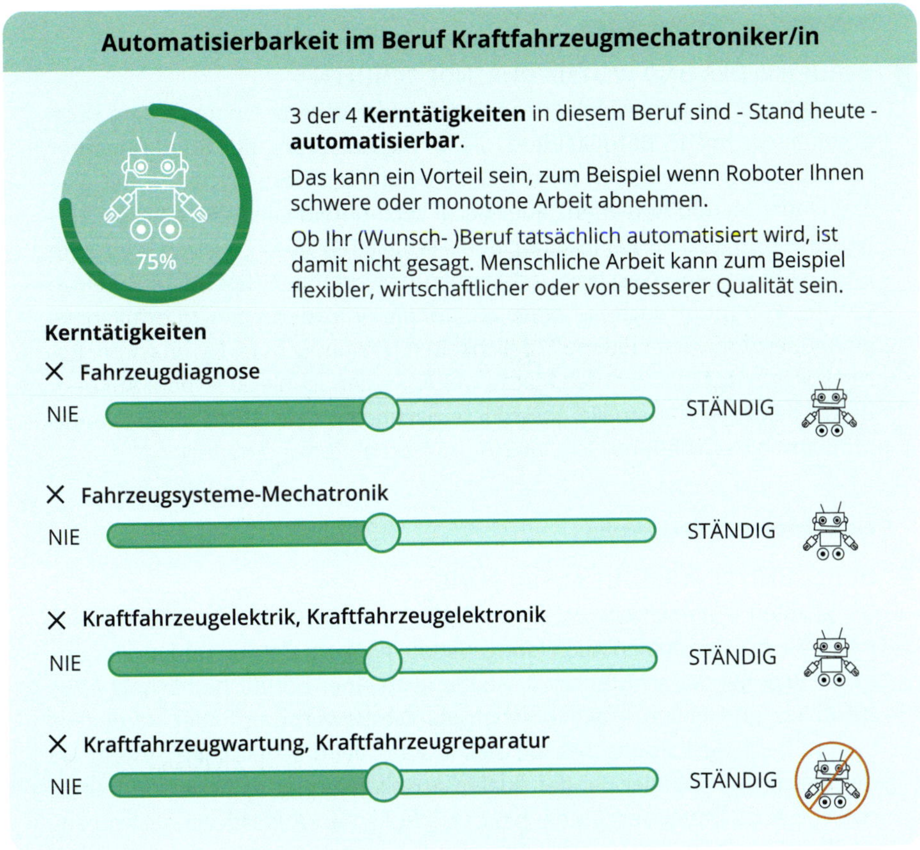

Nach: Job-Futuromat: Automatisierbarkeit im Beruf Kraftfahrzeugmechatroniker/in. In: www.job-futuromat.de, Abruf am 16.03.2023

Link zum Job-Futuromat

70053-298

AUFGABEN

70053-313

1. a) Beschreibe die Bilder (**M7**): Was hat sich wie verändert?
   b) Nenne weitere Beispiele zu Berufen, die sich durch die Automatisierung verändern.
2. a) Erläutere die Tabelle in **M8**.
   b) Erstellt eine Umfrage zu den zukünftigen Traumberufen in eurer Klasse.
   c) Vergleicht die Ergebnisse mit der Tabelle in **M8**. Was stellt ihr fest?
3. a) Nutzt den Job-Futuromat (**M9**) und untersucht zwei Berufe eurer Wahl darauf, wie digitale Technologien sie verändern könnten.
   b) Beurteilt anhand der Ergebnisse des Job-Futuromats, welche Berufe ihr ergreifen würdet.
4. Diskutiert, ob und warum ihr die Ergebnisse aus dem Job-Futuromat bei der Berufswahl berücksichtigen wollt/bzw. nicht sollt und welche Kriterien euch darüber hinaus bei der Berufswahl wichtig sind.

H zu Aufgabe 3
Das sind zum Beispiel Berufe: Pflegefachfrau/-mann, Bankkauffrau/-mann, Bäcker:in, Fertigungsmechaniker:in, Florist:in, Forstwirt:in, ...

WELCHE WEGE GIBT ES NACH DER SCHULE?

Kapitel 13.1, Kapitel 13.2, M1-M3 #

BERUFSFELDER UND WEITERFÜHRENDE SCHULEN

Berufe lassen sich in verschiedene Berufsfelder unterteilen. In diesem Buch arbeiten wir mit 15 Berufsfeldern, die an die Aufteilung der Bundesagentur für Arbeit angelehnt sind. Berufsfelder beinhalten Berufsgruppen mit gleichen Inhalten und Aufgaben. Jeder Beruf setzt unterschiedliche geistige, körperliche und soziale Fähigkeiten und Fertigkeiten voraus. Diese sind zum Beispiel Kreativität, Geschick und Einfühlungsvermögen. Bei der Wahl eines Berufes kommt es auch auf diese an, um die Anforderungen zu erfüllen. Es gibt außerdem verschiedene Möglichkeiten (Gesamtschule, Gymnasium, Berufskolleg), nach der zehnten Klasse weiter an der Schule zu lernen. Auf dem Berufskolleg kann man alle Abschlüsse nachholen bzw. absolvieren (Hauptschulabschluss, mittlerer Schulabschluss, Fachabitur und Abitur).

Kapitel 13.2, M4-M6 #

DUALE UND SCHULISCHE AUSBILDUNG

Die größten Unterschiede zwischen dualer und schulischer Ausbildung sind folgende: Bei der dualen Ausbildung bist du in einem Betrieb und an der Berufsschule, bei der schulischen Ausbildung an einer beruflichen Schule / Berufskolleg und einem Praktikumsbetrieb. Die Bewerbung findet im dualen System beim Ausbildungsbetrieb selbst statt, beim schulischen System an der beruflichen Schule. Bei der dualen Ausbildung gibt es bereits eine monatliche Ausbildungsvergütung, bei der schulischen Ausbildung hast du zunächst keinen Verdienst.

Kapitel 13.2, M7-M13 #

STELLENANZEIGEN UND BEWERBUNG

Stellenanzeigen findet man auf verschiedenen Kanälen, wie Stellenportale, Zeitungen, Soziale Netzwerke, etc. Sie sind immer ähnlich aufgebaut. Man unterscheidet zwischen Muss und Kann Kriterien. Muss-Kriterien sollten erfüllt sein, während Kann-Kriterien nicht unbedingt vorliegen müssen. Die Kritierien werden sprachlich unterschieden. Für Muss-Kriterien werden zum Beispiel die Worte „... wird vorausgesetzt ..." verwendet. Für Kann-Kriterien findet man u. a. Formulierungen wie „idealerweise". Es ist wichtig, die Stellenanzeigen aufmerksam zu lesen, um abzuwägen, wie gut die Anforderungen zu einem passen. Es gibt viele verschiedene Bewerbungswege. Zunehmend werden Online-Bewerbungen, Bewerbungen per E-Mail und Video genutzt. Es ist wichtig, sich vorher zu erkundigen, welcher Weg bei der Wunschschule bzw. beim Wunschunternehmen bevorzugt wird und welche Unterlagen dabei sein sollten. Folgende Unterlagen sollten aber auf jeden Fall dabei sein: Anschreiben, Lebenslauf und relevante Zeugnisse. Das Bewerbungsfoto ist aufgrund des allgemeinen Gleichbehandlungsgesetzes nicht mehr verpflichtend. Auch andere sehr persönliche Informationen muss man nicht angeben (z. B. Familienstand).

FREIWILLIGENDIENSTE UND AUSLANDSERFAHRUNG

← Kapitel 13.3, M1-M7

Ein Freiwilligendienst bringt viele Vorteile: Berufserfahrung sammeln, helfen, durch Kontakte leichter eine Ausbildung bekommen. Soziales Engagement kommt auch bei Bewerbungen gut an und man hat länger Zeit, sich über seinen Berufswunsch Gedanken zu machen. Die Zeit kann auch als Praktikum anerkannt werden und man lernt spannende Menschen und/oder Orte kennen und macht Erfahrungen, die einen wachsen lassen. Alternativ oder zusätzlich kannst du auch Erfahrungen im Ausland sammeln (z.B. Freiwilligendienst, Auslandsjahr, Auslandspraktikum). Dafür gibt es auch finanzielle Unterstützungen. Das Bundesausbildungsförderungsgesetz (BAföG) kann man fürs In- und Ausland beantragen und ist eine finanzielle Unterstützung vom Staat. Diese Förderung wird nach Abschluss der Ausbildung und mit Eintritt in das Berufsleben teilweise zurückgezahlt. Zudem gibt es verschiedene staatliche und private Förderer von Stipendien, die eigene Vorhaben finanziell unterstützen.

AUSBILDUNGSABBRUCH

← Kapitel 13.3, M8-M12

Ausbildungsabbrüche haben unterschiedliche Gründe: Unzufriedenheit mit dem Beruf, Probleme im Ausbildungsbetrieb, etc.. Wichtig ist, dass man sich rechtzeitig Hilfe holt, um einen Übergang zum weiteren beruflichen Weg zu meistern. Ein Abbruch ist kein Beinbruch, diese Erfahrung kann auch für spätere Entscheidungen wertvoll sein.

ELTERNZEIT, ELTERNGELD UND VIER-TAGE-WOCHE

← Kapitel 13.4, M1-M6

Elternzeit und Elterngeld sind ein Versuch, Beruf und Familie besser miteinander zu vereinbaren. Elternzeit ist eine unbezahlte Auszeit vom Berufsleben für Eltern, die ihr Kind betreuen und erziehen. Work-Life-Balance bedeutet, dass berufliche und private Verpflichtungen im Einklang sind und von ausreichenden Erholungsphasen begleitet werden. In diesem Zusammenhang finden neue Arbeitsmodelle, wie die Vier-Tage-Woche, immer mehr Anklang.

AUTOMATISIERUNG UND DIGITALISIERUNG

← Kapitel 13.4, M7-M9

Im Prozess der Automatisierung werden stufenweise analoge Vorgehen zunehmend durch automatisierte Vorgehen beispielsweise mithilfe von Maschinen ersetzt oder ergänzt. Zusätzlich ermöglicht die Digitalisierung einen verbesserten Transfer von Informationen. Im Laufe dieser Prozesse verändert sich die Arbeitswelt: Neue Kompetenzen werden zur Ausführung von Berufen nötig. Dadurch entsteht für manche Berufe ein Fachkräftemangel. Gleichzeitig sterben einige Berufe aus, weil die Aufgabe von Maschinen übernommen wird.

KOMPETENZCHECK

Nachdem du das Kapitel „Deine Arbeitswelt von morgen" bearbeitet hast, kannst du hier das Gelernte anwenden, dein Wissen prüfen und dir ein Urteil bilden.

M1 Wo sind die Fehler?

Anschreiben 70053-299

Lebenslauf 70053-300

M2 Chaos im Ablauf eines Vorstellungsgespräches?

1. Die Chefin oder der Chef begrüßt dich und du grüßt zurück.

2. Du kannst der Chefin oder dem Chef Fragen stellen, nachdem sie oder er dich dazu aufgefordert hat.

3. Du gehst so früh aus dem Haus, dass du auf jeden Fall pünktlich kommst.

4. Du bedankst dich umgehend telefonisch oder per E-Mail für die Einladung und bestätigst den Termin.

5. Die Chefin oder der Chef verabschiedet sich von dir und du verabschiedest dich von ihr oder ihm.

6. Du meldest dich beim Sekretariat und wartest, bis du zur Chefin oder zum Chef hineingerufen wirst.

7. Du bereitest am Abend vorher alles für den nächsten Tag vor:
   - Du legst dir passende Kleidung heraus.
   - Du informierst dich, wie du am besten zum Betrieb kommst.
   - Du liest dir noch mal deine Bewerbung, die Merkblätter und die Fragen, die du stellen willst, durch.
   - Du packst alle nötigen Unterlagen für das Gespräch ein: deine Bewerbungsunterlagen und die Einladung.

8. Du bekommst eine Einladung zu einem Vorstellungsgespräch.

9. Die Chefin oder der Chef stellt dir Fragen.

Bearbeiterin

Online-Quiz zum Kapitel

70053-301

M3 Neue Jobs dank „Künstlicher Intelligenz" (KI)?

Wenn Holger Hürtgen auf Familienfeiern [...] von seiner Arbeit erzählt [...], begegnet er meist verständnislosen Blicken: „Die Leute verstehen überhaupt nicht, was ich mache", sagt der 40-Jährige, der [...] als sogenannter Chief Data Scientist tätig ist - auf gut Deutsch also als Chef-Datenwissenschaftler.

„Ich sage dann, dass ich Unternehmen dabei helfe, ihre Daten zu systematisieren und zu analysieren, und dass die Herausforderung dabei ist, dass die Datenmengen immer größer und die Analysemethoden immer komplexer werden." [...] Viele Arbeitnehmer gehen davon aus, dass die KI eine Welle von Entlassungen auslösen werde, weil Roboter oder Computerprogramme ihre Arbeit übernähmen. [...] Für Berufe, die verschwinden, entstehen neue: Wenn Maschinen die Fehlerkontrolle in der Fertigung übernehmen, können sich die Mitarbeiter schließlich anderen, interessanteren Aufgaben widmen, wie der Qualitätskontrolle. Dass insgesamt weniger Arbeit für die Menschen übrigbleibe, sei nicht das Problem. Seit Jahrtausenden baut der Mensch Maschinen, die ihm das Leben erleichtern und Arbeit abnehmen sollen. Es sei also durchaus möglich, [...] dass [...] eine 20-Stunden-Woche in einigen Wirtschaftsbereichen eingeführt werden müsse, wenn Maschinen einen Teil der Arbeit übernähmen.

Kirst, Virginia: Neue Jobs dank KI. In: www.welt.de, 27.09.2019

Aufgaben

1. Benenne die Fehler in Anschreiben und im Lebenslauf und erläutere anschließend, was du besser machen würdest (**M1**).
2. Bringt zu zweit Ordnung in das Chaos: Sortiert die Schritte beim Vorstellungsgespräch in die richtige Reihenfolge (**M2**).
3. Diskutiert mögliche Do's und Dont's beim Bewerbungsgespräch.
4. Simuliert ein gutes Vorstellungsgespräch für die Schule oder den Beruf eurer Wahl. Gebt euch anschließend ein konstruktives Feedback.
5. Beurteile anhand von **M3**, ob Künstliche Intelligenz eine Chance für die Arbeitswelt von morgen ist.

Selbsteinschätzung

70053-302

Eine Positionslinie bilden

Worum geht es?

Mit Hilfe einer Positionslinie können Einstellungen körperlich zum Ausdruck gebracht werden. Dies kann in jedem größeren Raum geschehen, z. B. in eurem Klassenraum.

Geht dabei so vor:

1. Schritt: Vorbereitung

Auf einer gedachten oder durch einen Klebestreifen auf dem Boden markierten Linie positionieren sich die Schüler zu einer Frage oder zu einem Problem. Die Enden dieser Linie stellen alternative Pole (ja/nein; stimmt/stimmt nicht), der Abstand zwischen diesen Punkten entsprechend abgestufte Positionen dar.

2. Schritt: Durchführung

Die Schüler werden dann aufgefordert, ihre Positionen zu begründen und sich auch argumentativ aufeinander zu beziehen.

Scholz, Lothar: Spielerisch Politik lernen. Methoden des Kompetenzerwerbs im Politik- und Sozialkundeunterricht. Frankfurt/M, 2003, S. 114

Ein Wandplakat erstellen

Worum geht es?

Ein Wandplakat bietet die Möglichkeit gelernten Inhalt zu visualisieren.

Geht dabei so vor:

1. Schritt: Vorbereitung

Haltet das Wichtigste fest. Hierbei können euch folgende Materialien helfen:
- Bilder, Tabellen, Fotos ...
- Kurze Informationstexte

2. Schritt: Gestaltung

- Klare, saubere, deutliche Schrift
- Keine Rechtschreibfehler
- Farben verwenden, die auch von weitem gut erkennbar sind
- Raum gut aufteilen (nicht dicht gedrängt)

Nach: Klippert, Heinz: Methodentraining. Übungsbausteine für den Unterricht, Weinheim und Basel: Beltz Verlag 1999, S. 168

Karikaturen analysieren MK

Worum geht es?

Eine Karikatur (ital. caricare = „übertreiben", „verzerren") ist eine Darstellungsform, bei der ein Zeichner gesellschaftliche, politische und wirtschaftliche Sachverhalte bewusst überspitzt darstellt. Dabei soll die betrachtende Person nicht nur unterhalten, sondern auch zum Nachdenken über die dargestellten Ereignisse, Entwicklungen, Zustände oder Personen angeregt werden. Um die Aussageabsicht einer Karikatur zu entschlüsseln, muss diese zunächst genau analysiert werden. Für eine vollständige Entschlüsselung von Karikaturen empfiehlt sich folgendes Vorgehen:

Geht dabei so vor:

1. Schritt: Beschreibung

- Wie ist die Karikatur aufgebaut? (Bild-/Textelemente ...)?
- Wen oder was zeigt die Karikatur?
- Was wird thematisiert?
- Welche Darstellungsmittel werden gewählt?

2. Schritt: Deutung

- Welche Bedeutung haben verwendete Symbole?
- Was ist die Kernaussage?
- An wen richtet sich die Karikatur?
- Welchen Standpunkt nimmt die Karikaturistin oder der Karikaturist ein?

3. Schritt: Bewertung

- Worin stimmt ihr zu?
- Was seht ihr anders und wie?
- Wird die Kernaussage der Karikatur deutlich? Begründe.

Bearbeiter

Eine Mindmap erstellen

Worum geht es?

Eine Mindmap (englisch: mind map; auch: Gedanken[land]karte, Gedächtnis[land]karte) erstellen, ist eine Technik, die für das Erschließen oder das visuelle Darstellen eines Themengebietes oft zum Einsatz kommt. Hierbei sollen Gedanken freien Lauf erhalten und so die Fähigkeit des Gehirns zur Kategorienbildung genutzt werden.

Geht dabei so vor:

1. Schritt: Das Thema bestimmen

Zuerst gilt es, ein möglichst konkretes Thema bzw. einen bestimmten Begriff zu bestimmen. Schreibt dieses Thema/diesen Begriff in die Mitte eines Papiers.

2. Schritt: Hauptäste setzen

Zieht Linien/Hauptäste von dem Thema/Begriff in verschiedene Richtungen. Schreibt dann Oberbegriffe in Großbuchstaben am Ende der Hauptäste. Mit diesen Oberbegriffen strukturiert ihr das Thema/den Begriff grundlegend, überlegt hier also genau, welche Begriffe ihr für die Hauptäste wählt.

3. Schritt: Erweiterung und Abschluss

Ergänze nun Nebenarme mit einer zweiten (und evtl. dritten) Gedankenebene.

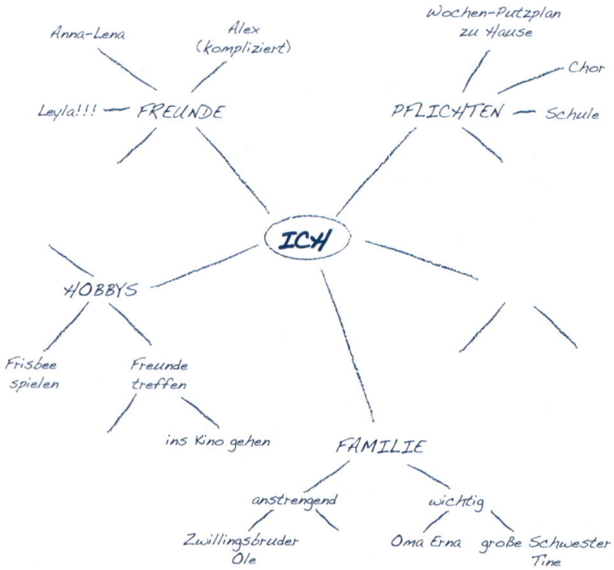

Bearbeiter

Ein Wirkungsgefüge erstellen

Worum geht es?

Die meisten gesellschaftlichen Gegebenheiten besitzen keine geradlinigen Strukturen. Möchte man deren Ursachen und Wirkungen darstellen ist dies über reine Beschreibungen oft sehr schwierig, da sich mehrere Faktoren somit oft gegenseitig beeinflussen. Um die Prozesse anschaulich darzustellen, kannst du Wirkungsgefüge nutzen.

Geht dabei so vor:

1. Schritt: Kläre die Problemstellung

Lies die Aufgabenstellung genau durch. Notiere die Problem- bzw. Fragestellung als Überschrift in deinem Heft.

2. Schritt: Werte das Material den Text aus und formuliere das Thema

- Werte das Material themenbezogen aus.
- Notiere dir alle wichtigen Begriffe/Fachbegriffe auf kleinen Zetteln.
- Bedenke dabei das Ursachen-Wirkungsprinzip: an welchen Stellen gibt es Wechselwirkungen oder Rückkopplungen?

3. Schritt: Erstelle das Wirkungsgefüge

- Ordne die notierten Begriffe nach Zusammenhängen und über- und untergeordneten Begriffen.
- Ordne die notierten Begriffe auf dem Blatt so an, dass sie die Beziehungen veranschaulichen. Welche Beziehungen bestehen zwischen den Begriffen?
- Nutze nun Symbole (z. B. Pfeile, Linien) und Erläuterungen an den Symbolen, die die Vernetzungen von Ursachen, Folgen und Ergebnissen darstellen.
- Verschiedene Pfeilstärken können Aussagen auch quantitativ beschreiben: Ein dicker Pfeil hat eine größere Beziehung als ein dünner.

4. Schritt: Formuliere ein Fazit

- Formuliere ein Fazit zu deinem Wirkungsgefüge. Hierbei sollte die Problem- bzw. Fragestellung mithilfe deines Ergebnisses beantwortet werden können.
- Wichtig: Wirkungsgefüge stellen die Wirklichkeit lediglich vereinfacht dar. Zudem gibt es nie das eine Ergebnis, da Beziehungen und Verknupfungen auf verschiedene Weisen dargestellt werden können.

Bearbeiter

Erläuterungen zu Operatoren

Operatoren für die gesellschaftswissenschaftlichen Fächer (2016)

Anforderungsbereich I: Reproduktion

(Wiedergeben und Beschreiben)

Arbeitsanweisung in der Aufgabe	Was ist genau zu tun?	Was dir zusätzlich helfen kann
nennen	Du zählst knapp die gefragten Informationen oder Begriffe auf.	Deine Antwort kann in Stichworten strukturiert sein: 1. ..., 2. ..., 3. ... usw.
beschreiben	Du gibst die wichtigsten Merkmale in ganzen Sätzen und eigenen Worten wieder. Das kann aus eigenem Wissen oder mithilfe von Bildern, Karikaturen, Statistiken ... erfolgen.	Diese Formulierungen können dir helfen: *„Hier ist abgebildet ..." – „Hier sehe ich ..."*
bezeichnen	Du drückst wichtige Sachverhalte in eigenen Worten aus, die dir z. B. in einer Karte, einer Tabelle oder einem Schaubild aufgefallen sind.	Achte darauf, möglichst exakt auf den Punkt zu bringen, was dir aufgefallen ist.

Anforderungsbereich II: Reorganisation und Transfer

(selbstständiges Erklären, Einordnen und Anwenden)

Arbeitsanweisung in der Aufgabe	Was ist genau zu tun?	Was dir zusätzlich helfen kann
herausarbeiten	Du „filterst" aus einem Material unter bestimmten Gesichtspunkten die entsprechenden Informationen heraus.	Achte darauf, welche Gesichtspunkte in der Aufgabenstellung genannt werden. Vermeide eine reine Inhaltswiedergabe.
charakterisieren	Du findest heraus, worin die charakteristischen Merkmale bestehen und beschreibst das besonders Auffällige.	Nenne Merkmale und fasse die wichtigsten Auffälligkeiten zusammen.
erstellen	Du zeigst Zusammenhänge auf – oft mit einer Skizze oder einer Zeichnung.	Hierfür kannst du z. B. Pfeile, Tabellen oder eine Mindmap verwenden.
darstellen	Du zeigst Zusammenhänge auf. In der Regel schreibst du dazu einen eigenen, gegliederten Text oder entwirfst ein Schaubild.	Damit nichts durcheinander gerät, kannst du vorher eine Stichwortsammlung bzw. einen Gliederungsentwurf machen.
analysieren	Du wertest Materialien systematisch aus.	Zähle nicht nur Besonderheiten auf, sondern sortiere und werte aus, indem du sie in einen Zusammenhang setzt.
ein-, zuordnen	Du stellst etwas in einen Zusammenhang, der dir durch die weitere Aufgabenstellung vorgegeben wird.	Achte darauf, auch zu erklären, warum das eine zum anderen passt.
begründen	Du untermauerst eine Aussage mit Gründen.	Formulierungen, die du verwenden kannst: *„Dafür spricht ..." – „Ein Grund dafür ist ..."*

Arbeitsanweisung in der Aufgabe	Was ist genau zu tun?	Was dir zusätzlich helfen kann
erklären	Du gibst auf der Basis deines Wissens eine Antwort.	Zeige die Gründe für etwas oder die Zusammenhänge von etwas auf.
erläutern	Du erklärst, warum etwas so ist, und nennst dabei Beispiele oder Belege.	Mit Beispielen und Belegen veranschaulichst du deine Erklärung.
vergleichen	Du arbeitest aus zwei Materialien bestimmte Gesichtspunkte heraus und suchst nach Gemeinsamkeiten und Unterschieden, die du gewichtest. Am Schluss formulierst du ein Ergebnis.	Hier kann eine Tabelle hilfreich sein. Achte darauf, dass auch die Nennung von Unterschieden zu einem Vergleich gehören.

Anforderungsbereich III: Reflexion und Problemlösung
(Umgang mit Urteilen und Abwägen von Handlungsmöglichkeiten)

Arbeitsanweisung in der Aufgabe	Was ist genau zu tun?	Was dir zusätzlich helfen kann
überprüfen	Du untersuchst, ob eine Aussage stimmig ist und formulierst ein Ergebnis deiner Überlegungen.	Du musst nicht abwägen, sondern kannst dich für eine Richtung entscheiden.
beurteilen	Du nimmst Stellung zu einer Aussage von anderen oder einem Sachverhalt. Dabei geht es darum herauszufinden, ob diese Aussage überzeugend – also logisch und in sich stimmig – ist. Gib dabei die Gründe für dein Urteil an.	Formulierungen, die du verwenden kannst: *„Ich halte die Aussage für überzeugend, weil …“* – *„Weniger / nicht überzeugend ist, dass …“*
bewerten	Du beziehst Stellung. Allerdings kannst und sollst du hier stärker das einbeziehen, was dir persönlich oder unserer Zeit heute wichtig ist.	Formulierungen, die du verwenden kannst: *„Ich halte das für richtig (bzw. falsch), weil …“* – *„Damit habe ich Schwierigkeiten, weil …“*
erörtern	Dir wird ein Problem vorgegeben. Wie auf einer zweischaligen Waage kannst du das Problem abwägen. Lege die Gründe dafür in die eine Schale, die Gründe dagegen in die andere. Am Ende kommst du zu einem Ergebnis deiner Abwägung. Dabei hilft wieder der Blick auf die Waage: In welcher Waagschale finden sich die gewichtigeren Gründe?	Formulierungen, die du verwenden kannst: *„Dafür spricht …“* – *„Dagegen spricht …“* – *„Insgesamt komme ich zu der Einschätzung, dass …“*
entwickeln	Du suchst nach einem Lösungsansatz für ein Problem.	Achte darauf, dass sich dein Lösungsansatz mit Gründen oder Belegen aus den vorgegebenen Materialien untermauern lässt.
gestalten	Du stellst etwas her oder entwirfst etwas, zum Beispiel eine Rede, ein Streitgespräch zwischen zwei Personen.	Achte darauf, die Aufgabenstellung im Blick zu behalten. Beachte ebenfalls: Wen willst du ansprechen?

Register

Königin-Elisabeth-Inseln
Spitzbergen
Halbinsel Alaska
Alaskakette
Victoria-Insel
Großer Bärensee
Großer Sklavensee
Baffin Bay
Baffin-Insel
Grönland
Europäisches Nordmeer
Island
Hudson Bay
Rocky Mountains
NORDAMERIKA
Halbinsel Labrador
Britische Inseln
Nord-see
Great Plains
Große Seen
Neufundland
Kalifornien
Missouri
Appalachen
Alpen
Pyrenäen
Mississippi
Azoren
Madeira
Atlasgebirge
Florida
Golf von Mexiko
Atlantischer Ozean
Kanarische Inseln
Hochland von Mexiko
Sahara
Kuba
Yucatán
Große Antillen
Kleine Antillen
Niger
Kapverdische Inseln
Karibisches Meer
Sahel
Bergland von Guayana
Galapagos-Inseln
Amazonas
Amazonastiefland
SÜDAMERIKA
Brasilianisches Bergland
Anden (Kordilleren)
Pazifischer Ozean
Rio Paraná
Atlantischer Ozean
La-Plata Tiefland
Patagonien
Falkland-Inseln
Landhöhen in Meter (m)
0 – 200
200 – 500
Tiefland
500 – 1000
1000 – 2000
Mittelgebirge
2000 – 3000
3000 – 5000
über 5000
Hochgebirge
Weddellsee